All the Love

Alles anders als gedacht

Ely Junge

FSC
www.fsc.org
MIX
Papier aus verantwortungsvollen Quellen
Paper from responsible sources
FSC® C105338

IMPRESSUM

Dieses Buch enthält Themen, die potenziell triggern können. Eine Liste dieser Themen findet ihr auf Seite 398. Diese enthält Spoiler für die Handlung der gesamten Reihe.

1. Auflage, Oktober 2023

c/o Fakriro GbR / Impressumsservice
Bodenfeldstr. 9, 91438 Bad Windsheim

Lektorat: Janika Mielke | Lektorat Nordgewandt
Korrektorat: Sybille Weingrill | SW Korrekturen e.U.
Coverdesign: Emily Bähr, www.emilybaehr.de
Satz & Layout: Ely Junge
Foto des Autors: privat
ISBN: 9783757934415

Herstellung und Druck über tolino media GmbH & Co. KG, München.
Printed in Germany

1

»Noah wird nicht zurückkommen, Aidan.« Ungewohnt energisch schob Fanny ihren großen Bruder in die *Buchhandlung Graf* und schloss die Tür hinter sich mit einem lauten Knall.

Die ältere Dame, die neben ihnen vor einem der hellen Holzregale stand, ließ vor Schreck das Buch fallen, in dem sie gelesen hatte, und warf ihnen einen entrüsteten Blick zu.

»Sieh ihn dir doch mal an!« Fanny bückte sich nach dem Buch und drückte es der Frau mit einem entschuldigenden Lächeln in die Hand. Danach wandte sie sich an Aidan und fuhr mit gedämpfter Stimme fort: »Noah ist endlich wieder glücklich. Warum sollte er das aufgeben? Um mit dir über irgendwelchen verstaubten Büchern zu brüten und sich von Studierenden in den Vorlesungen angähnen zu lassen?«

Aidan, der sich heute Morgen beim Frühstück gewissermaßen selbst zu ihrem Ausflug in die Buchhandlung eingeladen hatte, murrte etwas Unverständliches. Fanny meinte, Worte wie »von wegen verstaubt«, »sonst nicht so vorlaut« und »früher nicht gesagt« herauszuhören.

Sie beschloss, ihn zu ignorieren, und sah sich lieber nach besagtem Noah um, wegen dem sie überhaupt in ihrer halbstündigen Mittagspause aus den Verlagsräumen durch die Innenstadt in die Buchhandlung gelaufen war. Noah – eigentlich der beste Freund ihres Bruders, obwohl dieser ihm auch Jahre später nicht verziehen zu haben schien, dass er nicht zurück ans Literaturinstitut der

Nordersheimer Universität kam – hatte Fanny versprochen, eine Auswahl an Backbüchern für sie zusammenzustellen.

»Fanny!«, rief da auch schon der Buchhändler mit den milchkaffeebraunen Locken und lief freudestrahlend auf sie zu. Im Vorbeigehen schnappte er sich einen beeindruckenden Bücherstapel, der auf einem altmodischen Rollwagen neben der Kasse gestanden hatte. »Wie schön, dass du so schnell kommen konntest. Wir haben die Backbücher reinbekommen, die wir für dich zusammenstellen sollten. Lotta hatte beim Bestellen vielleicht etwas zu viel Spaß, wie du sehen kannst.«

Mit diesen Worten drückte er Fanny den Stapel in die Hand, der ihr wegen seiner Körpergröße irgendwie leichter vorgekommen war. Dann deutete Noah zu einem der Sessel im hinteren Bereich des Ladens und gab ihr einen ermunternden Schubs in die richtige Richtung. Fanny musste sich beim Gehen vollkommen darauf konzentrieren, den Turm nicht einstürzen zu lassen, und bekam nur am Rande den kurzen Austausch zwischen ihm und Aidan mit. Wie immer umarmte Noah ihn und sagte irgendetwas Nettes, das von ihrem Bruder mit einem unwirschen Brummen erwidert wurde.

Als Fanny sich mit ihrer Last sicherlich nicht sehr grazil in den gelben Ohrensessel fallen ließ, war sie überzeugt davon, dass sich Noah das Handwerk vom Grafen hatte zeigen lassen. Niemand konnte so schön Kundschaft in eine sitzende Position bugsieren wie der alte Ladeninhaber und Märchenonkel der Stadt. Heute schien er allerdings nicht da zu sein.

»Kann ich dir einen Tee bringen, während du dir die Bücher ansiehst?« Noah stützte sich auf die Sessellehne und nickte ihr aufmunternd zu.

»Ähm … Nein, danke. Ich habe nicht viel Zeit«, sagte Fanny und versuchte, den Stapel auf ihrem Schoß daran zu hindern, seitlich hinunterzustürzen oder Löcher in ihre Thermostrumpfhose zu reißen.

»Ach was! Für eine Tasse Tee ist immer Zeit.« Noahs stadtbekanntes Lächeln breitete sich auf seinem Gesicht aus, was Aidan, der mittlerweile neben ihnen stand, mit einem Augenrollen quittierte. Wenn Fanny sich richtig erinnerte, hatte er Noahs Lächeln mal mit einer Schreibtischlampe verglichen, die einem schlagartig ins Gesicht geleuchtet wurde. Sie war sich nach wie vor unsicher, ob er das als ein Kompliment gemeint oder als Verhörmethode angeprangert hatte. »Bei deinem verfrorenen Anblick hast du ihn bitter nötig. Wie schnell der Winter dieses Jahr kommt. Hoffentlich gibt es bald Schnee …«

»Nein, wirklich«, beeilte Fanny sich zu sagen und wusste selbst nicht genau, ob sie Noah damit vom Teekochen oder Weiterreden abhalten wollte. Sie schob den schweren Bücherstapel auf ihren Oberschenkeln umher und er schwankte bedenklich. »Ich gucke nur kurz die Bücher durch, dann muss ich wieder los. Die Arbeit …«

»Oh, na dann will ich dich gar nicht weiter aufhalten. Ruf mich, wenn du Fragen hast.« Mit diesen Worten legte Noah ihr die Hand auf die Schulter, ehe er mit Aidan hinter einem Bücherregal verschwand. Fanny war sich sicher, dass die beiden zur Romanabteilung gingen, die den vorderen Bereich des Ladens einnahm.

Müde fuhr sich Fanny mit der Hand übers Gesicht, was sie besser nicht getan hätte, denn diese unbeherrschte Geste brachte den wackeligen Bücherstapel endgültig zum Einsturz. Mit einem lauten Poltern landete die Hälfte der Bücher auf dem Boden.

»Großartig«, murmelte Fanny und legte die übrigen Bücher neben den Sessel, ehe sie das Chaos um sich herum beseitigte.

»Fanny, ist alles okay?« Natürlich war das Aidan, der die Frage quer durch den Laden rief, um auch ja die gesamte Kundschaft auf ihr Missgeschick hinzuweisen.

»Jaja, alles in Ordnung.« Sie hob eines der großformatigen Backbücher vor ihr erhitztes Gesicht. Erst nach ein paar Sekunden fiel ihr auf, dass sie es verkehrt herum hielt. Hastig ließ sie es auf ihren Schoß sinken und drehte es richtig herum.

»Konkurrenzanalyse ist das Wichtigste überhaupt«, hörte Fanny förmlich die Stimme ihres Chefs, Robert Groß. Dieser leitete die Abteilung *Backen* in dem kleinen, aber angesehenen Koch- und

Backbuchverlag *Bovin Books* und hatte eine etwas nasal-eindringliche Art zu reden, die ausgezeichnet zu seiner aschblonden Gel-Frisur und den auf Hochglanz polierten Schuhen passte. »Du wirst das für uns übernehmen, Fanny. Bis Mittwochabend sollte das zu schaffen sein, nicht wahr? Kriterien und Schwerpunkte kannst du dir aus den Unterlagen vom letzten Jahr heraussuchen. Und wenn du schon dabei bist, bereite doch bitte die Präsentation für die nächste Verlagssitzung vor. Effizienz ist angesagt.«

Dass ihr Chef dies erst gestern verkündet hatte und heute besagter Mittwoch war, musste wohl nicht extra erwähnt werden.

Nun saß Fanny also hier, inmitten von Backbüchern aus den verschiedensten Verlagshäusern, und verbrachte mal wieder eine Mittagspause ohne Mittag und ohne Pause. Irgendwie hatte sie sich das Volontariat anders vorgestellt.

»Wir sehen uns heute Abend zu Hause«, sagte Aidan, der plötzlich mit einer Tüte voll Büchern neben ihr auftauchte, als Fanny gerade das dritte Backbuch durchblätterte. Etwas wehmütig schaute er in eine abgelegene Ecke des inzwischen gut gefüllten Ladens. Fanny folgte seinem Blick und konnte Noah neben dem Lyrikregal erkennen, wo er gerade einem jungen Pärchen ein paar Gedichtbände zeigte.

»Wirst du zum Essen da sein?«, erkundigte sich Fanny. »Ich wollte mich mal an Tapas probieren. Wir haben dazu gerade dieses tolle Buch im Programm.«

»Ich versuche es.« Aidan sah müde aus, und um seinen Mund hatte sich dieser traurige Zug gelegt, der in Fanny stets den Wunsch auslöste, seine Mundwinkel nach oben zu ziehen. Als ob sie seiner Traurigkeit so etwas entgegensetzen könnte.

Sie wusste, dass Aidan seinen Mentor und besten Freund am Literaturinstitut vermisste und dass Noah der Einzige gewesen war, den Aidan nach dem Tod ihrer Mutter an sich herangelassen hatte – abgesehen natürlich von ihr und ihrem jüngeren Bruder Thomas. Doch das war nicht das Gleiche. Ihretwegen hatte er schließlich seinen Traum aufgegeben, zurück nach England zu ziehen, um in

Cambridge zu promovieren. Zu ihrem Vater hätten sie und Thomas unmöglich gehen können, denn der war häufiger ab- als anwesend. Nach der Erkrankung ihrer Mutter hatten sie ihn kaum noch zu Gesicht bekommen, wobei er als Anwalt für internationales Recht auch zuvor schon viel herumgereist war. Für einen elfjährigen Jungen und ein knapp siebzehnjähriges Mädchen war er also kaum die richtige Bezugsperson. So war Aidan in Nordersheim geblieben und hatte hier auch seinen Master gemacht – ausgerechnet an einer Universität, deren Literaturprogramm sich damals durch nichts ausgezeichnet hatte.

Über fünf Jahre war das jetzt her und noch immer bezweifelte Fanny, dass es für Aidan damals die richtige Entscheidung gewesen war. Zwar hatten er und Noah dem Literaturinstitut im Laufe der Zeit zu etwas mehr Ansehen verholfen, doch Fanny fragte sich, ob er woanders nicht hätte glücklicher werden können.

»Fanny?« Aidans Stimme riss sie aus ihren Gedanken. »Alles gut? Hörst du mir zu?«

»Entschuldige.« Sie rieb sich über das Gesicht. »War kurz woanders.«

Aidan gab ein schnaufendes Geräusch von sich und sah sie mit seinem typischen Großer-Bruder-Blick an, der neben undurchdringlichen blauen Augen auch fest zusammengezogene Brauen beinhaltete. »Du bezahlst die Bücher aber nicht mit deinem Geld, oder?«

Fanny musste ein Lächeln unterdrücken. Das war typisch für ihn. Egal, was bei ihm gerade los war, sich Sorgen um seine zwei Geschwister zu machen, stand stets ganz oben auf seiner Prioritätenliste.

»Fanny?«

Rasch schüttelte sie den Kopf und tätschelte ihm beruhigend den Arm. Sie hatte es mal wieder fast geschafft – sie konnte die Halsschlagader unter seinen zu langen Haaren leicht pulsieren sehen. Diese dunkelbraunen, beinahe schwarzen Haare, die er wie Fanny von ihrer Mutter geerbt hatte, sahen außerdem aus, als ob er sie sich stundenlang gerauft hätte.

»Keine Sorge.« Sie erhob sich, um ihn kurz zu umarmen. »Der Verlag zahlt die Bücher.«

Aidan nickte, hatte die Stirn aber weiterhin in misstrauische Falten gelegt. Schließlich seufzte er, ehe er sich mit einem letzten »Wäre ja noch schöner bei deinem mickrigen Gehalt« zum Gehen wandte und zum Abschied die Hand hob.

Fanny winkte ihm hinterher, bis das Klingeln der Türglocke verklungen war und sie ihn nicht mehr sehen konnte. Dann setzte sie sich und nahm sich seufzend das nächste Buch zur Hand. Sie hatte Aidan nicht gesagt, dass sie erst einmal in Vorkasse treten musste, denn sie konnte sich seine Reaktion darauf vorstellen. Ihr großer Bruder meinte es manchmal zu gut, was das Beschützen anging. Leider betraf das sowohl die Intensität als auch die Lautstärke.

Noah trat zu ihr und sah sich im Laden um. »Ist Aidan schon weg?«

Fanny nickte und legte den Finger in das Backbuch, damit sie die Seite nicht verlieren würde. Sie vermutete, dass sie bereits zu spät dran war und sich langsam beeilen musste, damit sie die Bücher noch durchsehen und mit einer Auswahl pünktlich zurück in den Verlag kommen konnte.

»War er sehr ungehalten?«, erkundigte sich Noah.

»Na ja, du kennst Aidan.« Fanny zuckte mit den Schultern, unsicher, ob sie wissen wollte, was zwischen den beiden vorgefallen war.

»Weißt du eigentlich, wie die Studierenden ihn nennen?« Noah lachte, und als Fanny den Kopf schüttelte, flüsterte er: »*The Byronic Hero*.«

Wieder lachte er leise, wohingegen sich auf Fannys Gesicht wohl eher ein verwirrter Ausdruck breitmachte.

»*The what?*«

»Du weißt schon«, fuhr Noah fort, als würde er über etwas allgemein Bekanntes reden und nicht – wie Fanny vermutete – einen Diskurs in die Literaturgeschichte unternehmen. »Der intelligente

Antiheld, benannt nach dem Autor Lord Byron. Es bezeichnet unfassbar stolze Männerfiguren in der Literatur, die mürrisch und zynisch mit stets gerunzelten Augenbrauen in die Welt blicken und dennoch zu großer Leidenschaft fähig sind. Im Guten wie im Schlechten. Der bekannteste Vertreter dürfte Heathcliff aus *Wuthering Heights* sein, durch den die Studierenden auch von *The Byronic Hero* erfahren haben. Aidan selbst hatte diesen Typus in einer Vorlesung durchgenommen.«

Fanny starrte Noah mit offenem Mund an. Aidan als Heathcliff der Nordersheimer Universität?

»Du hättest die Gesichter der Studierenden sehen sollen. Wie Aidan mit seiner tiefen Stimme, ganz zugeknöpft und mit finster zusammengezogenen Brauen über eine Romanfigur dozierte, die er selbst sein könnte.« Noah lachte erneut, doch es war ein warmes Lachen, das Fanny seine Zuneigung zu Aidan zeigte. »Das und seine – wie nenne ich es am besten – Zurechtweisungen, wenn jemand mal nicht aufpasst, hat ihm am Ende den Namen eingebrockt.«

Nun musste auch Fanny grinsen. Ja, das klang nach Aidan. Seine Leidenschaft für die Literatur war legendär, und sie konnte auch nicht abstreiten, dass er dabei mitunter etwas dramatisch rüberkam.

»Noah, kommst du mal eben?«, rief Lotta, die neue Angestellte der Buchhandlung, und winkte hektisch von der Kasse aus zu ihnen herüber. Mit einer gemurmelten Entschuldigung drückte Noah Fanny zum Abschied kurz an sich, ehe er zu seiner Kollegin eilte.

Ein Blick auf ihr Handy verriet Fanny, dass sie exakt zwölf Minuten hatte, um die restlichen Bücher durchzusehen, die wichtigsten zehn auszuwählen, zu bezahlen und quer durch die Stadt in den Verlag zu rennen. Sie glaubte nicht, dass das Besorgen von Material für den Verlag in der Mittagspause eine Verlängerung ebenjener Pause in Roberts Augen entschuldigen würde. Seufzend machte sie sich an die Arbeit und griff nach dem nächsten Buch.

2

Nervös rückte Julian seine Krawatte zurecht, ehe er seinem Vater in das Großraumbüro folgte.

»Hier haben wir den Redaktionsraum«, erklärte dieser gerade und zeigte mit einer übertriebenen Geste um sich. »Wie du sehen kannst, haben wir uns in den neuen Räumlichkeiten für ein offenes Konzept entschieden. Kommunikation, Teamwork und Transparenz sind – wie du weißt – unsere Keywords.«

Julian nickte und schaute sich um. Der großzügige Büroraum war hell und übersichtlich. Die bodentiefen Sprossenfenster an der rechten Seite und die schlichten neuen Designermöbel verliehen dem Ganzen einen modernen Look. Wenn Julian an die alten Räume von *Bovin Books* zurückdachte, konnte er fast nicht glauben, dass es wirklich derselbe Verlag war. Das Familienunternehmen, das sein Großvater als Kleinverlag für Backbücher für die Hausfrau gegründet und sein Vater voller Stolz all die Jahre fortgeführt hatte, war inzwischen einer der renommiertesten mittelständigen Koch- und Backbuchverlage im deutschsprachigen Raum.

Der helle Holzboden, die dunklen Holzbalken unter der spitz zulaufenden Decke und die weißen Bücherregale an jeder frei verfügbaren Wand gaben Julian allerdings eher das Gefühl, in einem hippen Café zu sein statt an einem Arbeitsplatz. Julian hatte bereits in einigen solcher Ambiente gearbeitet – mal war es hilfreich, mal kontraproduktiv. Er war gespannt, wie es hier sein würde.

Als Julian die Arbeitstische näher in Augenschein nehmen

wollte, fiel ihm auf, dass immer mehr Mitarbeitende verstohlen in ihre Richtung sahen. Ob sie wussten, wer er war? Hatte sein Vater nicht gerade etwas von Transparenz gesagt?

»Für jedes Ressort haben wir eine Arbeitsinsel geschaffen«, redete Bovin Senior da auch schon weiter und zeigte auf einen der Gruppenarbeitsplätze. Vier große Tische standen dort zusammen, an den Längsseiten abgeschirmt von halb hohen Trennern, die mit grauem Stoff bezogen waren und von einigen Mitarbeitenden als Pinnwand benutzt wurden. Von Mitarbeitenden, die sich – wenn Julian die bunte Ansammlung von Tellern und Tupperware richtig deutete – gerade an einer der größten Arbeitsinseln zur gemeinsamen Mittagspause versammelt hatten und auffällig unauffällig versuchten, ihrem Gespräch zu folgen. Beinahe hätte Julian gelacht, doch das würde als Sohn des Geschäftsleiters bestimmt sonderbar ankommen, weshalb er sich auf ein Nicken verlegte.

»Mahlzeit«, sagte sein Vater und klopfte auf den Tisch.

Die meisten Anwesenden unterbrachen das Essen, um seinen Gruß zu erwidern und neugierig in ihre Richtung zu sehen. Das eine oder andere Gesicht kam Julian vage bekannt vor.

»Darf ich Ihnen meinen Sohn Julian Bovin vorstellen? Einige von Ihnen kennen ihn sicherlich von früher.« Sein Vater legte Julian die Hand auf den Rücken und schob ihn näher an den Tisch heran. Dabei zwinkerte er Sonja Lundermayer, der Teamassistenz und guten Seele des Verlags, verschwörerisch zu, die zu ihnen herüberstrahlte.

Julian hasste die Angewohnheit seines Vaters, ihn wie einen kleinen Jungen mal hierhin, mal dorthin zu schieben und ihn zu präsentieren wie den Gewinner der letzten Mathe-Olympiade. Sacht machte Julian sich von ihm los und trat energisch auf die Mitarbeitenden zu.

»Angenehm.« Er nickte noch einmal und überlegte kurz, ihnen ebenfalls zuzulächeln, aber er konnte den Kommentar seiner amerikanischen Kollegin Kelly nicht vergessen. Aus heiterem Himmel hatte diese ihm eines Tages verkündet, dass er wie *The*

Wimpy Kid aussehen würde, wenn er lächelte. *Such a freaking weird thing!*

»Julian, wie schön, dich zu sehen!« Sonja Lundermayer erhob sich, und für den Bruchteil einer Sekunde befürchtete er, sie wolle ihn umarmen. Da nach wie vor alle zu ihnen sahen, streckte Julian ihr hastig die Hand hin, auch wenn sich das ungewohnt formell anfühlte. Sonja hatte ihm schließlich schon als kleinen Junge heimlich Süßigkeiten zugesteckt, wenn sein Vater nicht hingesehen hatte.

Nach kurzem Zögern ergriff sie seine Hand und schüttelte diese herzlich. »Wie lange ist es her? Ich kann gar nicht glauben, dass aus dem kleinen Julian ein erwachsener Mann geworden ist.«

Julians Ohren wurden wärmer und wärmer, und er betete, dass sie nicht rot anlaufen würden. Dies taten sie gern, wenn er nervös, wütend, verlegen oder sonst irgendwie emotional involviert war. *Teeny-tiny Wimpy Kid*, meinte er, Kellys Stimme zu hören, und sein Gesichtsausdruck verfinsterte sich.

»Na, ein kleiner Junge ist er nun nicht mehr, oder? Immerhin nähert er sich mit großen Schritten der Dreißig!« Sein Vater lachte, und seine Stimme hallte so laut durch die Redaktion, dass sogar die Kollegen und Kolleginnen an den umliegenden Tischen zu ihnen herübersahen. »Julian hat Publizistik studiert und in den letzten Jahren in den verschiedensten Verlagen und Küchen im In- und Ausland gearbeitet. Nicht wahr, mein Junge?«

Beim letzten Wort seines Vaters presste Julian die Lippen fest aufeinander. Dennoch sagte er nichts, sondern nickte nur und trat einen Schritt zurück.

Die gute Lundermayer, wie er sie früher immer genannt hatte, sah ihn unsicher an und setzte sich rasch an ihren Platz. Er würde demnächst in Ruhe mit ihr reden müssen.

»Nun ist er zurück in der Heimat und wird sich langsam auf seine Aufgabe als mein Nachfolger vorbereiten. Einige von Ihnen werden also in Zukunft intensiv mit ihm zusammenarbeiten.« Hier pausierte sein Vater gekonnt, wie er es gern machte, wenn er eine Reaktion erwartete.

Seine Mitarbeitenden sollten ihn nicht enttäuschen. Von »Nachfolge? Aber, Herr Bovin, Sie sind noch so jung!« über »Wie schön, jemanden mit so viel Erfahrung im Team zu haben!« bis hin zu »Ach, wie wunderbar, wenn der Sohn die Familientradition aufrechterhält.« war einiges vertreten.

»Dann wollen wir Sie auch gar nicht weiter von Ihrer Pause abhalten«, unterbrach sein Vater nach einer Weile die verschiedenen Erwiderungen und hob zum Abschied die Hand.

Die plötzlich einsetzende Betriebsamkeit verriet Julian, dass die Pause inzwischen zu Ende war, und auch er verabschiedete sich mit einem knappen Nicken.

Bevor er allerdings seinem Vater in sein Büro im ersten Stock folgen konnte, stürmte eine junge Frau mit einem beachtlichen Bücherstapel im Arm durch den gläsernen Eingangsbereich ins Büro. Sie brachte nicht nur einen Schwall kalter Luft mit sich, sondern rannte seinen Vater beinahe über den Haufen. Vor lauter Schreck stolperte sie einige Schritte zurück und stammelte hastig eine Entschuldigung, die Bovin Senior mit einer unwirschen Handbewegung abtat.

Als die dunkelhaarige Frau an Julian vorbeilief, traf ihn ein Blick aus großen, strahlend blauen Augen. Schnell sahen diese zu Boden, um anschließend im Redaktionsgewusel zu verschwinden.

Julian schaute ihr einen Moment hinterher, dann fiel sein Blick auf die Uhr über der Eingangstür. Es war inzwischen fast zehn Minuten nach eins und seine linke Augenbraue hob sich abschätzend. Pünktlichkeit musste man hier anscheinend noch üben.

»Trödel nicht, Junge!«, mahnte sein Vater, und er beeilte sich, ihm die Treppe ins obere Stockwerk hinauf zu folgen. Jetzt waren seine Ohren definitiv rot, und als sie an der Sekretärin seines Vaters vorbei in dessen großzügiges Büro gingen, konnte Julian sein eigenes Stirnrunzeln förmlich spüren.

»Vater, kannst du mich im Verlag bitte nicht *Junge* nennen? Besonders nicht vor den Mitarbeitenden?« Erschöpft und leicht verärgert setzte sich Julian auf den angebotenen Stuhl und lockerte seine Krawatte. »Und wir sollten dringend mit Frau Lundermayer reden. Nicht, dass sie irgendwelche Kindheitsgeschichten von mir auspackt.« Mit Schaudern dachte er an all die Geschichten zurück, die er ihr als Kind erzählt hatte, wenn ihm an den vielen Nachmittagen zu Hause langweilig gewesen war.

Sein Vater nickte. »Wahrscheinlich wäre das angebracht, obwohl wir ein Familienbetrieb sind und sich das natürlich auch im Umgang miteinander zeigt.« Er setzte sich hinter seinen Schreibtisch, der in der Raummitte vor einer beeindruckenden Bücherwand stand, und strich bedächtig mit der rechten Hand über die hölzerne Tischplatte. »So, dann wollen wir mal zum eigentlichen Thema kommen. Deine Einarbeitung.«

Julian setzte sich aufrecht hin und fuhr sich über den Dreitagebart, den er sich seit seiner Zeit in New York stehen ließ. Von wegen *Wimpy Kid*.

»Was hast du dir vorgestellt?«, fragte er in dem Wissen, dass sein Vater garantiert einen minutiös ausgearbeiteten Schlachtplan entworfen hatte.

»Nun, ich dachte, wir setzen dich zunächst in einem Ressort ein. Was meinst du?« Aufmerksam lag der Blick seines Vaters auf ihm, nahm jede Regung und Bewegung auf. Julian wusste, dass er jetzt nicht mehr seinen Vater, sondern Johannes Bovin – Chef und Verleger eines erfolgreichen Unternehmens – vor sich sitzen hatte.

Langsam nickte Julian, ohne den Blickkontakt zu unterbrechen.

»Irgendwelche Wünsche, was die Abteilung angeht?«, erkundigte sich sein Vater und lehnte sich zurück. »Wir haben inzwischen die Abteilungen Kochen, Grillen, Backen, Kochen mit und für Kinder und – noch im Aufbau – unsere Abteilung Getränke.«

»Ich bin da, wo du mich brauchst.« Nach diesen Worten lehnte sich Julian ebenfalls zurück.

»Ich hatte gehofft, dass du das sagst.« Johannes Bovin zog einen Ordner hinter sich aus dem Regal und legte ihn vor Julian auf den Tisch. »Wir brauchen jemanden, der die Abteilung Backen aus dem Tiefschlaf erweckt.«

Irritiert rückte Julian seine Brille zurecht und griff nach dem Ordner. »Backen? Wie kann denn Backen nicht ziehen?«

Backen war seit Jahren ein Trend auf dem deutschen Buchmarkt und seit der Coronazeit sowie der Nachhaltigkeits- und Do-it-yourself-Bewegung gleich dreimal so sehr. Auch firmenintern hatte diese Abteilung stets oberste Priorität – immerhin lagen da die Wurzeln des Hauses.

»Sag du es mir.« Sein Vater zeigte auf den Ordner in Julians Händen. »Da drin findest du eine Übersicht aller veröffentlichten Titel der letzten zehn Jahre mitsamt Marketingmaßnahmen und Umsatzzahlen. So wie die Sache liegt, stehen wir kurz davor, mit dem Ressort rote Zahlen zu schreiben.«

»Wirklich?« Erstaunt blätterte Julian durch die Unterlagen. »Das ist ungewöhnlich.« Sein Blick blieb an den aktuellen Neuerscheinungen und deren Zahlen hängen. Nicht gut, gar nicht gut. Julian runzelte die Stirn und hob den Kopf. »Ich muss mir die Titel genauer ansehen, kannst du mir Ansichtsexemplare raussuchen lassen?«

»Ich hatte gehofft, dass du das sagst«, wiederholte sich sein Vater, diesmal mit dem zufriedenen Gesichtsausdruck der Grinsekatze aus *Alice im Wunderland*. Er stand auf, griff nach dem kompletten Regalmeter hinter sich und ließ diesen mit einem lauten Rums auf den Tisch vor Julian fallen.

»Am Montag ist dein erster offizieller Arbeitstag. In der Zwischenzeit: Viel Spaß damit!«

❄

Fanny eilte zu ihrem Platz an der Arbeitsinsel Backen, die sich auf der rechten Seite des Raumes vor den großen Sprossenfenstern befand. Robert und Mika kamen in diesem Moment ebenfalls aus der Pause und mit einem erleichterten Seufzen ließ sich Fanny mitsamt den Büchern auf ihren Stuhl sinken. Gerade noch rechtzeitig geschafft.

»Ganz ehrlich, Fanny, das finde ich langsam nicht mehr in Ordnung«, ertönte da die Stimme des Ressortleiters hinter ihr. Robert Groß stand vor Fannys Arbeitsplatz und hatte die Arme vor der Brust verschränkt. »Kannst du mir mal bitte sagen, wo du jetzt schon wieder herkommst? Die Mittagspause endet pünktlich um dreizehn Uhr. Pünktlich in die Pause gehen konntest du ja auch, oder nicht?«

»Ja, aber …«, begann Fanny, wurde allerdings von Roberts ausgestreckter Hand am Weiterreden gehindert.

»Im Prinzip ist es deine Sache, was du in der Mittagspause machst, solange du rechtzeitig zurück bist.« Nach diesen Worten sah er Fanny streng an und strich sich mit der für ihn typischen Geste über die gegelten Haare. »Aber bedenke bitte, was du für das Betriebsklima leistest. Null Komma gar nichts. Und ich denke dabei vor allem an dich, Fanny. An deine Integration in unser Team.«

»Aber ich musste …«,

»Ist das zu fassen?« Robert hob anklagend die Hände zum Himmel und schaute sich nach einer unterstützenden Zuhörerschaft um. Diese fand er natürlich in Mika, der zusammen mit Fanny im September ins Volontariat gestartet war. Er runzelte die Stirn und schaute irritiert zwischen Fanny und Robert hin und her, als könne er nicht fassen, was er sich hier ansehen musste.

»Dir ist schon bewusst, mit wem du redest, oder? Vielleicht solltest du dir angewöhnen, deinen Vorgesetzten zuzuhören und nicht permanent dazwischenzuquatschen.« Robert verschränkte erneut die Arme vor der Brust. »Was ich gerade sagen wollte …« Er legte eine dramatische Pause ein, die er für einen abschätzigen Blick in Fannys Richtung nutzte. »Die gesamte Redaktion isst zusammen Mittag, nur du grenzt dich andauernd aus. Sagt dir das Stichwort *Teambuilding* etwas?«

Wie oft hatte Fanny sich in den letzten Wochen gewünscht, ebenso schlagfertig zu sein wie ihr bester Freund Felix oder Aidans Durchsetzungskraft zu haben. Doch sie war weder Felix noch Aidan, sondern bloß Fanny. Fanny, die in Situationen wie diesen einfach einen Kloß im Hals bekam und deren Kopf wie leer gefegt zu sein schien. Fanny, die oft nicht wusste, wann und ob sie etwas sagen sollte – und deswegen die eine oder andere Sache einfach gänzlich unkommentiert ließ. Und so war es auch diesmal.

Sie schluckte schwer und nickte. Was sollte sie schon erwidern? Würde es Robert interessieren, dass sie in der Mittagspause seinen Auftrag erledigt hatte? Würde er zuhören, wenn Fanny ihm erklären würde, dass sie sein Verhalten unfair fand? Dass sie auch lieber in der Mittagspause im beheizten Bürogebäude geblieben wäre, statt sich fast das Genick zu brechen, während sie durch die vereiste Stadt schlitterte? Nein, das würde es nicht. Und wie so oft senkte Fanny den Kopf, während Robert ihr einen weiteren Vortrag über Teamgeist, Büroetikette und Arbeitsmoral hielt.

Nachdem Robert seinem Unmut Luft gemacht hatte und zu einem Meeting in einem Konferenzraum verschwunden war, setzte sich Fanny mit hochrotem Kopf an ihren Platz. Sie war sich deutlich bewusst, dass die anwesenden Kollegen und Kolleginnen ihrer Unterhaltung aufmerksam gefolgt waren. Es war auffällig still in dem sonst so geschäftigen Redaktionsraum. Mika, der eigentlich Fanny gegenübersaß, war dem ganzen Spektakel entgangen, indem er sich auf den Weg in die kleine Teeküche gemacht hatte.

»Na, das war vielleicht eine Show!«, rief eine Stimme und Fanny drehte sich ertappt um.

Hinter ihr stand Ina Turig, die Grafikerin mit den abgefahrensten Locken, die Fanny jemals in natura gesehen hatte und die sie gern fotografieren würde. Sie waren von einem sandfarbenen Blond, nur hier und da von grauen Strähnen durchzogen, und kringelten sich in alle Richtungen, als hätten sie ein Eigenleben. Wenn Ina wütend war, sahen ihre Locken wie verärgerte Schlangen aus, die sich auf ihrem Kopf umherschlängelten. Im Moment grinste sie Fanny allerdings an, in den Händen hielt sie zwei Tassen und einen Teller mit Kuchen.

»Was hast du nun schon wieder verbrochen, dass unser allseits beliebter *Robster* einen derartigen Tumult veranstaltet?« Mit diesen

Worten setzte sich Ina auf den leeren Platz rechts neben Fanny und stellte eine der Tassen vor sie. Warmer, tröstlicher Kaffeeduft stieg Fanny in die Nase. »Erzähl's deiner Lieblingsgrafikerin.«

Verlegen drehte Fanny eine Strähne zwischen den Fingern, die sich aus ihrem geflochtenen Zopf gelöst hatte. »Tut mir leid, dass ihr das alle mitbekommen habt«, murmelte sie und griff nach der Tasse. Kaffee mit Milch und einem Schuss Vanillesirup – genau das, was sie jetzt brauchte.

»Ach, dafür musst du dich nicht entschuldigen.« Ina stellte auch den Teller mit dem Schokoladenkuchen zwischen sie, bevor sie nach einer der beiden Gabeln griff, die auf dem Teller lagen. »Warte mal ab, bis sich der Chef und Frau Kurzheim quer durchs Büro anbrüllen, weil sie unterschiedlicher Meinung sind. Das nenne ich eine waschechte Ablenkung vom Tagesgeschäft.«

Sie zwinkerte Fanny aufmunternd zu, die allerdings nur ein gezwungenes Lächeln zustande brachte.

»Probier mal!«, forderte Ina sie auf und drückte ihr die zweite Gabel in die Hand. »Ist ein Probedurchlauf aus einem potenziell neuen Titel. Wenn die Rezepte alle so gut sind, kann sich die Autorin aber so was von auf einen Vertrag freuen.« Mit diesen Worten spießte sie ein weiteres Stück des saftigen Kuchens auf, und Fanny beeilte sich, es ihr gleichzutun.

»Kochen oder Backen?«, fragte sie mit vollem Mund, genoss die klebrige Süße und die leicht herbe Note. Zartbitter, genau ihr Ding.

»Kochen«, bestätigte Ina Fannys Befürchtung. »Wir machen einen weiteren veganen Titel, diesmal zum Thema Winterküche für nächstes Jahr. Und du musst zugeben, dass der da«, sie zeigte mit der Gabel auf die kaum noch vorhandenen Reste des sündhaft leckeren Gebäcks, »perfekt in die kalte Jahreszeit passt.«

Fanny nickte und leckte die letzten Reste von ihrer Gabel. Ja, den konnte sie sich gut vor einem knisternden Kaminfeuer oder mit Felix zusammen in ihrem Lieblingscafé vorstellen, während draußen ein Schneesturm tobte.

»Sehr lecker.« Sie legte die Gabel zurück auf den inzwischen leer gekratzten Teller. »Vielen Dank, Ina.«

Fanny lächelte ihrer Kollegin zu und nahm einen weiteren Schluck Kaffee. Mit schlechtem Gewissen dachte sie daran, dass sie sich erst gestern vorgenommen hatte, weniger Kaffee zu trinken. Gesund war ihr explosionsartig angestiegener Kaffeekonsum seit Beginn des Volontariats definitiv nicht.

»Was war denn los?«, erkundigte sich die Grafikerin erneut, nun in deutlich gedämpfterem Tonfall. »Unpünktlichkeit ist doch sonst nicht deins.«

Fanny schüttelte den Kopf und zeigte zum Stapel Bücher auf ihrem Tisch. »Ich sollte Titel für die Konkurrenzanalyse besorgen. Das scheint Robert entfallen zu sein. Na ja, passiert.«

»Ja, klar«, schnaufte Ina und schob ihre Tasse etwas zu heftig zur Seite. »Entfallen. Sicher.« Sie atmete ein paarmal deutlich hörbar durch, während sie sich mit zusammengekniffenen Augen im Büro umsah. Die Redaktion hatte inzwischen zu ihrer üblichen Betriebsamkeit zurückgefunden und ein stetiges Brummen und Klappern lag in der Luft.

Fanny blickte unsicher zwischen den Büchern und Ina hin und her. Es lag noch so viel Arbeit vor ihr. Bis morgen um elf musste die Präsentation fertig sein, und sie wusste nach wie vor nicht, was genau sie analysieren sollte.

»Ich müsste dann mal anfangen.« Fanny griff nach dem ersten Titel, nur um sich unschlüssig das Cover anzusehen. In trendigem Handlettering versprach das Buch die besten Traditionskuchen für jede Feier und lockte mit einer angeschnittenen Erdbeertorte. Sie drehte es um und betrachtete den Klappentext, was sie leider auch nicht weiterbrachte. Die von Robert erwähnte Anleitung und Beispielanalyse hatte Fanny sich gestern bereits angesehen, aber schlauer war sie dadurch nicht geworden.

»Das ist ein Witz, oder?«

Zunächst bemerkte Fanny nicht, dass Ina diese Worte ausgestoßen hatte und es nicht ihre eigenen Gedanken waren, die sich im

Großraumbüro manifestiert hatten. Erst einige Sekunden später hob sie den Kopf und blickte in Inas wütendes, von Schlangenlocken umrahmtes Gesicht.

»Sag mir bitte nicht, dass er dir die Konkurrenzanalyse aufgedrückt hat. Diese Aufgabe hat er vor Wochen vom Chef bekommen!«

Fanny zog ihre Schultern hoch und wich Inas Blick aus, griff stattdessen zum nächsten Titel. Ein Buch in Hellblau, das die perfekte Sommertorte für jede Gelegenheit anbot und mit der himmlisch weißen, mit bunten Früchten beladenen Torte ein regelrechter Eyecatcher war. Allerdings ließ Fanny das Buch erschrocken fallen, als Ina abrupt aufstand und sich den Teller mit lautem Geklapper schnappte.

»Dann werde ich uns mal besser noch mindestens ein weiteres Stück von diesem pervers geilen Kuchen sichern«, sagte Ina und stützte ihre freie Hand in die Hüfte. Sie beäugte Fannys Bücherstapel abschätzig. »Du hast dir hoffentlich einen Kassenzettel für die Dinger geben lassen?«

Hastig kramte Fanny ihr Portemonnaie aus der Umhängetasche und zog die sorgsam zusammengefaltete Rechnung hervor.

»Gut.« Ina verharrte einen Augenblick in der halben Kriegerinnenpose, ehe sie sich den Kassenbon schnappte. »Dann bringe ich die Quittung eben bei Sonja vorbei, bevor wir beide uns an diese ätzende Analyse machen. Im Anschluss werde ich dir beibringen, wie du dich gegen deinen tyrannischen Chef zur Wehr setzen kannst. Such doch schon einmal die letzten beiden Back-Programme aus den Regalen heraus, die Munition besorge ich. Deal?«

Vor Erleichterung wäre Fanny Ina am liebsten um den Hals gefallen und hätte ihr ewige Dankbarkeit geschworen. Sie beschränkte sich auf ein begeistertes »Deal!« und hoffte, dass Ina sie auch so verstehen würde. Während Fanny die Buchtitel zusammensuchte, nahm sie sich vor, Ina zum Nikolaus einen ganzen Stiefel voll Plätzchen auf den Arbeitsplatz zu stellen. Einen Overknee-Stiefel, mindestens.

3

Müde schloss Fanny am Abend die Haustür hinter sich und ließ ihre Umhängetasche direkt daneben auf den Boden fallen, ihr Wintermantel landete darauf. Sie würde das später wegräumen, ganz bestimmt würde sie das machen. Aber erst, nachdem sie eine heiße Dusche gehabt hatte. Und Essen. Und mehr als fünf Stunden Schlaf am Stück.

Dunkel erinnerte sie sich daran, dass sie Aidan mittags gesagt hatte, dass sie Tapas zubereiten wollte, und das schlechte Gewissen machte sich in ihr breit. Sie zog mit einem Stöhnen ihre Stiefel aus und ließ diese ebenfalls neben der Tasche stehen. Duschen, essen, schlafen – dann aufräumen.

Voller Dankbarkeit dachte sie an Ina, die sich trotz überquellendem Terminkalender den Nachmittag lang Zeit genommen hatte, um mit ihr die Titel durchzugehen und ihr zu erklären, worauf sie zu achten hatte. Mit Ina hatte es richtig Spaß gemacht, die verschiedenen Backbücher zu erkunden und die Vor- und Nachteile der Gestaltung sowie der Umsetzung zu besprechen.

Inzwischen hatte Fanny ausreichend Material zusammen und sogar schon mit der Präsentation begonnen. Aber nachdem sie zum vierten Mal den gleichen Fehler korrigiert hatte, wusste sie, dass es für heute genug war: Den Rest würde sie morgen früh erledigen. Da Robert und Mika meist erst kurz vor Beginn der Kernzeit ins Büro kamen, sollte das machbar sein.

Lautes Gelächter drang aus dem Wohnzimmer zu ihr, das nicht

nach ihren Brüdern klang. War für heute Besuch geplant? Schnell warf Fanny einen Blick in den Spiegel im Flur und verzog das Gesicht, nachdem sie ihre aufgelöste Frisur und die Augenringe bemerkte. Vielleicht hätte sie sich heute Morgen doch etwas mehr schminken sollen? Concealer sollte angeblich Wunder bewirken.

Ein lautes, sehr markantes Lachen ließ sie innehalten, ehe sie eilig etwas verschmierte Wimperntusche verrieb und sich die Haare zu einem lockeren Messy Half Bun drehte. Das war eindeutig Felix – niemand konnte so brüllen vor Lachen wie ihr bester Freund. Selbst nach einem Arbeitstag wie heute war es absolut ansteckend.

Sie betrat die offene Wohnküche, die direkt in das gigantische Wohnzimmer der Familie überging, und entdeckte ein Blech Pizza im Ofen. Auch eine Schüssel mit Salat stand bereits auf der Holzanrichte ihrer honiggelben Küche.

Wieder beschlich Fanny ein schlechtes Gewissen, denn sie konnte sich vorstellen, dass es nicht Thomas gewesen war, der heute für das Abendbrot gesorgt hatte – sondern Aidan. Der saß gerade am Kopfende ihres Küchentischs, den klischeehaften Rotstift in der Hand, und attackierte mit einer steilen Zornesfalte zwischen den Brauen einen Papierstoß.

»*Hey you*«, begrüßte Fanny ihn und blieb neben ihm stehen. Sie warf einen Blick ins Wohnzimmer, wo es hoch herging.

Ihr kleiner Bruder Thomas lümmelte mit seiner besten Freundin Sophie und Felix auf dem großen Sofa. Sie waren alle drei in ein Kartenspiel vertieft, das sie lautstark kommentierten. Wie es aussah, war Felix am Gewinnen: Thomas hatte seinen Mir-doch-egal-ist-eh-nur-Kinderkacke-Gesichtsausdruck aufgesetzt und Felix grinste wie das klassische Honigkuchenpferd. Sie hatten nicht einmal bemerkt, dass Fanny hereingekommen war. Diese blickte zu Aidan, der sie inzwischen kritisch musterte.

»Was ist es heute gewesen?«, fragte er mit ruhiger Stimme, der man anhören konnte, was er davon hielt, dass sie so spät von der Arbeit gekommen war. »Du bist mal wieder nicht ans Handy gegangen.«

»Oh.« Fanny fühlte sich mit einem Mal noch schlechter als ohnehin und setzte sich zu Aidan. Sie versuchte, den Titel des Aufsatzes zu lesen, den er mit lauter roten Anmerkungen versehen hatte: *Humor in Narration – A Thing of the Past?* »Es tut mir leid, ich hatte das Handy …«

»Auf lautlos und in deiner Tasche«, beendete Aidan ihren Satz und winkte ab. »Ja, ich weiß.«

»Tut mir leid«, wiederholte Fanny und sah zum Ofen hinüber. »Ich weiß, du hast viel zu tun …«

»*That's not what this is about*!« Aidan schmiss den Rotstift auf den Holztisch. »Es geht nicht darum, ob ich koche oder mehr im Haushalt mache, und das weißt du!«

Kurz schwieg er, und Fanny musste an all die Mappen voll Hausarbeiten und Klausuren denken, die sich in seinem winzigen Arbeitszimmer stapelten. Ganz zu schweigen von seiner eigenen Forschung, die Aidan ebenfalls vorantreiben musste. Wie machte er das alles nur?

»Sag, Fanny«, sprach er da weiter und legte seine Hände übereinander. Fanny kannte diesen Tonfall und sie kannte diese Haltung. Aidan wollte eine These durchexerzieren. »Wann warst du heute auf der Arbeit?«

Sie schluckte und betrachtete ihre eigenen Hände. Ihr weißer Nagellack war an den meisten Fingern bereits abgeplatzt, und sie fragte sich, wann sie sich die Nägel lackiert hatte. War es am Wochenende gewesen? Letzte Woche? Irgendwie gingen die Tage seit Neuestem ineinander über, ohne dass Fanny sie auseinanderhalten konnte.

»Fanny?«

»Um sieben Uhr«, sagte sie, ohne von ihren Nägeln aufzusehen.

»Und da es gerade halb neun ist, gehe ich davon aus, dass du bis acht gearbeitet hast, richtig?«

Sie nickte und zog die Schultern hoch.

»Was bedeutet, dass du heute dreizehn Stunden auf der Arbeit warst, Fanny. *Dreizehn* Stunden!«

Hier legte Aidan eine dramatische Pause ein, und Fanny holte Luft, wollte etwas erwidern – irgendetwas sagen, damit es nicht so schlimm klang, wie ihr Bruder es darstellte. Doch er legte ihr eine Hand auf den Unterarm, und sie blickte in sein blasses Gesicht, das sorgenvoll und müde aussah. Noch müder als heute Mittag.

»Ich weiß, dass es normal ist, im Volontariat hart zu arbeiten und Überstunden zu schieben. Auch, dass man sich Manuskripte mit nach Hause nimmt, kann ich nachvollziehen.«

»Wirklich?« Fanny betrachtete den Papierstapel auf ihrem Küchentisch und schürzte die Lippen.

Grinsend verdrehte Aidan die Augen, wurde dann aber ernst. »Allerdings jeden Tag elf, zwölf, dreizehn Stunden im Büro zu hocken und darüber hinaus Arbeit mit nach Hause zu nehmen …«

Er beendete seinen Satz nicht, doch das brauchte er auch nicht. Sie hatten dieses Gespräch seit September mehrmals geführt, und jedes Mal nahm Fanny sich vor, auf ihn zu hören. Auch wenn er seine Ratschläge selbst nicht befolgte, wusste Fanny, dass sie so nicht das gesamte Volontariat durchhalten würde.

»Ich verstehe es auch nicht«, murmelte Aidan und strich sich eine Haarsträhne aus der Stirn. »Meintest du nicht, dass du gar nicht weißt, ob du überhaupt in einem Verlag arbeiten möchtest? Und klar, du hegst jetzt keine Abneigung gegen Bücher, aber ich hätte nie gedacht, dass du dich dafür derart aufopfern würdest. Wann hast du das letzte Mal etwas mit Felix unternommen?«

»Das ist nicht fair!«, unterbrach Fanny ihn, und auf einmal kamen all die Worte heraus, die ihr sonst wie ein Kloß im Halse stecken blieben. »Du weißt, dass wir unterschiedliche Arbeitszeiten haben. Als Bäcker muss er extrem früh raus und ich bin nicht mehr an der Uni und kann mich um vierzehn Uhr aufs Ohr hauen, weil ich seinen Tagesrhythmus angenommen habe. Es war klar, dass das früher oder später passieren würde.«

»Fanny, Fanny«, ertönte da die Stimme ihres besten Freundes und sie drehten sich beide zu ihm um. Sie hatte gar nicht mitbekommen, dass es im Wohnzimmer inzwischen leise geworden war.

»Willst du mir gerade mein kleines, früh aufstehendes Bäckerherz brechen und mir sagen, dass du bereit bist, unsere Freundschaft für deine Karriere aufzuopfern?« Theatralisch fasste Felix sich an die Brust – dorthin, wo er vermutlich sein Herz wähnte – und stolperte einen Schritt zurück. »Oh, diese Schmerzen!«

»Komm runter, Mann«, meldete sich Thomas vom Sofa aus zu Wort, ehe Fanny eine passende Erwiderung einfallen konnte. Er schob die Karten zusammen und mischte sie nachlässig durch. »Wann gibt es endlich Essen, Aidan?«

»In fünf Minuten«, sagte dieser nach einem Blick auf sein Handy und kramte die Unterlagen zusammen. »Du und Sophie könnt schon mal den Tisch decken.« Und bevor Thomas etwas dagegen sagen konnte, fuhr er in deutlich schärferem Ton fort: »Du kannst dich ansonsten auch gern freiwillig für den Spüldienst melden.«

»Schon gut«, murrte Thomas. Sophie hatte längst die ersten Teller aus dem Regal über der Keramikspüle geholt und schnitt Fanny im Vorbeigehen eine Grimasse. »Alter Sklaventreiber.«

Felix kicherte und beugte sich zu Fanny herunter, um ihr einen Kuss auf die Wange zu drücken. Dann setzte er sich neben sie auf die Küchenbank. »Es ist doch immer wieder wunderbar, bei euch zu sein. So liebevoll.«

»Hey, solltest du nicht langsam ins Bett gehen?« Erschrocken sah Fanny zwischen ihm und dem Besteck hin und her, das sie Thomas abgenommen hatte.

»Autsch!« Felix griff sich erneut ans vermutete Herz, traf aber eher seine Milz. »Womit habe ich heute all die Liebe verdient? Willst du mich loswerden, oder was?«

»Nein!« Fanny hörte auf, den Tisch zu decken, und wandte sich stattdessen Felix zu. »So war das nicht gemeint. Was ich sagen wollte: Liegst du nicht normalerweise um diese Uhrzeit schon im Bett? Wann klingelt dein Wecker noch mal? Um zwei?«

»Meine liebe Fanny.« Felix legte seine Hände übereinander und imitierte damit Aidan perfekt. Normalerweise würde das schon ausreichen, um ihr ein Kichern zu entlocken, aber nach einem Tag wie heute hatte sie lediglich ein Stöhnen übrig. »Mir ist durchaus bewusst, dass wir uns in letzter Zeit nicht oft gesehen haben und deine Karriere zu einem alles konsumierenden Monster geworden ist.« Bei diesen Worten rollte er so dramatisch mit den Augen, dass Fanny für eine Sekunde nur das Weiße von ihnen sehen konnte. »Aber ich hatte schon erwartet, dass du dir merkst, dass dein bester Freund demnächst Geburtstag hat und *wie jedes Jahr* um diesen Tag herum zwei Wochen Urlaub hat.«

»Ich habe deinen Geburtstag nicht vergessen!« Fanny streckte ihm herausfordernd das Kinn entgegen. »Ich habe sogar schon dein Geschenk. Es ist perfekt. Noch perfekter als letztes Jahr. Gern geschehen.«

»Da bin ich mir sicher«, erwiderte Felix. »Aber ich würde mit dir wetten, dass du meinen Geburtstag trotzdem vergessen würdest vor lauter Deadlines, Aufträgen oder womit sonst du dich im Büro rumschlägst.«

Fanny fuhr entrüstet auf und wollte ihn unterbrechen, doch Sophie war schneller.

»Würde sie total.« Ungerührt von Fannys vernichtendem Blick stellte sie die Gläser auf den Tisch und ließ sich nickend gegenüber von Felix nieder.

»Hey!«, rief Fanny und sah sich Hilfe suchend nach ihren Brüdern um. »Wann habe ich bitte jemals einen von euren Geburtstagen vergessen?«

»Ähm, jedes Jahr?«, konterte Felix und lachte. »Könnt ihr euch noch daran erinnern, dass sie mir einmal ganze drei Tage zu früh gratuliert hat, weil sie dachte, sie hätte es vergessen?«

Alle lachten, und Fanny spürte, wie sie rot anlief.

»Das war nur, weil du an dem Tag komisch drauf warst und ich verschlafen hatte«, versuchte sie, gegen das Gelächter der anderen anzukommen – keine Chance.

»Vorletztes Jahr habe ich ihr an Thomas' Geburtstag morgens extra einen Post-it an den Badezimmerspiegel geklebt. Sie hat es trotzdem vergessen.« Aidan stellte das Blech voll dampfender Pizza auf den Tisch und warf ihr dabei einen seiner tadelnden Dozentenblicke zu. Felix fiel vor Lachen beinahe von der Bank.

»Und letztes Jahr, als sie dieses komische Praktikum in London hatte, wollte sie da nicht clever sein und hat extra bis Mitternacht gewartet, um Sophie eine SMS zu schreiben? Nur, dass es dann schon der Tag nach ihrem Geburtstag war?«, warf Thomas ein und griff sich das erste Stück Pizza, noch bevor Aidan mit dem Schneiden fertig war. Dann setzte er sich Fanny gegenüber.

»O mein Gott, ja!«, rief Felix und gackerte so laut und ansteckend, dass sogar Fanny in sein Lachen einfiel. »Das hatte ich komplett vergessen. Fanny und Geburtstage – immer für eine Überraschung gut.«

»Hey, Leute?« Fanny legte Felix eins der heiß begehrten Eckstücke auf den Teller. Er dankte es ihr mit einem Luftkuss. »Ihr wisst schon, dass ich anwesend bin?«

»*Really*?«, erkundigte sich Aidan, der wieder am Kopfende des Tisches Platz nahm. »In letzter Zeit hatte ich eher das Gefühl, dass dein Kopf nie da ist, wo sich dein Körper befindet.«

»Uuuh, Fanny *is in trouble*!«, sagte Thomas zwischen zwei Bissen, während er schon nach dem nächsten Stück Pizza Ausschau hielt.

Sophie verschluckte sich vor Lachen.

»Na, dann lass mal hören, Fannylein.« Felix stieß sie sanft in die Seite. »Was gibt es Neues von der Backbuch-Front zu berichten? Legen sie dich inzwischen an die Leine, sobald du an deinem Schreibtisch sitzt, und entlassen dich erst nach zwanzig Uhr in die Freiheit? Hat Schleimbolzen-Mika eurem Chef endlich seine ewige Liebe und Gefolgschaft geschworen? Wurde er daraufhin von ihm in ein trauriges Häufchen Elend verwandelt, dem du die Hand halten musstest, damit es sich nicht komplett in Tränen auflöst? Oder«, hier senkte er seine Stimme zu einem dramatischen Wispern, »bist du in die Haargel-Spur von König Robster geraten und konntest diesem Grauen erst nach einem harten Kampf entkommen?«

»Witzbold«, nuschelte Fanny, den Mund voll heißer Pizza. »Ich habe mit Ina an einem Projekt gearbeitet, das bis morgen früh fertig sein muss.«

»Ina?«

»Die Grafikleiterin.«

»Ach, Schlangenkopf-Ina!« Felix riss sich ein weiteres Eckstück unter den Nagel, was ihm einen Todesblick von Thomas einbrachte. Felix ignorierte es wie ein Erwachsener und streckte ihm die Zunge raus. »Sag das doch gleich, Fanny. Bei all den Namen, mit denen du ständig um dich wirfst, kann ja keiner mehr mithalten.«

Sophie sah verwirrt aus angesichts des Schlangenkopfes, aber tat es mit einem Schulterzucken ab. Sie kannten Felix schon lange genug, um sich nicht an solchen Kleinigkeiten wie einem Kopf voll Schlangen aufzuhalten.

»Wie dem auch sei.« Felix stupste Fanny unterm Tisch mit dem Knie an. »Du kannst mir nicht erzählen, dass es keinen neuen Verlagstratsch gibt. Komm zu Onkel Felix und erzähl ihm alles.«

»Da gibt es tatsächlich etwas.« Fanny schluckte schnell, bevor sie weitersprach. »Es ist weniger Tratsch, sondern vielmehr eine Neuigkeit.«

»Immer so vernünftig, Fanny«, stichelte Sophie und schob sich eine Gabel voll Salat in den Mund.

»Anscheinend ist der Sohn des Verlagsleiters wieder im Lande und hat heute der Redaktion einen Besuch abgestattet.«

»Sohn? Wie alt? Attraktiv?« Felix wackelte mit den Augenbrauen, und Sophie kicherte, während Thomas ein entnervtes Schnaufen von sich gab.

»Keine Ahnung.« Entspannt lehnte sich Fanny zurück. »Ich habe ihn nicht richtig gesehen.« Angesichts der Erinnerung daran, wie sie ihn und seinen Vater beinahe über den Haufen gerannt hatte, errötete sie.

»Oh! Seht ihr, was ich sehe?« Sophie richtete sich abrupt auf und fuhr sich durch ihren Pixie, sodass die blonden Haare wie elektrisiert vom Kopf abstanden.

»Sie wird rot!«, gab Felix seine fachkundige Einschätzung der

Sachlage, während Fanny ihr Gesicht mit einem Stöhnen hinter ihren Händen verbarg. »Meine Güte, muss der gute Mann heiß sein, wenn unsere kleine Fanny beim bloßen Gedanken an ihn zur Kirschtomate mutiert. Details bitte!«

Sophie nickte wissbegierig, wohingegen Aidan und Thomas synchron die Köpfe schüttelten.

»Nein, das ist es nicht.« Fanny ließ ihre Hände sinken. »Ich hätte ihn und seinen Vater nur fast umgerannt, als ich aus der Mittagspause kam. Aber da wusste ich noch nicht, wer er ist. Ina hat es mir erst später erzählt.«

»Ich wette, er hat sich über deine *stürmische* Begrüßung gefreut.« Sophie zwinkerte Felix zu und stand auf, um ihren Teller zur Küchenzeile zu bringen. »Ein solch *rasantes* Begrüßungskomitee hat man sicherlich nicht alle Tage.«

Felix' brüllendes Lachen steckte sogar Thomas und Aidan an, obwohl sich Thomas sichtlich bemühte, seine Coolness zu wahren.

»Ja!« Felix musste sich an der Tischplatte festhalten. »Ein Fanny-Empfang kann einen schon *aus der Bahn werfen*.«

»Na, ob er das mit solcher Begeisterung aufgenommen hat, wage ich zu bezweifeln«, murmelte Fanny und dachte an Inas Worte. Grimmig, unkommunikativ und beängstigend waren die Adjektive, die diese am häufigsten gebraucht hatte. »Mal sehen, was das gibt.«

»Ach Fanny, das wird schon«, sagte Felix und wischte sich eine Lachträne aus dem Augenwinkel.

»Ja, mach dir keinen Kopf«, mischte sich nun auch Aidan ein. »Immerhin kannst du dir sicher sein, dass du einen *umwerfenden* ersten Eindruck hinterlassen hast.«

4

Julian rückte den schwarzen Bilderrahmen gerade, mit dem er den großformatigen Nachdruck eines *The New Yorker*-Covers an der freiliegenden Ziegelwand seines neuen Büros aufgehängt hatte. Dann ging er einen Schritt zurück und nickte der hellen Illustration mit den chinesischen Take-out-Boxen zu, noch immer zufrieden, dass er sie auf dem *Grand Bazaar NYC* erworben hatte, auch wenn Adam ihn dafür verspottet hatte. *What a touron!* hatte sein Kollege ausgerufen und wäre vor Lachen beinahe an seinem Hotdog erstickt.

Langsam drehte Julian sich um und ließ seinen Blick durch den nach wie vor recht kargen Raum schweifen. Sein eleganter Mid-Century-Schreibtisch aus Walnussholz stand schräg im Raum, vor ihm der Besucherstuhl aus Holz und Rattan. In Kombination mit der Ziegelwand verbreitete dies in dem kleinen Büro eine beinahe heimelige Vintage-Atmosphäre. Zwar war die deckenhohe Bücherwand hinter seinem Schreibtisch praktisch leer – nur einzelne Titel der Backabteilung und seine überschaubare Sammlung von Pantone-Bechern waren darin zu finden –, aber Julian war sich sicher, dass sich die weißen Regale noch früh genug füllen würden.

Er sah auf seine Armbanduhr, die ein Geschenk zu seinem bestandenen Master gewesen war. Eine Uhr, die einem Geschäftsmann würdig sei, hatte sein Vater gesagt, und Julian die elegante Uhr gereicht. Er sei schließlich auf dem besten Weg, einer zu werden. Das war vor knapp fünf Jahren gewesen. Nun stand er in seinem ersten eigenen Büro in dem Verlag, von dem er schon als kleiner Junge gewusst hatte, dass er eines Tages ihm gehören würde.

Inzwischen war es zehn Minuten vor neun, was bedeuten sollte, dass die meisten Mitarbeitenden da sein müssten. Julian warf einen Blick durch die Glaswand zu seiner Rechten ins Großraumbüro der Redaktion und stellte fest, dass es mit der Anwesenheit alles andere als gut aussah. Ob eine Grippewelle umging?

Besonders interessierte ihn natürlich die Arbeitsinsel der Redaktion Backen – sein zukünftiges Ressort. Dort herrschte bis auf die Volontärin ziemliche Leere. Er selbst war seit sechs Uhr im Büro, um dieses in Ruhe einräumen und sich auf seinen ersten Tag vorbereiten zu können.

»*You are so German*«, hatte Kelly ihn immer aufgezogen. »*Always prepared. And if you are not, you are preparing.*« Doch Julian hatte sich in dieser Sache nicht beirren lassen. Wenn er etwas wusste, dann, dass man effizienter und gründlicher arbeiten konnte, wenn man vorbereitet war. Und so, wie es um die Abteilung Backen stand, konnte er sich gar nicht genug vorbereiten.

Deswegen hatte er sich von der Sekretärin seines Vaters bereits am Freitag die Personalakten seiner zukünftigen Kollegen und Kolleginnen besorgt und diese am Wochenende studiert. Es war in seinen Augen ungewöhnlich, dass sich eine dermaßen wichtige Abteilung lediglich aus dem Ressortleiter und zwei Volontären zusammensetzte. Als er seinen Vater danach gefragt hatte, hatte dieser abgewunken.

»Herr Groß wollte sich den Nachwuchs selbst heranziehen«, hatte er gesagt und auf den Ordner in Julians Händen gedeutet. »Und mir war es zu dem Zeitpunkt nur recht angesichts der Zahlen.«

Julian hatte daraufhin nicht erwidert, dass er es seltsam fand, dass ein junger Ressortleiter nicht mit einem qualifizierten Team zusammenarbeitete – vielleicht nicht zusammenarbeiten wollte?

Soweit er das anhand der Unterlagen beurteilen konnte, hatte dieser Mika Buchholz – von dessen Bewerbungsunterlagen seltsamerweise bloß der Lebenslauf vorhanden war – zwar einiges an Erfahrung als studentische Hilfskraft gesammelt, aber für diese Fanny Schuster war es der erste richtige Job im Verlagsgeschäft. Lediglich ein Praktikum bei einer Werbeagentur in London konnte sie vorweisen. Sein Vater schien allerdings große Stücke auf Robert Groß zu halten, und Julian ermahnte sich, ohne Vorurteile an die Sache heranzugehen.

Erneut schaute Julian auf seine Uhr. Inzwischen war es fünf Minuten vor neun und der Platz der Abteilung Backen sah unverändert aus. Er fuhr sich mit einer unbedachten Geste durch die Haare, ehe er begriff, was er gerade getan hatte. Mit zwei Schritten hatte er seinen Schreibtisch umrundet, setzte sich hinter seinen Computer und schaltete die Webcam ein, um seine Haare halbwegs in Form zu bringen. Er wollte an seinem ersten Tag nicht aussehen wie aus dem Bett gefallen.

Kritisch musterte er sich im Computermonitor. Seine blonden Haare waren zwar etwas zerzaust, aber nun schien dies beinahe beabsichtigt. Sein Dreitagebart ließ ihn älter wirken, und wenn er weiterhin so finster durch die Gegend starrte, fielen seine Segelohren kaum auf.

Er beendete die Webcam und kramte in seiner Schublade nach einem Post-it, den er über die Kamera kleben konnte. Vorsicht war besser als Nachsicht, auch wenn er Kellys Augenrollen förmlich vor sich sehen konnte. *So German*.

Sein Computer verriet ihm, dass es inzwischen kurz vor neun Uhr war, und er beschloss, noch einmal seine E-Mails abzurufen. Nur für den Fall, dass sich in den letzten Minuten etwas ereignet hatte. Natürlich begrüßte ihn sein Postfach mit gähnender Leere und Julian trommelte unruhig mit den Fingern auf der Tischplatte. Er konnte es kaum erwarten, richtig mit der Arbeit anzufangen und endlich wieder einen überfüllten Posteingang zu haben. Als er ein weiteres Mal auf die Uhr sah, sprang der Zeiger gerade auf die Neun und automatisch fuhr seine Hand zu seinem Krawattenknoten.

Es ging los.

Vermutlich war es albern von ihm, dass er auf Anzug und Krawatte bestand. Niemand im Redaktionsraum war wirklich formell gekleidet. Aber seit Julian denken konnte, hatte er seinen Vater jeden Tag in den Anzug steigen sehen, bevor er die Treppe hinunter in den Verlag gegangen war. Ohne Anzug keine Arbeit. Und schon damals war Julian klar gewesen, dass er es eines Tages sein würde, der im Anzug die Treppe in den Verlag hinuntergehen würde. Nun ja, zumindest sprichwörtlich traf dies zu, denn sein Elternhaus war längst verkauft und der Verlag inzwischen in einem architektonisch extravaganten Neubau untergebracht.

Da sein Vater noch nicht da war, stellte Julian sich ans bodentiefe Fenster rechts neben seinem Schreibtisch und schaute hinaus. Er war froh, dass sich sein Büro im Erdgeschoss befand. Er hatte das Gefühl, dass er die Nähe zum Boden brauchte, dass es ihn im wahrsten Sinne des Wortes erdete. Seine Höhenangst tat dann ihr Übriges und Julian erinnerte sich nur ungern an die Fensterfront in dem New Yorker Büro von *Arthur's Books*. Sechzehnter Stock und Glasfenster vom Holzparkett bis zur nackten Betondecke.

Unwillkürlich schauderte Julian und unterdrückte den Drang, seine Krawatte zu lockern, um besser Luft zu bekommen. Obwohl er die moosbewachsenen Wurzeln des Baumes vor seinem Fenster sehen konnte, wurde ihm leicht schwummrig beim Gedanken an diese exorbitante Höhe. Oder war es einfach die Nervosität des ersten Arbeitstags? *How ridiculous*, schließlich war es nicht sein erster *erster* Arbeitstag in einem neuen Unternehmen. Ja, streng genommen war nicht mal das Unternehmen neu.

Er drehte sich zur Glastür und konnte erkennen, dass sich der Redaktionsraum merklich gefüllt hatte. Am Tisch der Backabteilung zog gerade ein Mann mit nach hinten gegelten Haaren seinen kamelfarbenen Mantel aus und hängte diesen über eine Stuhllehne. Das war Robert Groß.

Automatisch huschte Julians Blick zu seiner Armbanduhr – er

musste wirklich aufpassen, dass das kein Tick wurde – und diese zeigte drei Minuten nach neun. Seine linke Augenbraue zog sich wie von allein nach oben und Julian schnalzte ungehalten mit der Zunge.

Ein weiterer junger Mann mit karamellbraunem Wuschelkopf tauchte mit zwei dampfenden Tassen in den Händen am Tisch auf. Eine davon stellte er vor Robert Groß, ehe er seine Tasche niederlegte und den Computer anschaltete. Julians linke Augenbraue ging erneut auf Wanderschaft, und er wusste nicht, was er davon halten sollte. Letztlich drehte er sich einfach dem Fenster zu.

Kurze Zeit später ging die Tür zum Büro auf und sein Vater streckte den Kopf herein. »Guten Morgen, mein Junge«, rief er in einer Lautstärke, bei der sich *der Junge* am liebsten an seinen Kopf gegriffen hätte.

»Guten Morgen.« Julian bemühte sich um eine ruhige Tonlage und wandte sich seinem Vater zu.

»Bereit für deinen ersten Tag?« Johannes Bovin strahlte ihn an, als planten sie einen Ausflug in den Freizeitpark.

»Natürlich.« Julian folgte seinem Vater, der beschwingt in die Redaktion schritt.

»Ich habe dich bereits am Donnerstag in der Verlagsbesprechung angekündigt und auch deine künftige Position erläutert.« Bovin Senior hielt nun, den Leuten links und rechts zur Begrüßung zunickend, zielstrebig auf die Arbeitsgruppe Backen zu. Diese befand sich schräg rechts von Julians Büro auf der anderen Seite des Raumes vor den Sprossenfenstern. »Ich bin mir sicher, Herr Groß hat inzwischen mit seinen Volontären geredet, sodass alles reibungslos verlaufen sollte.«

Julian nickte und ging aufrecht neben seinem Vater her. Kinn hoch, Schultern gerade, den Blick fest nach vorn gerichtet und bloß nicht auf die neugierigen Gesichter achten. Er hatte mit Daniel geredet, dem Juniorchef von *Cider House Books*, und dieser hatte ihm geraten, er solle von vornherein sicherstellen, dass die Mitarbeitenden in ihm nicht den Sohn – den Jungen – oder den Kumpel sahen, sondern einen erfahrenen Leiter, der eines Tages das Familienunternehmen gekonnt führen würde. Julian würde alles daransetzen, damit ihm das gelingen würde. Trotz Segelohren und Kleiner-Junge-Grinsen. Zum Teufel mit *The Wimpy Kid*.

»Herr Groß«, sprach sein Vater den Abteilungsleiter an, der erst vor wenigen Wochen sechsundzwanzig Jahre alt geworden und damit zwei Jahre jünger als Julian war. »Darf ich Ihnen meinen Nachfolger Julian Bovin vorstellen? Ich glaube, Sie haben sich noch nicht persönlich kennengelernt.«

»Das ist richtig.« Robert Groß erhob sich und strich sein schwarzes Hemd glatt. »Es freut mich, Sie persönlich kennenzulernen und in Zukunft mit Ihnen arbeiten zu dürfen.« Er lächelte Julian an und entblößte dabei beinahe leuchtend weiße Zähne. Dann streckte er Julian seine Hand entgegen.

Julian ergriff diese. »Die Freude ist ganz meinerseits.«

»Gut«, mischte sich sein Vater ein und klatschte in die Hände. »Ich fürchte, ich muss dann auch schon weiter. Wir hatten ja bereits alles Nötige besprochen, Herr Groß. Julian, du weißt, was zu tun ist. Bei jeglichen Fragen stehen dir Herr Groß und sein Team sicher gern zur Verfügung.«

»Selbstverständlich.« Herr Groß strahlte Julians Vater an. »Sie können sich auf mich verlassen, Herr Bovin.«

Nach einem flüchtigen Nicken in die Runde verließ Johannes Bovin zügig den Raum. Julian hingegen fragte sich, wieso er auf seinen Vater hatte warten müssen, wenn dieser gleich wieder verschwand. Aber er sagte nichts, wandte sich stattdessen Robert Groß zu.

Dieser stand noch immer lächelnd vor ihm. Erst von Nahem fiel ihm auf, dass Robert Groß sehr viel Wert auf sein Äußeres legen musste. Alles an ihm wirkte ein wenig zu akkurat und durchgestylt. Selbst sein Hemd war durch die mit Spitze besetzten Ärmel für den normalen Büroalltag recht ausgefallen und kam Julian für die Jahreszeit etwas unpraktisch vor.

»Darf ich Ihnen den Rest des Teams vorstellen?« Robert deutete auf die beiden Volontäre. »Das sind Mika Buchholz, der seinen Master in Publizistik mit Bestnoten abgeschlossen hat, und Fanny Schuster, Bachelor Literaturwissenschaft und Kommunikationsdesign. Beide haben vor knapp drei Monaten bei uns angefangen und unterstützen mich, wo sie können.« Er strich sich über seine glänzenden Haare. »Außerdem arbeiten wir wie die anderen eng mit der Grafikabteilung zusammen.«

»Besonders mit Ina Turig und Tobias Mann«, mischte sich Mika ein.

Julian wusste, dass er fünfundzwanzig Jahre alt war, obwohl er keinen Tag älter aussah als achtzehn. Mika stand ihm aufrecht und aufmerksam gegenüber. Sein Erscheinungsbild war das einer ordentlichen Person; seine schwarze Chinohose und der blaue Pullover waren unauffällig, aber hochwertig, und seine hellbraunen Locken hatte er mit einem modischen Kurzhaarschnitt in Form gebracht. Er schien auf den ersten Blick unkompliziert und motiviert – Eigenschaften, die Julian schätzte.

Die zweite Volontärin hingegen – Fanny Schuster, zweiundzwanzig Jahre – sah sich permanent nervös um, als erwartete sie, dass ihr jede Sekunde jemand ein dickes Kochbuch über den Kopf ziehen würde. Unruhig trat sie von einem Bein aufs andere, und Julian erkannte in ihr die junge Frau, die ihm die Woche zuvor mit dem Bücherstapel im Arm entgegengekommen war. Anders als damals trug sie heute Jeans und einen bordeauxroten Rollkragenpullover, der bequem aussah und trotzdem ihre schmale Figur betonte. Ihre langen, dunkelbraunen Haare hatte sie zu einem Zopf geflochten, der ihr über die linke Schulter fiel und an dem sie sich gelegentlich festzuhalten schien.

»Frau Kurzheim kennen Sie bestimmt von früher, nicht wahr?«, fuhr Robert Groß fort und deutete auf einen Arbeitsplatz weiter hinten im Raum.

Sofort stand Julian das Bild einer vor Wut mit den Armen rudernden Frau mittleren Alters vor Augen, die es gar nicht lustig gefunden hatte, wenn er als Kind seinen Fußball in die alten

Verlagsräume gebracht hatte. Er presste seine Lippen aufeinander, um ein Schmunzeln zu unterdrücken, was Herrn Groß aus dem Takt zu bringen schien.

Dieser räusperte sich. »Frau Kurzheim ist unsere Lizenzeinkäuferin, mit der wir ebenfalls eng zusammenarbeiten. Das Gleiche gilt für Sonja Lundermayer, die Redaktionsassistenz.«

Nachdem Julian dazu ebenfalls nichts sagte, sondern nur nickte, strich sich Robert inzwischen zum dritten Mal das spitzenbesetzte Hemd glatt.

Schließlich erbarmte Julian sich und brachte sich etwas mehr in die Unterhaltung ein. »Wie Ihnen mein Vater bereits mitgeteilt hat, will ich mir zunächst einen Überblick verschaffen. Mir wurde gesagt, dass Sie sich regelmäßig im Team treffen?«

»Exakt. Wir treffen uns dreimal die Woche im *Konferenzraum 1* zum Austausch über aktuelle und künftige Projekte oder um Einkäufe zu diskutieren. Montag, Mittwoch und Donnerstag um zehn ist unsere übliche Zeit.«

Julian gab ein leises Brummen von sich. So ganz erschloss sich ihm diese Häufigkeit nicht, da die drei täglich zusammen an der gleichen Arbeitsinsel saßen. Aber er hatte sich ja vorgenommen, offen für andere Vorgehensweisen zu sein.

»Sonja Lundermayer und Frau Kurzheim sind am Anfang jedes Meetings ebenfalls mit dabei«, fuhr Robert Groß fort, als hätte er nichts gehört. »Doch für die konkreten Projektbesprechungen sind wir dann unter uns. Wir haben ja alle viel zu tun, nicht wahr?«

Mika nickte bestätigend und warf einen Blick auf seinen Arbeitsplatz, auf dem sich diverse Mappen stapelten. Fanny hingegen starrte stur vor sich auf den Dielenboden.

»Ich würde gern das Grafikerteam kennenlernen.« Julian sah sich suchend im Raum um. »Sitzen sie auch hier im Büro?«

»Fast«, warf Mika ein und deutete hinter Julian auf einen Durchgang, der zu einem anderen Raum führte. »Sie sitzen dahinten, damit sie Ruhe vom Redaktionsgeschnatter haben.« Er grinste frech, ehe ihm einzufallen schien, mit wem er redete. Hastig fügte er hinzu: »Ihre eigenen Worte, nicht meine.«

Julian nickte, ohne eine Miene zu verziehen oder den Durchgang aus den Augen zu lassen. »Sollen wir?«, fragte er den Abteilungsleiter und marschierte los.

Robert Groß eilte ihm hinterher, während er Julian die Zusammenarbeit der Abteilungen erläuterte. Letztlich, dachte Julian, war es überall das Gleiche.

❄

Hastig suchte Fanny die letzten Materialien zusammen und schaute zu Sonjas Platz am anderen Ende des Raumes. Diese blätterte gerade durch eine Mappe, in der Fanny Unterlagen für das anstehende Meeting vermutete. Wo lagen bloß die Entwürfe für die Klappentexte? Sie hätte schwören können, dass sie diese erst vorhin in die Tischmitte gelegt hatte. Mika und sie hatten am Freitag damit angefangen, und sie war heute noch einmal drübergegangen, bevor sie in der Sitzung vorgestellt werden sollten. Nun aber waren sie spurlos verschwunden – das durfte doch nicht wahr sein!

Zu allem Überfluss machte sich Sonja jetzt auf den Weg zum Konferenzraum. Fanny überlegte, was sie machen sollte. Die Dokumente noch einmal heraussuchen und ausdrucken oder pünktlich kommen? Julian Bovin, der mit einem demonstrativen Blick auf seine Uhr an ihr vorbeimarschierte, nahm ihr die Entscheidung ab, und sie folgte ihm, ein flaues Gefühl im Magen.

Fanny schlüpfte nach Julian als Letzte in den kleinen Raum, was ihr ein missmutiges Schnaufen von ihrem Chef einbrachte. Eilig nahm sie Platz und legte ihren Packen Unterlagen auf den Tisch. Dann sah sie von Sonjas freundlichem Gesicht zu Julian Bovin, der mit finsterer Miene neben Robert saß und sie alle eindringlich musterte. Ihr flaues Gefühl im Magen verstärkte sich und sie musste trotz trockenem Mund schlucken. Der mit lauter Grünpflanzen und einer rustikalen Ziegelwand eigentlich gemütlich gestaltete Konferenzraum fühlte sich allein durch Roberts Anwesenheit zu klein an – und jetzt gab es gleich zwei von der Sorte.

»Gut, dann fangen wir mal an«, sagte Robert und lächelte aufgesetzt in die Runde. »Frau Kurzheim, haben Sie etwas für uns?«

Statt einer Antwort legte die Lizenzeinkäuferin drei Bücher auf den glatt polierten Holztisch. »Diese Prüfexemplare kamen Ende letzter Woche rein und müssten bei nächster Gelegenheit durchgesehen werden. Ich denke nicht, dass was Dringendes dabei ist. Ansonsten laufen die Verhandlungen für das britische Teebackbuch, bei dem wir am Freitag mit achttausend Euro in die zweite Runde eingestiegen sind. Ich warte aktuell auf Rückmeldung der deutschen Agentur und hoffe auf einen positiven Abschluss vor der Weihnachtspause.«

Gedankenverloren nickte Robert Groß und ließ seinen Blick über die drei Titel schweifen. »Gut. Ich habe heute nichts für Sie, danke.«

Frau Kurzheim zögerte. »Nichts Neues von der Verlagssitzung vom Donnerstag?«

»Richtig!« Robert blätterte in seinem Terminkalender, der so vollgeschrieben war, dass Fanny nicht begreifen konnte, wie er sich überhaupt zurechtfand. »Es haben sich ein paar Änderungen für das Frühjahrsprogramm ergeben. Ich kann die Details gern später mit Ihnen durchgehen und …«

»Warum?«, wurde er von Julian Bovins tiefer Stimme unterbrochen.

Robert stockte. »Wie meinen?« Nach wie vor lächelte er freundlich, aber Fanny erkannte das Missfallen dahinter. Sein Lächeln, das sie auch sonst nicht als ein freundliches bezeichnen würde, bekam dann stets etwas Gefährliches. Wie das vermeintliche Lächeln eines Affen, das in Wirklichkeit eine Drohgebärde darstellte.

»Warum wollen Sie das mit Frau Kurzheim später besprechen? Dafür findet dieses Meeting doch statt, oder nicht?« Die Stimme des Juniorchefs klang harsch und zwischen seinen Augenbrauen hatte sich eine steile Falte gebildet. Fanny zog unweigerlich den Kopf ein und auch Mika neben ihr rutschte unruhig auf seinem Stuhl herum.

»Natürlich.« Roberts Grimasse klebte ihm weiterhin wie festgefroren im Gesicht. »Frau Kurzheim und ich besprechen die Verlagssitzungen immer im Zweiergespräch. Das ist effizienter, als den Volontären alles erklären zu müssen, und hat …«

»Dem stimme ich nicht zu«, fuhr Julian Bovin dazwischen und Robert schloss eilig den Mund. »Informationen über Programmänderungen – gerade die für das kommende Programm – sind auch für die Volontäre essenziell. Ihr Redaktionsteam besteht ja nur aus Ihnen, Fanny und Mika.«

Fanny hob vorsichtig den Kopf. Hörte sie da etwa Kritik an Roberts Personalplanung heraus?

»Wenn Sie die Volontäre nicht in dieser Besprechung aufklären, müssen Sie es in einem gesonderten Gespräch nachholen – was Ihrer Aussage zur Effizienz widerspricht. Korrekt?«

»Nun, wenn Sie das so sagen«, erwiderte Robert, ehe er zu dem von Julian Bovin eingeforderten Programmpunkt überging und nahtlos zu seinem gewohnten Rhythmus zurückfand.

Fanny hingegen hatte Mühe, den folgenden Ausführungen über die letzte Verlagssitzung zuzuhören. Panik und Verwunderung machten sich gleichzeitig in ihr breit. Panik über den knallharten Tonfall, den Bovin Junior an den Tag legte und der genau das Gegenteil von dem war, was man von seinem Vater kannte. Verwunderung, dass er so mit Robert redete und dieser nichts machte, außer zu lächeln. Das hatte es bei ihm noch nie gegeben.

»Sonja«, riss Roberts Stimme sie aus ihren Gedanken, nachdem Frau Kurzheim sich mit einem knappen Nicken in die Runde verabschiedet und den Konferenzraum verlassen hatte. Fanny machte innerlich drei Kreuze, dass es sich bei den Planänderungen nicht um einen von ihren Titeln gehandelt hatte. »Hast du heute etwas für mich?«

»Ja, ich habe die ersten Messeanfragen für die Leipziger Buchmesse bekommen.«

Robert stöhnte leise auf und fing an, Spiralen an den Rand seines Kalenders zu kritzeln.

Sonja fuhr unbeirrt fort: »Ich kann gern wieder die Planung übernehmen, aber ich müsste wissen, wer von euch wann fährt.«

»Gut.« Robert notierte sich etwas auf einer Seite, von der Fanny angenommen hätte, dass kein einziger Buchstabe mehr darauf Platz finden würde. »Ich lasse es dich bis Ende der Woche wissen.«

Fanny spähte vorsichtig zu Julian, dessen linke Augenbraue missfallend nach oben wanderte. Interessant.

»Alles klar«, sagte Sonja und verabschiedete sich. Sie hatte beinahe die Tür erreicht, da wurde sie von Robert aufgehalten.

»Warte mal! Weißt du, wann Frau Kurzheim nach Leipzig fährt?«

Sie nickte, die Türklinke bereits in der Hand. »Am Freitag.«

Und mit diesen Worten war auch Sonja weg. Mika und Fanny legten Robert nun wie gewohnt den aktuellen Stand ihrer Arbeit vor, um das weitere Vorgehen zu besprechen. So weit, so üblich. Unüblich war, dass sich Julian Bovins Brauen von Aussage zu Aussage grimmiger zusammenzogen, bis er schließlich Roberts Vorgehensweise offen hinterfragte und Erklärungen verlangte. Die Luft im Raum wurde immer dicker, und auch wenn Mika fleißig mitdiskutierte, versuchte Fanny, sich möglichst unsichtbar zu machen. Wenn man nicht gesehen wurde, konnte man auch nicht geköpft werden, richtig?

Als die Klappentexte drankamen, war die Stimmung im Raum so schlecht, dass Fanny am liebsten die Fenster weit aufgerissen hätte, um die Luft komplett auszutauschen. Gerade wollte sie zu einer Entschuldigung wegen der fehlenden Unterlagen ansetzen – da zog Mika die Ausdrucke aus seiner Mappe. Und dass es tatsächlich ihre Ausdrucke waren, erkannte Fanny an der Kopfzeile, die sie heute Morgen der Einfachheit halber eingefügt hatte. Ihr blieb vor lauter Überraschung der Mund offen stehen. Aber als sie den Blick von Bovin Junior auf sich spürte, klappte sie ihn schnell zu. Unterm Tisch jedoch ballte sie ihre Fäuste vor Ärger. Das konnte langsam kein Versehen mehr sein, oder?

»Das sind unsere Entwürfe für die Klappentexte, die du angefragt hattest, Rob.« Mika reichte ihrem Chef die Unterlagen und lehnte sich gespannt nach vorn. »Willst du sie in der Gruppe durchgehen oder später lesen?«

Die Frage war leider notwendig, da sich mit jedem Entwurf, den man Robert vorlegte, auch dessen Vorgehensweise änderte. Heute war sich Fanny aber sicher, dass Robert nur noch aus dem Raum wollte.

»Ich sehe sie mir später an«, bestätigte er ihre Vermutung. Robert wollte die Papiere gerade in seine Mappe stecken, da streckte Julian Bovin die Hand aus.

»Darf ich?« Es klang mehr nach einer Aufforderung als nach einer Frage und mit einem nicht mehr ganz so perfekten Lächeln reichte Robert ihm die Klappentexte. Sofort begann Julian Bovin, diese mit gerunzelter Stirn zu lesen.

»Gut«, sagte er nach ein paar Minuten unangenehmen Schweigens, in denen sich niemand getraut hatte, auch nur ein Blatt Papier zu bewegen. Er gab die Ausdrucke zurück an Robert. »Das sind die Texte fürs kommende Herbstprogramm, korrekt?«

»Nein«, rutschte es Fanny heraus. Am liebsten hätte sie sich die Hand vor den Mund geschlagen, weil plötzlich alle zu ihr starrten. So viel zum Thema unsichtbar bleiben.

»Sondern?«, hakte Julian Bovin nach.

Fanny geriet ins Stammeln. »Die letzten Klappentexte für unsere Frühjahrstitel?«

Der Blick, den Robert ihr dafür zuwarf, sprach Bände.

Julians linke Augenbraue hingegen zog sich erneut missbilligend nach oben. *Wir haben Ende November,* schien die Braue zu sagen und Fanny konnte ihr in diesem Punkt nur zustimmen.

»Na, dann sollten die besser zügig finalisiert und in die Grafik geschickt werden.« Mit diesen Worten erhob sich Julian Bovin, knöpfte sich das dunkelgraue Jackett zu und verließ mit einem »Sie entschuldigen mich, ich habe einen Termin« den Raum.

Fahrig sammelte Fanny ihre Unterlagen zusammen und wollte

sich gerade einen kurzen Moment zum Durchatmen geben, da schnappte Mika hörbar nach Luft.

»O Gott, gleich zwölf!«, murmelte er und stapelte scheinbar wahllos Papiere übereinander.

Fannys flaues Gefühl, das sich eigentlich mit dem Ende des Meetings hätte verflüchtigen sollen, verstärkte sich. Sie dachte an all die Arbeit, die sich auf ihrem Schreibtisch auftürmte, und ihr Magen verwandelte sich in ein zittriges Nervenbündel.

»Fanny!«, rief Robert mit harter Stimme und sie schaute von ihren Unterlagen auf. Als sie in sein Gesicht blickte, wünschte sie sich, den Juniorchef zurück. Ihr Chef sah aus, als müsste ihm jeden Augenblick Rauch aus Nase und Ohren steigen.

»Du gehst die hier durch.« Er knallte die ausländischen Backbücher vor Fanny auf den Tisch. »Und schreibst mir dazu ausführliche Gutachten. Nächste Woche besprechen wir diese.«

Überrascht sah Fanny von Robert über den zur Salzsäule erstarrten Mika zu den Büchern. Sie hatte noch Frau Kurzheims Kommentar bezüglich der nicht vorhandenen Priorität im Kopf, schwieg jedoch. Robert hatte nämlich inzwischen immer mehr Ähnlichkeit mit dem Wut-Männchen aus *Alles steht Kopf*.

»Außerdem erwarte ich, dass du die finalen Korrekturen für den Gemüsekuchentitel machst und das mit der Grafik klärst. Nächste Woche ist der Drucktermin, da solltest du dich langsam mal ranhalten.«

»Aber willst du nicht …«

»Nein, will ich nicht!« Robert fuhr sich durch seine aus der Form geratenen Haare. »Herrgott noch mal, Fanny! Dass du nicht einmal dazu bereit bist, für die kleinsten Dinge Verantwortung zu übernehmen. Wie soll ich bitte ein Team aufbauen, wenn du nicht hinter deiner Arbeit stehst?«

Am liebsten hätte Fanny ihn darauf hingewiesen, dass sie bloß eine Volontärin war, keine ausgebildete Redakteurin. Die Verantwortung für die finalen Korrekturen eines Titels lagen eindeutig nicht in ihrem Zuständigkeitsbereich.

Dennoch schluckte sie die Worte ungesagt hinunter, packte die Prüfexemplare auf ihren Stapel und eilte aus dem Konferenzraum. Das würde mal wieder ein langer Tag werden, und wie von allein schlug sie den Weg in die kleine Teeküche ein, um sich den nächsten Kaffee zu holen.

5

Genervt lockerte Julian seine Krawatte, lehnte sich in seinem Bürostuhl zurück und schloss die Augen. Es war erst kurz vor acht und trotzdem war er schon jetzt bereit für den Feierabend. Der heutige Donnerstag versprach genauso zu werden wie die bisherige Woche: anstrengend. Präziser ausgedrückt: sehr anstrengend.

Bereits während des ersten Meetings am Montag war Julian klar geworden, dass die Arbeitsorganisation in der Abteilung Backen die reinste Katastrophe war. Seine Zweifel, das Ressort nur mit einem Festangestellten und zwei Volontären zu führen, hatten sich bestätigt. Selbst wenn Robert Groß laut seinem Vater ein begnadeter Redakteur war, schwammen ihm permanent die Felle davon. Mika schien zwar das nötige Selbstbewusstsein für den Job zu haben, aber Julian war sich unsicher, wie es mit seinen Qualifikationen stand. Sein Arbeitstempo war bisher eher mittelmäßig. Ganz anders hingegen lagen die Dinge bei Fanny.

Julian rollte mit seinem Stuhl ein kleines Stück nach links, sodass er an seinem Monitor vorbei in den Redaktionsraum sehen konnte. Um diese Uhrzeit war dort nicht viel los. Er ließ seinen Blick über die verwaiste Sitzecke neben dem gläsernen Eingangsbereich schweifen, die mit ihrem cognacfarbenen Ledersofa und den zwei Sesseln zum Verweilen einlud, bis er bei der Arbeitsinsel Backen landete. Dort saß sie: Fanny Schuster. Nicht zu hören, nicht zu sehen und trotzdem immer präsent. Jeden Morgen kam sie gegen sieben und bisher war sie auch immer länger geblieben. Was machte sie den ganzen Tag? In den Sitzungen sagte sie nur das Nötigste, und wenn er sie etwas fragte, gab sie knappe, kaum hörbare Antworten. Dennoch wurde Julian das Gefühl nicht los, dass hinter dieser stillen Person mehr steckte.

Er beobachtete die nach vorn gebeugte Gestalt am Schreibtisch. Da eisige Temperaturen jenseits von Gut und Böse angesagt waren, trug sie einen dicken, cremefarbenen Strickpullover und schwarze Stiefel, die bis zur Mitte der Wade über ihrer Jeans gingen. Alles in allem hatte ihr Anblick etwas Geordnetes und Unauffälliges an sich. Als ob sie die Kleidung ausgewählt hätte, um mit ihrer Umgebung zu verschmelzen – aber vielleicht machte er sich zu viele Gedanken.

Julian schaute zu seinem Telefon und überlegte, ob er so früh seinen Freund Chris anrufen konnte. Chris Pohl, mit dem er zusammen zur Schule gegangen war, hatte ein Fotostudio in Hannover, das sich auf Werbefotografie spezialisiert hatte. Seit Julian aus Amerika zurück war, hatte er noch keine Zeit gefunden, sich mit ihm in Verbindung zu setzen. Dabei wollte er ihn unbedingt um ein Treffen zwecks neuem Look der Rezeptbilder bitten.

Nach kurzem Zögern griff Julian zum Hörer. Nach wie vor war vom Ressort Backen niemand außer Fanny da, und er wollte sich nicht erneut mit ihrem verstörten Blick auseinandersetzen. Manchmal sah sie ihn an, als ob er kleine Kinder fressen würde.

»Fotostudio *P4*, Chris Pohl«, meldete sich sein Freund nach dem vierten Klingeln und Julian musste unwillkürlich grinsen. Es amüsierte ihn, seinen alten Schulkameraden so professionell zu erleben.

»Hey, Chris, hier ist Julian.«

»Julian, Alter! Wieder im Lande, oder wie darf ich die deutsche Vorwahl deuten?«

»Ganz richtig.« Wie von allein fiel Julians Blick erneut zur Arbeitsinsel Backen. Dort griff Fanny nun ebenfalls zum Telefon und notierte sich nebenbei etwas. Frühmorgens schien sie deutlich entspannter bei der Arbeit zu sein. »Seit einer Weile sogar schon, aber du weißt ja, wie das ist. Kaum war man ein paar Tage weg, nimmt einen die komplette Familie in Beschlag.«

»Ein paar Tage?« Chris schnaufte durch die Telefonleitung. »Alter, du warst die letzten zehn Jahre nie länger als eine Woche am Stück in der Gegend. Immer unterwegs – London, Paris, Lima, New York –, da ist es kein Wunder, dass deine Familie froh ist, dich mal eine Weile vor Ort zu haben. Wie lange bleibst du?«

»Es sieht ganz danach aus, dass ich erst mal hierbleibe. Mein Vater möchte mir langsam den Verlag übergeben. Deswegen …«

»Was?«, unterbrach Chris ihn und in seinem Ton schwang eine allzu vertraute Sorge mit. »Auf einmal? Ist alles okay?«

Julian seufzte und dachte an das Gespräch mit seiner Mutter, das er letztes Wochenende geführt hatte. Seltsam verkrampft hatte sie ihm gegenübergesessen, und alles, was er aus ihr herausbekommen hatte, war, wie sehr es sie freute, ihn zu Hause zu haben.

»Ich weiß es ehrlich gesagt nicht.« Julian nahm seine Brille ab und rieb sich über die Augen. »Ist es nicht zum Verrücktwerden? Da geht man auf die Dreißig zu und die eigenen Eltern behandeln einen wie ein Kleinkind, dem man keine schlechten Nachrichten zumuten kann.«

»O Mann.« Chris' Stimme klang belegt, und Julian musste daran denken, dass Chris bei ihnen quasi eine zweite Familie gehabt hatte. Die Wochenenden hatten sie regelmäßig zusammen verbracht und in den Ferien waren sie oft mit seinem Vater zelten gewesen. »Lass mich wissen, wenn du mehr weißt, ja?«

»Mache ich«, versprach Julian und nahm sich vor, heute Abend bei seinen Eltern vorbeizusehen.

»Aber deswegen rufst du mich nicht an, richtig?«, fragte Chris, und Julian hörte, dass er im Hintergrund etwas tippte.

»Richtig. Ich dachte, wir könnten uns nächste Woche mal treffen. Ich will die Abteilung Backen ein wenig umgestalten und würde gern deine Meinung zu unseren Fotos hören. Vielleicht finden wir auch gemeinsame Projekte, falls es dein Terminkalender und mein Budget zulassen.«

»Nun, Qualität hat ihren Preis und das weißt du«, erwiderte Chris lachend und Julian grinste. »Wie sieht es bei dir nächste Woche Dienstag aus? Ich könnte dich um zehn Uhr einschieben.«

»Klingt perfekt.«

»Super.« Chris schien etwas zu tippen. »Ist vermerkt. Dann musst du mir alles über deine Rückkehr erzählen, das ist dir klar?«

»Dann planst du besser zwei Stunden ein.« Julian markierte sich die Zeit ebenfalls im Kalender. Er würde an dem Morgen also nicht ins Büro kommen, sondern nach Hannover fahren. Gut, dass dienstags keine Teamsitzung war.

Julian, der gerade das übliche Verabschiedungsprotokoll einleiten wollte, wurde von Chris überrascht, der begeistert ausrief: »Ich weiß was! Du kommst morgen Abend mit zum Bar-Hopping. Da haben wir alle Zeit der Welt, um uns auf den neuesten Stand zu bringen.«

Bar-Hopping war ein beliebtes Spiel in ihrer Oberstufenzeit gewesen. Quasi der Sport des Wochenendes, bei dem man abends mit einer Gruppe von Bar zu Bar tingelte, sich unterwegs mit Wegbier eindeckte und jedes Mal die Bar wechselte, wenn einer aus der Gruppe eine Abfuhr erhalten hatte. Zwar war damals die Anzahl der Bars begrenzt und die Abfuhrrate ziemlich hoch gewesen, doch das hatte sie nicht abgeschreckt.

»Ich weiß nicht.« Julian zögerte und überlegte, wann er das letzte Mal um die Häuser gezogen war. »Sind wir dafür nicht zu alt?«

»Hey, sprich für dich selbst!« Chris lachte, bevor er ernst wurde. »Ehrlich, Julian, komm mit. Das ist eine super Truppe. Oder machst du dir Sorgen, dass deine kleine Amerikanerin was dagegen hat? Ich passe auch auf, dass du keinen Mist baust.«

Da war ja was gewesen, dachte Julian und ein kaltes Gefühl machte sich in seinem Inneren breit.

»Sie ist nicht mehr meine Amerikanerin«, sagte er und hoffte, dass es locker rüberkam und nicht so gequält, wie er sich fühlte. Sollten solche Dinge nicht ein Verfallsdatum haben? Und wenn ja, sollte seines nicht langsam überschritten sein? Leider fühlte es sich nicht danach an, und das Gefühl, verlassen worden zu sein, war so frisch wie eh und je.

»Na, ein Grund mehr, um mitzukommen. Auch wenn wir dadurch ständig umziehen werden.«

»Das sagt der Richtige!« Julian schnaufte und scrollte durch seinen Kalender. Das Wochenende lag lang und leer vor ihm. »Gut, ich komme mit. Aber nur, wenn ich auf deiner Couch pennen kann.«

»Deal!«, rief Chris und für einen Moment war alles wieder wie früher. Ohne die Probleme einer nicht laufenden Abteilung, ohne Ex-Freundinnen und ohne die Ungewissheit, was mit seinem Vater war. Mit Chris war einfach alles wie früher.

6

»Fanny!« Sie zuckte zusammen, als ihr Name laut durch die Redaktion gerufen wurde, und erstarrte mitten in der Bewegung. Sicherlich hatte sie sich eingebildet, Felix' Stimme zu hören.

»Hey, Fanny Schuster, ich rede mit dir!« Nein, die amüsierten Reaktionen der Mitarbeitenden zeigten ihr deutlich, dass sie sich nicht verhört hatte. Entsetzt drehte sie sich um und dort stand er: Felix Hofmann, Bäckergeselle, lang und schlaksig, mit frisch gefärbten schwarzen Haaren.

Fanny atmete erleichtert auf. Schwarz. Gestern Abend wurde noch heftig hin und her überlegt, ob es nicht lieber Pink oder Türkis – oder gar beides – werden sollte. Gleichzeitig ärgerte sie sich über sich selbst. War es nicht egal, welche Haarfarbe jemand hatte? Seit wann war sie bitte einer von diesen Menschen, die von allen Normativität erwartete? War es das ständige Anpassen an Roberts wechselhaften Standard, das ihre Sichtweise Schritt für Schritt veränderte? Oder war es das permanente Getuschel und Gewisper im Großraumbüro, wie es auch jetzt zu hören war? Wieder einmal beschlichen Fanny Zweifel, ob dieser Job wirklich das war, was sie wollte – wer sie sein wollte.

»Hallo? Erde an Fanny!« Felix stemmte die Hände in die Hüfte. »Ich warte schon seit zwanzig Minuten auf dich. Jetzt sag mir nicht, sie haben dich tatsächlich am Tisch festgekettet.«

»Felix!« Fanny spürte, wie Hitze in ihre Wangen kroch, und sah sich nervös um. Sie hatte Glück: Robert und Mika waren beide seit einer Weile im frühen Freitagsfeierabend und die restlichen Anwesenden schienen eher amüsiert als verärgert.

»Er hat recht«, sagte Ina, die gerade aus dem Grafikraum kam und sich ihren Schal um den Hals schlang.

Sofort schoss Fannys Kopf zu Felix herum und sie schüttelte warnend den Kopf. Sie konnte das Erkennen in seinen grünen Augen sehen und er presste die Lippen fest aufeinander. Es hatte ihr gerade noch gefehlt, wenn er jetzt irgendetwas von Schlangenkopf von sich geben würde.

Ina stellte sich neben Felix und verschränkte die Arme vor der Brust.

»Tut mir leid«, stammelte Fanny und speicherte das Manuskript ab, an dem sie gearbeitet hatte. »Ich habe die Zeit komplett vergessen. Bin gleich so weit.« Schnell schloss sie die restlichen Fenster und fuhr den Computer herunter, bevor Felix noch etwas von sich gab, das sie in Schwierigkeiten bringen könnte. Doch er hielt wohlweislich den Mund, grinste sie nur breit an, sodass Fanny ein ganz warmes Gefühl im Bauch bekam.

»Fertig!« Sie griff sich ihre Umhängetasche, in der sie bereits in der Mittagspause einige Unterlagen fürs Wochenende verstaut hatte, und drehte sich zu Felix und Ina. Dabei fiel ihr Blick durch die Glaswand ins Büro von Julian Bovin, der sie schon wieder durchdringend betrachtete.

»Fanny?« Felix stupste sie an. »Muss ich dich hinaustragen oder kommst du jetzt?«

»Jaja.« Sie streckte ihm die Zunge heraus, und er grinste zurück, was Fannys Herz gleich ein ganzes Stück leichter werden ließ. Sie liebte sein Lächeln und wie seine Augen dabei diese kleinen funkelnden Halbmonde formten. Fanny würde ihre Lieblingskamera, die sie beinahe überallhin begleiten durfte, darauf verwetten, dass Felix' Kundschaft die Bäckerei immer etwas glücklicher verließ, als sie sie betreten hatte.

Sie stempelte sich aus und ignorierte die stetig höher werdende Zahl hinter dem Plus auf ihrem Arbeitszeitkonto. Draußen atmete sie tief die klare, kalte Luft ein und gratulierte sich selbst zur überstandenen Arbeitswoche.

Inas Fluchen über »diese gottverdammte Arschkälte« holte sie zurück in die Realität und sie rief ihrer davoneilenden Kollegin noch ein »Schönes Wochenende!« hinterher. Ina winkte nur, ohne sich umzudrehen.

Felix neben ihr gluckste leise. »Schlangenkopf-Ina! Du hattest absolut recht mit ihren Haaren.«

»O nein!« Fanny kicherte ebenfalls. »Warte nur, bis du sie mal wütend erlebst. Erst dann weißt du, was ich meine.«

»Na, ich glaube, darauf kann ich verzichten.« Felix zog sie Richtung Hauptstraße. »Ich habe es lieber, wenn die Leute nett und gut gelaunt sind – vielen Dank. Da sollten sich ein paar von deinen Verlagstypen mal eine Scheibe von abschneiden.«

»Wie bist du eigentlich in den Verlag gekommen? Dafür braucht man um diese Uhrzeit doch eine Zugangskarte.«

»Ach ja, die Freuden eures Hochsicherheitsbunkers.« Felix lachte und zog Fanny weiter. Sie musste beinahe joggen, um mit ihm Schritt halten zu können. »Ich habe mir tatsächlich ewig die Beine in den Bauch gestanden. Und nachdem jemand«, er warf Fanny einen strengen Blick zu, »mal wieder nicht aufs Handy gesehen hat, habe ich quasi hinter der Tür gelauert, bis jemand herauskam, den ich nach dem Redaktionsbüro fragen konnte.«

Empört starrte Fanny ihn an und stolperte dabei über die Bordsteinkante, als sie die Straßenseite wechselten. Rasch sah sie sich nach einem herannahenden Auto um, doch die baumgesäumte Straße lag wie ausgestorben da. »Du kannst nicht einfach jemanden anquatschen und dich selbst hereinlassen!«

»Ach was, das war ganz leicht.« Felix knuffte Fanny in die Seite und wich gleichzeitig einem Radfahrer aus, der sich trotz des kalten Windes über das Kopfsteinpflaster kämpfte. »Mir wurde sogar die Tür aufgehalten.«

»O Mann«, murmelte Fanny. »Ein Glück, dass Robert schon weg war.«

»Pfff, Robert. Wir vergessen diesen Lackaffen jetzt, denn es ist Wochenende!« Felix warf in einer übertriebenen Geste die Hände über den Kopf und eine Frau mittleren Alters betrachtete ihn schmunzelnd.

»Und nicht nur irgendeines«, sagte Fanny und nahm seine Hand. »Ich finde es großartig, dass wir uns heute schon einstimmen und morgen in deinen Geburtstag reinfeiern.«

»Selbstverständlich ist es großartig, Fannylein. Die Idee kam ja auch von mir.« Auf einmal blieb er so abrupt stehen, dass Fanny in ihn hineinlief und ihre Nase mit seiner Schulter Bekanntschaft machte.

»Hey, keine Vollbremsung ohne Rücklichter!« Fanny rieb sich die Nase und versuchte, an Felix vorbeizusehen, um herauszufinden, was ihn zum Stehen gebracht hatte. Aber abgesehen von der schmalen Nebenstraße, aus der ihr das große Fenster von ihrem Stammcafé entgegen leuchtete, konnte sie nichts erkennen. »Hast du einen Stromausfall?«

Felix schüttelte den Kopf und grinste sie herausfordernd an. »Siehst du, was ich sehe?«

»Das *Café Mademoiselle*?« Noch einmal ließ Fanny ihren Blick über das im Dämmerlicht liegende Café gleiten. Es sah geöffnet aus, was gut war, weil es dort nämlich den besten hausgemachten Schokoladenkuchen der ganzen Stadt gab. Nach dieser Woche brauchte Fanny unbedingt ein Stück davon.

Das *Café Mademoiselle* war bereits zu ihrer Schulzeit ihr Stammcafé, ihre Notrufzentrale und ihr Hauptquartier gewesen und hatte sie durch alle möglichen Höhen und Tiefen begleitet. Hier hatte Felix von seinem Ausbildungsplatz berichtet, den er keine zehn Minuten zuvor bekommen hatte, von seiner ersten großen Liebe – und auch von seiner zweiten und dritten.

»Sieh genauer hin«, sagte Felix da und zwinkerte ihr verschwörerisch zu. Und weil es der Beginn seines Geburtstagswochenendes war, tat Fanny, worum er sie bat, obwohl ihr langsam, aber sicher der Hintern einfror.

Zunächst begriff sie nicht, worauf er hinauswollte. Der Gastraum war wie immer von Dutzenden Lichterketten beleuchtet, die kreuz und quer von der Decke hingen, und gerade schlängelte sich Nadiha – Cafébesitzerin und weltbeste Barista – durch das bunte Sammelsurium aus Stühlen und Sofas. Doch dann bemerkte Fanny, dass trotz vollem Laden ihr Stammplatz hinten links frei war.

»Wer zuerst da ist«, rief sie übermütig und rannte los, so gut es der vereiste Gehweg zuließ. Noch vor Felix erreichte Fanny das Café, das sie mit seinen vertrauten Gerüchen nach Kaffee, Schokolade und zweitem Zuhause begrüßte. So schnell sie konnten, ohne durch den Gastraum zu rennen, eilten sie zum Tisch, aber natürlich kam Felix mit seinen ewig langen Beinen vor ihr an.

»Unfair«, japste Fanny und ließ sich auf ihren gepolsterten Lieblingsstuhl fallen. »Du mit deiner Körpergröße.«

»Tja, wer hat, der hat«, konterte ihr bester Freund und schielte bereits zur Kuchentheke. Fanny konnte darüber nur den Kopf schütteln. Felix arbeitete in einer Bäckerei und trotzdem war seiner Kuchensucht dadurch keinen Abbruch getan. Dass er nicht durch die Gegend kugelte, grenzte an ein Wunder.

»Was nimmst du?« Er hatte das Portemonnaie schon in der Hand. »Ich lade dich ein, du armes, überarbeitetes Verlagshäschen.«

»Wie immer«, antwortete Fanny und lehnte sich zurück. Sie fand, dass sie es sich diese Woche wirklich verdient hatte.

»Milchkaffee und Schokokuchen – kommt sofort.« Felix verbeugte sich vor ihr, bevor er zur Theke ging. Nadiha wartete schon lächelnd auf ihn.

Plötzlich erfasste Fanny eine Welle der Müdigkeit. Für sie war die Woche die reinste Folter gewesen, wobei das Teammeeting am Montag noch den Höhepunkt der Nettigkeit dargestellt hatte. Sie hatte keine Ahnung, wie sie die nächsten neun Monate aushalten sollte.

»Der Kuchen ist schon unterwegs, halte durch!«, rief Felix und nahm ihr gegenüber Platz. Zwar versuchte er, lustig zu sein, doch sie konnte die Sorge dahinter erkennen.

»Alles gut«, versicherte sie ihm. »Es war einfach eine lange Woche. Eine wirklich lange Woche.«

»Erzähl es Onkel Felix.« Er legte eine Hand auf ihre.

Fanny hätte am liebsten den Kopf auf die Tischplatte gelegt und sich bei Felix ausgeheult. Doch selbst wenn sie im *Café Mademoiselle* an ihre Sperenzien gewöhnt waren, musste man es nicht übertreiben.

»Es war …« Sie suchte nach den richtigen Worten. »Es war einfach noch schlimmer als sonst. Und länger, so viel länger. Und erwähnte ich schlimmer?«

Felix nickte ihr mitfühlend zu, aber irgendwie fühlte sie sich dadurch nicht besser. Er hatte Urlaub, bald Geburtstag und sie zog ihn in letzter Zeit ständig mit ihrem Gejammer runter. Immer, wenn er diese Woche abends zu Besuch gewesen war, hatten sie über ihre Arbeit geredet. Auch Fanny konnte es schon nicht mehr hören, wie musste es da erst Felix gehen?

»Keine gute Kombination. Wie geht der ach so tolle König Robster mit dem neuen Alphamännchen um?«, erkundigte sich Felix und zwinkerte Nadiha zu, die gerade Getränke und Kuchen brachte. Fanny fiel auf, dass ihr Stück gigantisch war, und sie warf der schwarzhaarigen Cafébesitzerin einen Luftkuss zu.

Mit einem »Lasst es euch schmecken, ihr zwei« schlenderte Nadiha zurück hinter die Theke.

»Also?«, griff Felix die Frage wieder auf. »König Robster?«

Fanny musste unwillkürlich schnaufen. »Robster! Welcher ernst zu nehmende Abteilungsleiter lässt sich von seinen Volontären Robster nennen? Und Mika macht das sogar! Wobei er immerhin den Anstand besitzt, dabei auszusehen, als ob er sich dafür am liebsten die Zunge abbeißen würde.«

»Jaja, lass es raus.« Felix schob sich ein großes Stück von seinem Cheesecake-Brownie in den Mund und verdrehte genussvoll die Augen.

Fanny aß ebenfalls etwas von ihrem Schokoladenkuchen und für einen Moment machte die klebrige Süße alles ein wenig besser.

»Also, Fanny.« Felix ließ von seinem Brownie ab und lehnte sich nach vorn. »Wann wird Sir Robster explodieren?«

Sie wiegte nachdenklich den Kopf hin und her. »Ich denke, in spätestens zwei Wochen hat er ihn so weit. Länger hält er das nicht aus, ohne was zu sagen. Es ist fast bewundernswert, mit welcher Freundlichkeit er mit dem Juniorchef redet.«

»Nur um euch dann hinter seinem Rücken richtig rundzumachen.« Felix' Stimme überschlug sich beinahe und er blinzelte sie fassungslos an. »Fanny, daran ist nichts Bewundernswertes. Das ist einfach toxische Katzenkacke.«

Fanny wollte ihm gerade erklären, dass sie das Verhalten ihres Chefs gar nicht rechtfertigen, sondern vielmehr seine schauspielerischen Fähigkeiten hatte loben wollen, da fuhr Felix auch schon fort.

»Man sagt doch, dass man Menschen nicht danach beurteilen soll, wie sie sich Vorgesetzten gegenüber verhalten, sondern gegenüber Untergebenen.« Felix holte dabei mit großer Geste aus und hätte seinen Latte macchiato vom Tisch gefegt, wenn Fanny ihn nicht rechtzeitig festgehalten hätte.

»Na, vielen Dank auch.« Sie schüttelte den Kopf, während sie einen Klecks Kaffee vom Tisch wischte. »Ich bin keine Untergebene.«

»Du weißt, was ich meine.« Erneut wedelte er mit der Hand in der Luft herum und Fanny schob das Glas etwas weiter zur Tischmitte. Dann widmete sie sich ihrem Teller.

»Schon klar«, antwortete sie mit vollem Mund. »Und du hast ja recht, er war die Woche wirklich schlimmer als sonst.« Kurz verzog sie das Gesicht, als sie sich an den Ausraster erinnerte, den sie abbekommen hatte, nachdem Julian Robert wegen seiner schlechten Priorisierung in die Mangel genommen hatte.

»Ich würde diesen Bovin-Sprössling gern mal kennenlernen.« Verträumt stützte Felix sein Kinn in die Hand. »Ich stelle ihn mir großartig vor. Ich meine, wenn er nicht auf Sir Robster hereinfällt, muss er was im Kopf haben. Dass er gut aussieht, hatten wir ja schon festgehalten, nicht wahr?«

»Hm«, machte Fanny und kratzte etwas Schokocreme vom Teller. »Ich glaube, er ist dir trotzdem nicht nett genug.« Mit einem Schaudern dachte sie an seine grimmigen Blicke, die sie irgendwie zu durchlöchern schienen. Sie wurde das Gefühl nicht los, dass er nur darauf wartete, dass sie einen Fehler machte.

»Ach was, so ein Grummelbärchen hat auch was«, erwiderte Felix und Fanny verschluckte sich an ihrem Kaffee. Grummelbärchen? Wenn es ein Wort gab, das nicht zu Julian passte, dann diese Verniedlichung.

Felix reichte ihr eine Serviette. »Habt ihr euch inzwischen wegen der Namen geeinigt?«

Als Fanny wieder genug Luft bekam, nickte sie und räusperte sich. »Wir laufen jetzt auf der Vornamen-und-Sie-Basis.«

»Igitt«, sagte Felix und verzog das Gesicht.

Das mit der Anrede war im Verlag etwas schwierig. Frau Kurzheim wollte, wie einige andere im Büro, von allen gesiezt und mit Nachnamen angesprochen werden. Unter den Jüngeren herrschte überwiegend das Du und der Vorname, sogar mit den Abteilungsleitenden. Und nun kam also Julian und das Sie.

»Ist das etwas Amerikanisches?«, fragte Felix und kratzte sich am Kinn.

Fanny schüttelte den Kopf. »Im Englischen gibt es kein Sie.«

»Was weiß ich.« Felix schnipste ihr gegen die Stirn. »Du erinnerst dich, dass ich nach der Elften abgegangen bin und nicht studiert habe wie Miss Smarty Pants?«

Fanny warf ihm kurzerhand die zusammengeknüllte Serviette an den Kopf. »Fang bloß nicht damit an, Felix. Du bist mindestens so schlau wie ich und das weißt du hoffentlich.« Warnend hielt sie ihm ihren rechten Zeigefinger unter die Nase.

Felix biss einfach rein.

Bevor Fanny darauf reagieren konnte, sah sie aus dem Augenwinkel Thomas' hellbraunen und Sophies blonden Haarschopf. Die beiden schauten sich suchend im Café um und Fanny winkte ihnen zu. Als sie näher kamen, fiel Fanny das Gesicht ihres jüngeren

Bruders auf. Sein linker Wangenknochen war angeschwollen und hatte bereits begonnen, sich blau zu verfärben.

»Was ist passiert?«, rief sie und sprang auf.

Thomas verdrehte die Augen und warf Sophie einen entnervten Blick zu.

»Wow, das nenne ich mal eine Farbpalette.« Felix rutschte einen Platz weiter, um Thomas neben sich zu lassen. »Damit wirst du morgen bestimmt alles andere in den Schatten stellen.«

Thomas murmelte undeutlich vor sich hin und klaute sich das letzte Stück von Felix' Brownie. Dieser sagte nichts, was ein deutliches Zeichen dafür war, dass er ebenso schockiert war wie Fanny.

»Was ist passiert?«, fragte sie eindringlich, während Sophie zur Theke ging, um ihre Bestellung aufzugeben.

»Nichts, okay?« Thomas ballte seine Hände zu Fäusten, und Fanny konnte sehen, dass die Knöchel abgeschürft waren. Auch sein Hoodie war deutlich deformiert und sogar seine Frisur hatte sich den Umständen angepasst.

Fanny massierte sich gequält die Schläfen. Schon wieder eine Prügelei. Aidan würde einen Anfall bekommen. »Thomas …«

»Boah, lass gut sein, Fanny.« Entnervt wischte er sich über den Mund. So würde sie bei ihm nicht weiterkommen. Nicht, wenn er diesen verbohrten Gesichtsausdruck zur Schau trug. Den hatte er schon als kleiner Junge drauf, wenn er zum Beispiel gekochte Möhren essen sollte.

Sie warf Felix einen hilflosen Blick zu, aber der zuckte nur mit den Schultern und stieß Thomas vorsichtig an.

»Wenn was ist, kannst du mit uns reden, Tommy.« Ernst und ruhig klang ihr bester Freund dabei, fast nicht mehr wie er selbst. Felix war laut und lustig, auch in den schwierigsten Situationen. Außer Fanny und einigen wenigen Auserwählten kannte niemand diese Seite von ihm. »Das weißt du, nicht wahr?«

»Und du weißt, dass du der Einzige bist, der mich unbeschadet *Tommy* nennen darf, nicht wahr?«, erwiderte Thomas und schob sich auch das letzte Stück von Fannys Kuchen in den Mund.

Felix grinste und nickte.

»Musst du zum Arzt oder geht es?«, fragte Fanny, wohl wissend, dass Thomas sie mit seiner letzten Frage gemeint hatte. Die Zeiten, in denen einem die ältere Schwester einen Spitznamen geben durfte, waren lange vorbei.

»Geht schon«, murmelte er und sah auf, als Sophie zu ihnen trat.

»Dir ist klar, dass wir jetzt keine Arbeit mehr erledigen werden?« Sie blieb mit in die Hüften gestemmten Händen vor Thomas stehen und starrte ihn mahnend in Grund und Boden. »Glaub bloß nicht, dass du so leicht davonkommst, Mister. Und wenn ich bei euch zu Hause kampieren muss: Die Projektarbeit wird bis Montag fertig sein.«

»Jaja, nerv nicht«, murrte Thomas und fing an, das Tischgesteck auseinanderzunehmen und neu anzuordnen.

Auf Fannys fragenden Ausdruck hin schüttelte Sophie nur traurig den Kopf. Sie hatte den gleichen sorgenvollen Blick drauf, den Felix Fanny vorhin zugeworfen hatte. Die Freunde der Schuster-Family hatten es heute echt nicht leicht.

»Was haltet ihr davon, wenn wir alle zusammen in Ruhe unseren Kuchen essen und danach zu den Schusters gehen? Dann könnt ihr zusammen lernen und wir kümmern uns ums Abendbrot?« Fragend sah Felix Fanny an, die mit den Schultern zuckte, noch immer in Gedanken beim Gesicht ihres kleinen Bruders.

»Klingt gut«, sagte Sophie und setzte sich neben Fanny. Anscheinend versetzte sie Thomas unterm Tisch einen Tritt, denn es rumste leicht und er schreckte auf.

»Jaja, *whatever.*« Er fuhr sich mit der rechten Hand über den Nacken, dann lehnte er sich zu Fanny. »Du musst einen Test für mich unterschreiben.«

»Ach, Thomas!« Hilflos ließ sich Fanny in ihrem Stuhl zurücksinken. Sie konnte sich vorstellen, welche Note sie unter dem Test finden würde.

»Komm schon, Fanny. Nur noch dieses eine Mal. Bitte!«

»Du weißt, dass Aidan …«

»Weiß ich, verdammte Scheiße«, unterbrach Thomas sie und Fanny zuckte zusammen. Entschuldigend sah sie zu den anderen Gästen. »Es ist einfach beschissenes Timing. Du weißt doch, wie er ist.«

Fanny sah ihn scharf an. »Ja, *ich* weiß, wie er ist. Du auch? Kannst du das durch deine Teenager-Rebellion überhaupt erkennen?«

Thomas schloss die Augen und presste die Kiefer aufeinander. Verwundert öffnete er sie, als Felix plötzlich in die Hände klatschte.

»Wow, Fanny. Warum nicht gleich so? Kannst du dir dieses Gefühl nicht für den König der Lackaffen merken?«

Fanny gab ihm über den Tisch hinweg einen Klaps, wurde aber trotzdem rot. Dann blickte sie zurück zu Thomas, der Felix nach wie vor verwirrt ansah.

»Also gut«, sagte sie, und sein Kopf schnellte so abrupt zu ihr herum, dass sie meinte, Halswirbel knacken zu hören. »Aber das ist das letzte Mal, klar?«

»Klar«, murmelte Thomas, und für eine Sekunde konnte man so etwas wie Dankbarkeit in seiner Miene erkennen, ehe er den Mund spöttisch verzog. »Weißt du, mir war nicht klar, wie ähnlich du Aidan bist. Diese Ansprache hätte glatt von ihm sein können. Nur an der Lautstärke musst du noch arbeiten.«

»Haha, sehr witzig«, sagte Fanny, während Felix und Sophie kicherten und Nadiha ihre Bestellung brachte. »Iss deinen Kuchen, *you moron*.«

»*Yes, Ma'am*!«

7

Es war laut und voll in dem kleinen Irish Pub, was für einen Freitagabend nicht überraschend war. Aufgeregte Stimmen und Gelächter vermischten sich mit dem Geruch nach süßlichem Parfüm und billigem Bier, das vermutlich als *original irish* verkauft wurde. Julian hatte gerade den idealen Grad der Trunkenheit erreicht, in dem die Welt um ihn herum noch Sinn ergab und ihn Chris' Fragen zu seinem Liebesleben trotzdem nicht mehr nervten. Zumindest nicht mehr ganz so sehr.

»Hier!«, rief besagte Nervensäge und stellte ein Guinness vor ihm ab, das durch all den Schaum noch braun war. »Auf den weiteren Abend und in der Hoffnung, dass wir nicht gleich wieder umziehen müssen.« Er warf Julian einen spöttischen Blick zu und nahm einen großen Schluck von seinem schaumigen Stout.

Julian trommelte mit den Fingern auf den klebrigen Tisch und dachte an die Blondine zurück, die er in der letzten Bar nur angesprochen hatte, damit er von Chris und seinen Fragen wegkam. Er hätte wissen müssen, dass er keine Chance bei ihr hatte, besonders, nachdem er sie zur Begrüßung angelächelt und sie ihn daraufhin irritiert von oben bis unten gemustert hatte. Diese verdammten Segelohren.

Aber zwei Shots und ein Wegbier später machten ihm Chris' Fragen schon etwas weniger aus. Er drehte sein Guinness zwischen den Händen, darauf wartend, dass die Luft darin endlich aufsteigen würde. Sein amerikanisch-irischer Kollege Ian aus New York würde einen Anfall bekommen, wenn er sehen könnte, was Chris mit seinem Guinness anstellte. *Sacrilege!*

»Nun mach kein Geheimnis daraus«, setzte Chris erneut an und Julian konnte den Alkohol deutlich aus seiner Stimme hören. War Chris betrunkener als er? Wann war das passiert?

»Was ist jetzt mit deiner Amerikanerin? War es die Entfernung?«

Julian war verwirrt. Welche Entfernung konnte Chris meinen? Sein Arbeitsplatz hatte direkt neben ihrem gelegen, näher dran ging wohl nicht. Doch dann fiel ihm auf, dass Chris denken musste, dass die Beziehung erst vor Kurzem geendet hatte. Julian schüttelte den Kopf und die Welt drehte sich immer ein kleines bisschen weiter, als er seinen Kopf bewegte. Noch war es allerdings kein unangenehmes Gefühl.

»Was dann?«, bohrte Chris nach und wischte sich den Bierschaum von der Oberlippe.

»Sie hat vor etwa einem Jahr Schluss gemacht, okay?« Julian sah in Richtung der schwarz lackierten Theke und überlegte, ob er eine weitere Abfuhr riskieren sollte, nur um erneut das Gespräch zu beenden.

»Und?« Chris schüttelte verständnislos den Kopf. »Jetzt lass dir nicht alles aus der Nase ziehen!«

Julian tastete automatisch nach seiner nicht vorhandenen Krawatte, während er an das letzte Thanksgiving zurückdachte. Er erinnerte sich an das Gefühl der Ringschatulle in seiner Hosentasche und dass er deswegen den ganzen Abend unruhig auf seinem Platz hin und her gerutscht war. Wie lächerlich klischeehaft von ihm. »Ich habe sie gefragt, ob sie mich heiraten will.«

Chris verschluckte sich an seinem Bier, spuckte eine gute Portion über den ohnehin schon klebrigen Tisch.

Julian klopfte ihm auf den Rücken und wartete, bis er sich beruhigt hatte. Dabei versuchte er, das Gefühl zu ignorieren, das an seinen Eingeweiden nagte.

»Scheiße«, keuchte Chris, was sowohl am Luftmangel als auch an Julians Äußerung liegen konnte. »Was … Ich meine …«

»Ich habe sie an Thanksgiving im Beisein ihrer Familie gefragt, ob sie meine Frau werden will. Sie hat abgelehnt.«

»Scheiße«, wiederholte Chris. »Das tut mir echt leid, Mann. Ich …«

»Da ist noch mehr«, fuhr er fort, ohne Chris anzusehen. Plötzlich verspürte er den Wunsch, wenigstens einer Person alles zu erzählen. Die komplette Geschichte. »Ich bin mir ziemlich sicher, dass sie zum Zeitpunkt des Heiratsantrags eine Affäre hatte.«

»Nein!« Chris schlug mit der flachen Hand auf den Tisch, sodass die Gläser wackelten. »Was für eine Scheiße!«

»Da ist noch mehr«, sagte Julian und krallte sich regelrecht an der zerkratzten Holzplatte fest. Seine Eingeweide drehten sich munter um sich selbst, ehe sie mit einem beklemmenden Gefühl zum Halt kamen.

Chris' Mund stand inzwischen offen, und Julian konnte sehen, dass er das Wort *mehr* formte, ohne einen Laut von sich zu geben. Vielleicht hätte er mit Chris reden sollen, als sie nüchtern waren?

»Diese Affäre«, sagte Julian und sah zu Chris, der zögernd nickte, »hatte sie mit unserem Chef.«

Chris riss die Augen auf und fuhr sich über die kurz rasierten Haare. Dann öffnete und schloss er ein paarmal den Mund, bis er schließlich stammelte: »Scheiße … Mann, ich weiß gar nicht, was ich sagen soll.«

»Da ist noch mehr«, sagte Julian zum hoffentlich letzten Mal und hätte am liebsten den Kopf auf den klebrigen Tisch gelegt – genau so, wie Chris es jetzt tat. Er meinte, ein gestöhntes »Noch mehr?« von seinem Kumpel zu hören, und seufzte. Er hätte dieses Gespräch definitiv im nüchternen Zustand führen sollen. Auch dann war die Story irritierend und unglaubwürdig. Wenn es nicht ihm passiert wäre, hätte Julian es für eine überzogene Komödie gehalten. Eine, in der ein junger Ben Stiller die Hauptrolle spielen würde. »Er hat beim Sommerfest um ihre Hand angehalten. Sie werden im kommenden Frühjahr heiraten.«

Ruckartig richtete Chris sich auf und warf ihm mit seinen

braunen Augen einen regelrechten Hundeblick zu. »Das denkst du dir jetzt aus.«

Julian schüttelte den Kopf und griff nach seinem Guinness. Darauf musste er erst mal was trinken. Vielleicht würde das helfen, um seine Eingeweide wieder richtig zu sortieren.

»Aber das ergibt keinen Sinn. Ich meine, der Chef muss doch gesehen haben, dass ihr zusammen wart.«

»Wir haben es auf der Arbeit nicht an die große Glocke gehängt. Gerade mal unser engster Freundeskreis wusste von der Beziehung.«

»O Mann, das ist …« Chris setzte immer wieder zum Reden an, nur um sich selbst mit einem ungläubigen Geräusch oder einem Kopfschütteln ins Wort zu fallen. Er schien Schwierigkeiten zu haben, die Situation zu begreifen, und Julian wusste nicht, ob es am Alkohol oder an der Geschichte lag. »Falsch!«, stieß sein Kumpel irgendwann hervor, und dem konnte Julian nur zustimmen. Die ganze Angelegenheit war einfach komplett falsch gewesen.

»Warte mal!« Chris starrte ihn mit offenem Mund an. »Sie hat Thanksgiving abgelehnt und im Sommer angenommen …« Er schien zu überlegen und sah dabei genauso aus wie früher im Matheunterricht beim Thema Integralrechnung. »Aber du bist erst vor Kurzem wiedergekommen.«

Als Julian nickte, weiteten sich Chris' Augen merklich.

»Ihr habt danach alle zusammengearbeitet?« Seine Stimme hatte einen seltsam schrillen Ton angenommen. Nachdem Julian erneut nickte, ließ er seine Stirn mit einem dumpfen Knall auf die versiffte Tischplatte aufschlagen. »Wusste der Chef-Typ von euch?« Chris sprach mit dem Fußboden, sodass Julian ihn kaum verstehen konnte.

»Ich denke nicht.« Julian rieb sich übers Kinn. Er hatte seinen Bart die Woche über nicht gestutzt und jetzt fühlte er sich ungewohnt weich und strubbelig an. »Das würde Witt nicht gut dastehen lassen, deswegen bin ich mir sicher, dass sie es verschwiegen hat.«

»O Mann.« Chris richtete sich so weit auf, dass er ihn mitleidig ansehen konnte. Julian konnte nicht behaupten, dass er es mochte, aber irgendwie war es auch nett, jemanden zu haben, der wusste, wie er sich fühlte. Jemand, der mitfühlte. »Kein Wunder, dass du nicht darüber reden wolltest. Es tut mir leid, okay? Ich hätte dich nicht nerven sollen. Das war nicht cool.«

»Schon gut.« Julian winkte müde ab. »Aber wie du dir vorstellen kannst, hat es mir deswegen relativ gut gepasst, dass mein Vater mich hier haben wollte.« Er blickte sich im schummrig beleuchteten Raum um, dessen Wände von Dutzenden dunkel-gerahmten Bildern gesäumt wurden. Der Pub leerte sich langsam, die meisten Gäste waren weitergezogen oder nach Hause gegangen, denn inzwischen war es fast halb drei. »Ich werde mich einfach auf die Arbeit konzentrieren. Mit der katastrophalen Abteilung an der Backe sollte mir das nicht allzu schwerfallen.« Er runzelte die Stirn. Julian wusste bereits nach einer Woche, dass sich in dem Ressort einiges ändern musste, aber er hatte noch keinen Plan, keine genauen Anhaltspunkte.

»O bitte«, stöhnte Chris und richtete sich gerade auf, nicht, ohne dabei gefährlich ins Schwanken zu geraten. »Jetzt fang bloß nicht an, über die Arbeit zu reden. Oder außer der Arbeit kein Leben zu haben. Gib dieser – wie war ihr Name? – bloß nicht die Chance, dein Leben dermaßen zu beeinflussen.«

»Ich weiß nicht, was du meinst.« Julian verschränkte die Arme vorm Oberkörper. »Bloß, weil ich mich auf die Arbeit konzentrieren will, heißt das nicht, dass ich kein Leben haben werde. Oder dass Witt es beeinflusst.«

»O bitte!«, wiederholte Chris und schnaufte amüsiert. »Ich kenne dich. War es Zufall, dass du nach dem Abitur sofort das Weite gesucht hast, obwohl du dich mit deinen Eltern so gut verstehst und easy von zu Hause aus hättest studieren können? Ich denke nicht.«

»Keine Ahnung, wovon du sprichst«, meinte Julian und sah überallhin, außer zu Chris. Es sollte Freunden verboten werden, alte Kamellen aus der Schulzeit gegen einen zu verwenden.

»Ja, sicher.« Chris rammte ihm etwas unkoordiniert den Ellbogen in die Seite und lenkte Julians Aufmerksamkeit zurück an ihren Zweiertisch. »Ich sage nur Hannah. Oh, Hannah!«

»Ach was.« Julian nahm einen tiefen Zug aus seinem Glas. Wenn sie weiter in seiner verkorksten Beziehungsvergangenheit herumwühlen würden, musste er auf alle Fälle betrunkener sein. »Das alles hatte rein gar nichts mit ihr zu tun. Ich wollte einfach raus. Mal etwas anderes sehen. Mal wer anderes sein außer der Sohn des Verlagschefs.«

»Rede dir das nur ein.« Chris tätschelte Julians Wange, wobei seine Finger unangenehm klebrig waren. »Tief in deinem Inneren weißt du, dass du ein hoffnungsloser Romantiker bist und dein weiches Herz dich alle möglichen verrückten Dinge machen lässt. Wie zehn Jahre im Ausland umherzureisen.«

»Blödsinn!« Julian verschränkte erneut die Arme vor der Brust. »Ich habe Arbeitserfahrung gesammelt. Arbeitserfahrung, die mir übrigens zugutekommen wird, wenn ich diesen festgefahrenen Karren von einer Backbuchabteilung aus dem Dreck ziehen werde. Da bleibt keine Zeit für eine Beziehung. *The work must come first.*«

»Im Ernst, Julian?« Chris sah ihn mitleidig an, und Julian wünschte sich, er hätte das Guinness langsamer getrunken. Dann hätte er es jetzt über den Kopf des anderen auskippen können. »Ich wette, dass du das nicht mal bis zum Ende des Jahres durchhältst.«

»Ach ja?«

»Absolut. Du bist viel zu nett und anhänglich.« Chris stand leicht schwankend auf und hielt sich an der Tischplatte fest. »Wie ein Hundewelpe. Mit deinen Ohren siehst du auch aus wie dieser kleine Hund von Instagram. Du weißt schon, dieser graue mit den runden Ohren.«

»Ich habe absolut keinen Schimmer, wovon du redest, Mann«, sagte Julian und wusste nicht, ob er über Chris lachen oder beleidigt sein sollte. Erst das verdammte *Wimpy Kid*, jetzt ein kleiner grauer Hundewelpe? Er sollte sich angewöhnen, eine Mütze zu tragen!

8

»Noch eine Stunde, dann trittst du offiziell in die Liga der Mittzwanziger ein!«, rief einer von Felix' Freunden.

Fanny ließ ihren Blick über die bunte Truppe aus Bäckergesellen und Bloggenden zu ihrem besten Freund wandern, der lachend auf ihrem Sofa saß, eine glitzernde Pappkrone auf dem Kopf und ein Glas hausgemachten Punsch in der Hand. Sie freute sich, dass so viele Leute gekommen waren. Dreiundzwanzig Jahre Felix war auf alle Fälle ein Grund zum Feiern.

Sogar Aidan hatte sich den halben Tag freigenommen und kräftig bei den Vorbereitungen geholfen, hatte Luftballons aufgeblasen, Gemüse geschnippelt und Girlanden vor die Bücherregale im Wohnzimmer gehangen. Zwischendurch hatte er die Vorbereitungen allerdings immer wieder unterbrochen, um sich erneut über Thomas aufzuregen.

Fanny nippte an ihrem Punsch und sah zu ihrem kleinen Bruder hinüber. Der hielt sich wohlweislich von Aidan fern und hockte zusammen mit Sophie vor dem großen Geschenkeberg, der vor ihrem Kamin aufgetürmt worden war. Fast könnte man meinen, es sei schon Weihnachten, auch wenn Fanny noch keine Zeit gehabt hatte, die Dekoration aus dem Keller zu holen. Sonst hatte sie das immer vor Felix' Geburtstag gemacht und die Weihnachtsgirlanden passend zum Anlass mit Luftschlangen umwickelt.

»Fanny, kommst du mal?«, fragte Aidan, und sie zuckte zusammen, hatte nicht mitbekommen, dass er zu ihr getreten war. Er zupfte am Ärmel ihres rauchblauen Wickelkleides, das sie extra Felix zu Ehren angezogen hatte, und deutete mit einer Kopfbewegung in Richtung der Küche.

Mit ihrem Glas in der Hand folgte sie ihm zum Esstisch, auf dem lauter halb leere Platten standen und irgendwie traurig aussahen. Vor zwei Stunden war es Fanny so vorgekommen, als ob sich der Tisch unter dem Sammelsurium an Lebensmitteln durchbiegen müsse. Jeder von ihnen hatte etwas mitgebracht. Es gab gefüllte Blätterteigtaschen, Salate aller Art, Brötchen, Pizza, Laugengebäck, herzhafte und süße Spieße – sogar einen Mettigel hatte Thomas besorgt, weil Felix mal meinte, dass er den Gedanken an einen Igel aus Hackfleisch und Zwiebeln zugleich absolut widerlich und total genial fände. Fanny fand ihn einfach gruselig, besonders nachdem Thomas gefüllte Oliven als Augen eingesetzt hatte und man danach von einem leicht schielenden Batzen Hackfleisch angestarrt wurde. Vom Igel war inzwischen nur noch ein kümmerlicher Rest da und auch das Brot dazu war komplett verschwunden. Kein Wunder, Felix hatte es gebacken.

»Ich dachte, wir sorgen für Ordnung und füllen die Platten etwas auf.« Aidan strich sich eine Haarsträhne hinters Ohr und ging bereits zum Kühlschrank. Dort hatten sie alles verstaut, was nicht mehr auf den Tisch gepasst hatte.

Fanny ordnete zunächst die Reste auf dem Tisch und war gerade dabei, die auf mehrere Platten verteilten Spinattaschen zusammenzuschichten, als Aidan weitersprach.

»Hast du Thomas' Test unterschrieben?« Er stand vor dem Kühlschrank, seinen Blick unverändert in dessen Inneres gerichtet, ohne dass er etwas herausholte.

Fanny sank auf den nächstbesten Stuhl und nippte an ihrem Punsch, während sie im Kopf ihre Antwortoptionen durchging. Sie konnte erkennen, dass Aidan sich bemühte, ruhig zu bleiben. Er sprach mit verhaltener Stimme und funkelte sie auch nicht mit vor Wut bebenden Nasenflügeln an. Aber seine Fingerknöchel traten weiß hervor, denn Aidan umklammerte den Griff des Kühlschranks so fest, dass Fanny befürchtete, er würde ihn vielleicht abbrechen. Es wäre jedenfalls nicht das erste Mal. Sie liebte ihren großen Bruder und wusste, dass er nie etwas tun würde, das jemandem schaden könnte. Dennoch hatte er ein ziemliches Temperament, und Thomas schaffte es ständig, dieses zu reizen und Aidan zum Explodieren zu bringen. Nun, normalerweise lag es an Thomas, heute Abend wohl eher an ihr.

»Jup«, murmelte Fanny schließlich mit Blick auf die traurigen Reste des Mettigels. »Habe ich.« Sie fragte nicht, woher er es wusste oder ob es lediglich eine Ahnung gewesen war. Manchmal schien er für solche Dinge einen siebten Sinn zu haben.

Aidans Griff um den Türgriff verstärkte sich. »Seit wann handhabt ihr das wieder so?«

Schnell sprang Fanny auf, um näher an ihn heranzutreten. »Du weißt, dass ich so etwas normalerweise niemals wieder machen würde!«

Er fuhr zu ihr herum. Seine dunklen Augenbrauen hatten sich nun doch bedrohlich zusammengezogen und da waren auch die bebenden Nasenflügel. Wie sich Aidan so vor ihr aufbaute, konnte sie Noahs Kommentar bezüglich *The Byronic Hero* schon irgendwie nachvollziehen.

»Weiß ich das?«, zischte Aidan und verschränkte die Arme vor der Brust.

Innerlich verdrehte Fanny die Augen und sah sich vorsichtig nach den Gästen um. Sie hatte keine Lust auf einen seiner berühmten Wutanfälle. Der vom Vorabend war ihr noch präsent genug, als Aidan mit seiner dunklen Stimme durchs ganze Haus gebrüllt hatte. Wie so oft in letzter Zeit hatte dieses Spektakel mit einem heiseren Aidan und einem Beutel Tiefkühlerbsen in Thomas' Gesicht geendet.

»Wer sagt mir denn, dass ihr das nicht wieder regelmäßig macht? Dass ich erst davon erfahre, wenn der Direktor mir erneut vorhält, ich könne mich nicht um Thomas kümmern, weil er mal wieder nur knapp versetzt wurde. Oder hättest du mir von der Fünf erzählt, wenn ich sie nicht zufällig auf seinem Schreibtisch gesehen hätte?«

»Nein, hätte ich nicht.« Fanny reckte Aidan herausfordernd das Kinn entgegen.

»Verdammt noch mal, Fanny!«, rief er und raufte sich die Haare. Seine Stimme wurde mit jedem Wort lauter, konnte die Mischung aus Stimmengewirr und Musik im Wohnzimmer allerdings nicht übertönen. »Wie zum Teufel soll ich ihm helfen, wenn ich nicht weiß, was los ist? Wenn du jetzt auch gegen mich arbeitest, was, glaubst du, wird aus ihm?«

Aidan tigerte vor ihr auf und ab wie ein eingesperrtes Raubtier, und Fanny fragte sich, ob er seine Situation auch so empfand. Eingesperrt, dazu gezwungen zu warten, bis seine Geschwister sich endlich um sich selbst kümmern konnten. Dazu verdonnert, sich mit ihren Problemen auseinanderzusetzen, weil es ihr Vater nicht tat. Rasch schob Fanny diese Gedanken beiseite.

»Aidan, du weißt, dass ich das nicht machen würde.« Sie bemühte sich, ihre Stimme ruhig und bestimmt klingen zu lassen. »Aber du weißt auch, wie du auf sein blaues Auge reagiert hast.«

Bei der Erwähnung des Veilchens sackten seine angespannten Schultern förmlich nach unten und er rieb sich über die geschlossenen Augen. Ob er dies tat, um sich zu beruhigen, oder ob er einfach aufmerksam zuhörte, konnte sie nicht sagen.

»Es war einfach schlechtes Timing«, benutzte Fanny Thomas' Worte. »Die Prügelei, die Note, Felix' Geburtstag ... Ob du es glaubst oder nicht, aber ich habe keine Lust, dass du irgendwann einen Herzinfarkt bekommst.«

Aidan gluckste leise und Fanny atmete erleichtert auf. Sie ging zu ihm und legte ihr Kinn auf seine Schulter. »Es tut mir leid, Aidan. Ich wollte dich wirklich nicht hintergehen.«

»Es war meine Schuld«, unterbrach sie eine Stimme. Fanny und Aidan fuhren erschrocken herum. Thomas stand im Durchgang zum Wohnzimmer und sah unruhig zwischen ihnen hin und her. »Ich habe Fanny überredet.«

Aidan seufzte und fuhr sich erneut durch die Haare, wobei seine Piercings in den Ohren aufblitzten. Was hatte Thomas gesagt? Sie sei Aidan angeblich ähnlich? Nun, die Tatsache, dass Aidans halber Oberkörper tätowiert und seine Ohren voller Piercings waren, ließ vermuten, dass sich Thomas und Aidan ähnlicher waren, als sie dachten. Fanny konnte sich dunkel an die Sorgen ihrer Mutter erinnern, als Aidan mit sechzehn die Nächte lieber bei Freunden in Hannover statt zu Hause verbringen wollte.

»Das habe ich mir schon gedacht.« Aidan klang so müde, dass Fanny ihn gern für eine Woche ins Bett gesteckt hätte. Am besten würde sie vorher das Arbeitszimmer abschließen und den Schlüssel verstecken.

»Ich weiß, das war eine Scheiß-Aktion«, sagte Thomas und sah entschuldigend zu Fanny.

»Kein Grund, seinen Ausdruck zu vergessen«, wies Aidan ihn zurecht, aber seine Stirn hatte sich etwas geglättet.

»Jaja.« Thomas winkte ab. »Dass ich an dem arbeiten muss, hat mir meine Note deutlich gezeigt, nicht wahr?«

Fanny musste gegen ihren Willen lachen und schlug sich schnell die Hand vor den Mund. Vorsichtig linste sie zu Aidan, der aber ebenfalls schmunzelte, bevor er ernst wurde.

»Du musst etwas unternehmen, Thomas. Du weißt, was deine Lehrerin gesagt hat.«

Ihr kleiner Bruder nickte und starrte angestrengt auf den Küchenfußboden, während er mit seinem großen Zeh geheime Zeichen auf die grauen Steinfliesen malte. Fanny hingegen begriff nicht, worauf Aidan anspielte. Hatte es Ärger in der Schule gegeben? War es wegen der Prügeleien oder seiner Noten?

»Na, wer hat denn hier eine Schuster-Sub-Party ohne mich gegründet?«, unterbrach sie Felix, der sich mit einem schiefen Grinsen an Thomas vorbeischob. »Und das kurz vor meinem Geburtstag?«

Aidan schüttelte nur den Kopf und ging zurück zum Kühlschrank, der nach wie vor offen stand. Er fing an, Tupperdosen mit

Salaten, Dips und Pizzabällchen sowie die gigantisch große Glasschüssel voll Mousse au Chocolat hervorzukramen.

Ebenfalls schweigend begab sich Thomas zur gelben Küchenzeile, auf der Tüten voll Chips, Fruchtgummi und Salzstangen lagen. Bevor er auf die Idee kommen konnte, diese ins Wohnzimmer zu bringen, reichte Fanny ihm ein paar Schüsseln. Mit einem Seufzen, als müsse er die nächsten Wochen ununterbrochen Lateinvokabeln pauken, öffnete Thomas die erste Fruchtgummitüte und kippte sie in eins der Glasschälchen.

»Du weißt doch, wie es bei den Schusters ist«, sagte Fanny schließlich und ging zu Felix, ließ sich von ihm einen Arm um die Schulter legen. »Kein Abend ohne eine Familiendiskussion.«

»Ah! Dann danke, dass ihr mir das ersparen wolltet.«

»Gern geschehen«, antwortete Aidan, ohne eine Miene zu verziehen, und füllte die Gemüseplatte mit Möhrensticks auf.

Felix kicherte leise an Fannys Ohr, ehe er plötzlich zusammenzuckte. »Bei dir piept es.«

»Was?«, fragte sie verwirrt und drehte sich zu ihm.

»Dein Handy.« Felix steckte eine Hand in ihre Hosentasche und hielt ihr das inzwischen verstummte Gerät vor die Nase. »Du hast eindeutig eine gestörte Beziehung zu deinem Smartphone. Bist du sicher, dass wir derselben Generation angehören und du nicht ein Inkognito-Boomer bist?«

»Haha, schon gut.« Fanny riss das Handy an sich und schaute, was es von ihr wollte. Ihr wurde eine neue Textnachricht von einer unbekannten Nummer angezeigt und sie runzelte irritiert die Stirn. Wer schrieb ihr um diese Uhrzeit eine Nachricht? Alle Menschen, die dafür infrage kamen, befanden sich in diesem Haus.

»Und?« Felix lugte neugierig über ihre Schulter. »Ein Verehrer?«

»Witzbold.« Fanny klickte auf die Nachricht.

Guten Abend ans Team. Seien Sie bitte am Montagmorgen pünktlich 8 Uhr im Verlag. MfG Julian Bovin.

»Ist nicht wahr!«, rief Felix und nahm Fanny somit die Worte aus dem Mund. Sein Lachen hingegen passte nicht zu ihrer eigenen

Laune. Warum verschickte ihr Chef Samstagnacht eine SMS ans Team?

»Was los?«, nuschelte Thomas, den Mund voller Chips. Auch Aidan, der gerade noch in die korrekte Anordnung von Mini-Donuts auf großer Holzplatte vertieft gewesen war, warf ihnen einen neugierigen Blick zu.

»Hat der Typ kein Leben?« Felix ging zu Thomas, um sich die Chipstüte zu klauen.

Fanny starrte weiterhin auf ihr Handy und konnte nicht fassen, dass das jetzt *ihr* Leben sein sollte. War sie nicht erst gestern noch Studentin gewesen und hatte gern mal die Acht-Uhr-Vorlesung sausen lassen? Und nun bekam sie eine halbe Stunde vor Mitternacht Anweisungen von ihrem Chef zugeschickt? Hatte sie mit dem Volontariat etwa jedes Recht auf ein Privatleben aufgegeben?

»Fanny?« Aidan musterte sie, wie schon als Kind, wenn sie mal wieder über ihre eigenen Füße gestolpert und mit aufgeschürften Knien zu ihm gerannt war. Er stellte die Holzplatte mit den puderzuckerbestäubten Donuts auf den Tisch, dann trat er zu ihr.

Kommentarlos reichte Fanny ihm ihr Handy und leerte mit einem großen Schluck ihr Glas. Das durfte nicht wahr sein!

»Na ja, zumindest ändert sich für dich nichts«, sagte Aidan und ließ sich von Thomas das Handy abnehmen, der für die Angelegenheit nur ein verächtliches Schnauben übrig hatte.

»Nein, tut es nicht.« Fanny stierte finster zu ihren Brüdern, und weil Felix wenig hilfreich vor sich hin kicherte, schloss sie ihn in ihren Todesblick mit ein. »Ich finde es schon krass, so spät am Wochenende eine *freaking* Textnachricht von meinem Chef zu bekommen.«

Aidan zuckte mit den Schultern. »Ich bekomme auch nachts E-Mails und SMS aus meinem Kollegium oder von Studierenden.«

Fanny murrte weiter vor sich hin. Dieses Volontariat hatte sich in den vergangenen drei Monaten in ihrem Alltag eingenistet wie ein zerzaustes Kuckucksküken. Immer mehr und mehr von Fannys Leben hatte weichen müssen, und nun konnte sie nicht einmal mehr in den Geburtstag ihres besten Freundes reinfeiern, ohne mit der Arbeit konfrontiert zu werden?

»Ach, komm schon«, sagte dieser und umarmte sie von hinten. »In dreißig Minuten habe ich Geburtstag und den will ich nicht mit Trauerkloß-Fanny feiern.«

»Ja, schon gut«, murmelte sie und beschloss, sich zu Felix' Ehren ein klein wenig zu betrinken. Vielleicht würde sie dann den Humor in dieser vertrackten Situation sehen, wie es die anderen taten. Außerdem mixte Felix einen verdammt guten Long Island Iced Tea.

❄

»*Happy birthday to you, happy birthday to you, happy birthday dear Felix, happy birthday to you!*« Sie sangen laut und ziemlich schief, was angesichts des erhöhten Alkoholspiegels kein Wunder war. Fanny hatte irgendwann den Überblick verloren, bei der wievielten Kiste Bier, der wievielten Flasche Wein und welcher Runde Cocktails sie an diesem Abend angekommen waren. Inzwischen war es ihr auch egal, denn sie hatte ihr Vorhaben, sich zu betrinken, noch in der Küche umgesetzt. Nun fühlte sie sich so unbeschwert und ausgelassen wie schon lange nicht mehr. Zum Teufel mit ihrem Chef, zum Teufel mit dem ganzen Verlag! Sollten die anderen doch am Wochenende arbeiten, sie würde heute keinen einzigen Gedanken mehr an dieses Julian-Rindvieh verschwenden.

Sie kicherte vor sich hin. Auf Aidans fragenden Blick hin musste sie noch mehr lachen, bis am Ende die meisten im Raum zu ihr sahen. Dabei hatte Felix sich gerade vor die Geschenke auf den Boden gesetzt.

»Fanny?« Aidans besorgter Unterton erschien Fanny auf einmal so komisch, dass ihr inzwischen schon die Lachtränen über die Wangen liefen.

»Wisst ihr, wie er von allen genannt wird?«, rief sie, und als einige mit dem Kopf schüttelten, fuhr sie fort: »Teuflisches Rindvieh. Versteht ihr? *Diabolique Bovin*. Das ist nämlich sein Name. Also

Bovin, nicht teuflisch. Obwohl der Name sehr gut passen würde. Er guckt jedenfalls so. Also teuflisch, nicht wie ein Rind. Wobei …« Hier hielt sie inne und versuchte, ihre Gedanken in eine klare Reihenfolge zu bekommen. Irgendwie schienen sich diese aber nur weiter zu verknoten. »Ich glaube, die gucken auch so.«

»Fannylein?« Felix tauchte plötzlich vor ihr auf und sie schaute ihn mit großen Augen an. »Hatten wir etwas zu viel Durst?«

»Hä?«

Bevor Fanny seine Frage in ihren Hirnwindungen verarbeiten konnte, zog Felix sie zum Sofa. Ein paar Leute beeilten sich, Platz für sie zu machen.

»Weißt du, ich mag Backbücher nicht mal besonders. Ich mag Backen, aber ich bin bloß auf euren Blogs unterwegs! Das weißt du doch, oder, Felix? Ich bin ein Blogger-Back-Girl und kein Backbuch-Back-Girl.« Anklagend warf sie die Hände gen Himmel, dann lehnte sie sich zurück, fühlte sich auf einmal unglaublich müde.

»Ich weiß, Honey. Ich weiß.«

»Die Bilder, ich mag die Bilder. Aber wusstest du, dass die Bilder bloß einen gaaanz kleinen Teil ausmachen, Felix?« Sie hielt Daumen und Zeigefinger wenige Millimeter auseinander, zumindest versuchte sie es. »So klein.«

»Ich weiß«, wiederholte Felix und tätschelte ihr Knie. Das Gekicher um sie herum nahm Fanny kaum wahr.

»An einem Samstag, Felix. Ein Samstag!« Entrüstet fuhr sie hoch. »Und auch noch nachts! Da sollte man schlafen. Kein Wunder, dass er so böse guckt. Seine Mama hätte ihn mal besser ins Bett gesteckt.«

»Bist du müde, Fanny? Soll ich dich ins Bett bringen?« Felix hatte sich nach vorn gebeugt und ihr einen Stups auf die Nase gegeben.

Entfernt nahm Fanny gerührtes Geseufze wahr, doch sie war zu sehr damit beschäftigt, Felix anzusehen. Der wollte nämlich irgendwie nicht an einem Fleck bleiben und drehte sich in unregelmäßigen Kreisen um sie. Trotzdem tastete sie mit einer Hand nach seiner Wange, die sie nach kurzem Suchen auch fand.

»Ach Felix«, nuschelte Fanny und lächelte ihren besten Freund an. »Ich bin verdammt froh, dass es dich gibt. Hast du einen schönen Geburtstag? Du hast den wundertollsten Geburtstag verdient, den es gibt, denn du bist der allerbarste Mensch. Weißt du das? Freust du dich über deine Geschenke? Ich habe richtiggelegen, oder?«

»Ich habe sie noch gar nicht ausgepackt, Fannylein«, antwortete Felix, und sein Gesicht drehte sich um sie, wollte nicht stillhalten. »Was hältst du davon, wenn du mich loslässt, damit ich die wundertollen Geschenke auspacken und dir sagen kann, ob du richtiggelegen hast?«

Fanny lächelte und ließ zu, dass er sanft ihre Hände von seinem sich noch immer drehenden Gesicht löste. »Deal.«

9

Montagmorgen blätterte Julian an der Arbeitsinsel Backen unkonzentriert durch die Programmvorschauen der Konkurrenz und wartete mit Fanny auf die fehlenden Teammitglieder. Noch war es erst Viertel vor acht, noch war für ihn alles in Ordnung.

Fanny war heute später gekommen als sonst. Erst vor zehn Minuten hatte sie sich – deutlich blasser und mit dunklen Schatten unter den Augen – an den Tisch gesetzt, schwerfällig die Ärmel ihrer übergroßen Strickjacke hochgekrempelt und ihren Rechner gestartet. Dann war sie sich mit einer müden Geste durch die langen Haare gefahren, die sie an diesem Tag entgegen ihrer bisherigen Gewohnheit offen trug.

Julian überlegte, ob er sich nach ihrem Befinden erkundigen sollte. Wäre das unangebracht? Nachdem sie allerdings ihre Fingerspitzen links und rechts an ihre Schläfen presste und den Kopf abstützte, beschloss er, das Risiko einzugehen. »Geht es Ihnen gut?«

Sofort riss Fanny den Kopf hoch und sah ihn erschrocken an. »J-ja, entschuldigen Sie bitte.« Sie rieb sich über die beinahe violetten Augenringe. Sie schien kein Make-up zu tragen, auch wenn Julian nicht mit Gewissheit sagen konnte, ob sie sonst welches trug. Normalerweise achtete er nicht darauf, er fand nur, dass sie ungewöhnlich blass und müde wirkte.

»Kopfschmerzen«, fuhr sie stammelnd fort und kramte eine Wasserflasche aus ihrer Tasche hervor. »Die Tablette wirkt bestimmt gleich.«

Julian hob die linke Augenbraue und musste sich ein Grinsen verkneifen. War Fanny Schuster etwa verkatert? Er hätte sie niemals so eingeschätzt, dass sie am Wochenende auf die Piste gehen und noch montagmorgens verkatert sein würde. Aber genau deswegen hatte er sich am Samstagabend, als sich der Termin kurzfristig ergeben hatte, direkt ans Team gewandt. Damit alle die Möglichkeit hatten, ausgeruht und aufnahmefähig zur Arbeit zu kommen.

Was man von dem gerade eintreffenden Mika nicht sagen konnte. Er schien praktisch im Stehen zu schlafen und seine Brille saß schief auf der Nase.

Kopfschüttelnd betrachtete Julian die beiden Volontäre und seine Vorfreude bekam einen ordentlichen Dämpfer. So hatte er sich das nicht vorgestellt und er stand seufzend auf. Ohne eine zusätzliche Ladung Koffein lief heute bei den beiden wohl gar nichts.

Wortlos machte er sich auf den Weg zur Büroküche, von wo ihm Sonja Lundermayer mit einem dampfenden Becher entgegenkam. Sie grüßte ihn mit einem liebevollen Lächeln, das er nicht umhinkam zu erwidern.

In der Küche griff er sich drei große Tassen und stellte diese auf eines der Tabletts, die stets unter der Spüle aufbewahrt wurden. Er füllte die Tassen mit Kaffee, den wahrscheinlich Sonja gekocht hatte, und gab in seine und Fannys etwas Milch. Dann stellte er trotzdem Milch und Zucker mit dazu, nicht sicher, wie Mika seinen Kaffee trank. Schließlich balancierte er das Tablett mit den dampfenden Tassen zurück in den Redaktionsraum.

Dort angekommen, bemerkte er, dass Robert – der ihm am Donnerstag ernsthaft angeboten hatte, er solle ihn doch *Robster* nennen – nach wie vor nicht da war. Julians Uhr verriet ihm, dass es inzwischen fünf Minuten vor acht war, und Ärger stieg in ihm auf. Für ihn gehörte es zum guten Ton, bei wichtigen Terminen etwas früher zu kommen, um seine Sachen abzulegen und nicht abgehetzt im Meeting zu erscheinen.

Als Nächstes bemerkte Julian die schockierten Gesichter von Fanny und Mika. Letzterer lehnte noch immer an seinem Arbeitsplatz, schien keinen Schritt weitergekommen zu sein. Dafür stand inzwischen sein Mund sperrangelweit offen. Fanny sah nicht viel besser aus, obwohl ihr Erstaunen deutlich subtiler ausfiel. Ihre ohnehin schon großen Augen waren weit aufgerissen, und sie betrachtete ungläubig das Tablett, das er auf ihrem Arbeitsplatz abgestellt hatte.

»Ich denke, wir können alle einen Kaffee vertragen, meinen Sie nicht auch?«, fragte Julian und war sich plötzlich nicht mehr sicher, ob das eine gute Idee gewesen war. Er starrte mit finsterer Miene auf den Kaffee in seinen unterschiedlichen Brauntönen, dessen angenehmer Duft sich langsam in der Redaktion ausbreitete. Bei *Arthur's Books* hatten sie sich auch mit dem Kaffeeholen abgewechselt, was bei ihrem Kaffeekonsum bitter nötig gewesen war, um mit der Arbeit nicht in Verzug zu geraten.

»Eine exzellente Idee«, antwortete Mika und schälte sich eilig aus der olivgrünen Jacke, ehe er nach der ersten Tasse griff. Er trank den Kaffee schwarz und Julian machte sich eine mentale Notiz.

Dann nahmen sich auch Fanny und er einen Becher, und eine angenehme Stille machte sich zwischen ihnen breit. Jeder schien eigenen Gedanken nachzuhängen, gelegentlich pustete einer von ihnen in seine Tasse, denn der Kaffee war frisch und heiß, genau richtig für einen Montagmorgen.

Julian sah sich im erschreckend leeren Redaktionsbüro um. Wie von allein waren übers Wochenende weihnachtliche Girlanden und ein kleiner geschmückter Weihnachtsbaum bei der Sofaecke aufgetaucht. Natürlich wusste Julian, dass es seine Mutter gewesen war, die jedes Jahr pünktlich zum ersten Advent nicht nur das elterliche Haus, sondern auch die Verlagsräume herausputzte. Er versuchte, sich auf die liebevoll arrangierte Dekoration und den dezenten Tannengeruch zu konzentrieren, doch sein Blick wanderte wie von allein zu seiner Uhr. Er folgte dem großen Zeiger, der erst beständig auf die zwölf zuging, bis er diese überschritt.

»Hm.« Ungehalten stellte Julian seine Tasse mit zu viel Schwung auf den Tisch, was Fanny neben ihm zusammenzucken ließ. Er presste seine Kiefer fest zusammen und ermahnte sich, dass die Volontäre nichts für die Unpünktlichkeit ihres Vorgesetzten konnten. Auch die Tatsache, dass Mika regelmäßig zum Eingang schielte, als läge es in seiner Macht, Robert Groß durch schiere Gedankenkraft zu materialisieren, änderte nichts daran. Fanny hingegen saß verkrampft neben ihm, starrte stur auf ihren Monitor und ging nach und nach ihr E-Mail-Postfach durch. Es war eine erstaunliche Menge E-Mails für eine einzelne Volontärin, aber so richtig überraschte das Julian nicht.

Wie schon letzte Woche warf sie ihm auch jetzt gelegentlich einen nervösen Seitenblick zu, als könnte er jederzeit aufspringen und eine Axt unterm Tisch hervorkramen. Hatte Fanny etwa Angst vor *ihm*? Dass sie nicht viel redete und sich lieber im Hintergrund hielt, hatte er schon festgestellt. Doch nun fragte er sich, ob das einfach ihre Art war oder ob sie sich seinetwegen so verhielt. Bei dem Gedanken schien sein Magen eine Etage in die Tiefe zu rutschen. Julian wollte zwar als Juniorchef ernst genommen werden, aber keinen Schrecken unter den Mitarbeitenden verbreiten. Schon gar nicht unter fleißigen Volontärinnen mit erstaunlich blauen Augen.

Bevor er weiter darüber nachdenken konnte, eilte Robert auf sie zu, und Mika gab einen Laut der Erleichterung von sich.

»Entschuldigen Sie bitte.« Völlig außer Atem rannte Robert zu seinem Platz neben Mika. »Ich stand total im Stau. Die Straßen sind bei dem Wetter die reinste Katastrophe.«

Julian hielt einen bissigen Kommentar zum Thema Berufsverkehr und wetterbedingtes Zeitmanagement zurück und schob stattdessen das Tablett mit den jetzt leeren Tassen zur Seite.

»Sollen wir in den Besprechungsraum gehen?«, fragte Robert und stellte sich dicht neben ihn. Irritiert wandte sich Julian ihm zu und musste den Drang unterdrücken, Abstand zwischen sich herzustellen.

»Das wird nicht nötig sein.« Julian schob den freien Stuhl neben Fanny näher an sie heran und setzte sich.

Noch eine Sache, die er nicht nachvollziehen konnte: Wieso saßen die beiden Volontäre einander gegenüber? Teilweise waren sie sogar vom Sichtschutz voneinander abgeschirmt. Wären nebeneinanderliegende Arbeitsplätze nicht sinnvoller, damit sie effizienter an gemeinsamen Projekten arbeiten konnten? Stattdessen saß Mika neben dem Abteilungsleiter, was Fanny zwar mehr Platz, dafür aber einen kommunikativen Nachteil verschaffte.

»Dann lassen Sie uns mal anfangen«, sagte Julian und rückte seine Brille gerade. »Sie haben sich sicherlich gefragt, warum ich Sie kurzfristig zu diesem Treffen gebeten habe.«

Robert und Mika nickten ihm zu, Fanny hingegen betrachtete ihn nur aufmerksam. Fast brachte dieser Blick Julian aus dem Konzept. Er räusperte sich und wies sich innerlich zurecht. Dieses Treffen war wichtig, war womöglich *die* Chance, das eingeschlafene Ressort aus dem Winterschlaf zu wecken. Aber das konnte nur funktionieren, wenn er den Fokus nicht verlor – egal, wie sehr das Meeresblau in Fannys Augen ihn auch zum Versinken einlud.

»Am Wochenende hat sich für uns eine gute Gelegenheit ergeben, durch die wir uns in der regionalen Backszene umhören können.« Julian sprach mit ruhiger Stimme und nahm nach und nach jedes Teammitglied ins Visier. »Wer von Ihnen kennt sich in der hiesigen Back-Blog-Community aus?«

Wie auf Kommando warfen Robert und Mika Namen in den Raum, doch Julian beachtete sie nicht weiter. Stattdessen beobachtete er Fannys Reaktion.

Diese wirkte überrascht und angesichts des Namedroppings vielleicht auch ein wenig irritiert. Dass sie mehr wusste als die beiden zusammen, war Julian klar. Seine Recherche am Sonntag hatte ihm nicht nur einen guten Überblick über die Bloggenden der Region gegeben, sondern Fannys Namen in regelmäßigen Abständen als Urheberin diverser Foodbilder zutage gefördert. Die Bilder hatten ihn unglaublich beeindruckt. Sie waren nicht nur von guter Qualität, sondern zeichneten sich durch einen eigenen Charakter aus. Die Fotos hatten regelrecht einen eigenen Sound gehabt, und Julian hatte sie bereits nach wenigen Minuten von den Bildern anderer unterscheiden können.

»Und weshalb sind Back-Blogger plötzlich so wichtig, dass man so früh über sie sprechen muss?«, fragte Robert und riss Julian aus seinen Überlegungen.

Er wandte sich ihm zu. »Wir wurden von den Bloggenden der Region eingeladen, an ihrem heutigen Treffen teilzunehmen.« Julian verkniff sich den Kommentar, dass man durchaus um acht Uhr auf der Arbeit sein konnte, ohne einen speziellen Grund zu benötigen. »Das Treffen findet um zehn in Hannover im *Café Zuckerguss* statt.« Da sie bereits seinem Zeitplan hinterherhinkten, griff Julian kurzerhand zur Mappe, die er auf dem Arbeitsplatz abgelegt hatte, bevor die anderen ins Büro gekommen waren. »Wir werden vorher die größten Blogs und die Personen dahinter durchgehen. Ich habe die wichtigsten Informationen zusammengestellt und wir sollten uns noch die Websites ansehen. Fanny, wären Sie so freundlich?«

Erschrocken sah sie ihn an, und Julian musste den Drang unterdrücken, ihr beruhigend eine Hand auf die Schulter zu legen. Stattdessen deutete er auf ihren Computer, der weiterhin ihren vollen Posteingang zeigte.

10

Fanny hatte das Gefühl, ihren Magen irgendwo auf der Autobahn zwischen Nordersheim und Hannover verloren zu haben. Und daran waren nicht nur Roberts abenteuerliche Fahrkünste schuld. Er hatte voller Stolz verkündet, dass er sie noch pünktlich zu ihrem Termin bringen konnte. Dass dies bedeuten würde, dass sie fast zwei Unfälle auf einer Strecke von knapp dreißig Minuten haben würden, hatte sie allerdings nicht erwartet.

Bevor Fanny das *Café Zuckerguss* betrat, warf sie einen Blick zu ihrem neuen Chef, der ihnen die Tür aufhielt und so grimmig dreinschaute wie eh und je. Aber auch er sah deutlich blasser um die Nase aus. Noch in ihre Betrachtung vertieft, stolperte Fanny ins Café und blieb irritiert neben der Tür stehen. Überall glitzerte es in Rot und Gold und sie hatte noch nie so viele Tannengirlanden in einem Raum gesehen. Diese hingen in dichten Reihen an der hölzernen Decke und die kleinen, pausbäckigen Engelsfiguren, die an ihnen befestigt waren, beobachteten die Gäste beim Frühstücken.

Hier hatten sie den wahren Grund, warum ihr Magen nicht richtig kooperieren wollte: das Treffen der Back-Bloggenden. Eine Szene, die ihr dank Felix vertraut war, immerhin war er der einzige professionelle Bäcker und damit der absolute Liebling der Truppe.

Da entdeckte Fanny ihn auch schon inmitten einer Gruppe von etwa zehn Leuten. Er saß vor einem der großen Fenster an einer langen Tafel und starrte sie mit offenem Mund an.

Unauffällig winkte sie in seine Richtung, ehe sie sich einen Weg durch das voll besetzte Café zu ihm bahnte. Mit leichter Genugtuung fiel ihr auf, dass auch er müde aussah. Da Felix außerdem seinen Lieblingsnorwegerpullover in Grau und Pink trug – der zwar nach wie vor ein Hingucker, mit den Jahren aber deutlich aus der Form geraten war –, wusste Fanny, dass er das Geburtstags-Party-Wochenende ebenso wenig unverkatert überstanden hatte wie sie.

»Was machst du hier, Fannylein?«, rief Felix laut, als sie bei ihm angekommen war, und hatte damit die Aufmerksamkeit der gesamten Runde. Nicht, dass sie eine Vorstellung bei den Leuten gebraucht hätte. Für fast alle hatte sie bereits Fotos geschossen oder bearbeitet. Sie nannten es scherzhaft den Fanny-Filter, den inzwischen alle Back-Bloggende im Umkreis von Hannover schätzten. Und Felix sowieso, dem konnte man wirklich keine Kamera in die Hand drücken. Auf seinen Fotos sah auch der beste Kuchen zermatscht und irgendwie angeschimmelt aus.

»Guten Tag«, ertönte da Julians ruhige und tiefe Stimme. Er war ebenfalls an den Tisch getreten und öffnete gerade den Mund, als ihn ein laut gequietschtes »Julian!« innehalten ließ.

Eine der Bloggerinnen, Tanja, eilte um den Tisch herum, sodass ihre roten Locken aufgeregt hin und her hüpften. Sie umarmte Julian auf eine Art und Weise, die Felix ein leises »Oh, là, là« entlockte. Dann stutzte er und deutete auf Fannys Chef.

»Das ist das Grummelbärchen?«, flüsterte er ihr zu.

Obwohl sie sich sicher war, dass ihnen aufgrund der Geräuschkulisse aus weihnachtlichem Jazz und gelöster Frühstückskundschaft niemand zuhörte, wurde Fanny knallrot. Sie nickte leicht und warf Felix einen Blick zu, der ihm hoffentlich nahelegte, bloß nichts zu sagen.

»Wie schön, dass du kommen konntest!«, rief Tanja, und Felix presste sich eine Hand vor den Mund, um sein Lachen zu ersticken.

»Oh, diese Zweideutigkeit. So unschuldig, so treffend.«

»Felix!«, zischte sie ihm zu und trat ihrem besten Freund gegen das Bein.

»Was?« Er grinste bis über beide Ohren zu ihr auf und rieb sich das Schienbein. »Glaub mal nicht, dass Tanja uns nicht bereits vor dem ersten Kaffee erzählt hat, dass der heiße Typ, den sie am Wochenende aufgerissen hat, sich als Verleger herausgestellt hat und wir alle bald Bücher veröffentlichen werden.«

»O Gott, ich will so was nicht über meinen Chef wissen«, flüsterte Fanny und quetschte sich neben Felix auf den Rand der Sitzbank.

»Ich hätte nie gedacht, dass es dein Grummelchef ist, von dem sie geredet hat. Sie nannte ihn *Hotty McNaughty*.« Da packte er Fanny am Arm und schnappte hörbar nach Luft. »O mein Gott, hat er euch deswegen ins Büro zitiert? Meinst du, er hat die SMS noch aus ihrem …«

»Sei ruhig!«, rief Fanny lauter als beabsichtigt und alle starrten für einen Moment zu ihnen herüber. Mit hochrotem Kopf drehte sie sich zu Felix, der seine Lippen aufeinanderpresste, wohl um Worte wie Gelächter zurückzuhalten. Sein ganzer Oberkörper bebte bereits und in seinen Augen sammelten sich erste Lachtränen. »Wage es nicht, diesen Satz zu beenden. Denk ihn nicht mal. Das ist mein Chef!«

»Ein sehr attraktiver Chef.« Er schnalzte zustimmend mit der Zunge, woraufhin Fanny ihm den Ellenbogen in die Seite stieß. Felix wackelte nur mit den Augenbrauen.

»Leute, ich hatte euch ja schon von Julian Bovin erzählt«, sagte Tanja da, und Fanny bemerkte, dass sich inzwischen alle anderen ebenfalls gesetzt hatten.

»Oh, das hast du«, raunte Felix ihr ins Ohr und war damit nicht der Einzige, der Tanjas Aussage kommentierte. Vereinzeltes Prusten war zu hören, und wenn Fanny nicht alles täuschte, hörte sie irgendjemanden »nicht nur große Ohren« flüstern.

Am liebsten hätte Fanny den Kopf in den Händen vergraben und erst nach dem Treffen wieder aufgesehen. Fast alle Anwesenden versuchten zumindest, ihre Erheiterung hinter ihren jeweiligen Getränken zu verbergen – was so eigenartig einstudiert aussah, dass es Fanny nicht verwunderte, das altbekannte Stirnrunzeln auf Julians Gesicht zu sehen. Irgendwie tat er ihr leid, wenn hinter seinem Rücken so über ihn geredet wurde.

»Er ist der Juniorverleger von *Bovin Books*, den wir sicherlich alle als den Verlag kennen, der die brillanten Backbücher von Mathilda Stern herausgegeben hat.« Tanja schien nicht zu bemerken, dass sich ein Großteil der Anwesenden über die schmachtenden Blicke amüsierte, die sie *dem Juniorverleger* zuwarf.

Auch Robert und Mika, die wie Julian inzwischen Platz genommen hatten, fielen diese inzwischen auf. Während Roberts Miene förmlich *you dog!* zu kommentieren schien, zupfte Mika verlegen an der Tischdecke herum.

»Na, diese Backbücher sind inzwischen aber auch schon gut fünfzehn Jahre alt«, murmelte die junge Frau, die auf Fannys rechter Seite saß und den Blog *Linas Backofen* betrieb. Insgeheim musste sie Lina zustimmen: Die Backabteilung des Verlags hatte schon lange nicht mehr solche legendären Titel herausgegeben.

»Ich freue mich sehr, dass mein Team und ich heute bei Ihrem Brunch mit dabei sein dürfen«, sagte Julian in seinem gewohnt ernsten Tonfall und erhob sich. Dabei knöpfte er sich, ganz der Geschäftsmann, das dunkelgraue Jackett zu.

Fanny hätte am liebsten die Augen verdreht. Die meisten der Anwesenden saßen in Jeans und Norwegerpullover am Tisch, da hätte er unbesorgt das Jackett ausziehen können. Immerhin trug er heute keine seiner seltsamen Krawatten. Wenn Fanny sich richtig erinnerte, dann hatte die Krawatte am Freitag ausgesehen, als ob er einen Kilt dafür geopfert hätte.

Während Julian sie vorstellte und den Grund ihrer Anwesenheit erklärte, schaute Fanny sich unter den Bloggenden und Vloggenden um. Mit den meisten hatte sie zumindest über die sozialen Netzwerke schon einmal zu tun gehabt, aber richtig zu Hause hatte sie sich in ihrer Runde nie gefühlt. Sie hatte nun mal kein Interesse daran, eigene Rezepte zu kreieren. Dafür hatte sie Felix, den ihrer Meinung nach ohnehin niemand toppen konnte.

Und gerade stieß dieser sie ziemlich unsanft in die Rippen.

Als sie ihn anraunzen wollte, was das bitte sollte, merkte sie, dass alle am Tisch sie anstarrten. Sie hätte am Wochenende eindeutig mehr schlafen sollen.

»Wie ich erfahren habe, kennen die meisten von Ihnen unsere Volontärin Fanny Schuster bereits.« Julian lächelte in die versammelte Runde, ehe sein Blick auf ihr ruhte.

Fanny starrte verdattert zurück und konnte nicht glauben, was sie da sah: Julian Bovin *lächelte.* Sein Gesicht wurde dadurch irgendwie weicher und jugendlicher. Wegen seiner leicht abstehenden Ohren hatte er beinahe etwas Spitzbübisches, das sie kaum mit dem grimmigen Geschäftsmann in Einklang bringen konnte, den sie die letzte Woche über erlebt hatte. Vor lauter Verblüffung schien ihr Herz aus dem Takt zu geraten. Sollte Julian Bovin doch ein richtiger Mensch sein, der nicht nur aus Stirnrunzeln und Arbeit bestand? Konnte das sein?

»Das stimmt«, bestätigte Manni, der neben Julian saß, und rührte in seiner Schokolade herum. »Was würden wir bloß ohne unseren Fanny-Filter machen? Ich kann mich mit meiner Kamera neben sie stellen, das gleiche Foto schießen und dieselbe Nachbearbeitung durchführen – so toll wie bei ihr wird es nie aussehen.« Er warf ihr eine Kusshand zu und Fanny stimmte in das Gelächter der Bloggenden ein.

»Fanny-Filter?«, erkundigte sich Robert und sein Tonfall ließ in ihr sämtliche Alarmglocken schrillen. »Ich hoffe, du arbeitest nicht neben deinem Volontariat. Du weißt, dass ich das sonst melden müsste.«

Es erstaunte Fanny jedes Mal aufs Neue, mit welch gespielter Scherzhaftigkeit ihr Abteilungsleiter seine Drohungen aussprach. Dazu der ironisch erhobene Zeigefinger, als ob er Fanny beim Klauen aus der Keksdose erwischt hätte.

»Na, dann ist es ja gut, dass sie es nicht beruflich macht, sondern für diese Welt einfach zu nett ist. Nicht wahr?« Felix' Tonfall war ebenso zuckersüß wie der von Robert, aber in seinen grünen Augen glänzte eine dezente Mordlust. »Oder ist es auch verboten, ein Hobby neben der Arbeit zu haben?«

Bevor er etwas Unüberlegtes sagen konnte, legte Fanny ihm eine Hand aufs Knie und drückte leicht zu. Roberts Miene hatte inzwischen beinahe etwas Raubtierhaftes.

»Stimmt, und wir sind alle froh, dass Fanny dieses Hobby hat«, bestätigte ausgerechnet Tanja Felix' Aussage und zwinkerte ihr zu.

Tanja hatte für ihr letztes Fotoshooting sechs verschiedene Kuchen gebacken und sie hatten zusammen einen Nachmittag lang mit verschiedenen Kameraeinstellungen und Hintergrunddekorationen herumexperimentiert. Es war unglaublich lustig gewesen und Fanny hatte von jedem Kuchen je ein Drittel mit nach Hause nehmen dürfen. Thomas liebte es von ganzem Herzen, wenn sie Fotografieren ging.

»Wieso hast du nie erzählt, dass du gern fotografierst, Fanny?«, fragte Mika, der zwischen Robert und Tanja saß.

»Hat sich irgendwie nicht ergeben«, murmelte Fanny, was Felix ein Schnauben entlockte. Er kommentierte es allerdings nicht weiter und Fanny war froh darum. Sie hatte keine Lust auf eine Diskussion zwischen ihrem Privat- und Berufsleben. Nach ihrem Absturz am Samstag fühlte sie sich noch immer etwas angeschlagen und wollte eigentlich nur in Ruhe Tee trinken und mit niemandem reden. Dass das in dieser Runde nicht möglich war, hob ihre Laune nicht gerade.

Seufzend bestellte sie wenige Minuten später immerhin einen Tee bei der vorbeilaufenden Kellnerin. Sie schaute zu Julian, der inzwischen in ein Gespräch mit Manni vertieft war und ganz anders aussah, als sie ihn bisher erlebt hatte. Zwar schaute er nach wie vor konzentriert drein, doch ein leichtes Lächeln umspielte seine Lippen und ließ seine kantigen Gesichtszüge freundlicher erscheinen.

Attraktiv, schoss es Fanny durch den Kopf, ehe sie diesen über sich selbst schütteln konnte. Bestimmt lag das bloß an der Cafébeleuchtung oder der stimmungsvollen Weihnachtsmusik.

»Er sieht gar nicht grummelig aus«, sagte auch Felix, der ihrem Blick gefolgt war und wie so oft ihre Gedanken erraten hatte.

Fanny nickte abwesend. Bedienten sie etwa alle eine auferlegte Rolle auf der Arbeit? Wenn ja, wer war der echte Julian? Der spitzbübische Juniorchef mit den Segelohren oder doch der finster dreinblickende Boss, dem man sein Missfallen über alles und jeden deutlich im Gesicht ablesen konnte?

Die Kellnerin riss Fanny aus ihren Überlegungen und stellte ihr eine Tasse Apfel-Zimt-Tee vor die Nase. Warm und süß duftete er und Fanny atmete tief ein. Auf einmal kam ihr die aufgekratzte Stimmung im Café nicht mehr ganz so unerträglich vor. Sie ließ ihren Blick über die Anwesenden zu Mika und Robert wandern, die sich angeregt mit den Bloggenden in ihrer Nähe unterhielten. Zu gern hätte Fanny gehört, was sie besprachen.

Wenn man Robert und Mika zum ersten Mal traf, hatten beide eine unglaublich einnehmende Art. Sie wirkten wie die erfahrensten und coolsten Leute, die man sich vorstellen konnte. Offen, weltgewandt und wissbegierig. Auch Fanny hatte dies zunächst so empfunden, aber leider schnell feststellen müssen, dass die zwei nicht gewillt waren, diese offene Art jedem zukommen zu lassen. Besonders bei Mika fand Fanny das schade, hatte es doch zunächst so ausgesehen, als ob sie gut miteinander klarkommen würden. Vielleicht sogar Arbeitsfreunde hätten werden können. Allerdings schien er um ihren Abteilungsleiter zu kreisen und Fanny verstand nicht, wieso. Egal, wie unberechenbar und inkonsistent ihr Chef war, Mika sah stets darüber hinweg, obwohl er gar nicht der Typ für solch ein Verhalten war.

»Kann ich dich mal etwas fragen?«, erkundigte sich Lina.

Fanny wandte sich ihr mit schlechtem Gewissen zu, denn bis auf ein kurzes Nicken zur Begrüßung hatte sie Lina bisher völlig ausgeblendet. Dabei war Fanny nicht hier, um sich von ihrem Wochenende zu erholen oder über das Verhalten ihres Kollegen zu rätseln. Sie musste sich zusammenreißen!

»Klar! Was gibt's?«, fragte sie und nahm einen ersten Schluck von ihrem Tee, der so fruchtig und süß schmeckte, wie der Geruch es versprach.

»Ich weiß nicht, ob du mitbekommen hast, dass ich seit Neuestem auch auf *YouTube* bin.« Lina zupfte sich verlegen am Ärmel ihrer Bluse.

Fanny musste lächeln und nickte. Sie hatte sich tatsächlich bereits ein paar der Videos angesehen, in denen Lina mit ihren schwarzen Haaren und der hellen Haut wie die moderne Version von Schneewittchen wirkte, die gerade für ihre Lieblingszwerge backte. Alles, bloß keinen Apfelkuchen!

»Ich weiß, dein Schwerpunkt ist Fotografie und nicht Video, aber ich habe mich gefragt, ob du nicht mal beim Drehen vorbeischauen könntest.«

Überrascht nahm Fanny einen weiteren Schluck. Nicht, dass ihr die Fotosessions mit Lina keinen Spaß gemacht hätten, aber Videos?

Diese musste Fannys Zögern richtig gedeutet haben, denn sie fuhr hastig fort: »Ich wollte Mood-Einstellungen drehen. Das sind gewissermaßen Fotos, die man filmt, verstehst du?«

Fanny erinnerte sich an die eingeblendeten Szenen, in denen entweder der Backprozess oder das fertige Produkt gezeigt worden war und eine Stimme aus dem *Off* das Geschehen kommentierte.

»Ich glaube, ich weiß, was du meinst.« Sie nickte langsam, auch wenn sie nicht wusste, wie sie dabei helfen sollte.

»Ist es letztlich nicht wie das Anrichten für ein Foto? Das Filmen würde ich übernehmen, aber wir beide wissen, dass es bei mir mit der Bildkomposition einfach nicht klappen will.« Lina lachte und auch Fanny musste leicht schmunzeln. Keine Ahnung, wie oft sie inzwischen mit Lina über das Anrichten ihrer Bilder diskutiert hatte, doch irgendwie hatte Lina kein Händchen dafür.

»Okay, klar«, sagte Fanny und ging in Gedanken bereits ihren Terminkalender durch. Zwar lebte Lina ebenfalls in Nordersheim, aber Fanny glaubte nicht, dass es auf der Arbeit in nächster Zeit entspannter zugehen würde. Wenn sie an die anstehenden Druckdatenabgaben dachte, wurde ihr ganz anders.

Gerade als ihr dieser Gedanke durch den Kopf ging, bemerkte sie, dass Julian sie mit ernster Miene musterte. Fragend sah sie ihn an, woraufhin er kaum merklich den Kopf schüttelte, ehe er sich abwandte. Fannys Magen vollführte eine unangenehme Drehung und ihr Herz schien eine Extraschicht einlegen zu wollen. Was war denn nun schon wieder nicht in Ordnung?

»Fanny?« Lina stupste sie vorsichtig an. »Denkst du, wir könnten da mal zusammen herumexperimentieren? Vielleicht einen Mädelstag draus machen? Und dass du Kuchen mitnehmen kannst, versteht sich von selbst! Hast du zwischen den Jahren vielleicht Zeit?«

»Sicher.« Erleichtert griff Fanny nach ihrer Teetasse. Zwischen den Jahren lag nach dem Endjahresspurt. Das dürfte sie hinbekommen.

Sie wollte gerade einen Termin vorschlagen, als sie bemerkte, dass Julians Blick weiterhin ernst und wachsam auf ihr lag. Großartig, dachte Fanny und nippte an ihrem Tee. Sie beschloss, Julian zu ignorieren und sich auf das Gespräch mit Lina zu konzentrieren. Deswegen waren sie ja hergekommen, nicht wahr?

»Dann können wir zwischen den Jahren auch gleich einen Plan für dich erstellen, wie du mit wenigen Handgriffen coole Bildkompositionen schaffst. Goldener Schnitt und so.« Fanny malte eine vereinfachte Fibonacci Spirale zwischen ihnen auf die Tischdecke. Die sollte Lina bekannt vorkommen, immerhin hatte Fanny ihr diese schon mehrmals aufgezeichnet.

Doch Lina blies nur die Backen auf und ließ die Luft mit einem lauten Seufzen entweichen. »Einen Versuch ist es wert, aber ob das etwas bringt? Wir alle scheitern am Fanny-Filter. Keine Ahnung, wie du das machst.«

11

Mit seinem roten Pantone-Becher in der Hand wollte Julian gerade nach der Klinke der angelehnten Tür greifen, da hörte er seinen Namen laut und deutlich aus der Küche. Ohne darüber nachzudenken, blieb er stehen und hielt die Luft an.

»Robster, ich weiß wirklich nicht, wie du das erträgst«, hörte er eine weibliche Stimme sagen.

»Ich auch nicht, Kerstin. Ich auch nicht.« Roberts Stimme klang eindeutig genervt. Mit Kerstin konnte eigentlich nur Kerstin Bach, die Ressortleiterin fürs Kochen für und mit Kindern, gemeint sein.

»Was ist das Problem?«, erkundigte sich eine weitere Stimme, und Julian war sich sicher, den Leiter der Abteilung Getränke, Maik Ebner, erkennen zu können. Er und Robert waren die einzigen Männer in der Riege der Abteilungsleitenden. »Abgesehen davon, dass diese Kaffeemaschine zu lange braucht. Irgendwas ist nicht richtig eingestellt …«

»Hast du das nicht mitbekommen?« Kerstins Stimme überschlug sich beinahe vor Empörung. »Julian Bovin hat heute unangekündigt das komplette Team Backen zu einem kleinen Tagesausflug mitgenommen. Nicht mal Robster hat er vorher informiert.«

»Oh, das Beste daran war die Nachricht am Wochenende«, warf dieser mit spöttischem Tonfall ein, den Julian bei ihm noch nie gehört hatte. Sein Griff um die Tasse wurde fester.

»Hat er dir eine Mail geschickt? Als Abteilungsleiter ist das doch nicht ungewöhnlich. Bovin Senior schickt mir auch öfter Mails am

Wochenende.« Maik klang gelangweilt, und Julian konnte ihn förmlich vor sich sehen, wie er mit trommelnden Fingern vor der Kaffeemaschine wartete, dass der Kaffee endlich durchlaufen würde.

»Nein«, erwiderte Robert, und Julian zuckte zusammen, als etwas mit lautem Knall abgestellt wurde. »Er hat dem kompletten Team Samstagnacht eine SMS geschrieben und uns für heute früh ins Büro geordert. Kein Grund, kein *Bitte*, kein *Danke*.«

In Julian kochte der Ärger hoch und seine Miene verfinsterte sich. Soweit er sich erinnern konnte, hatte er sehr wohl *bitte* geschrieben.

»Und das ausgerechnet knapp vor der großen Druckdatenabgabe«, murrte Kerstin.

»Genau! Und wofür? Die Aktion war ja mal super für die Katz! Ich weiß echt nicht, warum wir den kompletten Vormittag damit verschwendet haben, mit diesen Möchtegern-Bäckern herumzuhängen. Wäre das nicht eine Sache der Marketingabteilung gewesen? Oder die des Vertriebs? Die Back-Freaks sollen lieber unsere Bücher kaufen und keinen unsinnigen Content zusammenbasteln.«

Julian musste ein Schnauben unterdrücken. Auf der Autofahrt zurück – er hatte sich angesichts der gesundheitsgefährdenden Hinfahrt selbst ans Steuer gesetzt – hatte sich Robert gar nicht zurückhalten können mit begeisterten Beteuerungen, wie wichtig dieses Treffen gewesen war. Wie interessant die Ansichten und Vorgehensweisen der Bloggenden waren und wie nützlich die neuen Kontakte werden würden.

»Meint ihr, ich sollte mal mit dem Chef reden? Soweit ich weiß, war er bisher nur Praktikant. Und so jemand meint, mir sagen zu müssen, wie ich *meine* Abteilung zu leiten habe.«

Es hätte Julian nicht gewundert, wenn sein roter Becher in lauter Einzelteile zersprungen wäre, so fest wie er ihn mittlerweile drückte. Wieso ging er nicht einfach? Die Lust auf Kaffee war ihm inzwischen ohnehin vergangen.

»Als ob das was bringen würde. Wir reden schließlich von seinem heiß geliebten Sohn. Du bist noch nicht lange genug da, um zu wissen, dass er an seinen Sohn nichts kommen lässt.« Julian konnte das missbilligende Kopfschütteln aus Kerstin Bachs Worten förmlich heraushören. »Wenn er wenigstens wie der Chef wäre, aber nein! Das absolute Gegenteil.«

Robert lachte laut auf. »*Saint Bovin* versus *Diabolique Bovin*. Das passt zu dem Dickschädel.«

Ein leises *Ping* war aus der Küche zu hören, und die plötzlich drückende Stille machte Julian bewusst, dass vorher die Mikrowelle vor sich hingesummt haben musste. Nun übernahm das Rauschen in seinen Ohren diese fehlende Geräuschkulisse. Er konnte nicht fassen, was er hörte. *Diabolique Bovin*? Teuflisches Rind? So nahmen sie ihn wahr?

»Ich finde es einfach unfassbar.« Robert klang derart verbittert, dass Julian sich unwillkürlich fragte, wie er es schaffte, ihm gegenüber stets so freundlich zu sein. Doch dann fiel ihm Witt ein und dass vieles möglich war.

»Ich meine, der Typ hat irgendwelche absurden Ideen, aber vom Alltagsgeschäft absolut keinen Plan. Ich denke …«

»Na endlich, Kaffee!«, unterbrach Maik Roberts wütende Rede, und Julian würde wohl nie erfahren, was genau dieser dachte.

Er konnte hören, wie die Maschine ausgeschaltet und Kaffee in Tassen gefüllt wurde. Julian schaute in seinen eigenen leeren Becher und wollte sich gerade zu seinem Büro aufmachen, da ging die Tür einen Spaltbreit auf – und Fanny stolperte heraus.

Als sie ihn erkannte, weiteten sich ihre blauen Augen. Beinahe hätte sie die gepunktete Schüssel fallen gelassen, die sie in ihren Händen hielt und aus der es leicht dampfte. Wie es aussah, wollte Fanny zumindest eine verkürzte Mittagspause nachholen, nachdem ihr Tagesablauf durch den Brunch und die anschließende Besprechung durcheinandergeraten war.

Julian konnte es sich nicht erklären, aber die Tatsache, dass ausgerechnet die zurückhaltende Fanny an den Lästereien in der Küche beteiligt gewesen sein sollte, verletzte ihn mehr als jedes vorher gesagte Wort. Erst vor wenigen Stunden hatte er sie von einer ganz anderen Seite kennengelernt und erstaunt festgestellt, dass er sie im Verlag noch nie hatte lächeln sehen. Er war sich nämlich sicher, dass er sich sonst an das Grübchen erinnern würde, das bei Fannys Lächeln auf ihrer linken Wange erschienen war.

Doch nun stand sie ihm regungslos im Flur gegenüber und das Gerede aus der Küche war deutlich zu hören. Maik hatte das Thema inzwischen auf die perfekte Kaffeezubereitung gelenkt.

Sosehr Julian auch wollte, dass ihm das Getratsche der anderen egal war – er fühlte sich dennoch angegriffen. Es war auf vertraute Art und Weise demütigend, wie er vor Fanny stand, die genau wusste, was da gerade gesagt worden war. Wenn sie nicht sogar diese Meinungen teilte.

Ohne ein weiteres Wort drehte er sich um und ließ Fanny mit ihrer gepunkteten Schüssel und den weit aufgerissenen Augen zurück. Er hoffte inständig, dass sie seine zitternden Hände nicht bemerkt hatte.

❄

Immer wieder drehte sich Fanny zur geschlossenen Glastür, hinter der sich Julian befand. Das allein war schon ungewöhnlich, denn er kam um diese Uhrzeit meist bei ihnen an der Arbeitsinsel vorbei, um sich nach dem aktuellen Stand der Dinge zu erkundigen. Außer ihr schien sein Fernbleiben jedoch niemandem aufzufallen oder sie ignorierten es schlichtweg. Etwas, das Fanny eindeutig nicht gelingen wollte.

Sie musste an all die Dinge denken, die in der Küche gesagt worden waren, und an Julians seltsamen Gesichtsausdruck. Für einen Augenblick hatte er ganz verloren ausgesehen, ehe sich seine Miene wie ein Burgtor bei einem Angriff verschloss und er sie so vernichtend betrachtet hatte, dass Fanny beinahe ihre Suppenschüssel aus der Hand gerutscht wäre. Hätte sie etwas zu ihm sagen sollen? Oder hätte sie etwas in der Küche sagen sollen? Es kam ihr schon unglaublich unfair vor, dass Robert im Auto noch in den höchsten Tönen von Julians Idee geschwärmt hatte, und kaum war dieser in seinem Büro verschwunden, wurde darüber gelästert.

Fanny erinnerte sich an Julians jugendliches Auftreten beim Bloggendentreffen, und obwohl er sie manchmal an *Oscar the Grouch* erinnerte, so würde sie ihn trotzdem nicht als *teuflisch* bezeichnen. Passioniert vielleicht, wie es auch Aidan war. Wurde dieser nicht ebenfalls wütend, wenn er das Gefühl hatte, dass seine Studierenden ihr Studium nicht ernst nahmen? Ob Julian einfach nicht gefiel, was er im Verlag mitbekam?

»Erde an Fanny!« Mika wedelte mit einem Arm in der Luft.

»Ja?« Ertappt drehte sie sich zu ihm und spürte, wie Hitze in ihre Wangen kroch. Ziemlich peinlich angesichts der Tatsache, dass sie zum Büro des Juniorchefs gestarrt hatte.

»Bist du gedanklich noch bei deinen Bloggerfreunden?«, erkundigte sich Robert bissig und warf ihr über die Monitore hinweg einen verächtlichen Blick zu. Das Wort *Bloggerfreunde* klang dabei irgendwie nach einem ganz anderen Wort. »Du weißt, dass Blogger oder Vlogger – oder was auch immer – keine Autoren sind, richtig? Es mag andere Verlage geben, die den Stars von *YouTube* und *TikTok* die Türen einrennen, um sich an deren Ruhm dranzuhängen, aber wir haben das nicht nötig.«

Inzwischen wunderte sich Fanny über ihre eigene Naivität. Hatte sie wirklich geglaubt, dass Robert etwas gut fand, das nicht von ihm oder dem obersten Chef kam? Wie hatte sie der enthusiastischen Stimmung im Auto nur Glauben schenken können?

»Was wolltest du denn, Mika?«, fragte Fanny und hoffte, dass sie damit davonkam, wenn sie die Ansage ihres Chefs einfach überging.

»Ich wollte wissen, wie es um den Gemüsekuchen-Titel steht. Du weißt schon, der von der Meyer.«

Fanny nickte. Silvia Meyer gehörte zu ihren Stammautorinnen, die jedes Jahr mindestens einen Titel produzierten. Fanny würde diese allerdings eher in die Kategorie *B-List* einsortieren. Seit Beginn ihres Volontariats kümmerten sich Mika und Fanny unter Roberts

Anleitung um diese Autorin und am Mittwoch war finale Druckdatenabgabe für den besagten Gemüsekuchen-Titel.

»Meine letzte Info ist die Bestätigung der Änderungen von Frau Meyer. Die hat sie uns letzte Woche per Mail geschickt.« Fanny rief die E-Mail auf und überflog sie. Nichts Besonderes und Mika stand außerdem in cc. »Oder hast du was anderes gehört?«

»Nein, nein«, antwortete Mika rasch und klickte mit seiner Maus. »Eine andere Info habe ich auch nicht. Weißt du, wann wir die aktuelle Fahne von der Grafik bekommen?«

Jetzt verstand Fanny, was Mika wollte. Es hatte ganz den Anschein, als wäre bei ihm gerade eine Erinnerung aufgeploppt, die ihm sagte, dass diese Woche die Fahne korrigiert werden musste.

»Die sollte morgen zurückkommen.« Fanny wusste, dass Ina gerade die Änderungen ihres letzten Korrekturdurchgangs einarbeitete. »Wir müssen noch klären, wer die finale Korrektur …«

»Das ist nicht dein Ernst, Fanny«, mischte sich Robert in ihr Gespräch. »Solche Dinge müssen im Teammeeting besprochen werden. Wie oft soll ich euch das noch sagen?«

Fanny stutzte und zu ihrer Erleichterung wirkte auch Mika irritiert. Ihm jedenfalls schien nicht entgangen zu sein, dass die heutige Sitzung nicht stattgefunden hatte.

»Aber …«, setzte Fanny an.

»Du brauchst mir gar nicht mit einem *Aber* zu kommen.« Robert hackte wütend auf seine Tastatur ein und sah sie nicht einmal an, während er sprach. »Ständig diese Rechtfertigungen von euch, ich kann es nicht mehr hören. Statt euch zu rechtfertigen, solltet ihr lieber aus euren Fehlern lernen und mehr Verantwortung übernehmen. Ihr seid jetzt seit drei Monaten im Verlag und solltet langsam das System verstanden haben.«

»Aber Rob …«, setzte nun auch Mika an.

»Was habe ich gerade gesagt? Hört mir eigentlich niemand zu? Gerade von dir habe ich anderes erwartet.« Er schüttelte fassungslos den Kopf, ehe er mit einer theatralischen Geste die Hände in die Luft warf.

Wie so oft zog er damit die Aufmerksamkeit der halben Redaktion auf sich, und Fanny wäre am liebsten unter ihrem Schreibtisch verschwunden. Auch Mika sah aus, als würde er ihr dort gern Gesellschaft leisten.

»Wisst ihr was? Bitte schön!« Robert sprang auf und stapelte Unterlagen auf seinen Arm. Ihr Kalender verriet Fanny, dass er sich für das wöchentliche Meeting der Abteilungsleiter wappnete. »Wenn ihr meint, dass ihr immer alles besser wisst, dann seht doch zu, wohin euch das bringt. Fanny?«

Sie zuckte bei der Nennung ihres Namens zusammen und verfluchte sich selbst für diese Reaktion. Seit dem Treffen in Hannover war Robert noch schlechter auf sie zu sprechen. Man könnte meinen, Fanny hätte ihn hintergangen, nur weil sie viele der Bloggenden bereits kannte.

»Du wirst dich um die finale Druckdatenabgabe kümmern. Es wird Zeit, dass ich hier andere Saiten aufziehe.«

Fanny wollte widersprechen, das wollte sie wirklich. Sie wollte sagen, dass sie gar nicht wusste, wie eine finale Druckdatenabgabe aussah, dass es nicht ihr Job sei, irgendetwas abzusegnen. Dass sie dafür nicht die nötige Kompetenz hatte, nicht die Arbeitserfahrung. Aber sie sagte nichts. Es würde sowieso nichts bringen, das hatten ihr die letzten Monate deutlich gezeigt.

»Mika, du übernimmst die fehlenden Klappentexte für das Frühjahrsprogramm. Ich erwarte, dass ihr alles fristgerecht in der Grafik einreicht. Es sind eure Titel, nicht meine!«

Mit diesen Worten stürmte er davon, und erst jetzt bemerkte Fanny, dass auch andere Abteilungsleitende sich ihren Weg in Richtung der Treppe bahnten. Auf halber Strecke drehte sich Robert noch einmal zu ihnen um.

»Ich bin die nächsten beiden Tage nicht im Haus. Im Notfall – und ich meine *im Notfall* – bin ich per Mail erreichbar.« Mit einem letzten Nicken in ihre Richtung verschwand er endgültig aus dem Redaktionsbüro, über das sich eine Stille senkte, die bewies, dass mal wieder alle zugehört hatten.

Fanny schaute zu Mika, der wieder so blass war wie nach der Autofahrt heute Morgen.

»Willst du einen Kaffee?«, fragte sie und versuchte, ruhig weiterzuatmen. *Finale Druckdatenabgabe* schien in Neonfarben vor ihrem geistigen Auge zu blinken, und irgendwie machte das was mit ihrer Fähigkeit, Sauerstoff aufzunehmen.

»Nein.« Kurz sah es so aus, als ob Mikas Unterlippe zittern würde, doch ehe Fanny näher hinsehen konnte, presste er die Lippen fest aufeinander. Unruhig schob er Sachen auf seinem Schreibtisch hin und her, dann griff er nach seiner Maus und klickte wie wild herum. »Mir reicht's für heute. Ich gehe nach Hause. Was für eine Scheiße!«

Fanny beobachtete ihren Kollegen beim fahrigen Zusammensuchen seiner Sachen. Sie hatte keine Ahnung, wie Mika die Klappentexte bis morgen finalisieren wollte, wenn er jetzt Feierabend machte. Bis vor Kurzem hatten sie ja noch gemeinsam daran gearbeitet, weswegen Fanny wusste, dass die Texte nicht annähernd dort waren, wo sie sie brauchten. Außerdem mussten sie noch von den Autoren und Autorinnen abgesegnet sowie intern gegengelesen werden.

»Bis morgen«, sagte Mika und stopfte sich ein paar Unterlagen in seinen Rucksack. Dann zog er sich die Jacke an und eilte davon. Es kam Fanny wie eine Flucht vor, nur wovor genau er davonlief, das wusste sie nicht.

»Bis morgen«, rief sie ihm hinterher, aber er drehte sich nicht um.

Fanny musste den Drang unterdrücken, den Kopf auf dem Schreibtisch abzulegen. Wie konnte sie nur so müde sein? Es war doch erst Montag! Sie erlaubte sich, für einen Augenblick den Kopf auf den Händen abzustützen.

»Hier.« Eine Tasse wurde vor Fanny abgestellt und sie richtete sich schnell auf. Nach einem mitfühlenden Tätscheln ihres Unterarms schob Sonja die Tasse noch ein Stück näher an sie heran. Bevor Fanny es roch, wusste sie, dass die Tasse Kaffee enthielt.

»Danke.« Fanny versuchte sich an einem Lächeln, von dem sie sich sicher war, dass es ihr gründlich misslang. Sie trank einen großen Schluck von dem Kaffee, der heiß war und stark, genau richtig für Situationen wie diese. Nicht zu Unrecht war Sonja die gute Seele der Redaktion.

»Lass dich nicht unterkriegen.« Sonja hatte leise gesprochen und beugte sich etwas weiter nach vorn. »Und freu dich auf zwei entspanntere Tage.« Aufmunternd legte sie Fanny die Hand auf die Schulter, ehe sie zurück an ihren Platz ging.

Fanny nickte und wusste nicht, ob es Sonja oder ihr selbst galt. Sie beschloss, den Kaffee in Ruhe zu trinken, bevor sie sich an ihr übervolles Postfach machen würde. Die Druckfahnen würde Ina nicht vor morgen früh fertig haben, da konnte sie heute sowieso nichts weiter machen, als zu atmen und möglichst nicht in Panik zu verfallen.

Sie kramte ihr Handy aus der Tasche, um zu gucken, ob sich einer ihrer Brüder gemeldet hatte, aber ihr Display zeigte ihr stattdessen eine Nachricht von Felix an. Diese war voller Herzen, Smileys und Weihnachtsbäumen, was Fanny ein Lächeln entlockte. Sie öffnete die App und tippte: *Habe mich geirrt. Er hat keine zwei Wochen gebraucht.*

Fanny hatte keinen Zweifel, dass Felix sie verstehen würde. Einige Schlucke Kaffee später traf seine Antwort ein und bestätigte ihre Annahme. *Die Macht ist stark im Grummelbärchen. U ok?*

Kurz überlegte sie. War sie okay? Sie spürte einen leichten Druck auf den Augen und war sich nicht sicher, ob das vom Kater aus der Hölle kam oder doch Tränen der Verzweiflung waren. Wie gern wäre sie wie Mika einfach nach Hause gegangen, hätte sich mit einer guten Serie ins Bett gekuschelt und für den Rest des Tages nichts gemacht. Oder sie hätte die alten Weihnachtsschallplatten ihrer Mutter aufgelegt und die Wohnung zumindest ein kleines bisschen weihnachtlich hergerichtet. Dass am Sonntag der erste Advent gewesen war, hatte sie lediglich an den Plätzchen gemerkt, die ihr Felix mitgegeben hatte. Nicht einmal einen Adventskranz hatten sie im Haus, dabei war die Vorweihnachtszeit eigentlich ihre Lieblingszeit. Vielleicht sollte sie wirklich früher Feierabend machen?

Aus dem Augenwinkel sah Fanny, wie eine weitere E-Mail in ihrem Posteingang landete, und sie dachte an die Autoren und Autorinnen, die ihr Ende letzter Woche geschrieben hatten und nach wie vor auf eine Antwort warteten. Fanny hatte mit genug Bloggenden zusammengearbeitet und wusste, mit wie viel Herzblut diese kleine Community ihr Handwerk betrieb. Wie viel Leidenschaft in jedes neue Rezept, jede neue Idee gesteckt wurde. Konnte sie es da verantworten, dem im Wege zu stehen und ihren Job nicht richtig zu machen?

Alles ok. Kaiser Robster ist für zwei Tage ausgeflogen :) Bei dir alles gut? Bitte sag mir, dass du auch noch verkatert bist!?

Nachdem sie die Antwort rausgeschickt hatte, steckte sie ihr Handy in die Tasche und wandte sich ihrem Computer zu. Es war bereits Viertel nach vier und ihre To-do-Liste noch immer zu lang.

»Ich möchte Ihnen mitteilen, dass …«, sagte da der Juniorchef, den Fanny über das Finale-Druckdaten-Drama ganz vergessen hatte. Erschrocken drehte sie sich zu ihm um, doch er blinzelte nur ebenso verwundert zurück.

»Ja?« Fanny versuchte, nicht an den verletzten Ausdruck in den grauen Augen zurückzudenken. Wieder ärgerte sie sich, dass sie in der Küche nichts gesagt hatte. Auch eine Volontärin hätte in einer solchen Situation etwas sagen können.

»Wo sind die anderen?«, fragte er, und seine Stimme klang so müde, wie Fanny sich fühlte. Er setzte sich neben sie.

»Robert ist im Meeting der Abteilungsleitenden und Mika im Feierabend.« Sie versuchte, neutral und ruhig zu klingen und nicht wie jemand, der erst vor wenigen Minuten fast in Tränen ausgebrochen wäre. Ruhig, neutral und kompetent – definitiv nicht panisch oder hyperventilierend.

»Aha.« Mit gerunzelter Stirn ruckelte Julian an seiner Krawatte, die er sich nach dem Treffen in Hannover pflichtgemäß umgebunden hatte. Die heutige war dunkelgrün mit lauter kleinen Flugenten und in Fannys Augen immerhin eine Verbesserung zu der des geopferten Kilts. »Wissen Sie, ob Robert nach dem Meeting zurück an den Platz kommen wird?«

Fanny schüttelte den Kopf. Sie konnte es sich nicht wirklich vorstellen, sagte aber nichts.

»Gut.« Julian strich sich über den Bart und richtete sich im Stuhl auf. »Dann würde ich Sie bitten, mich morgen im Team zu entschuldigen. Ich habe einen Termin in einem Fotostudio in Hannover und werde den ganzen Tag unterwegs sein. Ich bin selbstverständlich jederzeit per Mail oder übers Handy erreichbar. Meine Nummer haben Sie ja.«

Fanny nickte. Morgen würden also bloß Mika und sie da sein und eine Welle der Erleichterung durchflutete sie. Wobei sie zugeben musste, dass sie Julian bevorzugen würde, wenn sie zwischen ihm und Robert wählen müsste. Zwar behagte Fanny sein finsterer Blick nach wie vor nicht, dafür hatte sie ihn in der letzten Woche als ausgeglichenen Kollegen erlebt, dessen Arbeitsentscheidungen ausschließlich von der tatsächlichen Arbeit abhingen. Das schätzte Fanny an dem neuen Juniorchef.

»Ich bin noch nicht in allen Abläufen drin.« Julian rollte mit dem Stuhl ein Stück näher an Fannys Arbeitsplatz. »Liegen die nächsten Tage irgendwelche wichtigen Dinge an?«

Er sah mit gerunzelter Stirn auf ihren Posteingang, den Fanny mit einem projektbezogenen Farbsystem versehen hatte. Sie wusste, dass es überwältigend und – um es mit Felix' Worten zu sagen – dezent obsessiv wirkte, aber sie fand sich damit am besten zurecht. Rasch klickte sie das Mailprogramm weg, öffnete den Kalender und fasste für Julian die Deadlines der Woche zusammen.

Nach ihren Erläuterungen fluchte dieser leise vor sich hin und Fanny zog automatisch den Kopf ein. Sie beschloss, Roberts Abwesenheit und Aufgabenverteilung nicht zu erwähnen. Das war sicherlich mit Julian oder dem Seniorchef abgesprochen und sie musste ihn nicht erneut daran erinnern.

»Das ist mir alles zu knapp.« Julian schien mit sich selbst zu reden und zupfte an seinem linken Ohr, das rot angelaufen war. Als er Fannys Blick bemerkte, hörte er damit auf und legte seine Hand zur Faust geballt auf den Schreibtisch. »Erinnern Sie mich noch mal: Was war das Thema des Buchs?«

»Gemüsekuchen.« Mit ein paar Klicks zeigte ihm Fanny das Cover, das Ina entworfen hatte. Hip schaute es aus und mit der Farbkombination aus Grün und Rosa überhaupt nicht nach Omas Karottenkuchen.

»Gut.« Julian nickte und ließ die Hand wieder ans Ohr wandern. Fast fand Fanny es niedlich, wie er mit seinem Ohr spielte, während er nachdachte – wären da nicht der verkniffene Zug um seinen Mund und die steile Zornesfalte zwischen seinen Brauen gewesen. »Wenn die Fahnen morgen rechtzeitig kommen, gehen Sie bitte schon einmal drüber. Alles Weitere besprechen wir am Mittwoch im Meeting.«

Julian sah sie mit ernstem Blick an, und ihr kam der Verdacht, dass er gar nicht sie finster betrachtete, sondern nur das Chaos, in dem diese Abteilung permanent versank. Dass er versuchte zu verstehen, wie das alles so weit hatte kommen können und wieso hier – laut seiner eigenen Aussage – alles immer zu knapp war. Diese Fragen verstand Fanny, sie war schließlich seit drei Monaten damit beschäftigt, in dem ganzen Durcheinander nicht unterzugehen.

»So machen wir's«, sagte Julian und nickte erneut.

»Alles klar.« Fanny machte sich eine weitere Notiz und merkte, dass ihr Chef sie nach wie vor beobachtete. Verlegen räusperte sie sich. Sie konnte die Situation in der Küche nicht unkommentiert lassen, das wusste sie.

»Wegen heute Nachmittag …«, begann sie, als Julian erneut »Gut« sagte und sich erhob. Seine Hand war bereits auf halbem Weg zu seinem Krawattenknoten, hielt jedoch mitten in der Bewegung inne. Mit einer hochgezogenen Augenbraue starrte er auf sie herab, und Fanny hatte Schwierigkeiten, dieses gefühlskalte Gesicht mit dem verletzten Ausdruck vor der Küche in Verbindung zu bringen.

»I-ich wollte Ihnen sagen, dass ich … die in der Küche geäußerten Meinungen nicht teile.« Sie schaffte es nicht, Julian anzusehen, betrachtete stattdessen den Saum ihrer Strickjacke, den sie zwischen ihren Fingern hin und her drehte.

Kurz fragte sie sich, ob es ein Fehler gewesen war, das Thema anzusprechen. Ihre Wangen fühlten sich unangenehm heiß an, doch sie riss sich zusammen und erinnerte sich an die Worte ihrer Mutter. Sie hatte immer gesagt, dass Fehler passieren konnten und man manchmal auch die Gefühle eines anderen Menschen verletzen würde, obwohl man das eigentlich nicht wollte. Das Wichtigste, hatte ihre Mutter gesagt und sie fest in den Arm genommen, war, dass man in solchen Situationen zu seinen Fehlern stand und daraus lernte. Und sich bei der anderen Person entschuldigte. Auch das war ein Teil von Freundlichkeit und Mitmenschlichkeit.

»Es tut mir leid.« Fanny merkte, dass ihre Stimme inzwischen deutlich gefestigter klang. Sie sah zu Julian, dessen ganze Haltung nach wie vor kühl und distanziert wirkte. »Ich hätte etwas sagen sollen und nicht einfach danebenstehen dürfen. Das war falsch.«

Fannys Worte schienen für einen Moment zwischen ihnen in der Luft zu hängen. Sie konnte ihr Blut in den Ohren rauschen hören und war sich sicher, dass ihr Kopf inzwischen knallrot angelaufen war. Sie war gerade dabei zu bereuen, überhaupt den Mund aufgemacht zu haben, da nickte Julian ihr kurz zu.

»Alles klar«, sagte er und richtete sich nun doch die Krawatte. Dann betrachtete er sie mit einem nachdenklichen, nicht mehr ganz so finsteren Blick. »Machen Sie heute nicht zu lange. Die nächsten Tage werden anstrengend genug.«

Mit diesen Worten drehte Julian sich um und verschwand, ohne eine Antwort abzuwarten. Fanny konnte ihm nur mit offenem Mund hinterherstarren.

12

Fanny trat in den Hausflur und hatte ein Déjà-vu. Achtlos ließ sie ihre Umhängetasche auf den Boden fallen, während lautes Lachen aus dem Wohnzimmer schallte. Anders als letzte Woche war sie heute aber deutlich früher zu Hause. Deswegen hängte sie immerhin ihren petrolfarbenen Wintermantel mit dem letzten Rest Energie auf, ehe sie zu ihrer Familie ging.

»Fanny! Lange nicht gesehen.« Felix hockte zwischen unzähligen Boxen und Kartons auf dem Wohnzimmerboden und strahlte sie an. Von dem ihr versicherten anhaltenden Kater war keine Spur zu sehen und das kam Fanny angesichts des Drucks hinter ihren Schläfen unfair vor. Sie betrachtete ihn in dem Wirrwarr aus Lichterketten, ausgepackten Nussknackern und verknoteten Tannengirlanden um ihn herum. Ihr Gehirn schien jedoch zu keiner Schlussfolgerung zu kommen, was sie davon halten sollte.

Mit einem lauten Stöhnen ließ sie sich kopfüber auf das überdimensionale Sofa fallen und versuchte, eine der Wolldecken auf sich zu ziehen, die über der Rückenlehne hingen. Vergeblich. Lautes Stimmengewirr sagte ihr, dass der Rest der Truppe in der Küche war und gerade über das geeignete Abendbrot diskutierte. Thomas war natürlich für Pizza oder irgendetwas mit Pommes, Aidan für eine Gemüselasagne, die sie vor ein paar Wochen vorgekocht und eingefroren hatten. Sophie schlug weitere Gerichte vor, die von Sushi über Tofuwürstchen-Torte bis zu »jeder einen Kopf Eisbergsalat« gingen.

»Oje, so schlimm?« Das Sofa neben Fanny sank ein wenig ein und Felix tätschelte ihr Bein. »Hat König Robster dir Probleme wegen des Fotografierens gemacht?«

»Nein, das ist es nicht«, sagte Fanny und drehte sich auf den Rücken, um zu ihrem besten Freund sehen zu können, der sie abwartend musterte. Fanny erzählte ihm von Roberts dramatischem Abgang und dass sie sich wegen seiner zweitägigen Abwesenheit mit der Druckdatenabgabe nun einer Aufgabe widmen musste, die eine Volontärin gar nicht leisten konnte.

»Was sagt denn das Grummelbärchen dazu?« Felix fuhr sich durch den schwarzen Wuschelkopf. »Er schien mir nicht der Typ zu sein, der ein solches Verhalten durchgehen lässt. Sonderlich grummelig kam er mir heute Morgen aber auch nicht vor.«

»Ach, der hat mir bloß gesagt, ich soll nicht mehr lange machen, und ist morgen ebenfalls nicht da.« Betreten drehte Fanny an den Knöpfen ihrer übergroßen Strickjacke, in der sie sich am liebsten für den Rest der Woche einigeln würde.

»Hä? Also, gut, dass er bemerkt, dass du weniger arbeiten solltest, aber: Die Ratten verlassen das sinkende Schiff, oder was? Sollte nicht zumindest der Kapitän bis zum Schluss an Bord bleiben?«

Fanny wollte gerade zu einer Erklärung ansetzen, da kam Aidan ins Wohnzimmer.

»Genug über die Arbeit geredet. Der heutige Abend sollte mal ein anderes Thema haben als diesen unorganisierten Haufen.« Streng musterte er Fanny und Felix. Allerdings wurde sein Auftritt von Sophie geschmälert, die sich um ihn herum schob und ihn herausfordernd angrinste.

»Sagt derjenige, dem wir vor wenigen Minuten Gewalt androhen mussten, wenn er nicht sofort seine Bücher Bücher sein lässt und uns beim Schmücken hilft.« Sie boxte ihm spielerisch in die Seite, dann wandte sie sich an Fanny, die sich gerade aufsetzte. »Du bist heute aber früh dran! Dabei wollten wir dich mit einem geschmückten Wohnzimmer überraschen.« Sophie setzte sich neben sie, wobei ihr Weihnachtspullover leise klingelte. Der rote Pulli war über und über mit Lamettagirlanden geschmückt, an denen Goldsterne und Glöckchen hingen. Geistesabwesend schnipste Sophie gegen eine, während sie sich im Raum umschaute. Das Wohnzimmer sah aus, als hätte sich ihr Wandschrank aus dem Keller, in dem sie das restliche Jahr über ihre Weihnachtsdeko aufbewahrten, einmal mitten im Raum übergeben. »Zumindest war das der Plan gewesen.«

Fanny durchströmte bei ihren Worten eine dankbare Wärme, die wie dickflüssige heiße Schokolade durch sie floss. In Ermangelung der passenden Worte griff sie nach Sophies Hand und drückte diese. Sophie legte kurzerhand ihren Kopf auf Fannys Schulter.

Aidan hingegen murrte irgendetwas von »normale Uhrzeit«, »von wegen früh« und vielleicht auch »Saftladen«, ehe er nach Thomas rief, der noch in der Küche war.

»Jetzt leg endlich das verfluchte Handy weg und hilf gefälligst beim Schmücken! Es war immerhin eure Idee.« Mit in die Hüften gestemmten Händen stand Aidan inmitten der halb ausgepackten Kisten und funkelte in Richtung Küche.

»Diese Liebe«, flüsterte Felix lachend in Fannys Ohr und drückte sie fest an sich.

»Streng genommen war es Sophies Idee«, protestierte Thomas und tauchte im Durchgang zur Küche auf. Fanny zuckte innerlich zusammen, als sie sein Gesicht sah. Die eine Hälfte schimmerte inzwischen in den buntesten Farben und war nach wie vor leicht geschwollen.

»Lügner!« Sophie verschränkte die Arme vor der Brust. »Du lagst mir ständig in den Ohren, dass es bei euch *gar nicht weihnachtlich* sei.«

»Oh, Tommy!«, rief Felix und brach in lautes Gelächter aus. »Ich sage es ja immer wieder: Harte Schale, weicher Kern.«

»Solange der weiche Kern sich von seinem Handy loseist und mit anpackt, soll mir alles recht sein.« Aidan stierte zu seinem jüngeren Bruder, auch wenn die Falte zwischen seinen Brauen sich etwas geglättet hatte.

»Jaja, mache ich doch«, erwiderte dieser, trat aber keinen Schritt in das Zimmer hinein, das im weihnachtlichen Chaos zu versinken drohte.

»Wer ist eigentlich auf die Idee gekommen, alle Kisten gleichzeitig auszupacken?« Fanny sah sich kopfschüttelnd um. Wahrscheinlich hatte es schon einen Grund, warum erst ihre Mutter und später dann Fanny die Dekoration übernommen hatte.

»Ihr hättet mich halt nicht mit den Sachen allein lassen dürfen«, sagte Felix, und erst da merkte Fanny, dass alle Anwesenden ihn anklagend betrachteten. Felix hingegen saß schmollend neben ihr, musterte aber zugleich das Durcheinander um sich herum mit sichtbaren Schuldgefühlen. Sie konnte nicht anders, als lauthals zu lachen. Was würde sie nur ohne ihn machen?

»*Okay, let's do this!*«, sagte Fanny und streckte sich, bevor sie sich vom Sofa erhob. »Was haltet ihr von einer Weihnachtsplaylist und etwas Weihnachtspunsch zur Motivation?«

»Ich suche die richtige Playlist«, rief Thomas und verschwand schneller in der Küche, als jemand *Ho, ho, ho!* sagen konnte.

»Ich mache den Punsch warm!« Sophie folgte ihrem besten Freund, nicht ohne dabei über eine umgekippte Kiste zu stolpern und beinahe von einem Plüschelch zu Fall gebracht zu werden.

»Da waren es nur noch drei«, sagte Aidan trocken und schaute sich kopfschüttelnd im Wohnzimmer um. »Ernsthaft, Felix. So lange waren wir nicht weg.«

Doch dieser gluckste bloß vor sich hin und ging zurück zu der Kiste, die er untersucht hatte, bevor Fanny nach Hause gekommen war.

»Suchen wir etwas Bestimmtes?« Fanny hob die Kiste links neben ihm hoch und inspizierte deren Inhalt. In ihr befand sich, neben diversen Weihnachtskugeln, eine dicke Tannengirlande. Fanny fischte sie heraus, sorgsam darauf bedacht, die Girlande nicht zu verknoten und legte sie auf den Kaminsims. Heute Abend – mit einem knisternden Feuer – würde der Kamin wie jedes Jahr ganz festlich aussehen. Für einen flüchtigen Augenblick verspürte Fanny so etwas wie weihnachtliche Vorfreude, dann fiel ihr die Druckdatenabgabe wieder ein, und ihre Vorfreude verpuffte so plötzlich, wie sie gekommen war.

Seufzend verschloss Fanny die Kiste und stellte sie neben die Tür. Die Weihnachtskugeln darin würden sie heute nicht brauchen. Zwar schmückten sie ihren Baum nach englischer Tradition bereits Anfang Dezember, allerdings waren sie dieses Jahr noch nicht dazu gekommen, einen Baum zu kaufen. Wie schön das wäre, wenn sie das zusammen mit Aidan am Samstag erledigen könnte, überlegte Fanny und wandte sich der nächsten Kiste zu.

»Gefunden!«, rief da Felix und erhob sich schwungvoll, wobei die Kiste, die bis dahin auf seinem Schoß gestanden hatte, mit einem lauten Poltern zu Boden fiel. Felix ignorierte das, war völlig in die Betrachtung des kleinen klobigen Etwas' in seiner Hand vertieft.

Fanny erkannte es sofort.

»Unsere Schneekugel!«, rief sie nun ebenfalls begeistert aus und nahm ihm die Schneekugel kurzerhand ab. Streng genommen war es keine Schneekugel, sondern ein umfunktioniertes Gurkenglas, das sie jetzt begeistert schüttelte, wie sie es seit über zehn Jahren jedes Jahr tat.

»Ach, das olle Ding«, sagte Aidan und warf einen Blick auf die angelaufene Kugel, deren Flocken nicht mehr wirklich wie weißer Schnee aussahen. »Und deswegen all das Chaos?«

»Das war es absolut wert.« Liebevoll betrachtete Felix die alte Schneekugel, und Fanny war sich sicher, dass er gerade ebenfalls an den Tag zurückdachte, an dem sie diese Kugel zusammen mit ihrer Mutter gebastelt hatten.

Es war ein Adventssonntag gewesen und sie hatten am Küchentisch gehockt, jeder einen Kakao mit Marshmallows vor sich. Ihre Mutter hatte zwischen Fanny und Felix gesessen und ihnen geholfen, mit einer kleinen Heißklebepistole Figuren und Glitter auf den Boden der Schneekugel zu kleben. Wie Magie war es Fanny damals vorgekommen, als sie am Ende dieses glitzernde und Schneeflocken wirbelnde Ding in den Händen gehalten hatte. Staunend hatte sie den Tannenbaum neben dem kleinen Teddybären angeguckt und sich vorgestellt, was wohl in den klitzekleinen Paketen unter dem Baum sein würde. Zum Schluss hatten Fanny und Felix gemeinsam auf der Kugel »unterschrieben«. *F + F* konnte man auf der Unterseite in ausgeblichener goldener Schrift lesen und sogar das Herz, das ihre Mutter darum gezeichnet hatte, war noch da.

Wie jedes Jahr fuhr Fanny mit den Fingerspitzen vorsichtig darüber und vermisste ihre Mutter mit einem Schlag so sehr, dass ihr der Atem stockte. »Sie wird auch dieses Jahr einen Ehrenplatz bekommen«, sagte sie mit belegter Stimme und ignorierte Aidans leises Stöhnen.

Zielstrebig stellte Fanny die angelaufene Schneekugel in die Mitte des Kaminsimses. Mit der Tannengirlande sah sie aus wie früher, und fast meinte Fanny, ihre Mutter aus dem Augenwinkel zu sehen.

»Perfekt.« Felix legte ihr einen Arm um die Schulter und drückte ihr einen Kuss auf die Schläfe.

Statt einer Antwort umarmte sie Felix, und auch Aidan kam vorbei, um ihnen durch die Haare zu wuscheln. Für sie alle war Weihnachten ohne ihre Mutter seltsam. Dass es nun Fanny war, die den Christmas Cake backte, und Aidan, der für Tannengrün und den Weihnachtsbaum sorgte – all das war ohne ihre Mutter einfach anders. Und doch war man ihr gerade dann auch sehr nah. Fast, als würde sie neben einem stehen und die Hände mit den verschiedenen Zutaten beobachten oder den Tannenbaum mit schief gelegtem Kopf betrachten. Unzählige Erinnerungen steckten in diesen Ritualen, diesen Traditionen, und auch wenn Fanny zwischendurch der Atem schwer wurde und sie meinte, das Vermissen körperlich spüren zu können, würde sie diese Momente trotzdem niemals missen wollen.

»Hey, genug mit dem Rumgeflenne«, beschwerte sich Thomas, der mit dem Handy in der Hand erneut im Durchgang zur Küche aufgetaucht war. »Ich dachte, das wird eine lustige Veranstaltung. Sonst bin ich hier weg.«

»Der Punsch ist gleich fertig.« Besorgt schaute Sophie hinter ihm hervor.

»Thomas hat recht«, raunte Aidan ihr zu. »Wir alle können einen schönen entspannten Abend gebrauchen, meinst du nicht auch?«

Fanny holte einmal tief Luft und fuhr sich mit dem Handrücken über die feuchten Augen, ehe sie ihrem Bruder zunickte. Er hatte recht, und sie wusste, dass auch ihre Mutter nicht gewollt hätte, dass sie ausgerechnet in der Weihnachtszeit Trübsal bliesen. Das hatte sie ihnen immer wieder gesagt, in den langen Monaten ihrer Krankheit. *Kein Trübsal, haben wir uns verstanden?*

»Entschuldigung«, unterbrach Felix Fannys Gedanken und baute sich mit vor der Brust verschränkten Armen vor Aidan auf. »Willst du damit sagen, dass meine Geburtstagsfeier kein schöner Abend war?«

»Das Stichwort lautet *entspannt*«, erwiderte Aidan, dann schob er sie beide in Richtung Küche. »Und um dem von dir verursachten Durcheinander ganz *entspannt* Herr zu werden, trinken wir erst mal einen Punsch, ehe wir gemeinsam das Haus dekorieren und einen *entspannten* Abend haben werden. *Understood*?«

Sie alle bejahten einstimmig.

Nachdem sie Thomas das Handy entwendet hatten, der begonnen hatte, sie mit Techno Weihnachtsliedern zu beschallen, liefen den restlichen Abend über Christmas-Klassiker aus ihrer Kindheit und Jugend – von *Wham!* über Frank Schöbel war alles mit dabei. Sie versuchten, sich mit den originellsten Songs und den meisten »Wisst ihr noch?« zu übertrumpfen, tranken Punsch und aßen neben der Gemüselasagne auch den halben Plätzchenvorrat auf, den ihnen Felix mitgebracht hatte.

Die Schneekugel blieb nicht die einzige selbst gemachte Weihnachtsdekoration, die sie wiederentdeckten. Und so schwelgten sie den Abend über in Erinnerungen, erzählten einander Geschichten, die sie alle bereits kannten, und lachten gemeinsam angesichts der

Hässlichkeit der meisten gebastelten Dinge. Sie kamen überein, dass niemand von ihnen ein Talent zum Basteln besaß, weswegen allen zukünftigen Generationen das Basteln strengstens untersagt werden sollte.

»Niemand sollte so etwas ertragen müssen!«, rief Felix an einer Stelle dramatisch aus und hielt einen von Thomas' selbst gemachten Teddybären hoch, der eine welke Schleife um den Hals trug und dessen Augen schief saßen, was ihm etwas Alienhaftes gab.

An diesem Abend lachten sie so viel, dass Fanny Bauchschmerzen bekam. Sie konnte sich nicht daran erinnern, wann sie das letzte Mal so viel Spaß gehabt hatte. Für ein paar Stunden schienen alle Sorgen kleiner zu werden, alle Deadlines waren uninteressant und die Konflikte auf der Arbeit waren weit entfernt, hätten auch am anderen Ende der Welt stattfinden können. Und während das Haus immer festlicher wurde, sie die über die Jahre angesammelte und mit Erinnerungen angestaubte Dekoration überall verteilten, da freute sich Fanny plötzlich doch auf Weihnachten.

13

Die automatisch generierte Erinnerung für das Teammeeting ploppte auf Julians Computermonitor auf und unterbrach ihn bei der Kontrolle einer vermutlich fehlerhaften Quartalsabrechnung. Sein Gesichtsausdruck, der wegen des Zahlenkuddelmuddels eh schon einer Grabesmiene glich, verfinsterte sich noch mehr. Er würde frühzeitig Falten bekommen, wenn das so weiterging.

Zum gefühlt tausendsten Mal an diesem Morgen schaute er um seinen Computermonitor herum zur Arbeitsinsel Backen. Kein Robert Groß. Die Kernarbeitszeit hatte bereits vor einer Stunde begonnen und weder im Urlaubsplan noch in seinem E-Mail-Postfach fand er eine Erklärung für dessen Fehlen. Auch die SMS an den abwesenden Abteilungsleiter blieb bisher unbeantwortet.

Julian lehnte sich in seinem Stuhl zurück, verschränkte die Hände hinter seinem Kopf und starrte auf das gerahmte Magazincover an der gegenüberliegenden Wand. Irgendwie hatte er sich die Arbeit bei *Bovin Books* anders vorgestellt. Kommunikation, Teamwork und Transparenz waren schon immer die wichtigsten Faktoren für seinen Vater gewesen, auch wenn Julian davon aktuell nicht sonderlich viel spürte. Geheuchelte Freundlichkeit, Lästereien in der Küche, katastrophale Planung und jetzt auch noch die mysteriöse Abwesenheit des Ressortleiters. Nein, das hatte er sich wirklich anders vorgestellt.

Erst gestern hatte er mit Chris darüber geredet. Chris, dessen Fotostudio so reibungslos und effektiv lief wie eine gut geölte

Maschine. Bereits beim Betreten des Studios hatte er das Gefühl gehabt, die Produktivität mit den Händen greifen zu können, und sofort gewusst, dass er am richtigen Ort war. Das Team, das sich gegenseitig anzuspornen schien, hatte vor Ideen und guter Laune förmlich vibriert. Wenn er hingegen an seine unterbesetzte Backabteilung dachte, bei der höchstens die Stresshormone vibrierten, dann wurde ihm ganz anders.

»Nützt alles nichts«, murmelte er, ehe er erneut sein Postfach sowie sein Handy überprüfte. Keine Nachricht und gleich würde das Teammeeting beginnen. Julian rückte sich seine Krawatte zurecht, ehe er aufstand, um zu den Volontären zu gehen.

Beide waren voll in ihre Aufgaben vertieft, und auch Sonja Lundermayer saß weiterhin an ihrem Arbeitsplatz, ohne die üblichen Meeting-Vorbereitungen zu treffen. Was zum Teufel hatte er nun schon wieder verpasst?

»Guten Morgen«, sagte Julian und trat zu Fanny und Mika an die Arbeitsinsel vor der Fensterfront, durch die tatsächlich mal die Sonne schien. Sie erwiderten den Gruß synchron und Julian fielen sofort Mikas zerknautschte Frisur sowie Fannys Augenringe auf. Automatisch wanderte sein Blick zum leeren Platz von Robert Groß. Er konnte förmlich spüren, wie sich die Falte zwischen seinen Brauen einbrannte. Kein Volontär sollte dermaßen durch die Mangel genommen aussehen.

»Wollen wir?« Julian zeigte in Richtung des Konferenzraumes.

»Oh, heute auch?«, fragte Mika und fuhr sich fahrig durch die hellbraunen Locken.

Julian sah fragend zwischen Mika und Fanny hin und her. »Ist nicht jeden Mittwoch um zehn Teammeeting? Es ist Mittwoch und es ist zehn Uhr.« Julian merkte selbst, wie unbeherrscht er klang.

Fanny schien sich in ihrem Stuhl kleinmachen zu wollen und schielte unsicher zu Mika.

»Richtig«, erwiderte dieser und setzte sich gerader hin. »Es ist nur so, dass an Tagen, an denen Rob nicht im Büro ist, die Meetings immer ausgefallen sind.«

»Was soll das heißen, er ist nicht im Büro?«, fragte Julian. Obwohl Roberts Abwesenheit nicht zu übersehen war, irritierte ihn die Selbstverständlichkeit, mit der Mika davon sprach. Dabei war nichts daran selbstverständlich.

»Robert hat sich am Montag für zwei Tage abgemeldet«, meldete sich nun Fanny zu Wort, auch wenn sie aussah, als ob sie sich am liebsten in ihrer Strickjacke verstecken würde.

Julian starrte sie an, wie er sie schon am Montag nach ihrer Entschuldigung nur hatte anstarren können: unfähig, das Gesagte richtig zuzuordnen.

»Er hat sich zur finalen Druckdatenabgabe zwei Tage Urlaub genommen?« Julian hatte Mühe, die Frage zwischen seinen zusammengepressten Zähnen herauszubekommen, und sein linkes Auge zuckte leicht. Fast war er beeindruckt, denn es hatte ihn schon lange niemand mehr so zur Weißglut gebracht.

»Aber nein, Rob hat doch keinen Urlaub genommen!«, rief Mika und für Julians Geschmack klang er dabei eindeutig zu blasiert.

»Nicht?« Julian wandte sich ihm langsam zu. Dann rief er sich ins Gedächtnis, dass die beiden lediglich Volontäre waren und die schlechte Führung der Backabteilung nicht zu verantworten hatten. »Bitte erleuchten Sie mich. Wo ist *Rob* dann?«

»Ich glaube, er hat Außentermine«, sagte Mika mit immer leiser werdender Stimme und Julians Auge zuckte abermals.

»Sie glauben?« Diesmal schaffte er es nicht, seine Stimme unter Kontrolle zu halten, und nicht nur Fanny und Mika fuhren zusammen.

»V-vielleicht ist er auch im Homeoffice«, stammelte Mika. »Wir dachten …« Er sprach nicht weiter, sondern wandte sich Hilfe suchend an Fanny.

»Was dachten Sie?«

»Wir dachten, dass das mit Ihnen abgesprochen sei.« Fannys Blick war mit einem Mal erstaunlich ruhig für jemanden, der ihm vor wenigen Sekunden nicht einmal ins Gesicht hatte sehen können.

Julian stand einfach sprachlos da, nicht in der Lage, die richtigen

Worte zu finden. Er hatte Robert Groß von Anfang an klargemacht, dass er zwar nicht seine Abteilung übernehmen, aber über alle Vorgänge auf dem Laufenden gehalten werden wollte. Das beinhaltete sowohl die Zeitplanung der Projekte, die ihm in etwa so transparent vorkamen wie die dreckigen Fenster seines alten New Yorker Appartements, als auch die Arbeitszeiten und Termine der gesamten Abteilung – egal, ob Volontärin oder Ressortleiter. Langsam beschlich Julian das Gefühl, dass Robert ihn als Juniorchef nicht respektierte.

Julian nahm sich die Brille von der Nase und kniff sich in den Nasenrücken. Wie konnte aus der vormals hervorragenden Abteilung Backen ein dermaßen unorganisierter Haufen werden? Wieso war dies seinem Vater – ausgerechnet seinem Vater, für den der Verlag eine Art Erweiterung des eigenen Bewusstseins darstellte – nicht früher aufgefallen? Irgendetwas stimmte da nicht und langsam setzte sich für ihn ein erschreckendes Bild zusammen.

Aber eins nach dem anderen, sagte sich Julian und versuchte, sich auf die vor ihm liegende Situation zu konzentrieren. Erst einmal den Karren Backen aus dem Dreck ziehen, dann konnte er die mentalen Daumenschrauben bei seinen Eltern ansetzen. Er war verdammt noch mal kein kleiner Junge mehr, den man aus lauter Fürsorge im Dunkeln tappen lassen musste!

»Sonja, kommst du mal bitte?«, rief er durch den Redaktionsraum, in dem es verdächtig ruhig war. Vor lauter Frust über die Zustände im Ressort Backen vergaß er, dass er sich mit der Redaktionsassistentin auf das förmliche Sie und Frau Lundermayer geeinigt hatte – zumindest im Verlag.

»Ja, bitte?«, fragte Sonja, als sie wenige Augenblicke später mit Notizheft und Stift in der Hand neben Julian auftauchte. Sie lächelte die Volontäre beruhigend an.

»Die beiden haben mich gerade über Robert Groß' Abwesenheit unterrichtet. Was hat es damit auf sich?« Julian hoffte sehr, dass sie ihm eine Erklärung geben konnte, die seinen nächsten Schritt nicht notwendig machen würde.

»Er hatte gestern ein Meeting mit einer Autorin und wollte sich im Anschluss in Ruhe dem Van-Berg-Buch widmen. Die Druckdatenabgabe steht da ja ebenfalls an.« Sonja blickte sorgfältig ihre Notizen durch, doch diese schienen ihr nicht mehr zu verraten.

»Und das kann er nicht im Büro erledigen?«, stieß Julian hervor und sein linkes Auge zuckte erneut. »Angesichts der Tatsache, dass er ausschließlich Volontäre in seinem Team hat und die finale Druckdatenabgabe eines katastrophal geplanten Projekts ansteht?«

»Vergessen wir die fehlenden Klappentexte für das Frühjahrsprogramm nicht.« Sonja strahlte in die Runde. »Außerdem stehen vor der Weihnachtspause drei weitere Druckdatenabgaben an.«

Lautes Geklapper ließ Julian zu Fanny und Mika herumfahren. Wenn er sich nicht täuschte, war Fanny vor Schreck der Stift aus der Hand gerutscht und rollte gerade von ihrer Tischplatte. Mika hingegen war inzwischen grün im Gesicht.

»Das reicht«, sagte Julian. »Ich übernehme.«

Die gesamte Redaktion schien ihrem Gespräch gefolgt zu sein, denn sie schnappte nach seinen Worten kollektiv nach Luft.

»Haben Sie alle nicht genug Arbeit?«, blaffte Julian in den Raum hinein und ließ seinen Blick warnend über die verschiedenen Arbeitsinseln wandern. Dann wandte er sich wieder an Sonja.

Sie war vollkommen gelassen, hatte sicherlich schon ganz andere Stürme im Hause *Bovin Books* erlebt. Ein wenig beruhigte ihn das.

»Ich brauche eine Übersicht der aktuellen Projekte, Abgabefristen, Zuständigkeiten, ausstehenden Prüfexemplare, Termine, laufenden Auktionen, Arbeitszeitkonten ...« Julian überlegte kurz. »Einfach alles, was auch nur im Entferntesten mit der Abteilung Backen zusammenhängt. Wie lange brauchst du, um mir die Unterlagen zusammenzustellen?«

»In einer Stunde dürfte ich alles beisammenhaben.«

Julian nickte, um zu signalisieren, dass er verstanden hatte und Sonja in einer Stunde mit den geforderten Unterlagen in seinem Büro erwarten würde. Dann drehte er sich um und ging ohne ein weiteres Wort zurück in ebendieses Büro. Er hatte nun die glorreiche Aufgabe vor sich, seinen Vater über die neuesten Entwicklungen zu unterrichten. Ja, Julian hatte sich die Arbeit bei *Bovin Books* definitiv anders vorgestellt.

❄

Fanny lehnte sich in ihrem Stuhl zurück und schloss die Augen. Sie konnte regelrecht spüren, wie auch das letzte bisschen Energie, die ihr die spontane *Deck-the-Halls-Party* mit ihrer Familie gegeben hatte, aufgebraucht war. Fanny war abermals seit rund zwölf Stunden im Büro und ein Ende des Arbeitstages war nicht in Sicht.

Der gestrige Tag mit den Klappentexten des Frühjahrsprogramms hatte nicht viel besser ausgesehen. Zwar hatte Mika den Montagabend in der Tat damit verbracht, ihre ersten Entwürfe zu Hause zu überarbeiten, trotzdem hatten sie und Mika den kompletten Tag damit verbracht, die Texte zu verfeinern, Zustimmungen und Verbesserungswünsche von Autorinnen und Autoren einzuholen und die Klappentexte weiter zu überarbeiten.

Noch nie hatte Fanny sich so überwältigt gefühlt, sogar in ihren schlimmsten Klausurphasen an der Uni war ihr der Berg an Aufgaben nie derart gigantisch vorgekommen. Egal, wie sehr sie im Verlag versuchte, ihre Tage zu strukturieren, früher oder später versank alles im Chaos. Dieses Volontariat ging eindeutig über ihr Organisationstalent hinaus und Fanny verzweifelte abwechselnd am Job und an sich selbst. Ihr einziger Trost war, dass Julian Bovin mit der Organisation der Backabteilung ebenfalls unzufrieden zu sein schien. Vielleicht könnte sich daran also etwas ändern. Entgegen Roberts Meinung hatte Fanny nämlich durchaus das Gefühl, dass der Juniorchef wusste, was er machte.

»Okay, das war's!«, unterbrach Mika ihre Gedanken und Fanny setzte sich aufrecht hin. Wie lange hatte sie die Augen geschlossen?

Mika stand auf, und es hatte den Anschein, als könne er sich nicht entscheiden, ob er sich strecken oder nicht doch lieber die

Haare raufen sollte. Letztlich gähnte er laut. Er sah müde aus und seine Brille saß ihm schief auf der Nase. Die sonst gekonnt gestylten Locken waren einem wilden Etwas gewichen – was ihn aber lediglich sympathischer wirken ließ. Wie ein Kollege, mit dem man sich nach einem langen Arbeitstag bei einer Tüte Pommes über Gott und die Welt unterhalten konnte.

»Ich pack's für heute.« Mika griff nach seiner Jacke und Fannys Herz setzte bei diesen Worten kurz aus. Mika schien ihren offen stehenden Mund richtig zu deuten, denn er kam zu ihr herum und setzte sich auf ihre Schreibtischkante. »Fanny, ich bin dir keine Hilfe mehr. Ich habe schon beim letzten Korrekturdurchgang nur die Hälfte der Fehler gesehen, die du entdeckt hast. Keine Ahnung, wie du das machst.«

Er schaute sie nachdenklich an, als ob er sie heute zum ersten Mal sehen würde – und womöglich tat er das auch, dachte Fanny. Heute hatten sie zum ersten Mal richtig zusammengearbeitet, ohne dass Robert permanent dazwischengegangen war oder Mika aus irgendeinem Grund meinte, sich beweisen zu müssen.

»Okay.« Übelkeit breitete sich in Fannys Magen aus. Die finale Durchsicht würde sie also allein machen müssen, allein das Gut zum Druck geben. Sie sah sich auf ihrem übervollen Schreibtisch um, auf dem von ihrer Ordnung nichts mehr zu erahnen war, und schluckte die aufkommende Panik hinunter.

»Hey.« Mika stupste sie an der Schulter an. »Warum gibst du mir nicht die Bücher, die du zur nächsten Sitzung begutachtet haben sollst? Du weißt schon, diese absolut unwichtigen und nicht dringenden Prüfexemplare, bei denen *Robster* es plötzlich so eilig hat.«

Fanny wusste nicht, ob sie lachen oder weinen sollte. Mika ließ eindeutig durchblicken, dass er das alles ebenso absurd fand wie sie. Doch konnte sie nicht umhin, sich zu fragen, was Mika nun schon wieder plante. Zu oft hatten sie Dinge gemeinsam bearbeitet, die im Nachhinein – fairerweise musste Fanny zugeben, oft durch ihren Chef – als sein Tun dargestellt wurden. Und Fannys Stand bei Robert war schon schlecht genug, weswegen sie keinen weiteren

Fall von »Fanny bekommt ihre Arbeit nicht allein hin« riskieren wollte.

»Ich weiß nicht«, sagte sie, auch wenn sie keine Ahnung hatte, wann sie diese Bücher durchgehen sollte. Sie hatte vorgehabt, dies in den Korrekturpausen zu machen, aber stets waren ihr wichtigere Projekte dazwischengekommen.

»Na komm«, sagte Mika und zog das erste Buch unter einem Stapel Konzeptpapier hervor. »Ich gehe sie heute Abend durch, nachdem ich eine Dusche und was zu essen gehabt habe. Robert wird morgen bestimmt nicht vor neun auftauchen, da bleibt noch genug Zeit, um die Gutachten anzufertigen.« Er kramte nach den beiden fehlenden Büchern.

»Ich weiß nicht.« Fanny fischte die beiden Bücher aus ihrem übervollen To-do-Fach. »Robert war sehr deutlich bei der Aufgabenverteilung.«

Sie hoffte, dass Mika den Hinweis verstehen würde, ohne beleidigt zu sein. Wie gern hätte sie ihm die Bücher in die Hand gedrückt und sich keine Gedanken mehr darum gemacht. Aber die letzten Monate hatten ihr sehr deutlich gezeigt, dass ihr dies spätestens morgen auf die Füße fallen würde. Hatte Mika nicht erst letztens die Erstentwürfe der Klappentexte an sich gerissen?

»Was der Robster nicht weiß, macht den Robster nicht heiß.« Mika nahm ihr die Bücher aus der Hand und blickte mit gerunzelter Stirn auf die Cover. Dann hielt er eines davon in die Höhe. »Sollte schnell zu erkennen sein, ob das etwas für uns ist, meinst du nicht?«

Diesmal entschied Fanny sich fürs Lachen, denn auf dem Cover war ein buntes Sammelsurium an Fotos von Kuchen und Gebäckteilen in Form von Penissen, Brüsten und Vulven zu sehen. Nein, für den traditionellen Familienbetrieb *Bovin Books* war das nichts.

»Stimmt«, sagte Fanny und war sehr froh, dass Mika in ihr Lachen einstimmte. »Aber ich kenne einen Bäcker, der sicherlich daran interessiert wäre.«

»Oh, wirklich?« Mika rutschte vor Überraschung fast von der Tischkante, aber das konnte auch an der Müdigkeit liegen. Mit einem leichten Kopfschütteln betrachtete er das bunte Buchcover. »Einer von den Bloggenden aus dem Café neulich?«

Fanny horchte auf, doch Mika schien ehrlich interessiert zu sein und beugte sich näher zu ihr.

»Ähm, ja.« Fanny zögerte und strich sich einen imaginären Fussel von ihrer Strickjacke. »Der Betreiber von *Felix backt Backwaren*.«

»O mein Gott, ich liebe diesen Blog!«, rief Mika mit mehr Enthusiasmus, als Fanny ihm zugetraut hatte. Seine schokoladenbraunen Augen schienen regelrecht aufzuleuchten und er betrachtete das Buch in seinen Händen genauer. »Und stimmt, *Dicks and Donuts* würde super zu Felix passen.« Mit den Fingerspitzen fuhr er über den Einband, und nun war es Fanny, die das Gefühl hatte, ihren Kollegen zum ersten Mal richtig zu sehen.

Was sie sah, ließ sie kurzerhand den Entschluss fassen, etwas anzusprechen, das ihr schon seit einer Weile auf der Seele lag. »Sag mal, Mika, warum hast du eigentlich die Klappentexte genommen?«

»Bitte?«

»Die Klappentexte.« Fanny griff nach einem Stift, den sie zwischen ihren Fingern hin und her drehte. »Zu Julians erstem Teammeeting sollten wir die Erstentwürfe der fehlenden Texte mitbringen und ich hatte sie ausgedruckt und auf den Tisch …« Der Mut verließ sie wieder und irgendwie kam sie sich gerade sehr kleinlich vor. Immerhin hatten sie ja beide an den Klappentexten gearbeitet.

»Oje«, sagte Mika und kratzte sich am Hinterkopf. »Ich glaube, ich hatte einfach Sorge, dass sie liegen bleiben könnten. Du weißt ja, wie Robert sein kann, wenn nicht alles sofort parat ist. Aber ich hätte wahrscheinlich einfach den Mund aufmachen können, was?«

»Hm.« Fanny kaute auf ihrer Unterlippe und überlegte, ob sie es dabei belassen sollte, gab sich dann aber einen Ruck. »Es ist nur, dass Robert solche Sachen häufig gegen mich auslegt. Nicht, dass es wichtig sein *sollte*, wer die gemeinsame Arbeit vorlegt, aber …«

»Aber er ignoriert gern, dass es eine gemeinsame Arbeit war«, beendete Mika ihren Satz und für einen Augenblick starrte er sie mit offenem Mund an. »Fanny, das tut mir echt leid, ich habe das irgendwie gar nicht mitbekommen. Man sollte meinen, dass …«

Er fuhr sich mit der Hand über den Mund und wirkte so bestürzt, dass Fanny beschloss, ihm in puncto der Gutachten für die drei Bücher zu vertrauen. Sie könnte es als Test sehen, dachte sie. Sollte Mika bloß auf seinen eigenen Vorteil achten, wusste sie zumindest endgültig, woran sie war.

Nachdem Mika sich drei weitere Male bei ihr entschuldigt und versprochen hatte, in Zukunft mehr an seiner Teamfähigkeit zu arbeiten, verabschiedete er sich. Er schob die Bücher in seinen Rucksack und erhob sich seufzend von ihrer Tischplatte. »Dann sehen wir uns morgen früh. Ich versuche, gegen sieben da zu sein.« Er verzog das Gesicht. »Sollte ich nicht ansprechbar sein, nimm es bitte nicht persönlich. Ich bin vor neun kaum funktionsfähig.«

»Alles klar«, sagte Fanny und musste an Thomas denken, der morgens ausschließlich murrende Laute von sich gab. Bis heute hatte er es nicht geschafft, vor zehn Uhr ein klar artikuliertes »Guten Morgen« von sich zu geben.

»Viel Erfolg!« Mit diesen Worten winkte Mika ihr zu und steuerte durch den Redaktionsraum in Richtung Ausgang.

Kurz vor der Glastür wurde er von Julian abgefangen, der wie immer mit ernster Miene unterwegs war und die aktuelle Druckfahne in der Hand hielt. Am liebsten hätte Fanny den Kopf auf den Tisch gelegt. Wie oft konnte man sich einen Text ansehen und trotzdem noch Fehler entdecken?

Julian und Mika redeten kurz miteinander, bevor der Juniorchef Mika flüchtig die Hand auf die Schulter legte und Fanny sich fragte, ob sie sich das nur einbildete. Eine solch kameradschaftliche Geste passte nicht zu dem zugeknöpften und reservierten Mann. Doch bevor sie weiter darüber nachdenken konnte, kam Julian auch schon zu ihr und legt die Druckfahne auf den Tisch.

»Ich schlage vor, dass wir bei diesem speziellen Projekt noch einmal gemeinsam draufschauen. Ina Turig wird morgen früh um sechs reinkommen, um die Änderungen vorzunehmen, und das Projekt vor den Öffnungszeiten an die Druckerei übermitteln. Das verschafft uns etwas mehr Zeit.«

Fanny sah ihn verwundert an, ehe sie nickte. *Gemeinsam* klang eigentlich ganz gut. Noch immer hatte sie das Gefühl, kurz vor der Schnappatmung zu stehen, wenn sie bloß daran dachte, dass sie die letzte Instanz bei einem Buchtitel sein sollte.

»Nicht, dass ich Ihnen das nicht allein zutrauen würde«, schob Julian eilig hinterher und wieder konnte Fanny ihren Chef nur verdutzt anstarren. »Allerdings arbeiten Sie jetzt schon zu lange an dem Titel, und ein Paar frische Augen dürften hilfreich sein. Das ist jedenfalls meine Erfahrung. Was sagen Sie?«

»D-das klingt einleuchtend«, stammelte Fanny und versuchte, ihre Nervosität in den Griff zu bekommen. Was musste er sie auch so einschüchternd angucken! Sogar jetzt, wo er ihr unter die Arme greifen wollte, sah er aus, als ob er in seiner Freizeit am liebsten kleine Kinder in Pfützen schubsen würde.

»Wie machen wir das am besten?«, fragte Fanny, die bisher noch nie gleichzeitig mit jemandem an einer Druckfahne gearbeitet hatte. Mika und sie wechselten sich bei den einzelnen Korrekturvorgängen für gewöhnlich ab.

Julian griff nach dem Papierstapel, den er erst vor wenigen Sekunden auf ihrem Tisch abgelegt hatte, und teilte ihn kurzerhand in zwei Hälften. »Sie fangen vorn an, ich hinten. Dann wechseln wir. Bei Fragen oder Unsicherheiten tauschen wir uns sofort aus. *Sounds like a plan*?«

Er setzte sich mit seiner Hälfte auf den Platz rechts neben ihr und löste seine Krawatte – die heutige erinnerte Fanny an orangeblaue Blümchenbettwäsche –, während er sie betrachtete. Seine grauen Augen waren nüchtern und konzentriert und zum ersten Mal war Fanny froh darüber. Ruhig und sachlich war genau das, was sie jetzt gebrauchen konnten.

»*Sounds like a plan.*«

❄

Julian gähnte zum wiederholten Mal in seine Faust und versuchte, seine vor Müdigkeit tränenden Augen mit purer Willensstärke dazu zu bringen, den Text vor sich klar zu sehen. Doch als nach mehrmaligem Blinzeln die Buchstaben nach wie vor verschwommen vor seinen Augen tanzten, wusste er, dass es nichts bringen würde. Er brauchte eine Pause.

Fanny hingegen war konzentriert über ihren Teil der Fahne gebeugt, und er musste zugeben, dass er von dieser Volontärin beeindruckt war. Inzwischen hatten sie ihre Hälften des Manuskripts getauscht und Julian hatte sich von Fannys Gründlichkeit und akkuraten Anmerkungen überzeugen können. Er konnte sich an seine ersten Gehversuche im Lektorat erinnern und dass er ewig gebraucht hatte, bis er alle Korrekturzeichen verinnerlicht hatte. Aber Fanny hatte den Duden zwischen ihnen kein einziges Mal zurate gezogen, lediglich vereinzelt eine Schreibweise am Computer überprüft.

Julian ließ seinen Blick durch den leeren Redaktionsraum schweifen, der ihm durch die ausgeschalteten Leuchten der Arbeitsinseln und der Dunkelheit hinter den Fenstern eigenartig fremd vorkam. Einzig der Weihnachtsbaum bei der Sitzecke erzeugte ein beinahe gemütliches Licht in dem großen Büro. Angesichts der späten Stunde war es nicht verwunderlich, dass sie die Letzten waren, und Julian ärgerte sich noch immer, dass es Fanny war, die neben ihm saß, und nicht der Ressortleiter.

Nicht, dass er lieber mit Robert Groß zusammen die Fahne bearbeitet hätte, aber es wäre seine Aufgabe gewesen. Er konnte nicht glauben, dass ein Ressortleiter sich vor der Abgabe der Druckfahnen tatsächlich für zwei Tage abgemeldet hatte. Und nicht nur das: Er antwortete nicht einmal auf Nachfragen aus seinem Team! So etwas hatte Julian in all den verschiedenen Unternehmen, für die er in den vergangenen Jahren gearbeitet hatte, kein einziges Mal erlebt.

Julians Handy klingelte laut in die Stille hinein und Fanny zuckte zusammen. Sein Verdacht, dass sie Angst vor ihm hatte, verstärkte sich. Er konnte nicht sagen, dass ihm das gefiel.

»Bovin«, meldete er sich, und eine unbekannte Stimme meinte, sie seien da und warteten vor der Tür. Er bedankte sich und legte auf. »Essen ist da.«

Fanny sagte nichts und drehte ihren Stift zwischen den Fingern. Einzelne Haarsträhnen hatten sich aus ihrem Zopf gelöst, und Julian unterdrückte den Drang, ihr diese aus dem Gesicht zu streichen. Sie musste so vertieft in ihre Aufgabe gewesen sein, dass sie weder bemerkt hatte, dass Julian vor einer halben Stunde Essen bestellt hatte, noch dass sich ihre Frisur auflöste.

»Ich glaube, wir können beide eine kleine Pause vertragen, meinen Sie nicht auch?«

»Ja, sicher.« Sie machte Anstalten, sich zu erheben, doch Julian bedeutete ihr, sitzen zu bleiben.

»Ich gehe schon.« Er stand auf und streckte sich. Dann schnappte er sich sein Jackett, das er irgendwann zusammen mit der Krawatte ausgezogen hatte und in dem sein Portemonnaie steckte. Er blickte auf die Arbeitstische vor sich, die aussahen, als ob ein Papierordner auf ihnen explodiert wären. »Könnten Sie uns in der Zwischenzeit etwas Platz zum Essen machen?«

»Sicher«, sagte sie ein weiteres Mal und strich sich eine Strähne hinters Ohr. Ihre Bewegungen wirkten müde und wieder flackerte eine unterschwellige Wut über Robert Groß in Julian auf.

Als er einige Minuten später mit zwei Tüten voll chinesischem Essen zurück in den Redaktionsraum kam, hatte Fanny die Tische so weit freigeräumt, dass man nicht automatisch Papier im Essen hatte. Darüber hinaus hatte sie Teller, Besteck sowie Gläser geholt. Er nickte ihr zu und konnte den Anflug eines Lächelns spüren, ehe ihm eine innere Stimme *Wimpy Kid* zuflüstern konnte.

»Ich hoffe, Sie mögen die chinesische Küche?« Julian fiel auf, dass er sie vielleicht vor der Bestellung hätte fragen sollen, auch wenn seiner Erfahrung nach die ostasiatische Küche die beste *Late-*

Night-Work-Session-Nahrung war. Seine ehemaligen Kollegen und Kolleginnen bei *Arthur's Books* hatten immer gern – ganz die New Yorker, die sie nun mal waren – Pizza bestellt und jedes Mal waren sie geschlossen in ein Fresskoma gefallen.

»Sicher.« Wenn Julian sich nicht täuschte, sagte Fanny das jetzt bereits zum dritten Mal. Er kommentierte es nicht, fing stattdessen an, den Inhalt der Tüten auf den Tischen zu verteilen.

Er hatte genug für drei sehr hungrige oder fünf normal hungrige Menschen gekauft. Aber da er nicht wusste, was sie mochte oder aß, hatte er von allem etwas bestellt und würde die Reste die nächsten Tage zu Mittag essen. Auch jetzt dachte er, dass es einfacher gewesen wäre, sie zu fragen. Aber warum einfach, wenn man mehrere Tage lang Reste essen konnte?

Er stellte die letzte Box ab, ließ sich auf seinen Platz sinken und reichte Fanny die Stäbchen, das bereitliegende Besteck überging er. »Ich hoffe, es ist etwas dabei, das Sie mögen.« Er sah zwischen Fanny und dem Essen hin und her.

»Sicher«, sagte sie noch einmal und Julian unterdrückte mit Mühe ein Seufzen.

Er griff nach der Box, die ihm am nächsten stand, und tat sich etwas auf den Teller, ohne sich darum zu kümmern, was es war.

Fanny rührte sich nicht, drehte nun die Stäbchen statt des Stiftes zwischen den Fingern.

»Dann erzählen Sie mal«, sagte Julian nach einer Weile und hätte sich am liebsten eine Hand vor die Stirn geschlagen. Er konnte die onkelhafte Art seines Vaters förmlich aus sich heraushören. Das war das erste Mal, dass er wirklich verstand, wie schwierig es war, als Vorgesetzter mit einer Mitarbeiterin ins Gespräch zu kommen. Besonders, da Julian das Gefühl nicht loswurde, dass Fanny sich irgendwie vor ihm fürchtete. »Wie sind Sie denn hier gelandet?«

Er schob sich den ersten Happen in den Mund und merkte plötzlich, wie hungrig er war. Kein Wunder, es ging schließlich in großen Schritten auf neun Uhr zu, und er hatte es nicht geschafft, zu Mittag zu essen.

»Meinen Sie hier in diesem Moment, hier im Verlag oder hier in dieser Stadt?«, erkundigte Fanny, bevor sie in eine Frühlingsrolle biss.

Julian musste bei der Gegenfrage unwillkürlich lächeln, zeigte es ihm doch erneut ihre präzise und besonnene Art. »Nun, wie Sie hier in diesem Moment gelandet sind, weiß ich. Fangen wir mit dem Mittelteil an?«

Als sie zu ihm sah, fiel es ihm nicht schwer, ihr aufmunternd zuzunicken. Rasch wandte sie den Blick ab und biss erneut in die Frühlingsrolle.

»Ich kann gern den Anfang machen«, bot er zwischen zwei weiteren Bissen an und sie nickte zögerlich. Also fuhr er fort: »Ich wusste schon, bevor ich richtig lesen konnte, dass ich eines Tages den Verlag übernehmen würde. Ich habe gefühlt meine halbe Kindheit in den Verlagsräumen verbracht.«

Fanny schaute sich im dunklen Büro um und erinnerte Julian daran, dass sie die Ursprungsgeschichte des Unternehmens sehr wahrscheinlich nicht in- und auswendig kannte.

»Nicht in diesen Räumen.« Er dachte an sein altes Elternhaus zurück, das davor das Haus seiner Großeltern gewesen war. »Der Verlag ist erst vor etwa drei Jahren hierher übergesiedelt. Davor war er ein kleiner Verlag im Keller und Erdgeschoss im alten Haus meiner Eltern.«

»Richtig, das wusste ich«, sagte Fanny, und Julian stellte mit einem Seitenblick fest, dass sie gebannt zu ihm sah. Sie schien diese Geschichte also nicht schon zwanzigmal von seinem Vater oder jemand anderem gehört zu haben.

»Als Kind fand ich die Verlagsräume unfassbar spannend. Alle Gänge waren vollgestellt mit Bücherkartons. Damals hatten wir keinen Platz für ein separates Lager. Sie haben das Lager schon gesehen?«

»Ja, und es ist riesig!« Fanny verschluckte sich beinahe an einem Dumpling und zeichnete mit ihren Stäbchen ein großes Viereck in die Luft. »Wie soll das alles in ein paar Gänge gepasst haben?«

»Ich versuche, daran zu denken, Fotos von früher mitzubringen«, sagte Julian, der ganz vergessen hatte, mit wem er gerade redete.

Gedankenversunken lächelte er seinem Kinder-Ich zu, das zwischen den labyrinthartigen Gängen herumturnte, in der Luft der Geruch von Papier, Druckertinte und Staub. An manchen Tagen fand er es schade, dass er seine Kinder nicht in den gleichen Gängen würde aufwachsen sehen, aber er begriff die Notwendigkeit des Umzugs. Schon zu seiner Schulzeit war der Verlag den Räumlichkeiten seines Elternhauses entwachsen.

»Nach der Schule allerdings«, fuhr er fort und machte direkt eine dramatische Pause, um Fanny mit schief gelegtem Kopf anzugrinsen. Erstaunlich, schoss es ihm durch den Kopf, dass er sich zum ersten Mal, seit er wieder bei *Bovin Books* war, keine Gedanken darum machte, wie *The Wimpy Kid* oder gar ein Hundewelpe auszusehen. Außer Fanny war niemand da, und mit ihr war es leicht, man selbst zu sein.

»Eine rebellische Phase?«, erkundigte sie sich und füllte sich etwas von einem vegetarischen Reisgericht auf, von dem ein würziger Geruch ausging.

»O ja! Ich wollte einfach weg. Raus in die Welt und auf gar keinen Fall in einer niedersächsischen Kleinstadt in irgendwelche Fußstapfen treten.«

»Und dennoch sind Sie hier.«

»Und dennoch bin ich hier«, bestätigte er, in Gedanken weit weg. Fannys Augen erinnerten ihn mit ihrem außergewöhnlichen Blau an das Meer der stürmischen walisischen Küste. Dort war er ein halbes Jahr von Küche zu Küche getingelt und hatte seine restliche Zeit damit verbracht, in genau dieses Meer zu starren. »Aber rausgekommen bin ich. Zunächst zwei Jahre lang mit Work and Travel durch die verschiedensten internationalen Küchen, später dann der Master in London und im Anschluss immer wieder zum Arbeiten in die unterschiedlichsten Kochbuch-Verlage. Gerade meine Zeit in New York hat mir einiges beigebracht.«

Beruflich wie privat, ergänzte er in Gedanken und merkte, wie sich sein Gesicht verfinsterte. Ihm wurde schlagartig bewusst, wie viel er von sich preisgegeben hatte und wie seltsam leicht es ihm fiel, mit Fanny zu reden.

»Jetzt sind Sie dran«, sagte er, um seine Gedanken nicht weiter in die eingeschlagene Richtung wandern zu lassen.

»Oh, meine Geschichte ist nicht weiter interessant.« Fanny schob ein Stück Möhre auf ihrem Teller herum. »Ich bin mit meiner Familie als Kind nach Nordersheim gezogen und hier aufgewachsen. Nach der Schule habe ich Literaturwissenschaften und Kommunikationsdesign studiert und nach dem Bachelor das Volontariat begonnen. Das war's auch schon.«

»Und warum die Backbuchabteilung? Zum Thema Backen hatten sie ja bereits vorher eine enge Verbindung, nicht wahr? Der Fanny-Filter?«

Sie musterte ihn von der Seite, und Julian kam es vor, als ob sie überprüfen wollte, ob er sich über sie lustig machte. Er unterdrückte ein erneutes Seufzen, weil er zu wissen vermutete, weshalb sie das tat. Nein, in dieser Abteilung lief wirklich nichts, wie er es sich vorgestellt hatte.

»Meine Mutter hat viel gebacken«, sagte sie, nachdem sie sich davon überzeugt zu haben schien, dass er sich nicht über sie amüsierte. »Sicherlich auch, um sich ihrer Heimat näher zu fühlen. Sie kam ursprünglich aus England, wissen Sie?«

Julian nickte, um ihr zu signalisieren, dass er zuhörte und sie weiterreden sollte. Er ahnte, dass es keine fröhliche Geschichte werden würde. *Hat gebacken* – Fanny sprach in der Vergangenheitsform von ihrer Mutter.

»Meinen besten Freund hat sie mit ihrer Leidenschaft so angesteckt, dass er am Ende Bäcker geworden ist«, fuhr Fanny fort, und nun war sie es, die ihrem vergangenen Ich – oder auch dem des besten Freundes oder der Mutter – versonnen zulächelte. Sie hatte ein bezauberndes Lächeln mit einem perfekt platzierten Grübchen und Julians Gedanken gerieten ins Stocken.

»Als sie krank wurde …«, setzte Fanny an, und Julian merkte, wie sich etwas in ihm regte, eine Art Ur-Angst. Die Angst vor dem Verlust der Eltern, dem endgültigen Ende des Kindseins. »Nun, Felix und ich haben dann das Backen für sie übernommen und ihr damit die Heimat zumindest auf den Tisch gebracht. Bis heute sind seine Scones die besten in ganz Nordersheim. Die meisten Cafés wissen das zum Glück und bestellen bei ihm. Wenn Sie mal im *Café Mademoiselle* sind, müssen Sie unbedingt nach seinen Cranberry White Chocolate Chip Scones fragen. Ein echter Zungenbrecher, aber etwas Besseres haben Sie noch nicht gegessen. Felix backt sie exklusiv für dieses Café.« Sie schwieg, als sei ihr ebenfalls bewusst geworden, mit wem sie gerade sprach, und schob sich hastig einen weiteren Dumpling in den Mund.

»Sie backen auch?« Julian musste sich ein Lachen verkneifen, denn Fanny versuchte, mit vollem Mund gleichzeitig den Kopf zu schütteln und zu nicken. Süß sah sie aus. Kaum hatte Julian das gedacht, wollte er einen mentalen Rotstift ansetzen, um diesen Gedanken zu lektorieren, am besten gleich komplett zu streichen.

»Das ist das Problem, wenn man mit dem großartigsten Bäckergesellen der Region befreundet ist«, sagte sie, nachdem sie hinuntergeschluckt hatte. »Alles, was man selbst fabriziert, schmeckt irgendwie bloß halb so gut. Ich backe eigentlich nur, wenn der Haussegen davon abhängt.«

»Der Haussegen?« Julian lehnte sich verwundert zurück. Irgendwie war ihm bisher nicht in den Sinn gekommen, dass Fanny mit einem Partner oder einer Partnerin zusammenleben könnte, dessen Laune sie mit Backwaren besänftigen musste. Das Bild, das ihm dazu durch den Kopf schoss, gefiel ihm ganz und gar nicht.

»Ich wohne mit meinen beiden Brüdern zusammen.« Sie wischte sich mit einer Serviette über den Mund und schien kurz den Faden verloren zu haben.

Julian musste an das Backen in der Vergangenheitsform denken, das ein Vorbei signalisierte. Er überlegte, was er sagen sollte, ob er überhaupt etwas sagen konnte, denn er war nicht irgendein

Bekannter, kein Dinner-Date, kein Freund. Er war ihr Vorgesetzter, und obwohl die Hierarchiegrenzen in der idealistischen Branche – wie es die Buchbranche zumindest stellenweise noch war – nicht so genau genommen wurden, so bewegte sich dieses Gespräch langsam außerhalb der Bahnen der Professionalität. Vor allem, weil sein Herz einen überraschenden Hopser tat, nachdem Fanny ihre Brüder und keinen Partner erwähnte, mit dem sie zusammenwohnte.

»Nach dem Tod unserer Mutter hat mein älterer Bruder das Sorgerecht für uns übernommen. Er hat seinen Traum, zurück nach England zu gehen, für uns aufgegeben, um sicherzustellen, dass es uns gut geht. Leicht war und ist das nicht. Thomas und Aidan sind sich ähnlicher, als sie es wahrhaben wollen, und krachen ständig aneinander.«

Da war etwas in Fannys Gesicht, das in Julian den Wunsch weckte, ihre Hand zu nehmen und nie wieder loszulassen. Ein wenig traurig sah sie aus und doch voller Liebe für ihre Geschwister.

Er räusperte sich, um gegen den Kloß anzukommen, den er plötzlich im Hals hatte. Das Geräusch schien Fanny aus ihren Erinnerungen zu reißen und sie drehte ihre Essstäbchen wieder zwischen den Fingern. Sogar in der schummrigen Beleuchtung konnte Julian ihre roten Wangen erkennen, und das war ein so bezaubernder Anblick, dass er sich schnell seinem halb leeren Teller widmete.

»Das dürfte das Interessanteste sein, das es über mich zu berichten gibt«, sagte Fanny und legte die Stäbchen auf ihrem Teller ab.

»Das wage ich zu bezweifeln«, murmelte Julian, bevor er merkte, was er da tat, und sich selbst die Worte streichen konnte. Er räusperte sich erneut. »Dann wollen wir die Sache mal hinter uns bringen.« Eilig tauschte Julian seinen Teller gegen die Fahnen. »Das Buch wird besser ein Bestseller für all den *Trouble,* den es verursacht.«

»Aber wir können doch nicht dem Buch die Schuld dafür geben.« Fanny lachte leise, und für einen Moment war es Julian unmöglich, sich auf den Text zu konzentrieren. Sie griff nach ihrem Rotstift und wirkte – trotz der späten Stunde – so viel gelöster, als er sie jemals in diesen Räumen erlebt hatte.

»Da haben Sie recht«, sagte Julian, unfähig, den Blick von ihr abzuwenden. Sie sahen sich an und lauschten der Stille des sonst so geschäftigen Redaktionsraumes. Julian meinte, seinen eigenen Herzschlag zu hören.

Es war Fanny, die den Bann brach, indem sie mit dem Rotstift behutsam auf die Tischplatte klopfte. Dieses dezente Geräusch ließ ihn aufschrecken und er griff fahrig nach seinem Stift. Mit sicherlich knallroten Ohren beugte sich Julian wieder über die vor ihm liegende Fahne.

❄

»Geschafft!«, rief Fanny eine knappe Stunde später. Kurz befürchtete Julian, sie würde ihren Kopf auf dem Papierstapel ablegen und sofort einschlafen. Stattdessen überkam sie ein Gähnen, das sie mit der Hand vergeblich zu verbergen versuchte. Julian musste sich ein Lachen verkneifen. Definitiv süß, dachte er und umklammerte prompt seinen Rotstift, als ob er damit tatsächlich etwas aus seinen Gedanken streichen könnte.

»Geschafft«, bestätigte er und schrieb noch einen Post-it für Ina Turig, den er ihr mit der korrigierten Fahne auf den Platz legen wollte. »Exzellente Arbeit.«

Fanny biss sich verlegen auf die Unterlippe, und in Julians Magen regte sich etwas, als sie eine Hand sanft auf der Fahne ablegte. »Ich freue mich, dass mit dem Buch jetzt alles geklappt hat. Ich weiß, es ist kein Spitzentitel, aber die Autorin ist voller Begeisterung und Stolz dabei. Sie erinnert mich damit irgendwie an Felix. Ich hätte es furchtbar gefunden, wenn die Qualität des Titels unseretwegen leiden würde.«

»Felix?«, erkundigte sich Julian, und was auch immer sich in seinem Magen geregt hatte, verknotete sich auf schmerzhafte Weise. »Ihr Freund?«

»Mein bester Freund. Der Bäckergeselle?« Fannys Grübchen war im vollen Einsatz und der Knoten in Julians Magen löste sich bei diesen Worten.

»Richtig.« Julian versuchte, das Gefühl der Erleichterung zu ignorieren, das ihn bei ihren Worten durchströmte. Er gehörte definitiv ins Bett. »Dann lassen Sie uns die Fahne mal abgeben und im wohlverdienten Feierabend verschwinden.«

Nachdem er die Fahne der Grafikerin auf den Tisch gelegt hatte, gingen sie schweigend der kalten Dezembernacht entgegen. Julian öffnete die Eingangstür und stellte überrascht fest, dass es begonnen hatte zu schneien. Immer mehr und mehr Schneeflocken fielen vom Himmel.

»Ich kann nicht glauben, dass übermorgen schon Nikolaus ist«, sagte Fanny gedankenverloren und betrachtete das Schneetreiben im Licht einer Straßenlaterne. Sie hatte keine Mütze auf und die weißen Flocken setzten sich in ihren dunklen Haaren ab wie ein Meer aus weißen Blüten.

Schnell wandte Julian sich ab und atmete tief die kalte Nachtluft ein in der Hoffnung, dass diese seinen übermüdeten Kopf klären würde. »Sehen wir zu, dass wir nach Hause kommen«, sagte er statt einer Antwort und beäugte den Gehweg kritisch. »Soll ich Sie ein Stück mit dem Auto mitnehmen?«

»Oh, nein, vielen Dank. Ich werde die Gunst der Stunde nutzen und einen Spaziergang im ersten Adventsschnee machen.«

»Wie Sie möchten«, erwiderte Julian und sah überallhin, nur nicht zu ihr. Vom schneebedeckten Verlagsgebäude hinter ihnen, dessen Glasfenster den Schein der Laternen widerspiegelten, über den Parkplatz, auf dem sein Auto einsam und verlassen stand, bis hin zur Kopfsteinpflasterstraße, die in die Innenstadt führte und langsam unter einer Schneeschicht verschwand. Fannys Anblick, so strahlend inmitten der Schneeflocken, löste etwas in ihm aus, von dem sich Julian geschworen hatte, es nicht mehr zuzulassen, und er war nicht bereit, sich dem zu stellen. Nicht jetzt, wo er eine Abteilung zu retten hatte und sein Vater sich nach wie vor darüber ausschwieg, warum Julian plötzlich hatte zurückkommen sollen. »Dann wünsche ich Ihnen einen angenehmen Heimweg und eine gute Nacht, Fanny.«

Er wandte sich bei ihrem »Das wünsche ich Ihnen auch, Julian« bereits zum Gehen. Doch dann fiel ihm noch etwas ein.

»Fanny«, rief er, und als sie sich zu ihm umdrehte, konnte er sein klopfendes Herz nicht mehr ignorieren. »Ich möchte Sie morgen nicht vor acht Uhr im Büro sehen, haben Sie verstanden?« Julian bemühte sich um einen halbwegs strengen Chef-Tonfall, doch wie Fanny so verdutzt vor ihm stand und der Schnee um sie herumtanzte, da wurde alles in ihm ganz warm und leicht. Er nickte ihr zu und stapfte eiligen Schrittes in Richtung Auto, ehe er etwas Unüberlegtes machen oder sagen konnte.

»Dann bis morgen«, rief sie ihm hinterher, aber statt sich zu ihr umzudrehen, hob er nur die Hand zum Abschied und ging weiter.

14

Am nächsten Morgen trat Fanny Punkt acht Uhr zur Arbeitsinsel Backen und hoffte, dass Julian sie die letzten zehn Minuten nicht vor dem Gebäude im Schnee hatte warten sehen. Natürlich war sie zu früh dran gewesen und hatte sich wegen Julians Worten am Vorabend nicht früher hereingetraut. Fast musste sie über sich selbst lachen. Was hätte er schon machen können? Sie finster anstarren? *Been there, done that.*

»Guten Morgen«, sagte sie zu Mika.

»Hmpf«, brummte dieser. Seine Augen, die heute nur auf halbmast hingen, lösten sich keine Sekunde vom Bildschirm seines Computers.

Sofort hielt Fanny inne, einen Arm noch im Wintermantel. Sie war bereits zur Hälfte im Gefühl der Sorge versunken, da fiel ihr Mikas Aussage zu seiner nicht vorhandenen morgendlichen Funktionsfähigkeit wieder ein. Ihr Blick wanderte wie von allein zu Julians gläsernem Büro und sie konnte seinen blonden Haarschopf hinter dem riesigen Computermonitor erkennen. Wahrscheinlich hatte auch seine finstere Miene, mit der er ständig alles und jeden betrachtete, mehr mit den Zuständen der Abteilung zu tun als mit Mika und ihr. Sein verändertes Verhalten von gestern Abend würde dazu passen. Sie hatte ihn zum ersten Mal ohne den Alltagstrubel erlebt und einen sympathischen Mann vorgefunden, der voller Humor Geschichten aus seiner Kindheit erzählen konnte. Seine Augen, die ihr sonst oft kalt und abweisend vorgekommen waren, hatten eigentlich die Farbe ihres Lieblingspullovers und sie hatten die ganze Zeit kein bisschen abweisend gewirkt.

Nachdem Fanny gestern endlich im Bett gelegen hatte – nicht ohne zuvor eine Standpauke von Aidan über sich ergehen lassen zu müssen –, hatte sie Julians Gesicht so deutlich vor sich gesehen, als würde er neben ihr liegen und sie aufmerksam betrachten.

»Huh«, gab Fanny leise von sich und merkte, wie ihr die Röte in die Wangen stieg. Eilig zog sie auch ihren zweiten Arm aus dem Mantel und legte ihn über die Rückenlehne ihres Stuhls. Hoffentlich hatte niemand bemerkt, wie sie mit knallrotem Kopf zum Büro des Juniorchefs gestarrt hatte.

Wie aus dem Nichts tauchte plötzlich eine besorgt aussehende Ina neben ihr auf, wie immer mit einer Tasse Kaffee in der Hand. Fanny musste einen Schreckensschrei unterdrücken.

»Alles gut bei dir?« Sie musterte Fanny kritisch von Kopf bis Fuß, während diese versuchte, ihr schnell schlagendes Herz unter Kontrolle zu bringen. Schlürfend trank Ina einen Schluck Kaffee, von dem Fanny vermutete, dass es heute mindestens ihr dritter sein musste. Ihre Locken waren noch verwuschelter als sonst und ihre Augenringe machten Fannys glatt Konkurrenz.

»Bei mir ja, wie sieht es bei dir aus?«, erkundigte sich Fanny frei nach dem Motto: Angriff ist die beste Verteidigung. Sie betrachtete Ina skeptisch, die ihre Tasse mit immer größer werdenden Schlucken leerte. Gesund sah das nicht aus, wach und anwesend aber auch nicht. Das beruhigte Fanny zumindest insofern, dass sie sich nicht vorstellen konnte, dass Ina ihr Starren in Richtung Julian bemerkt hatte.

»Ich werde alt«, murmelte ihre Kollegin da zwischen zwei Schlucken. »Vor ein paar Jahren hätte mir so eine kurze Nacht nichts ausgemacht.«

»Das tut mir leid?«, sagte Fanny, nicht sicher, was sie darauf erwidern sollte. Ina konnte höchstens Mitte dreißig sein, was für Fanny nicht alt war. Der Seniorchef war alt, aber der hatte auch das Wort *Senior* in seinem Titel stehen.

»Wie dem auch sei.« Ina schüttelte den Kopf, wie um sich selbst wachzurütteln. »Ich wollte dir nur sagen, dass das mit der Druckabgabe des Gemüsekuchens geklappt hat. Die Druckerei hat mir auch schon die Bestätigung geschickt. Also herzlichen Glückwunsch zu deinem ersten erfolgreichen Projektabschluss.« Mit der Kaffeetasse prostete Ina ihr zu und trotz allem breitete sich ein Lächeln auf Fannys Gesicht aus. Ihr erster Projektabschluss.

»Danke, Ina. Hoffen wir, dass Robert das auch so sieht.« Sie dachte an Julians wütende Ankündigung, dass er die Abteilung übernehmen würde, und daran, dass Robert davon noch nichts wusste. Ihrem Magen schien dieser Gedanke gar nicht zu gefallen.

»Ach ja, Robert! Das dürfte interessant werden.« Inas Augen bekamen dieses sensationslüsterne Glitzern und sie klang auf einmal deutlich munterer. »Habt ihr heute nicht eins eurer Teammeetings?«

»Mhm.« Fanny sah sich verstohlen im Redaktionsraum um. Zwar waren um diese Uhrzeit die wenigsten Tische voll besetzt und viele der Mitarbeitenden ausschließlich mit Wachwerden beschäftigt, doch schon jetzt schien eine Spannung in der Luft zu liegen, die sie in dieser Form noch nicht erlebt hatte. In regelmäßigen Abständen ertappte sie jemanden aus dem Kollegium dabei, verstohlen zwischen Julians Büro und der Arbeitsinsel Backen hin und her zu blicken, als würden sie auf Roberts großen Auftritt warten. »Was denkst du, wie schlimm ist es?«

»Oh, alle reden davon!« Ina hatte die Stimme gesenkt und schien sich prächtig zu amüsieren. »Es wurden sogar Wetten abgeschlossen, wie lange es dauern wird, bis unser allseits beliebter Robster zum Seniorchef eilt, um von ihm gerettet zu werden.« Inas Grinsen erinnerte Fanny an das Bild einer Katze, die gerade einen dicken Kanarienvogel verspeist hatte. »Mein Tipp liegt bei maximal zehn Minuten.«

»Oje.« Fanny ließ sich auf ihren Arbeitsstuhl sinken. Fast tat ihr Robert leid, denn dass über ihn hergezogen wurde, kam ihr ungerecht vor. Obwohl sie überzeugt davon war, dass er die Abgabe der

Abteilung verdient hatte, war Getratsche etwas anderes. Und jetzt auch noch eine Wette?

»Hat er sich alles selbst eingebrockt«, sagte Ina, als ob sie Fannys Gedanken erraten könnte. Dann wandte sie sich mit einem Stirnrunzeln Mika zu, der unverändert stumpf auf seinen Computermonitor starrte und in Zeitlupe vor sich hin tippte. »Was ist heute eigentlich bei dem kaputt? Er ist fast so lange da wie ich. Als ich ihn fragte, ob er noch einen Kaffee will, kam bloß ein gequälter Ton von ihm, der mich irgendwie an einen Untoten erinnert hat.«

»Morgenmuffel«, kommentierte Fanny schlicht und fuhr endlich ihren Computer hoch. »Ab neun soll es besser werden.«

Ina kicherte, ehe sie sich zum Gehen wandte, nicht ohne Fanny vorher das Versprechen abzuringen, ihr das komplette Meeting im Detail wiederzugeben. Im besten Fall mit schauspielerischen Einlagen.

Vielleicht nicht das Schlechteste, überlegte Fanny, während sie ihr Mailprogramm öffnete. Immerhin hatten sowohl Felix als auch ihre Brüder exakt dasselbe von ihr verlangt. Etwas Übung konnte da bestimmt nicht schaden.

❄

Knapp zwei Stunden später war Fanny nicht mehr nach Scherzen zumute. Sie saß mit Julian, Mika, Sonja und Frau Kurzheim im Konferenzraum 1 und wartete auf Robert. Der war noch einmal zu seinem Platz zurückgegangen, weil er etwas vergessen hatte, das er unbedingt im Team besprechen wollte.

Die Luft in dem kleinen Raum voller Pflanzen war stickig, und Fanny hatte das Gefühl, ihre Gedankengänge würden immer langsamer werden. Sie blickte zur Fensterfront, an die jemand Schneeflocken aus Papier geklebt hatte, die beinahe mit der unberührten Schneeschicht im kleinen Hinterhof verschmolzen.

Bevor Fanny sich entschließen konnte, in die Runde zu fragen, ob sie vielleicht kurz lüften wollten, erhob sich Julian und riss energisch eines der Fenster auf. Verwundert sah Fanny ihm hinterher, als er sich zurück an seinen Platz vor der Ziegelwand begab und dabei überallhin sah, nur nicht zu ihr.

»So kann man ja keinen klaren Gedanken fassen«, murrte er und richtete seine Krawatte. Die heutige sah aus, als ob Jackson Pollock sie in seine Finger bekommen hätte, und ließ in Fanny die Frage aufkommen, was den sonst so modisch gekleideten Mann veranlasste, derart furchtbare Krawatten zu tragen. Sie könnten Geschenke von Verwandten sein, aber dann musste er eine Menge Verwandte mit fragwürdigem Geschmack haben, und das kam Fanny doch etwas unwahrscheinlich vor.

Kalte Winterluft breitete sich in dem Zimmer aus und sofort fühlte sie sich etwas klarer im Kopf, auch wenn sie nach wie vor das Gefühl hatte, Schwierigkeiten beim Atmen zu haben. Sie versuchte, sich selbst gut zuzureden und sich an ihre Erkenntnis von vorhin zu erinnern: Roberts schlechte Laune – und potenziell stattfindende Ausraster – hatten nichts mit ihr zu tun.

Mika neben ihr räusperte sich zum wiederholten Mal und drehte einen Kugelschreiber zwischen seinen Fingern. Kurz vor neun Uhr war er tatsächlich ansprechbar gewesen und hatte ihr prompt die Gutachten für die drei Bücher auf den Platz gelegt. Zum Dank hatte Fanny ihm eine weitere Tasse Kaffee mitgebracht, in die sie aufgrund der Tatsache, dass bald Nikolaus war, etwas Zimt gemischt hatte. Mika hatte sie in einem solchen Tempo geleert, dass Fanny schon vom Zusehen schlecht geworden war. Danach waren sie die Gutachten gemeinsam durchgegangen, immer ein Auge auf den Eingang gerichtet, für den unwahrscheinlichen Fall, dass ihr Noch-Abteilungsleiter pünktlich erscheinen würde.

Diese Sorge war jedoch unbegründet. Robert war erst kurz vor zehn im Verlag aufgetaucht. Als ob es das Normalste der Welt wäre, hatte er den kamelfarbenen Mantel abgelegt, sich das Seidenhemd glatt gestrichen und dabei Fanny und Mika keines Blickes gewürdigt. Er hatte sich weder nach der Druckdatenabgabe noch den Klappentexten erkundigt, und das kam Fanny dermaßen unprofessionell vor, dass ihr kurzzeitig jegliches Mitleid abhandengekommen war.

Nun schlenderte Robert in aller Ruhe in das Konferenzzimmer, ehe er sich auf seinen Stammplatz mit dem Rücken zur Glaswand pflanzte. Fanny hatte ja den Verdacht, dass er sich diesen Platz ausgesucht hatte, weil man ihm so vom Redaktionsbüro aus nicht in die Karten gucken konnte.

»Nachdem jetzt alle da sind …«, begann Julian, wurde aber von Roberts »Hier ist es aber kalt!« unterbrochen. Stille folgte.

»Wie ich gerade sagte«, übernahm Julian mit finsterer Miene und aufrechter Haltung die Führung. »Nachdem endlich alle eingetroffen sind, können wir ja beginnen.«

Er warf Robert einen durchdringenden Blick zu, und während Fanny bei einer solchen Musterung das Herz in die Hose gerutscht wäre, juckte es Robert kein Stück. Er stand seelenruhig auf und knallte das Fenster ebenso energisch zu, wie Julian es erst eine Minute zuvor geöffnet hatte

Sofort hatte Fanny das Gefühl, dass sie die Luft mit einem Brotmesser in Scheiben schneiden könnte, und sie schluckte schwer. Ihre Handflächen fühlten sich mit einem Mal schwitzig an, und sie hatte Mühe, den Stift zwischen ihren zitternden Fingern ruhig zu halten.

»Ich habe eine Ankündigung zu machen, die alle Anwesenden direkt betrifft.« Julian sprach mit ruhiger Professionalität und wartete, bis Robert erneut Platz genommen hatte. Dann nahm er jeden Einzelnen von ihnen ins Visier. »Nach eingehender Prüfung der aktuellen wirtschaftlichen Lage des Ressorts Backen, der Evaluierung der Arbeitsabläufe sowie des Zeitmanagements der Abteilung habe ich unter Rücksprache mit meinem Vater beschlossen, das Ressort mit sofortiger Wirkung und auf unbestimmte Zeit als Abteilungsleiter zu übernehmen.«

❄

Totenstille folgte seinen Worten. Auch Robert, der als Einziger nichts von den Veränderungen gewusst hatte, gab keinen Laut von sich. Die anderen schienen kollektiv die Luft anzuhalten und auf eine Explosion zu warten, die jedoch nicht kam.

»Ich bin mir sicher, dass Sie alle Fragen haben, weswegen ich Ihnen zunächst die Beweggründe des Verlages sowie das weitere Vorgehen erläutern möchte«, fuhr Julian fort und versuchte, sich an die Worte zu erinnern, die er sich die halbe Nacht zurechtgelegt hatte. Immerhin war dies seine erste große Amtshandlung und er wollte – nein, er musste – es richtig machen.

Dies war eine Tatsache, die sein Vater in ihrem Meeting deutlich betont hatte. Bloggertreffen organisieren, Vorgänge hinterfragen, im Tagesgeschäft mit anpacken – das alles war schön und gut, aber wollte er als erste offizielle Maßnahme tatsächlich einen Abteilungsleiter absetzen? Es würde ein Statement sein, hatte sein Vater gesagt, und den Ton seines Führungsstils der kommenden Jahre festlegen, schlimmstenfalls zu Unruhen im Verlag führen. Mit diesen Konsequenzen musste er rechnen. Die Frage war, ob er mit ihnen umgehen konnte.

Doch auch jetzt, während Julian in die Gesichter der Anwesenden blickte – deren Mienen von wohlwollend, gespannt bis zu nervös und absolut fassungslos reichten –, hatte Julian nicht das Gefühl, dass es eine andere Option gab.

»Sie alle wissen, dass es um das Ressort Backen zum aktuellen Zeitpunkt nicht besonders gut steht.« Beinahe hätte er angesichts der Untertreibung aufgelacht. »Die Abteilung ist kurz davor, in die roten Zahlen zu rutschen, und das ist ein untragbarer Zustand. Die Wurzeln von *Bovin Books* liegen beim Backbuch. Deswegen ist es von größter Wichtigkeit, dieses Ressort zu dem zu machen, was es seit Verlagsgründung war: unser Aushängeschild.«

Julian ließ seine Worte wirken, ehe er weitersprach und die genauen Pläne für die nächste Zeit verkündete. Er persönlich würde die Leitung übernehmen, wohingegen Robert Groß vorerst als Seniorredakteur zum Einsatz kommen würde. Wie mit seinem Vater besprochen, betonte Julian, dass dies eine vorübergehende Maßnahme sei, bis sich die Abteilung gefangen und alle Beteiligten mehr Erfahrung in ihren Tätigkeiten gesammelt hätten. Er bemühte sich, dies nicht allzu anklagend zu formulieren, denn Julian war sich durchaus bewusst, dass auch sein Vater eine Mitschuld an der Misere trug. Er hatte einen unerfahrenen Redakteur aus Personalmangel zur Ressortleitung ernannt, ohne ihm ein erfahrenes Team an die Seite zu stellen.

Julian ging dazu über, die anstehenden Projekte durchzugehen und Zeitpläne auszuhändigen. Er strich eines der Teammeetings und legte stattdessen mittwochs jeweils einen festen *Jour fixe* für Fanny und Mika. Gleichzeitig betonte er, dass seine Tür jederzeit offen stünde und er dies auch beim Rest des Teams begrüßen würde. Er verschwieg vorerst, dass die IT gerade damit beschäftigt war, den freien Tisch neben Fannys zu einem zweiten Arbeitsplatz für ihn einzurichten. Er hoffte, damit aktiver ins Tagesgeschäft und vor allem in diese eigenartige Teamdynamik eingreifen zu können. Aber eine Hiobsbotschaft nach der nächsten.

»Ich möchte mich zum Abschluss außerdem in aller Form bei unseren Volontären entschuldigen«, schloss Julian seine Ansprache und wandte sich den beiden zu, die ihn nur verwirrt anstarrten. »Ein Volontariat ist als Zwischenphase gedacht, in der Sie schrittweise in das Tagesgeschäft eingeführt werden. Jeder Verlag, der Volontariate anbietet, hat einen Ausbildungsauftrag. Ich fürchte, dass dieser Auftrag bisher von unserer Seite aus nicht erfüllt wurde.«

Sein Blick streifte Fanny, die sich an ihrem Stift festkrallte wie an eine Rettungsleine. Kurz blitzte die Erinnerung an den vergangenen Abend auf, wie sie im Schneegestöber gestanden und einfach glücklich ausgesehen hatte. Dann richtete sich seine Aufmerksamkeit auf Robert Groß, der sich entgegen seiner sonstigen Art noch nicht zu Wort gemeldet hatte. Sein Gesicht war blass und wies rote Flecken auf. Er hatte den Mund fest zusammengepresst, als ob er damit allen Worten in seinem Inneren Einhalt gebieten wollte. Aber seine

Augen blickten so hasserfüllt in Richtung der Volontäre, dass es Julian kalt den Rücken herunterlief.

»Ich spreche auch im Namen meines Vaters«, fuhr er mit aller Deutlichkeit fort und wandte sich wieder Mika und Fanny zu, »wenn ich mich dennoch für die von Ihnen gezeigte Leistung bedanke und Ihnen versichere, dass Ihre Ausbildung fortan von großer Priorität sein wird. Ich habe bisher nicht viele Volontäre und Volontärinnen getroffen, die nach so kurzer Zeit derartige Verantwortungen schultern können, wie Sie es in den vergangenen Wochen getan haben.«

Nachdem die beiden Volontäre ihn lediglich sprachlos anstarrten, ging Julians Blick über den vor Wut bald Funken sprühenden Robert hinweg zu Sonja Lundermayer, die ihm aufmunternd zunickte.

Er hatte sich mit ihr am Vortag lange unterhalten und hatte sich ihre Meinung zu den Abläufen, aber auch zu den Volontären eingeholt. Gerade über Fanny hatte sie sich positiv geäußert. Zu Mika hingegen konnte sie nicht viel sagen, außer dass er seine Arbeit ordentlich, wenn auch etwas unstrukturiert, erledigte und sich ansonsten eher distanziert gab. Das deckte sich in etwa mit seiner eigenen Einschätzung.

»Gut«, sagte Julian. »Das sollte Ihnen allen einen Überblick über die aktuelle Lage und den Zeitplan der nächsten Wochen geben. Ich schlage vor, dass wir mit dem Meeting wie gewohnt fortfahren. Robert und ich werden anschließend eine Besprechung zu den restlichen organisatorischen Belangen abhalten. Sonja, was hast du für uns?«

Und so gingen sie zum Tagesgeschäft über oder versuchten zumindest, den Anschein zu wahren. Doch Julian konnte die Spannung in der Luft deutlich spüren und wusste, dass da noch einiges auf ihn wartete.

15

»Ich fasse es nicht, dass mein Urlaub morgen schon vorbei sein soll.« Felix seufzte und drehte die bauchige Tasse mit seinem Pfefferminzmokka zwischen den Händen.

»Geht es dir gut? Normalerweise freust du dich auf die Arbeit.« Fanny schaute ihn mit gerunzelter Stirn an. Sie saßen, wie immer an Felix' letztem Urlaubstag, zusammen im *Café Mademoiselle,* um noch das letzte bisschen Beisammensein aus seiner freien Zeit herauszuholen, bevor ihre unterschiedlichen Lebensrhythmen sie wieder einholen würden.

Trotzdem sah es Felix nicht ähnlich, seinen Geburtstagsurlaub trübsinnig zu beenden. Sogar in Zeiten, in denen er laut Fanny alles Recht dazu gehabt hätte, hatte er stets beschlossen, optimistisch in die Welt zu blicken – auch wenn diese nicht immer positiv auf einen zurückblickte. Fanny fragte sich, ob sie in den letzten Monaten nicht aufmerksam genug, zu sehr von den Dramen auf der Arbeit eingenommen gewesen war, und ihr Magen verkrampfte sich.

»Wie war es denn bei deiner Oma?«, fragte sie. »Geht es Trudi nicht gut?«

»Doch, doch«, beschwichtigte Felix sie und umklammerte mit beiden Händen seine Tasse. »Nun, die üblichen Altersbeschwerden nerven sie zwar, aber die Frau wird locker zweihundert Jahre alt.«

»Bestimmt!«, bestätigte Fanny, die die resolute Frau bei ihren Besuchen und durch Felix' Erzählungen ebenfalls ins Herz geschlossen hatte. »Was ist dann los?«

»Ach, ich weiß auch nicht.« Felix lehnte sich zurück, ließ seinen Blick durch das weihnachtlich geschmückte Café schweifen. Wie jedes Jahr hatte Nadiha dies in ihrem ganz eigenen Stil aus Eleganz und nostalgischem Kitsch in ein weihnachtliches Paradies verwandelt, das nach einer heimeligen Mischung aus Kaffee, Tannengrün und Zimtplätzchen roch.

»Sie haben ihr geschrieben«, sagte Felix schließlich und ihr Magen verkrampfte sich erneut. Fanny wusste sofort, wer mit *sie* gemeint war. Nur wenige Menschen konnten diesen Gesichtsausdruck bei Felix erzeugen. Diesen Ausdruck aus Wut und Schmerz und unfassbar viel Resignation. Seine Eltern.

»Oh, Felix!« Fanny schob schnell ihren Lebkuchen-Latte zur Seite und griff nach seinen Händen.

»Es ist okay«, versicherte Felix ihr, obwohl seine bebende Unterlippe verriet, dass gar nichts okay war.

»Was kann ich tun?« Es brach Fanny das Herz, ihren besten Freund so in sich zusammengesunken zu sehen. Auf ihre Frage hin schüttelte er bloß den Kopf, und Fanny spürte, wie sich seine Hände unter ihren verkrampften.

»Trudi hatte mir den Brief gar nicht zeigen wollen.« Felix' Stimme klang gepresst, und Fanny strich sanft mit den Daumen über seinen Handrücken. »Sie hat versucht, ihn zu verstecken. Richtig hektisch ist sie geworden, mit lauter roten Flecken im Gesicht. Ich habe schon gedacht, sie bekommt gerade einen Herzinfarkt oder so.« Er lachte, aber es war nicht sein übliches Lachen, das einem Raum voll Menschen die Lachtränen in die Augen treiben konnte.

»Sie wollte dir damit bestimmt helfen«, murmelte Fanny, »und dir diesen Schmerz ersparen.«

»Wahrscheinlich.« Felix' Blick glitt ruhelos durch den Raum, sprang vom Weihnachtskranz auf ihrem Tisch zur verschneiten Winterlandschaft auf dem Sideboard, zur großen Fensterfront, die Nadiha mit Sprühschnee in etwas beinahe Magisches verwandelt hatte. »Sie …«

Er schluckte schwer, und Fanny ließ ihm die Zeit, die er brauchte, um seine Gedanken zu sortieren. Ihr war klar, dass es Felix nicht leichtfiel, diese Seite von sich zu zeigen, auch ihr gegenüber nicht. Felix liebte das Leben, wollte es zelebrieren und genießen. Doch auch in den sonnigsten Zeiten gab es schließlich Schatten, und Fanny war froh, dass Felix wusste, dass er diese mit ihr teilen konnte. Dass sie immer für ihn da sein würde, egal, was sonst in ihrem Leben los war.

»Sie haben den Brief an meinem Geburtstag geschrieben«, würgte er heraus. »Das Datum stand oben in der Ecke. Ist das zu glauben?«

Er schaute auch jetzt nicht zu ihr, und wie er so vor ihr saß, war er plötzlich wieder siebzehn Jahre alt. Klingelte mitten im ersten Corona-Lockdown mit einem Koffer in der Hand und Tränen in den Augen an ihrer Haustür, seinen Stoffhasen Mo fest an sich gepresst, als wäre er mindestens zehn Jahre jünger, nicht schon fast erwachsen.

Fanny presste ihre Zähne fest zusammen und spürte die Wut, die sie seit ihrer Kindheit für seine Eltern empfand, in sich aufwallen. Auch vor Felix' überstürztem Auszug – Rauswurf sollte Fanny es wohl eher nennen – war sie nicht ihr größter Fan gewesen. Sie hatten nur ihre eigene starre Art akzeptiert und waren für einen solch offenen und kreativen Kopf wie Felix vielleicht die schlimmsten Eltern.

»Du hättest Trudi sehen sollen.« Kurz sah es so aus, als ob Felix den Kampf gegen die Tränen verlieren würde. Stattdessen zog er die Nase hoch und stieß wieder dieses falsche Lachen aus. »Sie hat sich ununterbrochen entschuldigt. Man hätte meinen können, dass es ihre Schuld wäre, dass ihre Tochter …« Er sprach nicht weiter, aber das musste er auch nicht. Fanny kannte Frau Hofmann und wusste um ihre Abneigung gegenüber jeglicher Normabweichung, gegen Individualität – und auch gegen Homosexualität.

»Dass ihre Tochter eine kaltherzige, homophobe *Karen* ist?«, schlug Fanny vor.

Immerhin entlockte sie Felix damit das erste richtige Lachen. Mit Tränen in den Augen wandte er sich ihr endlich zu und nickte.

»Stimmt. Dafür kann sie nichts.« Fanny sah Felix eindringlich an, wollte sicherstellen, dass er ihr wirklich zuhörte. »Genauso wenig wie du.«

Er nickte zwar, wich jedoch ihrem Blick aus, starrte stattdessen aus dem großen Fenster hinaus auf die verschneite Straße.

»Hey.« Behutsam rüttelte sie an seinen Händen in den ihren. »Du bist ein großartiger Mensch, Felix. Trudi weiß das und wir wissen das auch. Was deine Eltern gemacht haben, war nicht okay. Sie hätten dich lieben sollen, wie du bist, anstelle ihre Liebe an Bedingungen zu knüpfen. So funktioniert das mit der Liebe und dem Elternsein nicht.«

»Oje, wieso bist du plötzlich so weise geworden, Fannylein?« Eine Träne löste sich aus Felix' Augenwinkel. Er wischte sie weg und sah sich verstohlen um.

»Plötzlich?« Spielerisch schnipste sie Felix gegen die Wange.

»Okay, okay.« Felix hob beide Hände. »Die Weisheit war schon immer stark in dir, ich gebe es zu.«

Beim Anblick ihres besten Freundes, der sie bereits durch die besten und schlechtesten Zeiten ihres Lebens begleitet hatte, überkam sie ein warmes Gefühl. Eine Freundschaft konnte eben auch wie Weihnachten sein: eine warme und gemütliche kleine Blase inmitten der kalten Jahreszeit.

»Können wir uns bitte auf dein Leben konzentrieren, hm?«, fragte Felix und trank einen Schluck von seinem Pfefferminzmokka, der ihn das Gesicht verziehen ließ.

Fanny sah zu ihrem eigenen Lebkuchen-Latte, dessen Milchschaum mit den Schokoladenraspeln darauf kalt und zusammengefallen daherkam.

»Also, Fanny: Gibt es etwas Neues von der Verlagsfront?«

»Du weißt, dass das nicht funktioniert, oder?« Mit einem Seufzen lehnte Fanny sich im Stuhl zurück. Felix sprach selten über seine Eltern, doch in Momenten wie diesen fragte sie sich, wie oft er an sie dachte und wie sehr ihn diese Situation auch nach all den Jahren belastete. Über ihre Mutter sprachen sie in regelmäßigen Abständen, wann immer Fanny oder auch Felix sie besonders vermisste oder etwas passiert war, das sie ihr am liebsten erzählt hätten. Aber wo ging Felix mit den Gedanken und Gefühlen seinen Eltern gegenüber hin? »Ignorieren ist nicht …«

»Bitte, Fanny. Ich will nicht mehr an sie denken«, unterbrach Felix sie, und nun war er derjenige, der nach ihrer Hand griff und sie drückte. »Wenn du mich fragst, haben sie lange genug mietfrei in meinem Kopf gelebt. Ich bin nicht bereit, heute auch nur einen weiteren Gedanken an sie zu verschwenden.«

Aus eigener Erfahrung wusste Fanny, dass dies nicht so leicht war, wie Felix es sich gerade einzureden versuchte. Aber er hatte einen schönen letzten Urlaubstag, ja, eine schöne Adventszeit verdient, weswegen Fanny es auf sich beruhen lassen wollte.

»Wo bleibt eigentlich unser Kuchen?«, fragte Felix, woraufhin sie sich beide zur Theke wandten, hinter der Nadiha Tassen in ein Regal sortierte. Dabei schien diese sie besorgt zu mustern, ehe sie ihnen zunickte und sich ein Tablett schnappte, auf dem Fanny ihren Kuchen erkannte.

Mit wenigen Schritten war Nadiha bei ihnen und stellte die Teller zwischen sie auf den Tisch. »Ich wollte euch nicht stören.« Sie legte Felix die Hand auf die Schulter. »Es sah wichtig aus.«

Fanny wollte sich gerade für die Umstände entschuldigen, als Nadiha mit einem routinierten Blick ihre Tassen voll kalten Kaffee bemerkte und diese kurzerhand an sich nahm.

»Lasst mich euch schnell neue Getränke bringen«, sagte sie und zwinkerte ihnen wie gewohnt zu. »Geht aufs Haus.«

Ehe einer von ihnen protestieren konnte, war sie auch schon hinter die Theke geflitzt. Fanny vermutete, dass sie Nadiha ebenso verdattert hinterhergestarrt hatte, wie Felix es gerade tat. Er schüttelte den Kopf, als müsste er sich selbst wachrütteln.

»Sie ist die Beste, nicht wahr?«, fragte er und lächelte. Noch immer meinte Fanny, einen kleinen Rest Traurigkeit in seiner

Haltung wahrnehmen zu können, aber er hatte sie um einen Themenwechsel gebeten und sie würde ihm diesen Wunsch erfüllen.

»Absolut«, bestätigte Fanny und griff nach ihrer Kuchengabel. Felix hatte sich für den Gewürzschokoladenkuchen entschieden und vor Fanny stand ein Stück von dem himmlisch duftenden Apfel-Marzipan-Kuchen. Auf den freute sie sich das ganze Jahr über, denn Nadiha backte ihn ausschließlich zur Weihnachtszeit.

»Also, dann erzähl mal.« Felix versenkte seine Gabel in der klebrigen Süße des Kuchens. »Was ist während meiner Abwesenheit im Verlag passiert? Hat deinen königlichen Chef inzwischen sein wohlverdientes Karma ereilt? Wie steht es in dem Zweikampf King Robster versus Grummelbärchen? Hat schon jemand die Fassung verloren? Und nichts für ungut, Fanny, aber deine Textnachrichten rund um diese ominösen Fahnen waren echt schräg.«

Fanny konnte nicht anders, als ihren besten Freund anzulächeln, obwohl sie wusste, dass er lediglich ablenkte und dies auf seine typische Alles-oder-gar-nichts-Art tat. Sie holte tief Luft und beschloss, heute das Spiel mitzuspielen. Also erzählte sie von Roberts Abmelden, der Druckfahne und der Zusammenarbeit mit Mika – was Felix nur ein verächtliches Schnauben entlockte.

»Pfff, Mika!«, unterbrach Felix sie, als Nadiha ihnen die frischen Getränke brachte. »Was interessiert mich dieser Schleimbolzen? Was ist mit König Robster und dem neuen Bullen im Stall?«

Und so ließ Fanny für ihren Freund die Woche Revue passieren, erzählte von der Korrektur der Fahne, dem chinesischen Essen und der Tatsache, dass Julian ihre Abteilung übernommen hatte. Sie erwähnte den Overknee-Stiefel voll Kekse und Schokolade, den sie Ina am Freitagmorgen an den Platz gestellt und der einen so schrillen Begeisterungsruf ausgelöst hatte, dass die gesamte Redaktion zusammengezuckt war. Doch damit endeten die guten Neuigkeiten auch schon.

»Man sollte also meinen, dass es jetzt besser werden würde, nicht?«, schloss Fanny ihre Ausführung und schob sich frustriert ein großes Stück Kuchen in den Mund. »Dass da jemand die Abteilung übernimmt, der etwas strukturierter ist als Robert …«

»Etwas?« Felix schnaufte. »Der Typ ist das wandelnde Chaos!«

»Das ist nicht fair«, widersprach Fanny und hob mahnend die Gabel, auch wenn sie selbst nicht wusste, wieso sie ihrem Chef beistand. »Er ist ein hervorragender Redakteur. Alle seine Autoren und Autorinnen vergöttern ihn, denn er hat ein gutes Auge für …«

»Das bezweifelt niemand«, meinte Felix und stieß mit seiner Gabel gegen ihre, »aber nur weil er ein kompetenter Lektor ist, heißt das nicht, dass er eine Abteilung leiten sollte. Ich bin ein brillanter Bäcker – wenn ich das mal so sagen darf –, aber deswegen kann ich keine Großbäckerei leiten oder Leute ausbilden. Das eine hat mit dem anderen nichts zu tun!«

Fanny wusste, dass er recht hatte, trotzdem behagte es ihr nicht, dass er ihren Chef als wandelndes Chaos bezeichnete.

»Du meintest, du *hattest* gehofft, dass es jetzt besser wird?«, nahm Felix den Gesprächsfaden wieder auf und drehte seine Gabel zwischen den Fingern. Der Kuchenteller vor ihm war leer und bis aufs letzte bisschen Schokoladencreme blank gekratzt. »Ich nehme an, das bedeutet, dass es nach wie vor eine Katastrophe ist?«

Fanny, die ihren Kuchen gerade einmal zur Hälfte gegessen hatte, schob diesen von sich und stützte den Kopf mit einem tiefen Seufzen auf ihre Hände. Wahrscheinlich hätte dieser sonst mit der Tischplatte Bekanntschaft geschlossen. »Ich verstehe es einfach nicht«, sagte sie und merkte, wie ihr bester Freund auffällig unauffällig ihr restliches Kuchenstück beäugte. Sie schob den Teller zu ihm, und mit einem entschuldigenden Schulterzucken machte Felix sich daran, auch dieses Kuchenstück zu vernichten. »Als wir zusammen die finale Korrektur vorgenommen haben, war er nicht nur ein kompetenter Chef, sondern richtig freundlich. Er war …«

»*McDreamy*?«, fragte Felix mit vollem Mund und Fanny spürte ein verdächtig warmes Kribbeln in ihren Wangen. Das Grinsen ihres besten Freundes bestätigte ihr, dass er ihre Verlegenheit ebenfalls bemerkt hatte.

»Menschlich«, fuhr Fanny fort und blendete Felix' Kichern so gut es ging aus. »Er war nahbar und einfach …«

»Bezaubernd?«

Fanny verdrehte die Augen, widersprach aber nicht. Stattdessen dachte sie an den Abend zurück, an dem sie mit einem kribbeligen Gefühl im ganzen Körper im Bett gelegen hatte. Fanny hatte in jener Nacht deutlich länger gebraucht, um einzuschlafen. Ständig waren ihr Teile der Gespräche durch den Kopf gegangen, die sie während des Essens oder bei den Rücksprachen zur Fahne geführt hatten. Als sie irgendwann eingeschlafen war, hatte sie von einem kleinen Jungen geträumt, der zwischen labyrinthartigen Bücherkisten turnte und dessen graue Augen vor Abenteuerlust funkelten.

»Erde an Fanny!« Felix wedelte mit einer Hand vor ihrem Gesicht und wackelte dabei wissend mit seinen Augenbrauen.

Sie streckte ihm die Zunge raus. »Du witterst auch überall eine potenzielle Romanze«, murmelte sie und versenkte ihre Nase tief in ihrer nach Zimt und Nelken riechenden Tasse. Vielleicht würde das von ihren roten Wangen ablenken?

»Nun, die Beweise sprechen für sich.« Felix deutete mit seiner Gabel auf sie. »Ich habe dich schon lange nicht mehr so verlegen gesehen und kann es dir nicht verübeln: Er sieht wirklich verdammt heiß aus, und was Tanja erzählt hat …«

»Felix!«, würgte Fanny ihn ab und war versucht, ihm den Mund zuzuhalten. »Ich will das gar nicht wissen.«

»Eifersüchtig?« Felix klimperte mit den Wimpern.

»Er ist mein Chef, okay? Ich bin mir nicht mal sicher, ob so was überhaupt erlaubt ist. Außerdem …« Felix öffnete schon den Mund, aber Fanny sprach eilig weiter, ließ ihm keine Gelegenheit, über ihr nicht vorhandenes Liebesleben zu spekulieren. »Außerdem versuche ich, dir schon die ganze Zeit zu sagen, dass nach der finalen Druckdatenabgabe alles noch schlimmer geworden ist. Robert ist inzwischen jenseits von Gut und Böse und selbst Julian ist genauso unerträglich wie zuvor. Vielleicht sogar noch unerträglicher. Er guckt mich zwischendurch so grimmig an, dass ich mir sicher bin, dass er mich hasst.« Sie konnte einfach nicht nachvollziehen, was in Julian vorging. An dem Abend hatten sie sich so gut verstanden, doch am nächsten Morgen war er plötzlich eisiger gewesen als die über Nacht zugeschneite Stadt.

Felix' Fröhlichkeit wich bei ihren Worten einem Stirnrunzeln. »Fanny, ich will dich nicht gaslighten, aber bist du dir da sicher?«

»Was meinst du?« Fanny richtete sich auf und trank einen Schluck Kaffee, während Felix mit schief gelegtem Kopf nach den richtigen Worten zu suchen schien.

»Wir wissen beide, dass dein Selbstbewusstsein nicht das beste ist. Dass ich überzeugt bin, dass es dafür gar keinen Grund gibt, brauche ich nicht hinzuzufügen, mache es aber trotzdem. Du hast irgendwie oft das Gefühl, dass Leute dich nicht leiden können oder böse auf dich sind. Manchmal frage ich mich, ob du deine eigenen Unsicherheiten in den Blicken der anderen siehst.«

Fanny wusste, worauf Felix anspielte. Zu Schulzeiten, in stressigen Zeiten an der Uni und auch jetzt im Verlag bezog sie die schlechte Laune anderer oft auf sich, befürchtete, dass die Leute sie nicht mochten oder sie etwas falsch gemacht hatte. Doch Fanny hatte das Gefühl, dass Julians Verhalten mehr war als Stress auf seiner und Unsicherheit auf ihrer Seite.

»Und warum ermordet er dann mental weder Mika noch Robert?« Fanny verschränkte die Arme vor der Brust. »Ernsthaft, Felix. Julian hat irgendein Problem mit mir und ich habe keine Ahnung, warum. Jetzt soll ich ihn am Dienstag auch noch zu einem Foto-Studio begleiten.«

»Aber ist das nicht genau dein Ding?« Felix lehnte sich mit leuchtenden Augen vor. »Und dass er nur dich mitnimmt, wirkt auf mich wie etwas Gutes.«

»Ich weiß es nicht.« Fanny wickelte sich eine Haarsträhne, die sich aus ihrem Zopf gelöst hatte, um den Zeigefinger. Sie wollte wirklich denken, dass der Termin, der sich in der Tat nach *genau ihrem Ding* anhörte, nicht grauenvoll werden würde. Aber bei der Erinnerung an Julians eisige Miene der letzten beiden Tage vergrub sie stöhnend den Kopf in ihren Händen. Passend dazu fegte in diesem Moment ein kalter Luftzug durchs Café. »Wenn ich bloß wüsste, woran ich bei Julian bin!«

Sie hob den Kopf in der Hoffnung auf einige aufbauende Worte ihres besten Freundes – doch Felix starrte mit offenem Mund knapp an ihr vorbei.

Alarmiert drehte Fanny sich um. Ihr Blick traf auf ein Paar graue Augen, die sie mehr erschaudern ließen als die kalte Dezemberluft, die mit ihm das Café betreten hatte.

Julian Bovin stand in seinen schwarzen Wintermantel gehüllt in der offenen Eingangstür, die Hand an seinem Schal, den er sich offensichtlich gerade hatte abnehmen wollen. Er sah sie zunächst verdutzt an, dann breitete sich eine regelrechte Gewitterwolke auf seinem Gesicht aus, und Fanny musste unwillkürlich schlucken. Ihr Puls schien ihr davonzurasen.

Noch ehe sie ihren Chef grüßen konnte – ja, bevor sie sich zu einem Nicken entschließen konnte –, machte Julian auf dem Absatz kehrt und stürmte aus dem Café, ohne etwas bestellt zu haben.

»Wow«, murmelte Felix. »Ich verstehe, was du meinst.«

16

Julian stand so weit entfernt von der überdimensionalen Fensterfront wie möglich und beobachtete, wie sich Fanny, Chris und seine beiden Mitarbeitenden Heidi und Hani über einen mobilen Aufnahmetisch beugten und angeregt diskutierten. Es gefiel ihm, Fanny gelöst und begeistert zu sehen, und auch Chris in seinem Element zu erleben war etwas, das er normalerweise gern beobachtete.

Doch Julian stellte fest, dass er beides in Kombination eher weniger schätzte. Regelrecht ungehalten machte es ihn. Nahm man die Tatsache hinzu, dass sie sich gerade im dreiundzwanzigsten Stock eines Glaskastens befanden und ihm eine weitere Fahrt in dem gläsernen Fahrstuhl der Hölle bevorstand, so konnte Julian seine Laune durchaus als unterirdisch bezeichnen.

Er unterdrückte ein Seufzen und führte sich den Grund vor Augen, aus dem sie hier waren. Das Fotoshooting für das neue Backbuch sowie die Ausbildungsverpflichtung gegenüber den Volontären. Zumindest sagte sich Julian das, obwohl eine kleine, gehässige Stimme in ihm rief, dass er auch Mika hätte mitnehmen können.

Mit einem Ohr lauschte Julian Chris' Erklärungen zu Komposition, Beleuchtung und Textur, schaltete aber auf Durchzug, sobald sein Freund in den Fachjargon abdriftete. Fanny hingegen hörte andächtig zu, stellte lauter Fragen und schien allgemein ganz begeistert von Chris zu sein.

Dieses nagende Gefühl, das er gerade empfand, war Eifersucht, und Julian hätte am liebsten über sich selbst die Augen verdreht. Er hatte ausreichend Erfahrung mit diesem Gefühl gesammelt, immerhin hatte er ein halbes Jahr lang Witts Flirterei mit ihrem Boss ertragen müssen. Hatte er sich nicht vorgenommen, sich kein weiteres Mal in solch eine Situation zu bringen? Und trotzdem überlegte er gerade, ob er eine kompromittierende Geschichte von Chris erzählen sollte, damit Fanny aufhören würde, ihn anzusehen, als ob er die Antwort auf all ihre Fragen sei. Zugegeben, Chris hatte Antworten auf all ihre Fragen, aber darum ging es nicht.

Julian räusperte sich und rief sich zur Vernunft. Am Abend der finalen Druckdatendurchsicht hatte er beschlossen, Abstand zu wahren und Fanny kein weiteres Mal an sich heranzulassen. Man sollte meinen, dass er seine Lektion bereits in Amerika gelernt hatte. Zumal diese Situation auch auf andere Weise komplizierter war. Fanny war nicht nur eine Kollegin – er war ihr Vorgesetzter. Julian wollte gar nicht daran denken, was sein Vater zu ihm sagen würde, wenn er mitbekäme, wie sehr Julian innerlich die Grenze zwischen privat und professionell bereits verwischt hatte. Denn was gäbe er nicht dafür, Fanny noch einmal so losgelöst zu erleben wie an dem Abend im Schneegestöber! Deswegen hatte er sie hierher mitnehmen wollen, Ausbildungsverpflichtung hin oder her.

»Wir wären dann fertig«, rief Chris ihm zu und Julian zuckte zusammen. Konzentriere dich, ermahnte er sich und nickte zu seinem besten Freund, der an einer seiner Kameras herumbastelte und dann zu ihm herüberschlenderte.

»Alles klar?«, erkundigte sich Chris, und so wie er Julian ansah, dachte er an ihr Gespräch im Pub.

Julian fluchte innerlich. Er hätte ihm nicht von dem Witt-Debakel erzählen sollen. Nicht, wenn Chris ihn nun behandelte, als wäre Julian ein rohes Ei oder eine Bombe, die jederzeit hochgehen konnte.

Bevor Julian seinem Freund antworten konnte, trat Fanny zögerlich zu ihnen, ein Ringlicht in den Händen.

Automatisch richtete Julian sich gerade auf und konnte förmlich fühlen, wie sein Gesicht versteinerte.

»Soll das Ringlicht auch mit in den Keller?« Fanny warf Julian nur einen flüchtigen Blick zu, ehe sie sich auf Chris konzentrierte.

»Keller?«, fragte Julian und erschrak ein wenig über seinen barschen Tonfall. Er hatte nicht erwartet, dass es ihm so schwerfallen würde, eine professionelle Distanz zu Fanny zu wahren und den korrekten Umgangston zu finden. Es kam ihm vor, als ob er sich ihr entweder komplett offenbaren – und ihr Geschichten aus seiner Kindheit erzählte – oder sie komplett von sich weisen und vor den Kopf stoßen konnte.

»Wir machen noch ein paar Aufnahmen im Keller«, erklärte Chris und starrte ihn aus zusammengekniffenen Augen an. »Es gibt da eine Ecke, die perfekt für den Industrial Look ist.«

Dann wandte sich Chris an Fanny und sein grimmiger Ausdruck verschwand. »Wir nehmen am besten alles mit. Heidi, Hani und du könnt schon anfangen, die Ausrüstung vor die Fahrstühle zu stellen. Wir kommen gleich nach.«

Mit diesen Worten packte Chris Julians Unterarm und zog ihn ein Stück in die entgegengesetzte Richtung. »Alter, du weißt, dass du absolut Angst einflößend bist, oder?«

Chris hatte zwar nur geflüstert, trotzdem sah Julian rasch in Fannys Richtung. Gott sei Dank war sie inzwischen zu weit entfernt, um sie zu verstehen, und sprach mit Heidi und Hani.

»*Shut up*«, zischte Julian, ohne zu ihm zu sehen.

»Was ist dein Problem, Mann? Sie ist großartig!« Chris schlug ihm die Hand vor die Brust, wie er es schon als Kind gemacht hatte, wenn Julian sich seiner Meinung nach völlig danebenbenahm.

»Ich weiß«, rutschte es Julian raus, was Chris ein amüsiertes Schnauben entlockte.

»*Shut up*«, sagte er da erneut, richtete sich die Krawatte und ging freiwillig der Fensterfront entgegen, um beim Tragen der Ausrüstung zu helfen. Alles war besser, als Chris' wissendes Grinsen ertragen zu müssen.

Wenige Minuten später stand Julian mit Fanny vor der offenen Aufzugtür, vor ihm die gläserne Kabine. In dieser stapelten sich neben drei erwachsenen Menschen auch Stative, Kameras, diverse Plastikkisten voll Kuchen sowie ein hochkant gestellter Holztisch. Fanny und er blieben aus offensichtlichen Platzgründen mit den restlichen Scheinwerfern und Ringleuchten zurück.

»Wir fahren schon mal runter«, rief Chris, ohne zu ihnen sehen zu können, da der Tisch und ein Stativ seine Sicht blockierten. »Ihr nehmt am besten den zweiten Fahrstuhl und kommt nach. U2. Wir warten dort auf euch.«

Mit diesen Worten schloss sich der Fahrstuhl und Julian war mit Fanny allein.

Großartig, dachte er und drückte auf den Knopf, der den zweiten Fahrstuhl rufen würde. Als ob die Autofahrten mit Fanny nicht schon schlimm genug wären, selbst wenn er sich dabei aufs Fahren und Erklären der Abläufe konzentrieren konnte.

Die Stille zwischen ihnen dröhnte in Julians Ohren, und das leise Klappern eines Scheinwerfers zeigte ihm, dass Fanny das Gewicht von einem Bein aufs andere verlagerte. Eine nervöse Angewohnheit, die er schon im Verlag bei ihr bemerkt hatte.

Nach einer gefühlten Ewigkeit öffneten sich die Fahrstuhltüren mit einem dezenten *Ping* und Julians Herz setzte für eine Sekunde aus. Es war schlimmer, als er erwartet hatte. Auf ihrem Weg nach oben hatten sie immerhin ebenerdig gestartet, und solange Julian nicht nach unten oder hinter sich gesehen hatte, hatte er sich einreden können, dass das Glas nicht existierte. Dass alles in Ordnung gewesen war.

Doch nun starteten sie im dreiundzwanzigsten Stock und alles, was er sah, war durchsichtiges Glas, das ihm das Gefühl gab, in einen Abgrund zu fallen. Oder vielmehr in einen Aufzugsschacht, den irgendein Genie an der Außenwand des Gebäudes angebracht und komplett verglast hatte. Sogar der Boden war aus massivem Glas gefertigt, was Julian für einen geschmacklosen Scherz hielt. Der Boden, ernsthaft?

»Bitte sehr«, presste Julian mühsam hervor und bedeutete Fanny, vor ihm in den Fahrstuhl zu steigen. Er reichte ihr die Leuchten einzeln in die Kabine, und sobald diese verstaut waren, richtete er seine Krawatte, ehe er mit zittrigen Knien ebenfalls in den Aufzug trat. Hastig stellte er sich mit dem Rücken zur durchsichtigen Außenwand und umklammerte ein Ringlicht mit beiden Händen.

»U2, richtig?«, erkundigte sich Fanny und ihr Zeigefinger schwebte über der Taste.

»Richtig.« Julian starrte angestrengt auf ihren Finger, der die U2-Taste drückte. Dann setzte sich der Fahrstuhl in Bewegung und Julians Magen machte einen Salto der unangenehmen Art.

Zweiundzwanzig.

Gleich vorbei, sagte er sich gebetsartig, während er mit finsterer Miene auf die immer niedriger werdende Etagenanzahl starrte, als könnte er sie dadurch schneller in den Keller bringen.

Einundzwanzig.

Er wusste schon, warum er beim letzten Mal auf dem Weg nach unten die Treppe genommen hatte. Warum hatte er das heute nicht ebenso gehandhabt?

Zwanzig.

Julian hoffte, dass Fanny nicht mitbekam, wie erbärmlich er sich fühlte. Ein unauffälliger Seitenblick bestätigte ihm, was er vermutet hatte: Sie stand entspannt neben ihm und genoss den Ausblick aus der Höllenkapsel. Hastig sah Julian zurück zu den unfassbar langsam vorbeiziehenden Etagenzahlen.

Neunzehn.

Plötzlich gab es einen Ruck und Julian rutschte fast das Ringlicht aus den feuchten Händen. Er umklammerte es fester und starrte zur Anzeige – auf der keine Zahl mehr zu erkennen war. Der Fahrstuhl stand still.

❄

»Was ...?« Fanny drehte sich erstaunt zur Anzeige des Fahrstuhls. Die U2-Taste, die gerade noch orange geleuchtet hatte, war ebenso erloschen wie das Deckenlicht und das Display, auf dem die aktuelle Stockwerknummer hätte stehen sollen.

In ihrem Magen machte sich ein ungutes Gefühl breit und sie drückte probeweise auf eine der Tasten. Nichts. »Oje, ob es einen Stromausfall gab?«

Sie drückte auf die Taste mit der Glocke. Irgendwo hatte sie mal gelesen, dass diese Notfalltasten auch bei Stromausfällen funktionieren sollten. Und richtig, nach nur wenigen beängstigenden Sekunden, in denen Fanny nichts anderes hörte als ihren eigenen Atem, ertönte eine blecherne Stimme aus dem kleinen Lautsprecher.

»Hallo?«

»Ja, hallo.« Erleichtert stützte sie sich an der Wand neben dem Lautsprecher ab. »Der Fahrstuhl ist stecken geblieben, können Sie uns bitte helfen?«

»Es gab einen Stromausfall«, bestätigte die Stimme, von der Fanny nicht sagen konnte, ob sie einem Mann oder einer Frau gehörte. »Wir arbeiten daran, die Ursache herauszufinden, und werden Sie schnellstmöglich herausholen. Versuchen Sie, ruhig zu bleiben.«

»Okay«, sagte Fanny und kratzte sich am Hinterkopf.

»Sind Sie allein in der Kabine?« Bei dieser Frage kam ihr zum ersten Mal der Gedanke, dass es seltsam war, dass sie dieses Gespräch führte und nicht Julian. Dass Julian überhaupt noch nichts gesagt hatte.

»Nein, wir sind zu zweit«, antwortete Fanny und drehte sich zu ihrem Chef. Bei seinem Anblick setzte ihr Herz für den Bruchteil einer Sekunde aus. Fanny hatte immer gedacht, dass das nur so eine Redewendung war, aber sie konnte tatsächlich spüren, wie es einen kurzen Stopp in ihrer Brust gab, ehe ihr Herz mit doppelter Geschwindigkeit die Arbeit wieder aufnahm.

Julian stand mit zusammengepressten Augen an der Aufzugwand und krallte sich an einen Scheinwerfer, als würde sein Leben davon abhängen. Er war kreidebleich und seine Stirn glänzte feucht. Zwar schien er bewusst ein- und auszuatmen, trotzdem waren da kleine panische Aussetzer.

Fanny hörte nicht mehr, was die blecherne Stimme ihr sagte. Sie meinte, etwas von »ruhig bleiben« und »alles gut werden« zu hören, doch ihre Aufmerksamkeit galt etwas anderem.

»Julian?«, fragte sie vorsichtig, nicht sicher, ob sie näher an ihn herantreten oder ihm lieber mehr Platz lassen sollte.

Sein Verhalten erinnerte sie an Felix. Nach dem Rauswurf seiner Eltern hatte er nachts öfter Panikattacken bekommen und sein Atem hatte dabei genauso stockend geklungen.

»Ist alles in Ordnung, Julian?« Sobald die Worte ihren Mund verließen, hätte Fanny sich am liebsten eine Hand vor die Stirn geklatscht. Es war schließlich mehr als offensichtlich, dass es das nicht war!

Julian räusperte sich mehrmals, ehe er das Wort »Höhenangst« hervorpresste und sofort wieder den Mund schloss.

Fanny senkte den Kopf, sah den langen Aufzugsschacht unter sich und kurz wurde auch ihr schwindelig angesichts der exorbitanten Höhe. Sie hatte gar nicht darüber nachgedacht, dass sie sich in einem Aufzug komplett aus Glas befanden. Zwar war der Rahmen der Kabine aus dicken Metallstreben gefertigt, aber das tat dem Ausblick keinen Abbruch, setzte ihn eher stärker in Szene. Dies war zumindest die Überlegung, der sie nachgehangen hatte, ehe der Fahrstuhl stecken geblieben war.

»Okay«, murmelte Fanny und schaltete in den Problemlösungsmodus um, wie Felix es früher genannt hatte. »Lassen Sie mich mal sehen, was ich machen kann.«

An der Höhe konnte sie nichts ändern, aber sie konnte zumindest den Ausblick blockieren. Fanny sah in Richtung der Stadt und dann zum Glasboden und beschloss, dass dieser das größere Übel war.

Sie zog ihren petrolfarbenen Mantel aus und legte ihn quer über den hinteren Teil des Bodens. Knapp die Hälfte war nun abgedeckt, Julian und sie befanden sich allerdings weiterhin auf dem durchsichtigen Teil.

»Ich brauche Ihre Jacke«, wandte sich Fanny mit ruhiger Stimme an Julian und trat langsam einen Schritt auf ihn zu. Wie sie hatte er seinen Wintermantel angezogen, damit sie die Hände frei hatten und die Ausrüstung für das Fotoshooting tragen konnten. »Lassen Sie die Augen geschlossen, ich nehme mir nur Ihre Jacke, okay? Ich werde sie auf den Boden legen.«

Fanny bemühte sich, ruhig zu sprechen. Sie erinnerte sich an Felix' Erzählungen, wie überwältigend alle Sinneseindrücke während einer Panikattacke sein konnten. Wie bedrohlich einem die alltäglichsten Dinge plötzlich vorkamen. Zwar wusste Fanny, dass nicht alle Menschen die gleichen Arten von Panikattacken hatten, aber sie wollte lieber auf Nummer sicher gehen.

Also begann sie, die Jacke von Julian zu lösen. Leicht war das nicht, denn ihr Chef klammerte sich regelrecht an den Scheinwerfer, als würde allein dieser ihn vom Herabfallen abhalten.

Nach einer gefühlten Ewigkeit und vielen gesprochenen Ermutigungen seitens Fannys hatte sie den teuer aussehenden Mantel in der Hand und Julian stand zitternd vor ihr. Nun musste sie ihn noch in den hinteren Teil der Kabine bewegen, damit sie den gläsernen Boden vollständig abdecken konnte. Das dürfte ihm gar nicht gefallen, dachte Fanny und schluckte schwer.

»Julian«, sprach sie ihn sanft an und legte ihm einen Arm an den Ellenbogen. »Wir müssen jetzt einen Schritt zur Seite machen. Nur einen kleinen Schritt.«

Julian schüttelte vehement den Kopf und sein Atem beschleunigte sich. Der Griff um den Scheinwerfer schien sich weiter zu festigen, und ein Teil von Fanny fragte sich, ob man einen Scheinwerfer kaputt halten konnte. Der andere Teil zupfte behutsam, aber bestimmt an Julians Ellenbogen, bis sie ihn dazu brachte, einen Ausfallschritt zur Seite auf ihren Mantel zu machen. Julian gab einen gequälten Laut von sich, ehe er hektisch nach ihrer Hand griff und sich an ihr festkrallte.

Für einen Moment ließ Fanny ihm den Halt und betrachtete den Mann, der nichts mit dem kalten, abweisenden Boss gemeinsam hatte, den er in der letzten Woche durchaus überzeugend präsentiert hatte. Das war einfach Julian, wie sie ihn am Abend der finalen Korrekturrunde kennengelernt hatte. Julian, der spitzbübisch lächelte und in Erinnerungen versinken konnte, dessen Ohren rot anliefen, wenn er aufgeregt oder begeistert war, und der ebenso gut zuhören wie er Geschichten erzählen oder Dinge erklären konnte. Mit Ruhe und ehrlichem Interesse an seinem Gegenüber. Das war der Julian, zu dem Fanny – wenn sie ehrlich zu sich war – in Gedanken immer öfter zurückgekehrt war und den sie die letzte Woche über insgeheim vermisst hatte. Und obwohl es ihr im Herzen wehtat, ihn leiden zu sehen, so war sie erleichtert, dass sie ihn sich nicht nur eingebildet hatte.

»Julian?« Fanny drückte probehalber die Hand, die ihre umklammert hielt. »Ich muss schnell etwas erledigen. Bleiben Sie einfach hier stehen.«

Kaum hatte Fanny das gesagt, hörte sie schon, wie sich Julians Atmung beschleunigte, und der Griff um ihre Hand verstärkte sich.

Entschlossen führte sie seine Hand an den Aufsteller des Scheinwerfers, und als er diesen statt ihrer Hand umklammerte, stolperte sie einen Schritt von ihm weg. Sie würde ebenfalls lieber bei ihm stehen bleiben, aber sie hatte einen Plan! Wenn der funktionierte, würde es Julian schon bald besser gehen.

Sie breitete seinen Mantel über den Boden vor der Tür aus und stellte erleichtert fest, dass die beiden Jacken den Boden nun vollständig bedeckten. Dann wandte sie sich den Scheinwerfern zu, die neben Julian an der Rückwand lehnten.

Keine Minute später hatte Fanny die Leuchten so platziert, dass sie die Aussicht aus den Seitenwänden blockierten. Sie schaute sich um und nickte zufrieden. Das könnte funktionieren.

»Okay.« Sie ging zu Julian, der stocksteif an der Stelle stand, an der sie ihn zurückgelassen hatte. »Wir werden uns jetzt hinsetzen.« Ruhig und bestimmt griff sie nach seinem Ellenbogen.

»Was?«, kam es entsetzt von Julian, und wieder klammerte er sich an den Scheinwerfer, als würde jede Positionsveränderung zum Absturz des Fahrstuhls führen.

»Keine Sorge.« Fanny zog an seinen Armen. »Lassen Sie die Augen zu. Alles wird gut.«

Es dauerte eine ganze Weile, bis Fanny Julian so weit hatte, dass er auf dem Boden saß und die Leuchte losgelassen hatte. Eine Hand ballte er nun um den Saum seines dunkelblauen Jacketts, die andere hielt Fannys Hand in einem schraubstockartigen Griff.

Mit einer Hand war es schwierig, den letzten Scheinwerfer zu positionieren, aber schließlich gelang es Fanny. Anschließend ließ sie sich erschöpft, aber erleichtert im Schneidersitz vor Julian auf den Boden sinken.

»Ich glaube, Sie können die Augen öffnen.« Fanny drückte seine Hand erneut, diesmal in dem Versuch, ihn zu ermutigen, sich aus seiner Starre zu lösen. Von seiner Position aus sollte er lediglich Jacken, Leuchter und Aufsteller sehen. Es war vielleicht nicht ideal, aber solange Julian sich nicht umdrehte – hin zur langsam dunkler werdenden Stadt mit ihrer weihnachtlichen Beleuchtung –, wäre es immerhin eine Verbesserung.

Nach einer gefühlten Ewigkeit, in der Fanny nur ihren gemeinsamen Atem hören konnte, öffnete Julian vorsichtig die Augen. Sein Blick huschte durch die Kabine, ehe er sich auf Fanny richtete. Das Grau seiner Augen war voller Emotionen und hatte nichts gemeinsam mit dem kalten Ausdruck, mit dem er sie in den vergangenen Tagen oft gemustert hatte. Zwar erkannte sie weiterhin die Panik in ihnen, aber auch Erleichterung, Dankbarkeit und etwas, das sie nicht zuordnen konnte. Warm kamen ihr diese Augen nun vor, warm und voller Leben.

»Besser?«, fragte Fanny und legte den Kopf schief, ohne den Blickkontakt zu unterbrechen.

»Besser«, sagte er mit rauer Stimme, die klang, als ob er in den letzten Minuten nicht geschwiegen, sondern durchgehend geschrien hätte.

»Gut.« Fanny rutschte ein wenig umher, um es sich bequemer zu machen, und strich sich eine verirrte Haarsträhne hinters Ohr.

»Danke, Fanny. Ich ...« Julian winkelte ein Bein an und sah sie dabei weiterhin so durchdringend an, als würde sein Blick den Griff um den Scheinwerfer ersetzen.

»Da nicht für«, sagte sie gleichzeitig mit Julians: »Es tut mir leid.«

Verdutzt blinzelte Fanny. »Wofür entschuldigen Sie sich?«

»Ich hätte nicht die Fassung verlieren dürfen«, murmelte Julian und seine Ohren hoben sich rot vom Panorama der Stadt ab. »Das war unprofessionell und Ihnen gegenüber nicht fair.«

»Für Ihre Höhenangst können Sie nichts.« Fanny versuchte, ihr Verständnis durch einen Händedruck zum Ausdruck zu bringen.

Leider schien das bei Julian den gegenteiligen Effekt zu haben: Er ließ ihre Hand abrupt los. Sofort beschleunigte sich seine Atmung wieder und ein gequälter Ausdruck trat auf sein Gesicht.

Fanny zögerte, ergriff dann trotzdem erneut seine Hand, auch wenn sie damit vielleicht sämtliche Grenzen überschritt, die es zwischen Chef und Volontärin gab. Aber solange es Julian etwas besser ging und er nicht mehr aussah, als würde alles in ihm schreien, war ihr das egal.

»Wussten Sie, dass ich schon einmal in einem Fahrstuhl stecken geblieben bin?«, fragte Fanny. »Vielleicht liegt es also an mir, dass wir hier festsitzen. Glauben Sie, dass Fahrstühle etwas gegen Einzelpersonen haben können?« Sie lächelte ihn an und auch seine Mundwinkel hoben sich leicht.

»Nein«, antwortete er und lehnte seinen Kopf erschöpft nach hinten, ohne den Blick von ihr zu lösen. »Das glaube ich nicht.«

»Oh, gut. Sonst müsste ich mich wohl bei Ihnen entschuldigen.« Fanny kaute verlegen auf ihrer Unterlippe und merkte, wie sehr sie gehofft hatte, noch einmal mit ihm reden zu können. Nicht mit dem Abteilungsleiter, sondern mit Julian.

»Wann haben Sie denn zuletzt in einem Fahrstuhl festgesteckt?« Julians Stimme klang erschöpft, und Fanny meinte, seine Müdigkeit mit beiden Händen greifen zu können. Besorgt sah sie zu ihm und merkte dabei gar nicht, wie ihr Daumen leicht über seinen Handrücken strich.

»Das ist schon einige Jahre her. Ich habe meinen Bruder in seinem Büro besucht und wir wollten in die Mensa. Sein Büro ist in einem dieser Türme an der Uni. Wissen Sie, welche ich meine?«

Julian gab ein schwaches Nicken von sich, ansonsten zeigte er keine Regung.

»Jedenfalls blieb der Fahrstuhl plötzlich stehen. Es hat eine gute halbe Stunde gedauert, bis sie das Ding wieder in Betrieb bekommen hatten. Es war eigentlich recht unspektakulär.«

Fanny erinnerte sich mit leichtem Grausen daran zurück. Nicht weil es besonders dramatisch oder beängstigend gewesen war, sondern schlichtweg langweilig. Nach dem ersten Schreck und der Versicherung, dass ihnen geholfen werden würde, hatten Aidan und sie sich ebenfalls auf den Boden gesetzt und sich furchtbar gelangweilt.

Aber heute war Fanny nicht mit Aidan in einem Fahrstuhl eingesperrt, sagte eine leise Stimme in Fannys Kopf, die verdächtig nach ihrem besten Freund klang. Heute saß sie mit ihrem Chef fest, den Felix unzählige Male *McDreamy* genannt hatte. Fast hätte Fanny über ihre eigenen Gedanken gelacht. Sie war nicht die Heldin einer romantischen Komödie und dies kein Wink des Schicksals.

Schade eigentlich, schoss es ihr durch den Kopf, und Fanny konnte spüren, wie sich ihre Wangen röteten. Schnell schielte sie zu Julian, um zu sehen, ob er etwas von ihren Gedankengängen mitbekommen hatte. Aber dieser hatte den Kopf weiterhin gegen das Glas gelehnt und die Augen erneut geschlossen. Er sah aus, als ob sein Tag bereits mehr als vierundzwanzig Stunden gehabt hätte, und sein Atem schien wieder gelegentlich festzustecken.

»Nehmen Sie doch die Krawatte ab«, platzte es aus Fanny heraus, ehe sie darüber nachdenken konnte. Aber wenn es eine

Situation gab, die keine Krawatte mit buntem Zickzack-Muster benötigte, dann war es diese.

Julian öffnete langsam die Augen und sah zu ihr, ohne etwas zu sagen. Dann hob er die Hand, die den Saum seines Jacketts umklammert hatte, und löste mit einer fließenden Bewegung den Krawattenknoten, ohne dabei Fanny aus seinem Blick zu entlassen. Sie konnte ihren inneren Felix johlen hören.

»Erzählen Sie mir etwas, Fanny.« Julian drückte ihre Hand fester, und da war auch dieser gequälte Ton in seiner Stimme, der Fanny zeigte, dass die Panik trotz aller Maßnahmen nicht gänzlich verschwunden war. Dass Julians mühsam aufrecht gehaltene Fassade jeden Moment zusammenbrechen konnte.

Also erzählte sie von ihren Brüdern und ihrem Zusammenleben. Von Felix und der Backcommunity. Von ihrer Lieblingskamera, ihrer Bildbearbeitungsstrategie samt Lieblingsfiltern und dem Seminar in Werbefotografie, das für sie das beste Seminar des gesamten Bachelorstudiums gewesen war. Sie verlor jegliches Zeitgefühl, wie sie mit Julian in dem Aufzug saß, ihre linke Hand noch immer in seiner. Fanny erzählte ihm Anekdoten aus ihrem Leben, während Julian sie keine Sekunde aus den Augen ließ. Irgendwann stieg er mehr und mehr in das Gespräch ein, erzählte nun seinerseits aus seinem Leben.

Hinter ihm versank die Welt in Dunkelheit, während er von einer Kindheit voller Bücher und abenteuerlichen Rezepten berichtete. Die weihnachtliche Beleuchtung glitzerte über der Stadt, als er auf seine Sorge zu sprechen kam, dass er die Fußstapfen seines Vaters nicht würde ausfüllen können. Die Dunkelheit schien die Distanz zwischen ihnen auszulöschen, und fast fand Fanny es schön, mit Julian in einem gläsernen Fahrstuhl festzusitzen.

Ein Gefühl der Beklommenheit mischte sich langsam in ihre Gedanken. Das hier war nicht wirklich die Realität – es war eine Ausnahmesituation, ein *Glitch* in ihrem Alltag. Bald schon würde sie der Fahrstuhl zurück in ihr Leben voller Fristen, Unsicherheiten und Roberts abfälligen Bemerkungen bringen. In ein Leben, in dem Julians Augen sie nicht warm und aufmerksam betrachteten.

Ein wenig beschämt stellte sie fest, dass sie genau das wollte. Vielleicht hatte sie es auch vorher schon geahnt, aber mit einem Mal war es ihr so klar wie selten etwas in ihrem Leben. Sie könnte sich in ihren oftmals mürrischen Juniorchef verlieben.

Na super.

Über sich selbst den Kopf schüttelnd, verbannte Fanny zügig jegliche Gedanken in dieser Richtung. Aufmerksam lauschte sie Julians Erzählung, wie er in seiner schlimmsten Fußballphase Frau Kurzheim in den Wahnsinn getrieben hatte. Es hatte keinen Sinn, darüber nachzudenken. Schon gar nicht, solange sie hier oben in der Luft feststeckten.

Irgendwann flackerten – mitten in ihrer Beschreibung eines explodierten Back-Experiments von Felix und ihr – die Lichter auf. Die kleinen Deckenlampen blinkten erst nervös vor sich hin, ehe sie mit einem Schlag hell aufleuchteten.

»Was …?« Julian blinzelte in die ungewohnte Helligkeit und rappelte sich auf. Dabei zog er Fanny, deren Hand er nach wie vor in seiner hielt, mit nach oben.

Sie schauten sich in dem weiterhin stillstehenden Fahrstuhl um, als ein lautes Piepen von der Tür erklang und die Anzeige samt dem Display mit der Etagenanzeige aufleuchtete. Ein heftiger Ruck ging durch die Kabine, sodass Fanny und Julian sich erschrocken aneinander festhielten. Dann setzte sich der Fahrstuhl wieder in Bewegung, als ob nichts gewesen wäre.

»O mein Gott!«, rief Julian und drückte Fanny überschwänglich an sich, ehe er sich von ihr löste und ihr Gesicht mit seinen großen Händen umfasste. Seine Augen strahlten sie voller Wärme an. »Danke, Fanny!«

Nun war es ihr Atem, der stockte, doch bevor sie zu einer Erwiderung ansetzen konnte, presste er seine Lippen auf ihre und fegte jegliche Gedanken an Dank und Fahrstühle aus ihrem Kopf.

❄

Fanny erwiderte seine Berührung, schlang beide Arme um Julian, und er gab sich dem Kuss gänzlich hin, von dem er erst jetzt begriff, wie lange er ihn schon herbeigesehnt hatte. Fannys von Schneegestöber umrahmtes Gesicht kam ihm in den Sinn, und er stöhnte leise in den Kuss, zog sie etwas enger an sich heran. Ihre Lippen waren so warm und sanft wie Fanny selbst, und Julian schien zu keinem klaren Gedanken mehr fähig zu sein.

Fanny seufzte leise an seinem Mund, und ihm wurde schlagartig klar, was er hier tat. Wer er war – und wer sie war.

Hastig löste er sich von ihr, wich einen Schritt zurück, um Abstand und einen klaren Kopf zu bekommen. Aber sofort begann ein Teil von ihm, ihre Lippen auf seinen zu vermissen.

Fanny hielt sich atemlos an ihm fest, beide Hände ruhten nach wie vor auf seinen Oberarmen, und sie sah ihn aus großen blauen Augen verträumt an.

»Julian«, flüsterte sie kaum hörbar, und als ob sein Name ein Zauberwort gewesen wäre, wischte er alle Zweifel beiseite, die in ihm getobt hatten, bis da nur noch Platz für Fanny war. Für ihre Wärme, ihre Ruhe – ihr ganzes Wesen.

Gleichzeitig traten sie aufeinander zu, trafen sich ihre Lippen zu einem zweiten Kuss. Fanny schlang ihre Arme um Julians Hals, und er zog sie näher an sich heran, wollte keinen Millimeter zwischen ihnen wissen. Vergessen war der Ort, an dem sie sich befanden, der Fahrstuhl, die Höhe. Alles, was zählte, war Fanny.

Er verlor sich in dem berauschenden Gefühl ihrer Lippen auf seinen und hoffte, dass sie dasselbe empfand wie er.

Ein lautes Räuspern hinter ihnen ließ sie auseinanderfahren. Wie in Zeitlupe sah Julian von Fanny zur Tür des Fahrstuhls, die nun geöffnet war. Dort stand, mit verschränkten Armen und einem etwas sonderbaren Ausdruck im Gesicht, sein bester Freund und sah zu ihnen.

»Na, und wir haben uns Sorgen gemacht.« Das süffisante

Grinsen ließ Julian wissen, dass Chris nie aufhören würde, ihn mit diesem Vorfall aufzuziehen. »Komplett unnötig, wie ich sehe.«

Völlig außer Atem blickte Julian zu Fanny, die mit hochrotem Kopf vor ihm stand und erschreckend hilflos wirkte.

O Gott, dachte Julian, als alle Zweifel mit einem Schlag auf ihn einströmten. Was hatte er getan?

17

»Du hast was?« Felix' Stimme, die bis vor wenigen Sekunden ganz schlaftrunken aus dem Lautsprecher von Fannys Handy geklungen hatte, schraubte sich in unbekannte Höhen. Sie war sich sicher, dass jetzt alle Hunde und Fledermäuse rund um seine Wohnung in Alarmbereitschaft waren.

»Pst, nicht so laut«, flüsterte sie und sah zu ihrer Zimmertür, die über und über mit Fotos beklebt war. Mit klopfendem Herzen saß Fanny auf ihrem Himmelbett, doch Aidans Supergespür für alles Ungewöhnliche und emotional Aufwühlende musste durch den Stapel Essays abgelenkt worden sein, über dem er bereits gesessen hatte, als sie nach Hause gekommen war.

»Fanny Schuster! Komm mir nicht mit ›Nicht so laut‹, wenn du die Bombe ›Ich habe meinen Chef geküsst‹ mitten in meinen Traum von Witze erzählenden Cupcakes platzen lässt.«

Das Geraschel einer Bettdecke am anderen Ende der Leitung ließ Fanny zurück zum Handydisplay sehen, in dem sich ein verschlafen aussehender Felix gerade im Bett aufsetzte und die Nachttischlampe anschaltete.

»Vielleicht hätte ich dich nicht anrufen sollen.« Fanny fuhr sich durch die Haare, die noch nass vom Duschen waren. Sie kannte schließlich Felix' Schlafrhythmus und dass dieser meist bereits am späten Nachmittag ins Bett ging. »Ich weiß bloß nicht …«

»Natürlich hättest du mich anrufen sollen.« Felix gab sich große Mühe, streng in die Kamera seines Handys zu schauen, was gründlich misslang, da er sich gleichzeitig den Schlaf aus dem linken Auge rieb. »Wenn ich erst ein halbes Jahr nach dem Eintreten solcher Events in deinem Leben erfahre, wäre das der Bruch des Beste-Freunde-Vertrages und hätte harte Konsequenzen. Peinliche Babyfotos auf Instagram und so.« Er gähnte.

»Peinliche Babyfotos?«

»Witze erzählende Cupcakes, Fanny! Ich war gerade noch bei Witze erzählenden Cupcakes.«

»Richtig.« Fanny verkniff sich ein Lachen, denn Felix sah einfach zu süß aus, wie er zwischen Müdigkeit und Sensationslust hin und her pendelte. Am Ende würde seine Neugier siegen, wie es auch bei ihr der Fall wäre, wenn Felix sie mitten in der Nacht anrufen und etwas von einem Vorfall und einem Kuss erzählen würde.

»Noch mal von Anfang an«, sagte Felix, den Kopf halb im Kissen vergraben. »Wer ist stecken geblieben? Und wie führt das zu Küssen mit dem Grummelbärchen?«

Also holte Fanny tief Luft und erzählte die ganze Geschichte.

Felix, der schon in der Grundschule ein echter Romantiker gewesen war, machte an all den richtigen Stellen all die richtigen Geräusche. Am Ende sah er Fanny so verzückt an, dass sie meinte, Herzchen in seinen Augen erkennen zu können. Und dann waren da plötzlich wirklich Herzen rund um sein Gesicht.

Für eine Sekunde zweifelte sie an ihrer eigenen Wahrnehmung – sie hatte in den letzten Monaten eindeutig zu lange gearbeitet und definitiv nicht genug geschlafen –, dann hörte sie ihn kichern.

»Felix!« Halb entrüstet, halb lachend betrachtete sie ihren Freund, der einen Herzchen-Filter über sich gelegt hatte und sie in Pink und Lila anstrahlte. »Nicht lustig. Das ist eine ernste Angelegenheit.«

»O bitte!« Felix verdrehte die Augen, was prompt eine Herzchenwolke aufsteigen ließ. »Küsse sind einiges, aber sie sind keine *ernste Angelegenheit*. Küsse sind keine Steuererklärung, Fanny!«

Nun war es an ihr, die Augen zu verdrehen. Sie ließ sich rücklings auf ihr Bett fallen und starrte zur Lichterkette hinauf, die sie mit Felix vor langer Zeit quer über die Bettpfosten gehängt hatte, damit sie jederzeit gemeinsam Sterne gucken konnten. »Weiß ich, aber er ist mein Vorgesetzter. Ich bin mir sicher, dass …«

»O bitte! Wir leben im einundzwanzigsten Jahrhundert. Heute wird niemand mehr geteert und gefedert, wenn er seinen Boss datet.« Er hob einen Zeigefinger in die Luft. »Seinen *heißen* Juniorboss datet, wenn ich das ergänzen darf.«

Bevor Fanny darauf etwas erwidern konnte, ging mitten in Felix' Gekicher ihre Zimmertür auf und sie richtete sich erschrocken auf.

Aidan musterte sie vom Türrahmen aus mit Grabesmiene. Hinter ihm, gut einen Kopf größer als ihr Bruder, ragte der besagte heiße Juniorchef auf und schaute schon wieder ganz finster drein.

»Felix, ich rufe dich zurück!«, rief Fanny in Richtung ihres Handys, ohne ihren Blick von Julians Gestalt lösen zu können. Seine blonden Haare sahen ungewohnt verstrubbelt aus und – trug er etwa einen Hoodie?

»Was, warum? Du kannst nicht einfach …«

»Ich habe Besuch«, fiel Fanny ihm ins Wort, und ihr Daumen suchte den roten Hörer, bevor Felix noch etwas von *Hotty McNaughty* und dem Klischee von ersten Küssen im Fahrstuhl sagen konnte. Doch da kam auch schon ein erstes Quietschen aus ihrem Handy und Fanny wäre am liebsten im Erdboden versunken.

»Ist alles in Ordnung, Fanny?«, fragte Aidan und verschränkte die Arme vor der Brust.

»Sicher«, sagte sie, wohl wissend, dass Aidan ihr das nicht abkaufen würde. Ihm dürfte klar sein, dass sie Felix niemals um diese Uhrzeit anrufen würde, wenn es kein Notfall wäre.

»Ich weiß wirklich nicht, was es heute noch Wichtiges zu besprechen gibt, das nicht bis morgen früh warten kann.« Mit diesen Worten drehte sich Aidan zu Julian und Fanny konnte sich seinen Ich-hole-gleich-die-Schaufel-Gesichtsausdruck lebhaft vorstellen.

Ihre Wangen wurden heiß vor Verlegenheit und sie hätte sich am liebsten die Bettdecke über den Kopf gezogen. Aidan und sein verdammter Beschützerkomplex!

»Das ist schon okay«, presste sie hervor, da Julian auf seine Worte nicht reagierte, sich mit diesem stattdessen ein stummes Blickduell lieferte. »Wirklich, Aidan.«

»Wenn du das sagst«, antwortete er, ohne das Blickduell zu unterbrechen. »Ich arbeite noch etwas, falls was sein sollte.« Mit diesen Worten marschierte Aidan aus ihrem Zimmer und ließ demonstrativ die Tür offen stehen.

Fanny fragte sich, wie viele Peinlichkeiten sie an einem Tag eigentlich ertragen konnte. Nicht nur, dass Julian und sie nach dem Kuss und dem angespannten zweiten Fotoshooting im Keller quasi schweigend nach Hause gefahren waren und Fanny dabei Mühe gehabt hatte, nicht zu hyperventilieren – jetzt stand Julian auch noch in Hoodie und Jeans in ihrem Schlafzimmer und wurde von Aidan gemaßregelt. Zu allem Überfluss saß sie mit feuchten Haaren ausgerechnet in ihrer ausgeleierten Weihnachtsmann-Leggings auf ihrem Bett, und sie war sich ziemlich sicher, dass Julian den Haufen Schmutzwäsche erkennen konnte, den sie die letzte Woche über neben ihrer Kommode angesammelt hatte. Konnte es noch schlimmer werden?

Wie sich herausstellte, konnte es das.

Julian trat einen Schritt in den Raum hinein und atmete einmal tief durch, bevor er sprach: »Es war ein Fehler, Fanny. Der Kuss hätte niemals passieren dürfen und es war … höchst unprofessionell von mir, dies zuzulassen. Ich … Es tut mir leid.«

»Oh«, war alles, was Fanny erwidern konnte, und im selben Moment hätte sie ihr Gesicht am liebsten in einem Kissen vergraben. Was stimmte denn nicht mit ihr?

»Fanny?« Julian machte einen weiteren Schritt auf sie zu, ehe er beinahe zurückstolperte und sich mit einer unbeherrschten Geste über den Bart strich. »Nehmen Sie meine Entschuldigung an?«

Fanny räusperte sich, unsicher, ob ihre Stimme die Worte tragen würde oder was ihre nächsten Worte überhaupt sein sollten. »Eine Entschuldigung ist nicht nötig.«

»Das war nicht meine Frage.«

Fanny musste den Drang unterdrücken, ein Kissen nach Julian zu werfen oder sich wirklich die Decke über den Kopf zu ziehen. Stattdessen verschränkte sie die Arme vor der Brust. »Das ist aber meine Antwort.«

Julians Mund öffnete sich, ehe er sich wieder schloss. Aber das war Fanny egal. Sie hatte es langsam satt, ständig nach den Regeln der anderen zu spielen, immer zu nicken, zu lächeln und die Entscheidungen anderer zu akzeptieren, ohne ihre eigene Meinung anbringen zu können. Wenn Julian sie nach ihrer Meinung fragen würde, würde sie heute Abend vielleicht sogar den Mut aufbringen, ihm zu sagen, dass sie den Kuss nicht als Fehler betrachten konnte. Zwar bemühte sich der rationale Teil in ihr sehr darum, aber für Fanny hatte sich zum ersten Mal seit langer Zeit alles richtig angefühlt – auch wenn sie dafür einen Stromausfall und einen feststeckenden Fahrstuhl gebraucht hatte.

Während Fanny diese Gedanken durch den Kopf gingen, veränderte sich Julians Gesichtsausdruck schneller, als sie die dahinterliegenden Emotionen entschlüsseln konnte. Von verärgert über verwirrt bis zu verzweifelt schien alles dabei zu sein. Am Ende stand er mit kraftlos herabhängenden Armen vor ihr.

»Das Schlimme ist«, sagte er mit rauer Stimme, »dass, egal wie unprofessionell es auch war, ich es trotzdem gewollt habe.«

❄

Kaum hatte Julian diese Worte gesagt, wollte er sie am liebsten zurücknehmen. Zumindest so lange, bis er bemerkte, dass Fanny plötzlich mit ihrer Lichterkette über dem Bett um die Wette strahlte. Julians Inneres schien bei diesem Anblick an einer privaten Achterbahnfahrt teilzunehmen und legte mindestens einen doppelten Looping hin. Was ein einziges Lächeln doch mit ihm anstellen konnte.

Wie ferngesteuert bewegte er sich auf Fanny zu, die weiterhin schwieg. Allerdings war ihr Grübchen wieder da und strahlend blaue Augen, die ihn voller Zuneigung und Erleichterung ansahen, sodass die nächsten Worte wie von allein aus seinem Mund zu kommen schienen. »Ich mag Sie, auch wenn ich versucht habe, es nicht zu tun. Ich mag, wie leicht es für mich ist, mit Ihnen ich selbst zu sein und dass sogar schlechte Projektplanung und Überstunden plötzlich Spaß machen. Ich mag, wie aufmerksam Sie sind, und einfach …« Er stockte, denn sein Atem ließ ihn bereits zum zweiten Mal an diesem Tag im Stich. »Ich mag Sie, Fanny. Sehr sogar. Und ich habe keine Ahnung, was ich jetzt machen soll.«

Julian versuchte nach dieser kurzen Ansprache, sowohl seine Atmung als auch seinen Herzschlag unter Kontrolle zu bekommen, während Fanny ihn mit schief gelegtem Kopf musterte.

»Wenn das so ist, sollten wir vielleicht mit dem Gesieze aufhören. Das wird langsam etwas eigenartig, nicht?«

Julian stand für einen Augenblick wie festgefroren vor ihr, ehe er laut zu lachen begann – *Wimpy Kid be damned.* Er hatte Fanny im Verlag bisher nicht schlagfertig erlebt, aber es gefiel ihm, wie sie mit einem verschmitzten Lächeln vor ihm saß und ihn aufzog. Und natürlich hatte sie recht: Sich nach einem Kuss zu siezen – auch noch mitten in einer Erklärung, wie er sie gerade gemacht hatte –, war wirklich eigenartig.

»Also gut«, sagte Julian und bewegte sich auf Fanny zu, bis er direkt vor ihr stand. Dann streckte er ihr seine Hand hin. »Julian.«

»Fanny.« Ihre Hand schmiegte sich warm und weich an seine und Julians Inneres schien daraufhin einen weiteren Looping einzulegen.

Übertrieben feierlich schüttelten sie einander die Hände, und obwohl Julian ihre Hand heute schon einmal gehalten hatte, kam es ihm ohne seine Panik gleich viel schöner vor. Sanft und locker lag diese in seiner, gelegentlich strich ein Finger zaghaft über seinen Handrücken und hinterließ eine Gänsehaut, die seinen Arm hinaufwanderte.

»Was machen wir jetzt?«, fragte Julian, auch wenn er sich lieber nicht mit den harten Fakten auseinandersetzen wollte. Er wollte nicht darüber nachdenken, dass er gerade den gleichen Fehler machen könnte wie damals mit Witt. Dass er sich doch geschworen hatte, Arbeit und Privatleben nicht zu vermischen.

»Du könntest dich setzen?« Fanny klopfte mit der freien Hand neben sich auf die Bettkante.

»Setzen«, murmelte er und versuchte, das Verb mit der Tätigkeit zusammenzubringen, die er bisher jeden Tag ohne größere Probleme ausgeübt hatte. Aber mit Fannys Hand in seiner hatte sein Gehirn plötzlich Schwierigkeiten, ihrer Aufforderung nachzukommen. »Richtig. Ja, das kann ich.«

Ein leises Glucksen kam von Fanny, und Julian merkte, wie seine Ohren heiß kribbelten. Kaum ließ er sich nieder, wandte sich Fanny ihm zu, und auch Julian drehte sich zu ihr, zwischen ihnen nur ihre angezogenen Beine und die ineinander verschlungenen Hände.

»Hey«, flüsterte Julian und ließ seinen Blick langsam über Fannys Gesicht wandern. Ihr Grübchen war nach wie vor da, denn sie strahlte noch immer mit ihrer Lichterkette um die Wette.

»Hey.« Sie flüsterte ebenfalls und befeuchtete ihre Lippen mit der Zungenspitze.

»Ich würde dich gern küssen«, sagte Julian gedankenverloren und erschrak über sich selbst. Hatte er das gerade laut gesagt? Schon erstaunlich, dass man in Angelegenheiten des Herzens mit Ende zwanzig manchmal genauso wenig die Kontrolle über sich hatte wie als Teenager.

»Das fände ich schön«, flüsterte Fanny und Julians Herz geriet bei ihrem Anblick wieder ins Stolpern.

Schnell schloss er den Abstand zwischen ihnen, und kaum berührten sich ihre Lippen, wurde Julian klar, wie lächerlich sein Versuch gewesen war, eine rein professionelle Beziehung zu Fanny aufrechtzuerhalten. Ihm war, als würde er nach einer langen Reise nach Hause kommen und erst beim Durchschreiten der Wohnungstür merken, wie beschwerlich diese Reise gewesen war. Es fühlte sich einfach richtig an, und Julian seufzte in den Kuss, gab sich den überwältigenden Gefühlen hin, die dieser in ihm auslöste.

Eine kleine Ewigkeit später lösten sie sich voneinander und Julian strich Fanny eine Haarsträhne aus der Stirn. Ihre Lippen waren leicht geöffnet, und als sie sich mit einem kleinen Grinsen auf die Unterlippe biss, wollte Julian am liebsten da weitermachen, wo sie aufgehört hatten.

Dabei hatten sie noch nichts geklärt. Hatten nichts besprochen, außer dass sie sich nicht mehr siezen würden. Zumindest privat, dachte Julian und rückte ein Stück von Fanny weg. Hatten sie besprochen, dass das nur im Privaten galt und nicht im Verlag? Sollte es nur im Privaten gelten?

Wie von allein wanderte Julians freie Hand zu seinem Ohr und zupfte nachdenklich daran. Fanny musterte ihn, als wüsste sie ganz genau, welche Rädchen sich gerade hinter seiner Stirn drehten.

»Was machen wir jetzt?«, wiederholte Julian seine Frage und wollte sich lieber nicht vorstellen, wie sein Vater reagieren würde, wenn er ihm erzählte, dass er auf dem besten Weg war, sich in die Volontärin aus seiner eigenen Abteilung zu verlieben. Sein Magen zog sich schmerzhaft zusammen, wenn er an den Tratsch und die verstohlenen Blicke zurückdachte, die ihn und Witt trotz aller Vorsicht bei *Arthur's Books* umgeben hatten wie eine giftige Blase.

»Meinst du jetzt in diesem Moment, im Allgemeinen oder auf die Arbeit bezogen?« Sanft strich Fanny über seinen Handrücken.

»Alles.« Er zwang sich zu einem Lächeln, das reichlich schief ausfiel. »Aber fangen wir mit der Arbeit an.«

»Nun, du bist streng genommen mein Boss.« Fanny verzog den Mund zu einer betretenen Grimasse. »Was die Angelegenheit etwas verkompliziert.«

»Richtig.« Julian schluckte schwer, auch wenn sich sein Mund auf einmal wie ausgetrocknet anfühlte. »Wobei es nicht verboten ist, dass wir …«

»Dass wir?« Fragend hob Fanny die Augenbrauen.

Julian räusperte sich, nicht sicher, wie er den Satz hatte beenden wollen. Zusammen sind? Eine Beziehung führen? Hatten sie sich nicht gerade erst geküsst und fingen an, sich kennenzulernen? Er sah sich in dem kleinen Zimmer um, als ob ihm dieses die richtige Fortführung seines Satzes verraten würde. Doch alles, was es ihm verriet, war, dass Fanny weiße und helle Holzmöbel mochte und sie mit ihren Brüdern und einem schlaksigen Typen – von dem Julian irgendwie hoffte, dass es Felix war – mindestens einmal Urlaub am Meer gemacht hatte. Er würde sich die ganzen Schnappschüsse an ihren Wänden und der Tür irgendwann in Ruhe ansehen müssen.

»Daten?«, schlug er nach einer ziemlich langen Pause vor. Sofort befürchtete er, Fanny mit der Unverbindlichkeit des Wortes verletzt zu haben. Aber sie schien vielmehr erleichtert aufzuatmen.

»Daten«, griff sie seine Wortwahl auf und fuhr sich durch die feuchten Locken. »Genau, daten! Letztlich wissen wir ja gar nicht, wohin das alles führen wird, nicht wahr? Wir kennen uns bisher ausschließlich über die Arbeit, und vielleicht stellen wir fest, dass wir uns privat total auf die Nerven gehen? Lass uns erst mal schauen, wohin uns das führt, und regelmäßig …« Sie stockte und pfriemelte am Saum ihres viel zu großen Wollpullovers herum.

»Regelmäßig den Status evaluieren?«, schlug Julian mit einer hochgezogenen Augenbraue vor, was sie beide zum Lachen brachte.

Und während er so mit Fanny unter den Lichterketten saß – und ihre Finger immer neue Wege fanden, sich miteinander zu verflechten –, kam Julian der Gedanke, dass Chris recht gehabt hatte: Wenn er fiel, dann *head over heals*.

18

Fanny saß an ihrem Arbeitsplatz und versuchte sich daran zu erinnern, dass die Tastatur an die nächste Wand zu schmeißen keine Option war. Leicht fiel ihr das nicht, was weder an ihrem überquellenden Postfach noch an ihrer Unsicherheit lag, ob ihr nicht doch jeder im Büro an der Nasenspitze ansehen konnte, was am gestrigen Abend passiert war. Wie von allein bewegten sich Fannys Fingerspitzen zu ihren Lippen, als ob Julians Küsse nach wie vor dort zu spüren wären.

Es kam ihr seltsam surreal vor, dass der gestrige Tag tatsächlich stattgefunden hatte. Von dem feststeckenden Fahrstuhl bis hin zu ihrem Gespräch am Abend war alles vollkommen anders gewesen als ihr bisheriges Liebesleben. Fast befürchtete sie, jederzeit aufwachen zu können.

»Fanny, ich rede mit dir!« Die beinahe keifende Stimme erinnerte sie an den Grund, warum sie den dringenden Wunsch verspürte, Büroinventar an Wände zu schmettern. »Meinst du etwa, du musst mir nicht mehr zuhören, bloß weil ich – für den Moment zumindest – nicht mehr Abteilungsleiter bin?« Robert schnaufte sie über die Abschirmung hinweg an wie ein rasender Stier und Fannys Magen schien ein paar Zentimeter nach unten zu rutschen.

»Ich hatte gar nicht …«

Robert schnaufte erneut, und Fanny hätte es nicht verwundert, wenn Dampfwolken aus seinen Nasenlöchern kommen würden. »Bilde dir bloß nichts ein. Ich bin immer noch dein Vorgesetzter!

Und sobald das *Diabolique Bovin* genug von euch hat, werdet ihr mir wieder aufs Auge gedrückt werden. Vergiss das besser nicht.«

Mit diesen Worten strich Robert Groß in altbekannter Manier sein gegeltes Haar nach hinten und stierte sie weiterhin über die Abschirmung hinweg an. Kam es Fanny bloß so vor oder blinzelte er dabei kein einziges Mal?

»Ähm …« Sie massierte sich mit der rechten Hand ihre Schläfe und hatte keine Ahnung, was Robert mit *aufs Auge gedrückt* meinte. Hatte er seine Volontäre nicht selbst ausgewählt, sie sich also eigenhändig aufgedrückt? In letzter Zeit war es für Fanny zunehmend schwieriger geworden, seiner Logik zu folgen.

»Du hast meine Frage nicht beantwortet, Fanny!« Robert knallte etwas auf seinen Tisch, was alle Mitarbeitenden im Umkreis von drei Metern zusammenzucken ließ.

»Es tut mir leid, ich bin mir nicht sicher, ob ich die Frage gehört habe«, meinte Fanny und Robert warf seinen Kopf mit einem lauten Stöhnen in den Nacken.

»Ich will wissen, was mit dem veganen Backbuch ist. Da steht doch die Druckabgabe an, nicht? Hast du das überhaupt auf dem Schirm?« Verbissen klickte Robert mit seiner Maus herum und trommelte gleichzeitig mit seinen Fingern auf der Tischplatte.

»Das ist Mikas Titel«, sagte Fanny und versuchte es mal wieder mit Atmen. Manchmal fragte sie sich zwar, wohin sie das alles atmen sollte, aber wenn so viele Menschen behaupteten, dass Atmen helfen würde, dann konnte es nicht falsch sein, richtig? »Ich bin mir sicher, dass er uns morgen im Meeting …«

»Ich will es aber jetzt wissen!« Robert zog mit diesem Ausruf wie so oft die Aufmerksamkeit der umliegenden Arbeitsinseln auf sich. Fanny wusste nicht, ob das an seinen Worten, der Lautstärke oder der Tatsache lag, dass er wie ein quengelndes Kleinkind klang, das vor dem Abendessen unbedingt einen Lutscher haben wollte.

»Ich habe da leider keine weiteren Informationen.« Fanny hoffte, dass damit die Unterhaltung beendet sein würde. Den Kommentar, dass ihr Kollege stets von ihnen verlangt hatte, alles im Meeting und nicht zwischendurch zu besprechen, verkniff sie sich. Effizienz sei schließlich angesagt.

Fanny schielte zur Uhr auf ihrem Computermonitor, die ihr verriet, dass ihr *Jour fixe* mit Julian in fünf Minuten beginnen sollte. Noch war Mika bei ihm, wie ihr ein Blick zu Julians Büro verriet. Sie hatte eigentlich gehofft, bis zu ihrem ersten *Jour fixe* mit dem Titel durch zu sein, den sie vor Roberts Quengel-Attacke bearbeitet hatte. Es war ein spannendes Projekt, das sich mit dem Thema Nachhaltigkeit in der Backstube auseinandersetzte und als eine Art Programmfortsetzung für das im Frühjahr erscheinende Buch *Beste Reste – Für mehr Nachhaltigkeit beim Backen* angedacht war. Fanny betreute dies ebenfalls, weswegen Julian sie auch mit dem Herbsttitel betraut hatte, selbst wenn es ihre erste Übersetzung und dazu ein Programmschwerpunkt werden würde.

»Du brauchst gar nicht zu Bovins Büro zu starren wie ein liebeskrankes Kälbchen.«

Fannys Kopf wirbelte zu Robert herum, und sie meinte, einige Halswirbel knacken zu hören. Mit großen Augen starrte sie ihn an, unfähig, mehr als ein gestammeltes »Was?« von sich zu geben.

»Glaub bloß nicht, dass er irgendetwas von dem ernst meint, was er in dem Meeting von sich gegeben hat. Ausbildungsverpflichtung, dass ich nicht lache!« Robert hatte mit gesenkter Stimme gesprochen, ohne von seinem Bildschirm aufzusehen.

Fanny, die ihren Herzschlag in den Ohren dröhnen hörte, war froh darüber. Sie war sich sicher, dass ihre Miene inzwischen nicht mehr als neutral durchgehen würde.

»Ich bin wenigstens ehrlich zu euch! *Learning by doing*, das ist das Motto eines jeden Volontariats. Nur wer in den Pool geschubst wird, lernt schwimmen.«

Fanny konnte Robert bloß mit offenem Mund anstarren. Sie wusste zwar nicht, wie dieser schwimmen gelernt hatte, aber sie war sich sicher, dass sie nicht die Einzige gewesen war, der man erst in Ruhe die Grundlagen beigebracht hatte, bevor sie sich dem tiefen Becken überhaupt hatte nähern dürfen. Zum ersten Mal kam ihr der

Gedanke, dass ihr ehemaliger Abteilungsleiter in manchen fundamentalen Angelegenheiten einfach keine Ahnung zu haben schien, und wieder spürte sie Mitgefühl in sich aufsteigen.

»Aber ihr fallt voll auf seine Masche rein. Da braucht euch bloß einer mit Lobhudelei zu überschütten und schon fresst ihr ihm aus der Hand. Dabei seht ihr das Beil nicht, das er bereitstehen hat!« Robert schnaufte noch einmal und sah nun doch zu Fanny, wie um sich zu überzeugen, dass seine Worte eine Wirkung hatten.

Und die hatten sie: Das eben in ihr aufkeimende Mitgefühl war erneut wie von Zauberhand verschwunden. Egal, wie ihm in der Kindheit das Schwimmen beigebracht worden war, Robert Groß war ein erwachsener Mann und als solcher hatte er sich zu verhalten. Besonders, wenn er in einer Führungsposition saß! Dazu gehörte eben auch, dachte Fanny, während sie sich vor Ärger und ungesagter Worte auf die Unterlippe biss, dass man seinen eigenen Frust nicht an anderen ausließ und ihnen das Leben zur Hölle machte.

»Typisch. Jetzt, wo Bovin Junior nicht neben dir sitzt, kriegst du die Klappe nicht auf, was?« Roberts Mund hatte sich zu einer verächtlichen Grimasse verzogen und er schüttelte den Kopf.

Fanny blieb bei so viel Ungerechtigkeit förmlich die Luft weg. Hatte er ihr in den letzten Monaten nicht permanent untersagt, sich zu erklären und zu rechtfertigen? War er ihr nicht ständig über den Mund gefahren, sobald Fanny auch nur zu tief eingeatmet hatte, nachdem Robert eine seiner berühmten Schimpftiraden vom Stapel gelassen hatte?

»Ich würde einfach gern weiterarbeiten«, sagte Fanny und wartete auf das Donnerwetter, das bei solchen Erwiderungen bisher stets gefolgt war.

Doch statt eines Donnerwetters kam Mika, der sich schwungvoll auf seinen Platz setzte und mit hektischen Mausklicks seinen Computer zum Leben erweckte.

»Du sollst gleich zu ihm gehen, Fanny.« Er nickte ihr über den Monitor hinweg zu, dann starrte er mit gerunzelter Stirn auf diesen.

Erleichterung durchflutete Fanny, und sie versetzte ihren Computer zügig in den Ruhemodus, ehe sie sich Notizheft und Stift schnappte und zu Julians offen stehender Bürotür eilte.

Zögernd klopfte sie gegen die Glastür und verharrte im Durchgang. Bisher hatte sie das Büro nur von außen gesehen und verspürte eine leichte Hemmung, den Raum zu betreten. Mit der rustikalen Ziegelwand erinnerte er sie irgendwie an den Konferenzraum eine Tür weiter. Bloß ohne die unzähligen Grünpflanzen und statt eines runden Konferenztisches stand ein filigraner Holztisch in der Mitte des Büros. Dort saß Julian und gab ihr mit einem Nicken zu verstehen, dass sie hereinkommen sollte. In Fannys Magen flatterte es vor Aufregung.

»Bitte schließen Sie die Tür«, sagte Julian und legte eine Mappe vor sich auf den sonst leeren Arbeitsplatz, »und setzen Sie sich.«

Er deutete auf den irgendwie vintage aussehenden Besucherstuhl vor seinem Schreibtisch, und Fanny kam seiner Aufforderung nach, ein wenig verunsichert ob des kühlen Tonfalls. Wieder kam ihr die Befürchtung, dass sie den gestrigen Tag bloß geträumt haben könnte. Dass ihr übermüdetes Gehirn in Kombination mit Felix' Zweideutigkeiten einen etwas zu realen Traum gesponnen hatte.

Doch dann war die Tür geschlossen und sie saß Julian gegenüber, unter dem Großdruck mit den chinesischen Take-out-Boxen, die Fanny an ihr gemeinsames Essen erinnerten. Vielleicht ging es Julian ebenso, denn er betrachtete erst das Bild und dann sie voller Wärme und Zuneigung, sodass sie am liebsten den Tisch umrundet hätte, um da weiterzumachen, wo sie gestern aufgehört hatten.

»Hey«, flüsterte er und langsam breitete sich ein Lächeln auf seinem Gesicht aus, von dem Fanny nicht genug bekommen konnte.

»Hey«, flüsterte sie zurück und ihr ganzer Körper schien im Takt ihres Herzschlags zu pulsieren.

»Alles gut?« Julians Stimme hatte diesen warmen Unterton, der in Fannys Magen zu vibrieren schien.

Sie nickte, da sie ihm unmöglich erklären konnte, wie gut es ihr ging, jetzt, wo sie vor ihm saß. Wie sollte sie ihm begreiflich machen, dass allein das Richten seiner Krawatte – die heutige war weinrot und kam ihr erschreckend langweilig vor, bis sie erkannte, dass sie nicht gepunktet, sondern über und über mit kleinen Mäusen bedruckt war – ihren Tag auf unerklärliche Weise verbesserte? Wie alles in ihr plötzlich warm zu werden schien und sogar dieser trübe und mit bissigen Kommentaren gespickte Tag etwas heller wurde. Nein, das konnte sie ihm unmöglich erklären.

»Klappt draußen alles?« Julian nickte in Richtung der Arbeitsinsel.

Fanny zuckte mit den Schultern und drehte ihren Kugelschreiber zwischen den Fingern. »Eine Menge Arbeit.«

Sie fragte sich, ob das die Überleitung zu dem eigentlichen Grund dieses Treffens war: den aktuellen Arbeitsstand besprechen und die restliche Woche planen. Zumindest vermutete Fanny das, denn Julian hatte sich bisher nicht dazu geäußert, was er mit diesen *Jour fixe* beabsichtigte, und auch Google hatte ihr lediglich schwammige Definitionen liefern können. Einzig in der Tatsache, dass es sich um einen festen, wiederkehrenden Besprechungstag handelte, waren sich alle einig.

»Ich möchte nicht, dass du denkst, dass ich dich da draußen allein lassen will.« Julians Blick huschte erneut zur Glastür. »Es ist vielleicht unprofessionell, aber es fällt mir verdammt schwer, mich zu konzentrieren, wenn du neben mir sitzt. Dabei habe ich mir extra den Platz neben deinem einrichten lassen.« Er schüttelte den Kopf, als würde er sich fragen, was er hier genau machte.

Fanny erinnerte sich an die drei Tage nach seiner Übernahme, in denen Julian plötzlich bei ihnen an der Arbeitsinsel gearbeitet hatte. Sie konnte nicht behaupten, dass es angenehm gewesen war, was zum Großteil an Roberts passiv-aggressivem Verhalten gelegen hatte – das Schnaufen und Fingertrommeln hatte da seinen Anfang genommen. Aber auch das permanente Klingeln von Julians Telefon und die Tatsache, dass gefühlt alle paar Minuten jemand mit einer Frage neben ihm aufgetaucht war, hatten Fannys Konzentration erschwert. Als Ina ihr bei einem ihrer Kaffeegänge einen mitleidigen

Blick durch die Redaktion zugeworfen hatte, ehe sie in den Grafikbereich verschwunden war, wäre Fanny ihr am liebsten hinterhergelaufen. Außerdem machte sie sich jetzt zusätzlich Sorgen, dass ihr Verhalten vielleicht zu offensichtlich sein und ihren Sehen-wir-mal-wohin-das-führt-Status verraten könnte.

»Ich glaube, das ist für meine Produktivität auch eher hilfreich«, sagte Fanny und berührte erneut ihren Mund. Wie konnte es sein, dass sie Julians Bartstoppeln noch immer auf ihrer Haut spürte?

Julian räusperte sich. »Wie läuft es mit Robert?«

Statt zu antworten, konzentrierte Fanny sich auf die Linien ihres Notizblocks, über denen sie den schwachen Durchdruck der vorherigen Seite erkennen konnte. Wenn Julian einfach ihr Freund oder Date gewesen wäre, hätte sie ihm von dem Gespräch und Roberts neuestem Hobby – Volontäre bei der Arbeit zu unterbrechen – erzählt. Doch Julian war auch Roberts Vorgesetzter, und hinter dem Rücken ihres Kollegen petzen zu gehen, war kein feiner Schachzug. Sie verlegte sich darauf, den Kopf vage hin und her zu wiegen.

»Ich frage das alle im Team«, sagte Julian und deutete damit Fannys Zögern richtig. »Es ist vollkommen normal, dass es zunächst zu Spannungen kommt, wenn jemand seines Amtes enthoben wird und in der Abteilung bleibt.« Er stützte sich mit den Ellenbogen auf den Tisch und lehnte sich nach vorn, wie sie es auch immer bei Felix machte, wenn sie sicherstellen wollte, dass er ihr wirklich zuhörte. »Was nicht bedeutet, dass ich unkollegiales Verhalten tolerieren werde. Ich hoffe, du weißt, dass du zu mir kommen kannst, sollte etwas in dieser Art auftreten. Okay?«

Fanny drehte erneut den Kugelschreiber zwischen ihren Fingern, und Roberts Bemerkung schoss ihr durch den Kopf, dass Julian sie benutzen und sie auf ihn hereinfallen würde. Über die Richtung ihrer eigenen Gedanken verärgert, presste sie die Lippen aufeinander. Sie wusste schließlich um Roberts Tricks und manipulativen Kniffe und würde nicht anfangen, ihr eigenes Urteilsvermögen anzuzweifeln. Nicht, wenn endlich jemand Robert durchschaut hatte und auf ihrer Seite stand.

»Fanny, ist alles in Ordnung?« Julian schaute sie besorgt an, und am liebsten hätte Fanny ihm zur Beruhigung die Hand an die Wange gelegt. Aber natürlich ging das aufgrund der Glastür und einer viel zu neugierigen Belegschaft hinter ihrem Rücken nicht.

»Tut mir leid.« Fanny atmete tief ein. »Du hast recht, es ist gerade etwas anstrengend. Aber wie du sagst, muss es sich erst einmal neu einspielen. Ich gebe Bescheid, wenn etwas ist. In Ordnung?«

»In Ordnung.« Julian nickte ihr einmal zu, aber sein besorgtes Stirnrunzeln glättete sich nur langsam. Allmählich wurde sein Ausdruck sanfter, verwandelten sich die Sorgenfalten in kleine Lachfältchen. »Gott, ich würde dich so gern küssen.«

Wie automatisch fuhr sich Fanny mit der Zungenspitze über die Lippen. Wie gut sie sich an das Gefühl erinnern konnte, Julian zu küssen. Seine weichen Lippen in Kombination mit den rauen Bartstoppeln, sein heißer Atem, der über die vom Küssen empfindliche Haut strich. Fanny hatte zwar schon länger niemanden mehr geküsst, aber sie war sich ziemlich sicher, dass sich Küsse noch nie so gut angefühlt hatten wie mit Julian.

»Was musst du auch eine Glastür haben«, sagte sie ein wenig atemlos und ein Lächeln zupfte an ihren Lippen. Saßen sie tatsächlich wie zwei verliebte Teenager im Büro des Juniorchefs und fantasierten vom Küssen?

Julian ihr gegenüber schien es auch nicht besser zu gehen. Er hustete in eine Hand, konnte sein Grinsen aber nicht vor Fanny verstecken. »Da ich heute zum wöchentlichen Familienessen erwartet werde, kann ich dich nicht mal fragen, ob du heute Abend Zeit hast.« Er öffnete den Mund, wie um etwas zu ergänzen, als er sich plötzlich gerade aufrichtete und sich seine Miene mit einem Schlag verschloss.

Keine Sekunde später klopfte es an die Glastür und Julian winkte die Person dahinter herein.

Fanny, die sich regelrecht an Block und Kugelschreiber festklammerte und wie festgefroren vor Julians Schreibtisch hockte, drehte langsam den Kopf in Richtung Tür. Sie erkannte Maik, den Abteilungsleiter des Ressorts Getränke, der gerade das Büro betrat.

»Tut mir leid, dass ich störe.« Entschuldigend hob Maik die Hände hoch. »Julian, hätten Sie kurz Zeit? Es gibt leider ein dringendes Problem mit der *Copro* für diesen Magische-Drinks-Titel. Ihr Vater hat sich für heute abgemeldet und im *Kick Back* auf Sie verwiesen.«

»Er hat was?«, fragte Julian und für einen Moment entglitten ihm die Gesichtszüge.

Fanny sah zwischen den beiden hin und her. Es wirkte auf sie nicht so, als ob Maik etwas mitbekommen hätte, aber sicher konnte sie nicht sein.

»Okay.« Julian fuhr sich über den Bart, ehe er mit zusammengezogenen Brauen nickte. »Ich rufe Sie an Ihrem Platz an, wenn ich mit der Besprechung fertig bin. Müssen wir in die Herstellung?«

»Ja, wäre besser.« Frustriert schien sich Maik in die Innenseite seiner Wange zu beißen. »Je früher, desto besser?«

Julians Stirn runzelte sich bei diesen Worten womöglich noch mehr, und es hätte Fanny nicht gewundert, wenn er gleich angefangen hätte zu knurren. Eine derartige Infragestellung der getroffenen Entscheidung hatte bei Robert in der Vergangenheit sofort zu einer Eskalation geführt und automatisch hielt sie die Luft an.

»Ich rufe Sie an, sobald wir durch sind«, wiederholte Julian jedoch nur und bedeutete Maik, den Raum zu verlassen.

Dieser nickte widerstrebend und trat mit ein paar unverbindlichen Phrasen und geschürzten Lippen den Rückzug an.

»Gut, dann sollten wir uns besser ranhalten«, sagte Julian, nachdem die Glastür ins Schloss gefallen war. Er seufzte, dann grinste er Fanny schief an. »Bevor wir das tun: Hast du morgen Abend schon etwas vor?«

Noch immer erschrocken wegen der abrupten Störung schüttelte Fanny bloß den Kopf. Dabei fragte sie sich, was Julian vorhatte. Sie wussten beide, dass sie sich nicht auf ein klassisches Kinodate verabreden konnten. Nicht einmal gemeinsam essen gehen war für sie drin. Immerhin hatten sie beschlossen, ihre Beziehung – oder was das zwischen ihnen auch war – im Verlag vorerst nicht bekannt werden zu lassen.

»Ich könnte für dich kochen?«, schlug Julian vor und seine Augen blitzten vor Vorfreude. »Schließlich habe ich nicht umsonst in den verschiedensten Küchen Europas gearbeitet. Und danach vielleicht ein Film?«

»Wenn das so ist«, antwortete Fanny und ließ sich von seiner Vorfreude anstecken, »kann ich gar nicht Nein sagen.«

»Ganz genau.« Julian stützte seinen Kopf auf eine Hand und sah sie so intensiv an, dass Fanny meinte, seinen Atem auf ihrem Gesicht zu spüren. Die Zeit bis zum nächsten Abend würde definitiv quälend langsam vergehen.

»Jetzt, wo wir das geklärt haben, lass uns mal das Meeting hinter uns bringen«, sagte Julian und zwinkerte ihr zu. Er rückte sich die Brille zurecht, öffnete die Mappe vor sich und reichte ihr eine der dicht bedruckten Seiten, die sich darin befanden. »Fangen wir damit an, wie ich mir diese wöchentlichen Treffen vorstelle, was sie sein könnten und was ihr Ziel ist. Dann sprechen wir über deine aktuellen Projekte, Probleme, die gegebenenfalls aufgetaucht sind, und am Ende ist noch Zeit für Fragen, Sorgen oder was auch immer dich im Laufe der Woche beschäftigt hat. Klingt das gut?«

Julian sah von den Unterlagen auf, und Fanny konnte nicht anders, als ihn anzuschmachten. Gott, sie liebte es, wenn ihr Gegenüber einen durchdachten Plan hatte. Wenn er außerdem so verschmitzt lächeln und obendrein phänomenal küssen konnte …

»Das klingt perfekt.«

19

Julian blickte zwischen seinen Eltern hin und her, die sich wie gewohnt am Esstisch gegenübersaßen. Wie schon zu Julians Schulzeit saß er zwischen ihnen vor der großen Bücherwand, was er mal als behaglich und mal als sich im Kreuzverhör befindend empfunden hatte. Heute hatte er das Gefühl, an einem Tennismatch teilzunehmen, bei dem er den Ball ständig aus den Augen verlor.

Seine Eltern, deren Verhalten ihm seit seiner Rückkehr ein Rätsel nach dem anderen aufgab, schienen eine stumme Debatte über den Rosenkohlauflauf zu führen. Mal nickte der eine, nur damit die andere den Kopf schüttelte und recht unsubtil in Julians Richtung deutete. Die einzigen Geräusche im Raum kamen von ihrem Besteck, das unangenehm laut über die Teller schabte, und dem alten Küchenradio.

»Stimmt etwas nicht?«, erkundigte sich Julian, nachdem er sich das Schauspiel ein paar Minuten angesehen hatte. Sofort hörten beide mit ihrer eigenartigen Stummfilmaufführung auf.

»Natürlich nicht, mein Schatz!«, sagte seine Mutter, deren weißblonde Haare zu einem lockeren seitlichen Zopf zusammengefasst waren. Für eine Sekunde dachte Julian, dass sie ihre Hand nach ihm ausstrecken würde, um ihm wie früher liebevoll über die Wange zu streicheln. Da sie das nicht mehr gemacht hatte, seit Julians Bartwuchs eingesetzt hatte, bestärkte es seine Vermutung, dass mit seinen Eltern irgendetwas absolut nicht stimmte.

»Was soll denn sein?«, ging sein Vater sofort zum Angriff über.

Auch das war eine bewährte Abwehrtechnik im Hause Bovin und in Julians Kopf klingelten die Alarmglocken.

Er legte kommentarlos sein Besteck auf den Tellerrand und sah seine Eltern nacheinander eindringlich an. Marianne und Johannes Bovin wirkten erschöpft, besonders sein Vater war im letzten Jahr schlagartig gealtert. Sein grau meliertes Haar schien beinahe über Nacht schlohweiß geworden zu sein, und jedes Mal, wenn Julian ihn mal fünf Minuten nicht anguckte, entdeckte er plötzlich neue Falten in dem vertrauten Gesicht. In Julian zog sich alles vor Sorge zusammen. »Wollen wir wirklich so tun, als ob alles in Ordnung wäre, oder sagt ihr mir endlich, was ihr vor mir verheimlicht?«

»Verheimlichen?« Sein Vater stieß eines seiner onkelhaften Lachen aus, die er sich normalerweise für den Verlag aufhob. Er wischte sich mit einer der Servietten über den Mund, die seine Mutter eigentlich nur zu besonderen Anlässen herausholte oder wenn Besuch kam. »Du kommst auf Ideen! Was sollen wir dir schon verheimlichen?«

»Den wahren Grund, warum ich plötzlich nach Hause kommen sollte. Mein Vertrag bei *Arthur's Books* lief noch bis nächstes Frühjahr.« Mit gerunzelter Stirn blickte Julian seinen Vater an, der, statt zu antworten, die Bücherwand hinter Julian musterte, als hätte er sie nie zuvor gesehen. Dabei murmelte er etwas von »läppische Formalien«.

Julian wandte sich an seine Mutter, die permanent die Tischdecke glatt strich. Sie räusperte sich, und vielleicht sah Julian schon Gespenster, aber war da nicht ein leichtes Zittern in ihrer Unterlippe?

»Mama?« Seine Stimme klang eindeutig alarmiert, und fast meinte er, ein Nachgeben in ihrer Haltung erkennen zu können. Ihre Schultern sackten für den Bruchteil einer Sekunde nach unten, ehe sie sich aufrichtete und den Kopf schüttelte.

»Es wird einfach Zeit, Julian«, sagte sie und schob wie schon die ganze Zeit beim Abendbrot ein Rosenkohlröschen nach dem nächsten auf ihrem Teller von links nach rechts. »Dein Vater ist nicht mehr der Jüngste. Er hat sich immer vorgenommen, es anders zu machen als sein Vater. Nicht wahr, Johannes?«

Dieser nickte seiner Frau mit einem wehmütigen Lächeln zu, ehe er ein Glucksen von sich gab. »Wahnsinnig gemacht hat der alte Herr mich irgendwann. Wie eine zähe Krähe hat er auf dem Dachboden gehockt und sich in Bereiche eingemischt, von denen er nichts mehr verstand. Ich werde nicht so, habe ich mir damals geschworen.«

Seine Eltern schienen ihren Erinnerungen nachzuhängen, und am liebsten hätte Julian sie an den Schultern gepackt und ordentlich geschüttelt. Leider wusste er, dass das nichts bringen würde. Beide waren ebensolche Sturköpfe wie er.

Julian wandte sich seinem Teller zu, auf dem der Auflauf inzwischen deutlich abgekühlt war. Ohne rechten Appetit schob er sich ein Stück Kartoffel in den Mund. Seine Eltern hatten ihm, als er im Ausland gelebt hatte, bei jeder Gelegenheit gesagt, dass sie ihn vermissten, und er wusste, dass er sich die letzten Jahre über viel zu selten bei ihnen hatte blicken lassen. Doch Julian wusste auch, dass seine Eltern, die zu ihrer Zeit nicht die Möglichkeit besessen hatten, im Ausland zu arbeiten und zu studieren, stolz auf ihn waren. Dass sie sich stets für ihn gefreut hatten und ihn niemals ohne einen wichtigen Grund zurückbeordert hätten.

All dessen war sich Julian sicher. Aber den Grund, warum er hier war, den kannte er nicht. Das machte ihn nervös und seine Gedanken sprangen automatisch zu den schlimmsten Vermutungen. Jede müde Geste seines Vaters, jeder Augenring und jegliches Anzeichen von Schwäche wurden gesammelt und zu einem Schreckensszenario zusammengesetzt, für das er sich nicht bereit fühlte. Automatisch wanderte Julians Blick zu seinem Vater, der ihm farbloser vorkam denn je.

»Ich bin kein Kleinkind mehr, das man zu seinem eigenen Schutz im Dunkeln tappen lassen muss«, erinnerte er sie am Ende lediglich, bevor er die Sache für heute auf sich beruhen lassen würde.

»Oh, Schatz, das wissen wir.« Seine Mutter streckte nun doch die Hand nach ihm aus. Nur dass ihre Hand heute statt auf Kinderhaut auf seinen Bart traf.

In seinem Hals formte sich ein Kloß, und für den Bruchteil einer Sekunde kam es Julian unmöglich vor, einfach weiterzuessen. Nein, dachte er, ehe er sich eine weitere Gabel voll Auflauf in den Mund schob. Irgendetwas war mit seinen Eltern definitiv nicht in Ordnung.

20

Am Donnerstagmorgen saß Fanny mit dem gesamten Ressort Backen in dem mit Grünpflanzen vollgestopften Konferenzraum und starrte angestrengt auf ihren Notizblock. Roberts Worte, sie würde Julian ansehen wie ein liebeskrankes Kälbchen, gingen ihr nicht aus dem Kopf, und so war sie noch verkrampfter, als sie es während dieser Meetings sowieso schon war. Ein Teufelskreis, dachte sie und versuchte, ebenso ruhig und konzentriert bei der Sache zu sein wie Mika neben ihr.

»Dann haben wir den Zuschlag für das britische Teebackbuch bekommen?«, erkundigte sich Julian gerade bei Frau Kurzheim, die in ihrer typischen wortkargen und effizienten Art ihre Woche zusammengefasst hatte.

»Korrekt.« Sie reichte ihm einen Papierstapel. »Hier sind die Konditionen, die wir in der Best-Offer-Runde geboten haben. Wie bereits angesprochen, liegen wir etwas über unserem geplanten Budget, aber der Vertrieb ist zuversichtlich, eine derart prominente Autorin gut unterbringen zu können. Wir dürften die Ausgaben schnell eingespielt haben.«

»Sehr gut«, sagte Julian und blätterte stirnrunzelnd durch die wenigen Seiten. »Weiß man, warum sich die Entscheidung verzögert hat?«

Frau Kurzheim schwieg und sah sich widerwillig im Raum um, als ob es ihr nicht behagen würde, Julians Frage vor versammelter Runde zu beantworten.

»Frau Kurzheim?«

»Die Autorin hatte Bedenken«, antwortete sie langsam, den Blick an die weiß verputzte Decke gerichtet. »Der Titel einer befreundeten Backbuchautorin lief bei uns nicht gut. Wie es aussieht, waren wir im internationalen Markt damit die Ausnahme.«

»Verstehe.« Julian rieb sich unzufrieden übers Kinn und auch Fannys Stirn legte sich in Falten. Ein international erfolgreich laufendes Backbuch im backwütigen deutschen Markt zu versemmeln – das würde sie als Autorin auch skeptisch machen.

»Was hat ihre Meinung geändert?« Julian legte die Papiere auf den Tisch und sah Frau Kurzheim durchdringend an.

»Nun, Sie.«

»Entschuldigung?«, erkundigte sich Julian, und auch Fanny verstand nicht, worauf Frau Kurzheim abzielte. Mika neben ihr rutschte unruhig auf seinem Stuhl herum, als wolle auch er die Antwort keinesfalls verpassen. Nur Robert klopfte unbeteiligt mit einem Stift auf seine Arbeitsmappe.

»Ihre Anwesenheit. Die Tatsache, dass Sie sich persönlich um die Backbuchabteilung kümmern …« Frau Kurzheim stockte erneut, ehe sie mit ironischem Ton fortfuhr: »Nun, ich vermute, die Lobeshymnen, die Ihr ehemaliges Kollegium bei *Arthur's Books* auf Sie anstimmt, haben auch einen Anteil an der Entscheidung der Autorin gehabt.«

»Oh«, sagte Julian in dem Augenblick, da von Robert ein leises und doch deutlich abfälliges Schnauben zu hören war.

Alle Anwesenden rissen wie auf Kommando den Kopf zu ihm, und mit einem Schlag war es totenstill im kleinen Konferenzraum, nicht mal das Klopfen eines Stiftes war zu hören.

»Möchten Sie etwas dazu sagen, Robert?« Julians Tonfall war höflich, auch wenn seine Ohren einen deutlichen Rotschimmer aufwiesen.

»Aber nein«, sagte Robert mit einem falschen Haifischgrinsen.

Fanny und Mika sahen sich nervös an. Bisher hatte Robert sich zumindest um Professionalität bemüht, solange nicht bloß Volontäre im Raum waren. Wie es aussah, war ihm das nun vollkommen egal.

Robert lehnte sich mit vor der Brust verschränkten Armen zurück und checkte Julian so abschätzig von oben nach unten ab, dass Fanny all ihre Selbstbeherrschung benötigte, um nicht nach Luft zu schnappen. Sogar Sonja und Frau Kurzheim stand nach dieser offenen Kampfansage der Mund offen.

»Dann schlage ich vor, wir unterlassen in Zukunft sämtliche lautmalerische Kommentierung.« Julian rückte sich die Krawatte zurecht. Fanny, die inzwischen Spaß daran gefunden hatte, seine absurde Kollektion zu begutachten, entdeckte auf der heutigen lauter kleine Papierflieger.

Sie betrachtete Julian – der auch weiterhin sein Pokerface wahrte –, und sofort breitete sich dieses kribbelige Gefühl in ihr aus, schien von ihrem Magen ausgehend durch ihren ganzen Körper zu rieseln. Als sich ihre Blicke begegneten und sie für eine Sekunde trotz der gerade ausgesprochenen und ziemlich offensichtlichen Kriegserklärung Schalk in seinen Augen aufblitzen sah, musste sie ihm einfach kurz zuzwinkern.

Lautes Geklapper ließ sie zu Robert herumfahren, dessen Stiftetui auf dem Boden lag. Mit kleinen, zu misstrauischen Schlitzen zusammengekniffenen Augen schaute er zwischen Julian und ihr hin und her. Fanny schluckte schwer.

»Können wir dann endlich mit dem Meeting weitermachen?«, fragte da ausgerechnet Robert. »Ich habe heute echt noch Besseres zu tun.«

Kollektives Luftholen war die Folge, und Fanny war sich sicher, dass Julian diese Bemerkung nicht ebenso locker übergehen konnte wie das vorherige Verhalten.

»Natürlich.« Julian wandte sich an Frau Kurzheim, als sei nichts geschehen. »Haben Sie noch etwas für uns?«

Frau Kurzheim schüttelte den Kopf und rückte schon ihren Stuhl nach hinten, doch Julian gab ihr mit ausgestreckter Hand zu verstehen, sitzen zu bleiben.

»Bevor Sie gehen, möchte ich die Pläne der Abteilung für die Leipziger Buchmesse durchgehen.« Er fischte einen Zettel aus seinen Unterlagen. »Sie werden nächstes Jahr freitags fahren?«

»Das ist richtig«, bestätigte Frau Kurzheim.

»Benötigen Sie eine Übernachtung?« Julian nickte dabei zu Sonja, die sich bereits Notizen machte. Wie jedes Jahr würde sie die Messeplanung übernehmen.

»Nein, ich werde morgens hinfahren und das Wochenende privat in Leipzig verbringen.« Frau Kurzheim sah sich streng im Raum um, als erwarte sie, dass jemand einen unpassenden Kommentar abgeben würde. Als ob es jemand wagen würde.

»Gut.« Julian nickte zufrieden. »Ich werde dieses Jahr selbst an der Messe teilnehmen und einen Volontär zur Unterstützung mitnehmen.« Er legte eine dramatische Pause ein, und Mika und Fanny hielten gleichzeitig die Luft an, wenn auch aus vermutlich unterschiedlichen Gründen.

Robert hatte ihnen bei ihrer Einstellung gesagt, dass sie auf keinen Fall auf die Leipziger Buchmesse fahren würden. Dies stünde nur dem Abteilungsleiter und der Einkäuferin zu. Fanny war froh darüber gewesen, weil die Vorstellung, allein mit Autorinnen und Autoren Meetings abhalten oder gar mit dem Publikum ins Gespräch kommen zu müssen, sie schon damals in Panik versetzt hatte. Mika hingegen schien enttäuscht gewesen zu sein, und so fand Fanny es auch nicht verwunderlich, dass er jetzt in seinem Sitz nach vorn rutschte.

»Da ich mit Fanny erst diese Woche den Termin im *P4* hatte«, sprach Julian endlich weiter und pure Erleichterung breitete sich in Fanny aus, »dachte ich, dass es für Mika eine gute Gelegenheit wäre, diesen Bereich des Betriebes kennenzulernen. Was denken Sie, Mika? Fühlen Sie sich dazu bereit?«

Julian wandte sich Mika zu, der sofort begeistert nickte und versicherte, dass er sich gut vorbereiten und sich sehr über die Möglichkeit freuen würde. Die Reserviertheit, die Mika die restliche Woche über an den Tag gelegt hatte, war wie weggeblasen.

Er strahlte Julian an und bedankte sich inzwischen zum dritten Mal.

»Gut, dann ist es beschlossen«, unterbrach Julian ihn schmunzelnd und nickte Sonja zu. »Mika und ich werden von Donnerstag bis Samstag auf der Messe sein. Anreise ist Mittwoch und Abreise Samstagabend. Sie klären das mit der Hotelreservierung?«

»Entschuldigung?« Robert sprang auf, und es hätte Fanny nicht gewundert, wenn er Funken gesprüht hätte.

»Ja, bitte?«, erkundigte sich Julian so kühl, dass Fanny der Gedanke beschlich, dass ihn das vorherige Verhalten nicht so kaltgelassen hatte wie angenommen. Automatisch zog Fanny den Kopf ein, und auch Mika rutschte auf seinem Sitz zurück, wie um sich aus der Schusslinie zu ziehen.

»Ich fahre schon seit Jahren auf die Leipziger Buchmesse.« Robert schien Mühe zu haben, die Worte zwischen seinen fest zusammengepressten Zähnen hervorzubringen. »Als Abteilungsleiter …«

»Der Sie nicht sind«, warf Julian ein, und nun war er es, der mit seinem Kugelschreiber auf die Tischplatte klopfte. Für einen Augenblick war das laute Klicken alles, was im Raum zu hören war.

»Das können Sie nicht machen! Ich habe Verpflichtungen, Termine, eine Reputation in der Branche. Es wird erwartet, dass ich dort auftauche!« Roberts Gesicht war inzwischen rot angelaufen und seine zu Fäusten geballten Hände zitterten vor Wut.

Fanny, die eigentlich kein gehässiger Mensch war, kam nicht umhin, zumindest kurzzeitig Genugtuung zu empfinden. Endlich wurde der unkontrollierbare und stets auf den eigenen Vorteil bedachte Kollege in die Schranken gewiesen. Sie meinte, Felix vor sich zu sehen, wie er voller Enthusiasmus beide Daumen in die Luft reckte.

»Ihre Termine werde ich selbstverständlich übernehmen.« Julian wandte sich erneut an Sonja. »Würden Sie das bitte regeln und die betroffenen Personen über die Änderung informieren?«

Sonja schrieb bereits eine Notiz, während sie nickte.

»Was Ihre – wie Sie es nannten – *Reputation* betrifft«, sprach Julian weiter und legte eine Pause ein, in der er Robert kühl durch seine schwarz gerahmte Brille musterte, »so möchte ich Ihnen aufgrund der ungewöhnlichen Situation gern freistellen, sich zur Messe ein paar Tage Urlaub zu nehmen und die Buchmesse privat zu besuchen.«

Julian drehte sich zu Fanny und Mika, die ihn wie hypnotisiert anstarrten. »Die Mitarbeit der Kolleginnen und Kollegen im Verlag ist während einer Messe essenziell. Bei der Einstellung wurde Ihnen bestimmt erläutert, dass wir normalerweise rund um die Messen und die Vertretertagungen Urlaubssperre im Verlag haben?«

Fanny und Mika nickten synchron, fassungslos, dass Julian den vor Wut schäumenden Robert überging und ihnen tatsächlich in so einer Situation etwas beibringen wollte.

»Aber ich bin mir sicher, dass Sonja mit Fannys tatkräftiger Unterstützung zurechtkommen sollte.« Hier warf Julian einen fragenden Seitenblick zu Sonja. Diese bestätigte seine Aussage sofort, ehe sie Fanny zuzwinkerte.

Fanny wusste gar nicht, wohin sie sehen sollte. Als Mika ihr dann auch noch in einer ungewohnt kameradschaftlichen Geste den Ellenbogen leicht an den Arm stieß und sie angrinste, war sie sich sicher, knallrot angelaufen zu sein.

»Sie sehen also, Robert«, fuhr Julian fort, »das ließe sich alles regeln, wenn Ihnen die Teilnahme an der Messe wichtig ist.«

Mit diesen Worten beendete Julian die Diskussion und bedankte sich bei Frau Kurzheim, die sich daraufhin erhob und den Raum verließ. Es überraschte Fanny nicht, dass Robert Julian beim Hinsetzen anstarrte, als ob er ihm am liebsten den Hals umdrehen würde.

Kurzzeitig fanden sie zu ihrer üblichen Meeting-Routine zurück, doch ausgerechnet Sonja brachte diese erneut zu einem abrupten Stopp.

»Mich hat sowohl die Herstellung als auch unsere Grafikabteilung angesprochen«, sagte sie und zwirbelte konzentriert die Ecke eines Blattes zwischen ihren Fingern. »Sie baten mich, den zuständigen Redakteur noch einmal an den verschobenen Drucktermin des Van-Berg-Titels zu erinnern. Wenn die Daten nicht bis morgen Mittag bei der Druckerei sind, vergibt diese den Slot anderweitig und das Buch wird dieses Jahr nicht mehr gedruckt.«

»Bedeutet?« Julians Stimme dröhnte wie ein Alarmsignal durch den Raum.

»Wir könnten den Erscheinungstermin nicht einhalten.« Sonja strich das in Mitleidenschaft gezogene Papier glatt und seufzte. »Was tatsächlich ein Problem wäre. Der Titel ist unser Frühjahrsschwerpunkt und die Autorin wurde bereits für mehrere Fernsehsendungen und Signier…«

»Wer?« Julian hatte bereits Mika ins Visier genommen, der jedoch hektisch den Kopf schüttelte. Für einen Moment atmete Julian tief durch, dann drehte er sich langsam zu Robert.

Dieser starrte aus dem Fenster, als ginge ihn das alles nichts an. Nur seine linke Hand, die sich in den Stoff seines Seidenhemdes gekrallt hatte, verriet ihn.

»Gibt es etwas, das Sie uns mitteilen wollen, Robert?« Julian hatte seine Hände ineinandergelegt, und wenn Fanny die rot anlaufenden Fingerkuppen richtig deutete, veranstaltete er gerade mit sich selbst ein Armdrücken.

»Nö. Ich habe alles unter Kontrolle.«

War das ein Zähneknirschen, das Fanny da hörte?

»Ganz offensichtlich haben Sie das nicht«, stieß Julian hervor und fuhr sich über den Bart. »Sonst wären die Kolleginnen und Kollegen nicht genötigt, sich an Sonja zu wenden. Wenn Sie also auf ein Zeichen warten sollten, das Ihnen beweist, dass Ihre Kontrolle flöten gegangen ist – da ist es!«

Mit diesen Worten deutete Julian auf Sonja, die angefangen hatte, einzelne Worte auf ihren Notizzettel nachzuzeichnen. Fanny schielte unauffällig auf das Blatt und konnte die inzwischen fett gedruckten Worte *morgen Mittag* auch von der anderen Seite des Tisches aus lesen.

»Mir ist nichts …«

»Wir klären das nach dem Meeting.« Julian war mit einem Kopfschütteln dabei, zum nächsten Punkt auf der Agenda überzugehen, doch ein erneutes Schnaufen ließ ihn innehalten.

Das kam natürlich von Robert, der die Arme vor der Brust verschränkt hatte. »Ich habe einer Autorin versprochen, dass ich sie vor zwölf anrufen werde.«

»Ich fürchte, darauf wird die Autorin heute vergeblich warten. Wir reden hier von der Datenabgabe unseres Programmschwerpunkts für das Frühjahr. Sie bleiben!« Julian hatte sich mit jedem Wort weiter über den runden Tisch in Roberts Richtung gebeugt, bis es am Ende so aussah, als ob er diesen gleich über die Tischplatte hinweg anspringen würde.

Fanny schluckte schwer und auch Mika fuhr sich mit fahriger Hand über die Stirn. Wahrscheinlich hoffte auch er, sich einfach in Luft auflösen zu können.

»Sonja«, sagte Julian mit harter Stimme und Fanny umschlang unwillkürlich ihren eigenen Oberkörper, machte sich so klein wie möglich. Kaum zu glauben, dass das derselbe Mann war, der vor zwei Tagen mit verstrubbelten Haaren in ihrem Schlafzimmer aufgetaucht war. »Hast du sonst noch etwas für uns?«

Entspannt lächelnd schüttelte Sonja den Kopf und Fanny wäre beinahe die Kinnlade heruntergeklappt.

Mit einem Nicken gab Julian Sonja zu verstehen, dass damit das Meeting für sie beendet war, und fast beneidete Fanny sie darum. Die Luft im Konferenzraum war schon wieder unerträglich stickig, heute mit einer zusätzlichen Note Frust und Angstschweiß.

»Ich schließe mich später mit dir kurz, welche Tage ich auf der Messe sein werde«, sagte Robert zu Sonja, die gerade ihren Stuhl heranschob. »Ich denke, dass es trotz allem bei drei Übernachtungen bleiben wird.«

Sonja hielt inne und presste ihre Unterlagen an die Brust, während sie mit gerunzelter Stirn zwischen Robert und Julian hin und her sah.

»Ich fürchte, ich habe mich nicht klar ausgedrückt«, sagte Julian, ehe Sonja die Chance hatte, etwas zu erwidern. »Wenn Sie nächstes Jahr zur Leipziger Buchmesse fahren, dann als Privatperson und auf eigene Kosten. Von Verlagsseite sind für unsere Abteilung zwei Plätze vorgesehen: für den Abteilungsleiter und einen Volontär.«

Bei diesen Worten deutete er mit einem Finger zunächst auf sich und dann auf Mika, ehe er die Arme vor der Brust verschränkte und sich demonstrativ im Stuhl zurücklehnte. Ende der Diskussion.

Fanny war spätestens in dieser Sekunde klar gewesen, dass das Meeting nicht mehr zu retten war. Nach Sonjas Abgang bemühte sie sich zwar, effizient und sachlich durch ihre Projekte und Fragen zu kommen, doch sie wurde bei jeder Gelegenheit von Roberts immer bissiger werdenden Kommentaren und Zwischenfragen unterbrochen. Als Mika an der Reihe war und sich ebenfalls eine verbale Watsche nach der nächsten einfing, wollte Fanny einfach nur nach Hause.

Eine Ewigkeit später verkündete Julian das Ende der Sitzung, und Fanny fühlte sich wie ein ausgewrungener Waschlappen. Auch Mika stöhnte vor Erleichterung leise auf und beeilte sich, seine Sachen zusammenzuraffen.

»Einen Augenblick«, hörte Fanny da Julian sagen.

Sie hatte gerade mit einem Stapel Unterlagen, die sie von ihm und Robert überreicht bekommen hatte, das Zimmer verlassen wollen. Nun überlegte sie, ob sie die Ich-habe-Sie-gar-nicht-gehört-Karte spielen konnte – aber da Mika vor ihr zur Salzsäule erstarrte, musste sie wohl einsehen, dass dies nicht machbar war. Innerlich seufzend drehte sie sich zu Julian und nahm sich vor, ihm heute Abend einmal fest gegen das Schienbein zu treten. Mindestens.

»Wären Sie so freundlich und würden diese Unterlagen mitnehmen und Sonja Lundermayer geben?« Julian sah sie direkt an und hob einen kleinen Stapel Papiere hoch. Statt ihr diese über den Tisch hinweg zu reichen, hielt er die Unterlagen so, dass Fanny um den Konferenztisch herumgehen musste.

Verwirrt trat sie zu Julian, der auf einmal sehr erschöpft und ausgelaugt wirkte. Sie nahm ihm den Packen Papiere ab und achtete darauf, nichts zu knicken oder durcheinanderzubringen.

»Zweite Seite«, murmelte Julian, und beinahe meinte Fanny, dass sie es sich bloß eingebildet hatte. Aber dann sah sie sein mikroskopisch kleines Nicken und das leichte Tippen seines Zeigefingers auf dem Papierstapel.

»Wird gemacht.« Nervös wandte sich Fanny den anderen beiden zu, aber angesichts der Horror-Teamsitzung schienen sie keinen Verdacht zu schöpfen. Mika starrte apathisch zur Decke, während Robert in biestige Gedanken versunken zu sein schien.

»Danke«, sagte Julian, dann wandte er sich dem sitzenden Robert zu. Er wartete, bis Mika und Fanny den Raum verlassen hatten, und sie hörte noch »So, kommen wir zum Van-Berg-Titel …«, ehe Mika die Tür zum Konferenzraum hinter ihnen schloss.

Schweigend machen sie sich auf den Weg zur Arbeitsinsel Backen, und Fanny hatte Mühe, nicht vorwegzulaufen, um sich Julians Papierstapel genauer anzusehen. An ihrem Platz angekommen, wusste Fanny, dass sie nur wenige Sekunden hatte. Sie musste die Unterlagen zu Sonja bringen, bevor Mika Verdacht schöpfte oder Ina sie mit Kaffee und neugierigen Fragen bestürmen konnte.

Mit zitternden Fingern zog Fanny die zweite Seite aus dem Stapel. Sie schaute erneut zu Mika, der damit beschäftigt war, seinen eigenen Berg in kleine Haufen zu unterteilen und sich die verstrubbelten Haare zu raufen. Sie konnte es wagen.

Tut mir leid für diese schlimme Sitzung, stand auf dem Zettel in Julians etwas krakeliger Handschrift. *Es wird besser werden, ich verspreche es. Mach heute bitte nicht wieder so lange, ja? – J*

Automatisch hoben sich ihre Mundwinkel, und sie sah sich schnell um, ob die anderen etwas mitbekommen hatten. Aber niemand beachtete sie. Fanny strich einmal über das Papier und bemerkte, dass es ein PS gab, das mit einer deutlich kleineren und noch krakeligeren Schrift hinzugefügt worden war.

PS: Ich freue mich schon sehr auf unser gemeinsames Kochen.

Fanny biss sich leicht auf die Unterlippe, um das Strahlen daran zu hindern, sich auf ihrem Gesicht auszubreiten. Egal, wie müde und erschöpft sie eben gewesen war, nach diesen Zeilen spürte sie nichts weiter als eine kribbelnde Vorfreude auf den heutigen Abend.

Aus dem Augenwinkel erkannte Fanny, dass Ina mit zwei dampfenden Tassen auf sie zugestürmt kam. Rasch faltete sie Julians Nachricht zusammen, ehe sie den Zettel in ihrer Tasche verschwinden ließ. Dann griff sie sich den Teil der Unterlagen, den sie Sonja bringen sollte, und machte sich auf in Richtung Redaktionsassistenz.

Auf dem Weg beschloss sie, heute pünktlich Feierabend zu machen, um in Ruhe duschen und sich zurechtmachen zu können. Und vielleicht – nur vielleicht – würde sie Julian doch nicht gegen das Schienbein treten.

21

Julian kontrollierte bereits zum dritten Mal, ob er alle Zutaten beisammenhatte, der Wein vorbereitet war und sich seine Wohnung auch in einem präsentablen Zustand befand. Kritisch beäugte er die Dachgeschosswohnung, in der er seit seiner Rückkehr aus Amerika lebte und die ihm in den wenigen Wochen erstaunlich ans Herz gewachsen war. Der Wohnraum, der zugleich die offene Küche beherbergte, war groß und luftig und trotzdem verwinkelt und urig. Unter den gemütlichen Dachschrägen hatte er sich bei der Wohnungsbesichtigung sofort zu Hause gefühlt.

Inzwischen hatte er eine Bücherwand aufgebaut und mit all den Büchern gefüllt, die er über die Jahre erworben hatte und die er entweder bei seinen Besuchen mitgebracht oder seinen Eltern zum Einlagern per Post geschickt hatte. Es war das erste Mal, dass er seine Sammlung vollständig betrachten konnte, und manchmal erwischte er sich dabei, wie er sich im Anblick der gut gefüllten Bücherregale verlor.

Julian war schon immer ein begeisterter Leser gewesen, war in seiner Kindheit mit Huckleberry Finn den Fluss entlang gereist, hatte mit Anne unterm Dach in Green Gables geträumt oder mit den anderen Jungs Burg Schreckenstein unsicher gemacht, sich mit ihnen zu Ritterlichkeit und Ehrlichkeit verpflichtet. Ein Vorsatz, der meist nur bis zum nächsten Streich gereicht hatte, bei dem auch er selten die Schuld hatte auf sich nehmen wollen und letztlich den Begriff der Ehrlichkeit immer wieder aufs Neue strapaziert hatte.

Julian fuhr mit den Fingerspitzen über seine zerlesenen Sammelausgaben der damals heiß und innig geliebten Internatsgeschichten und eine tiefe Dankbarkeit überkam ihn. Eine Dankbarkeit für all die großartigen Lesestunden, die er mit diesen Werken verbracht hatte – aber auch für seine Familie, die ihn schon früh mit Büchern in Berührung gebracht hatte. Zwar leitete sein Vater, wie davor auch sein Großvater, einen Back- und Kochbuchverlag, doch sie waren auch Leser von Romanen, Krimis, Biografien und anderen Sachbüchern gewesen und so war Julians Kindheit von Büchern erfüllt gewesen. Im ganzen Haus hatte es keinen Raum gegeben, der nicht wenigstens ein Bücherregal oder zumindest einen Stapel Romane auf der Fensterbank beherbergt hatte. Es war ihm von Anfang an wie das Natürlichste auf der Welt vorgekommen, und Julian wusste nicht, wie sein Leben ohne die Literatur verlaufen wäre. Eigentlich unvorstellbar, dachte er, und war sich nur in einer Sache sicher: dass es ein deutlich ärmeres Leben geworden wäre.

Er trat einen Schritt zurück und hätte sich beinahe selbst auf die Schultern geklopft. Diese Bücherwand aus dunklen Holz- und Metallregalen hatte er gut hinbekommen – auch wenn er die Grünlilie, die ihm seine Mutter zum Einzug geschenkt hatte, wohl mal gießen sollte. Sie hing etwas demotiviert von einem der oberen Regalbretter. Was seine Mutter überhaupt zu der Annahme verleitet hatte, dass diese Pflanze länger als ein paar Wochen bei ihm überleben würde, wusste Julian nicht.

Die Türklingel riss ihn aus seinen Gedanken und er musste über sich den Kopf schütteln. Grübelte er gerade ernsthaft vor seiner ersten richtigen Verabredung mit Fanny über die Überlebenschancen einer Grünpflanze?

Er eilte zur Gegensprechanlage und überprüfte im Spiegel noch eben den Sitz seiner Frisur, ehe er den Hörer abnahm und sich meldete. Fannys Stimme, das stellte er erleichtert fest, klang ebenso aufgeregt, wie er sich fühlte.

Nachdem er sie ins Treppenhaus gelassen hatte, wartete Julian neben der offenen Eingangstür und strich sich prüfend über das hellblaue Hemd, das er nach der Arbeit angezogen hatte. Es kam ihm absurd vor, wie nervös er war. Er rief sich in Erinnerung, dass dies a) nicht seine erste Verabredung und b) bloß ein gemeinsames Kochen und Filmschauen war. Kein Grund, sich so anzustellen.

Fannys Schritte knarrten immer lauter auf den alten Stufen, und er warf einen letzten Blick in den Spiegel. Dabei stellte er verdrießlich fest, dass seine Ohren rötlich schimmerten. Julian seufzte, doch da trat Fanny in den Flur – und schon wusste er nicht mehr, worüber er sich gerade geärgert hatte.

»Hallo«, sagte Julian, und seine Stimme klang eigenartig belegt, als hätte Fanny ihm wortwörtlich die Sprache verschlagen. Es musste zu schneien begonnen haben, denn auf Fannys dunkelgrünem Stirnband saßen Dutzende von Schneeflocken und auch ihre langen braunen Locken hatten hier und da ein paar weiße Sprenkel.

»Hey«, antwortete Fanny völlig außer Atem. So schön Julian seine Dachgeschosswohnung auch fand, sie lag nun einmal im vierten Stock eines Hauses, das keinen Fahrstuhl besaß.

»Hast du gut hergefunden?« Er zog die Wohnungstür weiter auf, um Fanny hereinzulassen. Unbeholfen kam er sich vor, ganz anders als im Verlag, wo er problemlos auch das schwierigste Meeting leiten konnte, wie ihm der heutige Tag bewiesen hatte.

»Oh, ja, danke.«

Kaum hatte Julian die Tür hinter Fanny geschlossen, standen sie etwas befangen voreinander. Es war Julian, als müssten sie nach der förmlichen Interaktion im Verlag erst wieder herausfinden, wie sie miteinander reden konnten.

Letztlich war es Fanny, die den Abstand zwischen ihnen überbrückte, und ihm zur Begrüßung einen sanften, wenn auch kalten Kuss auf die Wange gab. Sie strahlte ihn von unten an, sodass er ihr Grübchen sehen konnte.

»Ich freue mich auch sehr auf das gemeinsame Kochen«, flüsterte sie mit einem herausfordernden Funkeln in den marineblauen Augen und zog ihren dicken Wintermantel aus.

Kurz wusste Julian nicht, worauf sie anspielte, dann fiel ihm der Nachtrag seiner Nachricht ein. Gut, dass der Zettel nicht bei Sonja gelandet war. Während des unschönen Gesprächs mit Robert Groß und der Last-minute-Fahnendurchsicht war das eine Sorge gewesen, die in seinem Hinterkopf gespukt hatte.

»Dann lass uns direkt loslegen!« Julian nahm Fanny den Mantel ab und hängte ihn über die Garderobe. Dann deutete er auf die Tür, die zum offenen Wohnbereich führte.

Er folgte Fanny, die statt ihrer üblichen Jeans-und-Pullover-Kombination ein dunkelblaues Strickkleid trug, das ihre schlanke Figur gut zur Geltung brachte. Die langen Haare, von denen sie einen Teil zu einem dieser gewollt unordentlichen Haarknäuel auf dem Kopf zusammengefasst hatte, fielen ihr offen über die Schultern bis zur Hälfte ihres Rückens. Julian wollte sie gerade zu seiner Kücheninsel lotsen, da blieb Fanny wie angewurzelt vor seiner Bücherwand stehen.

»Wow«, murmelte sie und betrachtete die asymmetrischen Regale beinahe ehrfürchtig.

Er trat neben sie und strich ihr vorsichtig über den Arm, wollte sie gar nicht aus ihrer Betrachtung reißen. »Warum siehst du dich nicht erst in Ruhe um und ich fange schon mal an?« Wie von allein legten sich seine Hände auf ihre Taille, zogen Fanny näher zu ihm heran. »Ich habe für Zucchini Carbonara eingekauft. Ich hoffe, du magst Pasta? Ansonsten könnten wir auch ein Reisgericht kochen oder …«

»Pasta klingt gut.« Sie lächelte ihn an und biss sich auf die Unterlippe. Ihr Blick fiel auf seinen Mund und ein warmer Schauer durchlief Julian. Er kam noch ein kleines Stück näher an sie heran, konnte es auf einmal kaum ertragen, so viel Abstand zwischen ihnen zu wissen.

»Ich bin froh, dass du da bist«, flüsterte er, dann beugte er sich nach vorn und hauchte ihr einen federleichten Kuss auf die lächelnden Lippen. Sanft und weich erwiderte sie seine Berührung, und plötzlich schien sich die Welt zugleich schneller zu drehen und die Zeit dennoch stehen zu bleiben. Er konnte sich nicht erinnern, dass jemals ein einziger Kuss ausgereicht hatte, um seine Welt derartig aus den Angeln zu heben.

»Ich hoffe, das ist nicht der einzige Grund, aus dem ich hier bin«, sagte Fanny in scherzhaftem Tonfall, nachdem sie den Kuss beendet hatten.

»Ich weiß nicht, was du meinst.« Julian stupste ihre Nase an, woraufhin Fanny diese auf so bezaubernde Art und Weise kräuselte, dass er sich vornahm, dies ab jetzt häufiger zu machen. Er hoffte bloß, dass sie nicht wirklich etwas gegen das Küssen hatte. Wenn es nach ihm ginge, würden sie das an diesem Abend noch unzählige Male wiederholen. Um genau zu sein, einen Kuss für jedes Mal, wenn er sie im Verlag am liebsten angelächelt hätte.

Statt einer Antwort gab Fanny ihm einen weiteren Kuss, ehe sie sich voller Staunen seinen Büchern zuwandte und näher an die Regalwand herantrat.

Julian bedachte die welke Grünlilie mit einem strengen Blick und hoffte, dass sich Fanny von ihr nicht zu irgendwelchen Schlüssen über seinen Charakter verleiten ließ. Er gab sich wirklich Mühe, aber er und Pflanzen …

»Deine Buchsammlung ist beinahe so beeindruckend wie Aidans und das will etwas heißen!« Fanny fuhr mit ihren Fingerspitzen andächtig über einige Buchrücken. Gelegentlich tippte sie ein einzelnes Exemplar an, sagte diesem persönlich Hallo.

»Sieh dich in Ruhe um«, wiederholte Julian und begab sich zur Kücheninsel, auf deren schwarzer Schieferarbeitsplatte er die meisten Zutaten bereitgestellt hatte. »Ich koche gern, aber zu selten, also lass dir Zeit.« Er versicherte sich noch einmal, dass Fanny in den Anblick der Bücher vertieft war und keine Zwiesprache mit angetrockneten Pflanzen hielt, dann wandte er sich den Zutaten und Kochtöpfen zu.

Schon als Kind hatte er es geliebt, seiner Mutter beim Ausprobieren der Rezepte zuzusehen und irgendwann auch zu helfen. Seine liebsten Erinnerungen beinhalteten entweder Bücher oder dampfende Töpfe und Pfannen. Da war es nicht verwunderlich, dass er bereits als Jugendlicher angefangen hatte, Kochbücher aller Art zu sammeln. Aus jedem Urlaub hatte er sich eins mitgebracht oder seinen Vater vor Geschäftsreisen praktisch angebettelt, ihm ein Kochbuch aus der jeweiligen Region mitzubringen. Eine Tradition, die er bis heute auf seinen Reisen aufrechterhalten hatte, wie seine stetig wachsende Kochbuchsammlung verriet.

Während Julian nun Zucchini und Zwiebeln schnitt, Eigelb mit dem würzigen Pecorino und Pfeffer verrührte, Pasta ins kochende Wasser gab und allmählich alle Zutaten zur vegetarischen Abwandlung eines seiner Lieblingsgerichte vorbereitete, kam ihm der Gedanke, dass er tatsächlich den perfekten Job für sich gefunden hatte. Er liebte den Umgang mit Lebensmitteln und das Experimentieren, wenn er neue Rezepte ausprobierte. Doch er liebte es genauso, anderen diese Freude zu vermitteln. Nahm man dann seine Leidenschaft für Bücher hinzu, war man bei seinem jetzigen Job gelandet. Auch wenn er sich gerade sehr aufs Ressort Backen fokussieren musste, konnte er sich nichts Besseres für sich vorstellen.

»Kann ich helfen?« Fanny war hinter ihn getreten und schielte um seine Schulter herum neugierig in die Pfanne, in der er gerade die Nudeln zum Gemüse hinzugefügt hatte.

Julian drückte ihr einen flüchtigen Kuss auf die Wange, ehe er die bereits angerührte Käse-Ei-Mischung zur Pasta gab und etwas Nudelwasser ergänzte, bis eine cremige Soße entstand. Schlagartig war seine Küche vom unverkennbaren Geruch einer guten Carbonara erfüllt.

»Du könntest schon mal den Wein einschenken.« Er rührte erneut in der Pfanne, dann zog er sie vom Herd. »Oder magst du keinen Wein zum Essen?«

Fanny knibbelte am Ärmel ihres Kleides. »Um ehrlich zu sein, mag ich keinen Wein. Egal, ob mit oder ohne Essen.«

»Kein Problem«, sagte Julian, obwohl er sich insgeheim darüber ärgerte, dass er einfach von einer Tatsache ausgegangen war, ohne

Fanny vorher zu fragen. Er ließ die Pfanne kurz Pfanne sein und drehte sich zu Fanny, die sich verlegen über die Nase strich.

Er legte ihr die Hand auf den Oberarm. »Was magst du dann trinken?« Julian öffnete den Kühlschrank neben ihnen. »Ich habe Wasser, verschiedene Säfte und einen Rest Limo. Ich bin mir allerdings nicht sicher, von wann der ist.« Etwas ratlos hielt Julian die Flasche mit der Orangenlimonade hoch und ging in Gedanken seine letzten Tage durch, ohne zu einer Erkenntnis zu kommen.

Fannys Lachen holte ihn in die Realität zurück. Wie sie so vor ihm stand und ihn mit ihrem *freaking adorable* Grübchen betrachtete, war sich Julian sicher, dass sie einen wunderbaren Abend haben würden. Sein wild vor sich hin klopfendes Herz schien ihm da zustimmen zu wollen.

❄

»Das war sehr lecker, du darfst gern öfter kochen«, sagte Fanny und tupfte sich mit einer Serviette die Mundwinkel ab. Sie hatte ja gedacht, dass Julian mit hochgekrempelten Hemdsärmeln in der Küche herumwerkeln zu sehen das Highlight des Abends werden würde, aber das Essen hatte diesem Anblick glatt den Rang abgelaufen. Cremig und würzig hatte die Pasta wie ein Kurzurlaub in Italien geschmeckt, und Fanny spielte mit dem Gedanken, den letzten Rest der Käsesoße vom Teller zu lecken.

»Dann ist mein Plan also aufgegangen.« Julian grinste sie verschmitzt an.

»War dein Plan, dass ich mich nachher die Treppe nach unten rollen muss? Dann ist dein Plan definitiv aufgegangen.« Fanny klopfte sich leicht auf den Bauch und gratulierte sich selbst dazu, dass sie sich für eins ihrer Lieblingskleider und keine enge Röhrenjeans entschieden hatte.

»Dabei sind wir noch gar nicht beim Dessert angekommen!« Julian sammelte die Teller ein und stellte sie auf seinem Weg zum Kühlschrank auf der Küchenzeile ab. Dann öffnete er eine der zwei großen Kühlschranktüren und holte ein unförmiges Etwas hervor, das in Frischhaltefolie gewickelt war. »Tada!«

»Mhmm, roher Keksteig.« Fanny trank einen Schluck aus ihrem Wasserglas, um ihr aufkommendes Lachen zu verbergen. Vergeblich. »*You shouldn't have.*«

»Welsh Cake«, verkündete Julian mit einem seltsam verträumten Ausdruck. »Den isst man am besten frisch aus der Pfanne. Seit ich dich kenne, habe ich unfassbare Lust darauf.«

»Das musst du mir jetzt erklären.« Fanny erhob sich und kam zu ihm an die Kücheninsel, vor der vier Barhocker standen. Sie ließ ihre Hand über die strukturierte Arbeitsfläche gleiten, während sie den fleckigen Klumpen in Julians Händen beäugte. Was könnten sie und dieser Teig wohl gemeinsam haben?

»Wusstest du, dass deine Augen die exakt gleiche Farbe haben wie das Meer an der walisischen Küste?« Julian sah ihr so intensiv in die Augen, dass Fanny sich fragte, ob er im Hintergrund vielleicht das Meer rauschen hörte.

»Ich war noch nie in Wales«, sagte sie und nahm ihm den Teigklumpen ab, der schwer und kühl in der Hand lag. Ihre Familie hatte in Cambridge gewohnt, und wenn sie in ihrer Kindheit ans Meer gefahren waren, dann meist nach Wells-next-the-Sea oder auch mal nach Brighton.

»Vielleicht können wir das eines Tages zusammen nachholen.« Julian stupste ihre Nasenspitze an.

Fanny rümpfte die Nase und streckte ihm kurzerhand die Zunge heraus. Ihr war schon beim Essen aufgefallen, wie leicht es ihr jenseits des Verlags fiel, mit Julian herumzublödeln. Normalerweise brauchte sie etwas länger, bis sie mit Leuten richtig warm wurde. Anders als Felix – der auf sie mitunter den Eindruck machte, er sei mit der ganzen Welt befreundet – konnte sie sich anderen gegenüber nicht so schnell öffnen.

Fanny betrachtete Julian, der von seiner Zeit in Wales erzählte, während er in einem Schrank unter der holzverkleideten Kücheninsel kramte und eine rechteckige Grillpfanne hervorzauberte, die er ihr beinahe stolz präsentierte. Seine Ohren wiesen dabei wieder mal einen deutlichen Rotschimmer auf. Fanny fragte sich, ob er eigentlich wusste, wie *adorable* er war, wenn er nicht einen auf grimmigen Boss machte.

»Also, was sagst du? Willst du heute Abend zumindest kulinarisch mit mir nach Wales reisen?« Julian drehte die Pfanne zwischen seinen Händen hin und her.

Fanny nickte. »Dann mal los, von Italien nach Wales ist es ein langer Weg.«

Das war der Startschuss für das große Welsh-Cake-Backen. Zunächst bestäubte Julian die Arbeitsfläche der Kücheninsel mit Mehl und rollte den Teig aus, ehe er Fanny einen runden Keksausstecher reichte.

»*Would you do me the honor*?«, fragte er und stellte sich so dicht neben sie, dass Fanny meinte, seine Körperwärme durch ihr Kleid spüren zu können.

»Ich habe eine bessere Idee.« Fanny streckte sich und gab ihm einen flüchtigen Kuss auf den Mund. Aber als Julian diesen vertiefen wollte, löste sie sich von ihm und huschte in den Wohnungsflur. Dort hatte sie ihre Umhängetasche abgestellt.

»Fanny?«

Kurz darauf kam sie mit ihrer digitalen Spiegelreflexkamera zurück in die Wohnküche, wo Julian noch immer mit der runden Keksform in der Hand dastand, wie sie ihn zurückgelassen hatte. Sie hob die Kamera vors Gesicht.

»Cheese!«, rief sie die absolute Klischeephrase eines jeden Fotografierenden und Julian warf lachend den Kopf zurück. *Klick.*

Die Idee, Julian zu fotografieren, war ihr schon während des Kochens gekommen, aber da hatte sie sich noch gehemmt gefühlt, ihre geliebte DSLR, die sie eigentlich überallhin begleitete, herauszuholen. Doch nachdem sie beim Essen neben Julians Reisen und seiner Sammelleidenschaft für Kochbücher aus aller Welt auch über das Fotografieren gesprochen hatten, hatte Fanny das Gefühl, dass Julian nichts gegen ein paar Schnappschüsse haben dürfte.

Und mehr würden es Fannys Einschätzung nach eh nicht werden. Die schummrige Beleuchtung in Julians Wohnzimmer, die hauptsächlich von einer Lichterkette aus der Sofaecke kam, passte zwar wunderbar zu ihrem romantischen Abendessen, war aber nicht zum Fotografieren geeignet. Nahm man dann noch das harte Licht der schwarzen Küchenleuchten dazu, waren die Verhältnisse alles andere als ideal – da würde sie auch in der Nachbearbeitung nur bedingt nachhelfen können. Aber Fanny, die Julians amüsiertes Kopfschütteln durch ihre Kameralinse beobachtete, wusste, dass die Dinge nicht immer ideal sein mussten, um perfekt zu sein. Als Julian die ersten Welsh Cakes ausstach und seine Armmuskulatur dabei von der Küchenleuchte perfekt in Szene gesetzt wurde, war sie sich sicher, dass sich unter den Fotos das ein oder andere Goldstück befinden dürfte.

Die runden, keksartigen Küchlein waren schneller ausgestochen, als Fanny knipsen konnte. Zum Glück war ein am Herd stehender Julian, der ihr das Profil zuwandte und mit einer heißen Pfanne hantierte, ein mindestens ebenso gutes Fotoobjekt.

Julian, der nach anfänglichem Zögern irgendwann Gefallen an der ganzen Sache gefunden hatte, überlegte sich ständig neue Wege, sie zum Lachen zu bringen. Er fegte zum Beispiel das Mehl von der Arbeitsfläche zusammen, um es für ein Foto in seiner Küche schneien zu lassen. Sicherlich hatte er im Laufe seiner Karriere schon an einigen Shootings teilgenommen und wusste, wie man Koch und Essen gut in Szene setzte. Allerdings schien er sich einen Spaß daraus zu machen, das Ganze etwas zu übertreiben. Wie als er ihr den ersten, frisch mit Zucker bestreuten, ofenwarmen Welsh Cake hinhielt und seine Pose sie dabei an eine Mischung aus Fernsehkoch und Casanova erinnerte. *Klick.*

Fanny lehnte sich nach dem Shot kurzerhand einfach nach vorn und biss in das warme Gebäck in Julians Hand. Süß und weich war es und die Zuckerkristalle knirschten zwischen ihren Zähnen.

»Mhmmm!«, machte Fanny und wischte sich einen Krümel aus dem Mundwinkel. »Lecker. Erinnert ein wenig an Rosinen-Scones.«

»Stimmt.« Julian schob sich das restliche Küchlein in den Mund und legte genüsslich den Kopf in den Nacken. *Klick.* »Als ob Scones und Pancakes ein Kind gezeugt hätten.«

Fanny senkte die Kamera, um zu schauen, ob sie wirklich nur *ein* Kind gezeugt hatten. Aber glücklicherweise gab es eine ganze Menge, die Fanny abwechselnd fotografierte und mit Julian verspeiste. Sie musste sich von ihm unbedingt das Rezept geben lassen und diese süchtig machenden Mini-Kuchen für ihre Brüder und Felix nachbacken.

Nachdem sie zusammen beinahe den ganzen Teller leer gegessen hatten, zog Julian sie irgendwann an sich heran und umarmte sie von hinten. »Okay, ein Foto müssen wir zusammen machen.« Er tippte ihre rechte Hand an, in der Fanny ihre Kamera hielt.

Sie hob diese in die Höhe, um sie in die perfekte Selfieposition zu bringen. Eigentlich mochte Fanny Selfies nicht so gern. Aber als Julian, der seine Arme weiterhin um ihren Bauch geschlungen hielt, sein Gesicht neben ihrem positionierte, kam ihr der Gedanke, dass sie der ganzen Sache vielleicht doch etwas abgewinnen konnte. Und sei es bloß Julians warmer Körper, der sich eng an sie presste und Fanny mit seinem leicht zimtigen Geruch einzuhüllen schien. *Klick.*

»Noch eins?«, fragte sie und musste sich kurz räuspern. Ihre Stimme klang eindeutig belegt, was einzig an Julians plötzlicher Nähe liegen konnte. Fanny spürte ihren Herzschlag inzwischen im ganzen Körper pulsieren und war sich sicher, dass ihre Wangen eine sehr gesunde Farbe angenommen hatten.

»Für deine Fotowand«, flüsterte Julian ihr ins Ohr, und sein warmer Atem erzeugte ein Kribbeln in ihrer Magengegend, das sie schon lange nicht mehr gespürt hatte. Gerade als sie zum zweiten Mal auf den Auslöser drücken wollte, spürte sie plötzlich seine Lippen auf ihrer linken Wange. Ein Grinsen breitete sich auf ihrem Gesicht aus, und sie biss sich auf die Unterlippe, während sie das zweite Selfie knipste. Dann legte sie die Kamera kurzerhand auf die Arbeitsplatte und drehte sich in Julians Armen zu ihm um.

Fanny versank in dem Grau seiner Augen, das gar nicht ausschließlich grau, sondern von winzigen braunen Sprenkeln durchsetzt war. Dann fanden sich ihre Lippen, und Fanny hatte das Gefühl, als stürzte sie kopfüber in diesen Kuss hinein. Da war es gut, dass Julian sie nach wie vor mit seinen Armen umfing. Als seine Zungenspitze ihre Unterlippe sanft anstupste, gaben ihre Knie nach, und Fanny war froh, dass Julian sie – ohne den Kuss zu unterbrechen – auf die Arbeitsplatte hob. Ein leises Stöhnen entwich ihr und sie fuhr mit beiden Händen in seine Haare, suchte in ihnen Halt. Für einen Moment war es ungewohnt, größer als Julian zu sein, doch er zog sie nur näher an sich heran und vertiefte den Kuss, fegte damit alle restlichen Gedanken aus ihrem Kopf.

Fanny hätte hinterher nicht sagen können, ob dieser Kuss Minuten oder Stunden andauerte. Alles, was sie wusste, war, dass es sie mit großem Bedauern erfüllte, als Julian sich irgendwann schwer atmend von ihr löste und ihr eine Haarsträhne aus dem erhitzten Gesicht strich.

Ihm musste es ähnlich gehen wie ihr, konnte er seinen Blick doch nicht von ihr abwenden. Julian schien erst ein paarmal tief durchatmen zu müssen, ehe er sprechen konnte. »Ist es vermessen von mir, dich schon ganz bald wiedersehen zu wollen?«

»Hattest du vor, morgen nicht zur Arbeit zu kommen?« Auch ihre Stimme klang atemlos. Fanny legte eine ihrer Hände auf seinen Brustkorb, der sich beinahe synchron mit ihrem hob und senkte. »Es dürfte schwer werden, mich dort nicht zu sehen, meinst du nicht auch?«

»Du weißt, was ich meine.« Julian lehnte sich für einen flüchtigen Kuss nach vorn, dann sah er mal wieder auf seine Armbanduhr, die er nicht einmal zum Kochen abgenommen hatte. Er seufzte schwer. »Wenn wir den morgigen Tag halbwegs gut überstehen wollen, sollten wir den Abend langsam ausklingen lassen, oder? Was hältst du davon, wenn wir am Samstag den Film schauen, den wir uns eigentlich für heute vorgenommen hatten? Ich bin zwar nachmittags mit Chris in Hannover verabredet, aber das könnte ich bestimmt verschieben. Wir könnten uns schon früher treffen und einen Filmmarathon machen. Du und ich und das Sofa – wie klingt das?« Hoffnungsvoll hob er die Brauen und strich ihr federleicht über die Oberschenkel, was ein Kribbeln in Fannys Mitte auslöste.

»Am Samstag kann ich nicht, da haben wir unser großes Familienbacken mit Felix und Sophie. Sonntag?« Fanny fuhr über Julians Brust, und für den Bruchteil einer Sekunde überlegte sie, ob sie vielleicht absagen sollte. Doch sie hatte sich jetzt schon so lange auf diesen Samstag gefreut, auch darauf, dass sie Felix mal wieder etwas länger sehen würde. Seit dem Kaffeetrinken an seinem letzten Urlaubstag hatten sie sich nicht mehr persönlich gesehen und sie vermisste ihn.

»Puh, Sonntag ist ja noch ewig und drei Tage hin.« Julian fing an, Küsschen auf Fannys linker Wange zu verteilen. Besonders intensiv kümmerte er sich um die Stelle, an der ihr Grübchen sein dürfte.

»Nun, es sind ziemlich genau drei Tage.« Fanny schob Julian lachend vor sich und verschränkte ihre Hände miteinander. »Wie wäre es mit morgen? Oder ist dir das zu spontan?

Julian hob ihre ineinander verschlungenen Hände nach oben und führte sie an seine Lippen, hauchte einen Kuss auf ihren Handrücken. »Morgen ist perfekt! Und den Sonntag nehme ich noch mit dazu.«

22

Robert hackte auf seine Tastatur ein, und Fanny meinte, die Vibration bis in ihre Tischplatte spüren zu können. Am liebsten hätte sie sich Kopfhörer aufgesetzt, aber Robert hatte von Anfang an eine Keine-Kopfhörer-Regel eingeführt. Fanny wusste nicht, ob sie ausgerechnet heute gegen diese Regel verstoßen sollte, zumal sich Julian seit der spannungsgeladenen Abgabe des Van-Berg-Titels nicht mehr an der Arbeitsinsel hatte blicken lassen.

Gestern Abend beim Essen hatte Fanny nicht nach der Besprechung mit Robert gefragt. Julian hatte so entspannt und gelöst gewirkt, dass sie ihm nicht mit Problemen aus dem Verlag hatte kommen wollen. Überhaupt hatten sie kaum über die Arbeit gesprochen, und Fanny fragte sich, ob sie, was das anging, eine unausgesprochene Abmachung eingegangen waren.

Während Fanny die nächste ungelesene E-Mail öffnete, kam ihr der Gedanke, dass das ziemlich schwierig werden würde. Immerhin verbrachten sie beide die meiste Zeit ihres Tages im Verlag, und gerade für Julian schien die Arbeit das Zentrum seines Lebens zu sein.

»Ich hole mir einen Kaffee, möchte einer von euch auch einen?«, flüsterte Mika. Er vermied es, zu Robert zu sehen, was Fanny nicht überraschte. Auch sie bemühte sich, dessen wütendes Gehacke nicht zu unterbrechen.

»Nein«, war die einsilbige Antwort von Robert, garniert mit einem Todesblick.

Fanny sah Mika über die Trennwand hinweg mitfühlend an. »Ich würde einen nehmen.«

Während Mika Kaffee holen ging, war es still an der Arbeitsinsel Backen – abgesehen von Roberts aggressivem Tippen. Fanny sah sich im weihnachtlich dekorierten Redaktionsraum um, der nur spärlich besetzt war. Freitag stand für viele Homeoffice auf dem Programm, und einige nutzten den Tag auch, um Überstunden abzubauen.

Ihr Blick wanderte zur Glaswand von Julians Büro. Er war abermals in ein Telefonat vertieft, wobei er mit dem Hörer am Ohr gleichzeitig versuchte, sich Notizen zu machen, einen Aktenordner durchzugehen und seine Krawatte zu lockern. Es sah ganz so aus, als sei er noch immer damit beschäftigt, sich durch die Unterlagen der Backabteilung zu kämpfen, wie er es Fanny gegenüber gestern genannt hatte.

Das war auch der Grund, warum sich Julian an ihrer Arbeitsinsel rarmachte. Da permanent irgendwelche Unterlagen oder entscheidende Informationen fehlten, war er ständig mit Sonja am Telefonieren, was zu viel Unruhe und Ablenkung in die ohnehin schon unterbesetzte Abteilung bringen würde. Am Ende hatte er mit einem Zwinkern hinzugefügt, dass er sich außerdem besser konzentrieren konnte, wenn er ihre Gegenwart mied und sich nicht andauernd in Gedanken ausmalte, sie an Ort und Stelle zu küssen. Nach dem heißen Kuss in seiner Küche klang das für Fanny nach einem vernünftigen Ansatz.

»Vorsicht«, sagte Mika und stellte ihr eine rot gepunktete Tasse mit Kaffee hin, dessen Geruch sich sofort warm und tröstend um ihre Arbeitsinsel ausbreitete. »Milch, kein Zucker, richtig?«

»Richtig.« Fanny bedankte sich bei ihrem Kollegen, der ihr diese Woche nach der kleinen Annäherung über die Druckdatenabgabe noch unnahbarer vorkam. Seine Augenringe sahen womöglich noch schlimmer aus und irgendwie wirkte er traurig. Seine sonst so aufrechte Haltung – Fanny hatte es Felix gegenüber vielleicht schon einmal als eine *permanent stolz geschwellte Brust* bezeichnet – war in sich zusammengesunken, als hätte jemand die Luft aus ihm gelassen.

»Ist alles okay bei dir?«, erkundigte sie sich nach einem ersten Schluck, nicht sicher, ob ein Vorstoß ihrerseits erwünscht war.

»Wie soll man in diesem Büro bitte arbeiten, wenn ihr zwei permanent am Schwatzen seid?«, unterbrach Robert Mika, der gerade zu einer Antwort hatte ansetzen wollen. Wie so oft hatte Robert mit bühnenreifer Lautstärke gesprochen und die wenigen Anwesenden linsten neugierig zu ihnen.

Nun, neugierig wirkten sie eigentlich nicht. Fanny konnte das eine oder andere Augenrollen erkennen und sah entschuldigend zu einer der Volontärinnen aus der Kochbuchabteilung, die sich mit einem genervten Stöhnen Kopfhörer in die Ohren steckte.

»Setz dich hin und arbeite weiter, oder stemple dich aus und geh nach Hause!«, fuhr Robert Mika an. »Aber hör auf, auf Kosten des Verlages ein Kaffeekränzchen abzuhalten, verdammt noch mal!«

Ohne ein Wort zu sagen, ging Mika zu seinem Platz. Fanny konnte seine Hand zittern sehen, während er seine Kaffeetasse abstellte und sich dem Computer zuwandte.

Bevor jemand etwas sagen oder auch nicht sagen konnte, tauchte Ina neben Fanny auf und strahlte sie an, als habe sie von der ganzen Show nichts mitbekommen – was Fanny ihr nicht abkaufte.

»Hey, Fanny!«, rief sie und strich ihre graue Strickjacke glatt, die so flauschig aussah, dass Fanny sich am liebsten in sie hineingekuschelt hätte. »Ich wollte mit dir über den Reste-Backtitel reden. Hast du Zeit?«

»Sicher.« Fanny deutete auf Julians verwaisten Stuhl am Platz neben ihren, doch Ina winkte ab und blätterte im Stehen durch ihre Unterlagen. Fanny nutzte die Gelegenheit, um einen weiteren Schluck Kaffee zu trinken.

»Hier ist es!« Ina zog einen Packen Papier aus dem Stapel. »*Beste Reste – Für mehr Nachhaltigkeit beim Backen*. Starker Titel!« Sie zwinkerte Fanny zu und ihr von wilden Locken umrahmtes Gesicht schien aus lauter Lachfalten zu bestehen.

»Danke.« Fanny hatte den neuen Titel kurzfristig vorgeschlagen, nachdem das Projekt lange Zeit unter *Resteverwertung in der Backstube* gelaufen war, was für sie in etwa so anziehend klang, wie die Biomülltonne zu schrubben. Gut, wenn man es machte, aber gern und freiwillig tat man es sicherlich nicht. Dabei lautete der Slogan ihrer neuen Reihe *Make Nachhaltigkeit sexy again.*

»Wie du weißt, gehen wir mit dem Titel am Montag in die finale Phase.« Ina tippte auf die entsprechende Stelle auf dem Zeitplan in ihren Händen.

Fanny konnte den Vordruck erkennen, den Julian vor einigen Tagen eingeführt hatte und der von Ina gewissenhaft ausgefüllt worden war.

»Am Montag sollte die Autorin uns die Druckfahne zurückgeschickt haben. Da alles wieder mal superknapp geplant ist«, Ina warf einen vielsagenden Seitenblick in Richtung Robert, »könntest du sie eventuell …«

»Daran erinnern?«, ergänzte Fanny Inas Hinweis. »Schon geschehen. Die Fahne schickt sie uns per Kurier.«

»Wunderbar!« Erleichtert atmete Ina auf. Fanny meinte, sich daran zu erinnern, dass sie vor nicht allzu langer Zeit etwas vom alljährlichen Weihnachtswahnsinn gemurrt hatte und dass die letzte Arbeitswoche vor Weihnachten drei Tage mehr bräuchte. Mindestens.

»Es wäre gut, wenn du am Montag direkt drübergucken könntest, ehe du sie mir zur Einarbeitung gibst. Am Dienstag würde ich dir dann das Manuskript zur finalen Druckdatenkorrektur rauslassen und bis spätestens Mittwoch acht Uhr bräuchte ich die korrigierte Fahne zurück.« Beinahe unbehaglich zog Ina die Schultern hoch.

»Kein Problem«, sagte Fanny und meinte es auch so. Sie kannte schließlich kein anderes Arbeitstempo und wusste, dass der knappe Zeitplan nicht an Ina lag.

»Ich muss die Druckfahne unbedingt bis Mittwochmittag an die Druckerei schicken, damit …«

»Kannst du mir mal bitte erklären, warum du ein derart wichtiges Projekt mit der Volontärin besprichst?«, fuhr Robert dazwischen und erhob sich, die Augen wütend zusammengekniffen.

»Ich wüsste nicht, was dich das angeht«, antwortete Ina, und wenn Fanny nicht alles täuschte, fingen ihre Locken bereits an, sich von allein zu bewegen. »Aber weil du nett gefragt hast, will ich mal nicht so sein: Ich bespreche diesen Titel mit Fanny, weil sie ihn betreut und weil der Juniorchef persönlich mich darum gebeten hat. Vielleicht täusche ich mich, aber es hat ganz den Anschein, als würde er für etwas mehr Ordnung im Ressort Backen sorgen und Aufgaben dementsprechend verteilen.«

Fanny kam nicht umhin, Bewunderung für die selbstbewusste Grafikerin zu verspüren. Sie konnte nicht glauben, dass Ina das gerade gesagt hatte!

»Wie kannst du es ...«, stieß Robert zwischen zusammengepressten Zähnen hervor, doch die Wut schien ihm die Sprache zu rauben. Stattdessen wandte er sich an Mika, der bisher schweigend zugehört hatte.

Plötzlich im Zentrum der Aufmerksamkeit räusperte er sich und wich Roberts Blick aus. Obwohl Fanny es nicht wollte, so rechnete ein Teil von ihr damit, dass Mika Robert zur Seite stehen würde, wie er es bisher immer getan hatte.

»Na ja, du hattest Fanny den Titel gegeben, nicht?«, murmelte Mika kaum hörbar und starrte vor sich auf den Tisch.

Fanny hielt die Luft an und wartete auf das Donnerwetter von Robert, der Mika allerdings nur mit offenem Mund anglotzte.

»Und wolltest du nicht, dass wir für unsere Titel die Verantwortung übernehmen?«, fügte Mika mit dünner Stimme hinzu.

Robert gab daraufhin einen entrüsteten Laut von sich, der sich für Fanny wie eine Kreuzung aus tollwütiger Katze und rasendem Schimpansen anhörte. Dann wandte er sich ebenso abrupt seinem Computer zu, wie er sich auch in das Gespräch eingemischt hatte, und das passiv-aggressive Getippe setzte erneut ein.

Ina, Mika und Fanny verharrten in völliger Stille, während in der Redaktion langsam die gewohnte freitagnachmittägliche Geräuschkulisse zurückkehrte. Unbehaglich sah sich Fanny um. Sie meinte, ein Paar graue Augen hinter einem Computermonitor erkennen zu können, das die eben stattfindende Szene genau verfolgt hatte.

»Wie dem auch sei.« Ina wandte sich wieder Fanny zu. Sie deutete unauffällig mit dem Kopf in Richtung Robert und verdrehte die Augen.

Fanny hob entschuldigend die Schultern, dann widmete sie sich dem Zeitplan für *Beste-Reste*. Wenn sie alle so taten, als sei nichts passiert, würde der Sturm vielleicht an ihnen vorüberziehen.

»Ich wollte fragen«, fuhr Ina mit spitzer Stimme fort, »ob du auch die komplette nächste Woche da bist. Falls es unerwarteterweise Rückmeldungen geben sollte.«

»Bin ich«, bestätigte Fanny und dachte mit Erleichterung, aber auch mit Schrecken daran, dass übernächste Woche schon Weihnachten war. Sie hatte noch keine Gelegenheit gehabt, die Geschenke für ihre Brüder, Sophie und Felix zu besorgen. Immerhin hatte sie schon Ideen, was sie ihnen schenken wollte. Schwieriger war es mit Julian, von dem sie weder wusste, ob sie sich etwas schenken würden, noch was das sein sollte.

»Gut!« Ina erhob sich von Fannys Tischkante. »Dann war's das auch schon von mir. Mach nicht zu lang.« Mit diesen Worten winkte sie Fanny zu, klopfte Mika im Vorbeigehen auf die Schulter und verschwand im Bereich der Grafikdesigner. Manchmal beneidete Fanny sie um die Abgeschiedenheit und Privatsphäre, die deren Räumlichkeiten mit sich brachten.

Nachdem Ina abgerauscht war, hatte es kurz den Anschein, als ob Fannys Wunsch, der Sturm möge bei ausreichender Konzentration an ihnen vorüberziehen, erfüllt werden würde. Sie schaffte es, ihre Tasse zu leeren und zwei Punkte ihrer langen To-do-Liste abzuarbeiten, ehe sie begriff, dass nichts vorübergezogen war. Vielmehr hatte es unterschwellig gebrodelt und brach sich nun mit einem hämischen Auflachen von Robert einen Weg an die Oberfläche.

»Hier«, sagte Robert mit einem Lächeln, das sein Gesicht fast schon fratzenartig verzerrte. Er hielt ein Buch in den Händen, das Fanny nicht sofort erkannte, bis Robert es mit einem dumpfen Knall auf Mikas Arbeitsplatz schmiss. Es war das Penis-Backbuch, wie Mika und sie es getauft hatten und für das Fanny ein Gutachten hatte anfertigen sollen. Robert würde doch nicht ahnen, dass Mika es an ihrer Stelle geschrieben hatte?

Verwirrt griff Mika nach dem Buch und drehte es in seinen Händen. Sie hatten *Dicks and Donuts* bereits abgesagt, und das Buch hätte längst in der Fundkiste liegen sollen, wo sie alle potenziellen Lizenzausgaben hinbrachten, die nicht angenommen wurden. Dort konnten sich die Verlagsmitarbeitenden bedienen, wenn ihnen ein Titel zusagte.

»Soll ich es in die Fundkiste bringen?«, fragte Mika, weil ihn Robert weiterhin mit diesem unheimlichen Grinsen taxierte.

»Nein, ich denke, du solltest es mit nach Hause nehmen, meinst du nicht auch?«

Fanny sah zwischen Mika und Robert hin und her, ohne die geringste Ahnung zu haben, was gerade vor sich ging. Was sollte Mika ausgerechnet mit diesem Buch anfangen?

»Ich kann dir nicht folgen«, erwiderte Mika und nahm damit Fanny die Worte aus dem Mund. Ihre Blicke kreuzten sich, und Fanny meinte, neben Verwirrung auch eine Art stillen Alarm in Mikas Gesicht erkennen zu können.

»Ich dachte, du könntest dir daraus was Schönes backen.« Roberts Tonfall und sein manisches Grinsen straften seiner Wortwahl Lügen. Er sah definitiv nicht so aus, als wolle er irgendetwas Schönes für Mika, der inzwischen blass um die Nase geworden war. »Du weißt schon, etwas, das dir im Leben fehlen könnte.«

Erneut verstand Fanny nicht, worauf Robert hinauswollte. Spielte er auf Mikas Liebesleben oder gar seine Sexualität an? Diese war – nicht untypisch für die Arbeit – nie zur Sprache gekommen. Aber wusste Robert da etwa mehr und erlaubte sich nun einen schlechten Scherz? Und dass es nur ein schlechter Scherz sein konnte, war Fanny sofort klar. Dafür musste sie nicht mal in Mikas Gesicht sehen, das inzwischen grünlich angelaufen war. Jeder Mensch sollte selbst darüber bestimmen dürfen, ob und wie man sein Umfeld in sein Privatleben einweihte. Niemand sollte einem diese Entscheidung abnehmen oder privates Wissen als eine Art Rache gegen einen ausspielen dürfen. Wenn es für Fanny noch irgendwelche Zweifel an Roberts wahrem Charakter gegeben hätte, dann hätten diese sich spätestens jetzt in Luft aufgelöst.

»Denk darüber nach«, sagte ihr ehemaliger Chef, und wieder schaffte er es, einen harmlosen Satz wie eine Drohung klingen zu lassen. Dann wandte er sich seiner eigenen Arbeit zu, als hätte er eben lediglich Rücksprache zu einem Titel gehalten.

Mika hingegen saß wie festgefroren an seinem Platz und umklammerte dieses alberne Penis-Backbuch. Es war offensichtlich, dass ihm dieses eigenartige Gespräch zugesetzt hatte. Seine Hände zitterten so sehr, dass das Buch regelrecht durchgeschüttelt wurde, während Robert inzwischen bestens gelaunt auf seiner Tastatur herumtippte.

Fanny öffnete das verlagsinterne Chatprogramm. Mika und sie hatten sich bisher keine Nachrichten geschrieben, da sie den ganzen Tag beisammensaßen. Aber einmal war immer das erste Mal.

Bist du ok?, schrieb sie, nachdem sie einen neuen Chat geöffnet hatte. Dann linste sie erneut zu Mika, dessen Blick zum Monitor huschte. Er schluckte schwer und sah so aus, als wäre er kurz davor, in Tränen auszubrechen.

So was von nicht okay, dachte Fanny. Sie wollte gerade fragen, ob sie etwas für ihn tun konnte, da klickte Mika hektisch mit der Maus herum. Mit ein paar gestammelten Worten entschuldigte er sich und hastete in Richtung Toiletten.

Nun war es an Fanny, wie festgefroren am Platz zu sitzen und Mika hinterherzusehen. So kannte sie ihren Kollegen gar nicht. Wobei das auch auf Roberts Verhalten zutraf, der sich jetzt tatsächlich zufrieden seufzend in seinem Stuhl zurücklehnte.

Selbst wenn Fanny eine mutigere Person gewesen wäre, würden

ihr angesichts dieser Unverschämtheit und Gefühlskälte die Worte fehlen. Die verschiedensten Gedanken wirbelten in Fanny umher wie Schneeflocken in einem Schneesturm, bis sie keinen von ihnen mehr greifen konnte.

»Das ruft nach Wochenende!«, sagte Robert da und fuhr fröhlich vor sich hin summend seinen Computer herunter.

Eine neue Ladung Frust und Wut wallte in Fanny auf, und sie biss sich fest auf die Zunge, um nicht doch etwas zu sagen. Wie konnte ein einziger Mensch nur dermaßen hinterhältig und skrupellos sein? Fanny war sich sicher, dass Mika gerade auf dem Klo verzweifelt um seine Fassung rang, und Robert saß da und gratulierte sich gewissermaßen selbst mit einem kleinen Ständchen zu seinem großartigen Coup.

Wie war sie hier bloß gelandet?

Die altbekannte Müdigkeit breitete sich in ihr aus, und sie hatte Mühe, den Drang zu unterdrücken, ihren Kopf einfach auf dem überfüllten Schreibtisch abzulegen. Dies konnte doch nicht ihr Leben sein! Intrigante Abteilungsleiter, ein nie endender Berg von E-Mails, Deadlines und To-do-Listen sowie die Gewissheit, dass *Kommunikation, Teamwork* und *Transparenz* lediglich leere Worte waren. Wann war das zu ihrem Leben geworden?

»Dann bis Montag.« Lächelnd schlang sich Robert seinen karierten Kaschmirschal um den Hals und winkte Fanny im Vorbeigehen zu, als wäre alles in bester Ordnung.

Sie schaffte es nicht, diese Verabschiedung zu erwidern, sondern starrte ihm nur mit einem widerlichen Geschmack im Mund hinterher. Konnte er wirklich mit einem guten Gefühl nach Hause gehen? Würde Robert heute Abend seinen Anblick im Spiegel ertragen können, ohne sich furchtbar zu fühlen?

Nach einigen tiefen Atemzügen wollte sie sich gerade erneut dem Text vor sich zuwenden, da kam Mika zurück. Offensichtlich hatte er den Kampf um die Fassung verloren: Seine Augen waren gerötet und seine Gesichtsfarbe hatte eine ungesunde Mischung aus bleich mit roten Flecken angenommen.

»Hey«, sagte sie und rollte mit ihrem Stuhl ein Stück zur Seite, um ihn über ihre Schreibtische hinweg besser ansehen zu können. Sie fühlte sich ähnlich wie damals, als Felix völlig aufgelöst bei ihnen aufgetaucht war und von dem katastrophalen Outing bei seinen Eltern erzählt hatte.

»Hey«, antwortete Mika beinahe lautlos und schaute krampfhaft auf seinen Monitor.

Fanny wollte ihm gern signalisieren, dass sie für ihn da war, ohne alles für ihn zu verschlimmern, aber das vertraute Gefühl der Hilflosigkeit machte sich in ihr breit. So schwiegen sie beide, nicht in der Lage, die richtigen Worte zu finden oder einfach weiterzumachen. Letztlich war es Fanny, die den Gesprächsfaden wieder aufnahm.

»Ich weiß nicht, worum es ging«, begann sie, und sofort richtete sich Mikas Blick auf sie, in dem Fanny neben Verunsicherung auch Erleichterung erahnte, »aber ich bin mir sicher, dass es nicht in Ordnung war, was Robert gerade gemacht hat.«

Vorsichtig wartete sie Mikas Reaktion ab, dessen Miene sich mit jedem Wort weiter verschlossen hatte. Fanny überlegte, es dabei zu belassen, doch der Gesichtsausdruck vor Mikas abrupter Flucht aus dem Redaktionsraum ging ihr ebenso wenig aus dem Kopf wie Roberts selbstzufriedenes Summen.

»Ich denke, du solltest mit Julian reden.« Sogar Fanny war ein wenig überrascht von der Selbstsicherheit, mit der sie dies gesagt hatte.

Mika sah sie an, als hätte Fanny ihm vorgeschlagen, nackt und *Jingle Bells* grölend durchs Redaktionsbüro zu tanzen. Dann huschte sein Blick zum Büro des Juniorchefs. Er schien einen inneren Kampf auszufechten, und Fanny hoffte, dass diesmal sein Mut gewinnen würde.

»Was es auch ist«, fuhr sie fort und lehnte sich ein wenig vor. »Ich bin mir sicher, dass Julian besser damit umgeht als Robert. Hat er nicht gesagt, dass seine Tür für uns immer offen stehen wird, auch bei Sorgen und Problemen?«

Mika hatte den Kopf gesenkt und seine Gedanken schienen Pingpong zu spielen. Fanny konnte sich gut vorstellen, welche Bedenken und Zweifel durch seinen Kopf gingen. Auch ihr fiel so etwas nicht leicht. Leider gingen manche Menschen aber immer weiter, wenn man ihnen nichts entgegensetzte – und das konnte doch nicht die Lösung sein.

»Meinst du?« Mika rieb sich die Augen. »Aber zum Chef rennen und ihm die Ohren volljammern …«

»Er würde wissen wollen, was gerade passiert ist, Mika.« Nervös kaute Fanny auf ihrer Unterlippe herum. Sie wollte nicht zu viel preisgeben, aber sie wusste, dass Julian das Wohlergehen seiner Mitarbeitenden sehr am Herzen lag.

»Hm.« Mika fuhr sich ruhelos durch die Haare und seine geröteten Augen sahen müde und erschöpft aus. »Es ist bloß … Es ist irgendwie privat, und ich hatte nicht gedacht, dass ich auf der Arbeit …« Seine Stimme brach weg.

»Hey«, sagte sie und rollte mit ihrem Schreibtischstuhl zu ihm herum, berührte ihn sacht am Arm. »Ich bin mir sicher, dass Julian alles, was du ihm erzählst, vertraulich behandeln wird.«

Auch ihr eigenes *Whatever-this-is* separierte Julian schließlich von der Arbeit, ohne seine Gefühle das Alltagsgeschäft beeinflussen zu lassen. Eine Woge von Zuneigung wallte in Fanny auf, und sie konnte es plötzlich kaum erwarten, dass es Abend wurde und sie zum gemeinsamen Filmgucken zu Julian gehen würde.

»Okay«, sagte Mika und stand schnell auf, als würde er sich beeilen müssen, bevor er es sich anders überlegen konnte.

»Okay«, sagte auch Fanny. »Viel Erfolg.«

Noch einmal nickte Mika und war schon ein paar Schritte in Richtung des Büros verschwunden, da drehte er sich auf dem Absatz um. Kurz befürchtete Fanny, dass er einen Rückzieher machen würde, denn er blieb, von einem Bein aufs andere tretend, vor ihr stehen.

»Ich danke dir, Fanny«, sagte Mika leise, aber mit Nachdruck.

Sie lächelte ihn an und nahm seine Hand für einen Moment in ihre, drückte diese aufmunternd. »Da nicht für.«

Und schon marschierte Mika zu Julians Büro, klopfte an die Glastür, ehe er eintrat und diese hinter sich schloss.

Fanny ließ ihren Blick durch die halb leere Redaktion schweifen, aber so verbissen wie die restlichen Anwesenden an ihren Projekten arbeiteten, schien niemand Mikas Verhalten seltsam zu finden. Und wieso auch? Julian war ihr Abteilungsleiter, und es war nicht verwunderlich, dass man ihn zwischendurch um Rat bat.

Erneut sah sie zum gläsernen Büro und konnte Mika auf dem Platz gegenüber von Julian sitzen sehen. Plötzlich senkten sich weiße Rollläden, von denen Fanny nicht gewusst hatte, dass sie existierten, und verdeckten großflächig den Einblick in den Raum. Das schien zwar die Aufmerksamkeit von einigen im Büro zu erregen – doch nun gab es nichts mehr zu sehen.

Erleichterung durchströmte Fanny und sie wippte etwas besser gelaunt in ihrem Stuhl zurück. Mika war bei Julian gut aufgehoben, egal, worum es ging. Sie würden gemeinsam eine Lösung finden, da war sie sich sicher.

Mit diesen Gedanken wandte sich Fanny ihrem inzwischen lauwarmen Kaffee und dem Text vor sich zu. Es war an der Zeit, weitere Punkte ihrer To-do-Liste abzuarbeiten und dann endlich das dritte Adventswochenende einzuläuten.

23

Erschöpft ließ Julian seine Wohnungstür mit etwas mehr Schwung zufallen, als er es normalerweise tun würde. Er unterdrückte einen Fluch und hängte seinen Mantel auf, ehe er seine Umhängetasche in das geräumige Arbeitszimmer am Ende des Flurs brachte. Dann schloss er die Tür mit einem energischen Klicken und nahm sich vor, den Raum und überhaupt das Themenfeld Arbeit vor Montag nicht zu betreten. Langsam beschlich ihn das Gefühl, dass sich mit jeder umgeblätterten Seite die Lage des Ressorts Backen prekärer darstellte, und er konnte es einfach nicht fassen, dass sein Vater davon nichts gemerkt haben wollte.

Ohne das Licht anzuschalten, durchquerte Julian das Wohnzimmer und ließ sich auf das große Sofa fallen, das vor der Bücherwand in der Mitte des Raumes stand. Im Halbdunkel, beleuchtet einzig vom diffusen Straßenlicht und der Weihnachtsdekoration seiner Nachbarschaft, lag er da und ließ den Tag Revue passieren.

Nicht nur, dass er heute von Vorgängen in der Abteilung erfahren hatte, die direkt aus einer Realityshow entsprungen zu sein schienen, auch das Verhalten seiner Eltern bereitete ihm weiterhin Sorgen.

Bis vor wenigen Minuten war er noch bei ihnen gewesen. Eigentlich, weil er nach der Arbeit direkt mit seinem Vater reden wollte, der erneut ungewöhnlich früh in den Feierabend gegangen war. Als er mit ihm hatte sprechen wollen, war seine Mutter dazwischengegangen und hatte ihn freundlich, aber bestimmt darauf hingewiesen, dass sie Wochenende hätten. Julian könnte zum Essen bleiben, aber über die Arbeit würde nicht geredet werden. Und sein, seit Julians ersten Erinnerungen, rund um die Uhr arbeitender Vater hatte nichts dazu gesagt, hatte lediglich genickt und den Abendbrottisch gedeckt.

Julian riss sich die Brille herunter und verbarg das Gesicht in seiner Armbeuge. Für eine Sekunde würde er die Panik zulassen, die er sonst versuchte zu ignorieren. All die Sorgen und Ängste, die er sich bemüht hatte, seit seiner Rückkehr wegzurationalisieren, prasselten auf ihn ein. Etwas stimmte nicht mit seinem Vater und Julian erinnerte sich an Fannys Beschreibung von der Backfreude ihrer Mutter. An die Freude in der Vergangenheitsform und an das Vorbei.

Dabei hatte er heute mit seinem Vater darüber reden wollen. Nach dem Essen hatte er ihn im Flur abgefangen und die Tür zur Küche geschlossen, damit seine Mutter nichts mitbekommen würde.

»Geht es dir gut?«, hatte Julian geradeheraus gefragt und seinem Vater fest in die Augen gesehen. »Gesundheitlich, meine ich.«

Sein Vater hatte daraufhin diesen seltsam weichen Gesichtsausdruck bekommen, den er immer hatte, wenn er mit jemandem redete, der eine Sache zwar gut meinte, sie aber nicht komplett verstand. Julian kannte diesen Blick, hatte er ihn doch sein halbes Leben auf sich ruhen gehabt.

»Es ist alles in Ordnung.« Sein Vater hatte ihm in einer etwas steifen Geste die Schulter getätschelt, und Julian war aufgefallen, wie alt die Hände seines Vaters aussahen. Falten und Altersflecke hatten ihm die vertrauten Hände entfremdet, sodass Julian kurz das Gefühl beschlichen hatte, dass es die Hände eines Unbekannten waren, die ihn berührten. Nur der über die Jahre matt gewordene Ehering war derselbe gewesen.

»Scheiße«, murmelte Julian in die Dunkelheit. Zeit war eine eigenartige Sache. Sie dehnte sich aus, schien stillzustehen und doch verging sie jeden Tag, jede Minute, jede Sekunde. Dann gab es diese Momente, in denen man einmal blinzelte und plötzlich schien ein Brocken Zeit spurlos verschwunden zu sein.

Bevor Julian weiter vor sich hin philosophieren konnte, klingelte es an der Tür und er erhob sich schwerfällig vom Sofa. Obwohl er sich freute, Fanny wiederzusehen, so war er sich nicht sicher, ob er heute die beste Gesellschaft abgeben würde. Zu viele Sorgen wirbelten durch seinen Kopf und die ungesunden Arbeitsstunden der letzten Wochen schienen ausgerechnet heute ihren Tribut einzufordern.

Während Fanny die vier Stockwerke zu seiner Wohnung erklomm, schaltete Julian den Fernseher und die Lichterkette ein. Warmes Licht flutete den Raum und vertrieb die dunklen Gedanken zumindest so weit, dass eine leise Vorfreude in Julian aufkam.

Es war eigenartig, Fanny jeden Tag zu sehen, ohne ihr nah sein zu können. Julian hatte gedacht, dass er diesen emotionalen Spagat durch seine Erfahrung mit Witt inzwischen besser hinbekommen würde, allerdings schien eher das Gegenteil der Fall zu sein. Fanny auf der Arbeit nicht anlächeln oder ihre Hand beiläufig in seine nehmen zu können, erwies sich als unfassbar kräftezehrend.

»Julian?«, rief Fanny aus dem Flur, und er fuhr sich erneut über das Gesicht, ehe er sich um den niedrigen Couchtisch herumschlängelte, um zu ihr zu gehen.

»Hallo«, begrüßte er sie, und allein ihr Anblick reichte, damit sich seine Laune besserte. Ohne darüber nachzudenken, zog er sie fest in seine Arme und umarmte sie, als wollte er all die Berührungen nachholen, die sie sich tagsüber versagt hatten.

»Oh, hallo.«

Behutsam schlang sie ihre Arme um ihn. Julian spürte ihre Wärme und versuchte, an nichts zu denken. Nicht an die Backbuchabteilung, nicht an seinen Vater, nicht an unkollegiales Verhalten und schon gar nicht an die Frage, ob das, was sie hier taten, einen Skandal im Verlag auslösen würde. Für diesen Augenblick war alles, was zählte, Fanny nahe zu sein und sich in ihrer Umarmung zu verlieren.

»Geht es dir gut?«, fragte sie, nachdem er sich einfach nicht von ihr lösen wollte.

»Nein«, sagte er ehrlich und wurde dafür mit einem verständnisvollen Glucksen belohnt. Widerstrebend löste er sich von ihr.

»Magst du darüber reden?« Sie schälte sich aus dem Wintermantel und strich sich eine Haarsträhne aus der Stirn. Sie trug ihre Haare wieder zum Teil in diesem Haarknäuel und vielleicht wurde das gerade zu Julians Lieblingsfrisur.

Er nahm ihr den petrolfarbenen Mantel ab und dachte über ihre Frage nach. Die Frage des Wollens konnte er eindeutig beantworten: Ja, er wollte mit ihr über seine Sorgen, seinen Ärger, seine Schwierigkeiten reden. Er wollte über alles mit ihr reden. Doch konnte er das?

Es war eine schwierige Situation, in der sie sich befanden, überlegte er und betrachtete Fanny nachdenklich, wie sie sich ihren Oversize-Pullover zurechtzupfte, den sie über einem Paar flauschig aussehender Leggings trug. Als Abteilungsleiter gab es Dinge, die Mitarbeitende ihm anvertrauten, die nicht für die Ohren anderer gedacht waren. Auch der Gesundheitszustand des Chefs war etwas, das er nicht mit einer Angestellten besprechen sollte. Wäre Fanny eine Freundin, die er jenseits der Arbeit kennengelernt hätte, hätte er unbedenklich all seine Überlegungen vor ihr ausbreiten können. Allerdings betraf das meiste davon sie oder Menschen aus ihrem direkten Umfeld.

»Ich vermute, das ist ein Nein?« Fanny hatte die Stille, die auf ihre Frage gefolgt war, richtig gedeutet, aber sie schien ihm das nicht übel zu nehmen. Sie lächelte ihn an, den Kopf zur Seite geneigt, sodass ihr die dunklen Haare ins Gesicht fielen.

Julian schob ihr eine der vorwitzigen Strähnen hinters Ohr. »Gar nicht so easy, Arbeit und Privates zu trennen.«

»Eher im Gegenteil.« Fanny legte ihm eine Hand auf die Brust. »Aber eine Frage habe ich: Konntest du Mika weiterhelfen?«

Perplex wich Julian einen Schritt zurück. Er ging in Gedanken das Gespräch mit Mika durch, der heute Nachmittag mit verräterisch geröteten Augen vor ihm gesessen hatte, aber nichts deutete für Julian darauf hin, dass er mit jemand anderem auf der Arbeit darüber geredet hatte. Mit gerunzelter Stirn drehte er nachdenklich eine von Fannys Locken zwischen seinen Fingern.

»Ich weiß nicht, worum es geht, und ich will es auch gar nicht wissen!«, bestätigte Fanny hastig Julians Eindruck, was seiner Verwirrung jedoch keinen Abbruch tat. Sie trat von einem Bein aufs andere und schürzte die Lippen. »Ich möchte bloß wissen, ob du ihm helfen kannst, weißt du? Er sah so fertig aus.«

Echte Sorge um ihren Kollegen war aus ihrer Stimme zu erkennen, und Julian war froh, dass in der Backabteilung doch noch so etwas wie Teamgeist vorhanden war.

»Das werde ich.« Julian zog sie erneut in eine Umarmung, ehe er ihr einen flüchtigen Kuss auf die Stirn gab. »Versprochen.«

»Gut.« Fanny nickte ihm zu, bevor sie zur offenen Wohnzimmertür schaute, hinter der das weiche Licht der Lichterkette zu sehen war. »Dann sollte ich dich in deiner Freizeit wohl besser nicht weiter über die Arbeit ausfragen, hm?« Sie lächelte ihm schelmisch zu und fügte ein halb geflüstertes »Herr Juniorchef« hinzu, das ihr die Röte in die Wangen trieb und Julian laut auflachen ließ.

»Ich würde sagen, es ist unsere Freizeit.« Damit zog er Fanny ins Wohnzimmer in Richtung des grauen Sofas, das mit seinen bunten Kissen und der gelben Tagesdecke förmlich zum gemeinsamen Kuscheln einlud. »Aber du hast recht: genug gearbeitet. Wir wollten einen Film sehen, nicht wahr?«

»Richtig«, bestätigte Fanny, stellte ihren Rucksack, den sie vom Flur mit ins Wohnzimmer gebracht hatte, auf das Sofa und kramte in ihm herum. Dann zog sie zwei Packungen Popcorn heraus. »Mir wurde ein Weihnachtsfilm versprochen, wenn ich Popcorn mitbringe. Ich wusste nicht, ob du süßes oder salziges Popcorn magst, deswegen habe ich beides mitgebracht.« Unentschlossen hielt sie erst die eine, dann die andere Packung in die Höhe.

»Ich mag tatsächlich beides«, sagte Julian, der in seiner Zeit in Amerika das salzige Popcorn lieben gelernt hatte.

»Nun, wenn das so ist«, Fanny zog herausfordernd eine Augenbraue hoch, »hätte ich gern eine extragroße Schüssel.«

»Sollst du haben.« Julian ging zur Kücheninsel und holte eine große Metallschüssel aus dem Unterschrank, in dem sich auch seine Pfannen und Kochtöpfe befanden. In die Schüssel würde locker auch ein dritter Beutel Popcorn passen, dachte er, als er Fanny diese reichte. Sie war inzwischen neben ihn getreten und stellte Schüssel sowie Popcornbeutel auf der Arbeitsplatte ab.

»Welchen Film gucken wir?«, fragte sie und riss die erste Tüte auf, um das Popcorn in die Schüssel zu schütten.

»Wäre es schlimm, wenn wir *Love Actually* schauen?« Julian ging zurück zum Sofa, um sich die Fernbedienung von der Sofalehne zu angeln und den Fernseher zu starten. Wie er selbst hatte Fanny den Film bestimmt schon das eine oder andere Mal gesehen, aber seiner Meinung nach war dieser bei Weitem der erträglichste Weihnachtsfilm. Außerdem erinnerte er ihn an seine Zeit in London, das zur Weihnachtszeit eine nahezu magische Atmosphäre hatte.

»Ich liebe diesen Film!«, sagte Fanny, und wenn Julian nicht alles täuschte, kippte sie gerade auch die zweite Tüte Popcorn in die Metallschüssel. »London ist zu Weihnachten schon was Besonderes, nicht?«

»Du warst über Weihnachten mal in London?« Julian scrollte durch die Mediathek. Auf dem Bildschirm tauchte Bill Nighy umringt von leicht bekleideten Tänzerinnen im Weihnachtsmannkostüm auf.

»In der Vorweihnachtszeit.«

Julian hörte Fanny hinter sich mit dem Popcorn rascheln und wählte den Film aus, um ihn sofort zu pausieren. Dann drehte er sich zu ihr um. Sie stand noch immer an der Kücheninsel und schwenkte die Popcornschüssel in ihren Händen.

»Mum war mit Aidan, Thomas und mir im Dezember oft ihre Schwester besuchen, die in London lebt. Die Weihnachtsbeleuchtung in der Stadt ist wunderschön und irgendwie scheint alles vor Vorfreude zu pulsieren. Aber vielleicht lag das auch an mir.« Fanny strich sich verlegen über die Nase, kam dann mit der Schüssel zu ihm und stellte sie auf dem Couchtisch ab.

»Vielleicht eine Mischung aus beidem?«, schlug Julian vor und gab ihr einen Kuss auf die Nasenspitze. Er deutete auf das Sofa. »Setz dich doch.«

Als sie beide Platz genommen und Julian nach anfänglichem Zögern seinen Arm um Fanny geschlungen hatte, startete er den Film. Nach den Produktionsclips tauchten die ersten Menschen auf, die sich am Flughafen umarmten und Julian zog Fanny näher an sich heran. Tief atmete er ihren Duft ein, der beinahe etwas Frühlingshaftes hatte.

Er würde nur kurz die Augen schließen, dachte Julian, während die Stimme von Hugh Grant anfing, über die Liebe zu sinnieren, die überall war, auch wenn man nicht über sie sprach, sie als etwas Alltägliches betrachtete. Nur kurz innehalten und diese himmlische Wärme genießen, die Fannys Nähe bei ihm auslöste. Nur kurz …

❄

Als Fanny wach wurde, wusste sie zunächst nicht, wo sie sich befand. Wärme und Geborgenheit umfingen sie, wie sie sie seit dem Tod ihrer Mutter nicht mehr gespürt und für immer verloren geglaubt hatte. Sanftes Licht erhellte den Raum und verstärkte dieses Gefühl der Geborgenheit. Für einen Moment gab sich Fanny der Illusion hin, dass alles auf der Welt in Ordnung war.

Sie rutschte näher an die Wärmequelle heran, die sie inzwischen als Julian ausgemacht hatte, der neben ihr auf dem großen Sofa lag. Im Schlaf sah sein Gesicht entspannt und gelöst aus und seine Brille hing ihm schief auf der Nase.

Lächelnd betrachtete Fanny ihn. Sie konnte kaum glauben, dass sie hier an Julians Seite lag. Im Schlaf hatte er seine Arme um sie geschlungen, als wollte er nie wieder ohne sie sein.

Vorsichtig, um ihn nicht zu wecken, hob Fanny einen Arm und pflückte Julian in Zeitlupe die Brille von der Nase. Dieser verzog zwar das Gesicht, wurde aber nicht wach. Dafür vergrub er seine Nase in ihrem Haar, wie er es gestern Abend schon einmal gemacht hatte, kurz bevor er eingeschlafen war.

Fanny zog die Decke, die sie früher am Abend über sich und Julian ausgebreitet hatte, etwas höher, bevor sie erneut wegdöste. Auch sie spürte die Anstrengung der letzten Wochen – ach was, der letzten Monate – und eine angenehme Schwere überkam sie.

Plötzlich jedoch riss sie ihre Augen auf und war schon fast dabei, sich aufzurichten, als Julian sie – im Schlaf vor sich hingrummelnd – noch enger an sich presste.

Fanny konnte das Adrenalin förmlich durch ihren Körper peitschen fühlen, während sie neben ihm lag und überlegte, wo sie vor dem Einschlafen ihr Handy hingelegt hatte. Sie war sich sicher, dass inzwischen Dutzende Anrufe und Textnachrichten eingegangen sein mussten, denn wie ihr soeben siedend heiß eingefallen war, hatte sie vergessen, ihren Brüdern Bescheid zu geben, dass sie nicht nach Hause kommen würde. Was, wie Fanny zu ihrer Verteidigung sagen konnte, auch nicht der Plan gewesen war! Sie hatte sich einfach einen Film mit Julian ansehen und danach, ohne Aufsehen zu erregen, nach Hause fahren wollen.

Vorsichtig tastete sie ihre Umgebung ab und fand ihr Handy zu ihrer Erleichterung in der Sofaritze zwischen sich und Julian. Wie vermutet waren inzwischen ganze vierzehn verpasste Anrufe eingegangen, allein neun davon von ihrem großen Bruder. Aber sie hatte auch einige Anrufe von Felix bekommen, was bedeutete, dass Aidan ihn aus dem Schlaf geklingelt haben musste. *Shit.*

Sie öffnete WhatsApp.

Wo bist du und wann kommst du nach Hause? So fing der Nachrichtenstrom von Aidan an, der – je später es wurde – zwischen besorgt und verärgert hin und her zu pendeln schien. Die letzte Nachricht, in der er sie bat, sich bitte bei ihm zu melden, hatte er erst vor wenigen Minuten geschrieben. Dabei war es inzwischen bereits nach ein Uhr. Das schlechte Gewissen schien sich durch Fannys Magenwände fressen zu wollen.

Sie überflog Felix' Nachrichten, die von ganz anderer Natur waren, da er wusste, wo sie war. Fanny schoss das Blut ins Gesicht, und sie betete, dass ihr Leben viel zu uninteressant war für irgendwelche Spionageaktionen.

Ich hoffe, du antwortest deinem Bruder nicht, weil du sowohl dein Handy als auch deine verbleibenden zwei Hirnzellen unter dem Bett des hotten Grummelbärchens verloren hast und NICHT etwa in einem Straßengraben?! Diesen Worten folgte eine bunte Ansammlung von Emojis, wobei die Aubergine, Schweißtropfen und das Feuerzeichen am häufigsten vorkamen.

»O Gott«, stöhnte Fanny und verbarg ihr Gesicht in der freien Hand, vielleicht in der irrsinnigen Hoffnung, diese Textnachricht weder bekommen noch gesehen zu haben. »Da schläft man einmal ein und dann gleich so was.«

Hab Aidan btw nicht geantwortet, las Fanny, nachdem sie sich wieder traute, auf ihr Handy zu schauen, und sich durch all die Emojis nach unten gescrollt hatte. *Falls du ein Alibi für deine nächtlichen Aktivitäten mit Mr Hotty McNaughty brauchst, sag Bescheid.*

Die nächste Ansammlung von Emojis überging Fanny und fragte sich, ob es möglich war, vor Peinlichkeit in Flammen aufzugehen. Die letzte Nachricht, die Felix vor einer knappen Stunde geschickt hatte, las sie jedoch aufmerksam. *Sag mir bitte auch sonst Bescheid, damit ich weiß, dass es dir gut geht, ja? Luv ya, du Knalltüte.*

Fanny betrachtete das kleine blaue Herz, das Felix ans Ende der Nachricht gestellt hatte, und eine angenehme Wärme breitete sich in ihr aus. Sie hoffte, dass er einfach auf ihre schlechte Beziehung zu ihrem Handy setzte und sich nicht die halbe Nacht um die Ohren geschlagen hatte.

Wir sind vor dem Fernseher eingeschlafen, schrieb sie und schickte die Nachricht sofort ab für den Fall, dass Felix noch wach sein sollte. Aber da auch nach einer halben Minute keine Antwort zurückkam, wusste Fanny, dass ihr bester Freund wieder eingeschlafen war und hoffentlich gut träumte. Vielleicht von stepptanzenden Rosinenbrötchen?

Für ein Alibi wäre ich dir superdankbar, begann Fanny die nächste Nachricht, dann zögerte sie. Sie sah zum friedlich schlafenden Julian und wusste selbst nicht, wieso sie ihrer Familie nichts von ihrem … ihrem was erzählt hatte? Ihrem Freund? Ihrem Lass-mal-gucken-was-das-wird? Ihrem Boss, den sie datete?

Sie lehnte sich etwas zurück, um zu Julian aufzusehen. Der warme Schein der Lichterkette wirkte wie ein Filter, der alles weicher und irgendwie romantischer zeichnete. Wie auf Autopilot zückte Fanny ihre Handykamera, um den Augenblick für die Ewigkeit festzuhalten.

Sie betrachtete das Foto versonnen und konnte ihren Herzschlag beinahe durch den ganzen Körper vibrieren fühlen. Sollte sie sich nicht langsam eingestehen, dass sie sich in diesen wunderbaren Mann verliebt hatte? Ehe sie sich weiter in Überlegungen dieser Art verstricken konnte, wandte sie sich der angefangenen Nachricht an Felix zu. *Morgen mehr, muss erst mal Aidan beruhigen. Luv ya auch, du Witzbold.*

Dann öffnete Fanny mit schlechtem Gewissen den Nachrichtenverlauf mit Aidan. Wenn sie ihm sagen würde, dass sie mit Julian glücklich war, würde er das akzeptieren und sie unterstützen. Grummelnd vielleicht und nicht, ohne sicherzustellen, dass Julian kein Creep war, aber trotzdem. Dennoch schrieb Fanny ihm, dass Felix und sie vor dem Fernseher eingeschlafen waren und morgen gemeinsam zum geplanten Backen nach Hause kommen würden.

Seufzend beobachtete sie, wie das zweite Häkchen neben der Nachricht auftauchte. Aidan war sofort online und tippte los.

Immerhin kein Axtmörder, ploppte seine Antwort keine Sekunde später auf und Fanny gluckste in die Stille der Nacht. Aidan war allerdings noch immer am Schreiben, wie ihr WhatsApp verriet. *Falls doch: Bitte ihre Überreste gebündelt bei uns abgeben. Falls nicht: Ich erwarte dich morgen bis spätestens zwölf Uhr zu Hause. In beiden Fällen: Entschuldigungs-Scones wären angebracht.*

Erleichterung durchflutete Fanny, und sie tippte rasch ein *Deal,* ehe sie das Handy hinter sich aufs Sofa legte. Dann kuschelte sie sich an Julian, der sie sofort leise brummend an sich zog. Bevor sie einschlief, setzte Fanny noch *riesige Tüte Scones für Aidan besorgen* auf ihre mentale To-do-Liste.

24

Am nächsten Morgen war der Bordstein vor Julians Wohnung von einer gleichmäßigen Schneeschicht bedeckt, in der zu so früher Stunde noch keine Fußstapfen zu sehen waren. Friedlich lag die Straße vor Fanny und sie atmete die kalte Winterluft tief ein.

Sie wickelte sich den Schal etwas enger um den Hals, überprüfte, ob sie ihr Portemonnaie und den Schlüssel dabeihatte, den sie von Julians Flurschrank genommen hatte. Dann zog sie die Haustür hinter sich zu und stapfte los, die Straße hinunter, um deren Ecke sich die Bäckerei *Pustekuchen* befand, in der Felix arbeitete.

Julian hatte noch geschlafen, als Fanny kurz nach sieben wach geworden war. Er hatte zunächst leise vor sich hingemurrt, während sie vorsichtig aufgestanden war, um die Lichterkette und den Fernseher auszuschalten. Als er auch danach nicht wach geworden war – sich stattdessen auf den Bauch gerollt und angefangen hatte, leise zu schnarchen –, hatte sie beschlossen, Brötchen für ein gemeinsames Frühstück zu besorgen.

Nachdem sie ein paar Minuten durch den erstaunlich starken Wind gestapft war, der ihr pulvrigen Schnee in die Augen trieb, erreichte Fanny die Bäckerei. Durch das hell erleuchtete Schaufenster konnte sie ihren besten Freund erkennen, der hinter der Theke mit einem Spritzbeutel hantierte. Abgesehen von ihm war der kleine Laden erstaunlicherweise leer und auch die gemütliche Sitzecke am Fenster mit den filigranen Bistrostühlen lag verwaist da. Nur der Weihnachtskranz mit zwei brennenden Kerzen stand auf dem schwarzen Metalltisch.

Fanny huschte in den Laden und beeilte sich, die Tür hinter sich zu schließen, denn ein kalter Windstoß fegte herein. Kaum war die Tür zu, umhüllte sie der warme Duft von frisch gebackenen Brötchen und gemahlenen Nelken. Fanny zog genießerisch die Luft ein, während ihr das Wasser im Mund zusammenlief.

»Na, sieh mal einer an!« Felix grinste sie herausfordernd über die Verkaufstheke hinweg an, in der sich von einfachem Blechkuchen über Lebkuchen und Stollen bis hin zu raffinierten Mini-Törtchen allerlei Nascherei stapelte. Hinter Felix an der Wand ragte das hölzerne Brotregal auf, in dem sich neben den Brotlaiben auch all die verschiedenen Brötchensorten in ihren Schütten befanden. »Dass ich dich um diese Uhrzeit schon zu Gesicht bekomme, überrascht mich. Gestern doch nicht genug ausgepowert?«

»Felix!« Fanny sah von ihrem unschuldig mit den Wimpern klimpernden Freund zur offenen Tür der Backstube. Da aus dieser aber nichts außer das leise Gedudel eines Radios zu hören war und kein neugieriger Kopf in den Verkaufsraum gestreckt wurde, hoffte Fanny, dass auch niemand ihn gehört hatte. »Wir sind wirklich nur eingeschlafen«, beteuerte sie, auch wenn sie nicht wusste, warum sie sich überhaupt rechtfertigte. Immerhin waren sie erwachsene Menschen.

»Wenn du das sagst …« Felix wackelte mit den Augenbrauen, dann kam er hinter der Theke hervor und nahm sie – nachdem er sich versichert hatte, dass er nicht mit Mehl oder Puderzucker bestäubt war – fest in die Arme. »Du hast deine Familie gestern ganz schön in Aufregung versetzt. Sogar Thomas und Sophie haben mir geschrieben.« Er schob Fanny mit beiden Armen von sich und sah sie mit gespielter Strenge an.

»Oje.« Seufzend befreite sich Fanny von Mütze und Schal, da es in der Bäckerei deutlich zu warm dafür war. Sie atmete die süße Luft tief ein, die ihr ebenso vertraut war wie das Lächeln ihres besten Freundes. »Das war echt nicht meine Absicht.« Hilflos schaute sie zu Felix, der ihr beruhigend den Arm tätschelte.

»Das weiß ich doch.« Da war sie wieder, die Sorge, die sich seit dem Start von Fannys Volontariat regelmäßig in seinen Blick schlich. »Ich sage dir immer wieder, dass du zu viel arbeitest und zu wenig schläfst. Und wie es aussieht, geht es deinem Grummelbärchen nicht anders.«

Tja, dagegen konnte sie schlecht argumentieren. »Nenn ihn nicht so«, sagte sie deswegen nur und fuhr sich verlegen über die eiskalte Nase.

Sofort breitete sich ein Grinsen auf Felix' Gesicht aus, und ehe Fanny sich's versah, ratterte er eine Liste von Namen herunter, wie er Julian stattdessen nennen könnte. Von *Mr Bossman* über *Hotty McNaughty* bis hin zu *zauberhafter Zimtstern* war alles dabei.

»Zauberhafter Zimtstern?« Fanny ließ vor lauter Lachen ihre Mütze fallen. »Hast du heute Morgen zu tief in die Mischung für die Rumkugeln geguckt?«

»Passt nicht?« Felix stemmte beide Hände in die Hüften und wollte gerade etwas hinzufügen, als sich seine Chefin räusperte.

»Na, was ist denn hier los?« Bettina Strubel, die weißhaarige Bäckermeisterin, tauchte kopfschüttelnd im Durchgang zum Verkaufsraum auf.

»Guten Morgen, Frau Strubel.« Fanny winkte in Richtung der älteren Frau, an deren Nasenspitze sie etwas Mehl erkennen konnte.

»Ach, guten Morgen, Fanny!« Frau Strubel kam freudestrahlend in den Raum und klopfte sich im Gehen Mehl von der weißen Kleidung. Dann nahm sie Fanny ebenfalls in die Arme. »Geht es Ihnen gut? Felix meinte, dass Sie mit dem neuen Job alle Hände voll zu tun haben.«

»Das stimmt«, bestätigte Fanny und versuchte, sich daran zu erinnern, wann sie die Bäckermeisterin zuletzt gesehen hatte. Mit leichtem Erstaunen stellte sie fest, dass es mehrere Monate her sein musste. War sie tatsächlich zu einem dieser Menschen geworden, die nur arbeiteten und für Freunde und Bekannte keine Zeit mehr hatten? »Es ist auf alle Fälle schön, Sie mal wiederzusehen.« Fanny nahm sich fest vor, im neuen Jahr etwas mehr auf diese Work-Life-Balance zu achten, von der alle sprachen.

»Felix hat erzählt, dass er heute zu Ihnen Weihnachtsplätzchen backen geht? Was wollen Sie denn machen?« Frau Strubel sah zwischen ihr und Felix hin und her und lehnte sich an die Verkaufstheke. Man merkte den beiden ihr gutes Verhältnis deutlich an, denn unzählige Lachfalten durchzogen das Gesicht der Bäckermeisterin, wann immer sie zu ihrem Gesellen schaute.

»Auf alle Fälle Zimtsterne!« Felix zwinkerte Fanny zu.

»Ohne Zimtsterne kein Weihnachten«, bestätigte sie und versuchte, das aufsteigende Kichern zu unterdrücken. Stattdessen zählte sie die anderen Plätzchensorten auf, für die sie gestern nach der Arbeit noch eingekauft hatte. Einfaches Buttergebäck mit den verschiedensten Streuseln, auf die Thomas nach wie vor bestand, Engelsaugen, Schoko-Mokkabohnen und natürlich Ingwerkekse, ohne die für Aidan nicht Weihnachten sein konnte.

»Oh, das klingt nach einer guten Mischung!«, rief Frau Strubel. Plötzlich ertönte ein durchdringendes Piepen in der Backstube.

Felix' Kopf ruckte in Richtung der offen stehenden Tür, und er wollte sich schon auf den Weg nach hinten machen, als Frau Strubel ihn aufhielt.

»Lass nur, ich mache das.« Dann wandte sie sich Fanny zu. »Wunderbar, Sie wiedergesehen zu haben, Fanny. Sagen Sie Felix unbedingt, dass Sie auf ein paar seiner neuen Keks-Experimente bestehen. Sonst isst er sie am Ende alle allein.«

Felix musste sich vor lauter Lachen an einem der Bistrostühle festhalten, und auch die Bäckermeisterin ging kichernd nach hinten, um sich der Backware anzunehmen, die im Ofen auf sie wartete.

»Du hast deine Chefin gehört.« Fanny gab Felix einen Klaps, während der damit beschäftigt war, sich die Lachtränen aus den Augenwinkeln zu wischen. »Ich bestehe auf ein paar Keks-Experimente. Und Brötchen. Und eine Tüte voll Scones. Und vielleicht noch eine Umarmung.«

»Sollst du alles haben.« Felix nahm sie zuerst fest in die Arme. »Brötchen und Scones musst du zwar bezahlen, aber der Rest gehört zum Beste-Freunde-Service. Und glaub nicht, dass ich dich ohne Details ziehen lasse! Schließlich muss dein Alibi bombenfest sein, wenn Kommissar Aidan Schuster uns ins Verhör nimmt.«

25

Kaffeeduft stieg ihm in die Nase und vermischte sich mit seiner Traumwelt, in der gerade etwas Schönes passiert war, dessen war Julian sich sicher. Er runzelte die Stirn und versuchte, sich daran zu erinnern, was ihm dieses zufriedene und angenehm warme Gefühl gegeben hatte.

Eine kalte Berührung im Nacken ließ ihn jäh hochfahren und er schaute sich verwirrt um. Ohne seine Brille konnte er sein vertrautes Wohnzimmer nur verschwommen sehen, aber die Person, die kichernd vor ihm hockte, erkannte er auch ohne Sehhilfe: Fanny.

»Guten Morgen!«, rief sie und hatte deutlich mehr Elan als Julian. Er starrte sie bloß verwirrt an, ehe er nickte und etwas brummte, das man mit viel gutem Willen als ein »Guten Morgen« durchgehen lassen konnte.

»O Mann. Wie spät ist es?« Er fuhr sich durch die schlafzerzausten Haare. Dass er eine ganze Nacht auf dem Sofa verbracht hatte, war ihm schon lange nicht mehr passiert. Wobei er zugeben musste, dass er auch schon lange nicht mehr versucht hatte, abends einen Film zu schauen.

Von Fanny kam erneut ein amüsiertes Glucksen, und sie reichte ihm eine Tasse, aus der es verführerisch nach Kaffee duftete. Dann setzte sie sich zu ihm und grinste ihn verschmitzt an. Zumindest meinte Julian, das vage erkennen zu können.

»Hast du irgendwo meine Brille gesehen?«, fragte er und sah

sich mit zusammengekniffenen Augen um. Er konnte sich nicht daran erinnern, sie abgesetzt zu haben, vermutlich hatte er sie im Schlaf verloren.

Fanny griff auf den Couchtisch und setzte ihm kurzerhand die Brille auf die Nase. »Besser?«

Julian rückte die Brille gerade und sah zu Fanny, die er nun deutlich vor sich sehen konnte. Ihre blauen Augen leuchteten ihn förmlich an und sein geliebtes Grübchen war auch mit von der Partie. »Perfekt.« Er hauchte Fanny einen flüchtigen Kuss auf die geröteten Lippen, die geradezu eisig waren. Verwirrt berührte er diese mit seinen Fingern.

»Kalt?«, fragte Fanny und kicherte wieder. Dann pustete sie in ihre Tasse und trank einfach ihren Kaffee, als würde das alles erklären.

Ohne weiter nachzufragen, schloss Julian sich ihr an, denn ohne Kaffee war er eindeutig nicht aufnahmefähig. Er nahm einen großen Schluck und die Tatsache, dass Fanny den Kaffee so zubereitet hatte, wie er ihn liebte – stark, mit einem winzigen Schuss Milch –, löste ein Kribbeln in ihm aus.

Es gefiel ihm, sie so früh bereits um sich zu haben. Normalerweise schätzte Julian morgens seine Ruhe, etwas, das sowohl in Partnerschaften als auch in Wohngemeinschaften nicht immer gut angekommen war. Doch statt ihn am Morgen gleich mit einer Informationsflut zu bombardieren, saß Fanny einfach neben ihm, hatte einen kalten Fuß unter sein Bein geschoben und trank in Ruhe ihren Kaffee. Sie wirkte selbst noch leicht verträumt und eine angenehme Wärme gesellte sich zum Kribbeln in Julians Inneren.

Mit einem behaglichen Seufzen lehnte er sich zurück, und es brauchte nur ein leichtes Zupfen an Fannys Pullover, da kuschelte sie sich auch schon an ihn. Erstaunt stellte Julian fest, dass sich ihr ganzer Körper ausgekühlt anfühlte, und er zog schnell die gelbe Decke über sie. So saßen sie schweigend nebeneinander und genossen die Ruhe und Zweisamkeit unter der warmen Decke. Und den guten Kaffee, der sich in Julians Tasse langsam leerte.

»Magst du das Rätsel lösen?«, fragte Julian nach einer Weile und berührte Fanny flüchtig mit dem Daumen an der Unterlippe.

Sie schien das als Aufforderung zu verstehen, denn sie begann, sich langsam seinen Hals hinaufzuküssen. Wenn ihre Nase dabei nicht die Temperatur eines kaum angetauten Eiswürfels gehabt hätte, hätte es Julian bestimmt deutlich besser gefallen. Er löste sich mit einem Schaudern von ihr.

»Hast du deine Nase zum Wachwerden in einen Schneehaufen gesteckt?« Er fuhr ihr sanft über besagte Nase. Abgesehen von der eisigen Temperatur und einem leichten Rotschimmer war sie perfekt.

»Fast.« Fanny stand auf und ging in Richtung seiner offenen Küche. Auf der Kücheninsel konnte er einige unförmige Tüten erkennen, auf die Fanny jetzt zeigte. »Ich war beim Bäcker und draußen ist es heute arktisch kalt.«

»Du hast Brötchen geholt?« Julian rappelte sich auf und trat zu ihr an die Kücheninsel. Und tatsächlich: Die Tüten darauf trugen das Logo von der Bäckerei um die Ecke. Dann schaute er zum Küchenfenster, gegen das ein Windstoß in dem Augenblick eine ordentliche Portion Pulverschnee peitschte, als ob er ihm beweisen wollte, wie kalt und ungemütlich es draußen war. »Wir hätten auch zusammen gehen können, Fanny. Warum hast du mich nicht geweckt?« Julian zog sie behutsam an sich. Inzwischen war immerhin ihr restlicher Körper aufgeheizt, und so verlegte Julian sich darauf, die kleine gerötete Nase warm zu reiben.

Fanny kicherte erneut, ehe sie sich von ihm löste und seine Kaffeemaschine ansteuerte.

»Ach was«, sagte sie, während sie sich etwas Kaffee nachschenkte und fragend auf Julians inzwischen leere Tasse deutete. Er schob sie ihr hin und setzte sich auf einen der Barhocker. »Du hast tief und fest geschlafen. Außerdem habe ich die Gelegenheit nutzen wollen, Felix auf der Arbeit zu besuchen.« Fanny goss Kaffee und Milch in ihre Tassen, dann kam sie mit diesen zu ihm und schmiegte sich an Julian, sodass sein Herz gleich wieder ins Stolpern kam.

Vielleicht sollte er weniger Kaffee trinken, dachte er, während er einen Arm um Fannys Schultern legte und ihr einen Kuss hinters Ohr hauchte.

»Mir ist vorher gar nicht aufgefallen, wie lange ich schon nicht mehr im *Pustekuchen* gewesen bin. Komisch, wie sehr sich die Dinge in den letzten Monaten verändert haben.« Fanny ließ sich auf den Hocker neben ihm fallen. Ihre morgendliche Energie schien mit einem Schlag verpufft zu sein und sie starrte stirnrunzelnd in ihre Kaffeetasse.

Das erinnerte Julian an seine anfängliche Sorge, Fanny könnte bei ihnen im Verlag unglücklich sein. Er hatte sie auf der Arbeit noch nie in irgendeiner Form gelöst erlebt, abgesehen von dem Ausflug, den sie gemeinsam zum *P4* gemacht hatten. Dort war sie völlig in ihrem Element gewesen, während sie mit Chris, Hani und Heidi gefachsimpelt hatte. Wie ein Schwamm hatte sie alle Erklärungen in sich aufgesogen und dabei voller Begeisterung zu Chris gesehen, sodass Julian auch jetzt noch einen leichten Stich Eifersucht spürte. Er stellte seine Tasse ab und zupfte sich am Ohr.

»Richtig gut gefällt es dir bei uns im Verlag nicht, oder?«, fragte er geradeheraus und strich ihr über den Oberarm.

Aber Fanny erwiderte auf seine Frage nichts, starrte bloß in ihre dampfende Kaffeetasse. Ihre Augen bekamen allerdings einen eigenartigen Glanz.

Großartig, gratulierte Julian sich selbst, er konnte sich wirklich auf sich verlassen, wenn es darum ging, die Stimmung zu ruinieren. Ganz das *Diabolique Bovin*.

Er wollte gerade zu einer Entschuldigung ansetzen, als Fanny sich auf dem Barhocker aufrichtete und etwas unzusammenhängend zu erzählen anfing. Von dem nicht wissen, was sie beruflich machen sollte, dem Fehlen der großen Leidenschaft, wie ihr Bruder und bester Freund sie zu haben schienen, und dem Gefühl, dass alle – sogar Robert! – einer Art Berufung folgten, die ihr fehlte.

Julian ließ sie weiterreden, lauschte nur mit immer größerer Verwunderung. Erst als Fanny stammelte, dass sie sich gar nicht vorstellen konnte, diesen Job für längere Zeit zu machen, und sich darüber hinaus selbst mit Vorwürfen überhäufte, wie sie bloß jemals auf die Idee hatte kommen können, dass dies der richtige Job für sie wäre, griff Julian ein.

»Hey«, sagte er und tastete nach ihrer Hand, die inzwischen völlig entkräftet neben der Tasse auf der Arbeitsplatte lag. »Niemand sagt, dass du diesen Job für immer machen musst. Auch wenn du ein Volontariat in einem Bereich machst, heißt das nicht, dass dir danach keine anderen Türen offen stehen werden.«

Er sah sie eindringlich an, wohingegen sie ihre ineinander verschlungenen Hände betrachtete. »Über deine Qualifikation brauchst du dir keine Sorgen zu machen.« Julian wollte das gleich zu Beginn klarstellen, nicht, dass Fanny sich diesbezüglich mit Zweifeln herumplagte. Denn er hatte es genau so gemeint, als er gesagt hatte, dass beide Volontäre in den vergangenen Monaten einen exzellenten Job geleistet hatten. »Aber du musst auch mit deiner Arbeit glücklich sein, Fanny.«

Fanny verzog den Mund, als würden sie gleich wirklich weinen. »Glücklich im Job? Ist das nicht ein Mythos, den man unbedarften Praktikanten und Praktikantinnen erzählt, um sie bei der Stange zu halten?« Sie hatte den Kopf zur Seite geneigt und wirkte so traurig und bedrückt, dass Julian sie am liebsten sofort in die Arme genommen hätte. »Du wirkst aktuell auch nicht sonderlich glücklich in deinem Job«, schob sie hinterher. »Und wenn ich überlege, wie oft Aidan über all die grauen Haare klagt, die ihm angeblich aufgrund seiner Studierenden wachsen, bin ich mir auch bei ihm nicht sicher, ob er glücklich ist.«

Julian dachte etwas länger über ihre Worte nach und musste zugeben, dass die Arbeit gerade eine Herausforderung war. Nie zuvor war er so sehr an seine mentalen Grenzen gestoßen wie in den vergangenen Wochen. Dennoch würde er sich jederzeit wieder für diesen Job entscheiden, ganz egal, mit wie vielen chaotischen Backbuchabteilungen oder hinterhältigen Roberts er sich herumschlagen müsste.

»Es stimmt, es ist gerade nicht leicht.« Julian sprach mit Bedacht und legte sich die folgenden Worte sorgsam zurecht. »Aber ich glaube, du verwechselst hier Spaß mit Glück. Nichts macht rund um die Uhr Spaß, das heißt aber nicht, dass es uns nicht trotzdem glücklich macht.«

Hier hielt Julian inne, um zu gucken, ob Fanny ihm folgen konnte oder ob er sich vielleicht ungeschickt ausdrückte. Sie schien sich seine Worte mit gerunzelter Stirn durch den Kopf gehen zu lassen.

Dann fuhr er fort: »Zum Beispiel macht es mir im Moment keinen Spaß, dass wir auf der Arbeit unser … *Daten* verheimlichen müssen. Trotzdem macht unser Daten mich glücklich.« Mit diesen Worten hob er ihre Hand und setzte einen federleichten Kuss auf ihren Handrücken. »Verstehst du, wie ich das meine?«

Fanny kreiste gedankenverloren ihre Tasse in der freien Hand und nickte zögerlich. Eine leichte Röte überzog ihre Wangen und sie kaute auf der Unterlippe herum. »W-wenn du das so sagst, klingt es so offensichtlich«, stammelte sie. »Wie etwas, das man mit Anfang zwanzig wissen sollte.«

Julian zuckte mit den Schultern, ehe er seinen Kaffee weitertrank. »Ich persönlich glaube, dass in den letzten Jahren eine Menge Mist über das Arbeitsleben behauptet wurde. *Love it or leave it* und so weiter. Klar sollte man idealerweise seinen Job lieben.«

Als Fanny nichts erwiderte, folgte er ihrem traurigen Blick, der in Richtung Küchenfenster ging, auf dessen Fensterbank sein Basilikum und Schnittlauch welk in sich zusammengefallen waren. Ihre Finger klopften im Rhythmus ihrer Gedanken auf die Arbeitsplatte.

»Aber auch Liebe ist nicht immer easy und muss harte Zeiten aushalten können«, fuhr Julian fort und beschloss, die Pflanzen bei der nächstbesten Gelegenheit möglichst unauffällig im Mülleimer zu versenken. »Zeiten, in denen man Schwierigkeiten hat, sich morgens zu motivieren. Aber wenn man etwas liebt …«

»Aber das ist es ja!«, platzte es aus Fanny heraus und ihre Hände ballten sich zu Fäusten.

Julian hatte gerade zu einer – zugegeben etwas uneleganten – Überleitung ansetzen wollen, um Fanny zu sagen, dass er auf dem besten Weg war, sich in sie zu verlieben. Nun konnte er sie jedoch nur verwirrt ansehen. Was sollte eine derartige Verzweiflung in ihr auslösen?

»Wenn man etwas liebt!«, sagte Fanny da mit Nachdruck. »Aber so etwas habe ich nicht. Und es ist schön, dass ich die nötige Qualifikation für etwas habe, aber das heißt nicht, dass ich den Job auch liebe! Ich wünschte, ich hätte etwas, bei dem ich voller Leidenschaft dabei bin und nicht bloß, weil ich mich den Autoren und Autorinnen gegenüber verpflichtet und schuldig fühle.«

»Wovon redest du bitte?« Julian legte Fanny beruhigend eine Hand aufs Bein, die sie mit einem ausweichenden Schlenker ihres Hockers abschüttelte. Dann verschränkte sie die Arme vor der Brust. »Fanny, ich habe noch nie jemanden mit mehr Leidenschaft und Begeisterung über Fotografie und Bildkomposition diskutieren sehen wie dich im *P4*!«

Fannys angespannte Schultern lockerten sich ein wenig und Julian atmete erleichtert auf.

»Wobei, das stimmt nicht«, korrigierte er sich und musste schmunzeln, denn Fanny sah ihn sofort zweifelnd an. Wie konnte jemand, den die halbe Region als Fotografin benutzte, dermaßen blind gegenüber ihren eigenen Talenten sein? »Ich habe das schon einmal gesehen: Bei Chris, der – wie du weißt – heute mit dem *P4* sein eigenes Fotostudio leitet. Er war zu unserer Schulzeit genauso fotografiebegeistert, wie du es bist.«

»Ja, aber …« Fanny runzelte die Stirn. »Das ist nur ein Hobby von mir.«

»Und Backen war ein Hobby von Felix«, erwiderte Julian und betrachtete die Brötchentüte vor ihnen sehnsüchtig. Aber auch wenn er langsam Hunger bekam und er um die großartigen Brötchen aus der Bäckerei *Pustekuchen* wusste, so war das hier wichtiger. »Und Lesen ein Hobby deines Bruders. Sind das nicht die großartigsten Jobs, die sich aus einem Hobby entwickeln? Und warum soll etwas, das dir Freude bringt, keine großartige Karriere für dich werden?«

Mit diesen Worten lehnte Julian sich zurück und wartete. Er hatte keine Ahnung gehabt, dass sie sich mit solchen Fragen herumschlug, sonst hätte er schon früher mit ihr über Chris' halb im Scherz gemeintes Angebot geredet, dass er ihm Fanny *sehr, sehr gern abnehmen* könnte. Obwohl der Abteilungsleiter in ihm gerade auf die Barrikaden ging, wollte Julian, dass Fanny ihr volles Potenzial ausschöpfen konnte. Und wie es aussah, würde sie das nicht bei ihm in der Backbuchabteilung tun.

»Fotografie als Karriere«, sagte Fanny, noch immer mit verschränkten Armen. »Ich bin aber keine Künstlerin.«

»Das sagt Chris auch über sich.« Julian zuckte mit den Schultern, nicht breit, diesen Einwurf gelten zu lassen. »Er sagt, er sei ein Handwerker und dass nicht jeder Fotograf oder jede Fotografin in Kunstgalerien ausstellen möchte. Viele arbeiten zum Beispiel in der Werbebranche – oder eben für Koch- und Backbuchverlage.«

»Fotografie«, wiederholte Fanny, doch diesmal klang es nach träumen und sich die Zukunft in den buntesten Farben ausmalen. Sie senkte die Arme und endlich löste sich auch ihre verkrampfte Haltung.

Erleichtert griff Julian erneut nach Fannys Hand. »Denk einfach darüber nach.« Er strich sanft mit dem Daumen über ihren Handrücken. »Du hast alle Zeit der Welt, und ich bin mir sicher, dass Chris – was das Thema angeht – definitiv gesprächsbereit ist. Ich kann ihn ja mal fragen, ob er demnächst Zeit für dich hat.«

»Okay«, sagte Fanny, und Julian hatte das Gefühl, dass langsam ihre gute Laune wiederkam. Sie drückte seine Hand, dann lächelte sie. »Danke, Julian.«

»Da nicht für.« Er beugte sich nach vorn, um ihr einen flüchtigen Kuss auf die Lippen zu geben. Dann schielte er in Richtung der Brötchentüten. »Hast du auch so Hunger wie ich?«, fragte er im Flüsterton und schaffte es damit, die letzten Sorgenfalten von Fannys Stirn verschwinden zu lassen.

»Auf alle Fälle!« Sie griff nach der ersten Tüte, die sie kurzerhand unzeremoniell aufriss. »Ich habe von allem etwas mitgebracht. Und noch was extra, weil Wochenende ist.«

»Ich wusste es.« Julian bemühte sich um sein bestes Juniorchef-Gesicht. Mit zusammengezogenen Brauen stierte er Fanny an, die sofort innehielt und verwirrt zwischen den aufgerissenen Bäckerstüten und ihm hin und her sah. »Du bist meine Traumfrau«, sagte Julian und grinste sie so breit an, dass seine Ohren bestimmt ganz furchtbar abstanden. Wie egal ihm das doch war, dachte er, als Fanny ihm lachend ein Brötchen an den Kopf warf. Denn auch wenn er es ihr nicht hatte sagen können, so war ihm eines klar: Er hatte sich in Fanny verliebt.

26

Auf die Minute genau um zwölf Uhr streckte Fanny den Kopf in den Hausflur. Halb erwartete sie, Aidan hinter der Tür lauern zu sehen, aber der Flur war leer und still. Einzig die wild durcheinander liegenden Winterstiefel verrieten ihr, dass beide Brüder zu Hause waren.

Erleichtert schloss sie die Tür hinter sich, in den Händen eine riesige Tüte gefüllt mit Scones und anderen Naschereien, die Felix mit hineingepackt hatte. Natürlich hatte er sich köstlich amüsiert, als Fanny ihm Aidans Nachrichten gezeigt hatte, und Fanny war sich sicher, dass sie auch die Bäckermeisterin im anderen Raum hatte kichern hören.

»Ich hoffe für dich, dass du das bist, Fanny.« Aidans Stimme klang ruhig, wenn auch hörbar dunkler als sonst. Ein deutliches Zeichen, dass er mit der Gesamtsituation eher unzufrieden war, sich aber immerhin bemühte, ihr nicht gleich den Kopf abzureißen.

»Besser als ein Axtmörder?« Eilig schlüpfte Fanny aus ihren Schuhen, dann ging sie, die Tüte Scones vor sich haltend, in die Küche. Sie hoffte, dass der Anblick der vertrauten Bäckerstüte half, um ihren Bruder zu besänftigen.

Wie so oft saß Aidan inmitten von Aufsätzen, Büchern oder anderen Uni-Unterlagen am Küchentisch. Manchmal fragte Fanny sich, wieso er das alte Büro ihres Vaters umgebaut und zu seinem gemacht hatte, wenn er meist doch nur am Küchentisch arbeitete.

Heute tat er das aber vermutlich ihretwegen, und sie ahnte, dass er bereits seit einigen Stunden auf sie wartete.

»Hey«, sagte sie und platzierte die Tüte auf der einzig freien Stelle des Tischs, die nicht von Heftern, Mappen und Papierstapeln belegt war. Wie eine Opfergabe, schoss es ihr durch den Kopf und sie musste ein Kichern unterdrücken. Aidan hatte manchmal aber auch eine furchtbar dramatische Ader, wie er gerade vor ihr hockte und sie mit Gewitterwolkenmiene musterte, den obligatorischen Rotstift in der Hand.

»Okay, okay.« Fanny setzte sich ihm gegenüber an den Tisch und faltete ihre Hände ineinander. Ein harter Zug lag um seinen Mund und die Schatten unter seinen Augen konnte Fanny nur als Violett bezeichnen. Das schlechte Gewissen saß ihr quer im Hals, sodass sie zunächst schwer schlucken musste, bevor sie weiterreden konnte. »Ich weiß, dass das keine coole Aktion war. Es tut mir auch wirklich leid, Aidan. Aber wir sind einfach eingeschlafen! Sobald ich wach war, habe ich dir geschrieben.«

Der letzte Satz zumindest bewirkte, dass sich Aidans Mundwinkel etwas entspannten, wie Fanny erleichtert zur Kenntnis nahm. Und technisch gesehen, überlegte sie, war das alles nicht mal gelogen. Sie war eingeschlafen – wenn auch nicht an dem Ort, an dem Aidan sie vermutete.

»Ich habe dir Scones mitgebracht.« Sie schob die Tüte ein Stück näher an Aidan heran in der Hoffnung, dass der vertraute Duft seines Lieblingsgebäcks ihn etwas besänftigen würde. Doch Aidans Blick blieb auf Fanny gerichtet. »Felix hat außerdem ein paar Kekse reingepackt.« Sie drehte die Tüte, wollte Aidan die attraktivste Seite präsentieren. »Es tut ihm auch sehr leid, dass du dir Sorgen gemacht hast.«

Fanny versuchte es mit einem entschuldigenden Augenaufschlag, aber von Aidan kam nach wie vor nichts weiter als dieser starre Blick und so lehnte sie sich resigniert zurück. Heute würde sie wohl nicht um eine ausführliche Standpauke herumkommen. Sie merkte, wie sehr ihr das gegen den Strich ging, immerhin war sie kein Teenager mehr, sondern eine erwachsene Frau, die hart arbeitete und ihre Wochenenden so verbringen konnte, wie sie wollte!

Doch dann sah sie in Aidans müdes Gesicht und sofort war Fanny dieser Gedanke peinlich. Sie wusste, dass es Aidan nicht darum ging, dass sie woanders übernachtet hatte, sondern dass er nicht gewusst hatte, ob es ihr gut ging oder nicht. Noah hatte ihr vor einer Weile verraten, dass Aidan die vielen Gewaltverbrechen an jungen Frauen in den Medien mit großer Unruhe registrierte und dabei immer auch an ihre Sicherheit dachte.

»Es tut mir leid, Aidan«, wiederholte sie, und etwas in ihrer Stimme schien Aidans Mauer aus Strenge, Wut und Sorge zum Bröckeln zu bringen.

Ein Seufzen, das aus der tiefsten Tiefe seines Selbst zu kommen schien, entwich ihm, und er richtete sich gerade auf, die Hände auf dem Tisch übereinandergelegt. Das war dann wohl das Startsignal.

Sie musste ihm zugutehalten, dass seine Zeit als Dozent ihn ein wenig durchdachter und konstruktiver hatte werden lassen. Hätte er sie früher sofort wutschnaubend angefahren – was sie sich bitte dabei gedacht habe, einfach die Nacht über wegzubleiben, ohne irgendjemandem Bescheid zu geben, ohne ans Handy zu gehen –, so wählte er inzwischen einen etwas pädagogischeren Einstieg. Er erinnerte sie daran, dass sie hier alle zusammenleben würden, und für ein gutes Zusammenleben sei es wichtig, dass sich einige der Menschen nicht vor lauter Sorge die Nächte um die Ohren schlagen müssten. Seine Stimme wurde an dieser Stelle etwas lauter, aber Fanny konnte sehen, dass er sich bemühte, sein Temperament unter Kontrolle zu behalten. Er redete von ihrer Freiheit, vom Tun und Lassen können, was sie wollte, schließlich sei sie erwachsen. Anschließend erinnerte er sie jedoch eindringlich an ihre Vorbildfunktion und daran, dass Thomas schon genug eigenen Mist verzapfte, ohne dass Fanny ihm in dem Bereich weiterhalf.

»Sag, Fanny«, schloss er seinen Monolog und zerquetschte seine linke Hand mit der rechten. Seine Haare, die in den letzten Wochen noch länger geworden waren, fielen ihm ungewaschen und zerzaust in die vor Frust verengten Augen. »Was, denkst du, wäre aus dir geworden, wenn ich nach Mums Tod plötzlich die eine oder andere Nacht verschwunden gewesen wäre, ohne dass du mich hättest erreichen können? Hm?« Ernst sah er sie über seine Arbeit hinweg an, und obwohl Fanny sofort das schlechte Gewissen spürte, kam ihr das sehr unfair vor.

»Das kannst du nicht vergleichen!« Sie richtete sich kerzengerade auf und schüttelte fassungslos den Kopf. Aidan rührte mit seinen Worten in einer Wunde, die Fanny in der Weihnachtszeit ohnehin jeden Tag überdeutlich spürte. »Ich war nach Mums Tod einfach nur fertig. Und nachdem Dad nach der Beerdigung sofort gefahren ist, warst du das einzig Stabile in meinem – in unserem – Leben. Heute ist das ganz …«

»*From where I'm standing* ist Thomas im Augenblick *exactly* so instabil, wie du es damals warst!«, unterbrach Aidan sie.

Erschrocken zog Fanny den Kopf ein, nicht unbedingt wegen seiner Lautstärke, sondern weil Aidan nur in absoluten Ausnahmesituationen seine Sprachen miteinander vermischte. Dass ihm das gleich zweimal in einem Satz passierte, war kein gutes Zeichen.

»Ich versuche gerade alles, damit er es irgendwie durch die Schulzeit schafft, ohne rausgeschmissen zu werden oder sich in einer Schlägerei seinen *fucking thick skull* einschlagen zu lassen!« Aidan schmiss seinen Rotstift auf den Tisch, dann sprang er auf und ging vor dem Küchentisch auf und ab. »*And I know*: Du hast gerade einen neuen Job angefangen, der auch dich voll einnimmt, und ich verstehe, wenn deine Kapazität gerade am Limit ist. Aber, Fanny – *I swear to God* –, wenn du jetzt anfängst, mir die Sache mit Thomas unnötig schwer zu machen, dann haben wir beide ein gewaltiges Problem miteinander. *Am I making myself clear?*«

Mit wutverzerrter Miene blieb Aidan vor ihr stehen, seine Nasenflügel bebten. Wow, dachte Fanny, *The Byronic Hero,* wie er leibt und lebt.

»*Are you done?*«, fragte sie ruhig, und erst als Aidan die Arme vor der Brust verschränkte und ihr zunickte, fuhr sie fort: »Ich verstehe deinen Ärger, wirklich, Aidan. Aber du weißt, dass ich das niemals absichtlich gemacht hätte. Ich habe eine lange Woche hinter mir und bin eingeschlafen. Es war ein Versehen, mehr nicht.«

Fanny versuchte, das schlechte Gewissen, das sie wegen der kleinen Lüge, *wo* sie eingeschlafen war, hatte, zu ignorieren, denn eine Sache wollte sie klarstellen. »Deinen Vergleich mit der Zeit nach der Beerdigung finde ich hingegen absolut unangebracht.« Herausfordernd reckte sie Aidan das Kinn entgegen. Sie wusste selbst nicht, woher sie das Selbstbewusstsein hatte, ihm auf diese Art die Stirn zu bieten, statt wie sonst auch die Schuld – die in dem Fall ja tatsächlich ihre war – auf sich zu nehmen. »Ich verstehe, dass du dir Sorgen um Thomas machst. Aber diese Sorge an mir auszulassen, ist nicht fair.«

Aidan machte einen Schritt auf sie zu und öffnete den Mund, wahrscheinlich um ihr seine Meinung an den Kopf zu schleudern.

»Nein!«, sagte Fanny und stellte sich ihm gegenüber. Zwar zitterten ihre Knie leicht, dennoch würde sie nicht klein beigeben. »Ich sehe ein, dass das nicht gut gelaufen ist, und will mich auch nicht rausreden. Es tut mir leid, dass ihr euch meinetwegen Sorgen gemacht habt, aber du weißt, dass es keine Absicht war, und ich lasse mich auch nicht für Thomas' *Teenager-Shenanigans* verantwortlich machen!«

»Geh auf dein Zimmer!«, brüllte Aidan, der mittlerweile kreidebleich im Gesicht war.

Fanny stieß daraufhin ein ungläubiges Lachen aus. »Ich bin *fucking* zweiundzwanzig Jahre alt und lasse mich ganz sicher nicht von dir auf mein Zimmer schicken wie ein ungezogenes Kleinkind!« Mit diesen Worten wollte sie aus der Küche stürmen, doch sie drehte sich im Türrahmen noch einmal zu Aidan um. »Auch wenn ich jetzt auf mein Zimmer gehen sollte, dann mache ich das, weil ich das will, und garantiert nicht, weil du es mir befohlen hast!«

»*Out*!« Aidans Stimme hatte eine neue Rekordlautstärke erreicht, zumindest was Fanny betraf, und auf seinem blassen Gesicht breiteten sich langsam rote Flecken aus.

»*Gladly*!«, brüllte Fanny zurück, ehe sie aus der Küche marschierte und mit einem lauten Knall die Tür hinter sich zuwarf. Aus dem Augenwinkel sah sie etwas Grünes im Wohnzimmer stehen, und als sie genauer hinschaute, meinte sie, dass ihre Knie nun doch nachgeben würden. Es war eine Weihnachtstanne, die dort neben dem Kamin stand und die gestern noch nicht da gewesen war.

Während sie die Treppe nach oben hastete, schien sich die Reue mit einer eisigen Kälte in ihrem Magen auszubreiten. Fanny war sich nicht sicher, ob sie es schaffen würde, die Tränen zurückzuhalten, bis sie in ihrem Zimmer angekommen war.

❄

»Jetzt hör auf zu schmollen und komm endlich nach unten!« Felix lag quer auf Fannys Himmelbett und zog zum wiederholten Mal an ihrem Ärmel.

Statt einer Antwort verschränkte sie die Arme vor der Brust. Fanny lehnte am Kopfteil ihres Bettes und weigerte sich, zu Felix zu sehen, denn sie wusste, dass sie seinem bettelnden Hundeblick wenig entgegensetzen konnte. Stattdessen schaute sie sich in ihrem Zimmer um, das wie so oft in den letzten Monaten einem großen Durcheinander glich. Ihr Schreibtisch unter dem Dachfenster war von einem Berg aus Projektmappen, eingestaubtem Kameraequipment, eilig abgestelltem Kleinkram und Romanen bedeckt, die Fanny eigentlich hatte lesen wollen. Der Haufen an Schmutzwäsche, der ihr vor Julian so peinlich gewesen war, befand sich noch immer an Ort und Stelle, womöglich war er sogar weiter angewachsen. Alles in allem bot ihr Zimmer keinen erfreulichen Anblick, aber besser als Felix' Dackelblick war er allemal.

»Bitte, Fanny«, quengelte dieser auch schon weiter. »Thomas und Sophie haben den Baum fast fertig geschmückt und ich bin extra zum Plätzchenbacken hergekommen. Also beweg deinen Hintern und back gefälligst mit mir!«

Fanny verdrehte die Augen – wie alt glaubte Felix zu sein? Fünf? Dann nahm sie erneut ihr Handy zur Hand, das neben ihr auf dem Kopfkissen lag. Sie hoffte auf eine Nachricht von Julian, auch wenn das unwahrscheinlich war. Er dürfte gerade auf der Autobahn sein, um genau zu sein: auf dem Weg nach Hannover zu Chris.

»Lass doch mal dein olles Handy in Ruhe! Du bist auch sonst nie erreichbar, daran kann sich dein Grummelbärchen gleich gewöhnen.«

»Autsch!« Trotz ihres Vorsatzes sah Fanny Felix entsetzt an. Ihr bester Freund saß inzwischen im Schneidersitz am Fußende des Bettes und lehnte an einem der hölzernen Bettpfosten. In den Händen hielt er ihren verwaschenen rosa Plüschelefanten und er musterte sie mit gerunzelter Stirn.

»Was?«, fragte er und zuckte mit den Schultern. »Das sollte dich jetzt nicht überraschen. Deine Nie-Erreichbarkeit hat dich sogar in diese Situation gebracht, oder etwa nicht?«

»Niemand muss rund um die Uhr erreichbar sein!«

»Natürlich muss man das nicht. Aber permanent sein Handy auf stumm gestellt zu haben und es zu ignorieren, sendet halt auch irgendwie eine Nachricht.« Er zuckte noch einmal mit den Schultern und klappte die Ohren des Elefanten um, sodass sie seine Augen bedeckten.

Eiswürfel schienen in Fannys Magen zu gleiten. Das Gefühl war um einiges schlimmer als heute Mittag, nachdem sie den Weihnachtsbaum gesehen hatte, den Aidan trotz allen Ärgers und Kummer besorgt haben musste. Sie hatte keine Ahnung davon gehabt, dass Felix ihre lausige Beziehung zu ihrem Handy so empfand. Ihr wurde fast schlecht beim Gedanken, wie oft sie ihn hingegen schon aus dem Nichts angerufen hatte und er sofort für sie da gewesen war.

»Felix, ich … nein«, flüsterte sie und merkte, wie ihr erneut die Tränen kamen. Das schien heute ein Dauerprogramm bei ihr zu sein und sie verstand es selbst nicht. Eigentlich gehörte sie nicht zu den Menschen, die nahe am Wasser gebaut waren.

Felix schien die Tränen in ihren Augen ebenfalls zu bemerken. Er kam über ihre Patchwork-Decke gekrabbelt und setzte sich dicht neben sie. »Hey, alles ist gut. War doch klar, dass es nicht für immer wie zur Schul- oder Unizeit sein würde.« Er legte ihr einen Arm um die Schultern und lächelte sie schief an. »Dass man auch erwachsen werden muss, ist schon echt ätzend, nicht wahr?«

Gern hätte Fanny mit »Ja, absolut!« geantwortet, aber leider verhinderte ein lautes Schluchzen dies und sie ließ stattdessen ihren Kopf an Felix' Schulter sinken. Sie presste ihr Gesicht in seinen weichen Wollpullover und kam sich wie eine Versagerin auf ganzer Linie vor. Das wackelig aufrecht gehaltene Kartenhaus der letzten Monate schien mit einem lauten Rauschen zusammengefallen zu sein, und nun stand sie vor diesem Durcheinander und wusste nicht, was sie damit anfangen sollte.

»Da steckt doch mehr dahinter.« Felix zog sie etwas näher an sich heran und strich ihr beruhigend über den Rücken, wie er es früher auch gemacht hatte, wenn Fanny kaum hatte atmen können, weil sie ihre Mutter so sehr vermisst hatte. »Was ist los, Fannylein?«

»Es ist einfach eine einzige Katastrophe«, stammelte sie, den Kopf nach wie vor in Felix' Pullover vergraben. Dann begann sie zu erzählen. Von dem Gefühl, nicht zu wissen, was sie vom Leben wollte. Dem Volontariat, das sich nicht wie das Richtige für sie anfühlte. Dem Gefühl, nichts und niemandem mehr gerecht werden zu können. Unterbrochen von vereinzelten Schluchzern kam Fanny schließlich auf das Gespräch mit Julian zu sprechen und wie lächerlich sie sich fühlte, dass sie sich in eine Ecke verrannt hatte, in die sie gar nicht gehörte. Dass einfach alles anders war, als sie gedacht hatte.

Nachdem sich Fanny alles von der Seele geredet hatte, fühlte sie sich einerseits unfassbar erschöpft, aber auch erleichtert und befreit. Für einen Augenblick saßen sie und Felix einfach beieinander, wie sie es schon so oft gemacht hatten.

»Wow, da hattest du in letzter Zeit echt viel zu überdenken. Wie es aussieht, stehst du vor einem Umbruch in deinem Leben«, sagte

Felix, der ewige Optimist, und schob sie von sich, um sie anzustrahlen wie ein Stück seines Lieblingskuchens.

Die Eisklumpen in Fannys Magen begannen bei diesem Anblick zu schmelzen.

»Und was diese ominöse Ecke angeht, in der du dich angeblich befindest: Niemand außer dir kann dich zwingen, dort stehen zu bleiben.« Felix nahm ihren Kopf in beide Hände und brachte sein Gesicht so nah an Fannys, bis sich ihre Nasenspitzen berührten. »Es ist okay, sich Dinge anders zu überlegen, Fanny. Dafür probiert man sich aus. Die Frage ist bloß, was machst du mit dem Wissen, dass es nicht deine Ecke ist, in der du stehst?«

Fanny wischte sich mit dem Ärmel ihres Pullovers über die Augen, die sich durchs Weinen müde und geschwollen anfühlten. »Ich weiß nicht«, sagte sie, nachdem sie eine Weile darüber nachgedacht hatte, und das wusste sie wirklich nicht. Allerdings verspürte sie das altbekannte Kribbeln in den Fingerspitzen, ihren Laptop aus dem Schreibtischhaufen zu bergen und sich die Sache intensiv anzusehen, stundenlang Optionen und Studiengänge zu recherchieren und so viele Pro-Kontra-Listen anzulegen, dass Rory Gilmore vor Neid erblassen würde.

»Das ist völlig in Ordnung.« Felix drückte sie fest an sich und automatisch fühlte Fanny sich etwas besser. Was würde sie bloß ohne ihren besten Freund machen? »Aber du hast einen Anhaltspunkt, und wie ich dich kenne, rattern gerade schon Listen, Balken- und Tortendiagramme durch deinen Kopf.«

»Keine Tortendiagramme.« Scherzhaft boxte Fanny ihm gegen den Arm, was Felix lediglich ein Kichern entlockte. Die Eiswürfel in ihrem Inneren begannen durch seine Worte zu schmelzen, aber da war noch immer dieser eine Brocken, der sie nicht losließ. Sie stupste ihren besten Freund am Arm an. »Felix, es tut mir leid, dass ich in letzter Zeit nicht die beste Freundin gewesen bin. Es war nie meine Absicht gewesen …«

Hier unterbrach sie sich, denn *keine Absicht* war heute Mittag auch ihre Entschuldigung für Aidan gewesen, und sie fragte sich, ob die nicht vorhandene Absicht die Dinge wirklich besser machte. Erneut traten ihr Tränen in die Augen, die sie sofort verärgert wegwischte. »Es war nicht meine Absicht, dich auf Distanz zu halten, aber das heißt nicht, dass ich es nicht doch getan habe. Das tut mir wahnsinnig leid. Ich hoffe, du weißt, wie wichtig du mir bist.«

Betreten schaute Fanny zu Felix, der aber gar nicht wütend oder verletzt aussah. »Ach Fanny. Es ist vollkommen okay, wenn du mal eine Zeit lang auf Tauchstation gehst. Deinen Erzählungen nach hattest du in den letzten Monaten ziemlich viel, womit du dich auseinandersetzen musstest. Manchmal kann man da nicht gleich die richtigen Worte finden, um darüber zu reden. Glaub mir, das verstehe ich sehr gut.«

Er schnitt eine Grimasse, und Fanny erinnerte sich an sein Outing, das inzwischen schon einige Jahre zurücklag und für ihn alles andere als leicht gewesen war.

»Mach dir meinetwegen keine Sorgen, ja? Wenn eine Freundschaft wie unsere es nicht schafft, solche Dürreperioden zu überstehen, dann schafft das keine!« Felix schmiss sich mit diesen Worten in eine halbe Superhelden-Pose, die durch die Tatsache, dass er einen Arm um sie geschlungen hatte, deutlich misslang. Wobei der rosa Plüschelefant in seinem Schoß sicherlich seinen Teil dazu beitrug.

Dennoch überkam Fanny bei diesem Anblick eine unendliche Dankbarkeit für ihre Freundschaft, die auch den letzten Rest Eis in ihrem Inneren schmelzen ließ. Sie nahm sich fest vor, in Zukunft besser erreichbar zu sein oder ihm zumindest ein Zeichen zu geben, wenn sie es mal nicht sein konnte. »Ich liebe dich, das weißt du, oder? Ich könnte mir keinen besseren besten Freund wünschen.«

»Natürlich nicht. Ich bin ja auch perfekt. Es gibt gar nichts Besseres als mich!«

Für die Pose, in die er sich bei diesen Worten warf, hatte Fanny keine Beschreibung – vielleicht majestätisch sterbende Schwan-Hoheit? – und sie brachen gleichzeitig in schallendes Gelächter aus.

Schließlich lagen sie sich erneut in den Armen, und Fanny hätte gar nichts dagegen gehabt, den restlichen Tag genau so zu verbringen.

»Nur damit das klar ist«, nuschelte Felix an ihrem Ohr. »Ich lieb dich auch, du Knalltüte.«

Zufrieden kuschelte sich Fanny an ihren besten Freund und dachte gerade, dass sie ziemlich viel Glück hatte, ihn zu ihrer Familie zählen zu dürfen – da wurde sie mit einem Ruck von der behaglichen Wärme gelöst und aus grünen Augen streng gemustert.

»Ich würde dich allerdings noch mehr lieben, wenn wir endlich nach unten gehen und mit dem Plätzchenbacken anfangen würden!« Mit diesen Worten sprang Felix aus dem Bett, als hätte ihn etwas in den Hintern gebissen, und lief laut gackernd auf Fannys Zimmertür zu. Er riss sie mit einem Ruck auf und verschwand, ohne zurückzusehen. Fanny konnte ihn die Treppe herunterpoltern hören, während sie völlig perplex auf dem Bett hockte.

»Ich glaube, übers Erwachsenwerden müssen wir uns keine Sorgen machen«, murmelte sie in den leeren Raum, ehe sie beschloss, dass noch mehr Liebe und Weihnachtsplätzchen eine Kombination war, die sie sich keinesfalls entgehen lassen sollte.

❄

Nach einem Abstecher ins Bad, wo Fanny zumindest versucht hatte, die letzten Anzeichen ihres Heulkrampfs zu beseitigen, schloss sie sich den anderen in der Küche an, in der vertrautes Chaos herrschte.

Thomas hing wieder mal halb über dem Esstisch, während er mit Sophie redete und gleichzeitig das Handy in seinen Händen nicht aus den Augen ließ. Neben ihm saß Sophie, einen Haarreif mit Rentiergeweih in ihrem blonden Pixie, und bewarf Felix kichernd mit etwas, das sie aus einer Metalldose fischte und das Fanny von der Tür aus nicht genau erkennen konnte. Felix, der nicht länger als eine Minute in der Küche sein konnte, hatte es in der Zeit geschafft, sich mit Mehl und etwas weiß Klebrigem zu bekleckern, und wehrte die Geschosse lachend mit einer Hand ab. Währenddessen füllte er mit der anderen Hand diverse Zutaten in eine große Schüssel, wobei einiges nicht dort landete, wo es hinsollte. Jedes Mal, wenn Fanny ihn so sah, fragte sie sich, wie er es schaffte, einer der besten Bäckergesellen der Stadt zu sein.

Fannys Blick richtete sich auf Aidan, der sich mit verschränkten Armen am Rande des Geschehens aufhielt und es mit einer Art fassungsloser Faszination beobachtete. Er lehnte an der honiggelben Küchenzeile und wirkte völlig erschöpft.

»Hey«, sagte sie leise und war mit wenigen Schritten bei Aidan angekommen. Sie rempelte ihn leicht mit der Schulter an.

»Hey.« Aidan trug einen lockeren dunkelgrauen Pullover, dessen Ärmel er hochgekrempelt hatte, sodass Fanny Ausschnitte seines Tattoos erkennen konnte. Doch er hätte auch eines seiner zugeknöpften Uni-Outfits anhaben können, so steif stand er neben ihr.

Fanny war gerade dabei, zu einer neuen Entschuldigung anzusetzen, da seufzte Aidan tief und drehte sich ihr zu.

»Ich weiß, dass das gestern keine Absicht war. Ich weiß, dass manchmal Dinge passieren, die wir sonst nicht tun würden.« Er verzog das Gesicht, schien Erinnerungen nachzuhängen.

Auch Fanny erinnerte sich an die eine oder andere Nacht, in der ihre Mutter vergeblich auf Aidan gewartet hatte, weil dieser mit seinen Freunden in Hannover feiern war und dort die Zeit aus den Augen verloren oder die Bahn verpasst und sein Handy vergessen hatte.

»Das macht es aber nicht okay«, sagte sie nach einer Weile.

»Nein.« Aidan fuhr sich über die Augen und Fanny hätte ihm am liebsten eine Woche Bettruhe verordnet. »Aber du hast auch recht: Meine Sorgen und meinen Ärger an dir auszulassen, ist nicht okay.« Ein kleines Lächeln stahl sich auf seine Lippen. »Du bist erwachsen. Und obwohl ich mir eine etwas *konsequentere* Kommunikation wünschen würde …«

Bei diesen Worten merkte Fanny, wie sie errötete, und sie beeilte sich zu nicken. Sie wusste, dass sie in den vergangenen Monaten im

Privaten nicht die zuverlässigste Person gewesen war, und es ärgerte sie, dass sie zu einem Menschen geworden war, der neben seinem Job nichts anderes auf die Reihe zu bekommen schien.

»Es wird wohl Zeit, dass ich aufhöre, dich wie ein Kind zu behandeln.« Aidan fuhr sich durch die dunklen Haare, die er inzwischen gewaschen und den oberen Teil fürs Backen zu einem Zopf zusammengefasst hatte. »Du wirst für mich immer die kleine Schwester sein, die sich nach einem Albtraum in mein Zimmer schleicht. Aber das bedeutet nicht, dass ich dich nicht wie die Erwachsene behandeln sollte, die du inzwischen geworden bist.«

Er sah sie mit einer Mischung aus Melancholie und Stolz an. Kurz befürchtete Fanny, dass er noch so etwas sagen würde, wie „Wenn Mum dich heute sehen könnte". Doch bevor sie ein weiteres Mal die Fassung verlieren konnte, tauchte Felix wie aus dem Nichts auf und legte einen Arm um Aidans schmale Schultern. »Das war jetzt schwer, nicht wahr?«, fragte er und schüttelte Aidan dabei ein wenig durch.

Dieser schubste den eingestaubten Felix von sich, wobei die Hälfte des Mehls wundersamerweise auf ihm selbst landete. Ungläubig schaute Aidan an sich hinab und begutachtete die bis vor wenigen Sekunden noch mehlfreie Kleidung.

»War es das für heute mit dem Schuster-Family-Drama? Können wir endlich anfangen zu backen und uns an Plätzchen und Weihnachtsstimmung zu überfressen?« Mit hochgezogenen Brauen nahm Felix einen nach dem anderen ins Visier.

»Ja, bitte«, rief Sophie und entwand Thomas das Handy, was sofort zu lautstarken Protesten führte. Sophie tat, als könnte sie ihn nicht hören, und ließ das Handy ungerührt in ihrer Hosentasche verschwinden. Dann richtete sie sich ihr Geweih und leises Glöckchenklingeln war zu hören. »Womit fangen wir an?«

»Ich habe schon angefangen«, merkte Felix pikiert an und zeigte auf das Chaos, das er rund um die Schüssel verursacht hatte.

»Ist klar«, sagte Thomas und verschränkte die Arme vor der Brust. »Und was soll das sein? Eine Mehlstudie in drei Akten?«

Kurz war es still in der Küche, dann brachen sie alle gleichzeitig in schallendes Gelächter aus. Fanny schlang einen Arm um Aidan, und für einen Moment standen sie so beieinander, ehe er sie in eine feste Umarmung zog. Fanny konnte sich nicht erinnern, wann sie sich das letzte Mal so richtig umarmt hatten, und ließ sich in die Arme ihres großen Bruders sinken. Auch nach all den Jahren fühlte es sich an, wie nach Hause zu kommen.

»Danke«, flüsterte sie. Da von Aidan nur ein fragendes Geräusch kam, fügte sie hinzu: »Für alles.«

27

Zwar hatten sie den historischen Weihnachtsmarkt schon vor einer Weile verlassen, dennoch hatte Julian nach wie vor den beißenden Rauchgeruch der offenen Feuerstellen in der Nase. Dieser vermischte sich mit dem Geruch von gebrannten Mandeln und dem Glühwein in seinen Händen, den er und Fanny sich teilten.

Julian wusste nicht, ob es am Glühwein oder an Fannys Nähe lag, aber er fühlte sich angenehm beschwipst. Die Lichter des hannoverschen Weihnachtsmarktes schienen dieses Jahr heller zu leuchten, und es kam Julian so vor, als ob die ganze Welt sich um Fanny drehen würde. Sie stand neben ihm, eingemummelt in einen dicken Wollschal, und ihre Augen leuchteten mal wieder mit allen Lichtern um die Wette, während sie voller Begeisterung die Buden und Menschen um sich herum betrachtete. Als sie ihm den dickwandigen Keramikbecher mit den aufgedruckten Weihnachtsmarktbüdchen abnahm, um einen Schluck von dem würzig-warmen Wein zu trinken, vergrub er seine Nase in ihrer weichen Wollmütze. Auch diese roch nach Rauch, aber vor allem nach Fanny.

Jemand rempelte ihn an, und Julian trat einen Schritt zur Seite, um Fanny nicht zu Fall zu bringen. Der Weihnachtsmarkt war an diesem dritten Adventssonntag wie zu erwarten gut besucht, und besonders seit es dunkel wurde, drängten sich die Massen um die schneebedeckten Stände. Atemwölkchen vermischten sich mit dem Dampf der Heißgetränke, und je später die Stunde, desto lauter schienen die Stimmen und das Gelächter um sie herum zu werden.

»Alles okay?«, erkundigte sich Fanny und legte ihm eine Hand auf den Oberarm.

Statt einer Antwort beugte sich Julian zu ihr herunter und gab ihr einen Kuss, der nach Glühwein und Zimt schmeckte. »Es könnte nicht besser sein.«

Da wurden sie erneut angerempelt. Julian konnte gerade noch nach dem beinahe leeren Becher greifen, sonst hätte dieser mit dem Kopfsteinpflaster Bekanntschaft gemacht.

»Vielleicht sollten wir …« Fanny zeigte die Gasse hinunter, an deren Seiten sich die Holzbuden dicht an dicht drängten.

Und so machten sie sich auf den Weg, nachdem sie die leere Tasse am Glühweinstand abgegeben hatten. Auch wenn es voll war, schlenderten sie Händchen haltend an der Marktkirche vorbei in Richtung des finnischen Weihnachtsdorfes. Julian hatte wegen der Kälte ihre ineinander verschlungenen Hände in seine Manteltasche gesteckt – und nicht gewusst, wie großartig das sein konnte. Wie besonders und wertvoll sich eine andere Hand in seiner anfühlen konnte.

Im Weihnachtsdorf lag der scharfe Geruch des berühmten Flammlachs in der Luft und vermischte sich mit dem des zuckrigen Glögi. Natürlich mussten Fanny und Julian von beidem probieren und so fanden sie sich am Ende etwas abseits zwischen Lappenzelten und einem mit einer Lichterkette geschmückten Baum wieder, jeder mit einem Flammlachsbrötchen in der Hand.

»Ich bin jedes Jahr vom Weihnachtsmarkt in Hannover begeistert«, sagte Fanny und ihr Atem bildete kleine weiße Wolken. »Da kann Nordersheim leider nicht mithalten.«

Julian, der gerade in sein Brötchen gebissen hatte, nickte nur. Der Weihnachtsmarkt in Nordersheim auf dem von alten Fachwerkhäusern umrahmten Marktplatz war zwar ganz nett, aber verglichen mit dem vielfältigen Spektakel, das man in Hannover geboten bekam, doch eher langweilig.

»Erklär mir noch mal, warum Chris sich weigert, den Weihnachtsmarkt zu betreten. Wieso müssen wir ihn nachher in einer

Kneipe treffen?« Fanny nahm einen Schluck Glögi und leckte sich über die Lippen, was etwas mit Julians Konzentrationsfähigkeit anstellte. »Mag er Weihnachten nicht?«

Julian räusperte sich. »Das würde ich so nicht sagen. Ich denke, es ist ihm einfach zu viel von allem. Zu viel Besinnlichkeit, zu viele Händchen haltende Paare.« Bei diesen Worten griff er nach Fannys freier Hand und drückte diese leicht. »Zu viel Romantik und Kitsch. Das ist nicht so seins, weißt du?«

»Kein Romantiker?«

Die Frage brachte Julian zum Lachen. »Nope. Wir waren gestern Abend ja im Kino und während der Kussszene hat Chris – wie übrigens schon in seiner Jugend – ein lautes ›Wüääähl!‹ herausgewürgt. Kam bei den Leuten um uns herum super an.« Er schüttelte den Kopf.

Fanny kicherte in ihren Becher und verschränkte ihre Finger miteinander. »Ich bin jedenfalls froh, dass wir hergekommen sind. Und so kitschig ist es jetzt auch nicht.«

»Ach nein?«, fragte Julian, dann lehnte er sich nach vorn und raunte ihr mit leiser Stimme ins Ohr: »*Challenge accepted*.«

Und weil Julian – neben vielen anderen Dingen – vor allem gründlich war, verbrachten sie die nächste Stunde in einem regelrechten Wirbelwind aus romantisch-kitschigen Weihnachtsmarktaktivitäten – von Poffertjes im Wunschbrunnenwald über eine kurze Selfiesession mit puderzuckerbestäubten Nasen vor der Weihnachtspyramide bis hin zu Küssen unter schneebedeckten Tannen war alles dabei. Als Julian Fanny gerade einen Lebkuchen mit der Aufschrift *Lieblingsknusperkeks* um den Hals hängen wollte, merkte er, dass er sie in all dem Trubel wohl verloren haben musste.

Verwundert sah er sich um, doch sie war nirgends zu entdecken. Da die Menschenmassen immer dichter wurden, sollte es ihn vielleicht nicht überraschen, dass sie sich aus den Augen verloren hatten. Wobei Julian hätte schwören können, dass sie direkt hinter ihm gewesen war. Gerade wollte er sein Handy aus der Manteltasche fischen, um Fanny anzurufen, da tauchte diese wie aus dem Nichts neben ihm auf.

»Wo warst du?«, fragte er und versuchte herauszufinden, was sie hastig in ihrer Tasche verschwinden ließ. Fanny legte nur einen Zeigefinger an die Lippen, ehe sie ihn übermütig küsste. Für eine Sekunde schaltete sich Julians Hirn aus, dann fiel ihm das Lebkuchenherz ein und er hielt es Fanny unter die Nase. »Für dich! Kitschig genug?«

Mit geröteten Wangen nahm sie ihm den Lebkuchen ab, und wie Julian gehofft hatte, tauchte ihr Grübchen wieder auf. Sie nickte strahlend, ehe sie sich das Herz kurzerhand um den Hals hängte.

»Es ist perfekt«, sagte Fanny und schlang beide Arme um Julians Mitte. Ihr Kopf ruhte in der Kuhle zwischen seinen Schultern und Hals, und es kam Julian so vor, als sei diese genau dafür gemacht worden.

Er zog Fanny näher zu sich heran, und so standen sie für ein paar Atemzüge still da und genossen die Wärme und Nähe des anderen – bis sie erneut angerempelt wurden.

»Oje, es ist echt voll«, murmelte Fanny, nachdem sie sich gefangen hatte, und schob ihre Mütze zurecht. Dann stutzte sie. »Was ist eigentlich mit Chris? Sollten wir nicht langsam los?«

»Genug Weihnachtsmarktromantik gehabt?«, neckte Julian sie, der über diese ganze Romantik die Zeit völlig vergessen hatte. Er zog sein Handy aus der Tasche, das ihm verriet, dass sie in der Tat zu spät dran waren und dass Chris ihm bereits mehrfach geschrieben hatte. Das Piepen musste im Trubel des Marktes untergegangen sein.

Mit hochgezogenen Augenbrauen scrollte Julian durch den quengeligen und zweideutigen Nachrichtenstrom, den sein bester Freund ihm innerhalb der letzten Viertelstunde geschickt hatte. »Oha, wie es aussieht, hat Chris schon mal ohne uns angefangen. Sieh dir an, was der Komiker schreibt.«

Über Chris' letzte Nachricht schmunzelnd – *Mein Gott, habt ihr langsam mal genug rumgeknutscht? Wenn ihr nicht bald kommt, erwürgt mich die Barkeeperin, weil ich einen Vierertisch allein blockiere!! #notmykink* – zog Julian Fanny zur Seite und drehte das Handy so, dass sie den Monolog seines besten Freundes ebenfalls lesen konnte. Doch noch ehe sie am Ende von Chris' Nachrichtenflut angekommen waren, ploppte eine Erinnerung auf, die ihm mit einem Schlag die Schamesröte ins Gesicht trieb. Gequält schloss er die Augen.

»Ähm, Julian?« Fannys Stimme konnte nur als neutral bezeichnet werden. Sie klang weder verärgert noch amüsiert, und da Julian sich nicht traute, zu ihr zu sehen – sondern sich stattdessen vorstellte, der Erdboden würde sich unter ihm auftun –, konnte er nicht einschätzen, wie sie diese gottverdammte Erinnerung aufgenommen hatte.

Sie räusperte sich. »Was bedeutet *Beziehungsstatus Fanny evaluieren*?«

Mit einem Stöhnen ließ Julian seinen Kopf vornüberfallen und schlug sich die Hand vor die Stirn. Als er am Dienstagabend nach seinem Besuch bei Fanny diese Erinnerung in sein Handy getippt hatte, war ihm das wie eine gute Idee vorgekommen. Jetzt hätte er allerdings am liebsten eine Zeitmaschine zur Hand gehabt, damit er seinem Vergangenheits-Ich in den Hintern treten konnte.

»Julian?« Entschieden zupfte Fanny am Ärmel seines Mantels, und nachdem er einmal tief durchgeatmet hatte, wagte er es endlich, den Kopf zu heben. Fanny hatte die Lippen fest aufeinandergepresst und sah ihn mit gerunzelter Stirn an.

Tausend Erklärungen und Entschuldigungen schossen Julian gleichzeitig durch den Kopf, aber bevor er sich für eine entscheiden konnte, prustete Fanny laut los.

»Hast du dir wirklich eine Erinnerung gestellt, um dich mit deinen eigenen Gefühlen auseinanderzusetzen?« Sie presste sich eine Hand vor den Mund, aber Julian konnte sie dahinter kichern sehen. »Oh, Julian.«

»Es ist einfach gerade sehr viel los«, murmelte er und zupfte sich an seinem sicherlich knallroten linken Ohr. Niemals wieder würde er irgendjemandem sein Handy zeigen. »Ich wollte bloß nicht, dass es in all dem Durcheinander untergeht.«

»*Aw, that's actually sweet.*« Fanny betrachtete ihn mit schief gelegtem Kopf, und eine Hand spielte mit ihrem Lebkuchenherz, während die andere nach seiner suchte.

»*Freaking embarrassing is what it is.*« Das Gesicht zu einer Grimasse verzogen, drückte Julian gleichzeitig ihre kalte Hand und steckte sie vorsorglich zurück in seine Manteltasche. »Können wir einfach so tun, als wäre das niemals passiert?«

Grinsend schüttelte Fanny den Kopf. »Aber, aber, Herr Bovin. Sie werden sich doch nicht vor einer Evaluierung drücken?« Ihre Schultern bebten vor unterdrücktem Lachen und für einen Moment konnte Julian sie nur mit offenem Mund anstarren.

Dann war es auch um ihn geschehen und wie Fanny prustete er los. »Fanny Schuster!« Er pikste ihr spielerisch in die Seite. »Frech sind wir gar nicht, was?«

»*Never*!«, rief sie und streckte ihm die Zunge raus. Dann wurden ihre Gesichtszüge weich und ihr Daumen strich leicht über seinen Handrücken. »Wobei sich die Frage stellt, ob in so kurzer Zeit überhaupt schon genug Daten zusammenkommen konnten, um eine Evaluation durchzuführen.«

»Hm.« Julian rieb sich über den Bart. »Manchmal sind die Daten aber auch von Anfang an sehr eindeutig und lassen gar nicht so viel Interpretationsspielraum zu.«

»Ist das so?« Fanny trat näher an ihn heran, und die bunten Lichter der Weihnachtsbeleuchtung spiegelten sich in ihren Augen. Sie biss sich auf die Unterlippe, während ihr Blick zu seinem Mund huschte.

Julians Herz schien einen solch wilden Tanz aufzuführen, dass er kurz die Augen schließen musste. Er legte seine freie Hand auf den Brustkorb und spürte das aufgeregte Klopfen seiner Emotionen. Als er einen Atemzug später seine Augen öffnete, da hatte es begonnen zu schneien. Fannys Gesicht wurde von Dutzenden Schneeflocken umrahmt, und Julian fragte sich, ob und wie er so etwas Wunderbares aushalten sollte, ohne komplett den Verstand zu verlieren. Vielleicht lag das aber auch daran, dass er nach wie vor nicht wusste, wie Fannys persönliche Evaluation ausfiel. Er schluckte schwer.

»Nun, andere Teilnehmende würden die Sachlage vielleicht anders einschätzen?« Julian hörte selbst, wie seine Stimme am Ende brach, und runzelte die Stirn über solch einen Verrat aus den eigenen Reihen. Hinterrücks im Stich gelassen, dachte er und rieb sich über die Brust. Eine Frechheit.

»Oh, ich denke, dass man sagen kann, dass hier Einstimmigkeit vorliegt.« Fannys Wangen nahmen einen deutlichen Rotschimmer an, und sie lehnte sich so weit zu ihm vor, dass er sie nicht mehr ansehen konnte. Dafür spürte Julian ihren warmen Atem an seiner Wange, als sie weitersprach: »Wie könnte man bei so *eindeutigen Daten* auch anderer Meinung sein?«

Womöglich wummerte es in seiner Brust nach diesen geflüsterten Worten nur noch mehr und vielleicht wollte Julian Fanny gerade zu einem Kuss heranziehen – als diese plötzlich zurückwich und ein paar Zentimeter an Julians Kopf vorbeistarrte. Alarmiert drehte er sich um, konnte hinter sich aber nichts erkennen, außer dem Stand mit den Lebkuchenherzen.

»Warte kurz!«, rief Fanny und schlängelte sich um ihn herum, lief durch den herumwirbelnden Schnee, ehe sie vor dem Büdchen schlitternd zum Stehen kam.

Verwirrt blinzelte Julian gegen die Schneeflocken an, sah von Fanny zu den Menschenmassen, die sich trotz des eisigen Wetters vergnügt über den Weihnachtsmarkt schoben. Vielleicht war es ganz gut, dass er etwas Zeit zum Durchatmen bekam, dachte Julian. Nicht, dass er am Ende mit einem kollabierten Herzen zurückblieb. Dieses schien nämlich gerade das Wort *Einstimmigkeit* sehr ausführlich zu feiern. Doch als er eine allzu vertraute Gelfrisur in der Menge auszumachen meinte, setzte es für einige Sekunden abrupt aus. Julian versuchte, in dem inzwischen dichten Schneegestöber das Gesicht unter der Frisur zu erkennen, aber schon ein einziges

Blinzeln reichte und er hatte es aus den Augen verloren – nicht sicher, ob es überhaupt jemals da gewesen war.

Dafür tauchte auf einmal Fanny vor ihm auf und sofort nahm Julians Herz den tanzenden Rhythmus wieder auf. Sie streckte ihm grinsend mit beiden Händen ein Lebkuchenherz entgegen, nicht unähnlich ihrem eigenen, das sie um den Hals trug. Umrahmt von lauter bunten Blumen stand mit weißer Schrift auf dem dunklen Gebäck: *Willst du mit mir gehen?*

28

Am Montag saß Fanny wie gewöhnlich an ihrem Platz an der Arbeitsinsel Backen und versuchte angestrengt, sich auf die geöffnete E-Mail zu konzentrieren. Anders als sonst lag eine ungewöhnliche Spannung in der Luft, der Redaktionsraum war voller Tuscheln und Wispern.

Zum gefühlt hundertsten Mal sah sie sich in dem großen Raum mit dem Spitzdach um, ohne einen Grund für diese Anspannung ausmachen zu können. Vielleicht machte die Arbeit mit einem Kollegen wie Robert Groß sie aber auch einfach paranoid.

Fanny wandte sich ihrem Monitor zu, da öffnete sich ein kleines Fenster am linken Bildschirmrand. Mika hatte ihr eine Chatnachricht geschrieben und eine leise Freude kribbelte in ihrem Magen. Vielleicht würde sich das mit Mika ja doch zu einer richtigen Arbeitsfreundschaft entwickeln. Fanny klickte auf die Nachricht.

Weißt du, was los ist?

Ihr Magen verknotete sich und auch Mika sah beunruhigt aus. Nachdem Fanny seine Frage nur mit einem hilflosen Kopfschütteln beantwortete, blickte er über die Computerbildschirme hinweg immer wieder von links nach rechts, als ob er jederzeit mit einem Angriff rechnen würde.

Vielleicht ist es wegen der anstehenden Betriebsferien? Fanny las sich die Worte noch einmal durch, die selbst ihr unglaubwürdig und naiv vorkamen. Trotzdem klickte sie auf Senden.

Über die Monitore konnte sie Mikas hochgezogene Braue erkennen. *Vielleicht.*

Erneut sah er sich um, wobei sein Blick auffällig oft zu Robert ging, der vollkommen in seine Arbeit vertieft war.

Robert hatte ihnen heute – trotz des Teammeetings – noch keinen theatralischen Vortrag gehalten, sondern stellte stattdessen stillschweigend ein selbstzufriedenes Dauergrinsen zur Show, das in Fanny alle Alarmglocken läuten ließ. Während der Teamsitzung hatte sie außerdem das Gefühl gehabt, dass Robert sie mehr als sonst gemustert hatte. Dabei hatte er etwas von einer lauernden Katze gehabt, die sich auf einen großen Sprung vorbereitete, was Fanny krampfhaft hatte überlegen lassen, ob sie etwas vergessen oder einen Fehler gemacht hatte.

Da ploppte eine neue Nachricht von Mika auf. *Irgendwas muss passiert sein?!*

Fanny starrte die Kombination aus Frage- und Ausrufezeichen an und dachte an Mikas bleiches Gesicht und die geröteten Augen, die Roberts Kommentar letzte Woche verursacht hatte. Ihre Miene verfinsterte sich. Sollte Robert wirklich so weit gehen und Mikas Privatangelegenheiten vor der kompletten Belegschaft ausbreiten? Erneut sah sie zu ihrem zufrieden vor sich hin grinsenden Kollegen und musste die Frage schweren Herzens mit Ja beantworten.

Vielleicht erfahren wir gleich in der Pause mehr? Fanny hatte bemerkt, dass sich Sonja auf den Weg in die Küche gemacht und damit offiziell die Mittagspause eingeläutet hatte.

Mit einem resignierten Seufzen gab Fanny auf, die E Mail noch vor der Pause zu beantworten, und versetzte ihren Computer in den Ruhemodus. Dann schnappte sie sich ihre Brotdose aus dem Rucksack und schlenderte zur Arbeitsinsel Kochen, die mit Abstand die größte im ganzen Büro war. Dort versammelte sich jeden Tag – ob man wollte oder nicht – pünktlich um halb eins die gesamte Redaktion. Heute war Fanny froh darüber, weil sie hoffte, in der Pause vielleicht die eine oder andere Antwort zu erhalten.

Doch sie sollte enttäuscht werden. Fanny und Mika saßen

verwundert nebeneinander, während die restliche Belegschaft über all die Aufregung fast das Essen vergaß. Da wurde hinter vorgehaltener Hand getuschelt, es bildeten sich Grüppchen und sogar Frau Kurzheim, die normalerweise der Arbeitsinsel Kochen in der Mittagspause fernblieb, saß unter ihnen und schüttelte gerade mit geschürzten Lippen den Kopf. Auch Ina war in eine hitzige Diskussion mit einem Mitarbeiter aus der Abteilung Grillen vertieft. Dabei war ihr eine ruhige Mittagspause heilig, wie Fanny schon in der ersten Woche ihres Volontariats erfahren hatte, als Ina sie mitten in einer Frage unterbrochen und sie auf das Wort *aus* in *Pause* hingewiesen hatte.

Fanny mümmelte irritiert an ihrem Käsebrot und konnte sich aus der ganzen Angelegenheit keinen Reim machen. Sie meinte, vereinzelte Blicke in ihre und Mikas Richtung wahrzunehmen, und schielte unauffällig zu ihrem Kollegen.

Der schien die Blicke ebenfalls zu bemerken und entschuldigte sich nach ein paar Minuten, ohne seinen Couscoussalat angerührt zu haben. Fanny rechnete damit, dass er zu den Toilettenräumen gehen würde, aber Mika schnappte sich seine Winterjacke und marschierte aus dem Verlagsgebäude. Fanny blieb mit einem unguten Gefühl zurück, das langsam für sie zum Normalzustand in dieser Redaktion zu werden schien.

Den Rest der Pause verbrachte sie damit, sich völlig auf ihr Brot und die Möhrensticks zu konzentrieren. Sie sah kein einziges Mal mehr auf. Erst als die anderen ihre Teller und Tupperdosen einsammelten und sich in der üblichen Mittagsprozession in die Küche begaben, merkte Fanny, wie verkrampft sie auf dem Stuhl gehockt hatte. Sie lockerte ihre angespannten Schultern – und sofort lag Roberts Blick auf ihr. Fanny meinte, einen triumphierenden Ausdruck in ihm zu erkennen, ehe auch Robert seinen leeren Teller in die Küche brachte.

Sie eilte zurück an ihren Arbeitsplatz und erweckte den Rechner zum Leben. Inzwischen glaubte sie nicht mehr, dass es sich um das angespannte Last-minute-Treiben vor der Weihnachtspause handelte. Irgendetwas war im Busch und Robert Groß schien etwas damit zu tun zu haben.

Als dieser vor sich hin summend Platz nahm, überlegte Fanny, ob sie sich heute auf dem Klo verstecken sollte. Doch stattdessen nahm sie einen großen Schluck aus ihrem Wasserglas und beschloss, sich ausschließlich auf die Arbeit zu konzentrieren. Früher oder später würde sie sowieso erfahren, was passiert war, immerhin schien *Schadenfreude* eine Art Kernkompetenz von Robert zu sein.

»Fanny, haben Sie einen Moment Zeit?«, ertönte da Julians Stimme neben ihr und vor Schreck hätte sie beinahe ihr Wasserglas über der Tastatur entleert.

»Entschuldigung!« Hastig zog Julian ein Papiertaschentuch aus der Box auf Fannys Arbeitsplatz, um das bisschen Wasser aufzuwischen, das sie verschüttet hatte. »Ich wollte Sie nicht erschrecken.«

»Schon gut«, murmelte Fanny und stellte das Glas mit hochrotem Kopf auf dem inzwischen wieder trockenen Tisch ab. Ihr entging Roberts begieriges Starren nicht, und es war ihr noch nie so schwergefallen wie in diesem Augenblick, eine professionelle Distanz zu Julian zu wahren. Am liebsten hätte sie sich in seinen Armen verkrochen. Stattdessen erkundigte sie sich: »Was haben Sie gefragt?«

»Ich wollte wissen, ob Sie kurz Zeit haben.« Julian setzte sich mit der üblichen grimmigen Miene auf den Stuhl neben ihr. Doch inzwischen erkannte Fanny die feineren Emotionen, die er damit zu verbergen versuchte. Gerade sorgte er sich eindeutig um sie.

»Sicher«, sagte sie und wappnete sich innerlich, ihm direkt ins Gesicht zu sehen, ohne ihre eigenen Gefühle dabei zu verraten. »Worum geht es?«

»Wie ist der aktuelle Stand des Reste-Titels?« Statt Fanny anzusehen, ließ Julian seinen Blick durch den Redaktionsraum schweifen. Da er den Vormittag, einschließlich der Mittagspause, in seinem Büro abwechselnd am Telefon und Aktenberge wälzend verbracht hatte, hatte er offensichtlich von der Unruhe nichts mitbekommen. Seine Stirn legte sich in Falten. »Laut meinen Informationen sollten

Sie heute die Fahne zurückerhalten.« Julian sprach deutlich langsamer als sonst, denn seine Aufmerksamkeit galt der Redaktion, die sich seit seiner Ankunft an ihrer Arbeitsinsel erneut in ein Schlangennest verwandelt hatte. Überall zischte und wisperte es, meist hinter vorgehaltener Hand.

»Der Kurier sollte im Laufe des Nachmittags kommen«, sagte Fanny und versuchte, die Aufregung zu ignorieren, die sich inzwischen auf sie zu übertragen schien. »Bis Mittwoch müssen alle Änderungen eingearbeitet und das Manuskript final geprüft werden.«

Den letzten Teil des Satzes hatte sie kaum hörbar geflüstert, denn eine heraneilende Figur hatte sie aus dem Konzept gebracht. Auch Julian starrte der Frau entgegen, die in ungewohnt hektischen Schritten direkt auf sie zukam: die Sekretärin des Seniorchefs.

»Alles in Ordnung?« Julian erhob sich sofort, als Frau Neelsen etwas kurzatmig vor ihnen stehen blieb.

Unbehaglich sah sie sich im vollen Büro um. »Sie sollen bitte sofort zu Ihrem Vater kommen.« Ohne eine Reaktion abzuwarten, wandte sie sich zum Gehen und stakste ebenso zügig davon, wie sie gekommen war.

»Wir sind mitten in einer …«, rief Julian ihr mit verärgerter Miene hinterher, wurde aber von Frau Neelsens eindringlichem »Sofort!« unterbrochen.

Julian stieß einen unterdrückten Fluch aus, dann wandte er sich Fanny zu. »Wir klären das mit dem Reste-Titel später«, murmelte er hastig, ehe auch er durch den Raum eilte. Frau Neelsen hielt ihm bereits die Glastür zum Foyer auf.

»Tja, ich würde sagen: Da bekommt einer, was er verdient.«

Es waren weniger Roberts Worte, die alles in Fanny zum Erstarren brachten, sondern vielmehr diese zufriedene Häme, die in ihnen lag. Für eine Sekunde überlegte Fanny, ob sie so tun konnte, als ob sie ihren Kollegen nicht gehört hätte, doch wie Robert vor nicht allzu langer Zeit festgestellt hatte: Auch wenn er nicht mehr Abteilungsleiter war, war er ihnen übergeordnet.

»Wie bitte?«, erkundigte Fanny sich deswegen mit dünner Stimme und drehte sich langsam zu Robert um. Dabei ahnte sie, dass sie nicht wissen wollte, was er zu sagen hatte. Ein Blick in sein selbstgefällig verzogenes Gesicht bestätigte ihre Befürchtung: Robert steckte hinter der Unruhe, und Fanny beschlich eine dunkle Ahnung, worum es dabei gehen könnte. Ihr Mund wurde schlagartig staubtrocken.

»Ich habe gesagt: Da bekommt einer, was er verdient.« Wie immer schien Robert ein größeres Publikum zu schätzen, denn er erhob die Stimme. »Unser Seniorchef schätzt Moral und Ethik am Arbeitsplatz sehr.«

Roberts Blick lag unverändert auf Fanny, deren Kopf sich mit einem Mal ungewohnt leicht anfühlte. Sie krallte sich an die Tischplatte in der Hoffnung, dass es ihr so gelingen würde, aufrecht sitzen zu bleiben.

»Und wenn unser allseits beliebter Juniorchef«, bei diesen Worten triefte Roberts Stimme förmlich vor Sarkasmus, »eine unserer Volontärinnen vögelt – da dürfte sogar dem Chef egal sein, dass es sich dabei um seinen ach so tollen Sohn handelt.«

Fanny brauchte einige Sekunden, ehe sie hinterherkam. Ehe sie begriff, dass es tatsächlich um sie ging. Um sie und Julian. Sie hatte gehofft, dass sie sich irrte, hatte Paranoia und Schwarzmalerei vorgeschoben. Aber nun, da Roberts Aussage mitten im Redaktionsraum stand, da begann ihr Kopf Alarm zu schlagen, und ein lautes Dröhnen setzte in Fannys Ohren ein.

Roberts nächste Worte bekam sie nicht mit, konnte sich jedoch vorstellen, dass er nichts Nettes zu sagen hatte. Fassungslos starrte Fanny ihn an und sah dem breit grinsenden Mund dabei zu, wie er sich immer wieder öffnete und schloss, Worte und Gelächter hervorstieß. Ihr war, als ob sie noch nie etwas Abscheulicheres gesehen hätte als dieses Grinsen, das voller Bosheit war und sich im eigenen Triumph suhlte.

❄

Schon beim Betreten des Büros seines Vaters verflüchtigte sich Julians Sorge um dessen Gesundheitszustand, die ihn die Treppe in Rekordzeit hatte hochsprinten lassen. Stattdessen machte sich eine aufmerksame Anspannung in ihm breit. Sein Vater, den er zeit seines Lebens als ruhigen und ausgeglichenen Mann erlebt hatte, lief mit wutverzerrtem Gesicht vor seiner Regalwand auf und ab.

»Was bitte hast du dir dabei gedacht?«, brüllte er, bevor Julian die massive Holztür hinter sich hatte schließen können. »Bitte sage mir, dass es nicht wahr ist!«

Julians Magen, der sich auf dem Weg ins obere Stockwerk bereits schmerzhaft verknotet hatte, sackte bei dem Geschrei seines Vaters ein ganzes Stück in die Tiefe. Er hätte seinem Vater sehr gern jegliche Sorge genommen, doch weder wusste er, worum es ging, noch schaffte er es, seinen Mund zu öffnen, ehe sein Vater auch schon weitertobte.

»Bitte sage mir, dass nach all den Jahren der Abwesenheit deine allererste Amtshandlung nicht darin besteht, die Volontärin aus der eigenen Abteilung zu verführen!«

Julian stand wie festgefroren vor seinem Vater, der mit hochrotem Kopf schwer atmend hinter seinem Schreibtisch aufragte und ihn durchdringend musterte.

»Nun«, sagte Julian und räusperte sich, ehe er fortfuhr. »Meine erste Amtshandlung war – wie du sehr wohl weißt – die Absetzung eines unfähigen Abteilungsleiters.«

»Julian!«, brüllte sein Vater so laut, dass dieser sich sicher war, dass alle Mitarbeitenden im Haus diesen Ausruf gehört haben mussten.

Verwundert stellte Julian fest, dass er erstaunlich ruhig war angesichts der Tatsache, in welcher Situation er sich befand. Noch nie hatte er seinen Vater derart die Fassung verlieren sehen, nicht mal in den hitzigsten Diskussionsrunden mit Frau Kurzheim war das Gesicht von Johannes Bovin eine derartige Maske des Zorns gewesen. Und trotzdem fühlte Julian beinahe einen Hauch von Erleichterung. Erleichterung darüber, dass er seine Gefühle für

Fanny nicht mehr verstecken, ihre Beziehung nicht mehr verheimlichen musste. Dass sie endlich …

»Willst du mir allen Ernstes sagen, dass es wahr ist? Dass du dich mit der Volontärin *verlustiert* hast?« Speicheltröpfchen landeten auf dem Schreibtisch, und Julian starrte ungläubig darauf, nicht in der Lage zu begreifen, dass er gerade tatsächlich dieses Gespräch mit seinem Vater führte. Es kam Julian seltsam surreal vor, dass dieser Worte wie *verführen* und *verlustieren* benutzte und es ihm dabei vollkommen ernst war.

»Fanny und ich«, setzte Julian zu einer Erklärung an, wurde aber vom wütenden Schnauben seines Vaters unterbrochen, der die Hände anklagend gen Himmel hob.

»Fanny und ich«, wiederholte Julian mit aller Entschlossenheit, die er aufbringen konnte, »sind in einer Beziehung. Ich *verlustiere* mich weder mit ihr noch habe ich sie in irgendeiner Form *verführt*. Wir haben uns einfach ineinander verliebt.«

»Verliebt? *Verliebt?*« Johannes Bovin schien nicht in der Lage, das Gesagte zu begreifen. Er tigerte hinter seinem Schreibtisch auf und ab und warf Julian lauter fassungslose Blicke zu.

»Ja, verliebt«, sagte Julian in deutlich schärferem Ton. »Ich weiß, es ist keine ideale Situation …«

Voller Wucht schlug sein Vater mit der Faust auf die Schreibtischplatte. Julian konnte der Qualität des Möbelstücks nur seinen Respekt zollen, denn das massive Holz hielt stand.

»Es ist keine ideale Situation?« Sein Vater war sichtlich um Fassung bemüht, Julian konnte ihn keuchend ein- und ausatmen hören. »Hast du den Verstand verloren? Keine ideale Situation ist, wenn ein Titel floppt, wir einen Zuschlag nicht bekommen oder eine Grippewelle unsere Belegschaft lahmlegt. Dies, mein Sohn, ist alles andere als *keine ideale Situation*!«

Julian starrte seinen Vater irritiert an und fühlte sich auf einmal wie ein Schuljunge – wie das wahrhaftige *Wimpy Kid* –, der vom Schulleiter bei einer Untat erwischt worden war und nun strammstehen musste. Er hatte befürchtet, dass seinem Vater die Beziehung zwischen Fanny und ihm nicht gefallen würde. Johannes Bovin war ein Mann der alten Schule, der an klare Hierarchien und korrektes Verhalten glaubte. Doch dass er dermaßen die Fassung verlieren würde, damit hatte Julian nicht gerechnet.

»Ich kann nicht glauben, dass du so etwas überhaupt in Erwägung ziehst«, sagte sein Vater und alle Energie, die sich in dem Faustschlag manifestiert hatte, schien aus seinem Körper gewichen zu sein. Kraftlos ließ er sich in seinen Bürostuhl fallen. Er kam Julian mit einem Schlag zehn Jahre älter vor und sein Herz zog sich beim Anblick der zusammengesunkenen Gestalt schmerzhaft zusammen. »Ich dachte, deine Mutter und ich hätten dich besser erzogen. Dass du ein derartiges Verhalten an den Tag legst – das grenzt ja schon an Machtmissbrauch! Was hast du dir dabei gedacht, dass du dir deine *Gespielinnen* ausgerechnet im Verlag suchen musst …«

»Jetzt mach aber mal halblang! Fanny ist weder meine *Gespielin* noch hat hier jemand irgendeine Macht missbraucht. Wir haben uns einfach über die Arbeit kennengelernt und uns verliebt. So etwas passiert, wir leben nicht mehr im Mittelalter.«

»Wie kannst du bloß so naiv sein?« Sein Vater lachte ungläubig und dieses Lachen verletzte Julian mehr als die vorher geäußerten Vorwürfe und Vorurteile. Diese hatte er erwartet – zu gegebener Zeit und idealerweise nachdem sich seine und Fannys Beziehung gefestigt hatte. Von seinem eigenen Vater hingegen für seine Gefühle belächelt und wie ein unreifes Kind behandelt zu werden, das war etwas völlig anderes.

»Hast du denn gar nichts aus dem Schlamassel in Amerika gelernt?« Erneut donnerte sein Vater mit der Faust auf den Tisch. »Also wirklich! Es hat seine Gründe, warum man – gerade in einem Verlag wie unserem – Berufliches und Privates trennen sollte. Du bist außerdem ihr Vorgesetzter, Herrgott noch mal! Es lag in deiner Verantwortung, kleinen Schwärmereien unter den Mitarbeiterinnen …«

»O mein Gott!« Julian raufte sich die Haare. »Bist du einem Dickens-Roman entstiegen, oder was ist los?«

»Komm mir nicht so!« Sein Vater beugte sich über seinen Schreibtisch und sah Julian scharf in die Augen. »Hast du dir das arme Mädel mal angesehen? Total verschreckt, kaum in der Lage, Blickkontakt zu halten, geschweige denn in normaler Zimmerlautstärke zu reden. Ich kenne dich doch, Julian! Nie im Leben würdest du so jemanden ernsthaft in Betracht ziehen. Hättest du dir deine amourösen Abenteuer nicht woanders suchen können? Ich dachte, dafür wäre das Internet heutzutage da.«

Nicht zum ersten Mal an diesem Tag klappte Julian die Kinnlade herunter und er musste an Fanny denken. Wie sie ihn mit Brötchen bewarf, ihm kichernd die eisige Nase in den Nacken presste oder ihn mit in die Hüften gestemmten Händen herausfordernd anfunkelte. Nein, Fanny Schuster war alles andere als verschreckt und definitiv kein *amouröses Abenteuer* – was auch immer das sein sollte.

»Wenn du das wirklich denkst«, sagte Julian und schüttelte den Kopf, »dann hast du keine Ahnung davon, wer ich bin.«

»Weißt du was?« Die Kälte hinter den Worten seines Vaters ließ Julian erstarren. »Da könntest du recht haben.«

Unwillkürlich wich Julian einen Schritt zurück, als könnte er sich auf diese Weise vor den Worten schützen, ihnen so irgendwie entkommen.

»Vielleicht müssen wir uns der Tatsache stellen, dass wir in den letzten Jahren, in denen du in der Weltgeschichte herumgegondelt bist, Fremde geworden sind.« Resigniert sah sein Vater zu ihm auf und ließ seine Hand fahrig über die Tischplatte wandern. »Der Sohn, den ich kenne, hätte sich so etwas jedenfalls nicht erlaubt.«

»V-Vater«, stammelte Julian und merkte selbst, wie fassungslos er klang. Er konnte nicht glauben, dass sein Vater ihn gerade zu einem Fremden degradiert hatte. Sie hatten immer ein gutes Verhältnis zueinander gehabt, und auch während seiner Zeit im Ausland hatten sie regelmäßig per Videoanruf Kontakt gehalten. »Das meinst du nicht so. Das zwischen Fanny und mir ist …«

Sein Vater unterbrach ihn mit einer vorgehaltenen Hand und schüttelte stumm den Kopf, während Julian auf ein Zeichen von ihm wartete, irgendetwas, das ihm zeigte, dass dieser seine letzten Worte selbst nicht glaubte. Dass er sie gesagt hatte, weil er wütend war oder enttäuscht. Damit konnte er leben, dachte Julian und versuchte, den Kloß in seinem Hals hinunterzuwürgen. Damit könnte er arbeiten.

Doch statt ihm dieses Zeichen zu geben, sagte sein Vater mit erschöpfter Stimme: »So habe ich mir das alles nicht vorgestellt. Wenn ich gewusst hätte, dass es dazu kommen würde – dass du nicht einmal mehr in der Lage bist, aus deinen eigenen Fehlern zu lernen –, dann hätte ich dich niemals hergebeten. Dann wäre es auch anders gegangen.«

»Dann wäre was gegangen?«, hakte Julian nach. War das seine Chance, hinter das seltsame Verhalten seiner Eltern zu kommen?

Aber sein Vater winkte mit einer verächtlichen Geste ab, wie Julian sie von ihm nicht kannte.

Und da war die Wut wieder, die den Kloß in seinem Hals auflöste und ihm die Worte gab, die ihm zwischenzeitlich gefehlt hatten. »Ich bin von uns beiden nicht derjenige, der den anderen wie einen Fremden behandelt!« All sein Frust und Ärger wegen der ungerechten Vorwürfe, aber auch der zehrenden Ungewissheit bahnten sich ihren Weg. Mit zu Fäusten geballten Händen starrte er auf seinen Vater hinab. »Seit ich zurück in Deutschland bin, behandelst du mich, als ob ich nicht zur Familie gehören würde. Als würden mich die Dinge, die mit dir und Mutter passieren, nichts angehen! Warum sagst du mir nicht endlich, wieso ich plötzlich habe herkommen müssen? Warum die Geheimnistuerei, wenn offensichtlich ist, dass etwas nicht stimmt?«

»Es reicht!« Der Blick, den sein Vater ihm zuwarf, hätte sogar Frau Kurzheim zum Schweigen gebracht. »Das hat hier nichts zu suchen.«

Frustriert stöhnte Julian auf. »Vater, bitte. Das ist langsam …«

»Ich sagte, es reicht!«

Er und sein Vater starrten einander an, die Hände zu Fäusten geballt. Julian war sich sicher, dass seine Stirn momentan ebenso tiefe Falten warf wie die seines Vaters und dass dessen Mundwinkel exakt denselben harten Zug aufwiesen wie seine. Es war, als ob Julian in einen Spiegel schauen würde, der ihm sein Zukunfts-Ich zeigte, das voller Wut und Enttäuschung zurückstarrte.

»Wir werden die Angelegenheit wie folgt klären.« Johannes Bovin fuhr erneut über die Schreibtischplatte und atmete tief ein, sammelte sich. »Du wirst in dein Büro gehen, deine Sachen holen und ab heute in einen verlängerten Weihnachtsurlaub gehen.«

Julian entwich ein entsetztes Keuchen. Hatte sein Vater den Verstand verloren, ihn ausgerechnet jetzt – bei all den anstehenden Fristen – fortzuschicken wie einen ungezogenen Bengel?

»Du wirst diese Zeit nutzen, um dir über deine Prioritäten klar zu werden. Sollten diese anders ausfallen, als ich nach wie vor hoffe, werden wir im neuen Jahr das Thema Nachfolge erneut aufrollen.«

»Sag mir, dass das ein Scherz sein soll«, sagte Julian tonlos. »Du kannst nicht so antiquiert sein, dass du unsere Familientradition brechen wirst, nur weil ich es gewagt habe, mich in eine Angestellte zu verlieben.«

»Ich kann dir versichern, dass das kein Scherz für mich ist«, rief Johannes Bovin und seine Gesichtsfarbe nahm wieder eine wütende Rotfärbung an.

»Was wird aus meiner Abteilung? Wie stellst du dir das vor? Sollen sich die beiden Volontäre etwa allein um alles kümmern?« Mit jeder Frage war Julian einen Schritt auf seinen Vater zugegangen, bis er sich auf dessen Schreibtisch abstützte.

»Robert Groß wird die Leitung der Abteilung Backen übernehmen, solange diese Situation nicht geklärt ist.«

Julian schnaufte empört, ehe ihm einfiel, dass er bisher keine Möglichkeit gehabt hatte, mit seinem Vater über die neuesten Erkenntnisse zu reden.

»Das kannst du nicht machen«, stieß er hervor. »Du hast keine Ahnung, zu welchen Mitteln dieser Mann greift! Ich wollte heute vor der Abteilungsleiterrunde mit dir darüber …«

»Hat er ein sexuelles Verhältnis mit der Volontärin?«, unterbrach ihn sein Vater, die Arme vor der Brust verschränkt.

Julian konnte ihn nur mit offenem Mund anstarren.

»Nein? Dann bin ich mir sicher, dass ich es nicht verwerflicher finden kann als dein Verhalten.« Mit diesen Worten lehnte er sich in seinem Bürostuhl zurück, und Julian meinte, den Hammerschlag ertönen zu hören, der sein Urteil fällte. Schuldig, egal, was er zu seiner Verteidigung vorzutragen hatte.

Fassungslos sah er seinen Vater an, der ihm gerade tatsächlich wie ein Fremder vorkam. Zwar wusste dieser nicht, wovon Julian sprach, aber die Verurteilung seiner Beziehung zu Fanny als das Schlimmste, was ein Mitarbeitender tun konnte, war für Julian unbegreiflich.

»Du kannst mich nicht nach Hause schicken wie einen ungezogenen Schuljungen«, stieß Julian mühsam hervor, nicht gewillt, seinen Vater erneut anzuschreien oder anderweitig die Fassung zu verlieren. »So funktioniert das nicht.«

»Das ist mein Unternehmen, Gottverdammt noch mal! Ich entscheide, was hier passiert. Vergiss das besser nicht!«

Mit diesen Worten hatte Julian verloren. Ohne zu wissen, wie es dazu hatte kommen können, hatte er das Vertrauen und den Respekt seines Vaters verloren. Mit kraftlos herunterhängenden Armen stand Julian vor dessen Schreibtisch und seine Ohren fühlten sich heiß und fiebrig an. Er war sich sicher, dass sie ebenso rot waren wie die seines Vaters.

»Weißt du was?«, sagte Julian und zuckte mit den Schultern. »Mach, was du willst.« Ohne seinen Vater anzusehen, drehte er sich um. Er ahnte, dass seine Selbstbeherrschung keinen weiteren Blick in das verschlossene Gesicht der Person ertrug, die ihm doch am vertrautesten war.

Julian hatte die Türschwelle so gut wie durchschritten, da wurde er von seinem Vater zurückgepfiffen. »Wenn ich davon Wind bekomme, dass du beim Rausgehen auch nur in die Richtung von Fanny Schuster schaust, dann gnade dir Gott!«

29

Erschöpft ließ sich Fanny am frühen Abend kopfüber auf das cremefarbene Sofa fallen. Sie hatte den Überblick verloren, wie oft sie sich diese Frage in den vergangenen Monaten schon gestellt hatte – aber wie bitte konnte das ihr Leben sein? Ihr sonst so gut organisiertes und in ruhigen Bahnen verlaufendes Leben schien mit einem lauten Knall in die Luft gesprengt worden zu sein.

Für einen Augenblick genoss sie die Stille des Wohnzimmers und die Vertrautheit des gigantischen Familiensofas. Schon vor dem Tod ihrer Mutter war ihr dieses Sofa wie ein sicherer Hafen vorgekommen, in den man sich retten, sich mit der ganzen verbliebenen Familie verbarrikadieren konnte, wenn die Zeiten es erforderten. Und diese Zeiten erforderten es definitiv.

Der restliche Nachmittag war die reinste Katastrophe gewesen. Nach Roberts provokantem Statement war es in der gesamten Redaktion mit einem Schlag still gewesen. Alle Anwesenden schienen innegehalten und zu ihnen gesehen zu haben, um keine ihrer Regungen zu verpassen.

Dabei war das völlig umsonst gewesen, dachte Fanny zynisch und drehte sich stöhnend auf den Rücken, starrte die Zimmerdecke an. Sie hatte sich gar nicht regen können, hatte bewegungslos vor ihrem ehemaligen Chef gesessen und diesen mit weit aufgerissenen Augen angestarrt.

Es klingelte und Fanny lauschte mit angehaltenem Atem. Sollte sie sich einfach tot stellen? Das Haus war ruhig und dunkel, niemand war da. Bis auf die Beleuchtung des Weihnachtsbaumes hatte sie kein Licht gemacht, das sie verraten könnte. Sich tot zu stellen war ein sehr verlockender Gedanke.

Aber es konnte auch einer ihrer Brüder sein. Thomas vergaß ständig seinen Haustürschlüssel. Beinahe konnte sie ihn vor sich sehen, wie er draußen in der Kälte von einem Bein aufs andere trat und vor sich hin fluchte.

Aber als Fanny die Haustür öffnete, war es weder Thomas noch Aidan, der sie durchdringend ansah. Es war Julian, der mit zerzausten Haaren und knallroten Ohren ungeduldig von einem Bein aufs andere trat.

»Wir müssen reden«, sagte er, und sein Gesicht war eine einzige Gewitterwolke. Für eine Sekunde überlegte Fanny, was *sie* falsch gemacht haben könnte – dann erinnerte sie sich an die Verkündung des Seniorchefs. Julian würde erst im neuen Jahr zurück zu *Bovin Books* kommen.

»Komm rein«, sagte sie und zog die Tür weiter auf. Gemeinsam gingen sie ins Wohnzimmer, in dem der Weihnachtsbaum eine unpassend romantische Stimmung verbreitete.

»Möchtest du anfangen?«, fragte Fanny mit müder Stimme, doch von Julian kam zunächst nichts außer Schweigen. Sie stellte sich an den Kaminsims und nahm die Schneekugel in die Hand. Sacht schüttelte sie diese, aber sogar das vertraute Gewicht der Kugel konnte ihre Stimmung nicht heben. Fanny fühlte sich leer, wie aufgebraucht durch diesen Job, diesen Tag und all die Blicke, die auf ihr gelegen hatten, begleitet von diesem ewigen Getuschel.

»Mein Vater hat mir ein Ultimatum gestellt«, sagte Julian, die Stimme rau und dunkel vor unterdrückter Wut – oder vielleicht auch vor Fassungslosigkeit.

Fassungslosigkeit empfand zumindest Fanny, als sie sich zu ihm drehte und ihn dabei beobachtete, wie er unruhig in ihrem Wohnzimmer auf und ab tigerte. Ein Ultimatum?

Fahrig begann Julian von dem Gespräch zu erzählen. Verlustieren, verführen und amouröse Abenteuer. Entfremdung, Verachtung und Zwangsurlaub. Mit jedem Satz, mit jedem Wort redete er sich mehr und mehr in Rage.

Irgendwann hatte Julian ihr das komplette Gespräch nacherzählt, jede Regung seines Vaters analysiert und kritisiert – und Fanny stand ratlos vor ihm, starrte den Mann an, in den sie sich doch gerade erst verliebt hatte. Sie sah seine Verzweiflung, wie er sich immer wieder über den Bart und die rot geränderten Augen strich, als könne er diese Situation ebenso wenig begreifen wie sie.

»Ich weiß nicht, was ich machen soll.« Seine Stimme brach. »Ich weiß einfach nicht …«

Fanny konnte es kaum ertragen, diesen selbstbewussten und kompetenten Mann derart aufgelöst zu sehen. Sie dachte an Julians sonst so ruhige und bestimmte Art und konnte nicht glauben, dass es ihre Beziehung war, die diese hatte verschwinden lassen.

»Ich lasse mich von ihm nicht erpressen!«, rief Julian, bevor Fanny ihre Gedanken hatte sortieren können. Er begann erneut, im Zimmer auf und ab zu gehen, diesmal mit zu Fäusten geballten Händen. »Was fällt ihm ein, mir solche Dinge an den Kopf zu werfen? Was denkt er bitte von mir – seinem eigenen Sohn?«

Schneller als Fanny hätte reagieren können, war seine Wut verpufft und der Verzweiflung gewichen, die diese Vorwürfe und Suspension durch seinen Vater mit sich brachte. Sein derangierter Zustand ließ Fanny vermuten, dass Julian in den letzten Stunden permanent zwischen diesen beiden Gefühlen hin und her gependelt war. Zwar trug er nach wie vor denselben dunkelgrauen Anzug wie heute Mittag, aber inzwischen war sein weißes Hemd zerknittert, und seine Krawatte schien ihm irgendwann abhandengekommen zu sein. Noch nie hatte sie Julian dermaßen aufgelöst erlebt.

»Damit kommt er nicht durch. Wir leben im einundzwanzigsten Jahrhundert, *for fuck's sake*!« Julian blieb vor Fanny stehen, die Hände zu Fäusten geballt. »Und wenn ich rechtliche Schritte gegen ihn einleiten muss. Damit kann er einfach nicht durchkommen …«

Fanny, die in den letzten Minuten aus irgendeinem Grund verlernt hatte zu sprechen, wusste mit einem Mal, was sie zu sagen, was sie zu tun hatte. Bevor sie den Mund öffnete, bevor es Realität geworden war, brachen ihr die noch ungesagten Worte das Herz. Eine leise Stimme in ihrem Kopf versicherte ihr, dass das gar nicht möglich sei. Sie hatten schließlich nie von Liebe gesprochen, damit hätte also das Herz gar nichts zu tun.

»Julian«, sagte sie und konnte die verschiedensten Emotionen in seinen grauen Augen erkennen, als er seine Aufmerksamkeit auf sie richtete. Sie glichen einer dunklen Sturmfront, und Fanny wusste, der Sturm war noch lange nicht vorbei. »Das hat doch alles keinen Sinn«, zwang sie sich zu sagen und versuchte, möglichst ruhig zu klingen.

Verwirrung machte sich in dem ihr lieb gewordenen Gesicht breit, und doch hielt sie sich davon ab, zu ihm zu gehen. Sie blieb am Kamin stehen und versuchte, nicht zu zeigen, wie schwer ihr das alles fiel.

»Was meinst du?« Julians linke Hand ging wie von allein zu seinem Ohr und diese vertraute Geste ließ Fanny beinahe die Fassung verlieren.

»Ganz ehrlich, Julian«, sagte sie und erkannte ihre eigene Stimme nicht, die geschäftlich und distanziert klang, gar nicht wie ihre eigene. Sie zuckte mit den Schultern. »Das ist es nicht wert.«

Kaum hatte sie diesen Satz gesagt, konnte sie die Erkenntnis und die damit einhergehende Bestürzung in seinem Gesicht erkennen. Erste Regentropfen begannen zu fallen, und Fanny drehte sich rasch zum Kaminsims, wo die Schneekugel sie daran zu erinnern versuchte, dass es auch gute Zeiten gab.

»Was sagst du da?«, fragte Julian tonlos und berührte sie an den Schultern, schien sie zu sich drehen zu wollen. »Ich … Das kannst du nicht …«

»Machen wir uns nichts vor«, unterbrach Fanny ihn mit dieser Stimme, die nicht ihre eigene war, und löste sich von ihm. »Wir haben von Anfang an gesagt, dass wir schauen, wohin das alles laufen würde. Jetzt stellen wir eben fest, dass es nirgendwohin läuft. Evaluation abgeschlossen – *no harm done.*«

Sie konnte ihn nicht ansehen, redete stattdessen mit der Schneekugel, die nach diesem Gespräch wahrscheinlich nicht mehr dieselbe sein würde. Die unschuldige Freude dieses Gegenstandes war hinüber, überschrieben mit diesem Augenblick.

Und obwohl es ihr grausam vorkam, Julians und auch ihr eigenes Herz zu brechen, so wusste sie, dass es das Richtige war. Niemals könnte sie sich zwischen Julian und seine Familie stellen, konnte nicht zulassen, dass dieser im schlimmsten Fall seinen eigenen Vater verklagen würde. Außerdem wusste Fanny, dass sie es nicht zulassen durfte, dass er zwischen ihr und *Bovin Books* wählte. Sie hatte gesehen, wie seine Miene weich wurde, wenn er von seiner Kindheit in den Verlagsräumen erzählte; hatte gehört, mit wie viel Liebe und Leidenschaft er vom Verlag und seiner Arbeit sprach. Nein, es musste gemacht werden, auch wenn sie nichts lieber getan hätte, als sich in Julians Arme zu flüchten und ihn die Kämpfe ausfechten zu lassen.

»Fanny, sieh mich an.«

Sie schloss die Augen, atmete ganz bewusst ein und aus. Sie ahnte, dass Julian ihre Mimik nach dem kleinsten Hinweis absuchen würde, dass sie ihre Worte nicht ernst meinte. Dass es ein Fehler war. Als sie die Augen öffnete und sich ihm zuwandte, fühlte sich ihr Gesicht an wie eine Maske aus Stein.

»Sag mir, dass du das nicht ernst meinst. Bitte.« Julians Stimme war nur noch ein Flüstern, und als Fanny zu ihm blickte, da entdeckte sie den Sturm, der in seinem Inneren tobte.

»Ich denke, du solltest gehen«, sagte Fanny, nicht sicher, wie lange sie so ruhig und bestimmt wirken konnte. »Vergessen wir einfach, was zwischen uns passiert ist. Ist ja nicht so, als ob viel passiert wäre.« Sie beobachtete, wie Julian einen Schritt zurücktaumelte. »Wie gesagt: *No harm done*. Das werde ich morgen auch deinem Vater sagen.«

»Meinem Vater?«, echote Julian, und Fanny nickte ihm knapp zu, wie er es sonst immer tat, wenn er seine Gefühle nicht zeigen, die Professionalität wahren wollte.

»Er hat mich für morgen in sein Büro gebeten.« Fannys Magen machte bei diesem Satz einen unfreiwilligen Salto. Für eine Sekunde befürchtete sie, ihre Fassade würde hier und jetzt in sich zusammenbrechen. Sie wollte sich lieber nicht vorstellen, was der Seniorchef mit ihr besprechen wollte, nachdem sie gehört hatte, wie sein Gespräch mit Julian gelaufen war. Tränen brannten in ihren Augen, und Fanny versuchte, sie wegzublinzeln, ohne dass Julian etwas merkte.

Sofort sah Julian sie voller Zweifel, aber auch voller Hoffnung an. »Fanny, du musst das nicht tun. Wir haben nichts Falsches gemacht und damit wird er nicht durchkommen.« Wieder streckte Julian seine Hand nach ihr aus, doch bevor er ihren Arm berühren konnte, wandte Fanny sich von ihm ab.

»Ich möchte es aber«, sagte sie, obwohl sie ihm viel lieber sagen würde, wie viel er ihr bedeutete und dass sie ihn schon jetzt furchtbar vermisste. Stattdessen lief ein Satz in Endlosschleife durch ihren Kopf: Gleich geschafft, es war gleich geschafft.

»Ich kann das nicht glauben«, stieß Julian hervor. »Ich … Was war mit gestern? Ich kann einfach nicht glauben, dass du so was … Das bist gar nicht du, Fanny.«

»Natürlich bin das ich!« Sie musste sich beeilen, musste Julian aus dem Haus bekommen, ehe es zu spät war. »Und ich sage dir, dass es vorbei ist. Es war ein Fehler. Wir hätten uns niemals darauf einlassen dürfen!«

Wie zwei Duellanten standen sie voreinander. Julian schüttelte ununterbrochen den Kopf, und Fanny wusste, dass es noch nicht genug war. An seinen argwöhnisch zusammengekniffenen Augen konnte sie erkennen, dass er ihr nicht glaubte.

»*Ich* hätte mich niemals auf dich einlassen dürfen.« Mit diesen Worten verlor sie den Kampf gegen die Tränen, die ihr die Sicht nahmen und über die Wangen liefen. Sie sah Julians verletzten Gesichtsausdruck nicht, hörte jedoch den erstickten Laut, den er von sich gab – und die fassungslose Stille danach.

»Sie gehen jetzt besser«, sagte da eine ruhige Stimme. Fanny brauchte sich nicht zu ihm zu drehen, um zu wissen, dass es Aidan war, der das Wohnzimmer betreten hatte.

»Ich …«, begann Julian.

»Ich begleite Sie zur Tür«, unterbrach ihn Aidan.

Statt mit ihrem Bruder zu gehen, trat Julian zu Fanny, die ihm auswich, den Blick starr auf die Schneekugel in ihrer Hand gerichtet. Das Mantra *gleich geschafft* lief erneut in Endlosschleife in ihrem Kopf, während sie versuchte, nicht völlig zusammenzubrechen. Zumindest nicht, solange Julian bei ihnen im Haus war.

»Kommen Sie bitte.« Aidans Stimme klang ruhig, aber bestimmt. Auch wenn Fanny sich nie im Leben ein Publikum für diesen Augenblick gewünscht hätte, so war sie ihrem Bruder dankbar. Denn Aidan schaffte, was ihr nicht gelungen war – Julian ging.

Mit angehaltenem Atem wartete Fanny, dass die Haustür ins Schloss fiel. Dass es vorbei war. In ihren Ohren rauschte es so laut, dass sie kaum unterscheiden konnte zwischen dem, was tatsächlich zu hören war, und ihrem eigenen Wunschdenken.

Schließlich kam Aidan zu ihr, schloss sie fest in die Arme und signalisierte ihr damit, dass Julian fort war. Dass es tatsächlich vorbei war.

Fannys steinerne Maske zerbrach in tausend Stücke, und sie krallte sich regelrecht an Aidans schmale Gestalt, wurde von leisen Schluchzern geschüttelt. All die Anspannung des Tages, das Getuschel und Getratsche, die mehr oder weniger subtilen Anfeindungen, die Blicke, das Gespräch mit Julian – all das entlud sich nun, und Fanny weinte, wie sie seit dem Tod ihrer Mutter nicht mehr geweint hatte.

Sie weinte um Julian, mit dem sie noch gestern Händchen haltend und glücklich über den Weihnachtsmarkt geschlendert war und für den sie in einem unbeobachteten Moment eine Krawatte gekauft hatte, die so albern und hässlich war, dass es bestimmt seine Lieblingskrawatte geworden wäre. Sie weinte um das Bild von ihrer gemeinsamen Zukunft, das sie sich gerade erst begonnen hatte zu machen und das ihr so viel besser gefallen hatte als alle anderen

Bilder zuvor. Sie weinte für Julian, weil sein Herz sich vermutlich gerade genauso zerdrückt anfühlte wie ihres und dem sie doch nie hatte wehtun wollen. Und zuletzt weinte sie für sich. Weil da etwas Tolles in ihrem Leben passiert war und sie es hatte wegschicken müssen.

»Okay«, murmelte Aidan in ihr Haar. »Ich weiß, es geht dir gerade nicht gut, aber könntest du mir bitte erklären, was passiert ist?«

Wider Willen musste Fanny unter Tränen lachen, bevor die nächste Welle der Erkenntnis sie unter sich zu begraben drohte.

Nach einer gefühlten Ewigkeit, in der Aidan sie umarmte und weinen ließ, dirigierte er sie zum Familiensofa. Dort wickelte er sie in eine Decke nach der anderen, während sie von Julian erzählte, unterbrochen nur von der nicht enden wollenden Tränenflut. Auch wenn sie kaum begreifen konnte, was gerade passiert war, war Fanny erleichtert, mit Aidan über all die Geschehnisse der letzten Wochen reden zu können. Sie hatte sich nicht gut gefühlt, diesen Teil ihres Lebens vor ihm geheim halten zu müssen, doch erst jetzt merkte sie, wie sehr es sie belastet hatte.

Zwar sah Aidan an einigen Stellen ihrer Erzählung aus, als ob er am liebsten jemandes Kopf abgerissen hätte – bei der spontanen Übernachtung bei Julian konnte sie die altbekannte Ader an seiner Stirn hervortreten sehen –, aber er sagte nichts, ließ sie reden, wie er sie zuvor auch hatte weinen lassen. Erst als sie im Hier und Jetzt ankam, Roberts Worte und schließlich auch Julians sowie ihre eigenen wiederholte, unterbrach Aidan sie.

»Ach Fanny«, stieß er hervor und ließ sich rücklings aufs Sofa fallen. »In was bist du da hineingeraten?«

Fanny konnte ihm die Frage nicht beantworten, denn hatte sie sich diese nicht selbst in den letzten Monaten immer wieder gestellt? Wie hatte das alles passieren können?

»Ich musste die Beziehung beenden!«, stieß sie hervor und wischte sich über die tränennassen Wangen. »Ich hätte niemals zwischen ihm und seiner Arbeit stehen können. Das wäre, als ob man Felix das Backen oder dir die Literatur wegnehmen würde. Und das geht doch nicht …«

Fannys Stimme war zum Ende hin stetig leiser geworden, verlief sich im Nichts. Von Aidan kam zunächst nur eine nachdenkliche Stille, in der Fanny zur Schneekugel auf dem Kaminsims sah. Sie hatte recht gehabt: Ihre Bedeutung hatte sich nach diesem Gespräch wohl für immer verändert.

Aidan stieß ein tiefes Seufzen aus. »Ich wünschte, Mum wäre hier.« Er hatte so leise gesprochen, dass Fanny nicht wusste, ob sie ihn richtig verstanden hatte. »Sie wüsste, was zu tun ist.«

Fanny schniefte, ohne zu wissen, was sie darauf sagen oder tun sollte. Deswegen beschloss sie, das Offensichtliche zu machen, und umarmte Aidan, so fest sie konnte.

»Ich wünschte auch, sie wäre hier«, flüsterte sie und vergrub ihren Kopf an seiner Schulter. »Aber ich bin trotzdem froh, dass du da bist, *big brother*.«

Schweigend lagen sie eine Weile auf dem Sofa und der Raum war noch immer vom Weihnachtsbaum beleuchtet, lud zum Wegdösen ein.

Da sprang Aidan plötzlich auf. »Ich weiß es!«, rief er, dann ließ er Fanny allein auf dem Sofa zurück, was sich ohne ihn plötzlich viel zu groß anfühlte.

Sie konnte Aidan im Flur rumoren und sogar reden hören. Was er sagte und mit wem er sprach, wusste sie nicht, aber als er nach wenigen Minuten zurückkam, lag ein zufriedener Ausdruck auf seinem Gesicht.

»Was ist los?« Fanny rieb sich die verquollenen Augen. Sie hatte das Gefühl, diesem Tag nicht mehr folgen zu können, und brauchte eine Erklärung für sein seltsames Verhalten.

Doch Aidan schien auf einer geheimen Mission zu sein und marschierte schnurstracks in die Küche, wo er anfing, in den Schränken zu wühlen.

»Aidan?« Fanny fragte sich, ob sie oder er gerade durchdrehte. Da sie auch weiterhin keine Antwort erhielt, schlang sie sich die

Wolldecken um die Schultern und ging mit müden Schritten zu ihm. Schob er gerade ernsthaft etwas in die Mikrowelle?

»Ich weiß jetzt, was Mum machen würde«, verkündete er stolz, nachdem er die Mikrowelle gestartet hatte.

»Kochen?« Fanny ließ sich auf die Küchenbank sinken. Sie hatte das Gefühl, kein Fitzelchen Energie mehr übrig zu haben.

»Nee«, sagte Aidan, ohne in seinem Tun innezuhalten oder eine weitere Erklärung abzugeben. Auf Fannys fragenden Blick strich er ihr über die zerzausten Haare und schickte sie mitsamt den Decken zurück aufs Sofa.

Dort nahm sie die Tätigkeit des Ins-Leere-Starrens wieder auf, der sie auch nachging, als es wenig später erneut an der Tür klingelte. Fannys gute Erziehung rang mit ihrer Erschöpfung um die Wette, aber da hörte sie Aidan durch den Flur eilen und das Thema war für sie erledigt. Sie versank erneut in ihren Gedanken, die sich allesamt um Julian drehten.

»Hey, du Knalltüte«, sagte da eine vertraute Stimme, und Fannys Blick schoss zum Durchgang zur Küche. Dort stand niemand anderes als Felix, der sie mit einem traurigen Lächeln musterte.

»Felix!« Fanny machte Anstalten, sich aus ihrem Deckenkokon zu befreien, doch ihr bester Freund war mit drei Schritten bei ihr, um sie einfach mitsamt den Decken zu umarmen.

»Was machst du hier?«, stammelte Fanny verwirrt und legte ihren Kopf auf seiner Schulter ab. »Felix, ich … Du musst in wenigen Stunden aufstehen! Du solltest …«

»Genau hier sein«, unterbrach Felix ihr wirres Gestammel und wischte Fannys Tränenspur mit den Ärmeln seines Pullovers weg. »Ich habe Bettina geschrieben und werde morgen die zweite Verkaufsschicht übernehmen.«

»Aber wieso …«

Der strafende Blick, den Felix ihr zuwarf, ließ sie mitten im Satz innehalten. Sie wusste eigentlich, wieso und dass sie, wenn es umgekehrt gewesen wäre, nicht anders gehandelt hätte.

»Danke«, sagte sie schlicht, als Aidan mit einem großen Tablett ins Zimmer kam, das er mit konzentrierter Miene zu ihnen trug. Vorsichtig stellte er das beladene Tablett auf dem Couchtisch ab, und Fanny konnte fünf Tassen mit heißer Schokolade, Schälchen voll Marshmallows, Popcorn, Schokolade und Weihnachtsplätzchen entdecken.

Sprachlos starrte sie auf die Ansammlung zuckerhaltiger Lebensmittel. Doch bevor sie mit ihrem trägen Gehirn die Frage nach den fünf Tassen stellen konnte, ging die Wohnzimmertür auf und Sophie spazierte mit Thomas herein.

Schnurstracks marschierte Sophie aufs Sofa zu und ließ sich auf Fannys andere Seite fallen. »Männer sind scheiße.« Sie hielt Fanny eine Blume aus weißem und rotem Papier unter die Nase, die dezent nach Sophies blumigem Parfüm roch.

»Das möchte ich überhört haben«, murmelte Aidan in seinen nicht vorhandenen Bart und reichte ihr eine Tasse heiße Schokolade.

Sophie bedachte ihn mit einem unschuldigen Augenaufschlag, ehe sie ihr Kichern hinter der Kakaotasse verbarg.

»Was soll ich anmachen?«, fragte Thomas, und erst da merkte Fanny, dass er den Fernseher gestartet hatte.

»Ist das nicht offensichtlich?« Felix schaffte es gleichzeitig, Fanny einen Arm um die Schulter zu legen, sich mit ihr tiefer in das Sofakissen sinken zu lassen und dabei entrüstet auszusehen. »Das ist immerhin eine Aktion des Clubs der gebrochenen Herzen! Und was eignet sich dafür besser als alles andere?«

»*Der Club der gebrochenen Herzen*?«, schlug Sophie vor und schnappte sich etwas Popcorn, mit dem sie sogleich Felix bewarf. Der schüttelte nur den Kopf.

»*Kill Bill*?«, war Thomas' Vorschlag, was ihnen allen immerhin ein Kichern entlockte, aber auch keine Gnade vor Felix' Urteil fand.

»*Titanic*?« Aidan ließ sich neben Felix auf das Sofa nieder. »Da sollten wir uns aber besser beeilen.«

»O mein Gott, nein!« Felix warf die Arme in einer theatralischen Geste in die Luft, von der Fanny wusste, dass diese sie zum Lachen bringen sollte. Mehr als ein müdes Lächeln hatte sie allerdings für ihren besten Freund nicht parat. »Was für Kulturbanausen!« Felix schüttelte erneut den Kopf, dann wandte er sich ihr mit hochgezogenen Augenbrauen zu. »Fanny Schuster. Ich weiß, es ist viel verlangt, aber können Sie diese Runde retten? Können Sie die Stimme der Vernunft in dieser schweren Stunde sein und den anwesenden Barbaren verraten, was das einzige – ich wiederhole, das einzige – Mittel gegen gebrochene Herzen, Einsamkeit, schlichtweg gegen zu viel Realität ist?«

Alle schwiegen und sahen zu Fanny, deren Kopf wie leer gefegt war. Da fing Felix an, einen Song zu summen, den sie alle nur zu gut kannten.

»*Friends*!«, riefen sie alle gleichzeitig, und sogar Fanny musste lachen, denn Felix begann, laut und schief zu singen: »*I'll be there for you!*«

Und so war es nicht verwunderlich, dass sie keine Minute später zusammen auf dem Sofa saßen und laut mitsangen, als die erste Folge mit der berühmten Titelmelodie startete.

Fanny kuschelte sich enger an ihren besten Freund, während sie darüber sangen, dass ihnen niemand gesagt hatte, dass das Leben so sein würde. Selten hatte sie die Worte des Songs so sehr verstanden wie in diesem Augenblick.

Felix zog sie noch fester an sich und gab ihr einen schmatzenden Kuss auf die Stirn. Sie konnte seinen und Sophies Körper neben sich spüren und wusste ihre Brüder links und rechts daneben. Es war das perfekte Familien-Sandwich, dachte sie, und eine Träne löste sich, als Fanny mit brüchiger Stimme die nächste Zeile des Liedes mitsang – wohl wissend, dass sie der Wahrheit entsprach: Sie waren immer füreinander da.

30

»Du denkst wohl, dass du dich nicht mehr an Arbeitszeiten halten musst, was?«

Fanny hatte noch nicht einmal den Mantel ausgezogen, da hatte Robert sie schon mit diesem Kommentar begrüßt. Verdutzt hielt sie inne und schaute auf die Zeitanzeige ihres Telefons: Es war zehn vor neun. Ihr Blick schweifte weiter zu Mikas Arbeitsplatz, der noch nicht besetzt war, und schließlich zu ihrem Doch-wieder-Chef.

»Brauchst mich gar nicht anzugucken wie eine Kuh, wenn's donnert.« Robert bedachte sie über seinen Monitor hinweg mit einem mörderischen Blick und strich sich mit einer dermaßen dramatischen Geste seine Haare zurück, dass er dem vorbeigehenden Maik beinahe die Unterlagen aus den Händen schlug. »Um deine Motivation scheint es ja nicht gut zu stehen, wenn du erst zu so später Stunde hereinspaziert kommst«, dozierte Robert weiter, ohne Maiks entnervtem Schnaufen Beachtung zu schenken.

Dieser warf Fanny einen Blick zu, der halb Belustigung, halb Augenrollen war, und ging dann kopfschüttelnd weiter, die Unterlagen nun eng an die Brust gepresst.

»Hörst du mir überhaupt zu, Fanny?«

Erneut hatte Robert die Aufmerksamkeit der umliegenden Tische. Fanny fragte sich, ob ihm dieses Theater nicht langsam peinlich wurde. Sie jedenfalls hatte es satt, ständig deswegen im Erdboden versinken zu wollen.

»Ich höre dir zu.« Sie schlüpfte endlich aus dem Wintermantel und hängte ihn ordentlich über den Bürostuhl. »Aber laut meiner Uhr sind es noch knapp zehn Minuten bis zur Kernarbeitszeit. Ich bin also pünktlich.«

»Wie redest du eigentlich mit mir?« Robert war sofort auf hundertachtzig und schlug mit seiner Faust auf den Tisch.

Fanny konnte das unterdrückte Stöhnen einiger Kollegen und Kolleginnen hören, als Robert zu einem Monolog über Motivation, Ehrgeiz und Verantwortung ansetzte. In den knapp vier Monaten ihrer Tätigkeit bei *Bovin Books* hatte Fanny diesen schon Dutzende Male über sich ergehen lassen müssen und verzichtete aus Selbstschutzgründen auf jegliche Atemgeräusche. Dafür fuhr sie schon mal den Rechner hoch, öffnete das E-Mail-Programm und sagte nebenbei an den richtigen Stellen *ja* und *Amen*.

»O bitte, Herr Groß«, unterbrach ihn am Ende ausgerechnet Frau Kurzheim, die hinter den Papierbergen auf ihrem Arbeitsplatz fast zu verschwinden drohte. »Verschonen Sie uns alle mit Ihrem Vortrag. Besonders angesichts der Tatsache, dass es sonst Sie sind, der die Kernarbeitszeit nicht einzuhalten pflegt!«

Totenstille folgte, niemand wagte es, auch nur eine Seite umzublättern. Der Raum hatte kollektiv den Atem angehalten, und auch Fanny wagte es nicht, sich zu rühren.

»Das wird ein Nachspiel haben«, zischte Robert Fanny zu, anscheinend in der Hoffnung, dass lediglich sie es hören würde. Allerdings hatte er die Totenstille nicht einkalkuliert, in der seine Drohung quer durch den Raum bis an den Tisch von Frau Kurzheim getragen wurde.

»Wird es das?«, fragte diese und knallte eine Mappe voll Unterlagen auf ihren Tisch. »Ich denke, es wird gleich ein Nachspiel haben, wenn Sie nicht langsam aufhören, uns von der Arbeit abzuhalten! Wir alle haben vor der Weihnachtspause mehr als genug zu erledigen.«

Wie festgefroren saß Fanny an ihrem Platz, traute sich nicht mal, die Maus anzuklicken. Wenn es keine tödlichen Konsequenzen haben würde, dann hätte sie wohl auch das Atmen eingestellt. Sie konnte Roberts Stirn über dessen Monitor erkennen und diese hatte inzwischen eine ungesunde Rotfärbung angenommen. Es hätte Fanny nicht verwundert, wenn kleine Dampfwolken rund um seinen Kopf aufgestiegen wären.

Die Glastür zum Redaktionsraum klapperte auffällig laut in die nach wie vor andauernde Stille.

Fanny drehte sich automatisch in Richtung Eingangstür, durch die Mika kam und sich seine grau-schwarze Schirmmütze vom Kopf zog. Ruckartig blieb er stehen und sah sich verdutzt im Redaktionsraum um. Ein kurzer Blick bestätigte Fannys Vermutung: Sie war nicht die Einzige, die sich dem plötzlichen Geräusch zugewandt hatte – alle starrten zu Mika.

»G-guten Morgen«, stotterte er und schaute auf seine Uhr.

Fanny versuchte, ihn unterm Tisch unauffällig zu ihrer Arbeitsinsel heranzuwinken.

»Alles gut?«, fragte Mika im Vorbeigehen. In seinen weit aufgerissenen Augen war der Schrecken deutlich erkennbar, den ihm die fehlenden Geräusche und die einhergehende Aufmerksamkeit beschert hatten.

Bevor Fanny etwas erwidern konnte, mischte sich Robert wieder ein. »Was hatte ich über euer Kaffeeklatsch-Verhalten am Arbeitsplatz gesagt?« Er sprach zwar deutlich leiser, warf ihnen dafür aber einen beinahe mörderischen Blick zu. »Für gemeinsame Kuschelstündchen trefft ihr euch bitte außerhalb der Verlagsräume. Dafür ist hier wirklich keine Zeit.«

Konzentriere dich auf die Arbeit, sagte sich Fanny und wandte sich kommentarlos ihrem Monitor zu. Sie wusste nicht, warum sie überhaupt von Roberts Verhalten überrascht war. Da hörte sie ein hämisches Lachen, das ihr das Blut schneller in den Adern gefrieren ließ, als es jeder Horrorfilm vermochte.

»Wobei: Vielleicht hast du bei der ja Chancen, Mika.« Roberts Stimme hatte diesen lauernden Unterton, bei dem sich Fanny die Nackenhaare aufstellten. »Letztlich hat die auch das Rindvieh rangelassen. Für jemanden wie dich reicht es dann allemal.«

Fanny konnte Mikas Gesicht hinter seinem Monitor nicht erkennen, doch sie vermutete, dass es einer ebenso starren Maske glich wie ihr eigenes. Sagen tat er jedenfalls nichts, und auch Fanny schwieg, starrte nur auf ihren Bildschirm, als stünde dort etwas Lebensnotwendiges.

❄

Knapp zwei Stunden später versetzte Fanny ihren Computer in den Ruhemodus und versuchte, sich daran zu erinnern, wie man atmete. Fahrig schob sie Papiere und Stifte auf ihrem Schreibtisch umher und überlegte, ob Übergeben die bessere Wahl war als das Meeting mit dem Seniorchef.

Ob er sie wohl rauswerfen würde? Für den Bruchteil einer Sekunde meinte Fanny, dass sie sich wirklich gleich übergeben musste. Aber dann fragte sie sich, ob eine Kündigung das Schlimmste wäre, was ihr passieren könnte. Sie kam zu der Schlussfolgerung, dass es das nicht wäre. Was auch kommen würde, sie würde es durchstehen. Schlimmer als das, was gestern mit Julian und ihr passiert war, konnte es nicht werden, und auch das hatte sie bisher irgendwie überlebt.

Sie atmete noch ein letztes Mal tief durch, dann griff sie nach ihrem Notizbuch und einem Kugelschreiber und erhob sich langsam. Aus irgendeinem Grund nahm Fanny jede ihrer Bewegungen überdeutlich wahr. Ob sie gerade eine Art nervlichen Zusammenbruch erlitt oder war das normal, wenn man zum Chef einbestellt wurde? Wie in Zeitlupe schob sie ihren Bürostuhl an den Tisch und musste sich kurz an diesem festhalten.

»Und wo wollen wir schon wieder hin?«, fragte Robert bissig und ließ seine Hand mit einer entrüsteten Geste auf den Schreibtisch fallen. »Mittagspause ist erst in anderthalb Stunden!«

»Ich habe um elf einen Termin beim Chef.« Fanny schaute zu Boden, traute sich nicht, jemanden anzusehen. Sie alle wussten, warum dieses Treffen stattfand, selbst wenn sie von völlig falschen

Tatsachen auszugehen schienen. Julian und sie hatten ja noch nicht mal miteinander geschlafen, *for Pete's sake*!

Für einen Moment war sie wütend auf alles und jeden. Sogar auf Julian, auch wenn sie wusste, dass er diese Wut nicht verdient hatte. Er konnte nichts für die Gerüchteküche und auch nicht für seinen Zwangsurlaub, der eher einer Suspendierung glich. Und trotzdem kam es Fanny ungerecht vor, dass sie sich nun allein den Konsequenzen ihrer beginnenden Beziehung stellen musste.

»Verstehe.«

Sie brauchte nicht mal Robert anzusehen, um zu wissen, dass er sich gerade zufrieden die Gelfrisur glatt strich oder seine Teufelshörner polierte. Kopfschüttelnd machte sie sich auf den Weg ins obere Stockwerk.

»Fanny«, rief Robert ihr hinterher. »Falls du auch ihm einen Lapdance anbieten willst, denk bitte daran, dass er verheiratet ist, ja?«

Fanny, die stehen geblieben war, gab keinen Mucks von sich und drehte sich auch nicht um. Dafür konnte sie mehrere Mitarbeitende aufkeuchen hören, und sie meinte, dass Mika ein leises »O mein Gott« ausstieß.

Langsam ging Fanny weiter, obwohl es ihr schwerfiel, das Gleichgewicht nicht zu verlieren. Worte waren eine verdammt mächtige Waffe, dachte sie mit so fest zusammengepressten Zähnen, dass es schmerzte. Um sie herum setzte Getuschel ein, doch niemand sagte etwas zu Robert. Niemand stand ihr bei.

Irgendwann hatte sie endlich die Tür erreicht und riss sie mit einem Ruck schwungvoll auf. Fanny schwor sich, die Fassung nicht zu verlieren. Nicht in dieser Redaktion und schon gar nicht wegen *fucking King Robster*! Erst auf der Treppe erlaubte sie sich, ihre aufrechte Haltung aufzugeben, und wischte sich energisch über die feuchten Augen. Sie würde nicht weinen!

Kurz darauf stand sie mit einem flauen Gefühl im Magen vor Frau Neelsens Schreibtisch.

»G-guten Tag«, stammelte sie und hatte Mühe, der blonden

Sekretärin ins Gesicht zu sehen. Fanny fand die Vorstellung unerträglich, dass die meisten zu denken schienen, sie sei leicht zu haben oder sie hätte aus reinem Kalkül mit Julian geschlafen.

»Hallo.« In Frau Neelsens Stimme schwang deutlich mehr Wärme mit, als Fanny vermutet hatte. »Herr Bovin erwartet Sie bereits. Gehen Sie einfach rein.« Sie deutete auf eine der wenigen Türen im Verlag, die nicht aus durchsichtigem Glas bestanden.

Es kam Fanny unhöflich vor, einfach einzutreten, also klopfte sie zaghaft an die Holztür.

»Herein!«, kam es aus dem Büro. Nach einem letzten panischen Blick in Richtung der Sekretärin – die ihr ermunternd zunickte –, betrat Fanny das Büro ihres Chefs.

Dieser saß hinter einem beeindruckenden Schreibtisch, der unter ebenso vielen Unterlagen zu verschwinden schien wie der von Frau Kurzheim. Auf Anhieb erkannte Fanny diverse Buchtitel des neuen Frühjahrsprogramms, dicke Stapel von Manuskripten und diese großen, schwarzen Mappen, mit denen Verträge, aber auch die Hauspost im Verlag transportiert wurden. Sie konnte auch eine Kinderzeichnung sowie Fotos von Julian und einer Frau erkennen, die wohl seine Mutter sein musste. Beinahe vergaß Fanny, warum sie sich in diesem Büro befand. Wie gern hätte sie ein Foto von diesem Schreibtisch gemacht, der in ihren Augen wie ein Sinnbild für die beiden Bovin-Männer und damit auch für dieses Unternehmen war. Ein Sinnbild für Menschen, die ihren Job liebten und lebten.

»Guten Tag, Frau Schuster«, riss Herr Bovin sie aus ihren Betrachtungen. Verlegen erwiderte sie seinen Gruß und wandte ihre Aufmerksamkeit dem Mann vor sich zu. Bovin Senior – den Fanny bisher nur im Vorbeigehen und stets mit einem freundlichen, wenn auch distanzierten Lächeln im Gesicht gesehen hatte – betrachtete sie mit einem sorgenvollen Stirnrunzeln.

»Setzen Sie sich bitte.« Er deutete auf einen der beiden Stühle vor seinem Tisch, und Fanny beeilte sich, seiner Aufforderung nachzukommen.

Sie ließ sich auf der äußersten Kante des Besucherstuhls nieder und richtete sich gerade auf.

»Sie können sich sicherlich denken, warum ich Sie hierhergebeten habe.« Mit fahrigen Händen fuhr ihr Chef über den freien Teil seines Tisches. Es hatte ganz den Anschein, als ob auch er angesichts des bevorstehenden Gesprächs angespannt, wenn nicht sogar nervös war.

»Ja.« Fannys Stimme schien plötzlich nicht richtig zu funktionieren, brachte kaum einen Lufthauch zustande. Würde eine Moralpredigt kommen? Der Rauswurf? Eine Abmahnung?

»Es ist eine schwierige Situation, in der wir uns befinden ...« Johannes Bovin strich sich unbehaglich über die Stirn.

Beinahe tat er Fanny leid, doch dann erinnerte sie sich an die Worte, die er zu Julian gesagt hatte. Wie sehr diese ihn verletzt hatten.

»Es ist nicht meine Art, mich in das Privatleben meiner Angestellten einzumischen«, fuhr Herr Bovin nach einigem Zögern fort, und Fanny konnte das *Aber* schon hören, bevor er es sagte. »Aber als Vorgesetzter trägt man eine gewisse Verantwortung für das Wohlergehen der Mitarbeiter und Mitarbeiterinnen.«

Sie versuchte zu ergründen, welche Richtung dieses Gespräch gerade einschlug. Wollte er das sündige Schaf von der Herde trennen, um das Wohlergehen seiner Belegschaft nicht zu gefährden? Es kam Fanny absurd vor, angesichts der Tatsache, dass er einen Wolf wie Robert inmitten seiner ach so umsorgten Schafherde duldete.

»Es ist mir also ein Anliegen, dass es Ihnen gut geht. Selbst wenn das bedeutet, dass ich mich in diesem speziellen Fall ... nun ...« Er sah Fanny hilflos an, schien verzweifelt nach den richtigen Worten zu suchen.

»Mehr einbringen muss?«, schlug Fanny verwirrt vor.

»Mehr einbringen muss!« Beinahe dankbar nickte Bovin Senior ihr zu. »Ganz richtig. Mehr einbringen muss, als ich es sonst täte.«

Er musterte Fanny ernst durch seine Brillengläser, und automatisch setzte Fanny sich aufrechter hin.

»Das ist ein ziemlicher Schlamassel.« Herr Bovin rückte unbehaglich an seiner Krawatte, wie auch Julian es ständig tat.

Fanny, die mit allem gerechnet hatte außer mit diesem salopp dahingesagten Satz, blinzelte ihrem Chef verdattert zu.

»Sie sind noch jung und neu in der Arbeitswelt. Vielleicht hat man in Ihrem Alter noch einige romantisch verzerrte Vorstellungen davon, was angebracht und möglich ist. Bücher und Filme können einem da heutzutage sicherlich die einen oder anderen Flausen in den Kopf setzen. Deswegen mache ich Ihnen für Ihre … nun Schwärmereien keinen Vorwurf, Frau Schuster.« Mit einer Hand fuhr sich Johannes Bovin unter den Hemdkragen, als versuchte er, sich mehr Luft zu verschaffen. »Julian hätte diese Schwärmereien nicht … Nun, ich kann mich nur für sein unangebrachtes Verhalten entschuldigen. Julian hat uns alle in eine wahrlich schwierige Situation gebracht.«

Bei Fanny fiel erst jetzt der Groschen, was sie selbst erstaunte. Hatte Julian gestern Abend nicht erzählt, dass sein Vater in dieser Hinsicht deutlich antiquierte Ansichten zu haben schien? Dass er außerdem eine ernst zu nehmende Beziehung zwischen ihnen – aus welchen Gründen auch immer – kategorisch ausschloss und deswegen in ihr eine Art *Betthäschen* sah?

»Herr Bovin, bei allem Respekt, aber ich fürchte, Sie haben ein völlig falsches Bild von der Angelegenheit.« Vielleicht hatte Fanny etwas zu laut gesprochen, aber sie konnte und wollte das nicht bereuen. Auch nicht, als Bovin Senior erschrocken zusammenzuckte.

»A-ach ja?« Herr Bovin stotterte beinahe. Er schien verwundert, dass sie überhaupt dazu in der Lage war, drei zusammenhängende Worte zu sagen.

»Absolut!«, bestätigte Fanny, dann zögerte sie.

Der Seniorchef hatte in einem Punkt richtiggelegen: Es war eine eigenartige Situation, mit einem fremden Mann – der darüber hinaus ihr Gehalt zahlte – über ihr Liebesleben zu reden. Dennoch nahm Fanny all ihren Mut zusammen und warf das Gefühl der

Scham über Bord. Sie musste die Angelegenheit unbedingt klären, immerhin hing nicht nur ihr eigener Ruf davon ab.

»Julian … ich meine …«, stammelte sie und wusste nicht richtig, wie sie anfangen sollte. Noch immer konnte Fanny kaum Julians Namen sagen, ohne dass sich ihr Herz schmerzhaft verkrampfte. »Wir haben einfach gemerkt, dass wir uns gut verstehen, und beschlossen, uns auch … nun, privat zu treffen. Um uns besser kennenzulernen, verstehen Sie?«

Fanny wollte so was von überhaupt nicht über ihr inexistentes Sexleben mit ihrem Chef reden. Fieberhaft überlegte sie, ob sie wirklich deutlicher werden musste, damit Julian in den Augen seines Vaters nicht wie ein skrupelloser Aufreißer dastand. Ganz zu schweigen von der Rolle, die ihr in diesem Horrorszenario zugespielt wurde. Wirkte sie auf andere wirklich wie jemand, der mit jedem willigen Typen ins Bett hüpfte, je einflussreicher, desto besser?

»Aber was ist mit den Meetings hinter verschlossenen Türen, aus denen Sie – wie sage ich das am besten – derangiert hervorgingen? Waren die auch zum besseren Kennenlernen gedacht?«

Mit gerunzelter Stirn starrte Fanny Johannes Bovin an. »Von welchen Meetings reden Sie?«

»Ich habe von sicherer Quelle erfahren, dass Sie …«, setzte er an, aber Fanny unterbrach ihn mit aller Deutlichkeit und Vehemenz, die sie aufbringen konnte, ohne unhöflich zu wirken.

»Dann sollten Sie vielleicht Ihre Quellen hinterfragen.« Sie konnte sich vorstellen, um wen es sich bei dieser *sicheren Quelle* handelte, und ballte ihre Hände zu Fäusten. Gedanklich fügte sie ihrer To-do-Liste den Punkt *Robert umbringen* hinzu – langsam und qualvoll müsste es sein. Sie war sich sicher, Felix würde ihr sowohl bei der Planung als auch bei der Ausführung helfend zur Seite stehen. Mit etwas Glück konnte sie vielleicht auch Mika überreden.

»Wollen Sie mir sagen, es kam in diesen Verlagsräumen zu keinem Zeitpunkt zu einem Treffen, bei dem nur Sie und mein Sohn zugegen waren?«

»Natürlich sage ich das nicht!« Fanny konnte nicht glauben, dass sie dieses Gespräch gerade tatsächlich führte. »Er war mein Abteilungsleiter. Wie Sie sicherlich wissen, hat er für uns Volontäre einen wöchentlichen *Jour fixe* vereinbart, der letzten Mittwoch auch wie geplant stattfand.«

»Und zu dem – wie ich von unterschiedlichen Leuten gehört habe – der Sichtschutz heruntergelassen werden musste?« Eindeutig verärgert trommelte Herr Bovin mit den Fingern auf seiner Tischplatte. Fanny vermutete, dass er sich von ihr hinters Licht geführt wähnte.

»Was nicht während meiner Besprechung stattfand«, erwiderte sie mit einer Heftigkeit, die sie sich gar nicht zugetraut hatte. Langsam merkte sie, dass ihr der Geduldsfaden riss, und sie fragte sich, ob Aidan sich genauso fühlte, bevor er einen seiner berühmt-berüchtigten Wutanfälle bekam. Da kam ihr der rettende Einfall. »Fragen Sie Maik Ebner! Er platzte in unser Meeting, um etwas Dringendes mit Julian zu besprechen.«

Verzweifelt versuchte Fanny, sich daran zu erinnern, was Maik gesagt hatte. Doch sie war zu abgelenkt gewesen und hatte nicht genau aufgepasst.

»Und was ist mit dem romantischen Dinner zu zweit, das Sie hier veranstaltet haben? Sehen Sie, wenn Sie etwas geheim halten wollen, sollten Sie dafür sorgen, dass man Ihre Überreste nicht am nächsten Tag im Mülleimer findet. Oder haben Sie auch dafür eine Erklärung?« Herr Bovin lehnte sich mit verschränkten Armen in seinem Stuhl zurück und sah sie abschätzend an.

»Ja«, sagte Fanny deswegen schlicht und verschränkte ebenfalls die Arme vor der Brust. »Die habe ich.«

»Na, da bin ich gespannt.« Ihr Chef bedeutete Fanny, ihre – seiner Meinung nach vermutlich an den Haaren herbeigezogene – Erklärung vorzutragen. Und so erzählte Fanny zum wiederholten Mal die Geschichte ihrer ersten finalen Druckdatenabgabe. Womöglich ließ sie Julian dabei ein wenig heldenhafter daherkommen, aber wer würde ihr das zum Vorwurf machen können?

Anschließend saßen Fanny und Herr Bovin sich schweigend gegenüber. Fanny konnte sehen, dass es in ihrem Chef arbeitete. Wie er versuchte, die beiden verschiedenen Versionen von ein und derselben Geschichte übereinanderzulegen.

»Sie wollen mir weismachen«, sagte er und faltete seine Hände unterm Kinn wie zum Gebet, »dass nichts vorgefallen ist, was nicht mit rechten Dingen zugegangen ist?«

»Genau.«

»Sehen Sie.« Bovin Senior stützte sich mit den Ellenbogen auf den Schreibtisch und beugte sich über die Papierstapel hinweg zu ihr. »Eben daran habe ich meine Zweifel. Ich kenne meinen Sohn: Wenn alles mit rechten Dingen zugegangen wäre, hätte es keinen Grund gegeben, diese *Beziehung* zu verheimlichen.«

Fanny überlegte, ob sie ihren Chef auf die Widersprüchlichkeit seiner Aussage hinweisen sollte. Doch ehe sie zu einer Entscheidung kommen konnte, redete er schon weiter.

»Vielleicht ist Ihnen auch nicht bewusst, was geschehen ist.« Er hatte einen bedächtigen und zugleich nervösen Gesichtsausdruck drauf. Fanny hatte viel eher das Gefühl, dass er derjenige war, der nicht begriff, was gerade passierte.

Außerdem konnte sie nicht anders, als sich von seinen Worten ein wenig beleidigt zu fühlen. Letztlich warf er ihr doch vor, sich leicht manipulieren zu lassen – was Fanny unfair vorkam angesichts der Tatsache, dass sie die Einzige gewesen war, die Roberts falsches Spiel von Anfang an durchschaut hatte.

»Nun, wie dem auch sei. Ich dachte jedenfalls, dass es auch für Sie gut wäre, wenn Sie sich ein paar freie Tage gönnen.«

Fanny hielt die Luft an. Würde ihr Chef jetzt auch sie suspendieren? Sie bitten zu gehen?

»Ich habe mir die Freiheit genommen«, fuhr Herr Bovin in seinem üblichen milden Chefton fort, »und mir Ihr Arbeitszeitkonto genauer angesehen.« Hier warf er Fanny erneut einen etwas eigenartigen Blick zu. »Das sind eine Menge Überstunden, die Sie da angesammelt haben, Frau Schuster.«

Fanny zuckte mit den Schultern. Sie hatte erwartet, dass er von Julian wusste, wie es in der Backbuchabteilung vor dessen Ankunft zugegangen war. Massig Überstunden sollten ihn da nicht überraschen.

»Ich würde also vorschlagen, dass Sie wenigstens ein paar Überstunden abbauen. Sie könnten problemlos schon morgen in den Weihnachtsurlaub gehen und hätten im neuen Jahr trotzdem noch genug Überstunden, um im Januar bloß drei Tage die Woche zu arbeiten.« Er sah Fanny mit hochgezogenen Augenbrauen auffordernd an.

Doch auch wenn Fanny gern den Rest der Woche mit Netflix und Eiscreme im Bett verbracht hätte, um Zwiesprache mit ihrem gebrochenen Herzen zu halten, so wusste sie, dass das nicht möglich war. »Das ist sehr freundlich von Ihnen, Herr Bovin, aber ich fürchte, dass ich das nicht annehmen kann. Die Druckabgabe für das Reste-Backbuch steht an und da wir nun einer weniger sind …«

Die Stirn von Bovin Senior legte sich bei ihren Worten in verärgerte Falten, während er sich hinter seinem Schreibtisch aufrichtete.

»Ich … Es ist einfach noch viel zu tun«, stammelte Fanny und wünschte sich, der Erdboden würde sich auftun und sie möglichst komplett verschlingen.

»Nun gut«, sagte er nach einer grimmigen Pause des Schweigens. »Ihr Arbeitseifer ist sicherlich ehrenwert, aber denken Sie bitte über mein Angebot nach. Geben Sie Frau Lundermayer Bescheid, sollten Sie sich entscheiden, etwas früher als geplant in den Weihnachtsurlaub zu gehen. Und schließen Sie sich bitte zeitnah mit Ihrem Abteilungsleiter kurz, wie Sie das Überstundenproblem im Januar angehen können.«

Hastig versicherte Fanny ihm, dass sie darüber nachdenken würde. Sie hoffte, dass die Angelegenheit damit beendet war und sie gehen konnte.

»Dann möchte ich Sie gar nicht weiter aufhalten«, bestätigte Herr Bovin ihre Hoffnung. Sie erhob sich, um sich mit den üblichen bedeutungslosen Floskeln zu verabschieden.

Fanny war schon an der Tür, da ließ das Seufzen des Seniorchefs sie innehalten. Der eben noch so resolute und von seiner Meinung überzeugte Mann saß zusammengesunken hinter seinem Schreibtisch und wirkte ähnlich zerstreut wie die lose Blattsammlung um ihn herum.

»Herr Bovin?« Als die Worte ihren Mund verließen, hätte Fanny sich am liebsten in den Hintern getreten. Was tat sie denn da?

Sofort richtete sich ihr Chef erneut zu seiner stattlichen Größe auf und musterte sie verärgert.

»Herr Bovin, ich … Dieser Verlag bedeutet Ihrem Sohn alles. Das wollte ich Ihnen nur sagen. Und bitte glauben Sie mir, wenn ich Ihnen versichere, dass Julian diese Beziehung nicht leichtfertig eingegangen ist. Wir hatten einfach das Pech, uns zu verlieben.«

Mit einem Kloß im Hals nickte sie dem verwundert dreinblickenden Mann ein letztes Mal zu, dann huschte sie durch die Zimmertür und schloss diese erleichtert hinter sich. Sie blieb an der Tür stehen und versuchte, sowohl ihr hektisch klopfendes Herz zu beruhigen als auch die aufsteigenden Tränen zu bekämpfen. *Wir hatten einfach das Pech, uns zu verlieben.* Das fasste die ganze Misere doch fabelhaft zusammen.

»Alles in Ordnung bei Ihnen?«, erkundigte sich Frau Neelsen.

Ertappt drehte Fanny sich um. Sie sah die Sekretärin des Chefs verlegen an und wischte sich eilig eine Träne aus dem Augenwinkel. »Ja, tut mir leid, ich …«, begann sie, hatte aber keine Ahnung, was sie sagen wollte. *Ich musste mal durchatmen und gucken, ob mein Herz noch mitmacht?*

»Schon gut.« Frau Neelsen nickte ihr aufmunternd zu. »Das erste Gespräch beim Chef ist immer das aufregendste.«

Bei diesen Worten kicherte die ältere Frau vor sich hin und ein kleines Lächeln schlich sich auf Fannys Lippen. »Da könnten Sie recht haben.«

Sie verabschiedete sich von Frau Neelsen und stellte fest, dass sie trotz allem mit einem etwas besseren Gefühl zurück in den Redaktionsraum ging. Immerhin hatte sie gesagt, was zu sagen war.

Das war mehr, als sie sich heute Morgen zugetraut hätte, und so spürte sie etwas, mit dem sie heute ebenfalls nicht gerechnet hatte: Stolz. Sie war stolz darauf, wie sie diese Situation im Büro ihres Chefs gehändelt hatte. Stolz darauf, für sich selbst eingetreten zu sein.

Zurück im Redaktionsraum wurde Fanny zwar das Gefühl nicht los, dass alle zu ihr starrten und hinter vorgehaltener Hand über sie tuschelten, aber immerhin saß Robert nicht mehr an seinem Platz. Sie trat an ihren Schreibtisch und sofort rollte Mika mit einem besorgten Stirnrunzeln zu ihr herum. Aber bevor Fanny ihm ein Zeichen geben konnte, dass alles okay war, hörte sie ein Telefon an der Arbeitsinsel Getränke klingeln. Maik nahm ab und sprach sofort dienstbeflissen in den Hörer. Wenn Fanny sich nicht täuschte, redete er gerade mit Bovin Senior, der eine wichtige Information von ihm benötigte bezüglich eines Meetings, das Maik vor einer knappen Woche gestört hatte …

31

Julian lag auf seinem Sofa und starrte ins Nichts, wie er es schon die letzten Tage über gemacht hatte. Vor ihm auf dem überquellenden Couchtisch stand eine bunte Ansammlung von Take-out-Boxen, Gläsern und diversen alkoholischen und nicht alkoholischen Getränkeflaschen. Damit repräsentierte der Tisch das exakte Gegenteil von dem, wie Julian sich innerlich fühlte: absolut leer.

Er fuhr sich über seinen struppigen Bart, von dem er nicht mehr wusste, wann er ihn zuletzt getrimmt, geschweige denn rasiert hatte. Montag war er im Büro gewesen, dachte er mit alkoholumnebelten Gedanken, die auch Anzeichen eines Katers hätten sein können. Der Übergang war dieser Tage fließend. Nun musste er bloß herausfinden, welcher Wochentag heute war, dann hätte er immerhin eine Chance, die Frage zu beantworten, die er bereits vergessen hatte.

Julian tastete auf dem Boden nach seinem Handy herum. Wenn er sich richtig erinnerte, hatte er es irgendwann auf den Teppich vor dem Sofa geschmissen, weil er es ständig in die Hand genommen und Fannys Namen in seinen Kontakten aufgerufen hatte.

Nach einer gefühlten Ewigkeit, in der Julian Dutzende Male laut vor sich hin geflucht hatte, fand er es schließlich. Aber als er das Handy vor sein Gesicht hielt, um sich das heutige Datum anzeigen zu lassen, lag es leblos und unbeleuchtet in seiner Hand. Na, das passte ja und würde erklären, warum die Anrufe und Textbenachrichtigungen irgendwann abrupt aufgehört hatten.

Mit einem Stöhnen richtete Julian sich auf, was sofort dröhnende Kopfschmerzen mit sich brachte. Also doch ein Kater, dachte er und sah sich desorientiert in seinem Wohnzimmer um, das im Halbdunkel lag. Für den Bruchteil einer Sekunde wusste er nicht, wieso er sich aufgesetzt hatte, dann fiel ihm das Handy in seiner Hand ein.

»Ladekabel«, murmelte er in der Hoffnung, dass das Aussprechen sein Vorhaben greifbarer und weniger flüchtig machen würde. Dann erhob er sich schwankend und taumelte in Richtung seines Arbeitszimmers, in dem er ein Ladekabel vermutete.

Er ließ sich mit dem angeschlossenen Handy in der Hand aufs Sofa fallen, und sein Körper fühlte sich an, als hätte er eine Ganztagswanderung in den Rocky Mountains hinter sich. Vielleicht sollte er mal nachsehen, ob er etwas Obst in der Küche fand, überlegte er, während er darauf wartete, dass sein Kopf aufhörte, sich zu drehen. Vitamine waren in den letzten Tagen ebenso Mangelware gewesen wie ein Grund, morgens aufzustehen.

Letztlich ging er aber nicht nachsehen, sondern nahm seine Tätigkeit – ins Nichts zu starren – wieder auf, bis ihn sein Handy mit einem Brummen aus der Lethargie riss.

Julian starrte das Gerät an, als hätte er es noch nie gesehen. Dann besann er sich und gab seinen Startcode ein, der für eine Sekunde den gewohnten Bildschirm freigab – ehe das Handy in seinen Händen regelrecht explodierte.

Unzählige verpasste Anrufe und Nachrichten ploppten mit großem Getöse und Vibrieren auf. Julian konnte die Namen von Chris, Adam und Kelly erkennen, die sich unter die Dutzenden Anrufe und Textnachrichten seiner Eltern mischten. Lediglich ein Name tauchte nicht auf und Julian legte das Handy mit einem Stöhnen zur Seite. Hatte er ernsthaft geglaubt, Fanny würde sich bei ihm melden?

Wie so oft in den letzten Tagen – und sein Blick aufs Handy hatte ihm gezeigt, dass in der Tat mehrere Tage vergangen waren, denn inzwischen war Donnerstag – kehrten Julians Gedanken zurück zu

Montag. Zurück zum Gespräch mit seinem Vater, das er kaum als Gespräch, mehr als Anklage bezeichnen würde. Und zurück zum Treffen mit Fanny. Seiner Fanny, der er versäumt hatte zu sagen, dass er sich in sie verliebt hatte.

Julian ließ sich tiefer in die Sofakissen sinken. Vielleicht konnte er sich dadurch vor der unliebsamen Realität verstecken. Vielleicht würde der Fakt, dass Fanny nichts mit ihm zu tun haben wollte, ihn so nicht erreichen. Tränen brannten in seinen Augen, dabei hatte er gedacht, dass keine mehr übrig waren. Doch dann sah er Fanny in Gedanken vor sich, wie sie ihm mit dieser versteinerten Miene mitteilte, dass ihre Beziehung diesen Aufwand nicht wert sei und sie das alles am liebsten vergessen wollte – dass es vorbei war. Er konnte nicht glauben, dass er den gleichen Fehler noch einmal gemacht hatte! Dass er sich erneut verwundbar gemacht und in diesem Verlauf das Einzige verloren hatte, das er immer als sicher angesehen hatte: seinen Job und den Respekt seines Vaters.

Womöglich fühlte sich deswegen der Abgrund diesmal so viel tiefer an im Vergleich zu seiner Trennung von Witt. Zwar war es nicht leicht gewesen, sie jeden Tag auf der Arbeit zu sehen, aber immerhin hatte er diese noch gehabt. Hatte sich in die Arbeit stürzen können wie ein Besessener und so die Lücke gestopft, die Witt hinterlassen hatte.

Julian überlegte gerade, ob es vertretbar war, seinen Kater gleich mit weiterem Alkohol zu bekämpfen, oder ob er vorher etwas essen musste, da vibrierte sein Handy auf dem Couchtisch. Mit einem abgrundtiefen Seufzen angelte er nach dem Gerät, nicht bereit, seine halb liegende Position aufzugeben. Er brachte lediglich ein Drauftatschen zustande.

Als dann allerdings plötzlich Chris' Stimme losschimpfte, richtete Julian sich abrupt auf. Fassungslos starrte er das Handy an.

Chris starrte zurück und wirkte irgendetwas zwischen erleichtert und unfassbar wütend. »Julian, du absoluter Knallfrosch vor dem Herrn! Nimm endlich dein beschissenes Handy in die Hand und rede mit mir!«

Wie auf Autopilot hielt Julian sich das Mobiltelefon vors Gesicht. Da er die letzten Tage Spiegel gemieden hatte, sah er das Ausmaß der ganzen Katastrophe erst, als er sich neben Chris auf dem Display erkennen konnte. Bart und Haare waren verlottert und ungewaschen, seine Augen blutunterlaufen und obendrein verquollen. Bestürzt wurde ihm bewusst, wie sehr er sich hatte gehen lassen.

»Alter, bist du krank? Liegst du im Sterben? Du siehst aus, wie ich mir Zombies vorgestellt habe.« Mit offenem Mund starrte Chris ihn an, und Julian versuchte, seine nicht vorhandene Frisur weniger wie ein Vogelnest aussehen zu lassen. Er konnte sich nicht daran erinnern, jemals irgendjemandem dermaßen derangiert gegenübergetreten zu sein – auch nicht in digitaler Form.

»Was gibt's?«, fragte er mit finsterer Miene, ohne auf Chris' Gestammel zu seinem Gesundheitszustand einzugehen oder sein eigenes Unbehagen deswegen zu zeigen.

»Was es gibt?« Chris' Stimme schraubte sich mit jedem Wort ein wenig mehr in die Höhe. »Alter, hast du eine Ahnung, was hier gerade abgeht? Deine Mutter ist kurz davor, die Feuerwehr oder die Bundeswehr zu rufen. Du bist seit Tagen nicht erreichbar, nicht auf der Arbeit, nicht zu Hause …«

»Wovon bitte redest du?«, fragte Julian, dem nach der Ruhe der vergangenen Tage beim Geplapper seines Freundes der Kopf dröhnte. »Ich bin zu Hause, oder wonach sieht das hier aus?«

Julian drehte die Kamera und filmte sein Wohnzimmer. Das war in der Dämmerung zwar nur schlecht erkennbar, aber vielleicht war das angesichts des nicht vorhandenen Reinigungsgrades eher von Vorteil.

Als er das Display zu sich drehte, merkte er, dass Chris kurz vor der Explosion zu stehen schien.

»Wieso zum Teufel antwortest du dann nicht, wenn deine Mutter bei dir klingelt?«

»Oh.« Julian zupfte sich am Ohr. »Ich habe die Klingel ausgeschaltet. Wollte etwas Ruhe haben.«

»Aha«, sagte Chris und sah Julian an, als wäre ihm ein zweiter Kopf gewachsen. »Ruhe haben. Um was zu tun? Dich der körperlichen Verfassung eines Untoten ohne Duschmöglichkeit anzunähern? Alter, wenn ich nicht wüsste, dass es unmöglich ist, würde ich sagen, dass ich deinen Gestank durch den Bildschirm rieche.«

»Jetzt übertreib nicht gleich«, stöhnte Julian, obwohl er zugeben musste, dass er schon mal besser gerochen hatte.

»Mann, Bovin!« Chris schüttelte den Kopf. »Du hast echt keine Ahnung, welche Sorgen sich deine Eltern machen. Dein Vater faselte etwas von wegen Urlaub und dass du etwas Zeit bräuchtest, aber …«

»Ach, meint er das?«, fragte Julian mit eisiger Stimme, womit er sofort Chris' Aufmerksamkeit hatte. »Was hat er denn noch so gemeint?«

»Nicht viel.« Verwirrt rieb sich Chris die Stirn. »Er meinte, dass es zu Problemen auf der Arbeit gekommen ist, wollte aber nicht weiter darauf eingehen. Nicht mal deine Mutter weiß, was los ist.«

Julian sah Chris die Neugierde an der Nasenspitze an und ein kleines, müdes Lächeln machte sich auf seinem Gesicht breit. Vielleicht hätte er früher zum Handy greifen und Chris anrufen sollen. Wahrscheinlich wäre das besser gewesen als – Julian warf sich einen kritischen Blick zu – nun … das.

»Lass dir nicht alles aus der Nase ziehen!« Chris schüttelte ungeduldig das Handy, sodass Julian vom Hinsehen erneut schwummrig wurde. »Was bitte ist auf der Arbeit passiert, dass du auf Tauchstation gehen musstest?«

»Irgendjemand«, begann Julian und hatte einen dunklen Verdacht, wer dieser jemand sein könnte, »hat von Fanny und mir Wind bekommen und es im Verlag an die große Glocke gehängt.«

»Und?« Chris zuckte mit den Schultern. »Gibt sicherlich bessere Dinge, aber schlimm ist das auch nicht. Eines Tages wäre es sowieso rausgekommen, oder?«

Julian seufzte abgrundtief. »Das Problem ist, dass mein werter Herr Vater beschlossen hat, dass eine Beziehung zwischen Fanny und mir eine Grenzüberschreitung sowie moralisch verwerflich sei. Er hat sogar ausgeschlossen, dass es überhaupt eine Beziehung sein könne, und mir die grandiose Rolle des hemmungslosen Aufreißers zugeteilt, der im Verlag seinen verdammten Hosenstall nicht geschlossen halten kann.«

»Nicht dein Ernst!« Mit offenem Mund starrte Chris ihn an und fuhr sich über die rasierten Haare. »Kennt der Mann dich Softie eigentlich?«

»Hey, hey, hey«, brummte Julian und hob scherzhaft den Zeigefinger in die Kamera. »Kein Grund, beleidigend zu werden.«

Christ winkte ab. »Was sagt eigentlich deine Kleine dazu?«

»Sie sagt, dass es das alles nicht wert ist.« Kaum hatte Julian die Worte ausgesprochen, machte sich das vertraute Ziehen in seinem Inneren bemerkbar. Er rieb sich über die schmerzende Brust und konnte nach wie vor nicht fassen, dass Fanny das gesagt hatte.

»Bitte?« Chris' Gesicht kam näher an die Kamera heran und Julian hatte nun eine Großaufnahme von der Stirn seines besten Freundes.

»Sie hat die Beziehung beendet. Hat sie als Fehler bezeichnet, von dem sie sich wünschte, ihn nicht begangen zu haben.«

Chris' vergrößerte Stirn legte sich in zweifelnde Falten. »Ach, das glaube ich nicht.«

Auch wenn diese Worte Julians eigenem Wunschdenken entsprachen, machten sie ihn mit einem Schlag unfassbar wütend. »Glaub, was du willst«, blaffte er und hätte am liebsten aufgelegt. »Aber sie hat mir deutlich zu verstehen gegeben, dass diese Beziehung von ihrer Seite aus vorbei ist. Wenn ich mich richtig erinnere, dann fielen sogar die Worte ›alles am liebsten vergessen‹.«

Ein dunkler Gedanke schlich sich an und nahm immer mehr Platz ein, bis Julian es schließlich nicht mehr aushielt. »Denkst du, dass mein Vater recht hat?«

»Womit jetzt genau?« Chris schien Julian mit schief gelegtem Kopf anzusehen, denn die Hälfte von seiner Stirn war plötzlich aus dem Bildausschnitt verschwunden.

»Meinst du, sie ist nur mit mir ausgegangen, weil ich ihr Vorgesetzter bin?« Julian konnte die Worte kaum aussprechen, mit denen er sich in den vergangenen Tagen herumgequält hatte. Was, wenn Fanny nicht wirklich an ihm interessiert gewesen war?

»Kann ich mir nicht vorstellen«, antwortete Chris nach einer Denkpause. »Ganz ehrlich: Euch nach dem Weihnachtsmarkt zu treffen, war das Ätzendste, was ich seit Langem gemacht habe. Widerlich, wie übertrieben verknallt ihr ineinander wart. Furchtbar, ehrlich.«

Gegen seinen Willen musste Julian grinsen. Das war einfach typisch Chris. Dann wurde er wieder ernst.

»Tja, war wohl nichts mit der großen Verliebtheit von ihrer Seite aus«, murmelte Julian mehr zu sich als zu seinem Freund.

Der wackelte daraufhin nachdenklich mit dem Kopf. »Ich wäre mir da nicht so sicher. Menschen machen die verrücktesten Dinge aus Liebe. Auch Schluss.«

Verärgert winkte Julian ab. Chris hatte Fannys versteinerte Miene nicht gesehen.

»Wie dem auch sei«, wechselte dieser das Thema, bevor Julian weiter in Selbstmitleid versinken konnte. »Ich denke, das ist ein guter Zeitpunkt, um deine eigenen vier Wände zu verlassen.«

»Ich gehe nicht zu meinen Eltern.« Julian war nicht bereit, sich mit seinem Vater auseinanderzusetzen. Dessen Vorwürfe und die dahinterliegenden Anschuldigungen, ein rücksichtsloser und moralisch kompromittierter Mann geworden zu sein, hatten Julian mindestens ebenso verletzt wie die abrupte Trennung von Fanny.

»Ich dachte auch eher, dass du nach Hannover kommst, du Dödel.« Chris lachte laut und fing an, aufzuzählen, was sie am Wochenende alles zusammen unternehmen könnten. Von Laser Tag über Bouldern und Schlittenfahren war einiges dabei, und Julian dachte, dass er vor dieser Art von Wochenende auf alle Fälle etwas Obst essen musste, wenn er nicht nach fünf Minuten bewusstlos in der Ecke liegen wollte. Er beeilte sich zuzusagen, bevor sich Chris weitere Aktivitäten für sie überlegen konnte.

»Aber bevor wir irgendetwas davon umsetzen, musst du unbedingt eine Sache erledigen.« Chris setzte seinen besten Lehrer-Imitationsblick auf.

»Jaja, aus mir einen Menschen machen und duschen gehen. Ich weiß.«

»Quatsch, Mann!« Chris sah aus, als ob er ihm am liebsten einen Klaps auf den Hinterkopf verpasst hätte. Gegen seinen Willen hoben sich Julians Mundwinkel. Das erste Mal seit Montag hatte er das Gefühl, etwas leichter Luft zu bekommen. »Du musst deine Mutter anrufen, Junge!«

32

Fanny klickte auf *Senden,* und obwohl ihr Arbeitscomputer keine Geräusche erzeugte, stellte sie sich vor, dass die Nachricht mit einem *Wusch* aus ihrem Ausgang verschwand und sich durch die Weiten des Internets ihren Weg in das Postfach der Autorin suchte.

Sie ließ ihren Blick durch den für einen Freitagnachmittag ungewöhnlich vollen Redaktionsraum schweifen, der für diese Woche seinen Höhepunkt in Bezug auf Hektik und Geschäftigkeit erreicht zu haben schien. Schon allein das Hinsehen ließ Fanny kribbelig werden. Wenngleich sie versuchte, möglichst nicht an Julian zu denken – weil sie dann jedes Mal der Wunsch überkam, sich mit einer Decke über dem Kopf irgendwo hinzulegen –, war sie ihm gerade sehr dankbar, dass sie zusammen einen Plan erstellt hatten, was wann vor Weihnachten passieren musste. Und da Ablenkung in Form von Arbeit ja bekanntlich gegen Liebeskummer half, hatte Fanny sich den Rest der Woche richtig reingehangen und war nun einen ganzen Tag früher fertig als gedacht. Am Montag, dem letzten Tag vor den Betriebsferien, würde sie in aller Ruhe ihr Postfach sortieren und Liegengebliebenes erledigen, damit sie im Januar tatsächlich ein paar zusätzliche Tage freimachen konnte.

Mit einem zutiefst zufriedenen Gefühl setzte sie das Häkchen hinter dem letzten Punkt auf ihrer To-do-Liste und klappte erleichtert das Notizbuch zu. Jetzt konnte Weihnachten kommen.

»Tagträumen wir etwa von einem gewissen ehemaligen Chef?«, unterbrach Roberts bissige Stimme diesen kleinen triumphalen

Augenblick. Sofort merkte Fanny, wie all die Energie verpuffte, die sie gerade noch gespürt hatte. Robert war der reinste Energievampir, dachte sie und beschloss, auf diese rhetorisch gemeinte Frage nicht einzugehen.

Um den Monitor herum warf Mika ihr ein aufmunterndes Lächeln zu, das Fanny halbherzig erwiderte. Wenn die ganze Situation eine gute Sache hatte, dann, dass sich das Arbeitsverhältnis zwischen ihnen deutlich verbessert hatte. Erst gestern hatte Mika sie – als alle Abteilungsleiter mit der wöchentlichen Verlagssitzung beschäftigt waren – zur Seite gezogen und ihr gesagt, dass er nicht in Ordnung fand, was gerade im Verlag passierte. Sein Dackelblick hatte dabei Felix' regelrecht Konkurrenz gemacht, und Fanny meinte, dass Mika noch etwas hatte anfügen wollen. Doch stattdessen hatte er bloß traurig zu Julians verwaistem Büro gesehen.

»Ich hoffe, er kommt zurück.« Mika hatte bei diesen Worten genauso elend ausgesehen, wie Fanny sich fühlte. Dabei wusste sie gar nicht, ob sie seinen Wunsch teilte. Julian jeden Tag auf der Arbeit zu sehen, kam ihr wie ein Ding der Unmöglichkeit vor. Aber schlimmer als das Arbeiten mit Robert konnte es auch nicht werden.

Als ob dieser ihre Gedanken erraten hätte, schnipste er laut und zog damit wie üblich die Aufmerksamkeit aller auf sich. »Statt sinnlos durch die Gegend zu glotzen, solltest du lieber mal deine Weihnachtsgrüße rausschicken.« Robert hackte, wie so oft in letzter Zeit, wütend auf seiner Tastatur herum. »Und wegen der Mehrarbeit könnt ihr euch beim *Diabolique Bovin* bedanken. Es war schließlich nicht meine Idee, dass wir alle – zusätzlich zur Weihnachtspost, die der Verlag ohnehin an unsere wichtigsten Autoren rausschickt – auch noch personalisierte Weihnachtsmails an alle unsere Kontakte verschicken dürfen. Einfach unfassbar!«

»Schon erledigt.« Als die Worte ihren Mund verließen, merkte Fanny ihren Fehler: Sie hatte zu fröhlich geklungen. Das plötzlich stoppende Geklapper von Roberts Tastatur bestätigte ihr das.

»Wirklich?«, fragte er mit diesem Unterton, den Fanny in den vergangenen Monaten zu fürchten gelernt hatte. Normalerweise sorgte er dafür, dass sie sich am liebsten unter den Tisch verkrochen hätte.

»Ja, habe ich«, sagte sie stattdessen und wusste selbst nicht, was heute mit ihr los war. War es die abgearbeitete Liste? Das überstandene Gespräch mit dem Seniorchef? Oder war es die Aussicht auf eine Robert-freie Woche, die ihr den Mut gab, sich heute nicht einschüchtern zu lassen?

Robert konnte das natürlich nicht auf sich sitzen lassen und marschierte zu Fanny, um mit einem weiteren Schnipsen seiner Finger auf ihren Monitor zu zeigen. »Dann lass mal sehen.« Er verschränkte die Arme vor der Brust, und da Fanny vor lauter Überraschung nicht reagierte, herrschte Robert sie an: »Leg los! Ich habe nicht ewig Zeit!«

Hastig öffnete Fanny die Rundmail, die sie bereits heute Morgen verschickt hatte. Sie hatte gestern Abend aus einem etwas älteren Foto und kleinen Illustrationen, die sie zu Hause am Tablet angefertigt hatte, eine Art digitale Postkarte erstellt. Diese zeigte eine Rentiertorte auf einer Fensterbank – um genauer zu sein, der Fensterbank in Felix' Küche. Statt des Rentiergesichts auf der Torte hatte sie einen witzigen, freigestellten Schnappschuss von sich eingefügt, der sie in einen Schal gehüllt zeigte. Die Farbe des Schals hatte beinahe denselben Braunton wie die Schokoladentorte gehabt. So war es ein Leichtes gewesen, die Farbe zu verändern und es aussehen zu lassen, als ob ihr Kopf geradewegs aus dem Kuchen kommen und Fanny das glitzernde Rentiergeweih tragen würde. Zum Schluss hatte sie sich eine leuchtend rote Nase verpasst, die aussah wie eine riesige Zuckerperle. Aidan und Thomas hatten sich heute Morgen setzen müssen, so sehr hatten sie darüber gelacht.

»Machen Sie es möglichst persönlich«, hatte Julian ihnen aufgetragen. »Persönliche Noten bleiben im Gedächtnis und bilden eine gute Basis für eine hoffentlich lang anhaltende und vertrauensvolle Arbeitsbeziehung.« Später hatte er ihnen einige Beispiele per E-Mail weitergeleitet, die Fanny sofort an die Rentiertorte erinnert hatten. Felix hatte sie letztes Jahr gebacken und Fanny die Torte für ihn fotografiert. Mit einem Anflug von Nostalgie betrachtete Fanny das Bild auf ihrem Monitor, das ihr genauso verspielt und weihnachtlich gelungen war, wie sie es sich vorgestellt hatte.

»Bist du komplett wahnsinnig geworden?« Wieder gelang es Robert innerhalb weniger Sekunden, ihr jegliche positive Energie abzusaugen. »Sag mir bitte, dass du das nicht rausgeschickt hast!«

Verwirrt sah Fanny zwischen der süßen Weihnachtsmail – für die sie schon die herzlichsten Antworten erhalten hatte – und ihrem wutschnaubenden Chef hin und her. Hatte sie einen Rechtschreibfehler gemacht oder womöglich den Namen des Verlages falsch geschrieben? Was bitte konnte an einer harmlosen, wenn auch etwas albernen Weihnachtsmail dran sein, dass es diese Art von Reaktion auslöste?

»Doch«, sagte sie, während Robert wutschnaubend hinter ihr auf und ab ging. »Ich habe sie heute Morgen verschickt und bisher …«

»Das ist der Grund, warum ich euch ständig sage, dass ihr alles von mir absegnen lassen müsst, bevor ihr etwas rausschickt!« Anklagend deutete Robert auf Fannys Bildschirm, auf dem noch immer ihr Gesicht aus einer Schokoladentorte kam.

»Ich verstehe nicht …« Fanny massierte sich die Schläfen und verstand gerade so einiges nicht. Nicht nur, dass die Reaktion ihres Chefs komplett unverhältnismäßig für eine simple saisonale Grußkarte war, auch hatte es nie eine derartige Anweisung gegeben. Hatte Robert nicht stets betont, dass sie mehr Verantwortung übernehmen und selbstständiger arbeiten sollten?

»Was ist passiert?« Mika eilte um ihre Arbeitstische herum, um ebenfalls einen Blick auf das Bild werfen zu können.

Angespannt beobachtete Fanny seine Miene. Vielleicht hatte sie wirklich einen offensichtlichen Anfängerfehler gemacht?

»Oh!«, kam es allerdings nur von ihm und seine Miene hellte sich innerhalb von Sekunden auf. »Wie genial ist das denn? Hast du das allein gemacht?«

»O mein Gott! Hattet ihr zwei heute Dummheit auf dem Brot oder was ist los?« Robert warf anklagend die Arme in die Höhe, als erwarte er irgendeine Form der Unterstützung von einer übergeordneten Macht. Ob vom Chef oder Gott, konnte niemand wissen, dachte Fanny und fuhr fort, ihre Schläfen zu massieren. Hinter denen hatte sich inzwischen ein deutliches Druckgefühl aufgebaut.

»Robert, möchtest du mir bitte erzählen, was das Problem ist?« Sie bemühte sich zwar, ihre inzwischen deutlich überstrapazierten Nerven nicht zu zeigen, war sich aber nicht sicher, ob ihr das gelang.

»Was das Problem ist?« Roberts Stimme ging in ein regelrechtes Kreischen über, das immer mehr und mehr Mitarbeitende anlockte. Sogar Ina steckte gerade den Kopf aus dem Grafikbereich. »Hast du noch nie etwas von Bildrechten gehört?«

Nach all dem dramatischen Vorspiel kam Fanny diese Antwort etwas antiklimaktisch vor. Sie atmete bewusst ein und aus, während sie sich mit beiden Händen an die Tischplatte klammerte.

»Du kannst nicht einfach ein Bild aus dem Internet nehmen, deine Visage draufklatschen und das dann herumschicken. Das nennt sich Diebstahl!«

»Streng genommen würde das Urheberrechtsverletzung heißen.« Fanny musste den Drang unterdrücken, sich erneut an den Kopf zu fassen.

Angelockt von den Begriffen *Bildrecht* und *Urheberrechtsverletzung* tauchte plötzlich Ina mit ihrer obligatorischen Kaffeetasse zwischen Mika und Robert auf. Sie warf einen Blick auf Fannys Bildschirm, bevor sie laut zu lachen begann.

»Oh, Fanny! Ich habe selten ein Bild gesehen, das so sehr wie eine Person ist. Bist du sicher, dass du nicht bei mir in der Grafik arbeiten solltest?«

Wenn Fanny ehrlich war, konnte sie diese Frage nicht eindeutig beantworten. Sie hatte sich gestern Abend beim Erstellen dieser Weihnachtsmail mehr in ihrem Element gefühlt als die letzten vier Monate über.

»Wie kannst du das witzig finden?«, fragte Robert entrüstet und musterte Ina einmal von oben bis unten.

Die ließ sich davon aber gar nicht stören.

»Hey, Toby! Das musst du dir ansehen. Komm mal her!«, rief Ina durch die Redaktion und wischte sich eine Lachträne aus dem Augenwinkel. »Der Übergang ist dir besonders gut gelungen, Fanny. Wie hast du das …«

»Der Schal.« Fanny deutete mit dem Mauszeiger auf den Übergang zwischen Torte und ihrem Gesicht.

»Sie haben gerufen, ehrenwerteste Dame der Grafik?«, fragte Tobias Mann und gesellte sich zu ihnen. Auch er hielt einen Becher in den Händen, und Fanny fragte sich langsam, ob das ein Grafiker-Ding war. Sie konnte sich nicht daran erinnern, Ina oder Toby jemals ohne Kaffee gesehen zu haben.

Ina zeigte auf Fannys Bildschirm und schon verschwand Tobys gespielt ernster Ausdruck und er leistete seiner Kollegin Gesellschaft beim Lachtränen-aus-dem-Augenwinkel-Wischen. Definitiv ein Grafiker-Ding.

»Hallo?«, mischte sich Robert ein und schlug mit der flachen Hand auf Fannys Tisch, sodass diese zusammenzuckte. »Können wir mal zum offensichtlichen Problem kommen? Fanny hat das Bild gestohlen. Oder unberechtigt benutzt – was auch immer! Auf jeden Fall hat sie damit gegen das Urheberrecht verstoßen und das Ganze dann auch noch als Arbeitsmail verschickt.«

»O mein Gott, entspann dich mal«, sagte Ina und verdrehte die Augen. Auch sie sah aus, als ob Robert ihr jegliche positive Energie ausgesaugt hätte, und ihre Locken fingen an, ihre Schlangennummer abzuziehen. »Hast du Fanny überhaupt gefragt, woher sie das Foto hat?«

Bei den Worten seiner Kollegin wandte sich Tobias an Fanny und setzte das gutmütigste Großvaterlächeln auf, das er im Repertoire hatte. »Fanny, wo hast du dieses wunderbare Foto von dieser beeindruckenden Torte her?«

»Ich habe es geschossen«, sagte Fanny schlicht.

Tobias verschränkte die Arme und drehte sich mit einem süffisanten Grinsen zu Robert. »Siehst du, keine Urheberrechtsverletzung. Alles ist rechtens, und zumindest heute hat niemand versucht, den Verlag durch die Benutzung eines Fotos zu stürzen.«

»Die lügt doch«, stieß Robert zwischen zusammengepressten Zähnen hervor. »Ich habe dieses Foto schon letztes Jahr auf *Pinterest* gesehen.«

»*Felix backt Backware*«, sagte Mika mit kaum hörbarer Stimme. Erst nachdem alle ihn anstarrten, schien ihm bewusst zu werden, dass er laut geredet hatte. Seine Wangen bekamen einen leichten Rotschimmer. »Ich meine, ich habe das Bild auf dem Blog schon mal gesehen. Ist er nicht dein …«

»Seht ihr! Ich wusste, dass sie lügt wie gedruckt«, unterbrach ihn Robert. Mit hochrotem Kopf zeigte er auf Fanny und Speicheltröpfchen flogen durch die Gegend. Einer landete in Tobias' Tasse und dieser schaute voller Entrüstung in sein nun ruiniertes Getränk.

Jeder Versuch von Mika oder Fanny, Robert in seinem Toben zu unterbrechen, scheiterte. Fanny warf ihrem Mitvolontär einen erschöpften Blick zu, den dieser mit einem sichtbar schlechten Gewissen erwiderte.

»Wäre nicht das erste Mal, dass du uns allen was vormachst, nicht wahr?« Drohend baute sich Robert viel zu nah vor Fannys Stuhl auf, sodass diese kaum zu ihrem Chef aufblicken konnte.

»Entschuldigung?«, erwiderte Fanny und erhob sich. Sie merkte, wie ihr ohnehin schon straff gespannter Geduldsfaden langsam überstrapaziert wurde.

»O bitte! Wir alle wissen, dass du für den Juniorchef die Beine breitgemacht hast in der Hoffnung auf einen Karrierevorteil. Wenn ich an der Stelle des Chefs gewesen wäre, hätte ich dich hochkant rausgeworfen. Aber wie es aussieht, wird er im hohen Alter langsam etwas entscheidungsunfähig.«

Ein leises Sirren setzte in Fannys Ohren ein und untermalte die hasserfüllten Worte ihres Chefs. Fast konnten sie auch das entsetzte Aufkeuchen der Belegschaft übertönen. Fanny ballte ihre Hände zu Fäusten in dem Versuch, den Drang zu unterdrücken, Robert seine eigene Boshaftigkeit in den Rachen zu stopfen.

Ina, Tobias und Mika hielten sich da weniger zurück und redeten alle drei gleichzeitig auf Robert ein. Von »Bist du noch ganz bei Trost?« über »Das ist eine heftige Anschuldigung« war einiges vertreten. Auch wenn es das lauter werdende Sirren in Fannys Kopf nicht vertreiben konnte, so war sie froh über die Unterstützung.

Robert hingegen ließ sich davon nicht beeindrucken.

»Hat bloß leider nicht geklappt, was, Fanny?«, höhnte er, das Gesicht zu einer Fratze verzogen. »Hättest besser Nachhilfestunden bei Mami nehmen sollen. Ich habe gehört, sie hat sich auch einen der großen Bosse geangelt, bevor der Krebs sie dahingerafft hat. Wie heißt es so schön: *Karma is a bitch.*«

Mit einem Schlag verstummte der gesamte Redaktionsraum. Auch Ina, Tobias und Mika konnten Robert nur mit offenem Mund anstarren. Sogar das Sirren in Fannys Ohren verstummte. Vielleicht war es ihr Geduldsfaden gewesen, der den Ton erzeugt hatte und nun gerissen war.

»Was *denkst* du eigentlich, wer du bist?«, fragte sie und presste ihre Fäuste so fest zusammen, dass ihre Arme zitterten.

»Dein Vorgesetzter, also pass auf, wie du mit mir sprichst!« Robert strich sich seine Haare zurück und warf ihr einen abschätzigen Blick zu.

Fanny schob ihren Bürostuhl zur Seite, der mit einem lauten Knall gegen ihren Schreibtisch stieß, und sah mitten in Roberts blasiertes Gesicht. »Mein Vorgesetzter zu sein, gibt dir nicht das Recht, auf diese Weise mit mir zu reden. Es gibt dir nicht das Recht, in meinem Privatleben herumzuwühlen!«

Robert öffnete den Mund, als wollte er dazu etwas sagen, aber Fanny ließ sich nicht unterbrechen, redete weiter.

»Nein! Es reicht mir mit deinem künstlich erzeugten Drama, den ständigen Unterbrechungen und Anfeindungen. Bloß weil dir permanent die Felle wegschwimmen, müssen wir uns nicht von dir terrorisieren lassen!«

Fannys Stimme wurde immer lauter. Ein kleiner Teil von ihr begriff, dass sie gerade mitten in der voll besetzten Redaktion ihren

Chef anbrüllte, wie sie es sonst nur von Aidan kannte. Der größere Teil ihres Verstandes hingegen war damit beschäftigt, all die kleinlichen und boshaften Dinge zusammenzutragen, die Robert in den vergangenen vier Monaten abgezogen hatte, um Fannys Wut weiter anzustacheln.

»Ich habe noch *nie* in meinem ganzen Leben mit einer derart unbeständigen und unzuverlässigen Person zusammenarbeiten müssen. Und das schließt die katastrophalsten Projektgruppen an der Uni mit ein!«, schrie Fanny und konnte Mika entsetzt nach Luft schnappen hören. »Ich weiß nicht, ob es der blanke Neid ist, der dich dazu verleitet hat, das Privatleben deines eigenen Vorgesetzten zur öffentlichen Diskussion freizugeben. Anders kann ich es mir nicht erklären. Oder denkst du wirklich, dass diese Aktion dich zu einem guten Abteilungsleiter macht? Denkst du wirklich, dass niemand merkt, zu welchen Mitteln du permanent greifst und wie diese Abteilung trotzdem immer weiter untergeht? Denkst du wirklich«, Fanny merkte, wie ihr Kopf vor lauter Wut inzwischen knallrot angelaufen sein dürfte, und sie strich sich eine Haarsträhne aus dem erhitzten Gesicht, »dass niemandem aufgefallen ist, wie viel besser die Abteilung unter Julians Führung lief? Dass er es nicht nötig hat, Leute gegeneinander auszuspielen, zu manipulieren und in Angst und Schrecken zu versetzen. Dass er seine Ziele trotzdem erreicht. Und, *by the way*, das Ziel eines Abteilungsleiters ist nicht, selbst gut dazustehen, sondern ein Team zu erschaffen und dadurch eine Abteilung erfolgreich zu leiten. Es steckt sogar im Namen drin, *for Christ's sake*!«

Mit aufrecht erhobenem Kopf taxierte Fanny ihren Chef, der trotz auf- und zuklappendem Mund zum ersten Mal seit vier Monaten nichts erwiderte. Sie hatte sich zu lange zu viel auf der Arbeit gefallen lassen, hatte zu oft zurückstecken müssen und vor ihrem tyrannischen Chef gekuscht. Herrgott, sie hatte sogar ihre Beziehung zu Julian für diesen Verlag beendet! Doch damit war jetzt Schluss. Sie würde sich nicht mehr wie ein verdammter Schuhabtreter behandeln lassen.

»Tu uns allen einen Gefallen und konzentriere dich zur Abwechslung auf deinen Job, statt uns ständig von unserem abzuhalten. Wir sind hier nicht in einer *bloody* Realityshow. Alles, was wir sagen und tun, hat Konsequenzen, und so ein Psychoterror, wie du ihn in den letzten Monaten veranstaltet hast, rächt sich immer eines Tages!«

Fanny nickte zum Abschluss ihrer Ansprache energisch in Richtung ihres Chefs. Der sah mit seinem puterroten Kopf plötzlich gar nicht mehr wie ein König, sondern vielmehr wie ein in den Regen gekommener Hofnarr aus.

Sie beschloss, dass sie für dieses Jahr genug hatte. In der nach wie vor andauernden Stille beendete sie alle Programme und fuhr ihren Rechner herunter, der unnatürlich laut vor sich hin röhrte, als ob auch er ein paar Worte mitzureden hätte. Dann riss sie ihren Mantel vom Stuhl und warf einen letzten Blick zu ihrem verstummten Chef.

»Ich gehe nun nach Hause. Alle meine Aufgaben für dieses Jahr sind dank Julians Planungsfähigkeit erledigt. Ich werde Herrn Bovins Rat annehmen und mit dem Überstundenabbau anfangen. Wir sehen uns im neuen Jahr!« Mit diesen Worten wollte sie eigentlich einen dramatischen Abgang hinlegen, aber die zuverlässige Seite von ihr ließ sie sich an Sonja wenden. Wie alle anderen hatte diese dem ungewohnten Schauspiel beigewohnt.

»Sonja, würdest du bitte …«, begann Fanny, da fiel ihr Sonja bereits ins Wort.

»Natürlich, Fanny. Ich gebe Herrn Bovin Bescheid. Hab einen erholsamen Urlaub.« Sie zwinkerte Fanny zu und sah gerade mächtig stolz aus.

»Das ist doch …«, setzte Robert an, wurde aber von einer lauten Männerstimme unterbrochen.

»Das wird nicht nötig sein.« Erschrocken drehte sich Fanny in Richtung Eingangstür, von wo die Stimme kam. Dort stand Bovin Senior, die Stirn in wütende Falten gelegt.

Das Adrenalin, das bis eben durch Fannys Adern gepeitscht war, trat mit einem Schlag kleinlaut den Rückzug an und ließ sie mit zittrigen Knien zurück.

»Herr Bovin«, sagte da auch schon ihr Abteilungsleiter und stakste auf ihren Chef zu. »Haben Sie das gehört?«

»Ja, Herr Groß, ich habe alles mit angehört.« Herr Bovin winkte ab, als Robert noch etwas anfügen wollte. »Ob Sie es glauben oder nicht: Ich habe trotz meines *hohen Alters* ein ausgezeichnetes Hörvermögen.«

Fanny biss sich auf die Unterlippe, denn ihr wurde bewusst, was diese Aussage bedeutete. Wie lange der Seniorchef schon an der Tür gestanden und ihr Gespräch mit angehört haben musste.

Auch Robert schien dies zu begreifen, denn sein vor Wut gerötetes Gesicht wurde schlagartig kreidebleich.

»Frau Schuster«, sagte Johannes Bovin und kam mit ruhigen Schritten auf Fanny zu, die auf einmal Mühe hatte, gleichmäßig zu atmen. Würde er ihr vor versammelter Mannschaft einen Vortrag halten? Sie abmahnen? »Falls Sie meinen Sohn sehen sollten, sagen Sie ihm bitte, dass ich einiges mit ihm zu besprechen habe. Es ist wichtig und falls es ihn interessiert: Eine Entschuldigung kommt auch drin vor.«

Fanny starrte ihren Chef verdutzt an. Hatte sie richtig gehört und er gab vor versammelter Runde zu, einen Fehler gemacht zu haben?

»Ich denke nicht, dass es dazu kommen wird«, sagte sie mit dünner Stimme. Traurig erinnerte sie sich an Julians verzweifelten Tonfall, als sie ihn fortgeschickt hatte. Es müsste schon ein Wunder geschehen, damit er sich freiwillig bei ihr meldete. »Aber falls ich ihn sehen sollte, richte ich es ihm selbstverständlich aus.«

Für einen Moment standen sie sich gegenüber, und Fanny fiel auf, dass er dieselben klugen, grauen Augen hatte wie sein Sohn.

»Auf Wiedersehen, Herr Bovin«, murmelte sie und ging an ihrem Chef vorbei. »Und frohe Weihnachten.«

»Frohe Weihnachten«, hörte sie ihn mit müder Stimme sagen. Dann sah Fanny zu, dass sie aus dem Verlag kam.

33

Felix, der sich hinter der Verkaufstheke des leeren Ladens gerade mit seiner Chefin unterhalten hatte, starrte Fanny perplex an, als diese in die Bäckerei *Pustekuchen* stürmte, sodass die Türglocke wild bimmelte.

»Ich habe gerade den König vor versammelter Mannschaft angeschrien«, sagte Fanny völlig außer Atem und stützte sich am Türrahmen ab. »Richtig *Aidan-like*, meine ich. Der Seniorchef hat hinter der Tür gestanden und alles mit angehört. Aber ich denke, ich bin nicht gefeuert. Ganz sicher bin ich mir da nicht, aber was ich sicher weiß, ist, dass ich Urlaub habe! Ab jetzt und bis ins neue Jahr. *Merry Christmas*!«

Noch immer schwer atmend stand Fanny vor den beiden Bäckern. Die starrten sie mit offenem Mund an und rührten sich keinen Millimeter.

»Und hier so?«, fragte sie, schloss die Tür und zog sich die Wollmütze vom Kopf.

»Absolut nichts Vergleichbares«, stieß Felix aus und seine Chefin nickte dazu. »Noch mal langsam.« Felix kam hinter der Verkaufstheke herum und nahm Fanny zur Begrüßung fest in die Arme. Dann schob er sie von sich und musterte sie kritisch. »Was hast du zu wem geschrien? Und was macht dein Chef hinter der Tür? Und ja … *Merry Christmas* in der Tat!«

So begann Fanny zu erzählen. Felix und Frau Strubel machten an all den richtigen Stellen die richtigen Geräusche. Sie kicherten über den entrüsteten Blick wegen des versauten Kaffees, rissen schockiert die Münder auf, als Fanny von Roberts Spruch über ihre Mutter erzählte, und japsten nach Luft, als Fanny von ihrem Ausbruch erzählte, der mit Herrn Bovins Auftritt endete.

»Oh, oh«, sagte Felix, und sein Tonfall verriet, dass er das genaue Gegenteil von *oh, oh* meinte. »Da steckt jemand in Schwierigkeiten.«

Fannys Herz sank in die Hose und sie sah ihren vor Schadenfreude tanzenden Freund unsicher an. »Meinst du, der Seniorchef wird mir im Januar …«

»Doch nicht du, du Knalltüte!« Lachend zog Felix sie an sich. »Ich meine den größenwahnsinnigen Robster! Wenn der andere Cheftyp wirklich die ganze Zeit mitgehört hat, wird er seinen ach so vertrauensvollen Abteilungsleiter zum ersten Mal von seiner wahren Seite kennengelernt haben. Und wenn er auch nur annähernd so ist, wie sein absurdes Mantra *Kommunikation, Teamwork und Transparenz* vermuten lässt, wird ihm das gar nicht gefallen.«

»Ach, so schlecht finde ich das Mantra gar nicht«, meldete sich Frau Strubel zu Wort und stützte sich auf dem Verkaufstresen ab. Sie schien sich die Worte stumm vorzusagen. »Eigentlich ein schöner Vorsatz, nicht?«

»Da haben Sie recht, Frau Strubel«, sagte Fanny und befreite sich aus der rippenzerdrückenden Umarmung ihres Freundes. »Wobei es mitunter ein wenig an der Umsetzung hapert.«

»Das nenne ich diplomatisch ausgedrückt.« Felix verdrehte die Augen. »Seinen Sohn ohne Erklärung aus Team zu suspendieren, weil er sich in eine Angestellte verliebt hat, kommt mir eher wie eine absolut nicht vorhandene Kommunikation und in etwa so transparent vor wie eine Betonwand.«

Frau Strubel gab ihrem Gesellen über die Theke hinweg einen liebevollen Klaps und der vertraute Umgang der beiden ließ Fanny schmunzeln. Es war einfach schön zu beobachten, dass Felix auch auf der Arbeit eine Art Ersatzfamilie gefunden hatte. »Er wird sich bestimmt Sorgen gemacht haben. Man hört so viele schreckliche

Geschichten in den Nachrichten. Schlimm ist das, was den jungen Mädchen heutzutage passieren kann.«

»Bettina«, sagte Felix da und war mit wenigen Schritten neben seiner Chefin, um ihr einen Arm um die Schulter zu legen. »Ich glaube, du siehst das falsch. Es ist nicht so, dass den Frauen so was erst seit heute passiert. Aber endlich wird darüber geredet, was in der Welt vor sich geht. Und das ist immerhin ein Anfang.« Felix zeigte mit dem Zeigefinger auf Fanny. »Das ist Kommunikation.«

Bevor Fanny oder Bettina Strubel darauf etwas erwidern konnten, klingelte die Glocke über der Tür erneut und ein Kunde betrat den Laden. Schnell trat Fanny zur Seite, um ihm Platz in dem kleinen Vorraum zu machen.

»Na, hallo, wen haben wir denn da? Fanny Schuster!«, sagte der Mann und da erkannte Fanny ihn erst. Es war Hugo Graf, der alte Buchhändler, der ihnen in der Kindheit oft vorgelesen und ihrer Mutter jeden englischen Titel besorgt hatte, den sie sich gewünscht hatte. Auch heute arbeitete er noch in der Buchhandlung, die er bis vor wenigen Jahren allein geführt hatte. Jetzt hatte er zum Glück tatkräftige Unterstützung von Noah und Lotta.

»Herr Graf!«, rief Fanny und schüttelte begeistert die behandschuhte Hand des älteren Herren. »Wie schön, Sie zu sehen. Letztens waren Sie leider nicht da, als ich bei Ihnen im Laden war. Aber seit Aidan mir von der tollen Weihnachtsdekoration erzählt hat, die Sie aufgestellt haben, will ich unbedingt noch mal vorbeikommen.«

»Ach, das haben dieses Jahr alles Lotta und Noah gemacht«, winkte der alte Buchhändler gutmütig ab und zwinkerte Fanny zu. »Ich habe an dem Tag vorgegeben, einen Rheumaschub zu haben, und mich auf Anweisungen aus meinem Sessel beschränkt.«

»Lassen Sie mich raten!«, mischte sich Felix in die Unterhaltung ein. »Sie hatten dabei eine Tasse Tee in der Hand und eine Wärmflasche im Rücken.«

»Eine Heizdecke, junger Mann«, sagte Herr Graf und drohte Felix scherzhaft mit dem Finger. »Auch ich passe mich den heutigen hochtechnologischen Zeiten an.«

Sie lachten, und Fanny nahm sich vor, die Tage mit einer Dose Plätzchen in der Buchhandlung vorbeizusehen. Vielleicht würde ihr sogar ein Weihnachtsgeschenk für Aidan und Sophie in die Hände fallen. Der Graf würde sicherlich wieder genau den richtigen Titel aus seinem Gedächtnis zaubern, das sich Fanny wie eine endlose Aneinanderreihung von Bücherregalen vorstellte.

Während Herr Graf seine Bestellung aufgab und Felix seine Chefin beim Zusammentragen der Backwaren unterstützte – und gelegentlich ein kleines bisschen Extra in die Tüten mogelte –, setzte Fanny sich auf einen der Bistrostühle am Fenster und schaute verträumt nach draußen auf die im Dämmerlicht daliegende Straße. Zwar war der Großteil des Schnees inzwischen geschmolzen, aber durch die weihnachtlichen Lichter und die mit roten Schleifen verzierten Tannengirlanden entlang der Schaufensterfronten sah es so heimelig und weihnachtlich aus, dass Fanny ganz warm ums Herz wurde. Eine eigenartige Zuversicht hatte von ihr Besitz ergriffen, die sie sich nur damit erklären konnte, dass sie es heute endlich geschafft hatte, sich gegen ihren Chef zur Wehr zu setzen. Dass sie heute endlich für sich selbst eingestanden war. Obwohl in ihrem Leben gerade einiges nicht perfekt war und sie Julian mehr vermisste, als sie für möglich gehalten hatte, war sie sich sicher, dass sie das alles schon irgendwie hinbekommen würde. Dass sie dafür die innere Stärke und auch die richtigen Freunde besaß – solange sie sich selbst dabei nicht noch einmal verlor.

»Also gut«, sagte Felix, nachdem sie den Bücher-Grafen verabschiedet hatten, und setzte sich Fanny gegenüber. Er griff nach ihrer Hand und verschränkte ihre Finger miteinander. »Ich denke mal, dass du nicht bloß hergekommen bist, um dir eine gemischte Tüte Backwaren abzuholen.« Mit diesen Worten legte er eine prall gefüllte Tüte neben ihre Hände und zwinkerte Fanny verschwörerisch zu. »Raus damit, was führst du im Schilde? Worauf kann ich mich in meinem Feierabend einstellen?«

»Verrat ich nicht.« Aufmüpfig reckte Fanny ihrem besten Freund das Kinn entgegen. »Aber ich denke, es wird dir gefallen.«

34

Julians Handy vibrierte auf dem gläsernen Beistelltisch. Er starrte das Gerät mit vor der Brust verschränkten Armen finster an, als könne er es allein mit seiner Gedankenkraft ausschalten – oder den Anrufer zum Auflegen bewegen. Doch da Julian sehen konnte, dass es sein Vater war, wusste er, dass er seine Gedankenkraft vergeudete. Sein Vater ließ das Telefon stets bis zum Anschlag klingeln.

»Vielleicht solltest du rangehen?«, schlug Chris vor, der mit zwei Bieren in der Hand zurück ins Wohnzimmer kam.

»Das könnte dem alten Herrn so passen.« Julian nahm Chris eine der Flaschen ab, während sein Handy fröhlich weiter vor sich hin vibrierte. Er stürzte den ersten Schluck hinunter, und kaum hatte er die Flasche abgesetzt, lief das restliche Bier schäumend über, verteilte sich auf seiner Hose und dem polierten Fliesenboden.

»Prost«, sagte Chris mit sarkastischem Unterton und besah sich die Pfütze zu Julians Füßen. »Wer kleckert, wischt.«

In einem großen Bogen ging er um Julian herum und setzte sich auf die andere Seite der weißen Ledercouch. Von dort aus prostete er ihm zu, dann trank er einen gesitteten Schluck, ohne dass dabei etwas überschäumte.

»Küche oder Bad?«, fragte Julian, und als er schließlich einen Wischeimer aus dem Bad und eine neue Hose aus dem Gästezimmer geholt und alle Spuren seines Missgeschicks beseitigt hatte, ließ er sich stöhnend neben seinen Freund fallen. Der hatte in der Zwischenzeit sein Bier beinahe ausgetrunken.

Gerade wollte Julian zu seinem kümmerlichen Rest greifen, da vibrierte sein Handy erneut. Beinahe wäre ihm die Flasche heruntergefallen.

»Eins muss man ihm lassen«, sagte Chris und nippte an seinem Bier, »ausdauernd ist er.«

»Ein sturer Sack ist er.«

»Der Apfel fällt nicht weit vom Stamm, was?« Chris schlug ihm die Hand vor die Brust.

»Hör bloß auf!« Zwar wusste ein kleiner Teil von Julian, dass Chris recht hatte, aber er wollte es nicht hören. Er wollte nicht hören, dass sein Vater und er gerade beide stur waren und dass diese Situation sich nur lösen ließ, indem sie miteinander redeten. Herrgott noch mal, Julian war einfach zu verletzt für ein solches Gespräch.

»Okay, okay«, lenkte Chris ein und schnappte sich kurzerhand das klingelnde Handy. Bevor Julian protestieren konnte, hatte er das Gespräch angenommen. »Hallo, Herr Bovin. Hier ist Chris.«

Fassungslos starrte Julian ihn an. Während Chris angestrengt seinem Vater zuhörte – und dabei tunlichst vermied, in seine Richtung zu sehen –, überlegte Julian, ob er Chris lieber mit einem ledernen Sofakissen ersticken oder bewusstlos schlagen sollte.

Am Ende entschied Julian sich für Letzteres und schlug Chris mit einem satten Klatschen das größte Kissen, das er finden konnte, auf den Hinterkopf. Danach ging es ihm wundersamerweise deutlich besser.

»Oi!« Chris schubste ihn zur Seite, während er seinem Vater versicherte, dass er zuhörte. »Sie wissen doch, Herr Bovin: Julian hat einfach keine Manieren.«

Mit einem frustrierten Schnaufen erhob sich Julian und marschierte in die angrenzende Küche. Er würde nicht daneben sitzen, während Chris sich die rückständigen Ansichten seines Vaters anhörte.

Julian machte sich stattdessen ein Sandwich, das er mit allem belegte, was er im überdimensionalen Kühlschrank fand, und dabei möglichst viel Chaos anrichtete. Kurz darauf betrat Chris grinsend die Küche.

»Wow.« Angesichts des wilden Chaos aus offenen Aufschnittpackungen, Senf, Mayonnaise und Gurkenscheiben rutschte Chris das Grinsen aus dem Gesicht.

»Was wollte er?«, fragte Julian und stellte sicher, dass er beim Zuschrauben des Glases etwas Gurkenwasser auf der Anrichte verteilte.

»Mit dir reden.« Chris schüttelte den Kopf. »In der Regel ist das der Wunsch eines Menschen, wenn er einen anruft, weißt du?«

Julian schnaufte, ehe er in das Sandwich biss und Chris mit einem Winken bedeutete, weiterzureden.

»Du sollst am Sonntag zum Mittagessen kommen.« Bevor Julian Einspruch erheben konnte, fuhr Chris mit erhobener Stimme fort: »Es ist der vierte Advent und deine Mutter hat wohl etwas vorbereitet. Ernsthaft, Julian! Du weißt, dass du mit deinem Vater reden musst.«

Wieder wollte Julian dazwischenfahren, aber Chris ließ ihn auch jetzt nicht zu Wort kommen.

»Ich hatte den Eindruck, dass dein Vater in der letzten Woche viel nachgedacht hat. Auch du solltest das tun.« Er sah Julian durchdringend an und dieser schluckte schwer.

»Willst du damit etwa sagen, dass er mit seinen antiquierten Ansichten recht hat?« Das Sandwich lag ihm auf einmal wie ein Stein im Magen.

»Nein, du Dödel!« Chris stützte sich seufzend auf seiner ehemals auf Hochglanz polierten Arbeitsfläche ab. »Wie wäre es zur Abwechslung mal mit etwas lösungsorientiertem Denken? Das war doch sonst immer dein Steckenpferd.«

»Lösungsorientiertes Denken?«, echote Julian, dabei hatte er gerade eher das Gefühl, dass er zu keinerlei Denken in der Lage war. Alles in ihm fühlte sich auf eine seltsame Art und Weise wund und angeschlagen an. Er legte die angebissene Hälfte des Sandwichs zur unberührten auf den Teller, wo sie auseinanderfiel und sich in die einzelnen Bestandteile auflöste. Genau so, wie Julian sich fühlte. »Es kommt mir nicht so vor, als ob es eine gute Lösung gäbe.« Er fuhr sich über seinen frisch gestutzten Bart, denn er hatte – nachdem er das Versprechen gehalten und seine Mutter angerufen hatte – gestern ausführlich geduscht und das Chaos in seinem Gesicht beseitigt. Doch obwohl er wieder aussah wie immer, ließ sich der Aufruhr in seinem Inneren nicht so leicht beseitigen.

»Komm schon!«, rief Chris da und nahm sich die intakte Hälfte von Julians Sandwich. Er beäugte sie kritisch, ehe er vorsichtig davon abbiss. »Sogar dein Vater ist darauf gekommen!«, sagte er mit vollem Mund. »Dabei wissen wir beide, dass er von euch der deutlich trägere Denker ist. Deswegen verstehe ich nicht, dass du miesepetrig vor mir hockst und meine Küche verwüstest.«

Julian wusste nicht, ob er genervt oder erfreut reagieren sollte, entschied sich aber für Letzteres. Grinsend stützte er seinen Kopf in die Hand und beobachtete Chris, der sich kopfschüttelnd über sein Sandwich hermachte.

»Ach, weißt du …« Julian stellte zufrieden fest, dass er es geschafft hatte, drei verschiedene Formen von Flüssigkeiten auf der Anrichte zu verteilen. »Das hast du dir ganz allein zuzuschreiben.«

Chris schüttelte nur den Kopf und biss ein weiteres Mal ins Sandwich. »Kommst du jetzt von allein drauf oder haben sich deine letzten Hirnzellen verabschiedet?«

Mit einem Seufzen versuchte Julian, sich zu konzentrieren. Weit kam er aber nicht, schon beim ersten Gedanken an Fanny schien sein Kopf in dichtem Nebel zu versinken.

»Hoffnungslos«, murmelte Chris und räumte Aufschnittpackungen und Soßenflaschen in den Kühlschrank.

Beinahe hätte Julian ihn darauf hingewiesen, dass er immerhin zu einer emotionalen Bindung fähig war, konnte die Worte aber gerade noch hinunterschlucken. Er wusste, dass sie nicht fair waren und dass Chris durchaus zu emotionalen Bindungen fähig war, wie ihre Freundschaft eindeutig bewies. Nur in Sachen Liebe hatte er nie Ambitionen gezeigt.

»Meine Güte, lass sie halt die Abteilung wechseln!« Mit Schwung knallte Chris die Kühlschranktür zu. »Oder wechsle selbst die Abteilung, wenn sie nicht möchte. Allerdings erwähnte dein Vater etwas von der Grafikabteilung, wo sie gut reinpassen würde? Oder noch besser: Schick sie zu mir! Ich habe das am Sonntag völlig ernst gemeint und würde mich glücklich schätzen, jemanden wie sie in meinem Team zu haben.«

»Sie zu dir schicken?« Auch wenn Julian wusste, dass Chris sich auf den Job bezog, so riefen die Worte mehr Widerwillen in ihm hervor, als er gedacht hätte.

Chris schnaufte und murmelte etwas von wegen »Wie der Vater …«, ehe er sich mit Lappen und Küchenreiniger ausrüstete und die von Julian mühsam erzeugten Spuren beseitigte. »Denk einfach darüber nach.«

Diese Aufforderung erwies sich als unnötig, denn Julians Gedanken nahmen inzwischen immer mehr Fahrt auf und schienen sich vollends aus den Nebelbänken zu lösen. Konnte es so simpel sein? Wenn Fanny in die Grafikabteilung wechseln und er die Leitung der Abteilung Backen übernehmen würde – und nach den Neuigkeiten, die Julian seinem Vater schon längst hatte mitteilen wollen, musste dieser Robert Groß absetzen –, dann würde er nicht mehr direkt mit Fanny zusammenarbeiten. Ansprechpartnerin des Ressorts Backen war Ina Turig, und warum sollte sich das ändern? Wenn Fanny und er nicht mehr direkt zusammenarbeiten würden, könnte ihnen niemand unprofessionelles Verhalten vorwerfen, wenn …

Seine Gedanken kamen zu einem abrupten Halt und die gerade aufkeimende Hoffnung schien in sich zusammenzufallen wie ein zu früh aus dem Ofen geholtes Soufflé.

»Sie hat Schluss gemacht«, sagte er mehr zu sich als zu Chris, der inzwischen den makellosen Zustand seiner Küche wiederhergestellt hatte.

»Weißt du was?« Ungefragt schnappte Chris sich Julians Teller, um die Überreste kurzerhand im Abfalleimer zu versenken. »Das zu klären, überlasse ich dir. Ich habe volles Vertrauen in deine Denkfähigkeiten. Also normalerweise.«

»Hm.« Julian strich sich über den Bart, unschlüssig, was er mit dieser Aussage anfangen sollte.

»Alles klar, für heute wurde genug gedacht.«

»Was meinst du? Bin ich dafür nicht hergekommen? Um mit dir über die vertrackte Angelegenheit zu reden und eine Lösung zu finden?«

»Aber nein!« Chris gab Julian einen Klaps auf den Hinterkopf. »Laser Tag, Bouldern, Schlittenfahren – das sind die Gründe, warum du hier bist. Genug Trübsal geblasen, Kumpel. Es wird Zeit, dass du mal aus deinem Kopf rauskommst.«

35

Zum wiederholten Mal fuhr Fanny sich mit der Hand durch die Haare, und zum wiederholten Mal endeten diese viel eher, als ihre Hand es erwartet hatte. Viel, viel früher.

»Wirst du wohl damit aufhören?« Felix, der neben Fanny auf der Bank am Küchentisch saß, rammte ihr liebevoll seinen Ellenbogen in die Seite. »Fang bloß nicht an, irgendetwas zu bereuen. Es sieht super aus und so kurz sind sie jetzt auch nicht.«

Lächelnd betrachtete Fanny ihre Haarspitzen, die seit einigen Stunden knapp über ihren Schultern endeten. Sie bereute absolut nichts, aber zwischen nichts bereuen und sich daran gewöhnt haben, lagen Welten.

»Ich kann gar nicht glauben, dass du dir die Haare abgeschnitten hast!«, platzte Sophie heraus und sah Fanny mit einer Mischung aus Begeisterung und Staunen an. »Versteh mich nicht falsch, es sieht absolut großartig aus! Noch ein wenig kürzer und wir hätten als Doppelgängerinnen gehen können.« Sie fuhr sich durch ihren blonden Pixie, der in etwa so viel Ähnlichkeit mit Fannys dunkelbraunen Locken hatte wie Felix' frisch türkis gefärbte Haare mit Thomas' hellbraunen. »Aber hattest du nicht aufgehört, sie schneiden zu lassen, nachdem eure …«

Sophie warf einen nervösen Blick in Thomas' Richtung, dessen Miene sich bei ihren Worten merklich verschloss. Aber Fanny wusste auch so, was sie sagen wollte. Fannys Haare hatten seit dem Tod ihrer Mutter keinen Friseursalon mehr von innen gesehen.

»Ich dachte, es wird Zeit«, sagte Fanny und stützte ihr Kinn auf die Hand. Sie sah zu Thomas, der sie alle ignorierte und stattdessen die Pizza im Ofen durch intensives Starren zur Eile anzutreiben schien. »Manche Dinge muss man loslassen können, um in den nächsten Abschnitt zu starten.«

»Solange dieser neue Abschnitt nicht nur eine neue Frisur, sondern auch vernünftige Arbeitszeiten beinhaltet, soll mir alles recht sein«, sagte Aidan und stellte eine große Salatschüssel in die Mitte des Tisches. Thomas schob sie sofort zu Fanny und platzierte die Untersetzer für das Pizzablech vor sich.

»Es beinhaltet sogar noch mehr als vernünftige Arbeitszeiten«, sagte Fanny und erwiderte Aidans skeptischen Blick. Ungewohnt aufmüpfig reckte sie ihm das Kinn entgegen. »Ich weiß endlich, was ich mit meinem Leben anfangen will. Mehr oder weniger.«

»Wirklich?«, fragte Felix und krallte sich an ihrem Oberarm fest. »Wann ist das denn passiert? War es etwa beim Anbrüllen deines Chefs? Beim Shampoonieren der Haare? Oder nein, warte! Ich hab's! Es war das gleichmäßige Fallen deiner Locken, das dir zur Erleuchtung verholfen hat.«

Sie alle lachten, doch bevor Fanny etwas erwidern konnte, summte der Timer des Ofens. Die Pizza war fertig, und damit endete Thomas' Bereitschaft, weiter zuzuhören, ohne etwas davon in den Händen zu halten.

Erst als alle ein Stück auf dem Teller liegen hatten, kam das Gespräch erneut auf Fannys neu gewonnene Erkenntnis.

»Dann erzähl mal, Fannylein.« Felix leckte sich etwas Tomatensoße vom Daumen. »Wann hattest du die große Erleuchtung?«

»Vergiss das Wann!«, fuhr Sophie mit vollem Mund dazwischen. »Die viel wichtigere Frage ist: *Was* ist die Erleuchtung?«

»Meine liebe Sophie«, sagte Felix in seinem distinguiertesten Tonfall und sah sie tadelnd über sein Pizzastück hinweg an, das er sich gerade in den Mund hatte schieben wollen. Dass ihm dabei ein Pilz auf den Schoß klatschte, tat seinem dramatischen Auftritt zwar ein wenig Abbruch, aber Felix ließ sich davon nicht beirren. »Du bist zu jung, um begreifen zu können, dass nicht immer das Ziel das Wichtigste im Leben ist. Der Weg dahin ist von ebenso großer Bedeutung.«

Hier holte er tief Luft, und Fanny war sich sicher, dass er zu einem absurden Schwenk aus seinem oder – noch schlimmer – ihrem Leben ansetzen wollte, weswegen sie ihn kurzerhand unterbrach. »Hallo? Wollt ihr nun wissen, wie und warum und was, oder nicht?«

Vier Paar Augen blinzelten sie erstaunt an, dann versicherten ihr alle, dass sie das natürlich wissen wollten.

»Und wenn du gerade dabei bist, könntest du auch auf das Chef-Anbrüllen eingehen.« Mit einer hochgezogenen Braue biss Aidan in sein Pizzastück. »Das würde mich persönlich brennend interessieren.«

Fanny verdrehte die Augen und nahm erst mal einen großen Bissen ihrer Pizza.

»Nun sag schon!« Felix neben ihr zappelte auf der Bank herum. »War es das rhythmische Schnippeln der Schere, das dich zur Erleuchtung geführt hat?«

»Um ehrlich zu sein, war es dein penetrantes Geschnarche«, sagte Fanny und schob sich den nächsten Bissen in den Mund.

»Ah ja«, sagte Sophie und kicherte. »Nichts regt die Gedankenproduktion mehr an als das höchst melodische …« Erstaunlich realistisch imitierte Sophie Felix' schiefes Schnarchen und alle am Tisch brachen erneut in schallendes Gelächter aus.

»Sogar während eines Nickerchens bin ich hilfreich.« Felix strich sich das bunt gemusterte Hemd glatt und hob stolz den Kopf. »Was bin ich doch toll!«

»Der Beste!« Fanny legte ihm ein Eckstück auf den Teller, bevor sie sich das letzte selbst nahm und dabei Thomas die Zunge herausstreckte. Der gab nur ein unwirsches Brummen von sich.

»Und welche Erkenntnis ist dir während Felix' Schönheitsschlaf gekommen?«, fragte Aidan und stupste Thomas an, damit dieser ihm die Salatschüssel reichte.

»Dass ich keine Redakteurin sein möchte.« Fanny schob die Salatschüssel zu Aidan, weil Thomas viel zu sehr mit Pizzaessen und Zuhören beschäftigt war.

»Nun, das würde ich nicht unbedingt eine Erkenntnis nennen«, sagte Felix und wackelte mit dem Kopf. »Mehr eine bekannte Tatsache, nicht?«

Die anderen nickten mehr oder weniger synchron, und Fanny wurde schlagartig bewusst, dass fast alle Menschen, die ihr etwas bedeuteten, hier versammelt waren. Alle bis auf einer, der vielleicht die wichtigste Rolle in diesem Entscheidungsprozess gespielt hatte – obwohl Felix' Schnarchen sicherlich ebenfalls von großer Wichtigkeit gewesen war.

»Schockt mich nicht«, sagte Thomas mit vollem Mund und auch Sophie zuckte entschuldigend mit den Schultern.

»Hm«, machte Fanny und schaute scheinbar desinteressiert auf ihre frisch lackierten Fingernägel, »aber wisst ihr auch, was ich stattdessen machen werde?«

»Nein, was?« Ihr bester Freund sah sie mit einer Mischung aus Unglauben und Begeisterung an. Anders als Felix, der eine Art Urvertrauen in seine Instinkte und Träume zu haben schien, war Fanny eine wahre Meisterin darin, sich selbst und ihre Träume infrage zu stellen. Meist endete das im Gefühl, gar keine Entscheidung mehr treffen zu können.

»Willst du es uns erzählen oder weiter vor dich hin grinsen?«, erkundigte sich Aidan. Er tat Thomas etwas von dem Salat auf den Teller, was dieser mit einem verächtlichen Schnaufen zur Kenntnis nahm.

»Ich werde mich fürs Wintersemester um einen Master in Kommunikationsdesign mit dem Schwerpunkt Fotografie bewerben«, verkündete Fanny und legte eine dramatische Pause ein – in der allerdings nur ein paar auffordernde Gesten kamen, sie möge bitte weiterreden. Irgendwie hatte Fanny das Gefühl, dass ihre große Erkenntnis für ihre Liebsten gar nicht so groß war.

»So interessant das Arbeiten in der Redaktion auch ist«, sie ignorierte das beinahe synchrone Aufstöhnen am Tisch, »so sind es vor allem die Bilder, die mich interessieren. Die Botschaften, die man mit einem guten Foto und durch die passende Bildkomposition vermitteln kann. Das ist, was ich machen will. Vielleicht kann ich ja sogar schon neben der Uni im *P4* jobben. Chris hatte so etwas angedeutet.«

»Hoch lebe der Fanny-Filter«, rief Felix mit einem breiten Lächeln und hob seine Gabel, auf die er ein Gurkenstück gespießt hatte, in die Luft, als wolle er damit anstoßen.

»Auf das Erkennen und Gehen des eigenen Weges«, stieg Aidan mit ein und stieß seine Gabel, von der ein Stück Tomate rutschte, gegen die von Felix.

»Auf das Loslassen und Durchstarten!«, rief Sophie, und eine weitere Gabel gesellte sich über die Mitte des Tisches, auf ihr ein tropfendes Salatblatt.

»Möge das neue Jahr für uns alle viel Gutes bereithalten«, sagte Fanny und ließ eine mit Gurke bestückte Gabel gegen die der anderen klirren.

Dann sahen sie alle auffordernd zu Thomas, der jedoch in Seelenruhe seine Pizza aß, als würden sie hier nicht gerade einen emotionalen Moment haben. Wie eine Statue verharrten sie mit erhobenen Gabeln und warteten, dass auch er etwas tat.

Nach einigen Sekunden des Schweigens gab Thomas schließlich ein genervtes Schnaufen von sich und fuhr sich mit der freien Hand über den Mund. »*And merry Christmas to us all!*« Mürrisch klatschte er sein angebissenes Pizzastück gegen die Gabeln voll Salat.

36

Julian stand vor dem Friesenhaus seiner Eltern und konnte sich nicht dazu durchringen, auf die Klingel zu drücken. Stattdessen starrte er seit geschlagenen fünf Minuten auf den Namen, der über der runden Messingklingel geschrieben stand. *Bovin*.

Er war immer stolz auf seinen Familiennamen gewesen. Stolz, einer Familie anzugehören, die einem Verlag ihren Namen gab. Die Vorstellung, dass er eines Tages der Bovin sein würde, der diesen Verlag leiten würde, hatte ihn seit seiner Kindheit mit einer Vorfreude erfüllt, wie er sie bloß aus der Vorweihnachtszeit kannte.

Doch als er an diesem kalten vierten Adventssonntag den glänzenden Namen betrachtete, spürte er zum ersten Mal die Last, die dieser Name mit sich brachte. Die Verantwortung, die Verpflichtung und auch die Fußstapfen seiner Vorgänger. Die seines Großvaters, der den Verlag gegründet hatte, und auch die seines Vaters, dem es gelungen war, den Verlag in diesen ungewissen Zeiten nicht nur stabil zu halten, sondern auszubauen und zu einer ernst zu nehmenden Größe auf dem deutschsprachigen Markt zu machen. Was blieb da für ihn? Welche Rolle würde er spielen? Würde eines Tages in weiter Zukunft sein Kind ebenso vor dem Namen stehen und sich angesichts der vor einem liegenden Fußstapfen beklommen fühlen – oder würde das alles mit ihm enden?

Julian atmete die eisige Dezemberluft tief ein und löste seinen Blick vom Klingelschild, vielleicht in der Hoffnung, sich auch von seinen Sorgen so einfach loslösen zu können.

Er starrte in den bewölkten Himmel, der nichts bot, außer einer hellgrauen Fläche, und seine Gedanken kreisten weiterhin um Namen und deren Verpflichtungen. Die Opfer, die man bringen musste.

Und als ob der Himmel seine Gedanken erraten hätte, fing es an zu schneien. Sofort tauchte das Bild einer lachenden Fanny vor Julians innerem Augen auf. Wie sie im Schein der Straßenlaterne inmitten von Schneegestöber so unendlich glücklich und unbeschwert aussah, dass es Julian fast den Atem verschlug.

Genug, mahnte sich Julian und wappnete sich, um einen Schritt auf die Haustür zuzugehen und endlich zu klingeln. Bevor er sich allerdings rühren konnte, wurde die Haustür aufgerissen. Sein Vater kam zum Vorschein, zwei Müllbeutel in den Händen.

»Julian!«, rief er erschrocken und auch Julian konnte seinen Vater nur perplex anstarren. Das lag zum Teil daran, dass er nicht damit gerechnet hatte, dass sich die Tür so plötzlich öffnen würde. Des Weiteren konnte Julian sich nicht daran erinnern, dass sein Vater jemals den Müll hinausgebracht hatte. Als Kind und Teenager war das Julians Job gewesen und nach seinem Auszug war diese Aufgabe seiner Mutter zugefallen, wie vieles in diesem Haushalt.

Für einen Moment starrten sie sich an, beide viel zu überrascht, um reagieren zu können. Da ließ sein Vater beide Mülltüten zu Boden fallen und zog Julian in eine feste Umarmung.

»Mein Junge«, flüsterte er. Wenn Julian sich nicht täuschte, lag das Beben, das durch den Körper seines Vaters lief, nur bedingt an der Kälte. Der zittrige Klang seiner Stimme ließ jedenfalls anderes vermuten.

Vorsichtig schloss auch Julian die Arme um seinen plötzlich gar nicht so sicher und bedrohlich wirkenden Vater. Er spürte das vertraute Klopfen auf seinem Rücken, das schon seit seiner Kindheit jede Umarmung seines Vaters begleitet hatte. Mit einem Mal machte sich ein fetter Kloß in seinem Hals breit, der sich mit Julians Tränendrüsen verbrüdert zu haben schien.

»Johannes? Ist alles in Ordnung?«, rief Julians Mutter aus dem

Inneren des Hauses. Als keine Antwort kam, streckte sie den Kopf aus der Küche in die Diele.

Julian sah sie über die Schulter seines Vaters an und konnte die Erleichterung in ihren Augen erkennen. Chris hatte gesagt, sein Vater hätte ihr nicht verraten, worum es bei ihrem Streit gegangen war.

»Julian!«, rief sie und kam ihm entgegen. »Wie schön, dass du da bist. Komm schnell rein, bevor noch das komplette Haus auskühlt.«

Julian spürte ein Lachen in sich aufsteigen und deutete mit einer etwas unbeholfenen Geste auf seinen Vater. Der hielt ihn weiterhin in einer Umarmung und schien nicht bereit zu sein, ihn loszulassen.

»Johannes, also ehrlich.« Julians Mutter stemmte eine Hand in die Hüfte, wirkte aber eher belustigt. »Jetzt lass den Jungen endlich hereinkommen. Und vergiss den Müll nicht!«

Mit diesen Worten zog sie Julian in die geräumige Diele und lehnte die Tür hinter ihm an.

»Du kannst mir dafür beim Tischdecken helfen«, sagte seine Mutter, umarmte ihn jedoch zunächst ebenfalls. Beinahe könnte man meinen, Julian wäre wieder jahrelang im Ausland gewesen, und er merkte, wie sich das schlechte Gewissen in ihm regte. Es war nicht seine Absicht gewesen, seine Mutter zu beunruhigen, und er flüsterte ihr eine Entschuldigung ins Ohr, während er seine Arme um sie schloss.

»Ach, ihr seid manchmal zwei sture Esel.« Sie sah ihn zwar voller Liebe, aber auch mit Tränen in den Augen an.

Bevor Julian etwas sagen konnte, trat sein Vater zu ihnen in den Hausflur und schloss die Tür hinter sich. »Was steht ihr denn im Flur rum?«

Verwundert merkte Julian, dass er nach wie vor seinen Wintermantel trug. Irgendwie schienen sie heute alle ein wenig neben der Spur zu sein.

Kurz darauf saßen sie endlich alle um den großen Esstisch, auf dem sich ein wahres Festmahl auftürmte. Seine Mutter hatte geschmortes Hähnchen gemacht mit dazu passendem Ofengemüse und Salzkartoffeln. Zusätzlich standen eine Salatschüssel und eine Auflaufform voll Fächerkartoffeln auf dem Tisch, die Julian liebte, obwohl sie durch das viele Einschneiden kleinen Raupen ähnelten. Die heutigen hatte seine Mutter mit einer cremigen Käsesoße und Rosmarin beträufelt, und Julian lief bereits das Wasser im Mund zusammen.

Während sie sich auftaten, bemerkte er, dass sich seine Eltern seltsam verkrampft verhielten. Julian fühlte sich an das angespannte Tennis-Match vor einer guten Woche zurückerinnert und beschloss, dass es ihm jetzt reichte.

»Bevor wir über den Verlag und was vorgefallen ist reden, würde ich gern endlich wissen, was los ist.« Er stellte seinen gefüllten Teller vor sich ab, auf den seine Mutter gerade eine große Ladung Kartoffeln gehäuft hatte. »Wenn ich alt genug bin, um als potenzieller Nachfolger in den Verlag einzusteigen, bin ich auch alt genug, um erfahren zu können, was auch immer ihr versucht, vor mir zu verheimlichen.«

»Vor Weihnachten sollte man nicht nach Geheimnissen fragen«, murmelte sein Vater, während er konzentriert Salzkartoffeln auf seinen Teller häufte.

Frustriert schüttelte Julian den Kopf und verschränkte seine Arme vor der Brust. Es war zwar schade um das gute Essen, aber er würde nicht nachgeben. Nicht noch einmal.

»Johannes.« Die leise Stimme seiner Mutter brachte ihren Mann dazu, innezuhalten und ihr einen müden Blick zuzuwerfen.

»Du wolltest bis nach Weihnachten warten, Marianne.« Behutsam stellte er die Schüssel mit Salzkartoffeln zurück auf den Tisch und schob sie in Richtung Julian. Der jedoch ignorierte sie.

»Stimmt«, gab Julians Mutter mit einem traurigen Schulterzucken zu und am liebsten hätte Julian die Frage zurückgezogen. Nichts Gutes konnte bei so einer Miene herauskommen. »Weihnachten sollte ein Fest der Freude und Liebe sein und nicht der Sorgen.« Julians Mutter stockte und warf ihrem Mann einen Hilfe suchenden Blick zu. Dieser seufzte tief.

»Ehrlichkeit und Teilen sind aber ein Teil von Liebe und Freude«, sagte Julian und sah zwischen seinen Eltern hin und her. Er meinte, seinen eigenen Herzschlag in den Ohren rauschen zu hören, und bemühte sich um eine bewusste und ruhige Atmung. »Verheimlichen und Vertuschen führt hingegen zu Sorgen und Ängsten. Das muss ich euch bestimmt nicht erklären. Wenn ihr es genau wissen wollt, sind beide bei mir längst da. Warum legen wir also nicht gemeinsam die Karten auf den Tisch?«

Seine Eltern schienen sich daraufhin in einen stummen Dialog zu vertiefen, und Julian konnte nicht sagen, wer wen wozu aufforderte. Am Ende sprachen beide nicht und er warf den dampfenden Käse-Kartoffeln auf seinem Teller einen betrübten Blick zu. Warm würde er die heute bestimmt nicht mehr essen.

»Warum fange ich nicht an?«, fragte er schließlich, und ohne die Zustimmung seiner Eltern abzuwarten, tat er genau das. Er erzählte ihnen die ganze Geschichte von Witt, inklusive der bisher verschwiegenen Verlobung mit dem Verleger. Seinem Vorsatz, sich ausschließlich um die Arbeit zu kümmern und ganz sicher niemals zu irgendjemandem aus demselben Unternehmen Gefühle zu entwickeln. Er erzählte von der Backbuchabteilung, seinem langsamen Verstehen und der Irritation angesichts der ruckelnden Abläufe und der eigenartigen Teamdynamik. Er erzählte von Fanny, der Druckfahne, dem Fahrstuhl und seinem erneuten Vorsatz, sich kein weiteres Mal verwundbar zu machen, seine Gefühle noch im Keim zu ersticken. Dann erzählte er von Fanny und sich, dem *sich erst mal richtig kennenlernen wollen* und dem *es langsam angehen lassen*.

Hier stützte sein Vater mit einem leisen Stöhnen den Kopf auf die Hände, aber Julian ließ sich nicht beirren. »Ich denke, ich brauche nicht zu sagen, wie sehr mich deine Vorwürfe verletzt haben, ich würde mir der Einfachheit halber *Gespielinnen* im Verlag suchen, als sei dieser mein persönliches All-you-can-eat-Büfett für *amouröse Abenteuer*.« Julian warf seinem Vater einen durchdringenden Blick zu, den dieser mit einem müden Nicken erwiderte.

»Johannes Olivier Bovin! Das hast du nicht getan!«

Beide wandten sich Marianne Bovin zu, die ihren Mann mit zusammengezogenen Brauen anstarrte. Für eine Sekunde hatte Julian den Eindruck, sie erwäge, seinem Vater die Schüssel mit dem Ofengemüse über den Kopf zu ziehen, doch stattdessen schüttelte sie fassungslos den Kopf.

»Kennst du deinen Sohn überhaupt?« Seine Mutter deutete auf Julian, der nicht umhinkonnte, sich erleichtert zu fühlen. Erleichtert, dass auch sie dies als ein Ding der Unmöglichkeit betrachtete.

Sein Vater gab etwas Unverständliches von sich und vermied es, einen von ihnen anzusehen.

Julians Mutter hingegen stieß noch ein »Also ehrlich, Johannes!« aus, ehe sie sich an Julian wandte. »Es tut mir leid, dass dein Vater erneut bewiesen hat, dass seine Menschenkenntnis jenseits des Verhandlungstisches keine drei Meter weit reicht.« Sie warf ihrem Mann einen weiteren bösen Blick zu. »Ich hoffe, du schaffst es, ihm zu verzeihen. Es macht es nicht besser, aber ich vermute, er hat es in guter Absicht getan.«

»Gut gemeint ist nicht gut gemacht«, wiederholte Julian einen Spruch, den er in seiner Kindheit des Öfteren zu hören bekommen hatte.

»Das stimmt«, sagte nun auch sein Vater und richtete sich zu seiner vollen Größe auf. »Ich hätte dir vertrauen und nicht ohne ein klärendes Gespräch zu einer Schlussfolgerung kommen sollen. Es tut mir leid.«

Kurz zögerte Julian, dann beschloss er, auch diese Karte auf den Tisch zu legen. »Es war Robert Groß, nicht wahr?«

Sein Vater stutzte. »Woher …?«

Mehr war nicht nötig, um Julian Gewissheit zu geben. Erneut spürte er Wut in sich hochkochen, sah Fannys verschlossenes und Mikas blasses Gesicht vor sich.

»Lass mich dir sagen, was für ein Mensch Robert Groß ist.« Julian atmete einmal tief durch, um sich zu sammeln. Er wusste, das Wohl der gesamten Abteilung hing von dieser Unterhaltung ab.

»Schlimm genug, dass man bei seinem Führungsstil nicht von Führung reden kann, er kombiniert das darüber hinaus mit Unorganisiertheit und Hinterhältigkeit.«

Sein Vater machte Anstalten, ihn zu unterbrechen, aber Julian streckte eine Hand aus und fuhr fort.

»Ich bin mir sicher, dass er ein fähiger Redakteur ist, aber er ist als Abteilungsleiter zu unerfahren. Und statt diese Unerfahrenheit durch ein starkes Team zu kompensieren, lässt er seine Unsicherheit all seine Handlungen lenken.« Julian hob einen Finger in die Luft. »Er besetzt jegliche ihm zur Verfügung stehenden Posten mit Leuten, die deutlich unerfahrener sind als er, damit niemand seine Entscheidungen hinterfragen oder sich kritisch mit ihnen auseinandersetzen kann.« Julian hob den zweiten Finger. »Er spielt die beiden Volontäre gegeneinander aus und isoliert sie im Rahmen seiner Möglichkeiten vom Rest des Teams, indem er falsche Informationen über die jeweils andere Seite verbreitet. Ein Beispiel dafür hast du selbst mitbekommen.«

Julians Mutter holte tief Luft, wohingegen Johannes Bovin zusammengesunken auf seinem Stuhl hockte.

Fast tat es Julian leid, dass er nun seinen dritten Finger hob. »Zu guter Letzt hat er sich zu Erpressung hinreißen lassen, indem er gewisse Informationen als Druckmittel benutzt, um sich – wie er es wohl ausdrückte – *Loyalität* von seinem Volontär zu sichern.«

»Welche Informationen?«, hakte sein Vater nach, und Julian erkannte, dass der Drang, den Verlag zu beschützen, noch da war. Allerdings richtete sich dieser gegen die falsche Person.

»Private Informationen, die weder etwas mit *Bovin Books* zu tun haben noch die Leistungsfähigkeit des Mitarbeiters in irgendeiner Form beeinträchtigen.« Wieder hielt Julian dem Blick seines Vaters stand, selbst als er das Gefühl hatte, der andere würde am liebsten in seinen Kopf einbrechen, um dort nach der gewünschten Information zu suchen. Doch Julian hatte es Mika versprochen und würde das ihm anvertraute Wissen sicher in seinem Kopf verwahren. Zumal es für die Arbeit wirklich nicht relevant war.

»Mehr wirst du mir nicht sagen?« Johannes Bovin richtete sich auf und betrachtete Julian nachdenklich. Er schien abzuwägen, ob es sich lohnen würde, darauf zu bestehen.

»Mehr werde ich dir nicht sagen.« Julian lehnte sich ebenfalls zurück. Seine Karten lagen jetzt alle auf dem Tisch, und es war an seinen Eltern, die Unterhaltung fortzuführen. Julians Magen gab ein deutlich hörbares Knurren von sich, aber er würde sich nicht von seinem Vorhaben, die Wahrheit zu erfahren, abhalten lassen.

Seine Mutter seufzte und lächelte Julian traurig an. Als sie ihn das letzte Mal so angesehen hatte, hatte er verkündet, dass er ins Ausland gehen würde. Jetzt ging er aber nirgendwohin und sein Magen verkrampfte sich. Er war sich sicher, dass es nicht bloß an seinem Hunger lag.

»Wie dein Vater schon sagte, wollten wir mit dir nach Weihnachten darüber reden.« Marianne Bovin warf ihrem Mann einen Hilfe suchenden Blick zu. »Das ist wohl ein klassischer Fall von *gut gemeint, aber nicht gut gemacht*.« Sie verstummte und ihre Finger malten unruhige Muster auf die Tischdecke.

Sein Vater, der in letzter Zeit rapide zu altern schien, nickte seiner Frau resigniert zu. Julians Herz krampfte sich schmerzhaft zusammen, und wenn es gekonnt hätte, dann hätte es sicherlich auch ein Knurren von sich gegeben. Er wusste, was kommen würde, hatte es die letzten Wochen in den ausweichenden Blicken seines Vaters und der aufgesetzten Fröhlichkeit seiner Mutter gesehen: Sein Vater war krank.

»Ich bin krank«, sagte seine Mutter, und Julians Kopf schnellte zu ihr herum, sodass er für eine Sekunde die Welt nur verschwommen wahrnahm. »Brustkrebs.«

»Was …?« Julians Stimme war ein heiseres Krächzen. Auch wenn er die letzten Wochen über versucht hatte, sich auf eine solche Nachricht vorzubereiten, so hatten das seine Tränendrüsen offensichtlich nicht. Die Sicht auf seine Mutter verschwamm, und er konnte nicht mehr tun, als sie tränenblind anzustarren, kaum in der Lage, das eben Gesagte zu verarbeiten. »Ich … Bist du dir sicher?«

»Ach Julian.« Seine Mutter griff um die Schüssel mit dem inzwischen erkalteten Ofengemüse herum und nahm seine Hand in ihre. Sie fühlte sich warm und vertraut an. »Natürlich bin ich mir sicher. Ich habe mir in der vergangenen Woche eine zweite Meinung eingeholt, die Dr. Sieverts Diagnose bestätigt hat. Wir wollten es dir nach Weihnachten sagen, damit wir noch ein sorgenfreies und schönes Fest zusammen verbringen können.«

»Aber du wirst nicht …«, stammelte Julian und wandte sich Hilfe suchend seinem Vater zu, der stumm auf seinem Platz saß und ebenso überfordert aussah, wie Julian sich gerade fühlte. »Man kann doch etwas machen, nicht? Was sind die nächsten Schritte? Was sagt Dr. Sievert? Sie hat einen Plan, nicht wahr? Sie muss …«

Seine Mutter rüttelte liebevoll an seiner Hand, wie um ihn aus seiner panischen Gedankenspirale zu lösen. »Anfang Januar werde ich operiert. Danach wird man weitersehen.« Hier machte sie eine Pause und schien sich für die kommenden Worte zu wappnen. »Um eine Chemo werde ich nicht herumkommen.« Ihre Stimme wurde stetig leiser und sie sah Julian nun mit glänzenden Augen an. »Wirst du schlecht von mir denken, wenn ich sage, dass ich Angst habe?«

»Mama! Nein!«, rief Julian und sprang auf, war mit zwei Schritten bei ihr und schlang seine Arme um sie. »Ich würde mir vor Angst in die Hose machen. Ich mache mir vor Angst in die Hose.«

»Am Esstisch wird nicht gepinkelt«, murmelte Julians Vater und löste damit die Anspannung ein wenig, gab ihnen Gelegenheit, durchzuatmen.

»Nein, an dem Punkt in unserem Leben sind wir weiß Gott noch nicht angekommen.« Marianne Bovin wischte sich schmunzelnd eine Träne aus dem Augenwinkel. Sie sah zu Julian, der sich bemühte, ihren Blick voller Zuversicht zu erwidern.

Seine Gedanken hingegen rasten so schnell durch seinen Kopf, dass er das Gefühl hatte, nur jeden zehnten fassen zu können. Sein Gespräch mit Fanny über den Tod ihrer Mutter fiel ihm ein – das Backen in der Vergangenheitsform, das Vorbei. Die Angst, die dieses

Wörtchen auf einmal bei ihm auslöste, schien ihm die Kehle zuzuschnüren, und Julian befürchtete, dass sie nie wieder ganz verschwinden würde. Von nun an würde sie mit ihnen am Esstisch sitzen, sie durch ihr Leben begleiten.

»Jetzt seht euch das an!«, rief seine Mutter und stand abrupt auf. »Alles kalt geworden. Wie wäre es, wenn ich uns das Essen eben schnell aufwärme?«

»Das kann ich machen«, sagte Julian sofort. Auch sein Vater machte Anstalten, sich zu erheben, blieb aber beim kleinsten Abwinken seiner Frau sitzen.

Julian hingegen folgte seiner Mutter durch den Flur in die gemütliche Landhausküche. Auf dieser hatte sie beim Umzug bestanden, und auch heute konnte er nicht umhin, die salbeigrünen Fronten zu bewundern.

Noch einmal versuchte er, seine Mutter davon zu überzeugen, dass er das Essen aufwärmen konnte. Dass sie sitzen bleiben sollte.

»Gib mir den Moment zum Durchatmen«, sagte sie und brachte Julian damit effektiv zum Schweigen. Sie knuffte ihm in die Seite. »Guck nicht so, als wäre das mein letztes Mahl.«

Julian nahm seine Mutter kurzerhand fest in die Arme. »Es wird alles gut werden«, flüsterte er. »Egal, was kommt, wir stehen das zusammen durch. Vater und ich sind immer für dich da.«

Seine Mutter lachte, doch Julian blieb das leise Schniefen nicht verborgen. Er drückte sie fest an sich und hoffte, dass sie wusste, wie ernst er seine Worte meinte.

»Weißt du, was mir wirklich helfen würde, Schatz?« Sie löste sich aus seiner Umarmung. »Wenn du mir die fehlenden Schüsseln bringen könntest und dich danach zu deinem Vater setzt. Klärt endlich, was auch immer ihr euch da zusammenfantasiert habt.«

»Ich? Zusammenfantasiert?« Empört schaute Julian seine Mutter an. Er hatte sich gar nichts zusammenfantasiert!

»Meiner Erfahrung nach gehören zu so einer verfahrenen Kiste immer zwei«, sagte seine Mutter und drehte sich dem Herd zu, beendete dadurch die Diskussion.

Am Ende erfüllte Julian seiner Mutter den Wunsch und saß mit seinem Vater im Esszimmer. Ohne die Anwesenheit seiner Mutter war der Raum eigenartig leer, und sie schienen nicht recht zu wissen, wie sie weitermachen sollten.

»Das ist also der Grund, warum ich schnell wiederkommen sollte?«, erkundigte Julian sich nach einer Weile des Schweigens.

Seinen Vater so niedergeschlagen und still vor sich sitzen zu haben, war für ihn nicht bloß ungewohnt, sondern geradezu beängstigend. Johannes Bovin hatte sonst immer einen lockeren Spruch auf Lager und konnte sich stundenlang in Erklärungen und Erzählungen verlieren. Davon war heute nichts zu spüren.

»Ja«, murmelte er, ganz in die Betrachtung seiner ineinander verschränkten Hände vertieft. Julian fragte sich, was genau er sah. Verglich er sie mit früheren Versionen seiner Hände, wie Julian es manchmal tat?

»Du willst mehr für sie da sein können«, sagte Julian, nachdem von seinem Vater nichts weiter kam als Schweigen.

Johannes Bovin nickte, dann hob er den Kopf und sah Julian direkt in die Augen. Julian erkannte einen Hauch von Panik in ihnen, aber noch etwas anderes: Entschlossenheit.

»Ich möchte, dass sie das alles nicht allein durchstehen muss«, sagte sein Vater irgendwann langsam, schien jedes Wort mit Bedacht auszuwählen. »Wenn ich ihr schon nicht die Behandlung und die Schmerzen abnehmen kann, so kann ich wenigstens die Sorgen und Ängste mit ihr teilen. Wer weiß …« Ein wehmütiger Ausdruck schlich sich auf sein Gesicht. »Vielleicht stimmt es ja tatsächlich, dass geteiltes Leid nur halbes Leid ist.«

»Warum habt ihr mich dann nicht mittragen lassen?« Julian lehnte sich weiter vor, doch Johannes Bovin wich seinem Blick aus und betrachtete stattdessen die Bücherwand in Julians Rücken. »Ich bin euer Sohn.«

»Ach Julian. Du trägst schon viel mehr, als du denkst.« Sein Vater seufzte und hob eine Hand, schien nach Julian greifen zu wollen. »Du hast dein Leben in New York bereits aufgegeben, um herzukommen. Da wollten deine Mutter und ich dir wenigstens dieses Weihnachtsfest …«

»Was redest du denn da?« Verblüfft blinzelte Julian. »Wieso denkst du, dass ich etwas aufgegeben habe?«

»Nun, ich hatte nicht den Eindruck, dass du sehr erpicht darauf warst, in einer Kleinstadt einen mittelständischen Koch- und Backbuchverlag zu übernehmen. Dass dir das nicht aufregend oder *hipp* genug ist.«

»Machst du Witze?«, rutschte es Julian heraus. »Wie kommst du darauf?«

»Du konntest es nach der Schule kaum erwarten, hier rauszukommen.« Sein Vater musterte ihn über seinen Brillenrand hinweg, als wolle er Julian sagen, dass er ihn nicht für dumm verkaufen solle. »Dich in Nordersheim zu halten, war in den letzten Jahren ein Ding der Unmöglichkeit. Immer in der Welt unterwegs, immer auf dem Sprung von einem aufregenden Job zum nächsten. Ich verstehe das schon. Euch steht heute die ganze Welt offen, warum solltet ihr in einer norddeutschen Kleinstadt bleiben?«

Erneut konnte Julian seinen Vater nur verwundert ansehen. Das Wort *zusammenfantasiert*, das seine Mutter in der Küche benutzt hatte, schien auf einmal doch sehr zutreffend zu sein.

»Ich wollte einfach sicherstellen, dass ich bestens gerüstet bin, den Verlag eines Tages zu übernehmen«, versuchte Julian, seinen Lebenslauf zu erklären. »Glaub mal nicht, dass mir die Größe deiner und Opas Fußstapfen nicht bewusst ist.« Julian bemühte sich um einen scherzhaften Tonfall, aber auch er konnte die Unsicherheit heraushören, die in diesen Worten mitschwang. »Ich meine, ist dir mal aufgefallen, dass in den meisten Büchern die Familienunternehmen in der dritten Generation untergehen? Warum ist das so? Wer hat sich das ausgedacht?«

Sein Vater lachte dröhnend, und Julian merkte, wie sehr er dieses Lachen in den vergangenen Wochen vermisst hatte.

»Ach Junge.« Er tätschelte Julians Hand. »Da mache ich mir bei dir gar keine Sorgen. Du bist zu einem großartigen Mann herangewachsen – was weniger mein Verdienst als der deiner Mutter sein dürfte. Du wirst den Verlag sicher und mit Weitsicht durch die nächsten Jahrzehnte führen. Solange dein Herz bei der Sache ist, stehen *Bovin Books* gute Zeiten bevor.«

Julian nickte, nicht sicher, ob seine Stimme die Worte tragen würde, die er seinem Vater am liebsten gesagt hätte. Dass auch er einen großen Teil dazu beigetragen hatte, dass Julian zu dem geworden war, der er heute war. Dass seine Arbeitsmoral, seine Fairness und ruhige Kompetenz ihn schon als Kind beeindruckt und geprägt hatten. Dass es sein Vater war, der Julian einfiel, wenn andere von ihren Vorbildern im Berufsleben redeten.

»Wahre Worte«, sagte da seine Mutter, die die beiden Männer lächelnd von der Küchentür aus beobachtete. »Die nächsten Jahre werden vielleicht nicht die leichtesten, aber wir werden da gemeinsam durchkommen.«

»Hört, hört«, brummte Johannes Bovin und zwinkerte Julian zu, doch er konnte die aufgewühlten Emotionen dahinter erkennen.

Julian erhob sich, um seiner Mutter zu helfen, die aufgewärmten Speisen zurück ins Esszimmer zu bringen – und nun seinem Vater etwas Zeit zu geben, um sich zu sammeln.

Als alle Schüsseln wieder dampfend auf dem Tisch standen und seine Eltern saßen, griff Julian noch im Stehen nach seinem Weinglas und hob es in die Mitte des Tisches.

»Ein Toast«, sagte er feierlich, und seine Eltern betrachteten ihn so liebevoll, wie es vielleicht nur Eltern konnten. »Auf dass wir gemeinsam durch diese schwierige Zeit kommen und unsere Familie in all dem ein Licht sein wird, das uns den Weg im Dunkeln leuchtet.«

»Auf die Familie«, erwiderte seine Mutter und ließ ihr Glas sacht gegen Julians stoßen.

»Auf das Licht in der Dunkelheit«, sagte sein Vater und stieß sein Glas ebenfalls gegen ihres. Und zum ersten Mal seit seiner Ankunft in Deutschland hatte Julian das Gefühl, dass er wirklich angekommen, dass er zu Hause war.

37

Das Glöckchen über der Tür war noch nicht verstummt, da hatte der Graf schon einen Arm um Fanny gelegt und schob sie in Richtung der Lesesessel. Leicht war das nicht, die Buchhandlung war schon jetzt zum Bersten voll, und unter den honigweichen Geruch von Holz und bedrucktem Papier mischte sich der von nassen Straßenschuhen und Weihnachtsstress. Das war sicherlich nicht verwunderlich, denn es war der vierte Advent und nur noch zwei Tage bis Weihnachten.

»Ich dachte, ich komme extra früh, um dem größten Trubel aus dem Weg zu gehen«, sagte Fanny etwas außer Atem, als sie bei den Sesseln ankamen, die wie durch ein Wunder bloß von ein paar Büchern belegt waren. »Wie mir scheint, bin ich nicht die Einzige, die auf diese Idee gekommen ist.« Wenn Fanny die Hände frei gehabt hätte, hätte sie diese vielleicht auf ihre Ohren gepresst. Das Stimmengewirr in der kleinen Buchhandlung war so laut, dass sie die Weihnachtsmusik im Hintergrund kaum hören konnte.

Der Graf lachte und stapelte die Bücher auf dem runden Beistelltisch, der zusammen mit den zwei Lesesesseln und einem kleinen Weihnachtsbaum auf dem flauschigen Teppich stand. Fanny wollte diesen mit ihren Straßenschuhen lieber nicht betreten, denn der gestrige Schnee war bereits geschmolzen und hatte matschige Gehwege zurückgelassen. Doch Hugo Graf kümmerte sich nicht darum und drückte sie kurzerhand in den gelben Sessel, ehe er selbst Platz nahm.

»Ich freue mich sehr, dich vor Weihnachten noch einmal zu sehen, Fanny.« Er tätschelte ihr die Wange, wie er es schon gemacht hatte, als sie ein Kind gewesen war. »Gut schaust du aus! Und wenn mich nicht alles täuscht, bringst du uns sogar noch mehr zum Freuen mit?« Er tippte mit einem Zwinkern auf die große Keksdose, die Fanny in beiden Händen hielt.

Lachend streckte sie ihm diese entgegen. »Wir können Sie unmöglich den letzten verkaufsoffenen Sonntag ohne Notproviant bestreiten lassen!«

Behutsam nahm der Graf ihr die Dose ab und hob den bunten Deckel an, um einen Blick auf die verborgenen Naschereien zu werfen. Er atmete tief ein, und sogar Fanny konnte die köstliche Duftmischung aus Vanille, Zimt und Schokolade riechen. »Die kommen gerade recht.« Er schob sich einen Zimtstern in den Mund und nickte anerkennend. »Kaum zu glauben, aber uns ist gestern tatsächlich die Schokolade ausgegangen.«

»Unerhört!« Übertrieben schockiert riss Fanny die Augen auf, während sie sich in dem bequemen Sessel zurücklehnte.

»Hugo, wo steht die neue Makkai?«, unterbrach Noah sie, der sich mit verwuschelten Haaren und roten Wangen zu ihnen durchgedrängt hatte. Statt wie sonst Kontaktlinsen trug er heute seine große Hornbrille, die er sich gerade zurechtrückte. »Ich hätte schwören können …«

»Davon habe ich heute schon zwei verkauft«, unterbrach ihn der Graf und erhob sich mit einem Ächzen. »Im Lager sollten noch welche sein, ich geh mal nachsehen. Aber schau, was uns erreicht hat: keksige Weihnachtsgrüße von den Schusters.« Er hielt Noah die offene Dose hin, der jedoch kaum einen Blick für die bunte Plätzchensammlung übrig hatte.

»Die Schusters?« Er sah sich suchend in dem dichten Gedränge um und kniff die Augen zusammen. »Ist Aidan auch mitgekommen?«

»Nein, ich fürchte, ich bin es bloß«, sagte Fanny und zuckte entschuldigend mit den Schultern. Aidan hatte sich zu Hause seit den frühen Morgenstunden in seinem Arbeitszimmer verbarrikadiert und würde wohl erst heute Abend wieder hervorkommen.

»Und wie wundervoll das ist!« Der Graf umschloss mit seiner freien, vom Alter gezeichneten Hand ihr Kinn und sah sie liebevoll an. »So wundervoll, dass du niemals nur ein *bloß* sein könntest, Fanny Schuster. Vergiss das besser nicht.«

Sie nickte dem Märchenonkel ihrer Kindheit zu und eine vertraute Wärme machte sich in ihr breit. Recht hatte er! Hatte sie nicht gerade erst beschlossen, sich mehr für sich einzusetzen und an ihrem Selbstbewusstsein zu arbeiten? Und manchmal fing das mit einem so kleinen Wort wie *bloß* an.

»So!« Hugo Graf tätschelte ihr noch einmal die Wange, dann drehte er sich zu Noah. »Die Makkais.«

Doch dieser ignorierte ihn. Stattdessen sah sich Noah weiterhin in der Menge um, als hoffte er, Fanny hätte ihn hereingelegt und Aidan würde mit einem »Buh!« hinter einem der weihnachtlich geschmückten Regale hervortreten.

Kopfschüttelnd betrachtete der Graf seinen Kollegen. »Noah, die Bücher? Für wen …«

»Den Herren mit der grauen Schiebermütze an der Kasse«, beantwortete Noah die unausgesprochene Frage und nahm dem Grafen die Keksdose ab.

Der winkte Fanny zum Abschied zu, dann schlängelte er sich durch die bücherbegeisterten Leute hindurch, wobei er vereinzelt Fragen beantwortete oder wie von Zauberhand das gesuchte Buch mit einem Griff aus dem Regal hervorzog.

Bevor Noah seinem Chef nacheilen konnte, schnappte sich Fanny seinen Hemdsärmel und hielt ihn fest. »Ich soll dir von Aidan ausrichten, dass du heute Abend bei uns zum Essen eingeladen bist. Wenn du magst.« Aidans genauen Wortlaut – dass Noah nach diesem lächerlichen Weihnachtsterror bestimmt nicht mehr als eine Tiefkühlpizza hinbekommen würde und sie Noah vor sich selbst retten mussten – verschwieg Fanny. »Felix und Sophie können leider nicht, also würdest du mir einen riesigen Gefallen tun, wenn du mich mit den zwei Streithähnen nicht allein lassen würdest.« Sie klimperte mit den Wimpern und zog eine gequälte Grimasse, bei der man bestimmt all ihre Backenzähne zählen konnte.

Noah ließ vor Lachen beinahe die offene Keksdose fallen und eilig nahm Fanny sie ihm ab. Als sie die Dose sicher auf dem kleinen Tisch abgestellt hatte, hockte er sich vor sie. »So schlimm mit den beiden, hm?«

Fanny blies zur Antwort ihre Backen auf und ließ die Luft mit einem lauten Seufzen entweichen. Es war nicht direkt *schlimm*, aber besonders zur Weihnachtszeit war die Stimmung zwischen den Brüdern angespannt. Fanny vermutete, dass die beiden sich gegenseitig als Blitzableiter benutzten, wenn sie dieser Tage ihre Mutter besonders stark vermissten.

»Dann würde ich sagen: Vielen Dank für die Einladung! Ich komme sehr gern vorbei. Wahrscheinlich würde es bei mir sonst die dritte Tiefkühlpizza diese Woche geben.« Er nahm sich die Brille ab und rieb sich über die Augen. Normalerweise erinnerten diese Fanny an frisch geschmolzene Vollmilchschokolade, doch heute waren sie beinahe glanzlos und blutunterlaufen.

Fanny hatte die letzten Jahre schon mitbekommen, wie hektisch und kräftezehrend die Arbeit im Buchhandel zur Weihnachtszeit sein konnte. Auch wenn ihr die mit Tannengirlanden und Lichterketten geschmückte Buchhandlung wie eine weihnachtliche Oase vorkam, so war die Adventszeit für die Buchhändler und Buchhändlerinnen ein wahrer Marathon. *Noah aufpäppeln* stand daher seit Neuestem im Dezember auf Aidans ohnehin schon zu langer To-do-Liste.

Besagter Noah erhob sich gerade und streckte sich ausgiebig, wobei sein Rücken laut knackte. »Ich sollte mich wahrscheinlich …«

»Ich bin aber noch aus einem anderen Grund hergekommen!« Rasch stand Fanny ebenfalls auf. Aus dem Augenwinkel konnte sie eine Kundin erkennen, die Noah fixierte und ungeduldig auf den Fußballen wippte.

»Ist es ein Weihnachtsgeschenk-Grund?« Noah schob seine Hände in die Hosentaschen und das stadtbekannte Lächeln breitete sich auf seinem Gesicht aus.

Fanny nickte.

»Aidan?« Die Lachfältchen um seine Augen vertieften sich, als Fanny erneut nickte. »Schon eine Idee oder hättest du gern eine Beratung?« Mit diesen Worten bot er ihr galant seinen Arm an.

Fanny hängte sich bei ihm ein, damit er sie in Richtung der Belletristik-Abteilung führen konnte. Im Vorbeigehen warf sie der wartenden Kundin einen entschuldigenden Blick zu, die allerdings kurz darauf vom Grafen angesprochen wurde. Zusammen gingen sie zur Kinderbuchecke, wo zwei Mädchen unter dem künstlichen Baum, der voller Lichterketten und goldener Weihnachtskugeln hing, die Köpfe zusammensteckten und einander aus einem Buch vorlasen.

»Angesichts seiner Vorlieben für alles Monströse«, sagte Fanny zu Noah, »dachte ich an diese neue Schmuckausgabe von Frankenstein. Ich habe zu Hause extra in allen Bücherregalen nachgesehen, aber er dürfte sie noch nicht haben.«

Inzwischen hatten sie sich in den vorderen Bereich des Ladens durchgekämpft und Fanny überflog die vielen bunten Buchrücken auf der Suche nach den Schmuckausgaben. Von denen hatte die Buchhandlung eigentlich immer eine kleine Auswahl da.

»Eine wunderbare Idee«, bestätigte Noah und tippte das gesuchte Buch an. »Weswegen ich es ihm schenken wollte. Aber ich kann es dir auch gern überlassen, es liegt bereits eingepackt …«

»Auf keinen Fall!« Spielerisch boxte Fanny ihm in die Seite, dann drehte sie sich zurück zum Regal. »Hast du eine Idee, was ich ihm sonst schenken könnte?«

Und mit dieser Frage war Noah voll in seinem Element. Es dauerte keine zehn Minuten, da hatte Fanny nicht nur das perfekte Weihnachtsgeschenk für Aidan in den Händen, sondern auch ein Buch für Sophie – der neue Roman eines bekannten Umweltaktivisten – und eins für sich selbst gefunden.

Kurz darauf wartete sie an der Kasse und war in den Anblick des kleinen Weihnachtsbaumes vertieft, der auf dem Kassentresen stand und mit winzigen altertümlichen Feenanhängern geschmückt war, während Noah ihre Bücher einscannte.

»Ich bin froh, dass es dir wieder besser geht«, sagte er da und piepste das letzte Buch in die Kasse ein. »Brauchst du einen Beutel?«

»Ähm, nein. Ich … Danke, ich habe einen dabei«, stammelte Fanny und zog einen zusammengerollten Jutebeutel aus der Manteltasche, ehe sie den angezeigten Geldbetrag aus ihrem Portemonnaie kramte. »Was meinst du mit *besser gehen*?«

Für einen Augenblick befürchtete Fanny, dass Aidan Noah von ihrer kürzlichen Trennung erzählt haben könnte, und überlegte, ob sie ihrem Bruder das neue Buch vielleicht lieber über den Kopf ziehen sollte, statt es ihm zu schenken.

»Ich weiß nicht«, sagte Noah und wiegte nachdenklich den Kopf hin und her, während er ihr das Wechselgeld zurückgab. »Als du letztens hier warst, hast du etwas traurig und …«

Er schien nach den richtigen Worten zu suchen, während Fanny wie festgefroren mit dem Wechselgeld in der Hand vor ihm stand.

»Du wirktest irgendwie gehetzt und aus dem Tritt gekommen. Aber heute kommst du mir viel ausgeglichener, viel mehr wie du selbst vor. Ergibt das Sinn?« Statt ihr die Bücher wie üblich über die Theke zu schieben, lief er um diese herum und steckte ihr den Stapel kurzerhand in den Beutel.

Etwas benommen nickte Fanny. Ja, das ergab durchaus Sinn. Sie sah zu Noah auf, der sich unsicher eine Locke aus der Stirn schob. Dann trat sie – zu ihrer eigenen Überraschung – einen großen Schritt nach vorn und umarmte den übermüdeten Buchhändler, der sich sogar im größten Weihnachtschaos nicht nur die Zeit nahm, das perfekte Buch für seine Kundschaft zu finden, sondern sich auch um deren Wohlergehen sorgte.

38

Am Montagmorgen stürmte Julian gegen zehn Uhr durch die Eingangstüren des Verlages und brachte einen Schwall Schneeflocken mit ins Foyer. Eilig klopfte er sich den Schnee von Mantel und Haaren, bevor dieser sich verflüssigen konnte. Für das, was er jetzt vorhatte, war der Begossener-Pudel-Look definitiv nicht angebracht.

Mit weit ausladenden Schritten ging Julian durch die kleine Eingangshalle und betrat den Redaktionsraum von *Bovin Books*, in dem es heute deutlich ruhiger zuging. Die meisten Arbeitsplätze lagen verwaist da, nur wenige Kollegen und Kolleginnen hielten an diesem winterlichen Tag vor Weihnachten die Stellung.

Zielstrebig steuerte Julian auf die Arbeitsinsel Backen zu, an der Mika mit einer Weihnachtsmannmütze auf dem Kopf saß und konzentriert auf seinen Bildschirm starrte. Bevor er allerdings an die ungewöhnlich leeren Arbeitsplätze treten konnte, hielt Sonja Lundermayer ihn auf.

»Julian, wie schön, Sie zu sehen!« Auch Sonja trug eine Weihnachtsmannmütze, und Julian meinte, sich zu erinnern, dass sie das schon getan hatte, als er noch als Kind zwischen Bücherkisten getobt hatte. Wenn Julian nicht alles täuschte, konnte er auch einen Hauch von Tannengrün riechen. Es würde ihn wundern, wenn nicht gerade mindestens ein Räuchermännchen auf ihrem Schreibtisch munter vor sich hin qualmte.

»Hallo, Sonja«, grüßte er sie zurück und sah zwischen ihr und der Arbeitsinsel Backen hin und her. »Es freut mich auch, sehr sogar. Aber ich bin eigentlich gar nicht richtig da.«

»Ein Hologramm also?«

Julian, der gedanklich schon zehn Schritte weiter war, blinzelte überrascht. »Sozusagen.« Bei ihrem vertrauten Anblick entspannte er sich allmählich und merkte, wie sich die innere Unruhe löste, die ihn seit dem gestrigen Gespräch mit seinem Vater befallen hatte.

»Keks?« Sonja hielt Julian einen Teller voll bunter Weihnachtsplätzchen entgegen. Auch diese kannte er bereits aus seiner Kindheit, hatte sie diese selbst gebackenen Kekse doch jedes Jahr großzügig mit ihm geteilt. »Oder können Hologramme keine Plätzchen essen?«

»Oh, und wie sie das können!«, rief Julian und nahm sich ein herzförmiges Plätzchen, das knusprig war und dick mit Zuckerguss bestrichen. Genießerisch schloss er die Augen. Nirgends sonst hatte er jemals solche Plätzchen gegessen und nichts weckte in ihm so effizient weihnachtliche Gefühle wie der Geschmack von Sonjas Plätzchen.

»Ich sehe, mein Buttergebäck hat über die Jahre nichts an seiner Wirksamkeit eingebüßt.«

»Wäre ohne überhaupt Weihnachten?« Julian betrachtete die schief sitzende Mütze auf Sonjas inzwischen leicht ergrautem blondem Haarschopf.

»Nicht in meinem Haushalt«, bestätigte sie, aber ihr Lächeln fiel ungewohnt verhalten aus. Dann fragte sie mit gesenkter Stimme: »Ich hoffe, Ihre Anwesenheit bedeutet, dass Sie alles klären konnten?«

»Wollen wir nicht lieber beim Du bleiben?«, flüsterte Julian zurück. »Ich befürchte, ich kann mich an das förmliche *Sie* von dir einfach nicht gewöhnen.«

Auf seine Worte hin lachte Sonja leise und nickte zustimmend. Julian merkte, wie sehr sie sich über das angebotene *Du* freute. Er war es gewesen, der auf das Siezen bestanden, auf Distanz und Ernsthaftigkeit beharrt hatte in dem Glauben, dass es der einzige

Weg war, wie er dieses Unternehmen würde führen können. Inzwischen wusste Julian, dass seine eigenen Unsicherheiten sein Handeln geprägt hatten und dass eine gute Führung so etwas nicht brauchte – besonders nicht bei Mitarbeiterinnen wie Sonja.

»Was deine Frage angeht«, fuhr Julian fort und schob seine Überlegungen zur Verlagsleitung für den Moment zur Seite, »so habe ich mit meinem Vater geredet und wir sind hinter die Ursache für diese … Verwicklung gekommen. Ich denke, dass wir einen guten Weg gefunden haben, wie wir das Problem aus der Welt schaffen können.«

»Es gehen die wildesten Gerüchte um, Julian.« Sonja schob sich nervös ein Plätzchen in den Mund, und er hatte den Eindruck, dass es ihr unangenehm war, dass so etwas in *ihrer* Redaktion vorkam.

»Bin ich das Schreckensmonster der Branche?« Julian bemühte sich um einen humorvollen Tonfall, aber die Bezeichnung *Diabolique Bovin* ließ ihn trotz aller Vorsätze nicht kalt.

»In manchen Versionen«, gab Sonja zu und wiegte den Kopf nachdenklich hin und her. »In einigen ist es Fanny, die nicht gut wegkommt.«

»Das hatte ich befürchtet.« Julians Blick wanderte erneut zur Arbeitsinsel Backen, von wo aus Mika sie beobachtete.

Julian hob die Hand und nickte Mika zur Begrüßung zu. Der hatte es mit dem Zurückgrüßen so eilig, dass ihm seine Weihnachtsmannmütze beinahe über die Augen rutschte.

»Deswegen bin ich hier und wollte mit Fanny reden. Weißt du, wo sie ist?« Er hatte gestern Abend extra ins Personalprogramm geschaut, ob Fanny schon Urlaub hatte – und mit fehlender Verwunderung festgestellt, dass beide Volontäre, nicht aber der Abteilungsleiter, am Tag vor Heiligabend arbeiten würden.

»Ich nehme an, sie ist zu Hause«, sagte Sonja. »Hat dein Vater dir nicht gesagt, dass er ihr kurzfristig einen Tag Überstundenabbau bewilligt hat?«

Julian wusste nicht, ob er lachen oder laut vor sich hin fluchen sollte. *Kommunikation, Teamwork und Transparenz* war vielleicht das

Mantra des Verlages, aber allem Anschein nach nicht das seiner Familie. »Nein, das muss ihm entfallen sein.«

Sonja schien nicht richtig zu wissen, was sie daraufhin sagen sollte, knabberte stattdessen an der Ecke eines mit roten Zuckerperlen verzierten Plätzchens.

»Mir ist bewusst«, sagte Julian und zupfte sich am linken Ohr, »dass ich die Angelegenheit nicht optimal gehändelt habe.«

»Nein«, erwiderte Sonja nach kurzem Zögern. »Optimal hätte wohl anders ausgesehen.«

»Ich denke, ich habe meine Lektion gelernt.« Julian stibitzte sich ein weiteres Plätzchen vom Teller. »Nun gilt es, die Dinge wiedergutzumachen und hoffentlich in etwas geordnetere Bahnen zu lenken.« Er biss in den Stern, der mit Schokolade und Krokant geschmückt war, und nickte entschlossen. »Was meinst du?«, fragte er, ehe er sich die zweite Plätzchenhälfte in den Mund schob. »Wird es uns gelingen, im neuen Jahr etwas Ruhe in die Backabteilung zu bekommen?«

»Kommt auf deine nächsten Schritte an«, erwiderte Sonja und holte Luft, um noch etwas hinzuzufügen, als sie plötzlich innehielt und ins Leere starrte.

Julian schaute sie verdutzt an, dann hörte er es auch: Ein Telefon klingelte.

»Das ist meins«, sagte Sonja und drückte ihm den Teller mit den Plätzchen in die Hand, ehe sie »Fröhliche Weihnachten!« rief. Dann war sie auch schon verschwunden, bevor Julian »Dir auch!« hätte sagen können.

»Na so was.« Perplex und amüsiert schaute Julian auf den Teller in seinen Händen. Dann wandte er seine Aufmerksamkeit Mika zu, der nach wie vor allein an der Arbeitsinsel Backen saß.

»Halten Sie die Stellung?«, fragte Julian, als er mit wenigen Schritten neben ihn trat und sich dabei den dicken Wintermantel aufknöpfte. Er stellte den Teller kurzerhand auf Mikas Arbeitsplatz und zog sich den Stuhl von Fanny um den Tisch herum.

»Sieht ganz danach aus.« Mika schien sich kaum zu trauen, ihm in die Augen zu sehen. Unruhig wanderte sein Blick von den Keksen zu seinem Bildschirm, zu Julians Kinn und schließlich durch den Redaktionsraum.

Nachdenklich betrachtete Julian den nervösen Mann vor sich und spürte schon wieder Wut in sich aufsteigen. Wut auf Robert Groß, der aus einem begeisterungsfähigen Volontär einen eingeschüchterten Mitarbeiter gemacht hatte. Er stützte seine Ellenbogen auf die Knie und lehnte sich ein Stück nach vorn. »Ich werde Ihnen jetzt etwas im Vertrauen sagen. Sehen Sie es als vorzeitiges Weihnachtsgeschenk.«

Julian hatte ruhig und mit gedämpfter Stimme gesprochen, doch Mikas Reaktion nach zu urteilen, hätte er ihn auch angeschrien haben können. Er wirkte inzwischen beinahe panisch und war so blass, dass Julian ihn keine Sekunde länger auf die Folter spannen wollte.

»Robert Groß wird im neuen Jahr nicht mehr zurückkommen. Der Verlag hat sich entschieden, getrennte Wege zu gehen.« Er beobachtete, wie Mikas Gesichtsausdruck von erschrocken zu erstaunt wechselte und langsam die Farbe in seine Wangen zurückkehrte.

»Heißt das, Sie haben …«, stammelte Mika, schien aber nicht in der Lage zu sein, seine Frage zu Ende zu formulieren.

»Ich habe meinem Vater eine Einschätzung zu Roberts Führungsstil und Machenschaften gegeben, ohne auf Details jenseits der Arbeit einzugehen. In Kombination mit den – nun, aktuellen Ereignissen hat uns das zu dem Entschluss gebracht, dass wir eine derartige Position nicht mit jemandem besetzen können, dem das Motto des Verlages so offensichtlich zuwider ist.«

Julian konnte die Erleichterung, die durch Mikas Körper zu fluten schien, förmlich mit den Händen greifen. Kurz befürchtete er, sein Volontär würde einfach vornüber sacken oder in Tränen ausbrechen.

»Keks?«, fragte Julian deswegen schnell und schob den Teller mit den Plätzchen näher an Mika heran.

Wie in Trance nahm er sich ein Plätzchen, und Julian fragte sich, ob er überhaupt mitbekam, was er da aß. Da gab Mika ein genüssliches Brummen von sich.

»Gut, oder?« Julian nahm sich ein weiteres Plätzchen, diesmal eine Glocke mit dicken Schokoladenstückchen.

»Himmlisch!«, bestätigte Mika und Julian konnte ihn zum ersten Mal richtig lächeln sehen. Nicht verkrampft, nicht dienstbeflissen – einfach entspannt. »Wir sollten Sonja fragen, ob sie nicht ein Backbuch für uns schreiben möchte.«

Leise lachte Julian und nickte Mika erneut zu, zufrieden mit der Wirkung seiner Worte und der der Plätzchen. »Ich kann Ihnen nicht versprechen, dass es im neuen Jahr nicht erst mal herausfordernd wird«, fuhr Julian fort und hoffte, dass Mika die Neufindungsphase der Abteilung gestärkt durchstand. Er hatte ein gutes Gefühl bei ihm. »Es stehen personelle Veränderungen an, und bis wir geeigneten Ersatz gefunden haben, wird es sicherlich etwas eng werden.«

Missmutig trommelte Julian mit den Fingern auf die Arbeitsplatte und ging in Gedanken potenzielle Mitarbeitende durch, die er vorübergehend in das Ressort Backen abbestellen konnte. Da ihm spontan niemand zusagte, betrachtete er seinen möglicherweise einzig verbliebenen Mitstreiter. »Ganz so abenteuerlich hatten Sie sich Ihr Volontariat bestimmt nicht vorgestellt. Aber ich fürchte, das lässt sich erst mal nicht ändern.«

»Das macht nichts«, beteuerte Mika, und es sah ganz danach aus, als meinte er es auch so. Er strahlte förmlich vor sich hin. Julian wollte sich gar nicht vorstellen, mit welchem Ballast Mika die letzten Monate über jeden Tag zur Arbeit gekommen war. Ja, er hatte wirklich ein gutes Gefühl bei ihm.

»Okay«, sagte Julian und klopfte auf die Tischplatte. »Wir werden das schon hinbekommen.«

Mit diesen Worten erhob er sich und stellte Fannys Stuhl zurück an seinen Platz – nicht ohne ein leichtes Ziehen in der Herzgegend zu spüren. Er beschloss, Sonjas Teller bei Mika stehen zu lassen, denn der konnte ihn gerade mehr gebrauchen. Bei Julian flatterten zwar ebenfalls die Nerven, aber er musste den Tag vor Heiligabend immerhin nicht hinterm Schreibtisch verbringen.

»Machen Sie nicht zu lange.« Julian betrachtete Mika, der mit Weihnachtsmannmütze und einer nun deutlich gesünderen Gesichtsfarbe vor ihm saß. Womöglich sah er gerade noch glücklicher aus als an dem Tag, an dem Julian verkündet hatte, dass sie gemeinsam zur Leipziger Buchmesse fahren würden. »Und frohe Weihnachten!«

Mika wünschte ihm zum Abschied ebenfalls ein frohes Fest und wirkte dabei derart energiegeladen, dass Julian sich sicher war, dass Mika dieses Jahr definitiv frohe Weihnachten haben würde. Dann machte sich Julian endlich auf den Weg zu Fanny.

Doch bevor er das Foyer erreichen konnte, versperrte ihm Ina Turig den Weg. Ihre Haare glichen wie immer einer wilden Mähne und in den Händen hielt sie die obligatorische Tasse, aus der es dampfte und nach Kaffee und Zimt roch.

»Wen haben wir denn da?« Mit einem frechen Augenaufschlag nahm sie einen Schluck aus ihrer Tasse, auf der ein Rentier abgebildet war. »Wenn das nicht unser allseits beliebter Juniorchef ist. Sind Sie gekommen, um uns armen, überarbeiteten Mitarbeitenden frohe Weihnachten zu wünschen?«

Noch vor wenigen Wochen hätte Julian mit finsterer Miene und ein paar zurechtweisenden Worten auf die vermeintlich respektlose Anrede reagiert. Inzwischen kannte er Ina allerdings besser und wusste, dass ihre flapsige Art kein Anzeichen mangelnden Respekts, sondern eher ein Zeichen der Wertschätzung war.

»Selbstverständlich«, erwiderte er deswegen mit einem Grinsen, bei dem sich Ina fast an ihrem Kaffee verschluckte. »Ist ohne die Weihnachtsgrüße von mir oder meinem Vater und den legendären Plätzchen von Sonja überhaupt richtig Weihnachten?«

»Sonja hat Plätzchen mitgebracht?«, fragte Ina.

Julian schüttelte belustigt den Kopf. »Sie stehen bei Mika.«

»Noch so eine überarbeitete Seele …« Ina schlürfte mit einem demonstrativen Seitenblick zu Julian ihren Kaffee, was erneutes

Kopfschütteln bei Julian auslöste. Ihm schien, die Leiterin der Grafikabteilung hatte Muttergefühle für seine Volontäre entwickelt.

»Womöglich können wir schon im neuen Jahr zumindest etwas gegen die Überarbeitung in Ihrer Abteilung tun«, sagte er und zwinkerte Ina verschwörerisch zu. »Zwar ist noch nichts spruchreif, aber meinen Sie, Sie würden einen weiteren Schreibtisch in Ihren exklusiven Raum bekommen?«

Ina Turig starrte Julian kurz mit zusammengekniffenen Augen an, dann wanderte ihr Blick langsam zur Arbeitsinsel Backen. »Wenn es das ist, was ich denke, würde ich dafür sogar Toby vor die Tür aka in den Redaktionsraum verbannen«, sagte sie inbrünstig.

Gerade wollte Julian nachfragen, da ertönte ein empörtes: »Hey, das habe ich gehört!« aus Richtung der Küche.

»Sorry, Toby!« Ina grinste Julian breit an. »Ich bin mir sicher, wir werden eine Lösung finden.«

»Das wollte ich hören. Dann bis nächstes Jahr!«, rief Julian und blickte zur Eingangstür, hinter deren Glasscheibe Schneeflocken tanzten. Sein Herz begann zu flattern.

»Grüßen Sie Fanny von mir!« Es war natürlich Ina, die ihm hinterhergerufen hatte. Als er sich zu der vorlauten Grafikerin umdrehte, prostete sie ihm mit der Kaffeetasse zu. »Frohe Weihnachten.«

39

Fanny strich zum gefühlt tausendsten Mal über die bunten Weihnachtsstrümpfe, die aus dickem Stoff waren. Ihre Mutter hatte sie vor vielen Jahren genäht und langsam sah man ihnen das Alter deutlich an. Inzwischen wurden die Ecken fadenscheinig und die Farben wirkten noch blasser als letztes Jahr.

Sie drehte einen der Strümpfe um auf der Suche nach einem kleinen Brandloch. Es war natürlich der von Thomas, den dieser vor vielen Jahren in seiner Aufregung am Weihnachtsmorgen fast in den brennenden Kamin befördert hatte, statt zu ihnen auf das Sofa. Dort hatten sie alle in ihren Weihnachtsschlafanzügen gehockt und gewartet, dass sie endlich an die Reihe kamen.

Wehmütig lächelnd fuhr Fanny über die angekokelte Stelle in dem roten Strumpf, auf den ein Teddybär genäht worden war. »Weißt du noch?«, fragte sie Aidan, der in dem Sessel vor dem Bücherregal neben dem Kamin saß und ein Buch las, von dem Fanny nicht glauben wollte, dass es keine Arbeit war. Dafür war es ihrer Meinung nach zu dick und verstaubt.

Sie hielt ihm das Brandloch entgegen und wackelte mit ihrem Zeigefinger durch dieses hindurch. Es war damals Aidan gewesen, der am schnellsten reagiert hatte und den kokelnden Strumpf in letzter Sekunde retten konnte.

»Schon als Kind die absolute Vollkatastrophe«, brummte Aidan, aber um den Mund bekam er diesen weichen Zug, den er nur hatte, wenn er über die Familie, Literatur oder Noah redete.

Manchmal fragte Fanny sich schon, ob es im Leben ihres großen Bruders noch etwas anderes als Verpflichtungen gab. Immer schien er entweder zu arbeiten oder war mit der Versorgung der Familie beschäftigt. Hatte sie ihn jemals verliebt oder ohne eine Aufgabe gesehen? Definitiv nicht seit ihrer eigenen Jugend, überlegte Fanny und hätte Aidan am liebsten den dicken Schinken weggenommen und ihm ein Comicbuch in die Hand gedrückt.

»Nun, ich würde sagen, da gleicht ihr euch aus.« Fanny strich lächelnd über den Weihnachtsstrumpf, ehe sie ihn zu den anderen legte. »Er ist das Chaos und du bist die Ordnung in Person. Abgesehen von deinem Arbeitszimmer natürlich.«

Aidan schnaufte, doch schon kurze Zeit später war von ihm nichts mehr zu hören außer ein gelegentliches Umblättern. Ansonsten war da nur die vertraute Weihnachtsmusik, die sie angemacht hatte, als sie das Wohnzimmer für den nächsten Tag vorbereiten wollte.

Viel war nicht mehr zu tun gewesen, und Fanny merkte, wie sie unruhig wurde. Ihre Gedanken bahnten sich Wege, die sie nicht betreten sollten. Wie sie Julians Gestalt förmlich vor sich sehen konnte, hier im Wohnzimmer. Wie fassungslos und verletzt er sie angesehen hatte.

Schnell sah Fanny sich um, ob es nicht noch etwas zu tun gab. Sie hatte die Strümpfe herausgesucht, die in rote Umschläge gesteckten Wunschzettel – die ihrer Brüder hatte sie vehement einfordern müssen – auf den Kaminsims gelegt; bereit, sie Heiligabend in englischer Tradition zu verbrennen. Auch das Buch mit der Weihnachtsgeschichte lag parat, aus dem Aidan ihnen morgen nach dem Abendbrot vorlesen und damit offiziell das Weihnachtsfest beginnen lassen würde.

Fannys Blick blieb auf der Schneekugel auf dem Kaminsims liegen, und schon meinte sie, Julians graue Augen vor sich zu sehen, in denen ein Schneesturm tobte.

Die Netflix-Playlist, schoss es ihr durch den Kopf, und sie wandte sich dankbar von der Schneekugel und allen Überlegungen zu Schneestürmen ab. Sie wollte doch eine Liste von Weihnachtsfilmen für morgen Abend – und vermutlich auch die beiden darauffolgenden Tage – zusammenstellen.

Fanny hatte gerade begonnen, die ersten Filme zu ihrer Liste hinzuzufügen, da klingelte es an der Tür.

»Ob der *Dopey* jemals an seine Schlüssel denkt?«, fragte Aidan und sprach damit Fannys Gedanken aus. Seufzend klappte er das Buch mit einem satten Geräusch zu, das besonders alte Bücher gern erzeugten. Dann machte er sich auf den Weg zur Haustür, um ihrem Chaos-Bruder aufzumachen.

Fanny konzentrierte sich wieder auf die Weihnachtsfilme und überlegte, ob sie *Drei Haselnüsse für Aschenbrödel* auf die Liste packen sollte. Hatte Sophie letztes Jahr nicht davon gesprochen, dass es ohne diesen Film für sie kein Weihnachten war? Vielleicht sollten sie es wagen, von ihrer *All-english-Christmas-Movies-Tradition* abzuweichen?

»Na, Sie haben vielleicht Nerven!« Aidans wütende Stimme riss Fanny aus ihren Überlegungen und sie wandte sich der offenen Wohnzimmertür zu. Natürlich konnte sie nicht sehen, mit wem er redete – dafür war nun aber eine zweite Stimme zu hören, die Fanny auch unter tausend anderen erkennen würde.

Julian.

Mit einem Klappern fiel die Fernbedienung zu Boden, als Fanny aufsprang und in den Hausflur lief. Rasch war der Weg zurückgelegt, und kaum war sie um die Ecke gebogen, konnte sie Julian in der offenen Haustür erkennen, halb verborgen hinter Aidan, der sich breitbeinig vor ihm aufgebaut hatte. Draußen – wie könnte es anders sein – wirbelten lauter Schneeflocken umher. Fast war es ein Schneesturm.

»Fanny!«, rief Julian, und sie meinte, Erleichterung, aber auch Erstaunen in seinen Augen zu erkennen. Erst da fiel ihr die neue Frisur wieder ein und sie klemmte sich verlegen eine Haarsträhne hinters Ohr. Es ärgerte sie plötzlich, dass sie damit einem Klischee entsprach, dem sie gar nicht hatte entsprechen wollen. Aber ändern konnte sie es nicht mehr, und im Grunde sollte es reichen, dass sie die Bedeutung dahinter kannte. Dass dies kein Trennungshaarschnitt, sondern vielmehr der erste Schritt in ihren nächsten Lebensabschnitt gewesen war.

»Was machst du hier?«, brachte sie schließlich hervor und erlaubte sich, ihn direkt anzusehen, auch auf die Gefahr hin, dass ihr Herz das nicht gutheißen würde. Er wirkte ein wenig erschöpft, aber bis auf neu hinzugekommene Augenringe sah er aus wie ihr Julian: groß und dynamisch, mit roten Segelohren und blonden Haaren, die ein wenig zerzauster daherkamen als sonst. Fannys Herz stotterte in ihrer Brust.

»Ich muss mit dir reden.« Julian versuchte, sich an Aidan vorbeizuschieben.

»*Not a chance*!«, rief Aidan und blockierte die Tür, indem er sich mit beiden Händen am Rahmen festkrallte. »Sie hat Urlaub und auch wenn die Work-Life-Balance in Ihrem Verlag quasi nicht vorhanden ist, so müssten sogar Sie erkennen, dass das zu weit geht.«

»Darum geht es gar nicht«, sagte Julian, unterbrach sich dann aber selbst. »Also schon, aber nicht nur!«

Fassungslos starrte Fanny zu Aidan – dessen angespannte Haltung für sie den Eindruck erweckte, er würde Julian jeden Moment vors Schienbein treten – und einem eindringlich diskutierenden Julian. Immer wieder sahen seine Augen dabei flehend in ihre Richtung. *Sag doch was*, schienen diese zu sagen, aber Fanny konnte nichts sagen. Sie konnte nicht mal verstehen, was gerade passierte. Wie kam Julian hierher?

»Sehen Sie nicht, dass sie nicht mit Ihnen reden will? Gehen Sie nach Hause!«, hörte sie da Aidans Stimme und merkte erst jetzt, dass sie gar nicht mitbekommen hatte, was die beiden Männer besprochen hatten. Ihr Gehirn hatte zwischenzeitlich einfach dichtgemacht.

Aidan stand nach wie vor breitbeinig in der Tür, nicht bereit, einen Millimeter Platz zu machen. Schneeflocken hatten sich auf seinen dunkelblauen Rollkragenpullover abgesetzt, doch er ignorierte die Kälte. Fanny war sich sicher, dass er Julian mit seinem Mörderblick bedachte.

Sie hingegen versuchte, sich zu konzentrieren und herauszufinden, was sie tun wollte. Gar nicht so leicht, wenn nicht nur zwei argumentierende Männer vor einem, sondern auch zwei unentschlossene Seiten in einem selbst waren. *To let him in, or not to let him in – that is the question.*

»Aidan, vielleicht …«, setzte sie gerade an, als dieser einen erstickten Laut von sich gab, der Fanny sofort alarmiert verstummen ließ.

»Wow«, kam es von Julian, der sich umgedreht hatte, wahrscheinlich um zu sehen, was Aidans Reaktion ausgelöst haben könnte.

Es war Thomas, der mit dem Schlüssel in der Hand und einem halb zugeschwollenen Gesicht im Vorgarten aufgetaucht war und sie finster musterte. Seine Kleidung sah aus, als habe jemand versucht, sie ihm vom Körper zu reißen. Fanny konnte Risse und Schmutzflecken erkennen, an seinen Händen und der linken Wange war Blut.

»Thomas!« Es war mehr ein Keuchen, das Fanny von sich gab. Der Anblick ihres kleinen Bruders schien ihr das letzte bisschen Atem aus der Lunge gepresst zu haben.

»Kann ich mal durch?« Mürrisch machte Thomas Anstalten, sich an Julian und Aidan vorbei ins Haus zu drängen.

Aidan, der blasser war, als Fanny ihn jemals zuvor gesehen hatte, löste sich als Erster aus der Schockstarre. Mit einer Geschwindigkeit, die für Fanny ans Übernatürliche grenzte, hatte er sich Thomas geschnappt und die Treppe hinauf bugsiert. Oben konnte Fanny eine Tür zuknallen hören. Dann war es einige Sekunden still, ehe das Gebrüll losging.

»W-was ist mit ihm passiert?«, stammelte Julian und schien völlig vergessen zu haben, warum er hergekommen war. Sein Blick huschte zwischen Fanny und der Treppe hin und her, als überlegte er, den beiden hinterherzugehen. Dem Gebrüll nach zu urteilen vielleicht, um sicherzustellen, dass Aidan Thomas nicht den Kopf abriss.

»Ich bin mir nicht sicher«, antwortete Fanny und das traf gerade auf so einiges zu. Sie schlang die Arme um ihren Oberkörper. Irgendwie hatte sie sich den Tag vor Heiligabend weniger ereignisreich vorgestellt. »Thomas gerät gern mal in Prügeleien. Aber eigentlich hatte er versprochen …« Fanny führte den Satz nicht zu Ende. »Wieso bist du hier?«

»Können wir das bitte drinnen besprechen?«, fragte Julian, und Fanny fiel auf, dass sich auf seinen Schultern immer mehr Schneeflocken absetzten. »Ich verspreche dir, es wird nicht lange dauern, und wenn du willst, verschwinde ich danach direkt.«

Fanny krallte sich in ihren Pullover und dachte an das letzte Mal, als sie Julian in ihr Wohnzimmer gelassen hatte. An die Maske und die Worte. Dann nickte sie und wartete, dass Julian hereinkam und die Tür hinter sich schloss.

»Danke.« Er klopfte sich Schnee von der Jacke und aus den Haaren. Nachdem er seinen Wintermantel und Schal aufgehängt hatte, gingen Fanny und er gemeinsam ins Wohnzimmer, in dem nach wie vor leise Weihnachtsmusik lief.

»Also, was willst du?« Fannys Blick wanderte automatisch zur Schneekugel auf dem Kaminsims, als ob diese ihr Halt und Kraft geben könnte. Wie vor einer Woche wollte sie am liebsten zu Julian gehen und ihn umarmen, ihm ganz nah sein. Stattdessen trat sie näher an den Kamin heran, um den größtmöglichen Abstand zu Julian zu wahren, der zwischen Tür und Sofa stehen geblieben war. Dann wartete sie auf eine Erklärung, während sie Aidans Gebrüll im Hintergrund hörte.

»Ich habe mit meinem Vater geredet.« Wie schon vor einer Woche fing Julian an, in ihrem Wohnzimmer auf und ab zu gehen, während er die Ereignisse der letzten Tage wiedergab.

Was er da erzählte, ließ Fanny schlagartig ihren eigenen Kummer vergessen. Von Intrigen war die Rede und von Lügen, von

Erpressung und Manipulation. Auch Fanny war nun wahrlich kein Fan von Robert Groß, aber solch ein Verhalten hatte selbst sie ihm nicht zugetraut.

»Es tut mir leid, dass ihr da durchmusstet«, sagte Julian gerade und eine Hand fuhr zum Kragen seines hellgrauen Pullovers – als ob er sich eine imaginäre Krawatte richten wollte.

Am liebsten hätte Fanny ihm gesagt, dass es schon in Ordnung war, aber natürlich war es das nicht. Für sie nicht und wie es schien auch nicht für Mika.

»Ich wünschte, ich hätte es eher gemerkt«, fuhr Julian fort und nahm seinen unruhigen Weg durch ihr Wohnzimmer wieder auf. »Dann hätte ich früher eingreifen können und die Situation«, hier machte er eine vage Geste zwischen sich und Fanny, »wäre niemals so eskaliert.« Mit hängenden Schultern blieb er vor ihr stehen und rieb sich ein knallrotes Ohr.

»Um ehrlich zu sein, glaube ich nicht, dass es eine Beziehung zwischen uns für die Mitarbeitenden im Verlag – oder für deinen Vater – akzeptabler gemacht hätte.« Fanny konnte ihre eigene Müdigkeit aus ihren Worten heraushören. Es kam ihr beinahe so vor, als ob das Nicht-zu-Julian-Gehen ein wahrer Kraftakt wäre.

»Vielleicht«, gab Julian zögerlich zu. »Vielleicht hätten wir – hätte ich – die Situation von Anfang an anders handhaben müssen. Ich habe ausgeblendet, dass es ein Familienunternehmen ist und der Verlag schon immer auf einer familiären Basis geleitet wurde.«

Fanny musste Julian sehr skeptisch angesehen haben, denn er hob entschuldigend die Hände.

»Oder zumindest früher mal geleitet wurde. Und dass das keine Schwäche, sondern vielmehr eine Stärke des Verlages gewesen war. Das enge Zugehörigkeitsgefühl, die Offenheit und das Vertrauen.«

Fanny ließ die letzten Monate bei *Bovin Books* Revue passieren und konnte mit absoluter Gewissheit sagen, dass keines der eben genannten Dinge für sie vorhanden gewesen war. Vielleicht in der Grafikabteilung und bei Sonja, aber ansonsten – Fehlanzeige.

»War es das, was du mir sagen wolltest? Dass ihr Robert durchschaut habt und Konsequenzen daraus ziehen werdet?« Fanny horchte auf, denn zu Aidans lauter Stimme gesellte sich die wütende von Thomas. »Nichts für ungut, Julian, aber das hätte man mir auch per Mail mitteilen können.«

Am liebsten wollte sie Julian so schnell es ging aus dem Haus haben. Sie wollte nicht weiter aus diesen grauen Augen gemustert werden, während ihre Brüder ein Stockwerk über ihnen stritten oder sich gerade gegenseitig umbrachten. Sie wollte die Tür hinter Julian schließen, nach oben gehen und nach den Sturköpfen sehen. Sicherstellen, dass sie nicht den Notruf benachrichtigen musste – wahrscheinlich weniger für Thomas als für Aidan –, und sich dann mit einer Packung Lebkuchenherzen aufs Sofa verkriechen und heute nicht mehr aufstehen. Vielleicht würde sie einfach das ganze restliche Jahr über nicht mehr aufstehen, nur noch Rotz und Wasser heulen und die Fotos von einem glücklichen und herumalbernden Julian angucken. Maximal Felix mit selbst gebackenen Gaben würde sie zu sich lassen. Fanny fand, das klang ganz wunderbar, da gab es nur ein Problem.

Julian.

Der erweckte nämlich nicht den Eindruck, als würde er ihr Wohnzimmer verlassen wollen, bevor – ja, bevor was?

»Das ist nicht der einzige Grund, aus dem ich hergekommen bin.« Julians Stimme klang nun deutlich verzagter. Er sah sie lange an, während im Hintergrund eine Mischung aus Bing Crosbys *White Christmas* und eines Aidan-Schuster-Wutanfalls erklangen. »Ich bin hergekommen, um dich zu bitten, uns eine zweite Chance zu geben. Dir und mir.«

Fanny konnte Julian nur anstarren, während das *dir und mir* in ihrem Kopf nachzuhallen schien. Hatte er die Worte seines Vaters vergessen? Das Getratsche des Teams? Hatte er *ihre* Worte vergessen, die ihr selbst seit einer Woche noch im Kopf herumgeisterten und sie kaum schlafen ließen?

»Mir ist bewusst, dass unsere Beziehung keinen leichten Start hatte, aber das bedeutet nicht, dass sie nichts wert ist oder ein

Fehler war!« Julian sah Fanny mit einer solchen Intensität an, dass ihr Herz erneut zu stottern begann.

Sie erkannte ihre eigenen Worte und ihr Magen vollführte einen unangenehmen Salto. Hatten diese ihn also auch überallhin begleitet und seinen Alltag kommentiert?

»Nicht alle Dinge, die gut und richtig sind, sind immer leicht.« Julian kam einen Schritt auf Fanny zu und sie müsste bloß ihre Hand ausstrecken und sie würde ihn berühren. »Manchmal fühlen sich die besten Dinge im Leben erst einmal furchtbar schwer an. Aber ich denke, das macht sie nicht weniger gut und definitiv nicht weniger richtig. Das macht es nur wert, für sie zu kämpfen.«

Julian stand nun so dicht vor ihr, dass Fanny meinte, seine Körperwärme spüren zu können. Tränen brannten in ihren Augen, obwohl sie gedacht hatte, keine mehr übrig zu haben. Wie sehr sie ihm doch glauben wollte.

»Ich möchte dich nicht verlieren, Fanny«, flüsterte Julian, und mehr brauchte es auch nicht, da berührten sich ihre Hände wie von allein. »Nicht für einen Job, auch nicht für das Familienunternehmen.«

»Aber dein Vater …« Fanny konnte die Tränen in ihrer Stimme hören und brach mitten im Satz ab.

Julians Hand schloss sich langsam um ihre, hielt sie tröstend in seiner geborgen. »Es war sogar seine Idee!«

Ruckartig wich Fanny einen Schritt zurück und blinzelte Julian perplex an. »Es war die Idee deines Vaters, dass du die Beziehung zur Volontärin aus deiner Abteilung wieder aufgreifen sollst?«

»Was?« Julian sah aus, als habe sie ihn mit einem Schwall kalten Wassers übergossen. Er schien angestrengt nachzudenken, dann weiteten sich seine Augen vor Überraschung. »Ich habe vergessen, dir vom möglichen Wechsel der Abteilung zu erzählen, nicht wahr?« Eine Mischung aus Bestürzung und Erheiterung machte sich in seinem Gesicht breit, als könne er nicht glauben, dass ihm das passiert war.

»Was für ein Wechsel?« Fanny verschränkte die Arme vor der

Brust. Ob das der Moment war, in dem man die unliebsame Volontärin auf ein Abstellgleis verfrachten würde? Sollte das seine großartige Lösung sein?

»Es ist bloß ein Vorschlag«, sagte Julian und streckte beide Hände nach ihr aus. »Du hast so ein großes Interesse an der Bildkomponente der Verlagsarbeit gezeigt. Wenn ich mir die Sache mit dem Fanny-Filter ansehe, bringst du da auch einiges an Talent mit. Sogar mein Vater hat davon Wind bekommen. Vielleicht durch Chris? Die beiden scheinen sich in der letzten Woche irgendwie zusammengetan zu haben.«

Fanny lauschte Julians Gerede aufmerksam. Richtig schlau wurde sie daraus aber trotzdem nicht.

»Jedenfalls dachten wir, dass du – wenn du möchtest – in die Grafikabteilung wechseln könntest.« Inzwischen malträtierte Julian sein Ohr beinahe, und obwohl sie gerade über eine durchaus wichtige Arbeitsangelegenheit redeten, hatte Julian noch nie weniger wie ein Chef ausgesehen. Unsicher wippte er auf seinen Fußballen vor und zurück, und sein Blick scannte jede ihrer Regungen, als suchte er verzweifelt nach Hinweisen zu ihren Gedankengängen.

»Geht das überhaupt ohne Weiteres?«, fragte Fanny das Erste, was ihr durch den Kopf ging. Sie hatte nicht gewusst, dass es Volontariatsplätze in der Grafik gab, geschweige denn, dass man so leicht sein bestehendes Arbeitsverhältnis wechseln konnte.

»Warum nicht?« Julian runzelte die Stirn. »Wenn alle Beteiligten einverstanden sind?«

»Und sind sie das?« Nun war es Fanny, die vor Aufregung im Zimmer auf und ab ging, zwischen Weihnachtsbaum und Sessel hin und her pendelte. Hatte sie nicht gerade erst beschlossen, dass es die Bilder waren, denen sie in Zukunft ihre Zeit widmen wollte? Konnte es so einfach sein? Konnte das gerade wirklich passieren – und das am Tag vor Heiligabend?

»Nun, mein Vater hat es vorgeschlagen, und wenn ich Ina Turig richtig verstanden habe, würde sie für dich sogar Tobias Mann im Redaktionsbüro aussetzen.« Fanny musste ihn bestürzt angesehen haben, denn er fuhr hastig fort: »Nicht, dass das nötig sein wird, aber es zeigt ihren Enthusiasmus, nicht wahr?«

Als ob seine Worte eine Bremse in Fannys Beinen betätigt hätten, blieb sie wie angewurzelt stehen. Sie würde mit Ina statt mit Robert zusammenarbeiten. Mit Ina und Tobias und den unzähligen bedruckten Kaffeetassen in dem Raum hinter dem permanent summenden Redaktionsraum sitzen und sich hauptsächlich um die grafische Gestaltung der Bücher und Vorschauen kümmern. Sie würde schon viel früher mit ihrem Plan beginnen können, den sie doch gerade erst zu schmieden begonnen hatte.

»O mein Gott, wenn das ginge!«, sprudelte es plötzlich aus ihr hervor und eine Welle der Begeisterung schwappte über sie.

»Das geht!«, versicherte ihr Julian, war mit zwei Schritten bei ihr und legte ihr sanft seine Hände auf die Oberarme. »Wenn du es willst, rede ich noch heute mit meinem Vater und lasse deinen Vertrag ändern. Dann könnte es nach deinem Urlaub für dich in der Grafik weitergehen. Also nachdem dein Überstundenkonto in einem etwas erträglicheren Rahmen ist.« Er hob eine Augenbraue spöttisch an, aber ein hoffnungsvolles Lächeln umspielte seine Lippen.

Fanny musste den Impuls unterdrücken, ihn zu küssen, und auch ihr Herz schien endlich mal wieder vor Begeisterung zu klopfen. »Ja«, stieß sie schließlich atemlos hervor. »Das wäre fantastisch!«

»Dann werde ich mich sofort darum kümmern.« Julian nickte entschlossen und strahlte sie förmlich vor Begeisterung an.

Sprachlos standen sie voreinander. Fanny konnte nicht glauben, dass sie im neuen Jahr tatsächlich in der Grafik anfangen würde! Gedanklich sah sie sich schon mit einer Tasse in der Hand zwischen Ina und Toby – und merkte plötzlich, wie nah Julian ihr war.

Auch Julian schien sich der körperlichen Nähe zwischen ihnen schlagartig bewusst zu werden. »Wo waren wir gerade?« Seine Stimme klang rau und Fanny konnte eine leichte Berührung an ihrer

Hand spüren. »Ach ja, ich war gerade dabei, dir zu sagen, dass ich mich in dich verliebt habe.«

Fannys Herz, das eben voller Begeisterung geschlagen hatte, geriet erneut ins Stolpern und auch ihre Tränendrüsen nahmen nahtlos die Arbeit wieder auf. »Wirklich?«, war alles, was sie hervorbringen konnte. »Nach allem, was ich zu dir gesagt habe? Gott, ich wünschte … All die Worte …« Ihre Stimme brach erneut.

»Hattest du sie denn gemeint? All die Worte, meine ich?«, fragte Julian und nahm ihre Hand in seine, verwob ihre Finger miteinander. Wenn es möglich war, standen sie nun noch näher beieinander, und Fanny war sich sicher, dass bald nicht einmal mehr eine Buchseite zwischen sie passen würde.

Sie schüttelte den Kopf und eine Träne löste sich, lief ihr über die Wange. Mit dem Daumen wischte Julian sie weg, dann kam seine Hand an ihrer Wange zum Liegen. Fanny spürte seine Wärme und konnte schon zum dritten Mal an diesem Tag nicht glauben, dass das gerade passierte. Hatten sie und Julian tatsächlich die Chance, von vorn anzufangen?

»Ich würde dich gern küssen«, flüsterte Julian. Kaum hatte er die Worte ausgesprochen, schloss Fanny den letzten Abstand zwischen ihnen, und keine Unsicherheit existierte mehr. Nichts war mehr wichtig außer Julian und sie.

Seine Lippen auf ihren waren so vertraut, dass es Fanny wie ein Nach-Hause-Kommen vorkam. Sie verlor sich in diesem Gefühl und Julian erwiderte ihren Kuss mit derselben atemlosen Intensität. Er zog Fanny an sich, und sie pressten sich beinahe verzweifelt aneinander, wie es nur Menschen taten, die am Abgrund gestanden und ihn gemeinsam überwunden hatten. Oder zumindest dabei waren, dies zu tun.

Nach einem Moment, der Fanny zugleich viel zu flüchtig und wie eine Ewigkeit vorkam, lösten sie sich voneinander und sahen sich sprachlos an. Julian kam Fanny trotz der Augenringe plötzlich erholter vor, und sie vermutete, dass es bei ihr nicht viel anders sein dürfte. Nichts war mehr zu spüren von dem Trübsinn, der seit einer

Woche auf ihrer Brust gehockt hatte. Alles, was sie jetzt fühlte, waren Zuversicht und eine überwältigende Zuneigung für den Mann vor sich.

Da stutzte Julian.

»Ist dir auch aufgefallen, wie still es geworden ist?«, flüsterte er und sah lauschend zur Decke empor, als versuchte er zu ergründen, was im Stockwerk über ihnen vor sich ging.

Ein Kichern löste sich aus Fannys Brust, und auch die Befürchtung, ihre Brüder könnten sich gegenseitig den Kopf eingeschlagen haben, konnte dieser Zuversicht nichts anhaben. Sie schlang beide Arme um Julian und presste ihr Gesicht in die Halskuhle, wie sie es seit letzter Woche jeden Tag hatte machen wollen. An ihrer Wange konnte sie Julians Puls spüren und sein vertrauter Geruch hüllte sie ein.

»Julian?« Als sie Anstalten machte, sich aus der Umarmung zu lösen, schien Julian dafür nicht bereit zu sein. Er schlang seine Arme nur noch fester um sie. Dafür signalisierte er mit einem leisen Brummen, dass er ihr trotzdem zuhörte. »Ich habe mich auch in dich verliebt.«

Zwar konnte Fanny Julians Gesicht nicht sehen, aber an den unregelmäßigen Atemzügen erkannte sie, dass er wie sie den Kampf gegen die Tränen verloren hatte – auch wenn sie hoffte, dass es diesmal Tränen der Freude waren.

Über seine Schulter hinweg sah sie zum erleuchteten Weihnachtsbaum neben dem Kamin, den ihre Brüder zusammen mit Sophie geschmückt hatten. Noch vor einer Stunde hatte sich Fanny von der festlichen Tanne beinahe verhöhnt gefühlt, hatte gedacht, über die Feiertage nie im Leben *happy and merry* sein zu können. Doch nun, da war sie sich sicher, würde es ein wunderbares Weihnachtsfest werden.

EPILOG

»Und? Was macht der Masterplan?« Felix steckte seine Nase so tief in die Cappuccinotasse, dass etwas Milchschaum an ihr hängen blieb. »Bist du bereit, die Welt im Sturm zu erobern?«

Lächelnd wischte ihm Fanny, die neben Felix auf der breiten Fensterbank im überfüllten *Café Mademoiselle* saß, den Klecks von der Nase. Dann schnipste sie ihm spielerisch gegen die Wange. »*I was born ready!*«

Wie es die Tradition wollte, ließen Fanny und Felix an diesem verregneten Dienstagnachmittag ihren letzten Urlaubstag im Café ausklingen – bei dem es sich streng genommen nicht um Fannys letzten Urlaubstag, sondern um einen *längst überfälligen Überstundenabbau* handelte, wie Sonja Lundermayer es genannt hatte. Diesem Überstundenabbau hatte sie es zu verdanken, dass sie die Verlagsräume von *Bovin Books* dieses Jahr noch nicht betreten hatte, obwohl das neue Jahr bald schon zwei Wochen alt war.

»Gib's doch zu«, forderte Felix sie auf, der seinen Teller mit dem Amarena-Zupfkuchen auf den Knien balancierte, während er mit seiner freien Hand vor Fannys Gesicht herumfuchtelte. »Du hast die Arbeit vermisst. Vielleicht nicht unbedingt das, was ihr in dieser Redaktion gemacht habt, aber der Arbeits-Buzz fehlt dir, nicht wahr?«

»Hm«, machte Fanny, und nun war sie es, die ihre Nase tief in der Tasse versenkte. Dabei hatte Felix nicht unrecht. Sie freute sich schon darauf, am nächsten Tag in den Verlag zu gehen – um den

Redaktionsraum zu durchqueren und im dahinterliegenden Grafikbereich zu verschwinden.

Ina hatte ihr die letzten Tage öfter geschrieben und auch Fotos von ihrem neuen Arbeitsplatz geschickt, der zwei Monitore hatte und an der Rückwand des Büros zwischen Tobys und Inas Tischen stand. Sogar eine Tasse wartete bereits auf sie, auf der Fanny drei Kaffeebohnen und den Schriftzug *Cool Beans* hatte erkennen können.

»Ich hingegen«, fuhr Felix fort und ließ seinen Kopf gegen das Fenster sinken, an das von außen leiser Regen trommelte, »werde deine freie Zeit furchtbar vermissen. Wie soll ich mich jetzt auf meinen Feierabend freuen, wenn ich weiß, dass du mich nicht mehr abholen kommst? Sie werden dich wieder Tag und Nacht an deinem Arbeitsplatz festketten, nicht wahr?«

»Das wird nicht passieren!« Fanny stellte ihren Teller mit der Orangen-Granatapfel-Tarte auf den kleinen Holzschemel, den ihnen Nadiha in Ermangelung eines freien Tisches hingestellt hatte. Dann drehte sie sich zu ihrem besten Freund, der schon wieder an einem letzten Urlaubstag in trüben Gedanken zu versinken drohte. »Deadlines hin oder her, von jetzt bis ins neue Jahr steht jeden Freitag um Punkt vierzehn Uhr *Felix' Abholservice* in meinem Kalender. Wahrscheinlich wirst du mich spätestens im März anflehen, dich in Ruhe zu lassen.«

»Als ob, du Knalltüte.« Felix zog sie mit einem Arm in eine halbe Umarmung, bei der Fanny beinahe von der Bank und Felix' Kuchen von seinem Teller rutschte. »Aber meinst du nicht, dass dein *Hotty McNaughty* was dagegen haben dürfte, dass du von jetzt bis in alle Ewigkeiten freitags verplant bist?«

Fanny zuckte mit den Schultern. »*You came first.* Und Julian weiß, wie wichtig mir meine Familie ist.«

Täuschte sich Fanny oder füllten sich Felix' Augen nach ihren Worten schlagartig mit Tränen? Zwar versuchte er, mit einer Abfolge von Grimassen und lautem Gabelgeklapper darüber hinwegzutäuschen, doch er konnte ihr nichts vormachen.

»Du weißt, dass du das für mich bist, oder, Felix?«, fragte sie und überlegte angestrengt, ob sie es ihm so direkt schon einmal gesagt hatte. Dass er genauso ihre Familie war wie ihre beiden Brüder. Wenn sie sich seine Reaktion anschaute, dann vermutlich eher nicht.

Fanny legte ihm eine Hand aufs Knie, das hektisch auf und ab wippte und dabei den Zupfkuchen durchschüttelte. »Ich denke, da kann ich auch für Aidan und Thomas sprechen. Er wird es abstreiten, wenn du ihn danach fragst, aber Thomas hat dich mal als *Ehrenbruder* bezeichnet. Ich hoffe bloß, das ist kein Slang für etwas Komisches?«

Felix lachte, und zum Glück hatte er seinen Cappuccino schon beinahe ausgetrunken, sonst hätte er ihn spätestens jetzt verschüttet. »Ich werde den Titel geheim und in Ehren halten – selbst wenn er etwas Komisches bedeuten sollte.«

Nun lachte auch Fanny und legte ihren Kopf auf seiner Schulter ab. Sie konnte nur vermuten, welche Bedeutung das Wort *Familie* für Felix hatte, und hoffte, dass er wusste, dass er bei ihr und ihren Brüdern immer ein Zuhause haben würde. In Zukunft, nahm sie sich ganz fest vor, würde sie ihn regelmäßig daran erinnern.

»Aber wo wir gerade schon mal bei *Mr. Bossman* waren«, wechselte Felix äußerst unauffällig das Thema. »Wie läuft es denn bei euch?« Er pikte sie leicht in die Seite und summte die ersten Takte von *You Can Leave Your Hat On*, als ob sie gerade weder einen emotionalen Moment gehabt hätten noch von Dutzenden Menschen umgeben wären.

Fanny kroch die Röte in die Wangen. Doch statt diese hinter ihren Händen zu verstecken oder vor Scham im Boden zu versinken, beschloss sie, es Felix lieber heimzuzahlen. Welch ein Glück, dass sie eine so offene Freundschaft führten und während der einen oder anderen Pyjamaparty auch über ihre persönlichen No-Gos in Partnerschaften geredet hatten. Also stützte Fanny ihr Kinn auf seine Schulter und hauchte ihm direkt ins Ohr: »Fragst du mich etwa gerade nach meinem Sexleben?«

»Also gibt es ein Sexleben?«, quietschte Felix, während er vor Ekel erschauderte und gleichzeitig versuchte, sein Ohr vor ihrem Atem in Sicherheit zu bringen.

Aber bevor Fanny auch nur ein Kichern hervorbringen konnte, wurden sie von einem Klopfen an der Scheibe unterbrochen.

»Wenn man vom Teufel spricht«, stöhnte Felix, als er erkannte, wer es gewagt hatte, ihr Gespräch im denkbar ungünstigsten Augenblick zu unterbrechen.

Es war natürlich Julian, der mit offenem Mantel unter einem schwarzen Regenschirm vor dem Schaufenster stand und ihnen breit grinsend zuwinkte. Er trug die Krawatte, die Fanny ihm zu Weihnachten geschenkt hatte. Für seine Verhältnisse war sie beinahe zurückhaltend, konnte keine wilde Farbkombination aufweisen, sondern war ausschließlich in Creme- und Brauntönen gehalten. Was sie für Fanny aber zu einer perfekten Julian-Krawatte machte, war die Tatsache, dass sie über und über mit Uhren bedruckt war.

»Mein Gott, ist das ein scheußliches Teil«, murmelte Felix, der bisher keine von Julians Krawatten zu Gesicht bekommen hatte. Fassungslos schüttelte er den Kopf, während Fannys Freund weiter durch das Schaufensterglas winkte. »Wie fallen dir bei diesem Anblick nicht die Augen aus dem Kopf?«

Da das Hemd, das Felix heute trug, aussah, als ob sich eine Siebzigerjahre-Tapete mit einer Bananenkiste gepaart hätte, kam Fanny diese Aussage etwas drastisch vor. Sie sparte sich deswegen eine Antwort und erwiderte stattdessen endlich Julians Winken. Sein Lächeln vertiefte sich daraufhin und ließ sie an Samstagnacht zurückdenken.

Auch wenn Fanny schon zuvor anderen Männern nähergekommen war, hatte sie doch nicht gewusst, dass man sich einer anderen Person *so nahe*, sich so intensiv mit jemandem verbunden fühlen konnte. Sie hatte auch nicht gewusst, dass dies ein Gefühl war, das bleiben würde. Das auch jetzt da war, wo Julian vor ihr im Regen stand und seine grauen Augen vor Liebe zu leuchten schienen. Sie hatte das alles nicht gewusst, aber als sie ihre Handfläche auf das kühle Fensterglas presste, war sie froh, dass sie es mit diesem Mann zum ersten Mal erlebte.

»O ja«, hörte Fanny Felix murmeln, ohne Julians Gesicht auch nur für eine Sekunde aus den Augen zu lassen. »Da hat jemand definitiv ein Sexleben.«

Danksagung

Auch wenn meist nur ein Name auf dem Buchumschlag steht, so ist das Schreiben von Büchern kein Ein-Personen-Job. Zumindest nicht bei mir. Ohne Menschen, die mitfiebern, unterstützen und anfeuern, hätte ich es nicht so weit geschafft.

An meine Eltern: Ich danke euch für eine Kindheit voller Bücher, unzähligen Bibliotheksgängen und Ermutigungen, meine eigenen Geschichten zu erzählen. Danke auch für das andauernde Mitfiebern und die Unterstützung in so vielen Bereichen. Dieser Roman würde ohne eure Hilfe nicht gedruckt werden.

An meine Schreib-Buddys Brian Frank und Marius Schaefers: Ich danke euch von ganzem Herzen für eure offenen Ohren, Ratschläge, unsere Schreibsessions, unzählige Umarmungen (ob digital oder irl) und all die Gespräche über das Schreiben und das Leben. Ich kann mit voller Überzeugung sagen, dass beides für mich ohne euch weniger großartig wäre.

An meine Testleserinnen Pia Ulischberger, Julia Thören, Romy Stein, Sandra Kempe und Aline Gallas: Unfassbar, dass ihr mein unlektoriertes Manuskript nicht einfach aus dem Fenster geschmissen habt, sondern mir mit Begeisterung und guten Ratschlägen zur Seite gestanden seid. Ich werde euch dafür immer dankbar sein.

An Sarah Schückel, Li Demnitz und Anne Spitzner: Ohne das Brainstormen, Händchenhalten und eure beinahe therapeutischen Leistungen hätte ich wiederum meine Tastatur sicherlich mehr als einmal gegen die Wand geworfen. *Thank you for being my friends.*

An Janika Mielke: Vielen Dank für das Lektorat und deine Begeisterung für meine Chaos-Truppe. Ich hätte mir für meinen Erstling keine empathischere und Selbstzweifel in die Flucht schlagendere Begleitung wünschen können.

An Sybille Weingrill: Danke für den schnellen und netten Kontakt sowie die überaus gründliche Korrektur. Ich will versuchen, im nächsten Manuskript die Kommaregeln etwas genauer einzuhalten!

An Emily Bähr: Ich bin noch immer ganz fassungslos, wie sehr das Cover dem Roman entspricht – und das, obwohl du ihn doch noch gar nicht gelesen hast. Ich danke dir für deine Cover-Magie und den überaus netten Austausch.

An mein Kollegium aus der Buchhandlung: Danke für eure Unterstützung und Ermutigungen im Laufe der vergangenen fünf Jahre.

Und – *last, but not least* – an euch: Vielen Dank, dass ihr einer unbekannten Autorschaft die Möglichkeit gebt, in euer Bücherregal einzuziehen. Ich hoffe, ihr habt eine ebenso gute Zeit in Nordersheim wie ich, und dass wir uns nächsten Sommer dort wieder über den Weg laufen werden.

Content Note

(Achtung, Spoiler!)

All the Love – Alles anders als gedacht enthält potenziell triggernde Inhalte.

Diese sind:
Tod eines Angehörigen, Trauer und Trauerbewältigung, Panikattacken, Höhenangst, Mobbing, Queerfeindlichkeit

Bitte lest das Buch nur, wenn ihr euch emotional dazu in der Lage fühlt. Falls es euch nicht gut geht, findet ihr unter der Nummer der Telefonseelsorge rund um die Uhr kostenlose und anonyme Hilfe.

0800-1110111 | | 0800-1110222
http://www.telefonseelsorge.de

Über den Autor

Ely Junge wurde 1988 geboren. Nach einer Ausbildung zum Buchbinder studierte er *Literatur, Kultur, Medien* und *Literarisches Schreiben* in Siegen, Coleraine und Hildesheim. Er lebt und schreibt in Dresden, wo er als Buchhändler arbeitet. Wenn er nicht gerade schreibt, lässt er sich von seiner Autorenkatze Frieda anschreien oder spaziert durch seine Nachbarschaft, immer auf der Suche nach der nächsten Romanidee.

facebook.com/elyjunge
instagram.com/elyjunge